U0137302

后浪

[俄] 尤里 · 波利亚科夫 著　张建华 译

无望的逃离

ЗАМЫСЛИЛ Я ПОБЕГ...

ЮРИЙ ПОЛЯКОВ

上海三联书店

致中国读者

尊敬的中国朋友们：

我很高兴有机会将我的长篇小说《无望的逃离》提供给你们评判。此作品自出版以来已经重版多次。从创作题材来说，这是一个关于家庭的民间故事；就创作风格而言，评论家将它归为“怪诞现实主义”一类。在写小说的时候，我自己试图理解并帮助读者弄清楚在过去的四分之一世纪中，我们这个曾经被称为苏联的国家发生了些什么，一度似乎被认为是世界历史上最无可挑剔的历史文明形式之一的苏维埃文明究竟出了什么问题。但是要想弄清楚这一点，必须通过人的命运、人的情欲、人的迷误与醒悟。家庭——这才是真正的挪亚方舟，只有它才能帮助人们战胜地缘政治的风暴和浩劫。爱情——这是一种可给人力量以抗拒时代暴风骤雨带来的经久不息的伤痛的情感。正因如此，我才写了这样一部家庭小说，中国读者读了它之后，也许能更好地理解俄罗斯人的悲剧性命运，理解这个如今仍在经受艰难而充满矛盾的时代风雨的国家的悲剧性命运。如今大家都习惯说“叙事的讽刺模式”，但愿你们不会对我的这种叙事感到不解。正如一位哲人所言：讽刺是悲哀的另一面……

尤里·波利亚科夫

初版译者序

《无望的逃离》是俄罗斯当代的一部不无荒诞意味的家庭、情爱小说，但作家以一个中层知识分子的情爱旅程杂呈着都市人生众相，为读者营构了一幅生动鲜活的 20 世纪末俄罗斯知识分子心态裂变的云图。

一个四十四岁的莫斯科知识分子通过婚后二十余年充满欲望的滥情生活及数次与情人出逃的图谋，实施着“逃离”“围城”的人生跋涉。与这一情爱之旅互为映衬的，是他在由党政机关而科研所，由下海经商失败后屈做停车场守门人，最后跳槽易职到银行的求生存的经历，他由此逃避着充满动荡、变异的社会现实。小说主人公无望的双重逃离构成了这个故事的情节主干。与此同时，在这五十多万字的篇幅中，我们看到了苏联及其解体后俄国党政人员仕途的沉浮、科技人员为生存而斗争的艰辛、老一代苏军将校暮年的苦难、年轻一代的成长及与命运的拼搏、不同女性个体的生命体验……而这一切又都是通过一个个性情品格、信仰观念迥异的知识分子个性来展现的。小说中的一幕幕人生窘况和形形色色的人物心态构成了情节主干的枝蔓。

作者对主人公奥列格·巴士马科夫家庭及情爱生活的描摹叙述，并非只是想简单地表现一个玩世不恭、放浪形骸的中年知识分子的沉沦与堕落，而是想以此来展示在独特的历史条件下，俄国知识分子在对生命本体意义的探索中心理和生理层面所发生的裂变——艾斯凯帕尔（逃离者）现象。

以“艾斯凯帕尔”自诩并自嘲的巴士马科夫在心理与生理上的裂变，缘起于他对数十年家庭生活的“平庸”和“烦恼”的逃避，对生活中“新奇”“自由”的追求。社会转型、价值观念的更替为此提供了广阔的空间和充分的条件，也加剧了这种逃避与追求的烈度。巴士马科夫对生命本体意义的追寻异化为要冲出家的“藩篱”、对身心的放纵。他试图在情欲的满足中求得没有“限制”和“束缚”的心灵自由，这便是他一次次殚精竭虑、欲罢不能的情爱冒险的直接原因。在社会生活中，他因一桩冤案遭贬，仕途的无望导致他对现实的失望和精神世界的空虚。于是他在屈辱中麻木，又在麻木中屈辱，永远怯于冲决，将精神空虚留给了生理的欲求。他迎合着市场经济中的金钱法则，不断泯灭着心中的尊严与正义。他一度在床榻上、电视前、酒杯旁虚度终日，为逃离现实寻找着理性的依据：“在现实中需要一种奥勃洛莫夫①式的坚忍不拔，无须忙乱，不必安顿好自己迎合这种不公，毋庸寻找自己在其中的位置，因为任何一个安于这种体制并习惯于在其中生活的人都会成为维系这个可耻的社会机制的结构中的一颗铆钉。”

在这位逃离者的无为中，确有其对现实的批判与抵制，然而，他在这一生存逻辑引领下的逃离不但没有可能将可耻的社会“拖垮”，反而造成了他不断迁徙漂流的人生窘态，以及在现实生活中的暧昧和盲目。主人公无法摆脱平凡人生中各种具体琐屑的世俗困扰，既不能在社会转型中以一种崇高的理性标准来处理生存中的各种矛盾冲突，包括人与人的关系，更不具备强大的道德力量来批判时代的乖戾、荒谬，而是选择了“逃离”作为其人生哲学。他不仅没有

① 俄国19世纪作家冈察洛夫的小说《奥勃洛莫夫》中的主人公，懒惰、消极，但始终如一。——如无特别说明，本书脚注均为译注

实现“新生”，反而失去了家庭的温暖、亲情，也丢弃了作为文化人的人格。被逐出团委机关，科研所解散后的下海，找女人，去银行，他在每一次与社会转型有关的逃离中完成着人生的阶段性追求。但他得到的每一样东西都不能真正属于他，他也同样不能在他的所得中找到心灵的归属感。放纵身心所得到的是更为沉重的心理和精神负累，孤注一掷的投入与奋争换来的是既往的生活轨迹凸现在心头的道道伤痕。固然，主人公与其邂逅的一个个女人之间情与欲的放纵具有很大的偶然性。它们或缘于少年生活经验的缺乏，或屈从于她者的引诱，或失足于冲动一时的欲念，或缘于与妻子的龃龉……作为一个有良心的知识分子，奥列格从来也没有打算让家庭解体，亦无抛弃贤惠温柔妻子和可爱女儿的初衷。但种种偶然的失足掩盖着他失去精神支撑后对日常生活中应负起的责任和义务盲目而荒唐的逃离，这是他厌恶现实后变相报复社会，是他自己的怯懦，也是他失去了对自己和他人的人文关怀后负面人格的膨胀。这位逃离者始终有一种“脚被夹在两条铁轨之间的感觉，一趟可怕的变革的列车披着万道霞光，呼啸着向他疾驰而来”。小说的结尾，期待着即将与情人逃往塞浦路斯的巴士马科夫身陷妻子与情人同时来到面前的尴尬境地，情急之中他逃进邻家的阳台，不料却从十一层楼跌落，挂在了阳台上的木箱上，定格在上够不着天、下够不着地的“过程状态”。无望逃离后的“悬空”成了他一生命运的绝妙注解。继 19 世纪的奥涅金、毕巧林、奥勃洛莫夫之后，逃离者巴士马科夫是 20 世纪末的又一个新型的俄罗斯多余人。

小说中的哲学教师尤里·阿尔先尼耶维奇是一个在商业实用主义时代乐道于自己所钻研的“无用”哲学专业的学者，一个试图隐于喧闹的市场社会深处的微带倦态的行者。与这位逃离者相反，卡拉科津以某种凛然正义的抗争实践着他对人的生存真理自以为无误的认识，也体现了另一种颇具历史特征的典型心态。这位正义的知识分子“骑士”以为，在残酷的现实面前，人的理智与价值观念，以及无私无畏的爱的神力能够强制性地取得最终的胜利——即使这需要以身躯的牺牲为代价。这一想法的悖谬之处，恰恰在于他以苏维埃式恒定不变的目光观察、处理变动不定的现实，从而最终导致了价值与事实之间的错位。当他挥舞着真理与正义的大旗，为祖国与人民美好的未来高声疾呼、奋勇进击，最后在保卫（莫斯科）白宫的战斗中被烈火烧死的时候，我们看到的似乎不再是英雄式的悲壮，而是堂吉诃德式的滑稽与可笑。斯拉宾逊是变革时代中俄罗斯民族心态裂变的畸形儿、以自我为核心的“充沛饱满的主体精神”投入社会转型现实的实用主义者。他心理的逆向位移表现在：在保留着一种传统人文精神和爱国情绪的同时，他选择了一种以物质的实惠和感官的快乐为最高准则的生活方式。昔日的科研所党委书记、后来成为莫斯科一家银行人事部副部长的盖尔克是成熟于旧体制而“改型”于新体制中的一个怪胎、在新旧体制中混世的一个魔王、在不正常的政治和经济生活中要尽奸猾的游蛇。驼鹿银行行长尤纳可夫与百万富翁阿瓦尔采夫是以牺牲民众、国家的利益为代价，带着社会转型时期的血污走上社会舞台的。他们或利用原先在苏联时期的权力，或采用巧取豪夺的手段，获得金钱与权势，满足着自己的贪欲与情欲，从而成为市场经济的“主人”。他们是心态被扭曲且自我扭曲的“俄罗斯新贵”。

鲍里斯·伊萨科维奇是个对苏维埃社会和苏联军队怀着无限深情的老将军，是小说中为数不多的依然保留着苏维埃人心理和信念理想的红军老战士。生活的激流冲垮了他的心理防线，将他卷入了动荡不安的现实中。他不顾古稀之年和病弱之躯，参与了捍卫苏维埃祖国、军队和民族荣誉的斗争，最后献出了生命。他的暮年人生是不甘屈辱的苏维埃军人一曲凄怨动人的心灵绝唱。读者在巴士马科夫的女儿与女婿身上看到的是世纪末俄罗斯社会中求真求实的新一代。他们愤世嫉俗，但不停留于对现实中压抑与烦躁的无奈体察，没有屈从于不可遏制的拜金主义原则，也不追求英雄主义的

“崇高”，以卵击石地捍卫已经成为历史的“苏维埃”，而是“智慧在心，技术在手”，敢于创造新状态、敢于生存于新状态的当代新型知识拥有者的形象。他们生存在既不理性化也非完全物质化的现实中，在爱情、家庭、事业、物质财富等方面的成就是其生存原则最好的导语。

主人公的妻子、中学教师卡嘉是小说中富有人性魅力并闪烁着光彩的知识女性。她并没有忧国忧民的宏大忧思，却在日复一日的日常生活和工作中克服着自身的消极与软弱，守望着家庭与爱，实现着自身价值。卡拉科津的妻子，“公主”列雅尽管受过高等教育，却毫无知识女性的人格与品性。她犹如一朵浮艳的凌霄花，难能凭自己的枝干直立起来，总以攀缘的天性向高处、富处盼望。在市场经济的大潮中，她将自己摆在了商品社会的商品柜台上，待价而沽，听任有钱人的选择和购买，成为丈夫人生悲剧的重大责任者之一。年轻女性奥克桑娜在多变的生活中无法把握自己，其生命追求所激发的拼搏与冒险多表现为为了原欲的肉体的付出与糟践。尼娜·契尔涅茨卡娅生性善良，懂爱敢爱，为着自己的儿子罄尽心血，却无力挣脱商品社会套在她脖子上的枷锁，从一个性感、快活的科研所女技师沦落为满头白发、满脸皱纹、肮脏病态的乞讨者，一个失去了家庭和唯一的儿子的新时期“无产者”。她是社会转型期的一个被侮辱与被损害者。

上述人物都是独立而自足的心理个体，又是当代俄罗斯知识分子心态结构中某个层位的代表。他们构成的整体便是俄罗斯民族精英——知识分子——心态裂变的一幅无法分割、无法剥离、气韵贯通的“云图”，就是这样的一个心态各异、处境不同的人物世界，牢牢吸引着读者的审美目光。这也许就是作家给读者开辟的一个与以因果情节链为主的传统俄罗斯小说有所区别的阅读领域。

《无望的逃离》是一部以现实主义为基本创作手法的小说，却体现出俄罗斯现实主义小说在20世纪末的某种异变：新的意义系统的创造和新的美学形式的实验。

小说的内在意义体现在对历史巨变、转折时刻的艾斯凯帕尔形象复杂人性内涵的揭示上。作为对传统俄罗斯现实主义小说的继承，《无望的逃离》具有浓郁的历史底蕴。小说中巴士马科夫逃离家庭、逃离现实的一次次企图发生在苏联解体前后社会转型、价值观念急速变化这一独特的历史时刻，作者用主人公对二十余年充满欲望的情爱生活的感悟贯穿起了 20 世纪末俄罗斯实实在在的政治、经济、军事、伦理等事态万象。但作者没有将人性批判政治化，而是将人格审视生活化、哲理化了。小说的意义内涵从社会本位的立场跃到人性本位的立场，作者不是以“政治变革者”的身份来评判，而是从“人学”——人格、心理、心态等——角度去度量人物，这是对 19 世纪俄国“多余人”重要的社会情结的一种超越。

从巴士马科夫裂变的心态中，我们可以读出这一人物思想的消极、存在的虚无、行动的无能。巴士马科夫与他的先驱们一样，逃离现实、躲避崇高或许是因为时代缺乏了理想、激情与希望。在 20 世纪末这个充满丑恶、苦难，而又以政治、经济强力为生存“发条”的时代，应该允许知识分子有软弱的权利。但它不应成为逃离的借口，更不能成为知识分子面对丑恶、苦难的唯一声音。这是小说提供给读者的一个颇具哲理意味的启示。但与此同时，作家似乎又在告诉读者，知识分子因失去人文关怀而负面人格膨胀时，会如何消耗掉真理与智慧，又会怎样造成巨大的精神废墟。小说对当代知识分子人格的自毁与对他者的毁灭的思考不能不引起作家对时下知识分子自我人格的极大关注，艾斯凯帕尔现象的当代意义也许正在于此。作品的这种哲理性与思辨性并不体现在单纯、抽象的演绎中，而是搅拌和溶解在事件的叙述和情感的抒发中，融于人物的生命体验与心态变化中。作品不以深刻和价值观的先锋为指向，却以感情饱满为特征。作家把众生的苦难拥进自己博爱的胸怀，整部小说弥漫着对辛酸生活抚慰的温情。它是当代俄国作家渐趋成熟而稳定的情感的一次真实的倾诉。

这部小说新的美学形式的创造首先体现在结构上。作家将一个俄国知识分子二十余年冗长的人生经历压缩到从早晨到中午这一上午的人物心态的叙写中。主人公短短几个小时中紧张激烈、纷乱无序的思绪，却连通着二十余年生活的每一刻流逝：初恋、婚姻、家庭生活、职业变迁、情爱的心灵旅程、与社会上形形色色人物的交往。作品以奥列格与卡嘉的夫妻关系为轴心，岔生出奥列格与初恋奥克桑娜、同事尼娜、少女维塔等变动不居的情人关系的动态组合，展开了奥列格与各行各业形形色色的知识分子的矛盾冲突，从而激活了故事情节的推进。波利亚科夫是个十分聪明的结构设计者，他仅凭小说巧妙的构筑就让读者有了一种急切了解主人公家庭、命运结局的强烈期待，这种期待直到小说颇富开放性的结尾才见分晓，因此读者的期待贯穿于阅读小说的始终。而且，作家不仅仅满足于中心情节意义的结局上，围绕着主人公的故事又伸展出一个个让读者产生兴趣的新的情节期待，散聚有序，收纵有致，形成了一种多起伏的故事整合，从而大大增加了作品的可读性。

此外，作者完全打破了按故事发生先后次序和情节之间的逻辑关系来构建小说的线性思维，而是选择以意识流动的“心理时间”的变化作为作品情节的推进要素。整个故事以巴士马科夫收拾东西准备逃离为小说的“蛛网中心”，随着主人公对旧时产生的思绪引出一个又一个故事，形成了层层套叠的“蛛网状”情节。过去、现在、将来的相互颠倒、交叉、渗透，空间的跳跃，场景的多变使得小说显现出“现在的人、物、事—现在与过去的人、物、事的相互交叉、渗透—现在的人、物、事”的三个意识流动的圆圈。这三个圆圈交叉套叠，形成了蛛网中的三个时间大圆。主人公每次取出旧物时，都从现在入手，但思绪马上进入过去，而先前的人、物、事又与现在的有联系，它们与现在的交织在一起，最后又回到现实中。作者用人物对话、内心独白表现现在，用主人公的“意识流动”（思虑、回忆、梦幻等）叙写过去，而连接两者的是“自由联想”的“心理时间”。

作家常常使用一种戏剧化的悬念手段，一步步将人物推向某种极端化，甚至荒诞化的生存境地，以此来传达各种难以言说的心理状态。主人公沿着自己设定的目标在生活中左冲右突，结果往往被各种匪夷所思的意外所颠覆。例如，踌躇满志的区团委组织部部长巴士马科夫因朋友所送的鱼子酱被误当作偷运违禁物品而在一夜之间葬送了前程。这种颠覆性的叙事在小说中得到了鲜活而淋漓尽致的表现。作者让人物不时游离于爱、正义、道义、责任等伦理化的角色之间，以此来促动人物展示更为潜在的精神与心理空间。比如，巴士马科夫虽然有了外遇，但没有对妻子和家庭表现出冷漠，相反他还通过各种方式来进行情感和生理上的补偿，甚至以夸张的形式试图不忘并召回家庭的温暖。主人公在每次赴情人之约出门前照镜子的过程中总能看到镜子深处偷窥他的妻子的镜像，在与情人幽会时每每会将妻子与情人进行有利于前者的比较，每次在职业变更、情人更换和人生选择的关键时刻，总要将妻子送给他的漂亮的迪奥领带戴在脖颈上。但这并不是人格的分裂，而是爱与性的分离，道义与职责的分离，是市场化、物质化的现实强行激活人的欲望后出现的人性表演。这种表演既荒诞又自然，既有道义的制约又有本能的冲撞。主人公一次次背叛后对妻子的愧疚、一次次逃离现实后的忏悔，说明他既想止步自律又难能摆脱诱惑，结果使自己越来越深地陷入一种难能自拔、一次次展开新的逃离的尴尬生存状态，无法解脱。逃离并非他的初衷，然而他始终处在人生的逃离之中，这便是人性背后的荒诞。奥列格的行为似乎说明，人的情感体系从来都是无法理喻而且脆弱不堪的，与他的命运一样，常常会被各种无法预测的现实所颠覆。这是生命自身的困顿，也是人性的悖谬。作家通过主人公所要表达的正是这种复杂的人性和心态裂变的真实。

波利亚科夫是果戈理、左琴科幽默、讽刺传统的成功继承者。

喜剧性情景和话语的运用是小说趣味横生的重要原因。为竞选议员，“民众沃克斯”基金会征集的所有签名基本上都是已经死了的和从来没在所登记的地区居住过的人。这一情节自然让人联想起《死魂灵》中的情节。在停车场当守门人的退伍上校阿纳托利奇一脱下军装就像从来没在军队干过似的，甚至连军人的仪态也一下子荡然无存了。他走起路来躬着腰，说话细声细气，还有点可笑：“夫人，您可以不爱您的丈夫，但不能不爱自己的汽车……”与他一起当守门人的“巴士马科夫使劲晃动着整个息事宁人的身子，想早点洗完，从土匪似的年轻人手中窸窸窣窣地接过钞票，感激涕零地微笑着，突然腰部一阵发软，身躯会不由自主地弯下来，小丑似的行上一个讨好的答谢礼”。但事后，当洗得锃亮的轿车驶离停车场的时候，他感觉到了一阵羞愧，甚至会无地自容。“这种感觉很像一个为情势所迫，不得不委身一个臭气熏天、浑身长满疥疮的盲流的良家妇女第二天清晨醒来时的感觉。”活脱左琴科笔下的一个小市民形象。人物不自觉地充当着听任金钱摆布的道具，知识分子对自身人格的尊重被淹没在物质性的欲求之中了。读者的领悟是发生在一种日常化生活的情景中的，亲切自然，毫无矫饰。银行里花瓶式的女秘书的微笑就像女花样滑冰运动员在得分低于她的期待值，但仍然必须向公众表示体育竞赛带给她们的欢乐时的微笑一样。“苏维埃政权时代的银行是怎么回事？什么也不是——胖胖的大娘加上木头算盘。”小说中“俄罗斯市场改革史研究所”（俄罗斯市改史所）在研究人员的心目中不过是“俄罗斯市场改革失败史研究所”（俄罗斯市改败史所）。作者在不经意的解颐消遣、戏谑讽刺之中，为读者解悟人的心态变化和时代特征提供了极为生动的场景和载体。巴士马科夫的母亲劝慰女儿说：“对丈夫宁可宠爱迁就过度，也不能爱抚温柔不够。”民间的道德风俗体现了女性在家庭中的地位和受制于丈夫的酸涩人生处境。类似的例子在小说中比比皆是，而且无不充满机智的思辨性和格言性，极大地丰富了作品的思想容量。

世纪之交的一部分后现代主义俄罗斯小说家提倡对俄罗斯文学传统的颠覆与解构，大力展开现代阐释，而另一部分小说家则强调对俄罗斯经典现实主义传统的回归与扬弃。作家尤里·米哈伊洛维奇·波利亚科夫显然是后者的优秀代表。到底谁更能赢得 21 世纪中国读者的心？长篇小说《无望的逃离》不啻是寻求答案的一种不错的媒介。俄罗斯文学是不可能再回到过去了，但俄罗斯文学厚重的传统精神依然在今日的小说中徜徉。作家们在承认现实比历史进步的前提下，重新在高扬俄罗斯文学的人文光芒，寻找人性的觉醒与回归。波利亚科夫从 20 世纪 80 年代起先后创作的《纠错》《科斯佳·古曼柯夫的巴黎之恋》《从谎言帝国到谎言共和国》《羊奶煮羊羔》等多部长篇小说都贯穿着这样的一种精神。现为《文学报》主编的波利亚科夫是俄罗斯当代为社会各阶层读者喜爱的最为畅销的严肃作家之一，被《文学的白天报》誉为当代文坛的“十杰”之一。他的作品已经被翻译成英、德、法等各种文字在欧洲出版，被改编成话剧、电影，并纳入中学和大学的教学大纲。作为当代俄罗斯重要小说家的波利亚科夫已被列入 2000 年由俄罗斯大百科出版社出版的辞典《20 世纪俄国作家》中。我们对他的介绍也许会满足中国读者对新世纪俄罗斯文学的一种喜出望外的阅读期待，因为我们的确看到了作家在现实主义路径上新的追求与创造。

2002 年 8 月

再版译者序

俄罗斯长篇小说《无望的逃离》中文版的再版，使我们有机会重新阅读和审视这部作品。在小说问世后的二十余年里，俄罗斯社会生活发生了新的深刻变化，出现了一系列新的文化现象：大众文化的风起云涌，精英文化的焦虑，人们对社会政治的淡漠，生命价值观的多元，知识分子的迷惘，婚姻家庭关系的复杂化，等等，这不得不让人们重新反思出现于20世纪至21世纪之交的这部作品的意义。

如果将2000年这部小说问世的时代与新世纪二十多年的时代加以比较，就不难发现，时间距离不但没有损害作品的品质，反而赋予了它更多的意义价值与阐释空间。这部小说在告别了苏联之后面世，以整合知识分子与历史关系的面貌出现，为我们重新提供了建立知识分子历史主体的想象空间。今天也许并不需要对曾经过于社会化、道德化的批评做出检讨——当年俄罗斯批评界对作品以及主人公“集体性”的批评未尝不可看作苏联知识分子最后的自我检视。波利亚科夫挑战正面形塑知识分子形象的俄罗斯小说传统，以揶揄、嘲讽之笔撕破了知识分子精神和道德的“假面”，揭示了其生存危机中的心灵裂变和人文精神的失落，无可厚非。但仍需冷静反思的是，这部长篇小说真正的价值究竟在哪里？

在不同的时代，人类社会总有各种宏大浩荡、不容悖逆的精神主题和文化主题。然而，绝大多数人对此并无察觉，甚至一无所知，因为与每一个人的生命困惑和精神疑难休戚与共的是他的日常生活。人们总在为自己生活中具体而渺小的事情忙碌、操心、焦虑，对他们来说，对这种日常生活的思考才是最真实、最要紧的。托尔斯泰在《战争与和平》中曾说过："生活，人们真正的生活，及其对健康、疾病、劳动、休息这些切身利益的关心，对思想、科学、诗歌、音乐、爱情、友谊、仇恨、情欲的关心，依然照常地进行着，不受拿破仑·波拿巴在政治上的亲近或是敌对的影响，不受一切可能的改革的影响。"①这部小说的作者对俄罗斯历史文化转型时代知识分子日常生活的高度关注和悉心描叙，对人物日常生活与历史关系的独特书写，正是基于这样一种文化认知。作品的这一叙事取向和审美起点恰恰为我们打开了小说艺术世界的另一扇窗户。

我们发现，作者并没有花费很多笔墨对时代、社会进行描叙，小说中所谓历史社会图景是以若干不无喜剧性的生活场景呈现的。它只是化入个人生活的经验性存在之中的一种历史文化背景，并没有被当作一个宏大而抽象的历史来规约个人的生活。真正让读者印象深刻的是书中具体、琐碎却鲜活的日常生活，一个个具有生命质感和生活实感的人物。书中的男女老少都在为了自己的生活认真努力、执着不息，其多姿多彩的日常生活才是真正的生命本然和历史肉身。作品中的人物虽然或多或少有着勾连着时代、历史的种种变动或错乱，但饮食男女、柴米油盐、喜怒哀乐，这些被日常生活经验化的世俗才是他们生命存在的真实内容。小说主人公巴士马科夫的父亲，莫斯科一家印刷厂的排版老师说的一句大实话很有代表性。他说："其实我们不需要很多：菜汤稠点，老婆亲点。"书中人物苦乐交加，或完整、或破碎的人生，各种生命体验无一不是来自感性生

① 托尔斯泰著：《战争与和平》，刘辽逸译，人民文学出版社，北京，2003年，第464页。

命对生活意义、价值的把握。《无望的逃离》是一部真正意义的“生活流小说”，作品中日常生活的“原生态”，实际上既是作者的一种日常生活观，本质上也是他的一种艺术价值观。

20 世纪 90 年代是俄罗斯社会历史文化转型的年代，知识分子在社会生活结构中的地位发生了根本性的变化。他们突然从风光无限的人生舞台上被驱赶下来，与生命对应的事业和名利这两条道路都被堵死，内心的迷惘逐渐趋于空虚，在生活的泥淖中乱作一团。焦虑不安、精神无依、放浪形骸、灵魂浮散成为众多知识人共同的心灵病相，而婚外情的恣肆、家庭的危机、婚姻的解体、两性关系的混乱更是他们日常生活中司空见惯的现象。

在对日常生活的书写中，作者对人的欲望，特别是情欲，给予了特殊的观照。欲望叙事是这部“生活流小说”的主要叙事形态，也是作者写作情绪最饱满的话题。欲望叙事源于叙事主体对人生命本能的发现和肯定，也是欲望主体的自我确证。如果说，在苏联时期，知识分子的个人情感、两性关系在文学中被政治化了，那么在后苏联时期，个人情感和两性关系则被欲望化了，情爱成了反抗人性压抑和异化，赢得生命自由、精神独立，张扬主体自我精神的一种方式。

小说在主人公巴士马科夫与美少女维塔做爱的情色镜头中展开，两人的缠绵及策划逃离“围城”的意念成为作品的主线索。主人公风流不羁，周旋游走在一个又一个女人中间，发生了难以计数的婚外情，有过三次逃离“围城”的图谋。而他身边的知识男女也都不甘寂寞，风流放诞。区党委科学和大学工作部部长多库金因婚外情被解除了职务，成了科研所副所长后故态复萌，又“过分热情地介入了一个来自外地的年轻女研究生的私生活”。工程师卡拉科津与女研究员柳霞长期保持着无须承担任何义务和责任的私密关系。大学毕业后分配到科研所的女研究员，高冷的“公主”奥列霞与卡拉科津婚后没两年便离了婚，先是嫁给了保险公司老板，而后又成了一位石油大亨的娇妻。巴士马科夫的老同学鲍尔卡是个用无数零星的被窝里的情事取代真正爱情的男人。科研所女技师尼娜在丈夫生病住院、儿子去夏令营的“空窗期”，一次次地与巴士马科夫幽会偷欢。巴士马科夫还与同学鲍尔卡一起，以兄弟相称，与女研究生琳达在一间房中荒唐地嬉戏。在艺术培训班，著名的艺术家轻而易举地夺去了年轻女学员的童贞，为了个人仕途，还把她转让给了艺术基金会的领导。水性杨花的伊尔卡几乎每个月都会向女友卡嘉绘声绘色地讲述其失去童贞的经历，而那个成功的诱惑者每一次都会是一个新的男人。巴士马科夫的父亲，老了老了还在一次出境旅游时与一位将军夫人搞过闪电般的一夜情。更有甚者，在少先队夏令营，男辅导员竟然“出于非教育性目的”纠缠小男孩……生活中欲望汹涌，难见任何的庄严。激发欲望、面对欲望、感受欲望居然成为知识人的生命常态。爱情至上、无功利的性爱神话早已破灭，情爱既非两性“灵与肉”的升华，也不是反抗社会压迫、实现个性解放的话语，却有了更多“暧昧”的意味和“堕落”的气息。知识社会的滥情现象与俄罗斯社会的混乱图景有了惊人相似的同质性，表达的是转型时代具有普遍性的社会精神溃散。转型时代，从社会文化心理来看，是人生梦想与时代之间的错位，这种错位必然，也首先在社会精英的心灵世界留下印迹，这就是后苏联社会“当代性”的独特所在。

在弥漫着浓郁的欲望气息的知识阶层的众生相中，著名的莫斯科鲍曼高等技术学校毕业生，工科副博士，国防科研所党委委员、实验室主任，已有家室的巴士马科夫是一个典型的范例。

对这个中年知识分子来说，生活世界几乎是在瞬间轰然倒塌的。他因一桩冤情被解除了区团委组织部部长的职务，接着又遭遇了所在的科研所的解散，不得已干起了国际“倒爷”的营生，生意失败后做了停车场的看门人，没多久又被老板炒了鱿鱼，成了无业游民，在做银行家秘书的女儿达士卡的帮助下才走进了银行，有了正儿八经的工作。“游走式”的生存改变的不只是工作岗位和地理位置，还有精神和心灵坐标。知识分子的崇高自视与社会地位的沦落给了他心灵信仰的重创。他在充满动荡、不知未来的日子里讨生活，这种生活不仅仅是物质层面的，更有生命的尊严。而一个知识分子生命个体，比其他的生命形式有着更多的尊严需求：富庶、自由、独立、成功……窘迫拮据的物质生活，寄人篱下的屈辱和有钱人的白眼，琐碎庸常的家庭生活，还有随着时间流逝不断被稀释的爱与欲，造成了他的心灵失落。他在现实生活中始终处在试图自我确认和无奈之下随波逐流的焦虑中。在此种焦虑的状态中，还有什么比堕入身体的快乐旅行更能排遣心中的寂寞不安呢？美国的心理分析学家卡伦·霍妮说：“性欲活动可以作为一种安全的阀门来排遣焦虑。”①

随着时间的流逝，妻子的“肉身最多也只能引起他漠然的柔情”，而每当因家庭小事与妻子发生龃龉时，他也越来越多地将妻子与更年轻、更漂亮的情人进行比较。家庭生活已不能提供给巴士马科夫新鲜和完满的爱欲满足。身为区团委组织部部长的他在建团纪念日的联欢晚会上，在一间专门存放流动红旗的储藏室里与财务科女会计偷偷做爱；在共青团学习班里，又无所顾忌地与木偶剧院的团委女书记频频偷情。显然，这里有作者以“苟且”的方式表达对共青团内政治生活的反讽，他将欲望叙事成功地转化为对苏联政治文化的悄然解构。此后，他又与已为人妇的女同事尼娜、在学术会议上才认识的女学者卡皮托琳娜、银行家的女儿维塔一次次地越轨，对人生中邂逅相遇的女演员丽季娅、女大学生马丽娜有过非分的念头。

“婚外”成了巴士马科夫无所顾忌的“自由之地”，他将对自由、独立、成功的追求演化为对“性”的追求。他以感官及性欲的满足来消解社会异化对他的打击，让在现实生活中遭受的挫败和焦

---

① 卡伦·霍妮著：《我们时代的病态人格》，陈收译，国际文化出版公司，2007 年，第 30 页。

虑、无法获得的尊严和自信在“婚外”的“性”中得到缓解和激发。生活就是这样，只要稍有灵魂的松懈，精神就有可能一溃千里，向下的力量总是那么强大、邪乎。成熟健硕、聪慧机敏、风度翩翩是这个四十四岁的男人赖以吸引众多女性为其献身的魅力所在。巴士马科夫轻而易举地将她们征服，与其说是女人们的轻浮、放荡，毋宁说是现代社会中一个幻化了的让众人瞩目的知识分子自我的呈现。对于他，身体“成了一种被复杂地代码化的东西，这样，它也就迎合了知识分子对于复杂性的热情”①。在他的婚外情中，我们很难读到真诚、倾心、牺牲之类的爱的品质，能够感受到的只有欲望，还有快感与悔恨、伤痛与自责之间的复杂关系。当快感散去，这个显赫于女性世界、自我感觉良好的成熟男人却总是陷于无边的苦闷焦躁中。

这个在苏维埃国家成长起来的共青团干部，国家科研机构的骨干，始终有着明晰的“底线”。巴士马科夫牢记着做人的三条准则：“可以讲俏皮话，但不能损害公共事业；醉后胡言只能限定在酒瓶见底之前；办公室里的风流韵事不能影响家庭。”就这样，他在欲望的诱惑中守护着平稳的家庭生活，并把这种平稳的基调奏响在他日常生活的场景中。然而，婚外情不具备任何的合法性。行走在欲望的天国里，他始终受着忠实与背叛、追寻与迷失的精神煎熬。被妻子发现蛛丝马迹后，两人的争吵引发的极端化情绪更如锥心的利剑，使其每每陷入极度的空虚和绝望中。他发现，在充满欲望地奔走在一个又一个女人之间的同时，心底深处却也在憎恶一种他所渴望和抵达的生活，还有憎恶背后更深的迷惘与不可估量的幻灭感。

少时，巴士马科夫曾遭遇与初恋奥克桑娜性事的失败，被她起的“半拉子男人”绰号羞辱后一蹶不振，患上了交友恐惧症，是妻子卡嘉治愈了他肉体的创伤。在他的心目中，卡嘉是命运专门为他

① 伊格尔顿著:《历史中的哲学、政治、爱欲》，马海良译，中国社会科学出版社，1999 年，第 199 页。

安排的人生伴侣，是他最可靠的人生伴侣。面对始终维护其脸面的妻子的柔情，还有已经长大成人的女儿，他越来越无法容忍自己在夫妻关系和家庭生活中保持的“客气”、疏远，甚至冷漠、虚伪。巴士马科夫既渴望能不时照亮生命的艳遇之火，却又担心会灼伤自己和家庭。生活中各种新因素的出现——妻子在事业上的成功、女儿幸福的婚姻、当上外公时的喜悦——也在一定程度上促使他人性的苏醒。每当他行背叛之事、策划“逃离”之举的时候，被蒙在鼓里的妻子总会引发他巨大的怜悯，而“怜悯心又不知不觉地转为一种柔情”。当妻子严厉地呵斥，当真要让魂不守舍的他“滚”出家门的时候，苦涩的泪水会从他眼中夺眶而出，昔日温馨的家庭生活情景会一幕幕在他眼前闪现，奥列格照例会承认错误，请求宽恕，痛恨自己，把牙咬得咯吱吱直响。在妻子含着泪挽留他别离开家时，他几乎也要哭出声来。

巴士马科夫与情人不间断的交往也浸满了悲哀和自责。是巴士马科夫把尼娜送上了绝境。尼娜性感、可爱，聪慧、能干，本是一个贤妻良母。丈夫的疾病以及缺爱的婚姻使她迷失在“走火入魔”的情欲中。她对巴士马科夫确有真爱，甚至主动向他妻子表达爱巴士马科夫的真切。不料，她浪漫的爱情想象却被巴士马科夫以欲望的方式消解在了性爱之中。他心中充溢着的是对她肉体的好奇，与真正的爱情没有太多的关联。尼娜在遭到巴士马科夫的冷淡和遗弃后最终失去了生命的方向感和精神寄托。在地铁里偶然相遇时，巴士马科夫看到的中年尼娜已白发苍苍、满脸皱纹，已沦落到了沿途乞讨的悲惨境地。她的家庭解体，儿子在车臣战场被俘。巴士马科夫无法承受她沉重的目光，深怕被认出而用报纸遮挡着脸，此后噩梦连连，他为自己的鄙琐、无能，让曾经的伴侣遭此厄运深深自责。

小说不断揭示主人公“背叛”妻子，“逃离”社会、家庭、责任后的精神“荒凉”。在这种“荒凉”中有社会转型时代信仰失落后的孤独清冷，有对世事、人情建构起来的发自内心的悲伤无奈。对家的背叛与渴望构成了主人公充满悖论的婚姻人生，他的悲哀和苦痛由国而起，终究却因家而生。但对“家”的一种朴实的依恋和行为“底线”的约束，即使在“逃离”中，主人公也始终难能安心，充满了负罪感。在他最后一次准备“逃离”时，想起了卡嘉会在家中焦急地等候，女儿一家人还遥在远东，刚刚出生的不足月的女婴还等着外公，离家出走不啻是“猪狗行为”。叙事人以非直接引语的间接叙事说，与维塔第三次“愚蠢的，企图逃往塞浦路斯的背叛行为让他感到了对卡嘉的一种迟来的歉疚，这种罪恶感变得如此深重，如此不可饶恕，他俨然成了第一个，也是最后一个匆匆来去的淫棍，此刻他再也不想与一个年少的情妇私奔，他忠实的妻子叶卡捷琳娜·彼得罗夫娜[1]俨然成了一个最最纯洁的护家天使”。

巴士马科夫似乎时有所悟。然而，颇具反讽意味的是，悟归悟，他仍然始终挣扎不出欲望的街市，欲罢不能的“出逃”意念。“欲望”在叙事中已不再是孤立之物，它关涉到了历史语境中社会主体的精神建构。“性”不仅仅是身体性的，而是具有丰富寓意的“疾患”，最终指向的是精神的萎缩。事实是，巴士马科夫无论怎样努力，都无法做到真正的“逃离”，他的精神世界似乎无可挽回地溃散了，哪里是他安妥灵魂的地方呢？小说结尾，无法面对妻子和情人维塔同时的追问，巴士马科夫跳往邻家阳台时，两脚一滑被绊倒，两手抓住了木箱，身子悬空吊在了半空中。就在那里，他上下、左右两难地被固定在了那个时代的历史坐标上。其不无“喜剧性”的悲哀人生，昭示的不仅是20世纪末俄罗斯知识分子阶层的生命境界，还有那个特定文化时代荒唐、恓惶的人性。

如何使生活回归健康与美丽，让知识人从精神上站立起来？波利亚科夫在本书中文版初版中“致中国读者”的话中说：“家庭——这才是真正的诺亚方舟，只有它才能帮助人们战胜地缘政治的风暴

① 卡嘉的名字与父称。

和浩劫。爱情——这是一种可给人力量以抗拒时代暴风骤雨带来的经久不息的伤痛的情感。”

这一叙事理念集中体现在了巴士马科夫的妻子，优秀的中学教师卡嘉这一形象上。这个接受了现代教育的知识女性是一个有欲有情，力图将爱情、亲情、家庭文化完美结合在一起的女性典范。她不仅要爱情，更渴望婚姻、家庭的实质和形式。她集传统美德于一身：美丽善良、温柔贤惠、节俭勤奋、通达智性。面对价值观念发生裂变的时代，她并没有无所适从。基于母性的无私的爱与包容，不仅融汇成了强大的自信和自尊，还帮助她超越了时代生活的局限性。她不仅自觉自愿履行着家庭主妇的职责，还让家成为男性精神成长、灵魂新生的生活场域。与丈夫的“逃离”相反，她始终心有所属——家，父母、丈夫、女儿、外孙，还有生活。这与其说是一种无奈和顺从，莫如说是选择了对婚姻和家的坚守，因为爱在，情在。在发现丈夫第一次逃离“围城”的意图时，她便惊恐不已、怒不可遏地告诉他，“要是那次你离我而去，我会恨你一辈子。我还要教会达士卡恨你！教会达士卡的孩子们……”。在充满生存烦恼、夫妻龃龉的家庭生活中，卡嘉绝对是个婚姻支撑和依靠的力量。在丈夫失业，家庭生活遇到困难时，她成了家庭物质生活得以正常维系的支柱。面对丈夫有意或无意的背叛，尽管她心里明镜似的，却并不总是发作。她耳闻目睹身边无数人身上和家庭生活中发生着同样的事情，尽管心灵深处无法接受这样的事实，但她始终牢记着自己的知识分子身份，还有不时地自我提醒的妻子本分和义务。自尊自爱的卡嘉对不断承受的屈辱也会记忆在心、愤恨不已，但仍然会一次次地饶恕丈夫的所为。对家的纯真朴实的依恋，捍卫婚姻、家庭的执念令她无法挥刀斩断一切。有时她甚至会跪在他面前，为自己的任性、爱作自责不已。卡嘉似乎在告诉人们，真正的爱情和婚姻是从妥协开始的，如果两人不能相互理解、相互妥协、相互包容，爱情终究缺失延续的基石。

作者让女性以俯瞰的姿态充当了父权家庭的拯救者，他从家庭日常生活覆盖下的女性美好的生命经验中发现了女性生命在家庭中的重要存在和崇高价值。小说中不仅有卡嘉，还有许多女人。巴士马科夫的女儿达士卡怀着一个美好的爱情梦，嫁给了一个从农村出来、一心保卫祖国的青年军官。她不顾母亲的劝说，为了爱情，离开了令众人羡慕的莫斯科银行家秘书的工作，跟着他去了远东，在一个偏僻、贫瘠、落后的海湾地区，过着拮据，但十分幸福的家庭生活。巴士马科夫的奶奶杜尼娅结过五次婚，但除了第一任丈夫，巴士马科夫的父亲外，她与其他四个男人共同的生活都难能持久，因为她一直在等待一个最终完全与卫国战争期间失踪的第一任丈夫相同的男人。人虽已老年，爱的初心不改，这是一曲重归“爱的原点”、内在的价值支点始终不变的爱情故事。在奶奶看来，爱不仅仅是为了所爱的人，还是为了自己的爱的满足，所以，“爱情不过是一种利己主义的变体”。这一颇具哲理的话语道出了爱情的自爱本质。

在作者看来，家庭是凝聚社会、美好两性关系的社会细胞，这一肌体力量的本源性和坚韧性就在于它充满了爱情、亲情、秩序感、稳定感。家为人类生命活动提供了具体、真切的场所，维系着几代人的生活，规定着人生细节和生命形态，最为真实地体现了人的生存状态、情感品质、精神状貌和价值取向。小说把家庭、爱情从国家政治、社会伦理的宏观层面下移到了个体家庭日常生活的微观场域，并赋予了其独特的哲学意义和审美价值。

我们在小说中没有看到中年男人巴士马科夫最终实现人性回归的明晰结局。在抵抗“荒凉”无果之后，悬挂在阳台上的巴士马科夫最终向两个女人发出了“救命啊”的呼喊，他呼唤的是最本真的爱，这是主人公在“无望的逃离”之后，所追求的最成功的生命认知和最永久的生存价值。笔者以为，这才是小说欲望叙事的思想核心和真正的价值所在。鲁迅说：“在世界上，最具悲剧性格的是爱。爱是幻想的产物，也是醒悟的根源。”[①]米兰·昆德拉告诉我们，小说存在的理由是把生活的世界置于一个永久的光芒下，保护我们以对抗存在的遗忘。[②]《无望的逃离》不仅用知识分子沉迷于“性”的方式道出了历史文化转型期社会和人的精神颓丧、灵魂迷失，还呈现了一个属于个体欲望、情感和精神的经验世界。

海德格尔面对远离神性，物欲横流的世界，曾寄希望于“诗”，“一种展示普世精神价值和美好情感的神性向往”[③]波利亚科夫的长篇小说以其独有的叙事方式呈现了这种具有神性向往的诗性的重要性。

---

① 鲁迅著:《故事新编 序言》，人民文学出版社，1973年。
② 米兰·昆德拉著:《小说的艺术》，孟湄译，生活·读书·新知三联书店，1992年，第16页。
③ 海德格尔著:《存在与在》，王作虹译，民族出版社，2005年，第124页。

我常常想起这个可怕的关于家的浪漫故事……

——亚·谢·普希金

目 录

CONTENTS

一

“你现在老在想什么呢？”

“我吗？”

“是你啊！”

“那你在想什么？”

“我，在想你啊！”

“那我，也在想你……”巴士马科夫按照两人间已有的默契，吻了吻活像一粒葡萄干的褐色少女乳头。他叹了口气，暗暗地自言自语道：“真是个不谙世事的孩子，她居然相信躺在一个被窝里的男人和女人会相互袒露他们各自的心事！”

“那你叹什么气啊？”维塔问道。她也遵照两人间已有的默契，向他托起了另一只乳房，等着他来吻她的另一粒葡萄干。

“让我来教你吧……”

“我可生气啦！”她说，故意蹙起了鼻梁上方两道几乎连在一起的浓眉。

“为什么？”他强掩心中的冷漠，伤心起来。

“就因为这！你在见到我之前还没真正地生活过……真的不懂生活！你一直想与我幽会来着。对不？你应该明白这一点！”

于是，她立刻开始亢奋地证明自己所言没错，而他却耐心地应对着她竭力宣泄的情欲，感觉自己完全成了个被掀翻在地、四脚朝天、头发花白的斯芬克斯，那无法遏制的、永难满足的青春欲望已使他难能自已。

“好，好……来吧……来吧……！”维塔病态般地闭上了眼睛，迷乱中嘟囔着，一只肤色黝黑的手一丝不苟地理了理凌乱的长发，那长发正随着她充满渴求的腰胯的节奏晃动着。

在情欲疯狂的晕厥中，这个一丝不苟的手上动作使巴士马科夫有些扫兴，但当他看见维塔突然睁开的那两只褐色眼睛时，心里不禁欢喜了——那茫然的眼神直勾勾地落在了那空幻处，落在了那幸福瞬间的闪电即将映现的地方……

姑娘睁开了双眼。但全然不是他喜欢的那对眼睛：眼神中流露着惊恐与慌乱。滚烫的，战栗的，已经期待着接纳闪电的身躯突然收紧了，冷却了。刹那间，巴士马科夫突然感到一丝凉意隐隐地穿透了他的周身，仿佛渗进了正在奔腾的血液中。

“兴许，那两个暹罗的连体婴[①]在发生争吵时也会有这样的体验，”他思忖道，“这会儿她一准会问我关于卡嘉的事……”

维塔俯下身子，将滚烫、濡湿的额头紧紧地贴在他的额头上。这会儿她的双眼变成了一对熠熠生辉、黑亮黑亮的眸子。

“你不会骗我吧？”

“你还不相信我吗?!”

“我是相信你的，可还有她呢……”

“你知道，我们俩现在没在一个房间里睡。”

“真的吗？”

“撒谎我还没学会呢！”他觉得委屈，但心想，世界有了这种纯真的稚趣会变得多么美好。

“但她……”

---

① 指暹罗（泰国）的连体双胞胎兄弟，名叫恩与昌（1811—1874），为胸骨连体双生子。喻指两个亲密无间的人。

“卡嘉早就对这无所谓了。”

“她！”维塔气呼呼地直起了身子。

“别担心了：她呀，真的早就无所谓了。”巴士马科夫肯定地说。

“也许，二十年后我也会无所谓的。可到了那时，你就老啦，头发白了，拐杖也拄上了……我只有给你递药的份了。”

“你说人老了会是什么样子？噢——哟——哟！”

“到那个时候，我也无所谓了。所以我得把你折腾个够，让你死也得死在我的被窝里。”

“人通常都会死在被窝里的。”

“不，人一般都死在床上，可我要你死在被窝里。和我在一起！”

“那也有可能。”巴士马科夫点了点头，把两只手枕在脑袋下面。

“你和我在一起好吗？”她又一次俯下身子，用乳头磨蹭着他那多毛的身躯。

她有一对硕大的乳房，生活尚未使它疲惫，那硬挺的乳房活像两个对半切开的柠檬。倘若一种判断女人性格的奇妙方法可信，那么这一特征就意味着“浪漫的性趣、信任感、忠贞不二和对未来义无反顾的信念”。

“我感觉非常好。”

“非常好，还是非常非常好？”

巴士马科夫心想，只要对两个幽会的男女看上一眼，就完全清楚：他们两人中谁爱得更深，谁只是逢场作戏。那个爱得更深的人，常常会关切地向那个躺在身下、将两只手枕在脑后的人俯下身子。

“非常好，还是非常非常好？”维塔又重复了一次她的提问。

“非常非常好。”

“我还得告诉你，爸爸挺喜欢你的。”

“喜欢什么？”

“什么都喜欢。他希望我们俩一定得到教堂去举办婚礼。”

“要是爸爸喜欢，那我们就去教堂举办婚礼。”

“你打算怎么向她解释？”维塔问。她挣脱了巴士马科夫的拥抱，在他身旁躺下。

“也许，什么都不说。把东西收拾一下就走人……”

“要是她问起来怎么办？”

“那我就告诉她，我爱上了别的女人……”

“要是她问‘是谁’呢？”

“她不会问的。”

“换了我，我也不会问。人总有自尊嘛。”

“她不问是因为累了。”

“天哪！怎么会累呢……对你吗！对这个身子……”

维塔用手指爱抚着这个身子，一只手托着腮，凝神望着巴士马科夫，目光中充满了崇拜，这令他对自己腮帮子上一个凸起的小粉刺有些不好意思起来。

“奥列舍克，你听着，我觉得最好还是对她说清楚，不然总有点不仗义。如果你把一切都告诉她，她会让你走的。你自己不也说过，你们之间已经没有任何感情了嘛。”

“要是她硬不让我走，那怎么办呢？”

“到那时我们再逃走也不晚。完了你从塞浦路斯给她写一封信不就得了。”

“‘出逃’这个词英文怎么说？”

“你们难道没学过这个词吗？‘escape’。出逃的英文是‘escape’……”

“那么，‘出逃者’就是‘伊斯凯帕尔’了？不，最好还是叫‘艾斯凯帕尔’。这个词有点像‘艾斯克瓦依尔’……”

“‘伊斯凯帕尔’？好像英文没这么个词……”她皱起了眉头，竭力回忆着，“真没有。‘出逃者’英文叫‘runaway’。”

“真遗憾。”

“遗憾什么？”

“没‘艾斯凯帕尔’这么个词。别人问你，‘您是出逃者吗？’可你回答说，‘不，我是艾斯凯帕尔！’”

“记住了，是‘艾斯凯帕尔’，”她在他的腮帮上又亲了一口，说，“下星期一晚上我们就飞走。”

“To fly away。[①] 这个词我们学过……”

“你是故意在装傻吧？”

“我没有装傻。下星期一我一定都准备停当。”

“你的声音里我怎么听不出高兴劲。”

“我一定准备好！”巴士马科夫用少先队员宣誓的郑重口气重复了一句。

“奥列舍克，你听我说，”维塔笑起来，“我这会儿又给你想了个绰号。”

“哦，是吗？”

“是啊！‘艾斯凯帕尔契克’[②]。”

“这个‘帕尔契克’是什么意思？”

“我自己也不知道……”

“我这就让你知道知道！”

“别，你还是饶了我吧！”

“我不！”

“男公民，您想干什么？”

“女公民，您马上就会明白的。”

“等等！不是这样。吻我呀……要把全身上下都吻个遍。”

“整个身子，还是整个一整个身子？”他问道，努力摆出斯芬克斯应有的姿势。

“整个一整个一整个身子……”

---

① 英文，意为“飞走”。

②“逃离者”的俄文爱称。

二

罗西诺奥斯特洛夫斯基银行外汇出纳部的工作人员奥列格·特鲁多维奇·巴士马科夫欲背弃妻子离家出走。这已经是他婚后二十年来第三次出逃了。第一次是在十六年前，当时他们的女儿只有四岁，奥列格·特鲁多维奇（那时人们还叫他奥列格）在红色无产阶级区团委工作。他已故的岳父把刚刚从莫斯科高等技术学校毕业的他安插在了这样一个前途十分看好的岗位上。那时他的岳丈任列姆房屋建筑公司的办公室主任，这个小小的区级领导机构靠经营南斯拉夫壁纸、捷克卫生洁具、德国瓷砖、芬兰地板漆发了财。

第二次未能如愿的出逃发生在十四年前，时间拖得很长，持续了很久，神不知来鬼不觉。它几乎贯穿了他因一桩鱼子酱事件的误会被逐出区团委后在一个叫“金牛星座”的科研单位工作的全部岁月。他与女同事尼娜·安德列耶芙娜·契尔涅茨卡娅有过一段经久缠绵的办公室罗曼史。在这段历时久远的逃离的激情中，奥列格·特鲁多维奇有时觉得自己活像一张没拍好的照片上的短跑运动员，因曝光不足而形象模糊，整个照片都是虚而不实的身影……

如今奥列格·特鲁多维奇在精心策划第三次，也是无法挽回的最后一次的时候，心中总在默默地回顾前两次未能成功的逃离，像解析一道儿童智力游戏题一样，不仅会一一拆析着每个细节，还会将它们重新整合在一起。他甚至冥思苦索，设想假若其中的任何一次得以成功，那他如今的生活会是个什么样子，但最终都陷在了复杂的因果关系的迷雾中，常常不得不高傲地以命运使然的结语自慰。

奥列格·特鲁多维奇仔细而周密地斟酌着任何一个可能会出现的突发情况。他甚至对妻子也变得和蔼、温柔起来，但为了不至于引起她的怀疑，分寸感掌握得非常好。巴士马科夫并没有刻意强迫自己去做：温柔是完全真诚的。每一次，当他望着被蒙在鼓里的卡嘉时，心头还会涌起一股真诚的柔情，心想，他们俩毕竟很快就要永远分手了。正是妻子的无知无晓引发了他强烈的怜悯心，那怜悯心又不知不觉地转为一种柔情，为了不出纰漏，有时他还不得不稍稍将这种柔情隐藏起来。

根据两人商定好的意见，逃离的日子是在星期一。巴士马科夫请了一天的假，按照银行人通常的说法，搞了个“dayoff”。为避免引起不必要的议论和猜测，他决定暂时不写离职申请。令他诧异的是，为什么直到现在谁都没给卡嘉打过电话，也没人告诉过她，她的丈夫上班时间除了维修自动提款机外还在干些什么。不过，话说回来，如今各人自己的事都已经忙得不亦乐乎，哪还有认认真真地妒忌他人、处心积虑地行卑鄙小人之事的闲心呢。一位人们难能忘却的骑士先生捷达对此说过这样的妙语：“人都资本化了！”

奥列格·特鲁多维奇满心欢喜地在猜测，到了那一天科尔萨可夫会如何挠抓他闪闪发亮的秃脑门，冯·盖尔克会如何深深地蹙起双眉，盖纳·伊格纳舍契金会如何挥舞着只有两行字的传真件急得满银行乱窜。那两行字是：本人自愿并强烈请求离职他去，见鬼见魔我他妈的也在所不惜！巴士马科夫。

清早，艾斯凯帕尔（如今他已暗暗地给自己用上了这样一个名字）不动声色地与妻子叶卡捷琳娜·彼得罗夫娜吃着早点，谈论着让他们两人头疼的不听话的女儿达士卡。前不久，女儿从她所在的阿勃列克海湾打来一个电话，兴奋地告诉他们，她碰巧从一个军官的妻子手里买下了一辆非常漂亮的日本造的童车——粉红色的，整部车都缀有花边，还装有专门的电动马达，童车完全能自动地一边摇晃着婴儿，一边前后左右地行进。

“若是生个男孩呢？”巴士马科夫一边给自己倒着咖啡，一边问，“我好像在哪儿看到过一条消息，说粉红色会改变男孩的性取向……”

“人们在性取向这个问题上似乎都有些神经质，大伙好像神经都不太正常！”卡嘉很是生气，“不会的，肯定是个女孩：达士卡专门做过超声波检查。不过，反正这兆头很不好！任何东西都不能提前去买。更不用说提前两个月了……”

“是啊，不过我记得，当年你可是挺着个大肚子满商店转悠，婴儿的衣服可没少买！”

“当时根本没想过这些事。哪儿还顾得上兆头不兆头。站上了队，买到了手，就已经乐得不行了……”

“也许，这就是所谓的幸福吧？”

“可能吧。你今天是不是要迟到了？”妻子从桌旁站起来问道。她通常要比巴士马科夫早半个小时出家门，“我想，你今天没英文课吧？”

“没有。我七点走。只要自动取款机不出问题自然就没什么事。你呢？”

“我今天有六节课。上完课还有个教学会。会后还得加几节课。课后函授学员还有考核。我说，塔波奇金[①]，帮帮我的忙，买点面包、牛奶，再随便买点好吃的回来！好吗？”

“好的。”

卡嘉在过道的镜子前又站了会儿，对自己化上的教师的淡妆又做了最后的修饰，然后回到厨房，吻了吻巴士马科夫的脑门，用一

---

① “巴士马科夫”与“塔波奇金”在俄文中都有“鞋”的意思，妻子故意这样戏称丈夫。

只手在他的脊背上温柔地抚摸了一下，似乎是在提醒两人昨天夜里夫妻间的亲热。这种亲热已经不太经常了，特别是最近一段日子，但这一次的亲热突然显得如此舒畅欢心。

“塔波奇金，现在我可知道了你有多能耐，我可饶不了你！”她从过道走出去的时候又喊了一声，随即把门关上了。

奥列格·特鲁多维奇吃完了早饭，脱下长大褂，开始着装。在镜子前系领带的时候，他突然心中有些发虚，几分钟前还在这里涂口红的妻子的影像现在似乎正藏匿在镜子的深处，并仔细地打量着他。巴士马科夫明知这种感觉是荒唐的，但还是尽量使自己的各种举止与他去上班时毫无异样。他甚至关掉了煤气的闸门，尽管只出去半个小时，还是随手把伞带上了。按照事先商定的计划，他要在家具店附近预订一辆运行李的汽车。

电梯里散乱地堆放着一些空啤酒罐和花花绿绿的装油炸土豆片的塑料袋。不知已经坏了多少次的电梯控制板上的塑料按钮又被烧坏了，镀镍的壁板上又出现了新的英文字样，成为近来作壁上骂的新景观。巴士马科夫刚刚开始在专门为银行工作人员举办的成人英语班学习，还翻译不了壁板上的这些英文词，心中的怒气就更大了。信箱又被人弄坏了，报纸也被人取走了，信箱的深处被人扔进了几只避孕套的包装袋。

“又该换把锁了！”奥列格·特鲁多维奇悻悻地想道。

他心想，总有一天那个撬坏信箱的小捣蛋鬼会被他撞个正着，当场逮住他，狠狠地揍上一通，让他流血，一定要打得他脸上出血，随后让他在被拆得七零八落的信箱盖上走过去。他把这一切想象得如此真切，进而握紧了拳头，觉着后脑勺沉甸甸的。当然，对受到如此惩罚的乳臭小儿他是要负责任的，不过到了那时，他与维塔已经在塞浦路斯了。巴士马科夫心想，既然如此，何必生那么大的气，新锁也不必再配了。咳，这回他怎么把自己要逃离的事情几乎忘得一干二净了呢。

“艾斯凯帕尔真是好样的！”

这一天有风，太阳光晃得人眼睛都睁不开。原先是农村果园的院落里只剩下了唯一的一株苹果树，这棵患上根朽病的树早已经不结果了。这会儿树枝在风中摇曳，新长出的树叶发出了沙沙的声响。草坪里的新草已经将头年留下的灰白色的枯枝掩没，早已不埋死人的乡村墓地被水泥铸件围了起来，活像一座绿色的孤岛，置身于“沉睡”的城区里那曾经洁白如雪，如今已经被熏得发黑、墙皮剥落的多层建筑中。

院子里，阿纳托利奇若有所思地在一辆老式的黄色福特牌轿车的马达上方探着身子，两只手撑在还未被整平的挡泥板上。巴士马科夫曾与这位昔日货真价实的上校一起在停车场当过三年的看车人，后来两人又一起在汽车修理部干过杂活。阿纳托利奇至今还在那里打工，工作条件也没变：一昼夜看车，两天在家休息。要是遇到节假日，有什么需要小修小理的活儿，司机便会将汽车开到他家，把车停在门洞口。

“车又开不动了吗？”巴士马科夫致意之后关切地问。

“开不动还行啊，当然会开走的！”阿纳托利奇不很自信地回答说，“你这是去汽车修理部？”

“不，随便走走。”

“这么说是银行里没现金了？”

“是提款机坏了。”

“好啊，总算可以喘口气了！”阿纳托利奇笑了起来，“达士卡生了吗？”

“还没呢，还有两个月，”巴士马科夫回答说，接着又加上了一句，“可童车已经买好了。”

“够意思！”

“不过，这并不是个好兆头。”

“不管怎么说，真够意思的！值得庆贺，该喝上一杯啊。”

“明天吧。今天我想到乡下的别墅去拉点东西。”

“要帮忙吗？”

“谢谢。小事一桩，我自己能行。”

在去往家具店的路上，巴士马科夫心里有点不自在，好端端的干吗要骗人呢？明天他就要去塞浦路斯了，以后再也没机会与阿纳托利奇为童车喝上一杯了。日后，当谎言被揭穿，同单元的邻居们都知道（这一天已经指日可待了）他逃离的丑事时，阿纳托利奇肯定会生气的：他们毕竟朋友了一场，再说达士卡出嫁时他没少费心，简直与自家人没什么两样。

家具店一直在临近的一条街上，从没换过地方。准确地说，二十年前，当他们分到这套住房时，商店就已经在那里了。伊莎贝尔牌成套家具中的沙发床巴士马科夫就是在那里买的，这个沙发使他第一次弃妻出逃的行动流产了。不同的是，如今商店前排队的现象没有了，手中拿着长长名单的麻利召集人也不见了，当时登记在那名单上的都是些渴望购买酒柜或者超大双人床的顾客，所以他们每星期要来这里两次听候点名。现在商店已经不叫“家具店”了，而叫“经典工艺家具屋”，里面摆满了昂贵的意大利成套家具，顾客寥寥无几的店堂活像个地方志博物馆。

艾斯凯帕尔刚一开始琢磨逃离的细节，立刻就产生了要在家具店附近订车的念头。自然，在当今我们这个时代，用电话订一辆带篷的载重汽车要简单得多，但奥列格·特鲁多维奇还是有意要采用一种业已过时的苏维埃时期组织货运的方式。因为现在公司调度在派车前往往会提前打电话落实订车事宜，这样一来，很可能会碰上卡嘉接电话，他不愿意临行前再遭遇后院的战斗，聆听妻子的咒骂和嘲笑。起初，艾斯凯帕尔还想心平气和、同志式地与她把事情谈开，但始终下不了这个决心。而现在他却想神不知鬼不觉、高姿态地走进另一种生活——让别人认为他死了才好。

巴士马科夫往四下看了看：家具店附近停着几辆普通的运送家

具的带篷载重汽车和两辆也许是用来为豪宅和远郊别墅运送大型成套家具的加长拖斗车。在带篷载重汽车后面，他发现了自己要找的车——一辆收拾得干干净净的瞪羚牌柴油车。驾驶室里没人。像往常一样，司机在抽烟，吐着烟圈，正以一种鄙弃的目光望着一个派头十足的“俄罗斯新贵”。这位新贵正在往多功能欧宝轿车里面塞一面嵌有花饰的大镜子，全然不顾会把身上那件闪闪发光的西装弄脏。

“谁的瞪羚柴油车？”巴士马科夫走到跟前问。

“我的。”一个穿着印有“蒙塔纳”字样背心的大腹便便的男子回答说。

“您的车有主了吗？”

“您要去哪儿？”

“去普留希哈。”

“运家具吗？”

“不，运书。还有乱七八糟的东西。”

“走吧！”

“不，不是现在。我下午三点用。我还得收拾一下。”

“十五点整，那就说好了。车开到哪儿？”

“七号楼。墓地附近。你知道那地方吗？”

“底层有个照相馆的那栋楼吗？”

“是照片洗印房。第三个门洞，十一层，174 号房间……都听明白了吗？”

“还有一点不明白。为什么人越有钱就越贪婪？”司机朝那个嵌有花饰的大镜子的主人点了点头说，“那位现在说什么也关不上欧宝车的车门。你给多少钱？”

“该给多少我就给多少。”

“那好，价钱到时候再定。”

回家的路上，巴士马科夫想起了卡嘉的嘱托，便往食品店拐去。这些年这里的变化也很大：原来的“外卖部”改成了啤酒屋，还出现了标有“柯达”字样的玻璃亭和录像带出租点。按照西方风格改装的柜台里摆满了从喝的到吃的各种食品——大部分都是进口的。如今站柜台的大都是些礼貌周到的年轻男子，那个当年就在这里工作的大奶子女售货员如今再也不会把一段香肠随手扔在秤盘上，再也不会喊那句“不想买就甭买”的口头语了，她会将怒气隐藏起来，尖声尖气地向什么都想问个明白的贫穷的退休女工们解释，比利时的人造黄油与法国黄油到底有什么区别。

为了完成妻子的嘱托，巴士马科夫先去买了面包和牛奶，随后根据他多年家庭生活的经验，还买了一袋切尔基佐夫灌肠和一个小小的凯旋蛋糕。出店门的时候，他在酒吧旁待了会儿，喝了一杯德国扎啤，发现俄国的饮酒传统不但成功经历了社会经济形态的转型，而且因进口饮料的独特泡沫而得到了强化。

要去塞浦路斯啦，要去塞浦路斯啦！巴士马科夫想到，酒给了他莫名的快慰。到那个无须等啤酒沫消退后再加酒的地方去啦！

机盖敞着的福特轿车依然在原地停着，但修理工已经不见了。在铺上了一块布的挡泥板上摊放着螺丝刀和扳手。也许，阿纳托利奇上楼回家取工具去了。他不怕会有人偷他的东西，因为院里的退休女工们正坐在附近的长条凳上，她们早晨总来这里小聚。

门洞里散发着漂白粉和已经发酸的抹布的气味，这说明清洁女工已经来上班了。那是个年纪还很轻的女子，脸上始终流露出一副委屈的神情。大约在十年前，巴士马科夫还是在区儿童图书馆见过她。卡嘉每每在自言自语地抱怨当父亲的心思不在家之后会领着达士卡去那里借书。那个女子在借阅处上班，与孩子们说起话来很是温柔，声音中甚至带有讨好的意味：

“怎么，你没读过吉卜林[1]的小说吗？哎哟，太不应该啦！哪一部关于毛格利的动画片代替得了他的书啊！”

---

① 拉迪亚特·吉卜林（1865—1936），英国作家，诺贝尔文学奖获得者，著有许多反映儿童生活的短篇小说。后文“毛格利”出自其《丛林故事》。

一年前，她作为一个清洁女工出现在这栋楼的门洞里。她似乎立刻认出了巴士马科夫，还显得有点不好意思，与他说起话来也总是吞吞吐吐，一副缺心眼的样子，显然她因此经历了不少的磨难。

“这帮懒蛋，每天都随地大小便，好像都憋不到家了！你们各家哪怕在门上安个呼叫器也成啊！”

“会安上的！”巴士马科夫安慰道，接着又埋怨，“今天我们家的信箱又让人给撬了……”

“你只要不安上呼叫器，往后还会有人撬！”

“会安的！”巴士马科夫答应道，摁了一下电梯的按钮。

安呼叫器费用的问题已经说了有好几个月了：包括巴士马科夫在内的这个单元里有一半的住户早都把钱交了，但剩下的那一半住户就是不交。他们的理由是，这种东西只要一装上，第二天就会被人弄坏，所以没有必要花这笔冤枉钱，最好让楼里其他单元的住户先装上，看看情况再说。但其他单元的住户显然也都这么想。为此，他们已经开过三次住户会了，最后闹得大家你怨我我怨你。住户分成了截然对立的两派：主张装的和反对装的吵得一塌糊涂，弄得成了仇人，相互甚至连招呼都不打了。

在巴士马科夫等电梯的当儿，一个穿着牛仔上衣和雪白旅游鞋的小男孩连蹦带跳地从楼梯上走下来，手中拿着一个果酒瓶。

“妈，这个酒瓶里面有个塞子，还要吗？”

“扔了它！”清洁女工嘟哝了一句，赌气地瞅了一眼巴士马科夫。

奥列格·特鲁多维奇在过道里又往镜子里看了看，但现在卡嘉影像的幻觉已经荡然无存了。他不过是照了一下镜子，用手摸了摸头天晚上挤过、现在已经干瘪了的粉刺。艾斯凯帕尔打量着自己，发现他因节食健身而微显病态的瘦长的脸上，尤其在流露出忧伤的深棕色眼睛里，有一种阅历丰富的成熟男性的疲惫，而这恰恰是特别能打动年轻女孩子的地方。不过，维塔似乎与别的女孩子不同。她属于那种青春正炽、精力过剩的姑娘，不知道该如何打发自己，也不知把青春献给何人。上大学期间，巴士马科夫曾为了一杯饮料和一块面包夹香肠在学院的献血日献过血，而且还为他的血红蛋白能帮助体弱者和病人感到自豪。

奥列格·特鲁多维奇拿了一把按摩刷想梳梳头，却发现了缠绕在铝刺钉上的卡嘉的头发。有一根居然全白了，他很惊讶：妻子平常非常注意自己的外表，最近一些日子还常常去染发。她甚至还打算到美容店去美美容，用一种时髦的化学药剂烧灼已显衰老的皮肤，为了日后能长出新的、娇嫩红润的肌肤，就像在久久不愈的伤痂脱落后长出的新肉一样。

“要是长不出来怎么办?”巴士马科夫问。

“那就只有听任你最后把我甩了!”卡嘉笑了起来。

然而，她并没去美容店，只是从当时还和他们住在一起的达士卡那儿拿了瓶非常昂贵的法国润肤霜来用，那还是女儿在准备嫁给一个名叫安东的经纪人前就放在那儿的。

奥列格·特鲁多维奇没有马上梳头，他想起来得先把食品放进冰箱，要不说不定会遭到卡嘉的训斥，因为她最不能容忍的就是家里乱七八糟。这时他突然想起了逃离的事，不禁窃笑。该开始收拾东西了。当然，最简单的做法是轻装——带把牙刷和剃须刀走人。但要是这样，那他原先的生活似乎便会永远消失了，当他来到维塔坡顶楼房的时候，就只是一个头发花白、年龄四十有四的孤家寡人了。巴士马科夫在策划逃离的时候，本准备多带些东西，即使将来不得不留在莫斯科或者扔掉……

他决定先拿金鱼。那个用几根长长的日光灯管照明的金鱼缸如今放在原先达士卡的屋子里。巴士马科夫本来打算把这间屋子改装成客厅的，他们住进这套房子的这些年来一直打算这么做，但直到现在也没行动，只是买了很大的一个电壁炉式吧台，那炉子里面看上去似乎有塑料柴在燃烧，还有两把虽已用过，但仍然保存得很好的绒面椅子。

金鱼缸很大，足可以装下十桶水。缸里放的不是普通的礁石，而是一个带刺的深海贝壳，还养着许许多多品种各异的金鱼——从普通的长鳍琉金到非常稀有、肚腹完全透明的珍品鱼，这种金鱼消化的全过程可以看得清清楚楚。这种奇异的鱼是卡嘉在结婚二十周年时送给他的，可早先卡嘉对丈夫养金鱼的爱好十分冷漠，甚至是不赞成的。

“你知道吗，”她笑着说，“我想弄明白，如何才能通过男人的胃来了解男人的心……”

这几年来卡嘉的烹调手艺确实在提高。

巴士马科夫俯身站在金鱼缸旁，想把三条小鲇鱼捞起来。那是三条体色发灰，但泛着金黄色的小鱼。它们正不停地用胡须翻搅着缸底的泥土。是的，若能把小鲇鱼带上，真的会很有意思，但它们很难带——即使养在鱼缸里也很容易会死。但是，维塔非让他把小鲇鱼带上不可。奥列格·特鲁多维奇想劝阻她，告诉她塞浦路斯有的是金鱼，何必要从俄罗斯带呢。

“不，我就要你的那些小鲇鱼！”她坚持道，“它们的眼神和你的一样忧郁！尤其是那条小公鱼……”

绝不能把维塔带到家里来！更重要的是——绝不能在夫妻的沙发床上干那种事情……

奥列格·特鲁多维奇拿来了一张小纱网，开始小心翼翼地向一条已经有了不祥预感的小鲇鱼抄去。关键是不能让它受到惊吓，否则它会躲进水藻的深处，要不会更糟，躲到贝壳里——那样一来，你就休想捞住它。为了能生出小鱼来，最好带上一条母的（母的体形要大些）和两条公的。但是，巴士马科夫当时还缺乏养鱼的经验，因此在宠物市场里买鱼的时候，他恰恰倒了个个儿，拣了两条母的和一条公的。他给这条小公鱼起了个名字，叫索麦茨。奥列格·特鲁多维奇对他自己想出来的这个新词十分得意。

突然，他意识到，还没想好该怎么运走这些鱼。巴士马科夫放下小纱网后去了厨房，在一台平柜的深处，在平常很少用的餐具间找到了一个容积两升的玻璃瓶，瓶口扣着一个很严实的绲着边的盖子。这正好是他要找的容器，剩下的事便是在盖上打个孔，这样鱼就不会闷死。他拧开盖子，拿起瓶子闻了闻，似乎有一股淡淡的黑鱼子酱气味袭来。这怎么可能呢：这瓶子已经放了十六年了，从那时起，里面放过各种谷粒，甚至还放过香料。至今瓶底还有几颗活像蚂蚁卵的米粒呢。

这才怪了，这么多年过去了，这个不起眼的玻璃瓶却依然如故，一点变化都没有！餐具、心爱的花瓶不知被打烂了多少……这里面必定有某种神奇之处。因为从某种意义上说，小小的罐子已经是一件历史文物了，在奥列格·特鲁多维奇的人生中它曾经扮演过的角色令他刻骨铭心，却也难以启齿。

事情是这样的。巴士马科夫当时还在红色无产阶级区团委工作，出差到阿斯特拉罕去参加全苏团组织部门负责人的研讨会——交流工作经验，戏水伏尔加并稍做休养。告别宴会之后，每位与会者都得到了一玻璃罐黑鱼子酱。代表们都回家了，巴士马科夫却留下又待了些时候，为的是能与一位曾经一起服过役的战友聚一聚，喝上几杯，回忆回忆曾在炮兵部队度过的青春岁月。可谓无巧不成书，如今这位战友正好住在阿斯特拉罕。奥列格连想都没想过，也许是因为酒喝多了忘了，那个时候正在进行所谓的“拉网”行动——一场打击偷猎鲟鱼者的运动。一些偷猎者滥捕数以千计的鲟鱼，挖出鱼子后将珍贵的鱼身弃置岸边，任其腐烂。当偷猎者装运着用两升玻璃罐装的鱼子酱逃跑后，当地有关部门经内部协商后决定，“拉网”行动暂停一天。

到了第二天晚上，睡在“伏尔加尔号”名牌列车包厢里的巴士马科夫酒意浓浓，香梦正酣，几个穿民警制服的人粗暴地将他叫醒并责令他打开行李接受检查。于是他立刻拨起了行李箱的密码锁，那密码是由三位数字组成，是他永远也忘不了的战地邮政信箱的号码。奥列格与他的战友前一天还刚刚唱过，至少唱了二十来遍的军营之歌中就有这样的两句歌词：

战地信箱的号码我们会永远铭记，
除非我们将自己的头颅遗弃！

奥列格对好密码后，磨蹭了许久，心中在想，箱子盖到底该从哪一头开才好。这时民警来帮忙了。巴士马科夫在面对玻璃罐子里究竟装着什么这一严厉的询问时，还没意识到情况的严重性，仍处在一种醉后极端松弛的状态中，回答问题时用的也是他那种褒贬美食的话语：

“一种令人生厌的吃食。”

他如此表述是因为从小就不爱吃“鱼卵”：一是家里没学会吃这种东西，这点自然不难理解；二是有一次在少先队夏令营里他们吃过一种看上去很像黑鱼子酱的东西，难吃得要命不说，吃完后足足有三天的时间，以辅导员为首的所有少先队员都排队等着上“小白屋”①。

“把证件拿出来！”民警命令道。

“是奥斯威辛集中营吗?”奥列格笑了起来，话中还带着威胁的语气，说完后伸手到口袋里找，但没找到红皮的区团委证件，只拿出了一张身份证。

“您这是怎么回事，奥列格·特鲁多维奇，有着一个挺好的父称②的人怎么竟干起盗窃国家鱼子酱的事来了?”民警一边审查他的证件，一边指责道。

“是别人送给我的！”巴士马科夫毫无戒备地反驳说，还没意识到发生了什么情况。

---

① 即厕所。
② 父称“特鲁多维奇”的词根是“特鲁特”，即“劳动”的意思。

一直到民警宣布他明确无误地犯了偷猎和从州里非法外运鱼类制品罪，并强行让他在邻近的一个车站下车时，他才明白事情的原委。若是巴士马科夫能心平气和地跟着他们到铁路警察局，并和颜悦色地请民警头头往州团委领导部门打个电话，事情本可以妥善解决。但喝醉酒了的人往往有他自己的行为道德法则。奥列格开始抗拒、吼叫，似乎他成了莫斯科治安机构的领导，把所有警官都贬成了平民，甚至比平民还低……

吼叫也好，威胁也罢，都没有对“拉网”行动队员产生作用，警察开始把奥列格的手反背过去，这时他犯了个错误——打了一个民警的耳光。除现有一切职务外，他还是一个区民兵司令部的成员，对这种身份来说，这种错误更是不可饶恕的。结果可想而知，奥列格遭到了来自四面八方的回敬。在进行笔录时，奥列格拿开了捂在被打破的嘴唇上的手帕，醉意未减地讲他在哪儿工作，但他无法对这一情况予以证实。正因为如此，民警们压根就不相信被他们抓获之人的由上级任命的高贵身份，甚至挖苦嘲弄他：他们说，要是鱼子酱的偷窃者是个区团委的成员，那他们这里所有人都可以成为谢尔科夫部长，甚至更高，成为丘尔班诺夫[①]。

不知为什么，他人的耻笑竟然会比自己受到的殴打还要令他难受，屈辱中他失去了任何思考能力，于是他提出让他们往莫斯科，给红色无产阶级区党委第一书记接待室挂个长途电话，那里一天二十四小时都有办事员值班，巴士马科夫恰好与他们在特供食堂都有过一面之交。

“区党委”这个词组在当时还具有咒语般的魔力，也许民警们的确也想郑重其事地证实这个被他们抓获的人不过是想招摇撞骗，拉大旗当虎皮。于是，阿斯特拉罕鱼子酱的捍卫者们迟疑了片刻后同意了。

① “谢尔科夫”“丘尔班诺夫”这两个词的词根表示不同质量、身份的人或事物。

然而，上帝如果想毁了谁，只需一些十分廉价的口实就够了。接电话的是区党委第一书记切勃塔廖夫本人，这是个只要瞪上一眼，就会令区党委办事员和基层书记们吓得晕厥过去的人物。他那天走得很晚，事后才弄清楚，是在准备第二天在市党委办公厅会议上的发言稿。正是这篇稿子成了他向党领导机构的金字塔塔顶飞速晋升的起点，时隔不久，他便带着他的那本著名的绿色记事本先是升到了市委，后来又升到了中央。

费多尔·费多洛维奇从民警口中得知了他熟悉的名字后，要求与巴士马科夫本人通话。于是共青团对党的（即对组织严密的某个社会机构的）亲子之情便可怕地攫住了奥列格。他在长途电话里居然卑贱地号啕大哭起来：

“费多尔·费多洛维奇，他们打我，还不相信我！”

一个惊慌失措的民警从巴士马科夫手中抢过话筒，脸色一下子就变了，开始前言不搭后语地解释，说他们这是按规定办事。不知道切勃塔廖夫对警察局的头儿究竟说了些什么，只见后者显得轻松了些，还毕恭毕敬地，或者说得更准确些，恭敬而卑贱地对着话筒大喊了一句：

“是，第一书记同志！”

他们帮奥列格把脸、手洗干净，把衣服整理好，送他上了下一班火车，还没忘记小心翼翼地用报纸把那个玻璃瓶包好让他带上。当巴士马科夫带着惹祸的鱼子酱回到莫斯科后，他才弄明白：他被撤了职，还要对他立专案侦查。后来人们转告他说，切勃塔廖夫曾大发雷霆，为此事很是嚷嚷了一阵。他说问题不在鱼子酱，每个人都可能发生这样那样的事，但是在他领导的区里不需要这样的软壳蛋和窝囊废！奥列格因“非蓄意盗窃国家资产”受到了严重警告处分，处分还被记入了档案中。

“你简直是个浑蛋，不配有任何权力！”巴士马科夫博学的岳丈彼得·尼基福洛维奇针对这件事这样训斥他。

奥列格的处分书上之所以能写上“非蓄意”——意思还可挽救——字样还得感谢他。出事不久前，他岳父帮助党的纪律委员会主席弄到了一套捷克卫生洁具：坐便器和郁金香牌盥洗盆。否则，巴士马科夫面临的便是除名和在当时看来人生仕途的彻底失败。而“非蓄意盗窃”的措辞充其量也只是失败了一半。党纪委主席提出减轻处分的意见时甚至还面带微笑，他说，一个有着“特鲁多维奇”这种父称的人不可能是一个蓄意的违法者。

奥列格之所以起了这么个奇怪的父称，自然是因为他的父亲叫特鲁特·瓦连京诺维奇。他的父亲出生于在日常生活中唯先进是瞻的狂热时期，那时候大家给孩子们起的名字都是些什么马克思呀，社会主义呀，引水改道呀……因此，劳动——这个名字还真算不了什么，甚至还有起“特殊航空化工”这种名字的。奇怪的是，他父亲起这个名字，不但没有任何人大惊小怪，而且大家很快便叫习惯了，听起来几乎就像“瓦尼亚”那样顺口。至少在第三模范印刷厂谁也没对排版工人巴士马科夫的名字特别讽刺或嘲笑过。当然，要给这个极不一般的名字起个昵称就成问题了。但奥列格的母亲，柳德米拉·康斯坦丁诺芙娜，这个一生都在接待室工作的世代的打字秘书，对丈夫却只以姓相称。只是偶尔她会开玩笑地拖长“科”的发音，叫他“巴士马科——夫”，以此表示对他一时的亲昵。

不过有一次，奥列格拿起话筒（随着年龄的增长他的声音越来越像父亲了），刚说了个“喂”字，他就听见了这样的回答：

“特鲁季克，是你吗？你自己说好要再打电话的！哼，怎么说话这么不算数?!”

“我爸现在正在诊疗室呢。”

“是吗？我这是……从工作单位打来的……让特鲁特·瓦连京诺维奇给生产科回个电话。”

怎么说呢？‘特鲁季克’，这个名字还真的不错哩！奥列格心里想，但他没对任何人讲过关于这个电话的事。

但他自己却被这不寻常的父称伤透了脑筋。在学校还没什么，因为读书的学生年龄都小，谁会叫父称呢！班上同学们叫得简单明了——“巴士马克”。到了部队，一名“检疫”军官在研究准备派往打扫城市卫生的新兵名单时哈哈大笑起来，从一堆镐头、铁锹中找了一把最大的板锹，笑呵呵地递给了巴士马科夫说：

“来吧，特鲁多维奇，好好挖吧！”

笑话从此传开了。周围的人对这个怪里怪气的父称听着不顺耳，便千方百计、换着法地拿他寻开心。甚至连那个本来很正常的姓“巴士马科夫”也未能幸免。一个名叫鲍尔卡·斯拉宾逊的人更是特别起劲……

“可怜的塔波奇金！”当奥列格灰心丧气地从党委会开完会回来时，妻子已经觉察到他出了问题。

其实，卡嘉心里面对他共青团仕途的结束暗暗高兴，因为这种区团委的生活方式当年差点导致了家庭的第一次解体。当然，不能排除有她吃醋的因素，因为有一批在社会活动方面很积极，从而更危险的姑娘老是围着区团委转。但主要原因还不在这儿：当时团委的工作人员都挺能喝酒，仿佛他们身上有好几套肝呀胆呀可用来更换似的。但肝与胆他们仅有一副，奥列格的许多后来仍在共青团岗位上工作的朋友比年轻的残疾人保尔·柯察金，那个将革命、国内战争和与经济崩溃作斗争的重担挑在肩上的人，更早地失去了工作能力。

“这件事当然会让你难受，但毕竟还不算个悲剧吧。”卡嘉还在安慰不幸的丈夫。

“那怎么才算悲剧呢?!”

“读小学五年级的时候，我有一个同学的家长双手被轧机轧断了，那才是悲剧呢！”

即使按当时保守的说法，奥列格此后的工作还是被安排得不错——他在“金牛星座”当了一个实验室的副主任。“金牛星座”是一个从事航空航天研究的保密研究所。巴士马科夫在转行从事科研工作前，还在区团委办公室工作了很长一段时间。按照当时烦琐的处理程序，只有全体党员会议才有权最后解除他的职务。但是电话停了，工作人员再也不上他的办公室去听他做重要指示了，重要的文件也无须由他来签字了。只是偶尔有人会请他给某个20年代的老共青团员的生日祝贺信上签个字，那位老共青团员为了以防万一，仍然隐瞒着自己与那个早已恢复名誉的总书记科萨列夫认识的实情。但即使是这种微不足道的信函，让他来处理也只是因为书记们和其他部门负责人当时不在场。特别让他感到委屈的是，区团委的委员们虽然曾和他一起不知喝过多少次酒、唱过多少次歌，但来开会路过他办公室的时候，总是一脸正经，好像门里面坐着的早已是一具僵尸，只是运尸车耽搁了还没把他运走。这种委屈是永远也抹不去的。

半年后，巴士马科夫收到了从阿斯特拉罕寄来的一封挂号信——信封里面放着他的共青区团委委员的证件。他的战友说，这个证件是他妻子在做大扫除的时候在沙发后面发现的。说起来也好笑，倘若巴士马科夫在列车里手中握有这个烫有金色花纹的小本子，那他的命运就会完全是另一个样子了！但如果再深入思考一下，即使他遇上了改革重建的年代，就算到了1991年，像他这样的党的机关干部又会有什么好果子吃呢？

当改革和煦的春风吹起，那些受到旧体制迫害的热爱自由的人都晃动着触须从各个角落里爬了出来，巴士马科夫也开始蠢蠢欲动，准备要求恢复名誉。不过，有两件事使他放弃了这个念头。

这第一件事是，在跑马场上举行的有千人参加的群众集会上，奥列格在民主派演说家中看见了一个胖胖的、长得活像只鼹鼠的教授——一个被当年心地善良、好提意见的人视为偶像的人物。这个教授与奥列格同时受到了严厉的处分，原因是向毕业生和研究生索贿（不过仅限于优质威士忌、美味小食品和别墅用的建筑材料而已）。当时他们俩都坐在走廊里听候党的纪律委员会会议的传讯，这个未来的偶像似乎是在演练辩护词，嘟囔着说：

“同志们，你们鉴于不了解情况而得出的所谓贿赂的结论，在任何一个文明国度里实际上不过是对额外辅导的一种酬谢而已……”

这第二件事是，电视屏幕上出现了一位专门以揭露任命体制中的卑劣行径为营生的邋里邋遢、歇斯底里的政治评论员。在奥列格任组织部部长期间，这位揭露者担任着区少先队总部的指导员，他出于非教育性的目的，纠缠戴红领巾的小男孩（不知如何才能将之表述得更为和缓一些）而被开除出共青团。这两件事让奥列格震惊不小，于是他放弃了恢复名誉的要求。但他也没有采取当时十分时髦的做法去焚烧党证，而是把它放在了它应该在的地方——一个原本放奶油饼干的大盒子里。一起放在盒子里的还有过期的食品票证、之前的工资结算簿、给他惹祸的共青区团委证件，以及其他并不常用的证件。

三

两条母鲇鱼惊慌失措地在它们新居里窜来窜去（那条公的还是溜掉了，像逃进洞穴似的躲进了贝壳里），无望地寻找着可以躲避那些突然来临、令它们惊恐不安的灾难的地方。艾斯凯帕尔动了恻隐之心，将一束水草放进了玻璃瓶里。鱼儿躲进草中后便安静了。

巴士马科夫忽然觉得，如同为长有胡须的鱼儿准备的一束水草一样，他为新生活准备随身带上的这些东西其实并不是必要的。那些鱼儿一下子从熟悉而宽敞的金鱼缸来到了窄小的、被随处搬动的玻璃监狱中，这一突然的大迁徙使它们变得神志不清了。

艾斯凯帕尔看了看手表：九点二十五分。只有维塔一个人知道他现在在家，十二点整，在看完医生后，她会给他打电话以便“确定行动方案”。维塔一开始打算亲自开车来接巴士马科夫，把他连东西一起捎上。她坚持要这么做，还委屈得不行，但他解释说现在事情很微妙，还是做得隐蔽些为好，她最终还是被说服了。说实在的，在奥列格·特鲁多维奇看来，坐上一部由二十二岁姑娘驾驶的簇新的粉红色女式吉普车左道旁门地开始新的生活着实是件很丢脸的事……

巴士马科夫走进大房间，打开大衣柜的一扇吱嘎作响的门，找到一个为保险起见藏在卡嘉褪了色的结婚礼帽下面的装奶油饼干的盒子。妻子很早以前把一条带凸花花边的白色长裙借给了她的一个名叫伊尔卡·福纳列娃的女友结婚时穿。那位可好，居然穿着它一屁股坐在了一块很大的婚礼蛋糕上——那条长裙也就彻底完蛋了。不过帽子还是保存了下来。其实这顶帽子她戴着并不很合适，但当时原则性很强的新娘子就是不肯戴婚纱去结婚登记处，她认为从道德的角度来看，她已经没有权利拥有这一童贞的象征。老实说，奥列格本人对此倒无所谓，但对岳丈彼得·尼基福洛维奇来说，比起女儿已经有三个月身孕的事实来，拒绝众人都采用的结婚穿戴似乎更使他感到不安，尽管亲戚和熟人即使不知道，也都已猜得八九不离十。最后大家终于同意她既戴上礼帽又蒙上面纱。

巴士马科夫在一面椭圆形的镜子前试了试礼帽，毫无根据地猜测：也许三个火枪手就是戴着插有羽毛的礼帽、蒙上面纱走向决斗场的，而与女郎幽会时戴的却正是这种镶有花边的白色大礼帽。奥列格·特鲁多维奇突然回忆起，在新婚的第一夜，为了不惊动岳父岳母，他与卡嘉曾一起悄悄地傻闹了一阵子，为了逗她笑，他还戴上了这顶结婚礼帽……当年他们是多么年轻和天真啊！

卡嘉在读大学四年级，奥列格也在四年级，不过他已经服完兵役了。两人上学的地方紧挨着：她就读的学校叫莫斯科州立师范学院，简称莫皮（他甚至将这个缩写词读作“莫斯科工程师女友协会”）——位于无线电街。他所在的学校叫鲍曼高等技术学校，简称爱姆未图（这个缩写词也被他读作“喝得少，学不了”）——与前者只有两个有轨电车站之隔，位于亚乌扎河岸上。

他们两人的相识，像通常两个恋人的相识一样，纯属偶然。有一天，时值秋天，鲍尔卡·斯拉宾逊没等奥列格把最后两堂课上完，硬是将他拖到了布隆公园——大学生们都这样叫那个位于亚乌扎河对岸的列福尔特公园，公园中间有一个周围长满青草的池塘。在菩提树与白杨树之间有一根白色的圆柱，柱上有一尊彼得一世的半身雕像。据传，彼得一世有一次在从彼得堡赴莫斯科的途中（或是相反）在这里休息过。与圆柱并排矗立着一个高大的玻璃亭子，里面出售价格二十几戈比一份的啤酒和炸香肠快餐。如今这个亭子已经没有了……

两个朋友刚刚收完土豆回来，他们在那儿喝了不少从农村供销社买的用浆果酿制的烈性酒，那是那儿唯一的含酒精饮料，搞得头昏脑涨、精疲力竭。每晚入睡前，在专门给大学生做宿舍用的木板房里，他们俩都渴望能喝上啤酒，哪怕是廉价的，酸酸的，没有泡沫的。

“利蒙尼亚理想国啊，你到底在哪儿？”斯拉宾逊叹道，“生长着里海鲤鱼和美味熟虾的啤酒河啊，你究竟在何方？”

鲍尔卡真实的姓叫罗宾逊，斯拉宾逊是巴士马科夫在哈卡斯建筑队劳动时给他起的绰号。当时鲍尔卡借口患有家族遗传性的疝气而拒绝搬运水泥袋。这位机智的朋友一下子给奥列格起了两个绰号以示报复，一个叫“图涅雅特奇”[①]，另一个叫“塔波奇金”[②]。从此，这两个绰号便与他形影相随了。

两个朋友在亭子里喝足了啤酒（穿肠而过的啤酒对当时年轻的肌体来说是不会产生任何副作用的），吃完了炸香肠，便去公园散步，在那儿可以把让人生厌的苏维埃现实骂个痛快，而且做到无人见证。说起来也许让人见笑，其实还在那个时候，他们就已经成了私有制、市场经济和多党制的坚定拥护者。有一次，两个朋友把啤酒与“阿格达姆”葡萄酒兑在一起喝了下去，摇摇晃晃地站在一个斜坡上，像赫尔岑与奥加列夫[③]一样庄严宣誓，或者说得准确些，你一言我一句地大声叫喊，决心把一生献给将祖国从专制体制中解放出来的斗争事业。他们站在一棵根须盘根错节地突出在地面的古老白杨树旁。坡地下面，透过黑色的椴树干依稀可见一个池塘，远处，

① 俄文为“寄生虫”“懒汉”的意思。
② 俄文为“拖沓”的意思。
③ 俄国19世纪的两位激进的民主主义革命家。

在亚乌扎河的对岸，绵延伸展的是他们母校的用石头建造的侧楼，从远处看过去，活像一只展翅的巨大雄鹰……这一段经历是永生难忘的！

第二天清晨，两个朋友在课堂上见面了，他们不好意思地相互望了一眼，默默地商定，说好两人从来就没有发表过任何轻率的誓言，但今后酒还是应该少喝些为好。当时学院里正一传十十传百地讲有关二年级学生斯塔拉弗洛斯基犯了严重错误的消息，说他在公开场合讲了些与官方宣传不一致的有关 1968 年布拉格事件的话。后来，他又因与外国人进行不正当交易的罪名被突然逮捕，从此便英雄般地来到了一个叫科米森林的地方，那些更为理智的大学生使用的名叫“建筑师”牌铅笔恰恰是用那片森林出产的木材制作的。

两个朋友变得更加谨慎小心。每每遇到苏维埃现实中令人气愤的事，比如商店里的排长队、公交车里的粗野行为，或者共青团会议上令人啼笑皆非的蒙昧主义，他们俩在众人面前也就仅仅是交换一下睿智的讽刺目光而已，权作卢梭主义哲学家踩上了一脚牛屎。只是有时，当两人单独在一起时，他们才能说说心里话以释解心中的苦闷。

那是一个具有历史意义的日子，他们在列福尔特公园散步，欣赏秋日里染上了一层金黄的阔叶林。当时他们愤愤地指责苏联啤酒质量的低劣。与西方的同类产品相比，只有一个品质是相近的——那就是它们的利尿功能。忽然，他们遇见了两个女孩，她们也是逃了最后两节课出来玩的，也是出来谈心的，当然不是讨论政治问题，而是交流心灵感情方面的问题。

巴士马科夫年轻时就不善于与姑娘打交道。他认为，任何一个，即使是无懈可击的结交异性的举动，在女性看来都会是愚蠢至极且卑俗低下的。有一次，他当时只有十三岁，他们班上新来了一个女生，是来插班听三个月课的：她是跟着来进修班学习的母亲从库斯塔纳雅来这里的。小姑娘长得非常漂亮，但这只是少女时代才有的那种清新靓丽，这种丽质待她长大后通常都会荡然无存。但奥列格并不了解这些细节，而是失魂落魄地爱上了她，爱得夜里会捂着枕头失声痛哭，爱得竟然罪恶地连家庭作业都不想去完成，这种现象此前从未有过，虽然他算不上一个特别优秀的学生。

特鲁特·瓦连京诺维奇被叫到了学校，校方对他说，孩子到了复杂的年龄转型期，建议对孩子要给予特别的关注。那天晚上，他给予了这种关注，用的是孩子奶奶杜尼娅的一个丈夫留下的一根士兵的皮带。巴士马科夫重又开始温习功课了，但爱情却因体罚变得更加烈火熊熊了。正如一个声名大噪的诗人在诗中所说的那样：

父亲皮带的呼啸
教会我懂得了爱情……

但是，奥列格并未得到爱的回报，特别是在他在一节体育课上在大伙哈哈的嬉笑声中笨拙地从“鞍马”上摔下来之后。当时，他唯一能做的一件事，就是忧伤地望着女孩美丽的发式，那分成两半，编得整整齐齐、紧紧凑凑的，扎上了黑色尼龙蝴蝶结的发辫：新来的女生坐在课桌的第一排，而他坐在倒数第二排。

他的脑海中甚至不敢有与女孩结交的奢望。实际上，又会有什么结果呢？巴士马科夫是班上的一个十分平庸的学生：他既不参加学校组织的文娱活动，也不会拳击，更不具备与老师轻松愉快地打交道的才能，而他的发式也不过是花十五戈比剃的一种“半博克斯”[①]发型。只是有一次，他因解出一道把老师都弄昏了头的奥林匹克数学题而在全校出了名，不过这件事发生得太晚了，那个新来的女生早已消失在她所在的库斯塔纳雅的人海中。

暑假后回校时奥列格已经长大，不但心灵情感的经验丰富了，

① 一种头发背梳、两鬓与后颈剃净的普通发型。

而且在夏令营学会了那年流行得近乎疯狂的“曼基斯”舞。一句话，他已经长大成人了！但课桌第一排那个女生已经人去座空了。与她邻座的同班女生（已经记不起她叫什么名字来了）在课间转交给了他一个字条，上面只写了这么一句话：“咳，你呀，巴士马克！”当时那个女生还补充了一句，原来舒洛奇卡（新来的女生就叫舒洛奇卡，一点没错！）一来就喜欢上了奥列格，在整个三个月的学习期间，她一直在等他，等着这个不开窍的他，希望他最终会来找她……

“那她为什么自己不说呢？”巴士马科夫意外得不知说什么才好。

“你太不了解女人了！”那个同班的女同学哈哈大笑地说（真的，她到底叫什么名字呢？）。

然而，虽然有了孩提时期经历过的痛苦的教训，以及后来心灵加上肉体的爱的体验，巴士马科夫还是没能学会与姑娘们轻松愉快地打交道的本事，尽管在理论上他已经对这一并不复杂、并不需要多少智慧的营生的基本要领了如指掌。一种命中注定的痴傻迂腐攫住了他，使他无法脱身，他的心态有点像人们童年时期站在黑板前由于内心的一种折磨人的执拗而无法回答本已经背得滚瓜烂熟的功课时所经历过的那样。若不是斯拉宾逊这个摄影大师和搞笑高手，奥列格那一天是根本不可能结识他未来妻子的。

“你们是哪儿的？我怎么不认识你们?!”斯拉宾逊严厉地问道。他从一片灌木丛中跳出来，挡住了正在林荫道上向前走的两个女友的去路。

当时莫斯科正盛传有一个病态狂人经常出没，说他专门凌辱并杀害穿红色衣服的女子。

“那你们是谁?”平常总是快言快语的伊尔卡·福纳列娃怯生生地问道。她似乎有意穿上了一条深红色的裙子。

“我们就是本地人。我们就在这儿住。我叫鲍里斯，这一位是我的朋友奥列格·塔波奇金！”斯拉宾逊说道。

“这个姓好可笑哟！”两个女友忍不住扑哧一声笑出声来，显然她们以为病态狂人是不可能起这种可笑的姓的。

“他的父称比这还可笑呢！”

“叫什么？”

“图涅雅特奇！”

“是吗？”两位姑娘瞅了一眼奥列格，仿佛是在看一个酒精中毒的怪物。

巴士马科夫在被介绍的当儿，脸上勉强堆着遭到羞辱却要佯装出来的笑容，心想，怎么才能把他刻薄的男友取笑一番，将主动权掌握在自己手中，可他却未能想出什么招来。小个子、伶牙俐齿的斯拉宾逊这会儿已经死死地缠上了那个健壮、髋部十分发达的伊尔卡·福纳列娃了。这一来，行动迟缓的奥列格只能与剩下的另一个女友——那个身材苗条、扁平，脸色有些苍白的卡嘉——周旋了。她那女性的魅力全都显示在了那对蓝色的眼睛和脑后盘着 8 字型发髻的浓密金发上。

他后来才弄明白，两个女友在布隆公园散步的时候，正在谈论伊尔卡刚刚有过的一次恋爱经历。这次她是与俄罗斯民间文学教研室的一位副教授，他的民歌演唱得非常动情，特别是那首《金色的蜜蜂》：

她长着一对
像蜜糖般甜甜的乳头……

由于整个恋爱情节都是她杜撰的，所以说起来无边无际、没完没了。伊尔卡一般每个月都会绘声绘色地对卡嘉讲一次关于她如何失去童贞的细节，而且每一次那位成功的诱惑者都会是一个新的男人。完全可以想象得出，宛若维纳斯的她，在接受了泡沫多多、具有针叶芳香的原始森林牌沐浴露的盆浴后，从水中走出时又会获得一个清新的少女身。

两个男友用各种各样的笑话取悦姑娘，奚落那些只敢在大学生的口头文学晚会上露面、健忘得近乎白痴的教授，时而神秘兮兮地暗示，国家宇航事业强大的奥秘中似乎有他们俩的参与。

“有件事我得告诉你们，美国中央情报局给莫斯科鲍曼高等技术学校的每个学生都建了专门的档案！”斯拉宾逊一本正经地说。

“那档案里还记不记学生向姑娘献殷勤的事？”伊尔卡·福纳列娃娇媚地问道。

随后他们俩分别将自己的意中人送回了家。说得准确些，是斯拉宾逊送走了意中人，而奥列格送走了卡嘉。他把她送到她家显得陈旧的门洞里时试图顺便亲她一口，但遭到了礼貌但坚决的拒绝，不过还是得到了她家中的电话号码。不过，说老实话，他当时并没打算给她打电话。

到了第二天，奥列格才打了个电话，讷讷地提出了想见面的请求。为了这第一次约会，卡嘉可是非常认真地做了准备：穿上了一身新的合成纤维套装，抹了口红，还烫了发。在两人约会的整个过程中，她始终忐忑不安地抚弄着鬈发。原来她怕耽误约会的时间，为了快些将缠在卷发夹上的头发弄干，把头伸进了升了温的烤箱里（当时吹风机不好买），现在不停地抚弄鬈发是想看看头发是不是被燎着过。但奥列格只是在几年后，他第一次向妻子提出那个令人伤感和激动的问题“你还记得吗”时，才知道了这个实情。随着岁月的流逝，这个问题却越来越经常地被提起，而且愈益让人激动和伤感了……

“你还记得吗，如果你的姓要真是‘塔波奇金’我会怎么想？你知道当时我心里有多难受！”

“如果我真的叫‘塔波奇金’，难道你就不嫁给我了吗？”

“嫁当然还会嫁的，只是我不会用你的姓就是了……”

两人在普希金纪念碑旁见面后就去了俄罗斯影剧院，坐在银幕前黑黑的剧院大厅里，望着影片中高大的安热莉卡如何受尽煎熬地在她亲爱的丈夫和所钟情的男人间周旋。当时两人第一次接了吻。三个月的谈情说爱期间，他们去过电影院，逛过布隆公园，参加过由生活还算阔绰的斯拉宾逊在他受过勋的鳏居爷爷那宽敞的住宅里举行的各种晚会。

巴士马科夫思想上有过斗争。说得直白些，入伍前他与至今仍留恋着的奥克桑娜有过一段可怕的不成功恋情，那次恋情使他的童贞受到过伤害，而卡嘉至今仍然是个处女，这件事使他经历了一番痛苦的思想斗争。这场斗争最后以双方在卡嘉住宅里那张未被打开的摇摇晃晃的折叠沙发床上使对方失去童贞而告结束，当时她的父母正好获得了享受优惠疗养的许可，去了匈牙利。

“你是不是有过许多女人？”卡嘉问。她错将巴士马科夫要死要活的冲动理解成了有过众多尝试的经验。

“那你呢？”奥列格回答说。他为自己未曾料到的成功感到自豪。

“你难道感觉不到吗？”

“疼吗？”

“有点。我总觉得有些不自在，好像你早就被启过封似的……”

“你会对伊尔卡说吗？”

“你呀，塔波奇金，别看你挺有经验，可还是傻瓜一个！”

事后两人一起把沙发罩给洗了。

“你以前与别的姑娘也有过这种事吗？”卡嘉好奇地问。

“有些问题男人是不能回答的！”奥列格还是说漏了嘴，这回他感到自己是个真正的处女的征服者。

而伊尔卡·福纳列娃恰在那时向女友叙说了令她心荡神驰的经历，讲了疯狂的斯拉宾逊如何在彼得一世的半身塑像旁，在被积雪覆盖的圆亭中占有了她。不过，鲍尔卡拒绝对这一说法加以评论，既未予以证实，也未加以否认。天哪，那时候他们都是些多么无忧无虑的傻瓜蛋啊！伊尔卡如今在纳洛-福明斯克郊区的一个什么地方当中学老师，丈夫早就被她轰走了，一个人将两个孩子拉扯大，此外，她的左侧乳房还在卡申医院被切除了。卡嘉去看她，回来时哭得简直像个泪人。不过，这些伤心的事还是不提为好！

听完女友关于在圆亭中爱的自白，内向的卡嘉什么也没对女友说，既没说他们俩如何在父母不在的情况下秘密幽会，也没谈她与奥列格如何在一遍遍地阅读当年流行的《夫妻生活新知》后，进行令人销魂的实践。她也没说，这本书到最后一章才讲到避孕措施，等到俩人读到这一章时，卡嘉已经有两个月的身孕了。

第一个向她敲起警钟的是母亲齐娜依达·伊凡诺芙娜，她是根据女儿的一些明显体征及观察才发现了事情的缘由。她当然知道有这么一个叫巴士马科夫的男人，甚至还撞见过他们一次，当时两人在家门口的胡同里正搂在一起，不知如何发泄喷薄欲出的情欲。齐娜依达·伊凡诺芙娜后来曾刨根究底地问过女儿，但不爱说话的卡嘉，真诚地忽闪着两只蓝色的大眼睛承认：是的，是有这么一个男孩，他还请她去过电影院。母亲当然不是个不谙世事的傻女人，她明白“电影院”这个词对青年人来说远远不只是最有趣的艺术，却完全没料想到听话和不爱作声的卡嘉会干出如此这般的事来。

父亲彼得·尼基福洛维奇听说后涨红了脸，在他教育子女的这些年里第一次给了女儿一个结结实实的耳光，事后气喘吁吁地命令道：

“星期天，把你的那位罗密欧……叫来吃午饭！”

对于从事他这种职业的人来说，彼得·尼基福洛维奇是个极不一般的博学之人。他的这个优点令那些只是为了搞点紧俏的装修材料才悄悄来到他办公室的文化界人士十分惊讶。您想嘛：您不过是个戏剧界或电影界的演员，看上了捷克瓷砖，但您要付双倍的钱才能买到；可坐在办公桌旁穿棉坎肩、镶金牙的男人，玩弄着手中的卷尺的同时，会突然出其不意地冒出这样一席话来：

“阿纳托里·弗朗斯这个机灵鬼说得好，说得好啊！对一个艺术家来说，有两个致命的敌人：缺乏演技的灵感和缺乏灵感的演技……”

作为一个到这里来购买紧俏商品的戏剧界或电影界演员的您会深深地被这些话打动，于是，您会立刻邀请这个思想奇特的男子参加您的首场演出。同样，导演们、画家们、作家们、作曲家们，以及从事其他艺术创作的人员都会这样做。忠厚淳朴的巴士马科夫第一次造访了卡嘉家后一下子惊呆了：屋里到处都是有名家签名题词的海报，还有不是穿棉坎肩，而是穿着麂皮夹克的彼得·尼基福洛维奇站在当今世界名人中间的照片。他偶然会在放着期刊的桌子上发现名声大噪的诗人新出版的诗集，扉页上有那人深表谢忱的即兴题诗：

为了彼得·尼基福洛维奇，
我将无怨无悔献出我的一片忠诚！

奥列格带了三枝康乃馨，拿了一瓶阿里高特酒，怀着走进牙科诊室时才有的那种战栗恐惧来赴午宴。巴士马科夫身上穿的是他唯一的一件西服，这还是他为参加毕业典礼晚会买的，如今穿在他业已成人的身躯上已显得十分瘦小。午宴丰盛且从容不迫。上凉菜的时候，大家讨论了国际局势，特别谈了不久前勃列日涅夫的巴黎之行。彼得·尼基福洛维奇说，每次总书记的国外出访总要拍成一个半小时的十分考究的纪录片，经过剪辑后，再在电视台上播出，全片只在俄罗斯影剧院的纪录片厅中放映。原来，彼得·尼基福洛维奇从不错过任何一部类似的纪录片，因为在影片中总能看到自己从未见过且连想都想不到的东西。比如，勃列日涅夫在博物馆里试戴拿破仑三角帽的镜头，还有他十分令人意外的动作。根据他随从人员整齐划一的惊慌神色可以判断，每两个人中就有一个保镖，其中的一个会无意中突然露出他风衣下面的卡宾枪的枪管。

第一道热气腾腾的肉菜上来后，大家讨论了当代国产电影的问题。彼得·尼基福洛维奇前几天刚观摩审查了一部电影，这部电影一年后获得了可以想象及难以想象的所有奖项。事后他走到导演跟前，向他建议说，影片第七和第六部分胶片的速度和节奏需要加以调整。导演有保留地同意了他的意见，并说彼得·尼基福洛维奇上一次劝他放弃将盆浴装修成整体浴室的意见就完全正确。结果不出所料：木头果然因受潮而变形，还出现了许多不太美观的黑色斑点……

奥列格听得十分仔细，但卡嘉却面无表情，仿佛没她这个人似的一声不吭地坐在那儿。巴士马科夫时而偷偷地往那张折叠沙发看上几眼，他觉得在那上面发生的一切似乎不是真实的，而只不过是一篇情爱故事中的虚构而已。类似的短篇小说都会被抄写在学校发的作业本上，同学们会在课桌下面偷偷传给他们认为最可靠的同学看。

上的第二道菜是嫩猪排，大伙一边谈论着奥列格、他的家庭和今后的生活计划，一边就把肉吃完了。巴士马科夫一一回答了大家的提问，谈话中他特别强调了宇航研究日益重要的作用，以及宇航界一些幸运儿美好的前景。

“你上的是什么系？”彼得·尼基福洛维奇什么都想打破砂锅问到底。

“‘动’系。动力学系……”

“不错。还要学几年？”

“还有两年。”

“嗯，好……”

这时，未来的丈母娘齐娜依达·伊凡诺芙娜在吃午饭的当儿第一次加入了他们的谈话。她今天穿着一件红色马海毛裙子，戴着一个蓬松的假发。此前她一直在忙活，默默地把菜从厨房端出来，再把用过的餐具拿回厨房去，这时突然无缘无故地问了一句，奥列格大学毕业后能挣多少钱。彼得·尼基福洛维奇用责备的眼神望了一下妻子，眼光中流露出一种失望的驯兽师固有的疲惫。

吃甜点的时候，他把巴士马科夫叫到了那堆满他订阅的各种报刊的书房，直截了当地问道：

“打算结婚吗，你这个伤风败俗的家伙，还是想让姑娘做人工流产？”

“我准备结婚！”奥列格明确地回答。

“这是唯一正确的决定！”未来的岳丈点了点头说，“住房的问题由我负责。”

仍然在为儿子入伍前与轻浮的奥克桑娜发生的那件事而惊恐不安的巴士马科夫的双亲这会儿立刻为儿子表达了祝福。特鲁特·瓦连京诺维奇只是谨慎地表示了关心：

“你们在哪儿安家呢？”

“也许就安在他们家吧。再说，彼得·尼基福洛维奇答应了给我们弄一套合作社的房子。”

“那太好了！”

一个月后，两人举行了婚礼，所以卡嘉的肚子还并不明显。按照法定的年龄，他们还应该再等两个月的时间，但彼得·尼基福洛维奇已经疏通好了。婚宴是在预先订好的有玻璃门脸的小柳树咖啡馆里举行的，离岳丈的列姆房屋建筑公司办公室不远。他曾经为咖啡馆的女经理装修过住宅，所以这次她表现得特别卖力。饭桌上摆满了各种珍稀的菜肴，未见过大世面的来宾们看了之后伤感而又心疼：鱼子酱、鲟鱼、鲑鱼、香肠、口条、蟹肉凉盘等，那么多的美味佳肴，他们整个后半辈子也未必能吃到。

名声显赫的诗人是这次婚宴的主客。当大伙喊起了“苦啊”的时候，醉得恰到好处的巴士马科夫热烈地吻了新娘。婚礼前的这几星期，尽管两人已坦然无忧，而且在沙发床上相拥而卧已有法律的许可，但卡嘉还是没让奥列格靠近自己的身子。多年后，每当提出

“还记得当时的情况不”这样的问题时，她总说这是母亲教她这么做的。母亲常告诫她，她有一个女友，她的一个非常让人羡慕的未婚夫就是因为在婚礼前的几天里与她快活了个够，所以离她而去了。卡嘉直到不久前才弄明白，那个很快便被酗酒成性、寻欢无度的漂亮未婚夫抛弃的女人就是齐娜依达·伊凡诺芙娜。要不是那个经营地板的可靠的彼得（就是后来的尼基福洛维奇）爱上了已经怀有身孕的她，并且娶了她这个大肚子，还真不知道事情会怎样了结。

其实，事情的结局也是显而易见的：卡嘉的哥哥果沙便会在没有男性的关爱中长大，就不可能从邮电学院毕业，现在也肯定当不了驻外使馆的电气技师（实际上他已是监听设备方面的专家了）。这次他专门请了假，专程飞来参加亲爱的妹妹的婚礼，他那一身时髦的格子西装和有着世上很少见的花色的领带着实令客人，甚至是那个声名显赫的诗人惊叹不已。果沙送给新人一台绞肉机，那台绞肉机只要换一换刀片还能用来做榨汁机和搅拌器。不过，这个设备至今还静静地躺在盒子里放在阁楼上，因为它只能用来绞国外的那种很嫩的里脊肉，只要一碰上俄罗斯的肉骨头就会卡住，派不上用场。

在婚礼上，奥列格的双亲起初坐在那里一声不吭，甚至故意装得有些谦卑，他们的做派给人一种印象，似乎他们自己也意识到了他们对这次婚宴的贡献是微不足道的。特鲁特·瓦连京诺维奇甚至连婚礼祝酒词也说得不太得体，敏感而未喝醉的客人可以感觉到他话语中的歉疚之情。当父亲的说，排版业有一个术语，叫“空铅”。意思是无字母处填入的空铅条，排版工人用它来填补版页中的空缺处。但是在生活中，尤其在家庭生活中最重要的是不能有空铅。

柳德米拉·康斯坦丁诺芙娜听了后气得不行，以为“空铅”[①]的说法含沙射影指的是她，于是她把丈夫的大容量酒杯换成了一个盛甜酒的小酒盅以示报复。不过，即使在这种艰难的处境下，他仍想

① 原词“бабашка”意为“老妈子”，“空铅”为其引申义。

方设法地给自己多倒了几次酒，而且还走进来宾席中——此后有一个星期她根本不和他说话。

他走到来宾席当中是有原因的。特鲁特·瓦连京诺维奇从小喜爱足球，有趣的比赛一场不落，甚至把体育报当作《圣经》来读。有关世界杯和欧洲锦标赛的情况，他无所不知：什么时候比赛，谁是赢家，何人当的裁判，哪些运动员出场，在第几分钟踢进的球。而且老巴士马科夫居然还能记住所有决赛、半决赛、四分之一决赛，甚至所有淘汰赛的比赛情况！

一开始他只是静静地倾听着从桌子另一头传来的关于即将举行的世界杯的十分幼稚的评论。但后来当男人们谈论起以往的赛事，说起慕尼黑的世界杯，讲出了不着边际的外行话时，特鲁特·瓦连京诺维奇按捺不住了：

“盖尔·穆勒踢进的不是第一个球，是第二个……第一个球是布莱特纳主罚点球踢进的，判罚点球的是裁判泰勒，因为荷兰球员撞倒了霍尔岑拜因……”

奥列格早就发现，只要父亲一开始议论他钟情的足球，他的眼睛就会发亮，他的嗓音就会变得与评论员奥泽洛夫的声音一模一样，充满活力和激情。他还发现，柳德米拉·康斯坦丁诺芙娜在这种时候不知为什么会替丈夫感到难为情，这种难为情进而还会转化成一种仇恨。

“也许，您还记得，球是哪分钟踢进的？”一个从莫斯科房屋修缮公司来的十分让人讨厌的男人带着讽刺的口吻问。彼得·尼基福洛维奇把他请来自有他的用意。

“让我想想，”老巴士马科夫思考了片刻（这是他有意想制造的戏剧性效果），“荷兰球员……踢进的点球在第一分钟。西德球员踢进的点球是在第二十五分钟，还有一个进球是在比赛第四十三分钟，是由邦霍夫传的球……”

“荷兰队的那个球是谁踢进的？”莫斯科房屋修缮公司的来客不

依不饶地问道。

“内斯肯斯。”

“德国队为什么被罚了个点球？”

“因为他们撞倒了克鲁伊夫……”

“没错！对不起，您怎么称呼？”

“特鲁特·瓦连京诺维奇。”

“特鲁特·瓦连京诺维奇，咱俩得好好喝上一杯！”

在整个婚宴余下的时间里，父亲成了男人们关注的中心。一大帮足球迷簇拥在他的周围，痴迷地聆听着这个在热闹的婚礼舞会上难得遇见的足球评论家的每一句话。那个名声大噪的诗人倘若在大街上一下子未能被行人认出就会沮丧不堪，眼下在婚礼上却只能听任人们大谈足球而处于一种从未有过的无人问津的窘境中。他怒不可遏，给彼得·尼基福洛维奇弄得下不了台，伤感地朗诵道：

啊！除了足球，又岂有他者
能把俄罗斯人的心儿牵动……

不过，婚礼照样有条不紊地在进行。烂醉如泥的斯拉宾逊倒地前发表了别出心裁的祝酒词，阐述了适时饮用一杯啤酒在世界历史上的作用，还说若是由着他的性子来，那如今坐在新郎位置上的有可能就是他自己了。

“简直是个浑蛋！”彼得·尼基福洛维奇嘟哝着骂了一句。除了与从事创作的知识分子打交道，他在日常生活中还崇尚一种并不过激的反犹太主义。

来宾在颇有专业水平的电声乐队隆隆的伴奏声中疯狂地跳起舞来，把小柳树咖啡厅的每块玻璃都震得哗哗直响。这时伊尔卡·福纳列娃悄悄地跑了过来，向新婚夫妇袒露了（“奥列日克，现在我可以对你说了”）她在沃尔沃轿车（当时在莫斯科大街上能见到的沃尔沃轿车充其量也不超过半打！）的后座上失去童贞的令人目瞪口呆的趣事。

“那个男人是谁？说呀！”卡嘉按捺不住了。

“你的那件裙子能不能借我在婚礼上穿？”

“婚礼上？”

“你以为呢！”

“能呀。礼帽也可以借给你。怎么样?!”

伊尔卡在她耳边说了句悄悄话，从卡嘉睁得溜圆的眼睛可以看出来，甚至对于一切都已司空见惯的她也未料到女友会讲出如此神奇的谎言来。斯拉宾逊吐出了胃中的多余物并洗了个冷水脸后变得清醒了，后来他也来了。他似乎没把巴士马科夫认出来，看了他很久，最后才沉重地说了这么一句：

“我们失去了多么好的一个单身男人啊！”

新婚的第一夜，两人是在十分熟识的沙发床上度过的，但大部分时间都是在听彼得·尼基福洛维奇与齐娜依达·伊凡诺芙娜是不是已经睡着了，剩下的时间就是试图无声无息、不发出任何响动地做爱，但都毫无结果。

一大清早，巴士马科夫因为渴得要命醒了，他听到有人在小声地说话：

“两个年轻人怎么静悄悄的！”岳母问。

“婚礼前折腾够了，这两个小崽子。”岳父回答说。

卡嘉六个月后正常地生下了孩子。奥列格把她从产房接到了位于莫斯科郊区的扎维亚洛沃的两居室合作社住宅。白色新住宅的塔楼与真正的农村只隔着一块种满白菜的开阔地。

两人坐着出租车来到新家跟前的时候，遇见一个送葬的队伍：村民们用粗布条子抬着敞着盖的棺材正往墓地走去。年纪不大的死者的头微微仰起，仿佛正想用嘴唇够给他端来的酒杯。女人们哭喊着。男人们心神恍惚地发着牢骚。一个约莫五岁的男孩，也许是死者的儿子，一只手扶着棺材的边沿，好像正拽着徐徐前行的大车的车帮。

“我得给妈妈打个电话。”卡嘉说。

“干什么？”

“我得问问，遇上出殡的是福兆还是……”

当刚刚当上爸爸的巴士马科夫抱着裹在襁褓中眨巴着眼睛的婴儿从出租车里往单元门走的时候，突然产生了一种预感，觉得他手中的婴儿就要掉下来了，两只手甚至觉着奇痒难忍。这种感觉只有在搬运非常重的东西，比如搬金鱼缸时才会出现。不过奥列格还是顺顺当当地把达士卡抱进屋，放在了罩着纱网的婴儿床上。

床及其他家具和家什是彼得·尼基福洛维奇给新婚夫妇准备好的。奥列格的双亲以难以想象的努力，竭尽了所有的积蓄才为庆祝他们的新婚乔迁赠送了一台北方牌电冰箱——一台噪声很大还容易出毛病、造雪功能远高于制冷功能的家电。说实话，岳父虽然博学，却是个十分可靠且善解人意的男子。在奥列格被从区团委逐出并安置在“金牛星座”上班的时候，岳父虽然气得够呛，但后来还是和颜悦色地说，男子汉嘛，还是从事学术研究好，不能老是东跑西颠地送送文件或者在讲台上摇唇鼓舌。彼得·尼基福洛维奇真是个好人，但死得有些冤……

四

这是很久以后的事了，艾斯凯帕尔第一次准备逃离卡嘉的时候，他还活得好好的。要是有人突然说，要不了十年，基辅就会成为一个独立国家的首都，而波罗的海三国将与北大西洋公约国家一个鼻孔出气，在整个俄罗斯土地上到处都会听到放置在银行家高级轿车座位下隆隆的炸弹爆炸声，而报纸上会充斥着为财大气粗的先生提供各种性服务的性感女郎的招揽广告，那么这个出言不逊的人一小时后一准会坐在精神病医生的诊室里，他肯定是在被人们奚落够了之后由克格勃送到那里的。

艾斯凯帕尔叹了口气，脱下结婚礼帽，在沙发上坐下后打开了一个放奶油饼干的盒子。盒子里的上层放着几张黑白照片。一丝不苟的卡嘉早就把所有标准的家庭照片分门别类地放在了各自的相册里了，甚至还加上了专门的标题：“达莎”“婚礼”“旅游”“休闲”“生日”“学校”，等等。相册都放在书架上，而无法归类的那些便保存在了这个饼干盒里。这盒饼干是一个得二分的学生家长送给卡嘉以示感谢的。

第一张照片上是全体毕业班的同学。照片上方写着 1980 年，字的两边饰有彩带和桂树叶。照片最下面，躺在地上的是巴士马科夫和斯拉宾逊。按照战前时兴的做法，他们叉开着两条腿，伸得长长的。自然，这个带点艺术性的姿势是鲍尔卡想出来的。大学毕业后他在当将军的爷爷的帮助下进了研究生班。听说巴士马科夫的岳丈将他安排进了区团委，斯拉宾逊鄙夷地笑着说：

“成了个卖身的了！”

应该说，奥列格打心眼里不愿意去区团委工作。他想去普列谢茨克做机要工作，但远见卓识的彼得·尼基福洛维奇听到浪漫的女婿的意见后，引用了切斯特顿[①]的一句名言，严厉地说：

“如果你不会管理自己，那么你就学会管理别人吧！”

巴士马科夫至少已经被部分说服了，但直至半夜还在被窝里与卡嘉争论，到了清晨才算最后同意了。区团委第一书记舒米林装修住宅的时候欠了他岳父很大的人情，在经过一番磨磨叽叽的长谈后才要了奥列格。奥列格正好目睹了当时闹得沸沸扬扬的偷拿区团委流动红旗的事件。事后，舒米林很快被调到了另外一个地方，于是刚刚上班的这个区团委新干部不得不接受由新的第一书记——佐托夫的领导。他是由费多尔·费多洛维奇·切勃塔廖夫突发奇想推上这个位置的。

第二张照片上的是时任区团委组织部部长的巴士马科夫。他穿着一件机关干部标准式样的西服，系着一条始终如一的格子领带，神色庄严地皱着眉头，正在颁授流动红旗。接受红旗的人没在照片上。当时奥列格对他不久会被逐出区团委的事情还意想不到。照片好像是在他第一次逃离卡嘉的企图流产不久后照的。

事情的起因是这样的，奥列格有事没事总要在区团委坐到很晚才下班，回到家时已经有些醉意，而且饿得心里发慌。吃饭的时候，他总喜欢开上两听鱼或肉罐头，切上一大块黑面包，撒上点盐，再剥上一个洋葱。可以理解，有了这种小吃，不再喝上个一百五十毫升酒简直是一种违背人性的罪过。但同样可以理解的是，当一个散

① 即 G. K. 切斯特顿（1878—1936），英国作家。

发着葱香和酒香、有着合理生理欲求的“动物”半夜三更钻进一位年轻苗条的女文学教师的被窝里，而且强行求欢时，这位女子的感觉会怎样。除非是个性欲倒错者，否则任何人都不会从中获得些许快慰的。

卡嘉这位年轻的妻子十分自尊、自重，早晨起床后，以一种鄙弃的神情默不作声地收拾好东西准备去学校上班。她无法控制自己，久久地生着丈夫的气。可是，星期天晚上在家的时间很有限，当委屈的心情已经消退，脸色苍白的巴士马科夫却如同一个被贬落尘世的天使，因为清醒的不适而痛苦难当，这时要想让他尽夫妻鱼水之欢的责任几乎是不可能的。卡嘉还年轻漂亮，从不主动提出要求，却尽可能表现得妩媚动人。

这种状况持续了很久。为了能从一个普通的办事员晋升为组织部部长，奥列格喝酒已经有了节制。但有一天清晨，终于忍无可忍的卡嘉对刚刚睁开眼睛的丈夫宣布说：

“这样吧，你收拾东西走人吧！”

“这是什么意思？”奥列格一下子傻了眼。

“就是这个意思，抬腿走人！”

“我不走！”

“不走也得走！这儿可没你的户口！”

为了恢复历史的真相还需要再回忆一下，他们俩住的合作社的房子是岳父买的。巴士马科夫，用通俗的老百姓的语言来表述，是一个入赘的女婿。而且还不是一般的入赘女婿，是个没有户口的入赘女婿。在办理合作社房子的购买手续时，两位家长边排队等候房子边对奥列格说，要他暂时不要把户口从原来的公共住房迁出来。话说回来，正是耍了这么个小小的花招，他们后来才为小两口弄到了一套两居室的，而不是一居室的住宅。

“那达士卡怎么办？”即将被驱逐的丈夫可怜兮兮地说。

“等达士卡长大了，她会理解我作为一个女人所做的这一切的。”

这一来，奥列格害怕了。这种恐惧是双重的。一重来自干部的任命体制：在当时，离婚对区团委一个部门的负责人来说意味着即使不是仕途的结束，那也是为继续升迁设置了巨大的障碍。此外，还有第二重更为深层的原因：巴士马科夫绝对没有想过，一旦离开了妻子和女儿他将怎样生活，如何重新搬回到父母亲那儿住。丈夫的恐惧让卡嘉很开心。她开始经常使用这种家庭内部的恫吓手段：那是年轻以及经验缺乏的表现。的确，每次巴士马科夫都要随口讲上一番请求宽恕的话，事后两人还会一起躺在被窝里，卡嘉则幸福地眯起双眼，一次次地迁就奥列格直到筋疲力尽。

“也许，正因为如此，她才说要把我赶走？”多年后，聪明老练起来并成了经验丰富的艾斯凯帕尔的巴士马科夫才明白了其中的奥妙。

但在当时，每一次新的争吵，每一次让他卷起铺盖走人的不容抗辩的御旨，每一次想得到宽恕的请求——都一一积淀在了巴士马科夫这个入赘夫婿的心中，犹如一枚铅一般沉重的硬币被塞进了猪形储蓄罐中。于是，丢进的最后一枚硬币会被死死地卡在进口缝隙中的那一天已经为期不远，除了抡起储蓄罐往地板上摔去，再也不会有别的出路了——这样也就一劳永逸了！

大学毕业后，奥列格还继续与斯拉宾逊来往。鲍尔卡进了研究生班，不声不响地与他的一个远亲，名叫伊奈莎的女提琴手结了婚。这是个长着一头浓密的秀发、娇小玲珑、眼睛大大的姑娘，犹如古埃及肖像画中的淑女。奥列格是应邀参加他婚礼的唯一的大学朋友。婚礼在鲍尔卡爷爷的斯大林时期建造的宽大的住宅里举行，办得十分隆重。他的爷爷叫鲍里斯·伊萨科维奇，是一个鳏居的退伍少将，在某个军事学院讲专题课。

巴士马科夫与卡嘉依然时有争吵，所以是独自一人来参加婚礼的。他匆匆忙忙从地铁边一个格鲁吉亚人那里买了一束郁金香，花已经不鲜灵了，所以心里很不踏实。通常买花是卡嘉的事，她会在市场上转悠很久，仔细地看看、闻闻，甚至还会用手在花蕾上捏捏，冷冷地将那些站在柜台边趾高气扬而又纠缠不休的高加索人驱赶开。她买花似乎不是为了送人，而是自己用，而且还打算插上一辈子，仿佛要把这些鲜灵的、丝毫没有凋萎的花朵插在她卡嘉自己的坟头。所以做客时他们常常会迟到。

不过这次巴士马科夫也迟到了，准确地说，是在区团委耽误了。在宽敞的将军客厅里，在一张椭圆形的桌子旁坐着二十来个人，奥列格还从来没有遇见过在一个地方会汇聚着这么多双目光忧郁的眼睛的情况。他也从来没有听到过如此充满睿智而又艰涩难懂的谈话。斯拉宾逊向亲戚介绍巴士马科夫的时候说了他的工作单位，于是那些充满忧郁的目光中流露出了对所称单位的明显的敬重和对在这一单位高就的人的难以察觉的鄙视。

从谈话的只言片语和祝酒词的内容中，巴士马科夫也做出了自己的一些判断。第一，鲍尔卡的父亲是一个著名的泌尿科医生，对很有审美情趣的新郎新娘未能让他尽情施展自己的能力，将婚礼安排在郊外的一个很有品位的餐厅里而深感遗憾。第二，几乎有一半的来宾早就递上了出国申请，但至今仍在等待出国的许可。的确，新娘的双亲至今还在犹豫，还没有下决心如何处理家庭的文物和一件最重要的家族遗产——一把在西方价值连城的古老小提琴。第三，鲍里斯·伊萨科维奇，这个杰出的战时第一线军官因为太强的“原则性”最终只能驻足在少将军衔的位置而委屈万分，而他的军事学院的同窗们却几乎都被擢升到了元帅的高位，但他并不想就此罢休。在人们的谈话中，他还捕捉到了一些临终前思考的细节，但如同一个外行无法理解专业精深的行家之间的专业争论一样，对这些谈话的内容，他实在无法理解。

无疑，所有人中只有斯拉宾逊一个人喝醉了。亲戚们以同情的目光望着新娘，在他们充满困惑的窃窃私语中，斯拉宾逊被送到了（当然不无奥列格的帮助）爷爷的书房里，安置在了一张放着圆形靠枕的皮沙发上。伊奈莎竭力装出一副若无其事的快活的样子，甚至还与公公跳了一曲华尔兹，还与鲍里斯·伊萨科维奇跳了一曲查尔斯顿舞。新婚夫妇准备在鳏居的将军这里安家。鲍尔卡的母亲——年轻时苗条白净，肯定是个靓丽得耀眼的大美人——这会儿俯下身子用信任的口吻对奥列格说，她没想到儿子竟能娶上如此这般的好妻子。鲍尔卡已经故世的奶奶的衰弱不堪的女友摇了摇头说：

“但这个男孩子酒喝得实在太凶了！”

“是啊，伊佐尔达·盖莉霍芙娜，我们也很伤心。您应该理解我们！”鲍尔卡的母亲不知为什么瞥了一眼巴士马科夫，“我们把希望寄托在伊奈莎身上。她真是个非常理智的姑娘。”

奥列格叹了口气，给自己倒了半杯酒以掩饰窘态。

半年后，斯拉宾逊对婚姻彻底失望了。他说，他还没有每天早晨与同一个女人一起用早餐的心理准备，而家中的小提琴音乐会简直让他想像狼一般嚎叫。幸好伊奈莎的肚子还没有成为孕育迷人的新提琴手的琴盒。他把她送回了娘家，后者也很快嫁给了她的另一个远亲——一个先锋派作曲家。不久后，两人获准出国，鲍尔卡帮助前妻和她的新丈夫收拾东西，还把奥列格也叫来为他们装运行李。那把古老提琴的问题现在已经得到解决：鲍尔卡的父亲当时正在为克格勃的一位强有力的官员治疗慢性前列腺炎，从他那里弄到了一张证明，证实这把乐器再普通不过且没有任何价值可言。等这把提琴被运到它早先的故乡后就被卖了，他们用这笔款买了房子、家具和汽车。鲍尔卡的双亲在移居以色列后定居美国前也在这栋房子里住过。

但这也已经是多年后的事了，鲍尔卡在与妻子离异后，在爷爷的住宅里独自居住了一段时间。那套住房实际上由他一个人使用，因为鲍里斯·伊萨科维奇从早到晚就坐在书房里编写关于集团军司令员巴甫洛夫的书，确切地说，他在写关于当时应如何做好战争准备和如何作战以阻止德国兵越过布列斯特的看法。爷爷起得很早，斯拉宾逊当时正过着一种散漫的研究生生活，一睁开眼，厨房里已经摆好了为他准备的早点。要是醒得特别晚，那么还有午饭加上一小瓶泡着橘子皮的伏特加酒。

“按照我们俄罗斯人的说法，这叫作强迫同化！”鲍尔卡喝完第一杯复苏酒，歇了口气后说。

那时奥列格还经常去斯拉宾逊那儿玩。他们坐在那儿，喝着放了柠檬片的威士忌陈酒。在鲍尔卡父亲住房和别墅的配屋里堆满了别人赠送的各种酒。当父亲的尽管对儿子抛弃伊奈莎气得不得了——为这件事许多亲戚都对他们这一家有了意见——却仍时不时地惯着儿子，让他喝下了明显不该多喝的酒。鲍尔卡的父亲是莫斯科一个优秀的泌尿科医生，正从事新流行的一种性病的治疗——那是一种使所有或多或少有过性生活的人都感到恐惧的疾病。移居美国后，他在布莱顿海滩[①]开了一家咨询中心。前来咨询的人如潮水般涌来，但大都是来自莫斯科的患者。他可以与一个曾是一家美食店的经理、如今中了风的饶舌者一谈起往事来就是几个小时。60年代人们关起门来谈论物理学家以及抒情诗人时都会涉及的淋病问题几乎成了当时青年人最难能忘怀的记忆。大伙之所以特别看重已经衰老而且医疗技术已落后于世界泌尿学科先进治疗方法的鲍尔卡的父亲，看来就是因为与他在一起还可以回忆回忆当年人们曾有过的无畏精神。

巴士马科夫和斯拉宾逊就这样常常坐在宽敞的厨房里，鲍尔卡一边喝着威士忌，一边开导他说：

“图涅雅特奇，结婚应该在临床死亡与生物性死亡的间隙中才有必要，而且也仅仅是为了有人能给你送葬！”

有时若有所思的鲍里斯·伊萨科维奇会被红军在准备对法西斯战争中的可怕失误折磨得苦闷不堪，这时，他也会从房间里出来，

① 位于纽约的俄罗斯人社区。

加入他们的谈话。

他们有时会像以前在大学生时代那样，在黄昏降临时，到高尔基大街散步或坐车到布隆公园去玩，斯拉宾逊便又会开始无耻地纠缠邂逅的姑娘们。但与姑娘们的这些相遇通常不会有任何结果：早先的放肆胡闹以及青年人的一味轻诺寡信已经不复存在了。鲍尔卡令人失望地张扬，巴士马科夫还常常忘记把结婚戒指从手指上摘下，他那副显得心事重重的忧郁表情，会令那些长得漂亮、懂得自尊自爱的莫斯科姑娘这样回答他们的关照。“姑娘，您这是去哪儿啊?”她们会回答说:“和你们一起去找离这儿最近的一位民警!”

“你如何看待出卖肉体的性爱?”斯拉宾逊若有所思地望着渐渐离去的穿裙子的姑娘问道。

“怎么对你说呢……”巴士马科夫闪烁其词。

在那个如今已经一去不复返的无功利的性爱时代，出卖肉体的爱情对奥列格来说还是一种神秘的禁区，犹如任命体制中的一种秘密分配机制，共青团员们自然是绝不允许插足的。

“我也是这么看的。”鲍尔卡表示同意，“用金钱去买女人，如同采摘蒲公英一样毫无意义。这样的女人俯拾皆是……”

俯拾皆是的常常是那种有所图的女人，她们上鲍尔卡的圈套只是抱着一丝侥幸，希冀着能交上好运，从而可以永远告别那让人诅咒的集体宿舍，能在一个莫斯科男人的家中住下。但是，只需要近距离认真观察，就可以发现她们都是些毫无诱人之处的女人，即使是在从部队退役后的第一个星期，巴士马科夫对这样的女子是连看都不愿看上一眼的。

当时十分失望的斯拉宾逊发表意见说：

“你瞧瞧这些脸嘴!（他指的是那些过路的女人）都是些个歪瓜裂枣啊！这是个出产歪瓜裂枣的国家！你明白吗，图涅雅特奇?!”

奥列格仔细地审视着行人疲惫的——当然，毫无贵族气质可言的——有时还会是怪模怪样、畸形的丑脸，随后又把目光转移到了斯拉宾逊身上。他也同样毫无体形和神采可言，叹了口气同意道：

“太可怕了！”

“太太可怕了！一个盛产歪瓜裂枣的国家……不，是超级歪瓜裂枣！我在这里简直要憋死了！”鲍尔卡激动地继续道，“你，想想吧，我们论文答辩后教研室要铺好桌子，就着咸鲱鱼喝伏特加，完了还要唱上几曲！不，你能想象吗?!‘独身的小伙在查斯拉托夫有多少……’通讯院士尼齐坡留克——新闻界均称他为院士！——居然还会唱首小曲儿来歌颂一个土匪首领多罗申科[①]！还算个知识分子呢，去他妈的！你能想象吗?”

奥列格回想起，在家庭聚会时他父亲多喝了几杯后也喜欢唱个歌跳个舞，作曲家塔里库艾洛夫的私人朋友彼得·尼基福洛维奇就像他们自己在区团委时一样，身心放松之后也会大唱共青团之歌，于是回答说：

“我能想象……”

“不，你是区团委的人，你是根本想象不到的！”

奥列格这时开始抱怨卡嘉，说她总是低三下四、想方设法地赶他出门。随着年龄的增长，人才会慢慢明白，向别人抱怨自己的妻子是荒唐的，这就如同抱怨自己的个头或自己的长相。

“于是你就听之任之?!”鲍尔卡气愤地喘了起来，“怕丢官，是不是？你一回家她该给你洗脚才是！你知道吗，图涅雅特奇，你周围有多少性饥渴的女人？你只需要吹上一声口哨！我离婚后起初每天都换个女人睡觉，在父亲那儿看过三次病，后来就懒得去了，去不去反正一个样。有时弄上一个带着她回家，心想：也许这一位会有些新意，带回家，脱了衣服一瞧，没那回事，和所有女人一个样，还是那么个东西……”

极易受别人影响的巴士马科夫听着他的这些讲述，完全忘记了

① 17世纪企图分裂俄国的乌克兰统领。

他们在高尔基大街上毫无结果的散步，很是羡慕斯拉宾逊那自由而充满情欲的丰富多彩的生活。他自己，说老实话，已经有两次糊里糊涂地背叛过卡嘉。第一次是与一位真正意义上的女战友——区团委总务处财务科的女会计。偷情发生在共青团建团纪念日的联欢晚会上。他们两人偷偷地离开喧哗的大厅，在一堆流动红旗上苟且了事。那堆红旗与其他共青团标识物一起存放在一个专门的储藏室里。然而，爱情却付诸阙如：身体丰满的女战友仅仅是在为自己久坐不动的职业提供一种暴风骤雨式的性爱补偿，这种暴风骤雨使得性经验还缺乏的巴士马科夫惊恐不已。但是，这位女会计，还是应该给予她应有的赞誉，后来还常常关照她邂逅的情人，一旦后者耽误了上缴团费的报表。应该说，姑娘还是挺不错的。听说多年后她嫁给了一个在 1993 年被盗的白宫做过维修活儿的土耳其男子，后来他们去了伊斯坦布尔。

巴士马科夫第二次背叛卡嘉是与一个共青团的女积极分子——木偶剧院的共青团书记。这是一个娇小、瘦弱的女演员，常常在剧中扮演王子和会说话的动物。他们是外出参加共青团学习班时在一个名叫“小白桦”的膳宿公寓里搅和在一起的。傍晚两人去近处的一个小树林散步，一直到第二天清晨才一身露水地回来，一切都是在小树林里发生的……

木偶剧演员似乎动了真情，爱上了巴士马科夫。有一次，她甚至还邀请奥列格和他的女儿一起观摩她老师导演的木偶剧。戏演完后，每个演员都抱着自己的木偶在遮幕的上方出现，一身黑色、毛茸茸的巴吉拉突然向坐在第一排的达士卡挥了挥她的一只爪子。

“你认识她吗？”小姑娘惊奇地问。

“谁？”警惕性很高的爸爸想问清楚。

“巴吉拉呀！”

“有点认识……”

女儿在家里十分激动地叙述了活人扮演的木偶小豹子如何在座

无虚席的戏院里把她当作自己人认了出来，卡嘉听完后只是忧伤地叹了口气，怀疑丈夫已经背叛了她。

“你的女儿——真可爱！长得跟爸爸一模一样！”一次偶然在一个住宅里幽会时，女演员兴奋地跟巴士马科夫说，“那眼睛可大可大……那头发可密可密……我要送她一个布娃娃！”

“可别，妻子会猜出来的。”

“噢，那是啊……真对不起！”

应该说女演员本人在被窝里的表现就有点像个布娃娃，也许巴士马科夫是个不称职的木偶操纵者——到底是怎么回事，现在也无从考证了。说实在的，有时夫妇俩做爱幸福与否仅仅取决于一件小事——从气窗刮进来的带着稠李芳香的微风。不过，这一切可以解释得更为简单：巴士马科夫还爱着妻子。

在几次约会之后，他还是把她甩了。有人转告他说，姑娘对两人的分手很是伤心。有一次演戏，她在说完台词之后甚至将王子搂在怀中哭了起来。但奥列格回家来到卡嘉的身旁时，却心安理得、毫不紧张，心中想的是下一次如何对区团委全体人员做动员工作。他甚至有一种幸福感，认为自己纯洁无瑕，如同一只仅仅是被弄脏了的莫斯科鸽子。

话虽这么说……但随着时间的流逝，他逐渐明白，早婚会使男人始终被性爱拖累而难以自拔。尽管自己有过不检点的行为，但巴士马科夫觉着发生在鲍尔卡身上的这一切全然是另一种样子，他做得既从容不迫而又周密雅致，既不承担任何恼人的责任，事后也不受良心的谴责。

不过，他人被窝里的事的确难以揣摩——可谓知人知面不知性。起初，斯拉宾逊就像鲍里斯·伊萨科维奇一样，决定留在苏联不走。但突然他还是提出了申请。原因是爱情受到了挫折。他在大街上认识了一个来自第聂伯彼得洛夫斯克的健壮的乌克兰女子，她没能通过莫斯科大学的入学考试。她确实长得很美：身高一米八，披着长长的深褐色头发，有着浑圆的肩膀、丰满的乳房，此外还有一对大大的浅棕色眼睛，很少有男人的身高够得着这一对眼睛。奥列格第一次见到她时，有好几分钟竟说不出话来。斯拉宾逊爱得如痴如醉，竟然完全失去了时间和空间感。

“图涅雅特奇，你知道吗，当我听到她沙哑的乌克兰音‘r’时，我的心里简直像爆炸了一颗原子弹！但这件事怕是不会有好结局的……”

他觉得自己得到姑娘的机会甚微，决定以智取胜。她当时正在莫斯科寻找住房——鲍尔卡为她找到了一间屋子，而且还不用付房钱。这是他爷爷住宅里的一间房子，被鲍里斯·伊萨科维奇用作纪念已故妻子的纪念室：里面有镶在镜框里的各种照片，出自阿尔特曼[1]手笔的女共青团员阿霞·罗宾逊的大幅肖像；有心爱的图书，其中还有一本是马雅可夫斯基亲自题名的；还有铺着带花边床罩、饰有镀镍圆球的床……鲍里斯·伊萨科维奇时而会怀着敬仰的心情来到这个纪念室，与自己已故的夫人悄悄地谈谈往事，也许还说说未来。除了他，任何人都无权走进这个屋子。斯拉宾逊是如何说服爷爷把这个屋子里的东西腾出来，并让女房客住进去的——谁也不知道，而且任何人也无法知道！

姑娘叫瓦连季娜，鲍尔卡叫她瓦尔基丽娅，但背着她，根据她的身材背地里叫她“一个半女神”。他给还坐在被窝里的她端咖啡，她去澡盆洗澡的时候他会激动得气都透不过来，会建议为她搓背，但没有一次能如愿以偿。用强力征服姑娘他连想都不敢想：有一天傍晚，斯拉宾逊开玩笑似的想与她在床上闹腾一下，瓦尔基丽娅把可怜的恋人给压惨了，弄得他后来整整有一星期的时间连扭脖子都困难。

瓦连季娜被安排在托儿所当了保育员，于是鲍尔卡彻底放弃了副博士学位课程的考试，帮她带孩子们散步。当那些孩子不想两人

① 即内森·阿尔特曼（1889—1970），俄罗斯艺术家，以肖像画和速写闻名。

一行地排好队去吃午饭时，他还会装成个凶恶的大灰狼吓唬他们。姑娘乐得哈哈大笑，还带着鼓励的意思往他腰间戳了一下说：

“你还挺淘气的呢！”

听到她那个没能发出声来的摩擦音“r”，他差点晕了过去。

二老又想给鲍尔卡在原先的家乡物色一个远亲当媳妇，但他没有理睬双亲的又是写信又是打电话的反对诅咒，最后鼓足了勇气，在得到了鲍里斯·伊萨科维奇的同意后，还是向瓦尔基丽娅求了婚，献上了一颗爱心，以及爷爷攒下的包括一部21型的伏尔加轿车在内的一笔家产，那辆汽车被闲置在房子的地下室温暖的车库里已经很久了。“一个半女神”居高临下地瞧了瞧他，温柔地将鲍尔卡早早谢顶的头上的毛发弄乱，哈哈大笑起来，末了说了这么一句：

“鲍连卡，你怎么，难道想要破坏如此高贵的家族血统吗！”

不久，她还是按照莫斯科的中等租房价格付了这段时间住在这儿的房钱，从这套住宅里搬走，嫁给了一个鳏夫——民警大尉，后者还给她带来了一个女儿。大尉的妻子死于一次可怕的阑尾炎手术医疗事故。通常对这种事故的解释是：“剪刀忘在肠子里了……”大尉开始酗酒，再说他的工作也不是很正常的那种——他只管伏击和拘捕。有好几个晚上，都是瓦连季娜去把他女儿领回家的，因为谁也没有去接她。有一天早晨还是她把女儿送到了幼儿园……

斯拉宾逊有好几个月心情狂躁，也不知道都在哪儿瞎逛荡，酒喝得厉害，甚至还尝试过注射毒品。他不愿听母亲在打到莫斯科来的国际长途电话中那让人心烦意乱的唠叨，这些电话肯定是被人仔细监听的。他看也不看就撕掉了父亲写来的有多页信纸的信，那些信都是通过持不同政见者的秘密渠道（在著名的被驱逐者中也有泌尿系统疾病的患者）只用了几天的时间就带到莫斯科的——而当时普通的信函却需要走几个月的时间。酒不离口的鲍尔卡甚至还会粗暴地打断爷爷说话，让爷爷无法向他讲完关于学员科马良的故事。这个学员由于对一位上校教师的女儿爱情的不幸而企图自杀，这位名叫契列帕霍夫的教师是讲授当代战争策略课的。经常前来安慰朋友的巴士马科夫已经翻来覆去地听过好几遍了。

契列帕霍夫上校的女儿长得非常像一个名叫拉特宁娜的年轻女演员。有一天，这位纯洁美丽的精灵从天上下凡来到军事学院参加新年舞会，整个晚上她都只跟科马良一个人跳舞，在桶栽的棕榈树丛中不知向他献上了多少个热吻，还留下了她的联系电话。但科马良几天后才搞清楚，原来她已准备嫁给另一个男人——某国防工厂的一位总工程师。如同许多准备上前线的军官一样，科马良也配备了他个人使用的武器。在手术台上抢救他生命的差不多就是伟大的外科医生维施涅夫斯基本人——生命总算被抢救过来了。但是，不幸的自戕者自然被开除出了军事学院。后来他又考上了大学，一辈子在中学教历史课。学生们很怕他，把他额头上的一个洞当作在前线负的伤，对这一点他在课堂上并未予以否认，虽然他在战斗中的确也受过伤。科马良有时也回校参加军事学院毕业生的聚会。（他被开除时毕竟已经是四年级的学生了！）每次他总是忧伤地望着那些昂首望天的同年级同学，望着那些每次相聚人数都在不断增加的明星。他一边望着他们，一边暗自发出叹息：

“要是一切能回过头重来该多好！为一个不忠的女人自杀，与为错挑了一个生西瓜自杀同样愚蠢……其实到市场再跑一趟，另选一个就是了！”

这个故事的确令人伤感。可巴士马科夫也有他自己的故事。这个故事里尽管没有开枪自杀的情节，但听起来也令人不快。每一个男人在这方面都有可讲的故事。但鲍尔卡谁的故事都不想听，独自沉浸在他那哀伤不堪的爱情苦水中。众多正在离去和已经离去的亲戚中间都在传一个可怕的消息，说罗宾逊家失去了一个孩子，一个天才的男孩，一个研究生和未来的大学者。母亲跑到了苏联领事馆，要求回国，为了挽救儿子的生命。但人们告诉她说，这是不可能的，因为既然离开了苏联也就意味着背叛了祖国，而这种行为是不可饶恕的。

突然，鲍尔卡在没有任何人帮助的情况下还是自己恢复了正常的心态，提交了出国的申请。鉴于他是从事国防事业的，工作是一个带有保密性质的专业，申请当然未被批准。不言而喻，于是他不得不离开他所在的教研室。为了不沦落成一个无所事事的懒汉，他花了不多的钱在一个名叫“红色沟渠”的工厂下属的一个人民剧院当了灯光师，这个工厂的领导早先曾是他父亲的患者。此外，他需要认真考虑的还有收入的问题：以无数零星的被窝里的友谊来取代巨大而纯真的爱情自然是需要花费钞票的。鲍尔卡起先靠倒卖进口乳罩赚点钱，那些货也是由他父亲的患者，一个叫“拉特卡里诺”的大百货公司的经理提供的。经理被抓后，他度过了一段十分艰难的日子，于是鲍尔卡试图卖掉出自阿尔特曼之手的奶奶的肖像。当然，鲍里斯·伊萨科维奇是不会允许把他最有纪念意义的油画卖掉的，但对于马雅可夫斯基题名的书，他却没有坚持。从此以后斯拉宾逊又干上了古玩业。

在准备出逃的这些年，奥列格与鲍尔卡见面的机会很少。有时斯拉宾逊会到他这里来坐坐，用他自己的说法叫外出小憩。两个朋友单独在一起胡闹，来到阳台上，从十一楼往下面吐口水，谈女人，要不就是并不当真地相互谩骂。其实，他们并没有发生争吵……但斯拉宾逊还是认为他大学时期的朋友是阻止他离开苏维埃社会主义共和国联盟的恶势力的典型代表。甚至到后来巴士马科夫被可耻地清除出了区团委，他仍然耿耿于怀：

“你们这些该诅咒的共产党人，还有你们那个糟糕透顶的苏维埃政权，把国家弄成了什么样子？”

“说得轻巧！”巴士马科夫生气了，“可不是我奶奶，而是你奶奶在顿河建立了苏维埃政权！我奶奶当时在叶戈尔耶夫斯克郊区放鹅……”

关于爷爷在叶戈尔耶夫斯克创建苏维埃政权的事，他十分明智地隐瞒了没说。

“要不是我奶奶阿霞，你奶奶恐怕还在放鹅吧！本该感谢我的你们，如今却硬把我卡在这个让人讨厌的国家里……”

“这种话是不该由你来说的！”

“我就是这么认为的。图涅雅特奇，你如今成了一个反犹太主义者！要是开始大屠杀，你是不可能把我藏起来的！”

“我会的。”

“不，你不会的！”

但这些都是后话，而当时斯拉宾逊还未曾遭遇巨大爱情的失败，以及被拒绝出国后的艰难日子的伤害。对朋友在区团委的工作，他只是带着一种宽容的嘲笑而已。不过，在听完巴士马科夫关于他在家中受到压制的叙述后，斯拉宾逊突然为他的这种忍气吞声大为光火，坚决地建议道：

“你干脆拔腿走人！”

“到哪儿去？”

“哪怕到我这儿来也好啊。但你得把床随身带过来。我这儿可只有一张床。咱俩一块过就是了！”

“那鲍里斯·伊萨科维奇怎么办？”

“爷爷现在倒无所谓，他现在反正正在为集团军司令巴甫洛夫翻案，他恨透了那个梅赫利斯[①]。”

① 梅赫利斯（1889—1953），苏军上将，苏联国务和党的活动家。

五

艾斯凯帕尔把照片放在罗马尼亚沙发床宽大的扶手上。扶手已有多处被一只名叫“马乌格里”的看门小狗咬坏了，这只小狗是在牙牙学语的达士卡几个月大的时候买的。不过主人还是宽恕了小狗咬坏扶手的过失。但等它把卡嘉的一双时装鞋也咬坏的时候，他们便把它交给彼得·尼基福洛维奇照看了。如今后者已经故去，它却还活着，艰难地拖着四条老腿，为整日在菜园子里打发时光的齐娜依达·伊凡诺芙娜多少排解了些老年的孤寂。

沙发床用了这么多年已经快散架了，夫妇俩再也无法在上面睡觉。卡嘉打算把它放到准备作客厅用的房间去，有了这张如今已被冷落的又宽又大的沙发床，那个房间也许就可以叫作沙发间了。她想好了再买一张阿拉伯床用来睡觉和过夫妻生活。是啊，少时用来做爱的身子所需要的平方米数显然要比老来迎接死亡时少得多，但愿为情欲渐趋冷却的身躯多些阿拉伯式的空间吧。真得感谢上帝才是，她终于没能买下那张荒唐的阿拉伯式样的床！倘若你不是被简简单单地抛弃，而是被丢在一张新的、柔软的、如同阿拉伯沙漠那样宽阔而又空旷的大床上，那该有多心酸啊！不过话又说回来，独自一人躺在那张旧的、美好的、还留着许多记忆的沙发床上会更心酸的。巴士马科夫在两人约定好的每月做爱的平均次数的基础上，又适当地做了些增补。他计算着自己与卡嘉在这张沙发床上还能有多少个日子能为彼此拥有，竟然为这一极富感染力的结果惊叹起来。

罗马尼亚伊莎贝尔牌成套家具中的沙发床有四根如同狮腿一般厚实的腿，他是用自己因成功举办区级选举总结会获得的奖金购买的。起初，卡嘉不喜欢这张床。说得准确些，情况是这样的：此前家中的一应东西都是两人一起商商量量着买的，甚至连袜子上的图案这样一些小细节，他们也得讨论好一阵子，要是要添置点较大的家用，比如西服、吸尘器或者给达士卡用的自行车，那更得商量好几天。这次可好，你想想看，丈夫根本就未同她商量，便喜滋滋地突然把一张老大的沙发床塞进房间里来了！

当然，巴士马科夫还是眉飞色舞地讲了事情的来龙去脉。他揣着奖金回家，当时头脑真的非常清醒，走进了他家旁边的一爿家具店，想看看床头柜，两口子想买个床头柜已经足有半年的时间了。说起来也是鬼使神差，当时一个站在老干部队伍里的朴实忠厚的老头拿着一张家具订购单（这里得插一句，这张订购单他可是等了一年多了）正准备买从罗马尼亚进口的伊莎贝尔牌成套家具，因为住房面积小，所以他不想要那张大沙发床。拿着购物顾客名单的那个热心人当时不知跑哪儿去了，正当女售货员跑去给她想买这种紧俏沙发床的熟人打电话的时候，奥列格与那个老头谈妥了——就说老头反悔了，沙发床他还是要买。往下的事就别提多顺了：那位老干部定了一辆运家具的带篷大卡车，真是无巧不成书，他就住在紧挨着的小区里！于是两人说好运费各出一半，奥列格喜出望外，幸运地买到了心爱的家具不说，那个老头也省了钱。

卡嘉听完了丈夫激动兴奋的叙述后，只是耸了耸肩说，沙发床无论式样还是尺寸根本就不适合他们用，她永远也不会靠近这个家具怪物。可是到了晚上，她不仅走到了这张沙发床跟前，还绝对一丝不挂地躺在了上面。她一边细心地捋着奥列格湿漉漉的头发，一边心平气和地埋怨丈夫，说他怎么能没想好就将它买下了。

巴士马科夫在离开妻子前还真打算把这张沙发床作为一件“办公用品”拉到斯拉宾逊那儿去。可拉走——说起来轻巧！

第一，按照苏维埃时期的做法，运输车几乎得提前一个月定。就算定上了，怎么能保证汽车就在订单上确定的那一天来？再说，怎么能保证卡嘉在车来的头天不会又一次把巴士马科夫从家中赶走呢？而无缘无故地说走就走，奥列格也有些于心不忍。借口受到了点小委屈就径自跑到家具店找个拉私活的？当然，如今是所有人一下子都成了拉私活的了，可那时候，在苏维埃时期，很可能是白跑一趟，一无所获。

第二，那张沙发床的尺寸不是标准的，为把它弄进家，那些搬运工可费了大劲了，先是一一拆开，然后才把它抬进屋子。先离家出走，随后过个一两天再坐着卡车，以一副悭吝人的姿态，满脸堆着低三下四的微笑回来取沙发床，奥列格可做不出来。当时，在年轻的他看来，婚姻的解体似乎如同它的确立一样，应该是漂亮体面的，甚至应该有个正儿八经的仪式。这么说吧，由于这张沙发床很难运走，家庭也就又维持了好几个月。

一个部队汽车营的团组织的领导人，中尉维廖夫金，来找巴士马科夫交他们单位的团费报表。这位年轻人长着一个颇有挑衅意味的大鼻子，一张脸上流露出某种与生俱来的对生活颇感委屈的表情。随着年龄的增长，奥列格明白了，人的这种表情全然不是命运的打击造成的，它也许是人在静谧的孕育期形成的，当胚胎在母体柔和的羊水中幸福地成长的时候，不知为什么就已经对自己在母亲肚腹中的位置有了要求。不过，维廖夫金现在已经是将军了（1991 年还在当营长的时候，他就带领自己的车队保卫过白宫）。奥列格每每在电视上看见他的时候，不能不惊叹，职位加上与其完美匹配的眼镜竟会如此改变一个人的模样。那天晚上，中尉拿来的不仅有报表，还有一瓶伏特加和两块精制奶酪。已经下班了，区团委的领导也都已经走了，奥列格关上办公室的门，两人开始喝酒，从从容容地分析着区团委第一书记佐托夫离任上调团中央后的前景，话题自然转到了由此引起的前景看好的区团委干部人事的变化。全部问题的症结就在切勃塔廖夫那个传奇的绿色记事本上，那是一个很普通、为有国际联系的人使用的电话簿。电话簿分两个部分，第一部分用俄文字母标示，第二部分用的是拉丁文字母。无论参加什么活动，出席作协内部的党的会议或者是光临乳业公司隆重的开幕庆典，切勃塔廖夫肯定要随身带上那个绿色的小本子。他一边视察下属的领地，听取人们的汇报，一边仔细询问众人，突然对围着他转的助手命令道：

“把那个工作人员的姓名给我问清楚。”

费多尔·费多洛维奇得到回答后便拿出小本子，把姓名写在了上面。问题的关键是他把姓名写在本子的什么地方。如果是在前面，用俄文字母标示的地方，那么无须多久，那个走运的人肯定会得到提升或者嘉奖；要是写在用拉丁文字母标示的地方，那么这个倒霉蛋不久便要被降职或者受到严厉的惩罚。然而，站在老远的地方，要想看清楚你的姓名写在本子的哪个部分是不可能的。于是人们不得不忍受煎熬，静静地等待结果。

佐托夫原先是电机厂一名普普通通的共青团干部，有一次，切勃塔廖夫出其不意地到他那里出席一个选举会。大厅里闹哄哄地乱成一片，工作人员在下班前都稍微喝了点。厂党委书记吓坏了，人们眼睁睁地看着他的脸变得煞白，他想让大家安静下来，恢复大厅的秩序，但谁也没听见他说的话。佐托夫当时也不是那么清醒，他跳到了主席台上，把四个手指头放进嘴里吹了一声口哨，那声音很响，就像在始终轰鸣声隆隆的车间顶棚下，吊车司机通常会发出的口哨声。大伙立刻安静下来，这样会议就可以开始了。费多尔·费多洛维奇摇了摇头，掏出了小本子，对助手轻轻说了句什么后写上了两行字。一星期后，党委书记被解除了职务，而佐托夫被调到了区团委。在不久前召开的选举总结会上，切勃塔廖夫仔细地看了看佐托夫，又在小绿本子上记下了点什么。现在大家都在等待结果。

“让他带着小本本到我们这儿来，到汽车营来走走！”维廖夫金一边倒酒，一边不怀好意地嘟囔了一句。

几杯酒下肚，他开始埋怨起他的上司来，说他们吹毛求疵，老奸巨猾，总是千方百计地阻挠年轻的连长们的晋升。巴士马科夫已有几分醉意，他带着哭腔，满肚子委屈地告卡嘉的状，说妻子隔三岔五地要把他赶出家门，虽然他有地方可去，但因为那张恼人的沙发床却无法出走。

“小事一桩！”中尉安慰他道（显然，他的话带有一种文学转述的味道），“下次她要是再赶你，你就给我打个电话，我会按照你的命令，一小时后带着战士坐着科列缅丘克汽车制造厂生产的载重车把你转移到别的地方去的。记下我的电话！你只要对值班的士兵说你是区团委的，他们马上就能找到我，让我接电话。”

奥列格是凭着多年生活的本能回的家，如同那些候鸟，即使在暴风雨的天气里，也不会迷失飞行的方向。当然，潜意识中闪现的令他不安的念头也不会让他跌倒的：一个红色无产阶级区团委的组织部部长脸朝下躺倒在水洼中，用当时时髦的说法来描述，“不是件好事情”。第二天清早，巴士马科夫使劲睁开了还没睡醒的双眼，胃里一阵恶心，他两手接住了吐出的秽物，没让它落进事先已经放好在沙发床边的脸盆里。他第一眼看到的是自己的裤子，那条已经肮脏不堪的裤子，仿佛昨晚他在效仿最早的那批共青团员用两条腿踩实稀湿的水泥，随后看到的是卡嘉泪水涟涟而又怒气冲冲的双眼。

“滚出去，浑蛋！”她命令道，“卷起你的东西，滚蛋！”沉默了片刻后，她又气急败坏地重复了一句，“浑蛋！”

“浑蛋”，她还真从来没有这么骂过他，这个词像把刀似的戳着他因喝醉了酒而毫无防备的心。他冲着墙转过身去，不吭声了。

“你马上给我滚，我不开玩笑！”妻子严厉地重复道，但为防不测，她还是把“浑蛋”这个词咽了下去，从房间里走了出去。

巴士马科夫躺着，脸冲着墙，无法诉说的委屈所引发的苦涩泪水顺着两颊唰唰地流了下来。这些年家庭生活的一幕幕情景在他眼前闪过——它们是令人痛心的接连不断的争吵、羞辱和伪装。半小时后，妻子回来了。按照家中业已形成的惯例，奥列格这时应该起来承认错误，然后再请求宽恕。但这一回，卡嘉站在丈夫随着呼吸起伏的委屈的身子旁，却什么话也没听到。最后，她终于忍不住，在沙发床的扶手上坐下了。

“奥列格，这样的日子实在没法过了！你成了一个酒鬼。我们还是回普列谢茨克去的好……”

可巴士马科夫这会儿想起岳母曾如何常常莫名其妙地挑他父母送给他们的北方牌电冰箱的毛病，想起岳父彼得·尼基福洛维奇曾如何一有机会就用那些听上去似乎无伤大雅的话指责女婿：“咳，孩子们，你们的住房还真不赖啊，好好地过，开开心心地过吧！”他还想起卡嘉如何因生怕家中太冷清而教会了当时还很小的达士卡在去幼儿园的路上对父亲说这样的话：“爸爸，别喝了，要不，你会变成一个讨厌的小傻瓜的！”他想起这一切，用手按着胸口，牙齿咬得咯吱吱直响。

“奥列格，冰箱里有啤酒。我昨天排了好长的队才买到的！”卡嘉说，心里有点害怕了。

巴士马科夫站起身，往妻子身后望了一眼，便往厨房那边走去。他的身子摇摇晃晃的，肿得老高的眼睛周围有一圈难看的黑影。他这时的样子活像个躺在海滩上晒了很久太阳的人猛地站起身，向海水中走去。奥列格踉踉跄跄地走进厨房，端起水壶，对着壶口喝起放了很久的凉开水，艰难地喘着气，随后拨通了斯拉宾逊家的电话。

“是我呀！”他对仍然半睡半醒的鲍尔卡说，“你可是答应过我的……”

“我现在也没反悔啊。什么时候来？”

“就今天。”

“那就说好了！我跟爷爷说，让他准备好三个人的午饭。”

卡嘉注视着这一切，心中的不安、疑惑越来越强烈。这时巴士马科夫从西服上衣口袋中抖搂出一张记着维廖夫金电话号码的纸，随即也给他挂了个电话。

“我是连队值日兵，上等兵捷尼索夫。请说话！”话筒里传来了接电话人的声音。

“我是区团委的。小战士，麻烦你叫一下中尉维廖夫金！”

几分钟后，话筒中传来了低沉的嘈杂声和远处皮靴踩在地上发出的声响，后来才听见一个瓮声瓮气的说话声。

“我是中尉维廖夫金！”

“你还活着？”

“说不准……也许，人在堵枪眼的时候就是这种状况。”

“你还记得昨天怎么答应我的吗？”巴士马科夫问道，心里有些不放心。

“哦，你是不是完全把我记……噢，记得，当然记得！怎么，想好了吗？”

“是的。快过来吧！”

“什么时候？”

“就现在。”

“是。把你的地址告诉我。”

巴士马科夫放下话筒后，把一个电视机的包装箱从阳台上拖进屋来。那台电视机还是岳父彼得·尼基福洛维奇在他们结婚三周年的时候送给他们的。随后他便开始装东西，先把书放进去。卡嘉心中忐忑不安，脸上却露着讥讽，望着他所做的一切，不时地说着类似这样的一些话：“这本书可是我买的！”要不就是：“这本预先订购的书，我想你会记得，是爸爸送给我们的！”

奥列格默默地把有争议的书放在一边，甚至都懒得反驳，尽管有些书是两个人一起去买的。巴士马科夫找到了那本曾对他们两人的命运起过重要作用的书，早已翻破了的《夫妻生活新知》，一声不吭地扔给了妻子。

“这还不错，”卡嘉心中酸酸地说，“这本书我还真用得着！”

奥列格收拾完书，开始整理文件，它们基本都是些区团委无关紧要的公文：证明信啦，工作总结啦，工作指南啦……随后他又从餐具橱里拿出了一个放奶油饼干的大纸盒，里面放的都是些证件，他在那里找到了军人证、出生证、中学毕业证书、大学毕业证书……

卡嘉一直看着丈夫收拾东西，心中的恐惧感越来越强烈，后来突然跑开了。几分钟后奥列格听到从厨房传来电冰箱门的咔嚓声，接着——电话机响了一声：妻子正在拨那台串接的电话机。正当巴士马科夫往一个塑料袋里装文件的时候，卡嘉回来了。

“奥列格，你原谅我吧，我求你了……”她开始说，那声音仿佛不是她自己的，有点像柳德米拉·康斯坦丁诺芙娜的，但还没等说完，那声音又变成她自己的了：“不过，你也不对！为什么不说话？我告诉你，你妈让我转告你，让你别装傻！”

巴士马科夫听到自己的猜测得到了证实后，脸上微微地露出了笑意。

“你冷笑什么？你说话呀！”

但奥列格还是没开口。他在一个夹楼上找到了一只复员时用过的涂满各种颜色的手提箱，像履行某种仪式似的，开始一件一件地把衣服收拾好、叠起来。这时，巴士马科夫不由得想起，在他与卡嘉结婚的时候，他除了婚礼时穿的西装三件套，中学时的校服、波兰牛仔裤，以及一件质地粗糙的化纤风衣外，便什么也没有了，而现在，这只复员时用过的手提箱居然已经装不下他的衣物了。

“看来，你这是真要走喽？”卡嘉含着眼泪说，“可你说过不抛弃我的！”

巴士马科夫自己也几乎要哭出声来，但只是点了点头没说话，随后爬到沙发床里面找小旅行包去了。他在沙发床满是灰尘的边屉里翻着，心想，还真能以此为故事写一篇情节奇特的幻想小说了：在一张普普通通的沙发床的床垫下，有一个秘密的通道，从这儿可以去往另一个世界，一个人爬到里面去找一条旧裤子，结果来到了一个人们以独特的方式繁衍后代的国度。男女交媾后，不仅女的能生孩子，男的也能生。只是男的生男孩，女的生女孩。这样一来，离婚后就没有付赡养费的问题了。这么说吧，巴士马科夫喝醉的时候，脑子里总会出现各种各样非常有趣的故事情节。

“这个包是我的！”卡嘉又开腔了，那声音听上去让人很不舒服。突然，她完全用另外一种口气说：“算了，图涅雅特奇！我们俩都做了傻事，别这样了……”

他们对彼此使用的称呼似乎已经约定好了：如果卡嘉心情好，那么她一准会叫他塔波奇金。若她叫他图涅雅特奇，那即便是出现了无关紧要的误会，她肯定也不满意了。到现在都还一直是这样。（要是她突然回家又撞上两人在幽会，那她会怎么叫他呢，这倒挺有意思。当然，不会像十七年前那样。先前的那个卡嘉已经不在了，而且再也不会有了……）

“别怄气啦，塔波奇金，咱们和好吧！”她想去搂他的脖子，但巴士马科夫一句话也没说，坚决地把她的两只手推开了。

剩下的东西他简简单单地用一根皮带捆上了。于是卡嘉又跑去打电话了——这次是给她自己的母亲。齐娜依达·伊凡诺芙娜对女儿的告状毫不理会，她始终站在巴士马科夫一边，与柳德米拉·康斯坦丁诺芙娜不同，她认为，对丈夫宁可宠爱迁就过度，也不能爱抚温柔不够。如果真是女婿干出了丑事，那她也只会叹气，说：“磨只要推着，面粉总会有的。”所以卡嘉通常只向父亲告状。父亲可是方方面面都护着女儿，他制止恶行丑事的妙方是引用莫鲁阿的一句名言，可眼下他到茨哈尔图博[1]看病去了。

奥列格又身心疲惫地在几间屋子里转了转，从墙上摘下了达士卡那张正在哈哈大笑的照片，还找到了丢在沙发床后面的拉力器，随后又往浴室看了看，从塑料桶里拿了两件脏衬衣和几双显然是穿过的脏袜子。这时卡嘉又来找他了。她想把脏衣服从他手中夺过来，显然是不愿意将自己为丈夫洗脏衣服的神圣权利交给任何人。

“奥列格……我求你了……原谅我吧！”她反复地说着这些话，哭得像个泪人儿似的，现在她说话的声音活像齐娜依达·伊凡诺芙娜，“我再也不了！再也不这样了……好了嘛，塔——阿——波奇金！”

她终于从丈夫手中夺回了一件衬衣。卡嘉把脸埋在衬衣中，号啕大哭起来。但奥列格依然一声不吭地走进厨房，发现他们放钱、彩票和各种值钱东西的盛面包的小木箱敞开着。他蔫蔫地思考了片刻，打开冰箱把手伸了进去，在盛着给达士卡吃的汤的铝锅下面找到了被卡嘉藏起来的党证。这是她试图和解的最后一招（没了党证，丈夫还怎么出门！）。这会儿她明白，现在无论如何都已经无法挽留他了，于是急忙朝房门跑去。

“我就是不——让——你——走！”她疯狂地喊着，张开两只胳膊站在门口，好像被钉在了十字架上那样。

这时门铃响了。卡嘉的脸上露出一个绝望的战士终于等到救援而期待胜利的神情。她高兴地擦着眼泪，使劲拧着锁想把门打开，期待着出现在门口的是她的母亲。她甚至连想都没想过，齐娜依达·伊凡诺芙娜不可能这么快就穿过半个莫斯科城来救她。

出现在门口的是正在冒火的维廖夫金中尉，站在他身后的是四个穿着呢子短军衣的战士和一个身着瘦小的军大衣、戴着一顶很大的大檐帽的准尉。

---

① 格鲁吉亚的一座城市，是一个著名的疗养胜地。

“您好！”维廖夫金把手举到帽檐边行了个礼说，“巴士马科夫，奥列格·特鲁多维奇是在这儿住吗？”

“这儿没有奥列格·特鲁多维奇！”卡嘉支支吾吾地说。

“我就是！”奥列格答应说。这是整个早晨他说的第一句话。

“明白。你说，要搬什么！你，伊凡·葛利高里耶维奇，”维廖夫金对准尉说，“你看着点，别让战士们把东西给碰了！”

“是！跟我来！”准尉敬了个礼，侧过身子，绕过木呆呆的卡嘉，往里屋走去。

他们先搬的是沙发床，但一下子就在房门里卡住了。

“停！”伊凡·葛利高里耶维奇命令说，“这么着，马雷什金，赶紧到车上把工具拿来。动作快点！”

也许，正是搬运沙发床受阻才使得巴士马科夫的家在十七年前没有解体。老实说，奥列格当时也没有打算让这个家庭解体。就是在收拾东西的时候，他也没认为这个家就如此彻底地分崩离析了，他甚至人没走就开始舍不得卡嘉和达士卡了。但同时，他确也在做着甜甜的梦，憧憬着一种自由的、充满了男人美好遐想的新生活。这种情况是常有的，一个前去垂钓的人还没钓上鱼就会想象鱼儿咬钩时浮漂的晃动，紧绷着的钓线和一条在手中又跳又蹦的肥大、滑溜的鲫鱼。的确，特鲁特·瓦连京诺维奇以前常常带奥列格去钓鱼，他还是个小孩子，自然很少能有收获。但为了不让小伙子过分难堪，当父亲的有时会把他自己钓的鱼穿在儿子的鱼绳上。

但谁知道，他和斯拉宾逊日后会不会有新的艳遇？兴许又有一个长着一对任性放肆而又闪闪发亮的眼睛的“未来的爱情女大师”会将他勾引……而自尊自爱的卡嘉尽管对业已承受的屈辱铭记不忘，仍然会再一次饶恕他的所为。岳父还会恰到好处地引用那句名言：“愿遭到诅咒！无论是呻吟，还是目光，我再也不会碰触那罪恶的心灵……”于是一切都将结束！直到永远！奥列格就只能做一个常来探视的曾经的爸爸，或许有时会在客厅碰上卡嘉的新丈夫，那个未来得及躲避巴士马科夫合法造访的人。奥列格兴许会望着自己的故居，痛苦地评判他们之间曾在这里发生过的一切。但他最终都无法相信，除了他，巴士马科夫，卡嘉还会和别的什么男人发生这一切……

要想弄清楚如此的一个事实是很有趣的：女人躺进一个新的男人怀里时，还会不会想起她先前的爱人？也许，在她幸福得叫出声来时，心中想的却完全是另外一个男人？也许，每个接踵而来的恋人——只不过是某个永恒不变的男人的心换上新的外壳？也许，正好相反，每一次新的恋情——只是一种具象化的情感的变奏，当人们对先前的生活与床笫如同看过的书[①]一样已经模糊难辨？

我的天哪，一个酒后遐思的男人头脑中什么怪念头不会出现啊！

不，巴士马科夫当然不会在斯拉宾逊那里久住，他会搬到他户口所在的地方——他双亲那里，到刚刚分到的两居室的“对开间”去。特鲁特·瓦连京诺维奇排队候房已有多年，第三模范印刷厂的新房正好即将竣工。然而，工会挂出来的分房名单里却没有他的名字。这个打击很可怕，因为公共住房里的所有住户都知道巴士马科夫一家就要搬到阔绰的单元房去了。于是柳德米拉·康斯坦丁诺芙娜，这个从来都不向头头开口的女人，这回斗胆自作主张地把名字写在了为私人问题要求与领导谈话者的名单中——还提出了具体要求。头头骂了一通娘后（他是个红脸膛的火暴性子，骂出来的粗话吓人），在一个专门的小本子上找到了印刷厂“上层”的电话号码，给奥列格父亲的领导挂了个电话，在相互说了几句寒暄性的骂娘话后，问起了上次打野猪的情况。那次他本人因为生病——血压有点高——没去，电话里谈到最后，似乎顺便说起希望能把“排版工人巴士马科夫的住房问题解决一下”。一个月后，父母亲终于搬进了新

① 原文是法文的俄语音译。

居，但屋里散发着浓重的油漆味，而且没有一扇门能像样地关上。

奥列格当时刚来区团委上班，他感到十分吃惊的是，一件关系到人命运的大事怎么能随随便便靠打个电话解决。后来这种事他也司空见惯了。从那时起，特鲁特·瓦连京诺维奇就喜欢发表高论，说印刷厂的工人有点像意识形态战线的战士，理由是他们的住房问题是被摆在首位来解决的。柳德米拉·康斯坦丁诺芙娜对此只是笑笑而已，她对谁都没透露过这一家庭秘密。她的头头因大面积的心肌梗死在 1990 年去世，那一年，他领导的总局那么多年来第一次没能完成计划规定的任务。

……在战士马雷什金跑去取工具的当儿，卡嘉突然醒悟过来了，她走到丈夫跟前，抱住他的胳膊，把他拖到女儿的卧室中，还关上了门。后来她跪在地上说：

“原谅我吧！我自己是浑蛋！我再也不……永远也不了！”

她重复了两遍的“浑蛋”这个词成了一把钥匙，用如今时髦的话来说，可以用它来解码，准确地说——为巴士马科夫解咒。他似乎也清醒了，发现站在自己面前的已经不是一个浑身癞疥的臭妖婆，而是一个温顺柔媚、哭成个泪人儿的小公主。他感到羞愧了。

“我是不是酒气很重？”他问。

“不，一点也没有！”卡嘉立刻反驳他说。

接着他便把妻子搀起来，拥在了怀中，还吻了吻她的嘴唇，要不是战士们在过道里很闹，他们俩肯定会将亲吻化作热烈的、相互谅解的倾诉，而且就站在扔得满地都是的达士卡的玩具中间。奥列格松开卡嘉来到过道上，不好意思地走到中尉跟前，中尉正用责备的目光看着伊凡·葛利高里耶维奇和战士们紧张地拆卸那张沙发床。

“把它装上还费事吗？”巴士马科夫不好意思地问。

“拆当然总是要容易些！”准尉不无哲理意味地说。

“怎么啦？”维廖夫金问。他尽管还不知道个中的缘由，但好像已经有点生气了。

“你听我说，她已经请求我原谅了……”

“怎么，反悔了吗？”

“你知道吗，她都哭了，还发了誓！”

“你瞧瞧，”维廖夫金耸了耸肩，“你只要给她施加点压力，她们都会这样，可事后……”

“可别这么说，中尉！我认为，虽然的确有这种没记性的坏女人，可她却完全是个非常能宽容人的女人！”准尉反驳说。

“随你的便吧，”维廖夫金蹙起了双眉，“还原，还是怎么着？”

“还原！”巴士马科夫轻松地吐了口气。

“你有孩子吗？”善解人意的伊凡·葛利高里耶维奇问了一句，随手把螺丝刀放在了一边。

“有一个女儿！”

“那你还装什么傻啊！”准尉摇了摇脑袋，对战士们命令道，“别拆了！还原！让一个家庭恢复它完整的原貌，像这样的事情当然非得庆贺一下不可！”

“我有啤酒！”卡嘉含着眼泪笑着说。她不声不响地从女儿的卧室中走出来，原来，她已经听到了他们所有的谈话。

“亲爱的，啤酒可打发不了啦，”伊凡·葛利高里耶维奇笑了起来，他朝箱子点了点头说，“你自己把东西再整理一下——手提箱又回来啦！不过，亲爱的，闲下来的时候，也该动动脑筋想想……”

一个小时后，岳母用她自己的钥匙打开了房门，领着达士卡走进屋子，看见了一个令她目瞪口呆的场面：桌子安排得像过节似的喜庆，各种酒瓶比过节时还多，坐在桌子一头的是像新郎、新娘一样的奥列格和卡嘉。他们左手边坐着的是四个十分清醒的战士，坐在右手边的是中尉维廖夫金，显得非常精神的伊凡·葛利高里耶维奇和烂醉如泥的斯拉宾逊。鲍尔卡打电话来问为什么直到现在还不见巴士马科夫的影子，于是就被邀请来参加这个生活中突然出现的节日。巴士马科夫夫妇正在热烈地接吻，嘴对嘴紧紧地贴在一起，大伙齐声数数：“三十八，三十九，四十……”

卡嘉挣脱了奥列格的拥抱想喘口气，客人们在拍着手掌。

“妈妈，你们又在举行婚礼吗？”达士卡惊奇地问。

“咳，小孩子的话总能一语中的！”伊凡·葛利高里耶维奇兴奋地说。

他彬彬有礼地让岳母坐在他身旁，整个晚上开着各种玩笑与她逗乐，对一个非常直爽、又是来自兵营的人来说，玩笑开得非常精彩，令人出其不意。最后，准尉终于在喝酒的同时给了她一个热吻，把岳母弄了个大红脸，他的祝酒词令奥列格终生难忘：

“为从此不再犯糊涂的爱情干杯！”

大约一年后，早就提出要到德国去以便能在退休前再挣点钱的伊凡·葛利高里耶维奇终于了了出国的心愿，他被派去了阿富汗——不管怎么说，也算是出国吧。而维廖夫金始终未能原谅巴士马科夫的“还原”行为，有一次他拿着团费报表到区团委来，说准尉从阿富汗寄来过两封信，后来他自己也被装在锌皮棺材里运了回来。他们的车队被敌人包围在一个山坳里，他们开火还击，一直坚持到了最后的一息。但等前来增援的直升机飞来时，为时已晚，伊凡·葛利高里耶维奇已经死了，而且与所有其他人一样，被弄得面目全非。

六

“后来那个复员时用的手提箱哪儿去了?”艾斯凯帕尔陷入了沉思，又想起这件事。

第一次逃离失败之后，卡嘉立刻就把那只大手提箱塞到视野外的夹楼上面去了。后来有一段时间，她用它来放旧鞋子。末了，在达士卡得到一件礼物——一只叫“楚楚”的乌龟——后，她干脆就在箱子里搞了个小饲养室。后来那只楚楚因肠胃功能紊乱夭折了，那只箱子一直发出一种非常难闻的气味，于是巴士马科夫亲手把它扔进了垃圾箱。

可惜呀！那是一只多好的手提箱……箱盖上画着一辆飞奔的火车，火车上有一行火红色的题词：复员——1974。列车正朝远方隐约可见的月台飞驰，月台上有一个纤细姑娘的身影，手里捧着一束鲜花。营里一个名叫达里雅洛夫的业余画家还为这幅画题上了一句诗：

等待你归来的我呀，
已把身子给全城的男士献上!

达里雅洛夫是刚刚招募来的年轻战士，说话不知轻重，他的这句话恰恰触到了箱子主人的痛处。为此他付出了沉重的代价，失去理智的巴士马科夫上来就当胸狠狠地给了他几拳。用兵营里的话来说，这叫作“检验贴面板”。小伙子被送进了卫生所，但他对所长说是从单杠上摔下来的。不过，达里雅洛夫挨打也不算冤枉。这种玩笑是开不得的！不能开。

奥列格参军的时候，把他的初恋奥克桑娜留在了莫斯科。两人是在伊兹马依洛沃的池塘边认识的，中学毕业考试结束后奥列格几乎把所有时间都泡在这儿——游泳，晒太阳，准备高考。即使是在平常的工作日，池塘边也聚集着相当多来这儿休息的人：情侣们头上顶着大浴巾接吻，闹哄哄的一伙伙人东倒西歪地躺在草地上，毫无节制地喝着葡萄酒和啤酒。奥列格高傲地独自一人躺在他喜欢的那个地方——灌木丛的旁边——温习着功课，甚至还往笔记本上记着什么。有时他会跳起来，向池塘飞奔过去，然后再跑上几步，一个猛子扎进冰凉而浑浊的水中，根本不露出水面，一口气从岸的这头游到那头。等巴士马科夫钻出水面时已经到了池塘的那一头，而且每次都会准确无误地在一株老白桦树的树根下面爬上岸来。那棵树枝叶繁茂，树干的下部已被水冲蚀了。然后，他稍事喘息后，又如此这般地再游回去，只是倒了个方向。奥列格爬上岸时，活像一棵被齐根割断的植株，脸冲下直挺挺地往地上倒去，直到快倒地的时候才用双手将身子撑住，再做上二十来个俯卧撑以便暖暖身子，这才又从容不迫地去看书。这时他会用眼角向四周扫视一下，想看看他出风头式的表演给周围的人，特别是给姑娘们留下了怎样的印象。

有一次，巴士马科夫照例完成了他的拿手绝活，躺在灌木丛边，当他专心致志地看物理书的时候，身旁响起一个快活的声音：

“鱼人，您会抽烟吗？”

他两眼向上一瞧，看见一个全身晒得黑红黑红的姑娘，身上湿漉漉的白色泳衣几乎透明无遮。奥列格抬起头发现，那个叫他的姑娘脸圆圆的，笑容可掬，头发是浅色的，准确说是无色的，而那双眼睛——任性放肆而又闪闪发亮。

“嚯，这可好，碰上了个既不抽烟又不会说话的人！”

“不，我能抽点……”巴士马科夫不好意思地承认说。

“空中小姐，抽吗？”她向他递上了一盒烟卷。

奥列格犹豫了。他把游完泳还湿漉漉的手指在草地上抹了抹（是为了接烟卷），想把目光从姑娘那透过湿漉漉的泳衣显露的灼人私密处移开，但眼睛却不听使唤。

“你手里的是——奥帕尔烟？”还不太熟识的姑娘像浪荡的街头女孩那样发出了朗朗的笑声。

“我的？不、不是……”他不知所措地嘟哝了一句，这时他才明白过来，快活的姑娘说的是当时非常流行的关于飞行员、领航员和空中小姐的笑话。

“你叫什么名字，潜泳高手？”

“奥列格。”

“我叫奥克桑娜。读书还没把脑袋读疼吗？”

她一屁股坐在复习大纲上，一股水彩样的紫色水流立刻淌了下来。他们抽着烟（巴士马科夫装出抽烟的样子），谈论着天气，还说要不了多久池塘里就没法游泳了，因为水里空瓶子太多了，谁都往里扔。好几次，有几个相当放肆的小伙子来找奥克桑娜，让她回到他们一拨人那儿去，但姑娘不想搭理他们，说：

“滚你们的，臭小子们，讨厌！”

当太阳已经淹没在伊兹马依洛沃高大的白桦树后面，池塘里的水也已经变成阿尔捷克牌的咖啡颜色时，奥克桑娜邀请奥列格去电影院，而且还给他买了张电影票，因为巴士马科夫身上只有十戈比坐车回家的钱了：他的父母从不惯他。

电影厅里的灯光刚刚熄灭，活像一个黑白相间的小圆面包的地球旋转着出现在银幕上，地球中间还扎着标有“今日新闻”字样的飘带。奥克桑娜这时重重地叹了口气。也许，这是因为电影开头的加片是枯燥的新闻，而不是有趣的《费季利》[①]。此时，失望的叹息通常会在整个大厅中出现。后来，当电影正式开演的时候，新结识的这位姑娘又叹了口气。这一次的叹息中很有点挑逗的成分，接着她似乎在不经意中把手放在了巴士马科夫的膝盖上。奥列格一动不动地坐着，生怕把这一偶然降临的幸福给吓跑。这时，奥克桑娜俯下了身子，在他的耳边大声地说了一句：

“你怎么像个死人似的坐着？吻我呀！”

奥列格虽然此前从来没接过吻，但还是立刻满足了她的这一请求，装出一副很有接吻经验的样子，坚决果敢、毫不拘束。接吻给他留下了奇异的味觉享受：兼有烟的苦涩和薄荷水果糖的清凉甜蜜。

“咳，你根本不会接吻！”奥克桑娜嘿嘿地笑着。

“怎么不会呢！只是这儿太黑，人又多……”

“算啦，别担心，我来教你。不过，你可不能有别的非分之想！明白吗？”

“明白了。”黑暗中奥列格伤心地点了点头，半个小时前，他连接吻都没敢想过。

从那天起，巴士马科夫就再也没翻过书本（这最终导致了他后来第一次考试的失败），即使把书打开，书上那些令人费解的话语也会如同烟卷那灰蓝色的烟雾一样散去，烟雾中他看见的只是奥克桑娜任性放肆而又闪闪发亮的眼睛。巴士马科夫整天在期待中度过，等得心烦意乱、苦不堪言，甚至全身酸痛难忍，无奈中他往红色普列斯尼亚跑去，买上两支雪糕，在三山厂的大门入口处等候。他在纺织女工不息的人流中瞪大眼睛寻找奥克桑娜的身影，等到终于看到她时，一种难以言说的情感涌上心头。对这一情感最为贴切，但仍显平淡和欠准确的表述就是人们已经用滥了的“幸福”二字。

①《费季利》，一种幽默有趣的儿童杂志。

“买雪糕了吗?”奥克桑娜问。

他默默地从身后将雪糕递了过去。

“累得像条狗似的,”她说，一下子舔去了半根雪糕，话语中充满了信任，“我们去哪儿?”

“要不，去索科利尼基[①]?”巴士马科夫建议说，预感到他们将在那空旷无人的林荫道中久久地亲吻，沉浸在无比的甜蜜中。

“不，咱们先得找个地方开开眼!”

“开开眼”的意思就是逛逛商店——国家大商厦呀，中央商场呀，或者加里宁大街上的玻璃橱窗呀，看看陈列的商品，那时的商品还是很丰富的，打听打听价格，当然，到时候什么都不会买。父母亲每天给巴士马科夫的钱全都算上也就五十戈比，奥克桑娜的工资一半得寄给在图拉的母亲和弟弟们，要不就是自己大包小包地带上肉呀，香肠呀，水果呀，甜食呀什么的给他们送去。奥克桑娜的父亲五年前应募去了北方——他想多挣点钱，但一个月后在一次殴斗中被一个解除看管的囚犯杀死了。

“你瞧，羊剪绒的裘皮大衣。”她一边摸着毛皮，一边说，“嚯，要一千五百卢布!还真有人买!”

随后他们就会去索科利尼基，要不就去看电影，要不就在莫斯科市里闲逛，要是走进大楼没人看见的门洞里，便一边竖起耳朵听着有没有别人敲门，一边接吻。巴士马科夫对这一新技能很快就熟稔了，甚至在奥克桑娜的指导下做得十分精巧雅致，以至于后来卡嘉、尼娜·安德列耶芙娜、维塔都十分欣赏。有时她还会让他吻她那像动物小嘴那样的尖尖的乳房，有时候，当然这种情况不多，甚至还允许他去摸姑娘那潮湿的、滚烫的私处。这时她会喘着粗气，激动不已，但又会突然把他的手挪开:

“哎哟，手都伸到哪儿去了!好东西不能太多，要不等到做丈夫

① 位于莫斯科东北部的一个环境幽雅的公园。

的时候就什么也不剩下了！”

“那你就嫁给我呗！”巴士马科夫开着玩笑，脱口说出了这句话。

“你还小呢。”她笑着说，一只手似乎无意中碰到了巴士马科夫，正好碰到了他裤子上那个不该隆起的地方。

后来他把她送回宿舍，一直等到女值班员把门打开，让迟归的女工进了屋，还唠叨了几句：

“唉，你这个该死的外来妹，什么时候才能玩够?!”

“别说了，你这个老娘儿们，好像你不是打年轻时过来的！”奥克桑娜反唇相讥，她显得很快活，分手时亲了一口奥列格的脸颊，便走进去了。他几乎是坐末班地铁回到小共青团员胡同的家，轻轻地推开门，因为包括他父母在内的所有公共住房楼的住户都已经睡了，他们第二天得上班。只有一个独住两间屋子的单身男人，名叫德米特里·谢尔盖耶维奇的餐车主任还坐在厨房里，面前放着木头算盘和一摞单据。

“有多少次啦?”他通常都要问，说的是两人约会的数量。

“没算过！”奥列格一本正经地说。

“你怎么回事?”

“我说的是真话！”

“我告诉你，我想给你介绍我们的一个女服务员——整个喀山铁路段她一个人也没看上！”

有一次，他回家的时候父母在等他。母亲在打毛线，线针发出嚓嚓的声响；父亲在里屋玩着像电影《红莓》① 里舒克申玩的那种木头疙瘩，还抽着烟，而往常他总是走到楼梯间去抽烟。

“说吧，她叫什么名字?”柳德米拉·康斯坦丁诺芙娜问。

“奥克桑娜。等我到了十八岁我们俩也许就结婚……”

“不太早点吗?”母亲冷笑了一声。

① 苏联导演瓦西里·舒克申 1974 年自编、自导、自演的电影。

“未婚妻长大了吗？”特鲁特·瓦连京诺维奇严厉地问，“等你到了十八岁，去的地方恐怕不是婚姻登记处，你得给我到部队服役去，你这个丢人现眼的东西，得去保卫祖国！也许，两年后你会懂事。为了她你连大学都没考上，这还不够吗！”

“这不是她的责任……”

“那是谁的——它的喽？”父亲毫不留情地说，将答案指向了那个不要脸的女孩的下身。

“她在哪儿上班？”母亲继续道，她接着父亲审问。

“在三山厂。”

“是莫斯科人吗？”

“不完全是了。”

“噢，原来是个外来妹。”特鲁特·瓦连京诺维奇判断说。

“往后不许你与她来往！”母亲说，她用的是一种领导通常对上访人员说话的口气，意思是上级领导无论是今天，还是在可见的将来都不会接见他们。

“我就要去！”奥列格顶撞说。

“什——么？”特鲁特·瓦连京诺维奇气得大声叫了起来，说着把身上的皮带解了下来，“我们想让他接受高等教育，可他为了一个卖身的女人……你真是个空铅！”

“她不是卖身的！”

“那就更不应该啦！”

用皮带抽打这种非教育性措施遭到了被教育者的强烈反抗，因此体罚没有起到应有的教育作用。听到书架倒下来的声音和柳德米拉·康斯坦丁诺芙娜的叫喊声后，德米特里·谢尔盖耶维奇跑了出来。他把暴跳如雷、脸涨得通红的特鲁特·瓦连京诺维奇从奥列格身边拖开了。

“你给我从这儿滚出去！”父亲叫喊着，竭力想挣脱。

“这也是我的家！”巴士马科夫抽泣着说，用手揉了揉被打疼了的脖子。

“除了哭鼻子抹泪，你还会什么！”

奥列格哐啷一声把门关上了。小房子是很久以前建造的，多年的墙灰都被震落了。他跑到雅罗斯拉弗尔火车站过了一夜，直到天亮都还在对一个来这儿出差的人讲述他悲伤的故事。出差人也讲起他丢失手提箱和一件崭新睡衣的事，也很伤心：

“我一直盯着箱子来着，眼睛片刻都没离开过……我在想事，就想了那么一会儿！”

第二天，巴士马科夫——这次没买雪糕——在工厂的入口处见到了奥克桑娜，对她解释说与父亲吵翻了，所以从家里跑出来了。

“为了我吗？”她惊喜异常。

“为了考大学的事。”

“也就是说，是为了我。你真够可怜的。走，到我们宿舍去，纽尔卡正好到乡下取咸肉去了。”

奥克桑娜开了个小玩笑把女值班员引开了，于是奥列格便从值班室旁边溜了进去。小房间的墙壁上贴着从杂志上剪下来的穆斯里姆·马戈玛耶夫、叶甫根尼·马尔特诺夫和安娜·格尔曼[①]的肖像。斜拉着的一根绳子上挂着女孩用的小东西。桌上有一张条子：

“羊肉汤我已喝完，肉并给你溜着呢。纽。”

奥列格发现了其中有两个拼写错和一些句法错。

这天夜里奥克桑娜似乎已做好了一切准备，但巴士马科夫表现出了令她吃惊的克制，他躺在纽尔卡的床上。

“你怎么啦？”她很惊讶。

“你给未来的丈夫会什么也剩不下的。”

“怎么，你不想要我了吗？”

“没有，我没反悔啊。”

---

① 三人分别为阿塞拜疆的男歌唱家、乌克兰花样滑冰选手和德裔波兰流行歌手。

邻居德米特里·谢尔盖耶维奇是个生活经验十分丰富的人，他有一次对奥列格说过，似乎“未开苞的”女朋友总是把处女的童贞看得如同古时的贞洁带那样神圣，她们总会等待自己在部队服役的男友，而“已经开了苞的”就管不了那么多了。

“我那儿有一个女服务员，守身如玉，整整三年一直等待着她在海军服役的小伙子。不允许任何人靠近自己。”

奥列格两天后才回家，父母亲吓坏了，英明而富有远见地撤回了他们的要求，只是坚持一条，结婚的话题等到他从部队回来后再说。现在回想起来甚至有点可笑，可当时他的确很认真地在想，等到他从部队回来，也许还能得上一枚勋章，他们就结婚，一起考大学，一定教他的年轻的妻子读书。

父亲给儿子在他的印刷厂安排了个送信的差事。工资不高，但要在莫斯科全城靠自己的两条腿从早跑到黑。而且这还能算工龄，再说，英明的父母认为，这样一来，谈恋爱的精力便所剩无几了。四月，征得母亲的同意后，奥列格请奥克桑娜来家庆祝自己的生日，这天恰好是欢送他参军的日子。来的客人很多：有几个中学的朋友，他们都怀着疑惑的目光看着奥克桑娜，还有早先公共住房楼里的邻居。奶奶叶甫杜基亚·西多洛芙娜也从叶果尔耶夫斯克来了。柳德米拉·康斯坦丁诺芙娜看上去挺友好的，还与奥克桑娜谈了纺织厂的情况，但此时她脸上表达的却全然是另一番语义：“万一发生不测，外来妹成了我的媳妇，我就服氰化钾——休想得到我任何帮助！”

但奶奶杜尼娅偏偏喜欢上了奥克桑娜，她高兴地对邻居谈她的看法：

“女孩很不错。能生着呢。奥列格真走运！”

德米特里·谢尔盖耶维奇来晚了点，但从餐车拿来了一铝锅已经冻上了的煎肉排。他仔细地盯着奥克桑娜看。一杯酒下肚后，他甚至一再邀请她到他那里工作，向她渲染跨西伯利亚大铁路干线的浪漫与秀丽。父亲心情很好，他用旧床单做了一个军用绑腿，教儿子如何缠在腿上。父子俩彻底和好了。特鲁特·瓦连京诺维奇把儿子带到楼梯间，讲了一个从来没袒露过的秘密。他说，1952 年结婚前，他也有个当纺织女工的女友，大辫子的鞑靼姑娘——弗留拉：

“那是个很难琢磨透的姑娘！”

随后奥列格出去送他的喝得酩酊大醉的恋人。一路上，他们俩尽情地吻着，路人向他们投来了并不赞许的目光。等两人来到她宿舍时，奥克桑娜给女值班员塞了三个卢布，强行把奥列格塞进了自己的房间。惊恐地用两只手捂着卷发夹、睡眼蒙眬的纽尔卡被推出了房间。刚把门关上，奥克桑娜便扑到了慌乱的新兵身上。

“你要干什么?!”他吓得直往后退。

“为了让你永远记住我，你这个大傻瓜！”她迫不及待地开始解奥列格的裤子，灼热的酒和食物的气味朝他脸上喷来。

他也准备好了……唉，只是那汹涌澎湃的情欲因缺乏经验一泄而尽了。

“半拉子男人！”黑暗中，她温柔而又有些委屈地放声笑起来，“好吧。回去吧！否则纽尔卡会发火的。你妈妈也会把我眼珠抠出来的！”

“你会等着我吗？”

“我已经在等了。你看不到吗？”

“半拉子男人”这句话导致了他挥之不去的痛苦记忆，直到遇见卡嘉后这记忆才消失，它极大地干扰了巴士马科夫的个人生活。父母亲终于等到了这一刻，他们专门打听了所有情况，还了解得很详细，以一种假装的同情给奥列格往部队写了封信，告诉他在他履行连队职责期间，他的初恋情人都做了些什么。列兵巴士马科夫起初不相信，但奥克桑娜从不来信，一封信也没有。他痛苦得不行，连队里有一个月的时间都不让他站岗，怕他独自一个人拿着自动步枪。副教导员将这一情况看在眼里，把奥列格叫到了列宁纪念室，第一件事就是命令他：

“把照片拿给我看看！”

奥列格由于痛苦脸色苍白，掏出夹在军人证里的照片递给了大尉。

“还是个女候补运动健将。”副教导员阴沉着脸说，据传这位副教导员的妻子坚决不肯和他一起到库页岛这儿来。

“什么运动？”列兵巴士马科夫有些慌了。

“什么运动？床上的三项全能。把她忘掉吧！”副教导员命令道。

奥列格不是一下子，但还是把她忘掉了。起码他自己是这么觉得的。列兵达里雅洛夫还讲了自己为什么当胸挨了拳头，如今巴士马科夫都已经退伍了，但这个爱说爱笑、没有生活经验的年轻人手捂着胸口，仍然在咳嗽。随着时间的流逝，达里雅洛夫在80年代后期以一幅《不守规矩的人》的画称誉艺坛，成了走红的画家。他的画布描绘了一些嗜血的狼，它们穿着复员军人的制服，把一个赤裸着身子、手无寸铁而又没有生活经验的年轻人撕成了碎片。维塔的父亲还买过达里雅洛夫的好几幅画。不久前，巴士马科夫和维塔还参观了他在跑马场举办的画展，还走到艺术家跟前，与他握了手。达里雅洛夫像结核病人似的咳嗽着，对给予他的高度评价表示了感谢，但他没能认出这个昔日一个团的战友。奥列格·特鲁多维奇没打算把自己在这个不凡的天才成长过程中的作用告诉画家……

当巴士马科夫穿着新的阅兵礼服，戴着有点像战斗红旗勋章的近卫军徽章，坐着火车，穿过无限辽阔广大的祖国回家的时候，心中默默地对上帝发誓，绝不提有关奥克桑娜的一个字。但第二天他就飞一般地跑到她的宿舍。屋里墙上挂的依然是穆斯里姆·马戈玛耶夫、叶甫根尼·马尔特诺夫和安娜·格尔曼的那些肖像。纽尔卡的头上依然固定着那种绿色的卷发器。奥克桑娜早就从三山厂辞职了，独自租了间一居室的住宅。纽尔卡胸有成竹地在一张字条上写下了她的地址，但不知又出了多少个错。

“但最好别上那儿去！”

“为什么？”

“不为什么。有空的话，到这儿来坐坐，咱们喝杯茶……”

可是巴士马科夫当天就去了卡罗缅斯科耶，找到了写在字条上的“赫鲁晓夫住宅楼”[①]，心里难受了好大一阵子，下不了决心上楼，摁门铃。等到最后他终于下了决心时，一辆簇新的日古力小轿车开到了单元门前，一个胖胖的秃脑门的格鲁吉亚人（不知为什么，当时所有高加索人都被人们叫作格鲁吉亚人）被从车里推了出来，他大声用那种卖羊肉串的吆喝声喊道：

“奥克桑娜，我们来啦！”

没听见回答声，他又朝那个坐在方向盘边的老乡，也是个秃脑门的胖胖的男人，点了点头——响起了长长的汽车喇叭声。几分钟后，浓妆艳抹的奥克桑娜便从门洞里跑了出来。她穿了件红色的漆布衣服和一条闪闪发亮的在当年非常时髦的黑色靴袜。

“努格扎——尔齐克!！达特卡和你在一块儿吗？你们这些大鼻子的傻瓜蛋！”她喊了一声，扑上去抱住了一个格鲁吉亚人的脖子。

“恁想干什么？说！”

“找个玩玩的男人！”

“咳，我的小亲亲的！要吃，就去阿拉格维！”

他们坐上车走了。巴士马科夫哭了，他慢慢地往地铁站走去。

是命运使然，他与奥克桑娜此后又见过两次面。有一次，奥列格参加了一个突击性检查活动，他与民警一起坐在维捷布斯克旅馆的值班室里，带来了一帮刚刚被抓住的“夜蝴蝶”。他立刻认出了奥克桑娜，尽管她戴着怪里怪气的假发，穿着一条包屁股的银色裙子，翘得老高的屁股上还缀了一个黑色的大蝴蝶结，活像两个紧紧挤在一起的足球。她也一下子认出了巴士马科夫，用那对任性放肆、亮晶晶的眼睛望着他，眼中流露出不安、放荡和请求宽恕的神情。但奥列格做出根本不认识她的样子，他两眼望着地面，从值班室走了

① 指20世纪50年代赫鲁晓夫时期盖的多层住宅楼。

出去。

第二次……咳，还是别提她了吧，这个奥克桑娜！就是因为她，因为那句“半拉子男人”的混账话，后来他有很长时间一直怕接近女人。

他部队里的一个好朋友一封接一封地给他写信，一五一十地告诉他，讲他如何以两年来在兵营里积攒下的雄性威力将阿斯特拉罕的女市民吓得魂飞魄散。

有一天，奥列格实在忍不住了，就去了纽尔卡的宿舍。

“我早就琢磨过，肯定是奥克桑娜在编你的瞎话！”已经完全绝望了的纺织女工叹了口气说，巴士马科夫最可怕的担忧最终被证实了，“真可怜……她说你这个小伙子挺招人喜欢，只是缺一样男人最要紧的东西……”

“什么最要紧的？”巴士马科夫委屈地问，似乎他还不明白指的是什么。

“最要紧的是挺得住。只是现在这样的男人太少了。但你不必伤心，反正将来你的妻子也会喜欢你的……咱们还是喝杯茶吧！”

在与卡嘉共同生活的这些年里，巴士马科夫没对她讲起过奥克桑娜，也没讲过有人说他是“半拉子男人”后他所经历的痛苦哀伤，当然，如今这已经成为笑料了。要不是经历了这么多的磨难，他也许还考不上莫斯科鲍曼高等技术学校，自然也不可能认识他后来的妻子。当奥列格意识到肉欲的快乐不属于他，直到生命的结束他都只能是个“半拉子男人”而不能拥有男人最重要的尊严时，他认命了（一辈子失去了手和腿的人都会认命的），坐下来读书了。巴士马科夫不费吹灰之力进了大学，因为复员军人是不用参加高考的。

在考大学的第一次笔试时，与他同桌的是一个黑眼睛的小伙，他身体羸弱，但动作却像鸟儿那样迅捷猛烈。

“我们好像是在参加修道院的考试，”黑眼睛的小伙叹了口气，把一张打了孔的卷子放在一边，“怎么连一个雌的都见不到！”

巴士马科夫往四处一看：还真是的——老大的一个教室坐满了一个个低着头、头发剪得短短的男生。

“就好像在俱乐部。”

“什么俱乐部？”

“部队团里的……”

“你叫什么名字？”

“奥列格。”

“我叫鲍里斯·罗宾逊。你看什么看？没见过犹太人？”

后来所有的笔试他们俩都坐在一起。鲍尔卡适应新情况极其迅速。他不知从哪儿打听到：对付哪种老师可以按考签答题，而对什么样的绝对不行。俄语辅导课上完后，他叫巴士马科夫跟自己走：

“走，我让你看一样东西！”

学院很大，他们经过了一个个过道，最后来到了一块楼梯间的空地，在体育教研室的门前停下了。

“这儿是一个有历史意义的景点！”斯拉宾逊用手掌拍了一下楼梯的扶手说。

“什么意思？”

“奥林匹克拳击冠军波别琴科就是从这儿掉下去摔死的！”

“你是从哪儿知道的？”

“从骆驼那儿。谁掌握了信息——谁就能掌握世界！”

但是，鲍尔卡显然没能掌握全部信息，因为每次考试前他都在可怜巴巴地叹气，说尽管他有银质奖章，但好像每做到“第五题”他肯定要出错。奥列格安慰他的新朋友，向他证实说，要是老师真想在第五题上把他难倒，那他们显然早就会这么做了，怎么还会给他银质奖章呢。

“我太天真了！否则我是完全可以得金质奖章的！”鲍尔卡冷笑着说，语气中流露出担忧。

斯拉宾逊的担忧没有被证实：他还是被录取了。那些年，考虑到犹太人的“喜迁徙性”，鲍曼几乎是不录取他们的。但是鲍尔卡的爷爷是个将军，他是一个例外。但他的另外一个担忧却被证实了：学院里的姑娘，特别是长得好一点的姑娘，真是凤毛麟角。而且“鲍曼女生”的雄性化智慧实在让人不敢恭维——真怕接近她们。不过，起初，还真没有时间顾得上姑娘们。在无止无休的测验、考核、绘图之后——就一点精力也没有了。有人把莫斯科鲍曼高等技术学校的四个缩写字母解释为：我们立刻要将你们埋葬！材料力学这门课二年级才考，有经验的人建议：在这门考试通过前，“爱情风流之事”根本连想都甭去想。

巴士马科夫对这点心里甚至还挺高兴——世上他最怕的事就是当“半拉子男人”，出丑丢脸。有一年春天，鲍尔卡在去学校的路上在地铁里认识了一个三十岁的女人。他利用两人坐在一起十分钟的时间就套出了她的电话，真是个能人，还弄清楚了她的家庭状况。

“她长得怎么样，还行吗？”巴士马科夫很受刺激，问道。

“还行。但不太合我的口味。”

“那为什么你还想认识她？”

“只是想操练操练！”

“什么意思？”

“就这个意思。男人永远应该处于一种战斗状态。你想，你坐在地铁里，突然车厢里进来了一个你理想中的姑娘，唯一的——不可能有第二个——长着一对蓝眼睛的姑娘！但你却不知道如何接近她……所以每天都需要操练。懂了吗？”

“懂了。那与这一个你打算干点什么？”

“让给你。你给她打个电话，向她转达鲍里斯的问候。”

“不，我……”

“别害怕。塔波奇金！离婚的女人是开始性生活理想的对象。她们是年轻战士的简明教程。难道你九年级的时候就为你的性生活生涯画上句号了吗？”

“八年级的时候。”奥列格脸上露出了微笑，他心里明白，他是不会与任何离婚女子见面的……

总之，巴士马科夫与鲍尔卡的关系有点特别：奥列格年长两岁，已经在部队服过役，但斯拉宾逊与他相处时的举止行动总像是在庇护他，时而还会来点讥讽。奥列格对这种庇护心安理得，也乐意听取朋友的忠告。这个朋友不仅学习比他好，而且形形色色、各种各样的小道消息都知道。有一次，下课后他们走在一起，鲍尔卡点了点头说：

“你知道吗，现在在‘腿边站着’的那个人是谁？”

“谁？”

“赫鲁晓夫的儿子。”

“赫鲁晓夫的？”巴士马科夫惊讶地盯着一个秃顶的戴眼镜的人，他站在鲍曼塑像的旁边，“倒是挺像……他在这儿干什么？”

“这儿是他的老巢……”

若是进行机器判卷题的测试，鲍尔卡准知道五选一该选哪一个答案。

三年级的时候，斯拉宾逊突然写起了诗——当时很多人都喜欢玩这个东西。鲍尔卡说，他这是有遗传的：他已故的奶奶阿霞（说起来，她几乎要比鲍里斯·伊萨科维奇大十岁）就写诗，与未来主义诗人是好朋友，甚至还打过马雅可夫斯基一个耳光，后者在一次名叫“诗歌死了吗？”的讨论会后无耻地纠缠过她。事后她还向莉莉亚·布里克[①]告过状，后者又替她自己补了一个响亮的大耳光。弗拉基米尔·弗拉基米罗维奇哭了一场，还扬言要自杀。

有一次上完大课，鲍尔卡把奥列格拉到了团市委举办的一个文学社的会议上。巴士马科夫打生下来就没写过诗，但有一次在部队，由于被关于背叛了自己的奥克桑娜的思绪折磨得痛苦不堪，他坐在

① 马雅可夫斯基的女友。

列宁纪念室装作给家里写信的样子，实际上在一张纸上记录下了他深深的绝望之情。这是一篇介乎短篇小说与心灵呐喊之间的东西。简单地说，是讲一个挎着自动步枪在站岗的战士，他心中在思念他那不忠于自己的姑娘，而且想自杀。他已经打开了枪的保险，扣上了扳机，但这时查岗的长官出现了，批评了没能及时叫喊的战士，问他为什么不喊："站住！走路的是谁？"所有这一切都不是杜撰的，都是发生在奥列格身上的真实故事。

领导文学社的是个上了年纪、头发花白的歌曲词作者。每次会议上，他准会说上一两个故事，而且故事的开头肯定会是这么几句：

"有一次我和米沙·斯韦德洛夫去饭馆……"那些常常去光顾文学社的人形成了一种印象，似乎斯韦德洛夫一生中除了去饭馆吃饭，随后与那个歌曲词作者一起耍流氓，便什么事都不做。

第一位朗诵诗歌的是一个年纪很轻的女士，脸因抹上了很多粉显得很白，嘴唇涂得鲜红，跟喝了血似的。她的声音很细，但发出来就像号啕大哭：

有个东西破损了。可是什么——我却不知道。
我不知道，一个什么东西破损了。
有个东西破损了——所以我正在死去，
将身子紧紧地裹在麂皮大衣里……

几近失明的领导听着，微微歪斜着头，脸上露出了让人难以察觉的微笑。他听完朗诵后咬了一会儿嘴唇，然后提出了一个听上去无伤大雅，但实际上非常刻薄的问题：

"究竟什么东西破损了？"

"姑娘家通常什么东西会破损嘛？"鲍尔卡嘿嘿地笑着。

"小伙子，话应该说得文雅点！"老诗人翘起一根枯瘦的手指头说。

“这是一种隐喻！”扑粉的女士差点要哭出来了。

“是啊，隐喻。您知道，米沙·斯韦德洛夫是怎么称呼那个……他叫什么来着？”领导显然是在装傻，似乎他忘了一个很著名的诗人的姓，“嗯，他还一直在建议要把列宁头像从卢布上去掉……”

“沃兹涅先斯基！”大厅里有人提示说。

“对，是那么个人……米沙把他称作‘隐喻库’。记住！”

接下来朗诵的是一个小伙子，他的长相很有些工人的豪爽。他仿佛是在用粗壮的红色大拳头把每个韵脚击进空气中的：

又是新的白日
朗朗。
我懒得在床笫
卧躺。
热血在我周身
沸腾，
新气象把我的心灵
诱蒙。
亲爱的工厂将我
呼唤
汽笛声声催我
上班。

“难道工厂里现在还有汽笛？”大厅里响起斯拉宾逊尖刻的提问声。

从工厂来的那个小伙子脸色发白了，握紧了拳头，恶狠狠地看了看使他难堪的提问者，说：

“关你什么屁事？”

“没什么，没什么，这是隐喻。是不是这样？”领导狡黠地一笑，问道。

“是隐喻。”工人诗人抑郁地回答说。

“可问题不在隐喻。这只是些为墙报写的诗句——不会超过这个水平。”

“咱们走着瞧！”小伙子嘟哝了一句后走掉了，在后面几排听众中消失了。

“现在听听您的！”老头用长长的手指头点了点斯拉宾逊说。

“要不，下一次吧？”鲍尔卡作难了，“今天我没做准备……”

“诗人应该时刻准备着爱一个女人并朗诵他作的诗！您要记住！”

接下来他把那个长长的故事又继续说了下去，米沙·斯韦德洛夫走出作家餐厅，决定从起义广场斜穿过去，但被巡逻的警察拦住了。斯韦德洛夫与警察爬上“玻璃杯岗亭”去写情况说明。一上去他就开始朗诵诗歌，一直朗诵到把他放出来为止。

巴士马科夫当然已经不记得鲍尔卡作的那首长长的诗了，诗的题头词用的是帕维尔·柯冈的话，他隐隐约约还记得这么四句：

暴风雨在怒吼，
撞击着码头，
黑夜黯然，
失去了三百只眼。

鲍尔卡朗诵得非常精彩，时而高亢嘹亮，压过了想象中的暴风雨声，时而轻柔低回，叙说着被枪杀的强盗临终前的话。

“蛮不错！”领导夸奖说，“联想丰富。但为什么黑夜失去了三百只眼呢？莫非天空中就只有六百颗星星？”

“这是隐喻！”在来自工厂的诗人哈哈大笑的大呼小叫中，在破损了的女士赞美的尖叫声中，鲍尔卡只能如此反驳。

“明白。咳咳，瞧你们这些人，年轻人都是隐喻式的！你们给我记住，文学应该阐明的是它与生活的关系，而不是与文学的关系！好，您呢？”小老头向巴士马科夫点了点头。

“我没有诗。”

“那您有什么？”

“我也不知道。这还是在部队的时候写的。”

“读出来听听吧！”

巴士马科夫红着脸，流着汗，照着纸上，不连贯地，甚至混乱地嘟哝着读完了他的小故事。

“嗯，是啊，”领导叹了一口气，用一种奇怪的目光看了看奥列格，“您写的那个地方，关于您的主人公心中想的那段话，‘吻着她的任性放肆的眼睛，一点点地吻下去，越吻越低……’写得很糟糕！缺乏美感。米沙·斯韦德洛夫针对这种情况会这样说：‘二十二，要依次推进。’当您在思念姑娘的时候，因为天太冷，您脑子里想的可能只是怎么能暖和一点——这写得挺真实。还有关于军官的那段，他骂了当兵的，因为他违反了执勤的规定，但当兵的刚刚动过自杀的念头——这段也写得不错。您写的东西多吗？”

“就这些。”

“可惜啊。您还是很有天赋的。您在哪儿上学？”

“在莫斯科鲍曼高等技术学校。”

“为什么偏偏是在莫斯科鲍曼高等技术学校呢？”

“我也不知道。是别人建议我上的。”

“我也给您提个建议。您记住：学习不相干的知识会把天才毁了的！等您再写出什么东西的时候来找我……”

回家的路上，因为苦闷而交上了朋友的斯拉宾逊和工厂诗人一起把那位领导臭骂了一通。

“这是形象！”鲍尔卡愤愤地说，“是夸张！可他，这个老放屁虫，居然数起星星来了！”

“我也是这么说啊！墙报……我在发行量很大的杂志上都发过东

西。可他说——墙报……”

“他对诗歌简直一窍不通！”那个一直跟在他们俩后面的破损了的女士尖声尖气地说，“你们知道他都写些什么歌吗？”

“什么歌？”

“‘我们将在原始森林建成一个个都市，我们将把爱人领到那里……’就这些！”

他们买了伏特加，走进了烤羊肉馆。是获得奖金的工人诗人请的客。女诗人喝起伏特加酒来连眉头都不会皱一下，抽着首席牌烟卷，嘴唇抹得红红的，尖声尖气地朗诵了一首关于不幸的爱情的诗：

我没有投降，没有投降！我像只小猫，委身于别的男人，
没有情欲，没有爱恋，
为的是不让你走进我的心中！

“‘像只小猫’——不好，”工人诗人摇了摇头说，“听上去像是‘可可’[1]。最好——像条母狗……”

破损了的女士说，她决心今天就把身子献给巴士马科夫，就因为他不会写诗。奥列格吓坏了，刹那间，他的脑海中出现了恐怖的景象：一个有各种生理缺陷的半拉子男人正听任这个酩酊大醉的女酒神的摆布。没有听到回应，她便搂住了工人诗人的脖颈，用那如簧的巧舌开始证实，说任何一个男人都是动物，既然如此，那么这个动物一定应该是强有力且永难满足的。鲍尔卡和巴士马科夫悄悄地从桌子边站了起来，破损了的女士喷吐着首席牌烟卷的烟，向皱着眉头的工人诗人朗诵着：

我在迷宫中将床褥铺设，

① 俄文中“像只小猫”与“可可”的发音几乎是一样的。

等待着弥诺陶洛斯[1]来到我的身旁！

令巴士马科夫惊讶不已的是，她后来真成了一个著名的女诗人，有一段时间，甚至还嫁给了一个名声大噪的诗人。但后来两人离婚了。听说，破损了的女士闹腾了一阵子，去治疗过酒精中毒，一直到与一个冰球运动员同居后才消停。她现在还偶尔在电视里露面，整个身子平平的，风韵全无，仿佛一滴陈年波尔图葡萄酒落在了漂亮的墙纸上。

夏天，考完试后，巴士马科夫打算根据自己在军队生活的积累再写点什么。三年级的时候，功课就显得轻松多了。抚爱女性的渴望重又使他焦躁不安，但永远只能是个半拉子男人的顾虑又使他痛苦不堪。所以奥列格决定将绝望的心情化解于创作之中。谁知道，这样做会有怎样的结果？但后来是实习，再后来是收土豆，最后认识了卡嘉……

奥列格对未来的妻子，不像对轻浮的奥克桑娜那样，有过那种销魂的、令灵与肉震颤不已的依恋。因此，他只是怀着一丝胆怯的希冀，但愿自己能最终冷静地走出失败的阴影。他甚至觉得，卡嘉是命运专门给他安排的，是来治愈他创伤的女性：与奥克桑娜一样，他们俩也是在公园里相会的，第一次亲吻也是在电影院。当这件事发生时，卡嘉惊恐地闭紧了嘴唇，还用两只手捂住了脸。

“你怎么啦，不会亲吻吗？”巴士马科夫问，感到了一股无耻而大胆的冲动。

“在大学里可没教过这种事。”卡嘉不无抱怨地回答说。

“那就不得不由我来教你了！”

“我自己能学会。”

与天真无知而又可笑地抗拒着的卡嘉相处，他为自己的经验和如同卡拉什尼科夫自动步枪一样的准确无误感到有些郁郁寡欢。在

① 希腊神话中牛首人身的怪物。

那个永远值得纪念的日子里，当他兴奋不已，兽性发作，不断扩大着被撕破的少女的防线时，卡嘉先是吻着他的眼睛，最后彻底与他的嘴唇贴在了一起，她喃喃道：

“与我在一起，你会感到难受的……你会把我抛弃的！我什么也不会……”

“你知道，在部队里是怎么说的吗？”

“怎么说？”

“你不会——我们就教会你。你不想——我们就强迫你。”

“不能强迫……我自己……你不会抛弃我吧？”

从这天起，卡嘉蓝色的眼睛中出现了一种顺从的温柔和不安的期待。一种潜在的肉体欲求使然，奥列格终于告别了自己是“半拉子男人”的噩梦。巴士马科夫在对彼得·尼基福洛维奇做了具有历史性意义的解释之后，向卡嘉求了婚，还把她介绍给了父母，卡嘉不安的期待终于烟消云散了。的确，他最先是向斯拉宾逊谈了自己的计划。

“是甜甜的胡萝卜爱情？”鲍尔卡很是惊讶。

“是命运！”奥列格叹了口气。

父母亲第一眼就喜欢上了卡嘉。奥列格是三八节那天请她去做客的。前来做客的邻居们也感受到了节日气氛，然而最感兴趣的还是吃点喝点。也许，只有德米特里·谢尔盖耶维奇能说出点独到的看法，但他因盗用公款已经入狱一年了。而从叶果尔耶夫斯克专程来相孙媳妇的奶奶杜尼娅却不满意。她说：

“孙儿选的这个姑娘太瘦了点！原先的那个看着要顺溜些！”

卡嘉真还有点像那个——画在复员手提箱盖上的——远远地站在月台上的纤细女孩……

“是命啊。”巴士马科夫暗暗想道，他发现了柳德米拉·康斯坦丁诺芙娜脸上严肃但十分满意的神情。

在这种时刻，妈妈非常像她的母亲，已故的外婆丽莎……

七

艾斯凯帕尔叹了口气：一年年过去了，生活不断增加着各种附着，如同鱼鳞一般，又添了新的证件，又多了已故的亡人……曾几何时，证实他在地球上存在的唯一证件，是那个淡黄色、如今已经磨破了的小本子，上面印着像纸币上一样的绿色的字——出生证。人的死亡也只有一次：外婆丽莎在奥列格六岁的时候死于肺癌。如同很多打字秘书一样，叶丽扎维塔·帕甫洛芙娜烟抽得很厉害。甚至当外孙坐在她膝头的时候，她还抽。但为了不让小孩的身体受到影响，她便把长长的淡蓝色烟团往一边吐，那烟气一直撞到了屋子对面的墙上。

这间屋子很宽敞，高高的饰有雕塑的天花板，古老的橡木地板，已经不再使用的瓷砖壁炉。巴士马科夫正是在这间屋子里度过了童年，少年，直至青年。实际上，这间屋子是她的，是她在战前根据由人民委员部签发的房屋证得到的，叶丽扎维塔·帕甫洛芙娜离开人世前几乎一直在这里工作。

她曾经有一个理想，要找一个大翻领上缀有军事学院菱形章的王子当女婿，但女儿打碎了她的梦想，嫁给了一个起了个怪名字的小伙子。他的一双手由于总是与印刷厂的颜料打交道，始终没洗干净过。女儿还把她的那个叶果尔耶夫斯克的苦命人也带到她的住所来了——叶丽扎维塔·帕甫洛芙娜把这一切看作对她不应有的惩罚，于是在屋子里立上了一个屏风，把自己隔了起来，以示抗议。她甚至晚饭也自己单独做，到了星期六晚上，总是到阿勃拉姆采沃她女友的别墅那儿去。巴士马科夫还记得，年轻的父母在这一天笑啊，闹啊，把屏风收了起来，打开了留声机，还把孩子赶到院子里让他自己玩。要是遇到阴雨天，他们便把孩子轰到走廊上，爱开玩笑的德米特里·谢尔盖耶维奇把自己的双筒猎枪拿给了奥列格，让他坐在公共卫生间门口的小台子上。小小哨兵的义务是提醒邻居，让他们离开卫生间的时候别忘了关灯、洗手。

奥列格最初对男人与女人必须成双成对地共同生活这一不可动摇的法则产生怀疑就是由外婆引起的。叶丽扎维塔·帕甫洛芙娜独身一人，家中谁都没有说过有关外公柯斯佳的任何情况——小巴士马科夫自己断定，外公是在战争中牺牲的，就像杜尼娅奶奶的第一个丈夫瓦连京爷爷一样。但杜尼娅奶奶认为，亲家母对她的儿子太苛刻，因此对外公柯斯佳始终保留着自己的看法。每次从叶果尔耶夫斯克回来，她便不知为什么只是悄悄对年龄还很小的孙子说东道西，似乎从来就没有康斯坦丁这么个外公：

“柳德米拉是你外婆丽莎与她的领导生的私生女。这种事没什么可大惊小怪的。我们厂子里女秘书也和厂长生过一个。这种事司空见惯……”

应该说，叶丽扎维塔·帕甫洛芙娜对自己的亲家也毫不含糊：只要一见到杜尼娅出现在门口，她冷冷地打个招呼便走到屏风后面去了，如同被放逐了似的。她即使出来也仅仅是为了点个头、告个别。当父母亲悄悄地谈起杜尼娅奶奶如何把她的丈夫一个个扫地出门时，穿着白色镂花毛衣和深蓝色裙子的叶丽扎维塔·帕甫洛芙娜便从屏风后面出现了（她在家时也和在上班时一样走来走去），嘴里还叼着烟卷，问道：

“说的是哪一个？是费道尔·多罗费耶维奇？”说到这里，她的脸上露出了完全异样的表情。

巴士马科夫很久以后才真正理解这句话的含义。这是一个想彻底把男人从自己的生活中排除出去的女人会有的感觉，是她在其他女人面前感受到的一种高傲的优越感，以此来嘲笑仍在可怜地忙忙碌碌地受那些愚蠢粗鲁，同时还不整洁的男性造物摆布的女人。

关于外公康斯坦丁的秘密，叶丽扎维塔·帕甫洛芙娜几乎连同她自己一起带进了坟墓。当在顿斯科伊教堂为她的遗体做涂油仪式时，站在遗体旁致悼词的部工会委员强调，在四十年堪称模范的工作中，亡人从没打错过一个字母，当需要为他（报告人抬起了痛苦的双眼）准备总结报告时，人们只会把这种工作交给叶丽扎维塔·帕甫洛芙娜来完成。年纪尚幼的巴士马科夫也参加了追悼会，事后有很长一段时间，他认定，已故的外婆就是为那个上帝打的文件，甚至还一再向自己街上的小伙伴们证实这件事（关于有上帝这件事，他是从杜尼娅奶奶那儿听说的）。儿子的这些奇谈怪论传到了特鲁特·瓦连京诺维奇的耳中：全世界和院落内的信息交流通常是在星期天，在玩扑克牌接龙游戏时进行的，出牌的时候，整个楼都会震动。

“那是不是说，上帝要死的时候才成为魔鬼的？”小巴士马科夫问。

奇怪的是，在外婆丽莎的追悼会上把悲痛的气氛推向高潮的，是飞速从叶果尔耶夫斯克赶来的杜尼娅奶奶。她不仅向无知的莫斯科人讲了应该如何与死者告别，而且还解开了给死者穿上的衬衫的纽扣，认真用一只手在她胸口抚摸了一阵，发现她没有戴十字架后，便把自己的摘了下来，给死者戴上了。叶丽扎维塔·帕甫洛芙娜已无法在屏风后面接受这些亲热的礼仪。这时杜尼娅奶奶暗暗地嘟哝：

“人为什么要烧呢？难道是块劈柴？”

父亲把巴士马科夫抱起来，凑到死者的头部跟前与她告别。他还记得，外婆身上还有一个扣子没扣好，他感到惊讶的是，死者怎么变瘦了，变年轻了。但给奥列格留下最深的印象是：他闻到了一股强烈的、从死者头发上散发出来的烟草气味，他害怕了。烟的气味使他感受到亡人肉体中尚未冷却的生命的征象。他从父亲的胳膊中挣脱出来，躲进前来与遗体告别的人群中。也许，正是因为童年留下的恐惧，巴士马科夫此后才从来没有抽烟的嗜好，尽管他不止一次尝试过。

葬礼结束不久，柳德米拉·康斯坦丁诺芙娜在整理母亲遗物和哭悼的时候，在她手提包的一个内袋中发现了一张为康斯坦丁·叶弗格拉福维奇·别克列绍夫死后恢复名誉的证明。原来，叶丽扎维塔·帕甫洛芙娜在死前才获悉这一情况。别克列绍夫家中几乎所有的亲戚都被镇压了，而只有外公康斯坦丁这个工程师是在1937年，而其他人——当教授的，做神父的，曾经是军官的——则要早得多，是在20年代。他是个非常有名但非党员的煤矿专家，的确，年轻的叶丽扎维塔·帕甫洛芙娜一开始就是他的女秘书，当时也还没学会抽烟。当她怀上了孩子后，别克列绍夫便离开了自己的妻子，公开与叶丽扎维塔·帕甫洛芙娜同居了。但他的妻子已经有两个孩子，不同意离婚，一直到去世前两人形式上还是夫妻。所以，很多人都认为是她——他的合法妻子，而不是叶丽扎维塔·帕甫洛芙娜——受到他的连累，被抓起来受到了迫害。

但是，已故的外婆却持不同看法。康斯坦丁·叶弗格拉福维奇的合法妻子是列夫·加米涅夫①的远亲。因为这个，外公在20年代才幸免于难，而他贵族血统的家族当时已经全部被清洗了。但也正因为妻子的亲戚关系，他后来受到了牵连，受害于1937年。所以，谁把谁坑了——是康斯坦丁坑了他的妻子，还是她把康斯坦丁坑了——还是个悬案……

不过，这一切都是母亲告诉巴士马科夫的。母亲继承了外婆丽

---

① 列夫·加米涅夫（1883—1936），苏联早期领导人之一。1936年以“叛国罪”被处决，1988年恢复名誉。

莎谨小慎微的内向性格，他是不久前，在改革重建开始以后，报刊上开始大量报道和谈论有关清洗的情况之后才从她那儿听到的。有一个情况的确很奇怪：在特鲁特·瓦连京诺维奇的亲戚当中，任何人任何时间甚至都未受到牵连，虽然他们家族中的许多人从事的都是印刷行业，这一行当在任何时候都是非常危险的。就拿老巴士马科夫本人来说，有一次他差点被开除公职，原因是他当班排版的报纸上出了个错，在做锌板的时候，那些星星英雄没被排在应该排的勃列日涅夫的左边，而是挪到了右边。结果马上捅了娄子！所有印出来的东西都被送去切碎了，重印了一次。值班长也因此被开除了。

“要是在 1937 年，你非被枪毙不可。”柳德米拉·康斯坦丁诺芙娜对这件事发表评论说，随手把父亲带回家来的那张被禁止发行的报纸样张撕成碎片，通常应该带回家的季度奖金也泡了汤。

“不！”父亲喝下下班后照例要喝的一大杯啤酒后高兴地反驳说，“有人推举我当值班长的时候，我说什么来着？”

“你说你的工资本来就不少了？”柳德米拉·康斯坦丁诺芙娜冷嘲热讽地说。

“不！我说坐得高——看得远，但也摔得重！今天你是个人，明天就是个空铅。我们不需要很多：菜汤稠点，老婆亲点！”

“啤酒牌子好点……”

“柳德[1]，你呀，想错啦！”

奥列格上学前有一次把父亲弄得十分下不来台。特鲁特·瓦连京诺维奇像往常那样，把儿子从托儿所接出来，在索良卡的一个小摊前站住了。郊区的男人下班后常常聚集在那里，一个名叫维坚卡的残疾人有时也坐着车子到这儿来，他曾激发过奥列格儿时的想象。父亲停下来是想弄杯啤酒喝喝，这个想法合理合法，无可厚非。在夫妻生活的磨合期，柳德米拉·康斯坦丁诺芙娜尽管一直在反对，

① 柳德米拉的简称。

最后还是对巴士马科夫家族的遗传，对酒的难以克制的嗜好做出了让步，允许丈夫下班后喝一杯啤酒。这杯啤酒被叫作“和约酒”。特鲁特·瓦连京诺维奇似乎同意了。但酒的魔力是难以抗拒的，那天晚上好像有两个农民在美食店买了一瓶野牛牌茅香露酒，他们正在寻找第三个知音。这里顺便说一句，说俄罗斯人喝酒不知道节制是没有道理的，他们知道，受某种下意识驱使而寻找第三个同饮者的愿望就是此说的明证。难道两个人喝不下一瓶？当然能。谓予不信，你就看看……

特鲁特·瓦连京诺维奇迟疑了一会儿，但十分严厉地对儿子打了招呼：要是妈妈问起来喝的什么，你就一口咬定，喝的就是啤酒。

“这是啤酒吗？”奥列格惊讶地问。

“当然是啤酒。不过，它是装在瓶子里的。这样味道要好些……”

如同喝酒的男人从来不会把啤酒与茅香露酒搞混一样（虽然两种酒的颜色差不太多），喝酒男人的妻子也从来不会出错，丈夫回家前喝了什么——是啤酒还是茅香露酒。

“不。柳德。和往常一样，就喝了一杯！”特鲁特·瓦连京诺维奇显然生气了。

“可能这是一种特殊的啤酒，度数偏高？”

“普通的。日古力牌的。当然，那是陈酒，好像是有意在跟我们捣乱，还有点混……”

“是装在瓶子里的！”两个大人正在弄清情况，围在他们俩腿边转的奥列格补充了一句。

“装在瓶子里的？”

“是装在瓶子里的。”特鲁特·瓦连京诺维奇对妻子的不信任态度十分生气，“怎么，难道啤酒就没有装在瓶子里的？”

“有。奥列任卡，瓶子上画着什么吗？”

“小牛。”

“什么小牛？”

“就是那种。”未来的艾斯凯帕尔往额头上翘起两根食指，哞地叫了一声。

生命时日已经不多的外婆丽莎从屏风后面走出来，面带鄙夷的微笑，耷拉着没有血色的干枯嘴唇，蹒跚着走进了厨房。从此，两人间就形成了一个习惯：若是特鲁特·瓦连京诺维奇违反了夫妇间有关喝酒的约定，便会受到这样一个讥讽性的提问：

“是画着小公牛的啤酒？”

我们还是回过头来说说特鲁特·瓦连京诺维奇的一种见解，他坚信一步步地在生活的台阶上攀登全无必要，幸福根本不取决于此。这条生活的箴言已被奥列格·特鲁多维奇铭记在心，也许已作为一种家族的遗传基因被他所继承。不，其实，他并非没有虚荣心，只是这种虚荣心有点特别，是一种副产品。巴士马科夫做起事来从来就不是无所顾忌的，从不会蓄意去破坏或是抛开命运编织的错综复杂而又难缠的关系网。所以，按照常理，他总能胜出。如今让人难以忘怀的骑士捷达在哪里？严厉的切勃塔廖夫与他的小绿本子去了何方？多库金又在哪里？但他，奥列格·特鲁多维奇在这里却安然无恙，而且还正准备与一个年轻的情妇跑到塞浦路斯去。你的那个封建主，他还将生活下去，他会住在城堡里，会待在大海的岸边，至于睡觉——会在一张神奇的床上，特殊的机关会在任何一刻将这张床从卧室托升到灿烂的星空……

当然，挨着这个城堡最好还应该栽一棵如同不成功的丈夫的绿帽子一样枝叶繁茂、家族历史久远的树！只是如今谁能详细地将别克列绍夫这一脉系说清楚？贵族的白骨如同平民的黑骨一样会无声无息地在大地中腐烂。谁也说不清。我们从杜尼娅奶奶那里能听到的，除了对音信杳然的瓦连京爷爷的哀泣，就只是关于曾爷爷伊格纳特模糊不清的传说：他长着一头火一样红的头发，醉时严厉异常，只要他多喝一点酒，叶果尔耶夫斯克的大街上便会空无一人，甚至连狗都会躲在大门后面不敢吱声……

艾斯凯帕尔对着像电线杆那样笔直的家谱叹了口气，继续整理他的文件。自他第一次准备逃离，像现在这样把各种文件整理成两大摞之后，已经过去多少年了，在这些年里，增添了许多新的亡人和新的文件。新添了卡嘉的教师进修班的结业证书、与“优秀人民教师”奖章一起发的荣誉证书、巴士马科夫的副博士证书、好几本出国护照、可笑的叫“私有化证券”的纸张、更可笑的叫“有价纸证券”的纸张、大量各种各样的证明信和证件。只是达士卡的证件已经不在了……

奥列格·特鲁多维奇想了想，其实他和卡嘉所有这些乱七八糟的证件的组合就是他们共同生活的见证，而当两人间出现裂痕的时候——证件也就各自分别保存了。巴士马科夫把凶多吉少的区团委证件和党证扔在了他自己的一堆文件中，如今它们对维护家庭的完整来说已经不起任何作用了。渐渐地，放在他面前沙发床上的两堆文件几乎一样高了，他把两人的结婚证书顺手放在了两摞文件的当中。他还找到了卡嘉受洗的证明和自己当年为保密单位“金牛星座”拍的 3×4 的照片。

谁能料到，世上的一切会发生如此重大的变化啊！奥列格本人是杜尼娅奶奶给施的洗。她曾为此专程从叶果尔耶夫斯克赶来，给人的感觉是来看孙子的，但等大伙一上班，她便把他领到叶罗霍夫斯克教堂去了。他受洗时取了个伊格纳季的名字。这是奶奶特地想好的，因为打他一生下来，她为了纪念他的曾祖父就想给孙子起个伊格纳季的名字。但柳德米拉·康斯坦丁诺芙娜当时没有听婆婆的意见。

当然，奥列格因为当时年纪小，对这些事已根本没有印象，但家里常有人提起：说他如何不愿坐进圣水盆里，如何紧紧地抓住奶奶的长巾——神父用他那男低音说，小孩长大后手肯定很大很巧。果然不出所料，五年级的时候，奥列格做了一个木头凳子，它至今仍然作为给后来的学生做示范用的教具放在学校的劳动教研室里。但是，随着这张凳子的出现，他被赋予的手巧的天性显然也就此消失了，比方说，卡嘉就把丈夫归于那种普通得不能再普通、连自己都不知道手是怎么长的男人。

当柳德米拉·康斯坦丁诺芙娜发现儿子的脖子上挂上了一根拴着铝质十字架的小细绳时，一手捂着胸口，喝下了掺上镇静剂的缬草酊，对婆婆嚷嚷道：

“您这是怎么啦，难道什么都不懂吗？所有人都会被记下来的！所有人，一个都不会落下!!!”

“记下什么？上帝，他就是不记下来，对每一个新出生的人也都知道得一清二楚。”杜尼娅奶奶憨厚真诚地辩解说。

“他们不是给上帝记，而是给一些机构记。您呀，真是个天真幼稚的女人！”叶丽扎维塔·帕甫洛芙娜责备说，没有从屏风后露面，“反正说了您也不懂！”

“还会有什么机构？”杜尼娅奶奶还是不明白，显然是在装傻，“是给地段上的警察吗？”

“您记住，那些机构有权把我们全都开除的！”柳德米拉·康斯坦丁诺芙娜大声说。

当然，谁也没被开除公职，但杜尼娅奶奶每次从叶果尔耶夫斯克赶来，把从自家菜园里摘的新鲜胡萝卜和洋葱放在桌子上后，便要问：

“那些机构来人了吗？是不是他们在哪儿耽搁了?!”

起码特鲁特·瓦连京诺维奇就是这样，一边笑一边叙述着儿子受洗的经过。这时，柳德米拉·康斯坦丁诺芙娜常常会流露出这样一种暗示，说奶奶为孙子立下的功劳簿上的最后一件事就是她自说自话地为他们的儿子受了洗，剩下的精力便用在了安排自己的个人生活上。这种说法显然有失公允，因为奥列格有一年整整一个夏天都是在奶奶那里过的。

但话说回来，杜尼娅奶奶的确结过五次婚。除了第一次婚姻后有了特鲁特·瓦连京诺维奇，其余几次都是不幸的。奥列格每次来她这里度假都能看见家中又有了一个“新爷爷”，而且很快就发现一个规律：她后来的几任丈夫长得都挺像她的第一个——1942年在米亚斯内森林附近失踪的瓦连京。他那戴着领带的肖像至今还挂在五斗橱的上方。照片是按照当时的审美标准照的，爷爷的脸显得有些紧张，眼睛很是忠诚，而嘴唇被微微涂上了胭脂。据说，他是一个很有教养的人，政治上很成熟，在印刷厂当排字工人。妻子从临近的村子嫁过来的时候，还是个小姑娘。他对她许诺说，如果她给他生个儿子，一定教她识字，但这件事他一直拖着，直到去了前线，心中很是过意不去，说没能信守诺言。他在邮局里口授的信完全不是他后来亲笔写的情况。杜尼娅奶奶到死一直都是个文盲，虽然巴士马科夫上学后来这儿过暑假的时候教过她几次读书写字，但也只教会了她签名。

随着年龄的增长，巴士马科夫懂得了，为什么叶丽扎维塔·帕甫洛芙娜曾隐约表示过愿意接受奶奶有几个丈夫的纯粹生理原因，后来连柳德米拉·康斯坦丁诺芙娜也表示过，但他却无法接受。显然，杜尼娅奶奶渴望在每一个新的丈夫身上看到失踪的瓦连京的身影。可是外貌的相像却无法保证某种内在气质的一致。她无法接受这一事实，所以与“新爷爷”共同的生活都难以持久，大部分时间都在等待一个最终与第一任丈夫完全相同的男人。当问到她被她赶走的每一个生活伴侣为何不能使她满意时，她总是这样回答：

“一个个像魔鬼那样贪婪，让上帝饶恕他们吧！一个个享受现成惯了，等到离开的时候，连香水——所剩无几的香水——都要拿走……简直都是些守财奴！”

等到她把最后一个同居者轰走的时候，已经快七十了。达士卡就是那年出生的。杜尼娅奶奶专程从叶果尔耶夫斯克赶了过来。柳德米拉·康斯坦丁诺芙娜和齐娜依达·伊凡诺芙娜立刻表现出了高度的警惕性，把主动要求带曾孙女出去玩而且已经走到了汽车站的蓄谋者拦了回来。后来，多年以后，达士卡才与卡嘉一起接受的洗礼。

妻子决定接受洗礼很突然，是在与伟大的瓦季姆·谢苗诺维奇的事情发生之后。当时所有人都拥向了教堂——甚至连前州委的领导们都一心要彻夜祈祷，手持蜡烛，就像拿着那叉有凉菜盐渍蘑菇的刀那样。洗礼的仪式一做就是十个人，没有圣水盘，只是把水点到为止。围着长巾的神父把新生儿围成一圈，用疲倦的嗓音像说绕口令一样向他们发出训示，如同旅游胜地的游泳教练在向准备第一次去到海滩的旅游者讲述注意事项那样。巴士马科夫还在区团委工作的时候就从国外给卡嘉买了个十字架，但没带来，因为天主教耶稣的脚踝是被绑着的，还被一枚钉子钉着，而东正教的耶稣两只脚是并排着的，上面钉着两枚钉子。卡嘉根本没有去理会魔鬼的阴谋诡计——显然她指的是瓦季姆·谢苗诺维奇，来到了教堂。

举行圣礼仪式的时候，巴士马科夫站在来到教堂门口的众多别墅客的人群中，远远地，目光穿过人头向里面望着。那是个乡村教堂，很小，离他岳父的别墅不远。5月的时候，他们来到守寡的齐娜依达·伊凡诺芙娜那里，帮忙做点地里的活，翻翻地，顺便来这儿做个洗礼。

达士卡兴奋地跳到教堂门前的台阶上。

“你知道，‘达里娅’是什么意思？”女儿问。

“不知道。”

“强大的意思！”达士卡打开了在教堂里买的一本小册子。

“你知道‘卡捷琳娜’是什么意思吗？”

“什么意思？”

“永远纯洁和无瑕。”

“永远？”巴士马科夫的脸上露出了让人难以察觉的冷笑，“那‘奥列格’是什么意思啊？”

“没有意思。就是奥列格……”

“奇怪。那‘伊格纳季’呢？”

女儿又去翻那本小册子，这时夹在里面洗礼时用过的树皮掉了出来。

“把这受过洗的证明拿给我，要不你会弄丢的。”

“我不。伊格纳季就是‘还没出生’的意思……”

“怎么会是‘还没出生’的意思呢？”巴士马科夫不知说什么才好。

“达里娅，把证明给我！”妻子严厉地重复道，“马上拿过来，我把它放好！”

她放好了。达士卡临去符拉迪沃斯托克的时候把整个屋子翻了个遍，四处找，想把它随身带走。她终于在一堆书里找到了——自己的和妈妈的。但卡嘉一点也没显出高兴的样子，而是默默地把盖有布拉戈维申斯克教堂教区委员会大印的硬纸板塞进了放家庭文件的纸盒里。

八

艾斯凯帕尔把受洗的证明放进了卡嘉的那一堆东西里，把在“金牛星座”工作时拍的照片拿在了手中。照片上他表情阴郁，显然还没从黑鱼子酱事件的风波中摆脱出来，或者是又被新的责任所累，因为科研生产联合体“斯塔尔特”从事的是宇航事业，确切地说，是针对美国人搞的“星球大战”的科研工作。

上班第一天巴士马科夫就被实验室主任维肯季耶夫叫到了他那里，此人的绰号叫乌比·万·可诺比——白发苍苍，瘦骨嶙峋，走起路来像一个退役的老运动员。他的办公室里挂着乒乓球比赛优胜者的证书，而在最显眼的地方，在齐奥尔科夫斯基[①]肖像的下面，放着一张大照片：穿着短裤、背心的维肯季耶夫正挥舞着手臂在大力扣杀。

“亲爱的，非常高兴！您叫，奥列格……嘿嘿……特鲁多维奇。”他看了看放在他面前的证件说，脸上露出了微笑，“米哈伊尔·斯捷潘诺维奇向我推荐了一个非常负责且有组织能力的十分内行的人才。”

人们都管科研生产联合体的副主任多库金叫米哈伊尔·斯捷潘

① 齐奥尔科夫斯基（1857—1935），苏联宇航、火箭动力学、飞船理论等方面的专家，现代宇航学的奠基人之一。

诺维奇。不久前多库金在红色无产阶级区担任区党委科学和大学工作部部长，对巴士马科夫非常了解。他本人离开党的领导岗位是因为离婚，虽然在当时担任领导工作的干部只要做得隐蔽，且双方又是协议离婚，人们对待离婚问题便会宽容大度。但多库金的妻子是个很会闹的女人，她发出的喧嚣声可怕至极，简直有点像有轨电车，党的上层领导——也许除了政治局委员——几乎所有人都知道。考虑到克里姆林宫里老人们的身体状况，助手们尽量不让他们有更多的情绪波动，所以没有把多库金这个不忠、爱闹事的男人，一个两面派，在家中大肆嘲弄政策的情况向他们汇报。

据传，切勃塔廖夫曾经十分器重多库金，很长时间一直也在庇护他。最后切勃塔廖夫也忍不住了，把他叫到自己的办公室，对他说：

“米沙，你自己再找个地儿吧！我可以帮你……不过今后你再也不能找那种坏女人做妻子了！要不是现在，他妈的，早就让她见鬼去了，还能让她再捣乱影响工作——那样的话，也就没事了……”

多库金于是不得不来到“金牛星座”，但旧忆的惯性使得他对区里发生的事情依然专心关注如昨，显然他心中仍然怀着重返政坛的一丝希望。当然，他不可能不知道巴士马科夫的鱼子酱事件。出于一种惺惺惜惺惺、对在工作上失意人的亲近感，多库金给奥列格打了个电话，给了他一个维肯季耶夫实验室副主任的职位。巴士马科夫在“金牛星座”上班期间，米哈伊尔·斯捷潘诺维奇又结了一次婚——娶了一个清洁女工，一个像图书馆里的老鼠那样不声不响的单身母亲，她每天晚上来他的办公室整理清洁。多库金按照原来在区党委的工作习惯常常要坐到很晚，她给他带来茶和面包夹香肠——这样一来二往地，俩人的好事也就做成了……

“亲爱的，您原来在我们区里做过什么？”巴士马科夫的新上司继续问他。

“我是莫斯科鲍曼高等技术学校毕业的。学动力机械的。写的毕业论文是……”

“不用说了，”维肯季耶夫打断了他，流露出一些不悦，“在区团委您做过什么？”

“组织部部长。”

“好啊，这就是说……”他用两只手做了这样一个手势，似乎将偌大的空间统统装进了一个无形的框框中，“这就是说，您从事过组织工作……”

“是的。”

“太好了！近来，我们单位迟到的现象越来越严重。负责内务纪律工作的副所长提出了意见。再说，您知道吗，我们已经第二年未能完成社会主义劳动义务的要求了。上面已经开始骂人了。而对外宣传的工作也是一塌糊涂！你们区团委来了个检查委员会，也骂了一通……您自己也会知道，我该对您说些什么。亲爱的，您就来抓抓这些工作吧！”

“维克多·谢尔盖耶维奇，我以为……”巴士马科夫嘟哝说。

“咳，奥列格……”维肯季耶夫又看了一眼文件说，“……特鲁多维奇，您先把自己当作一名英雄的后方战线工作人员吧。到科研第一线还有的是时间。咱们说好了？您别忘了要组织好单位的业余生活。比方说吧，看个戏啦，听个音乐会啦，参观个展览啦……当然，还有体育运动也不能忘！就算我求您了！”

不久，实验室的墙壁被花花绿绿的宣传品覆盖了，如同被蒙上了五颜六色的霉变层，还开辟了很大一个“列宁与宇宙”的专栏。所党委书记沃罗布耶夫对重新制定的社会主义劳动义务条例大加赞赏。所里举行了象棋、网球、普列费兰斯扑克牌①比赛：在最近的两次比赛中，维肯季耶夫得了冠军。所里工作人员的孩子们还经常去观看木偶戏——根据他的记忆，还是让被自己抛弃的那位木偶戏

① 19世纪中叶从法国传到俄罗斯的一种扑克玩法。

女演员帮的忙。她当时已经嫁给了剧院的总导演——她的同龄人谢尔盖·奥勃拉兹佐夫，但依然保留着对巴士马科夫及两人短暂浪漫的温馨回忆。不知为什么，被抛弃的女人对奥列格·特鲁多维奇都没有什么恶感。只有卡嘉在那次要运走沙发床的事情发生后这么说过一次：

“要是那次你离我而去，我会恨你一辈子。我还要教会达士卡恨你！教会达士卡的孩子们……”

实验室里的气氛严肃而活泼。奥列格为自己不同寻常的父称没少挨奚落。维肯季耶夫第一天向大伙介绍他时，一说出“特鲁多维奇”，就不由自主地笑了。绰号叫捷达骑士、实验室里幽默俏皮的卡拉科津立刻兴味十足地问道：

“奥列格·特鲁多维奇，您，所受的高等教育是——副职？”

“奥列格·特鲁多维奇毕业于莫斯科鲍曼高等技术学校！”

维肯季耶夫笑得更灿烂了。

“哦，敬请原谅，请对鄙人的思维混乱宽大为怀！”卡拉科津表示了歉意，但口吻中流露出一种挖苦。

从此，他几乎每天都要为奥列格琢磨出些新的绰号来，使得同事们大为兴奋。反正，在“金牛星座”，大家都挺喜欢给别人起个绰号，叫个别名什么的。由于科研生产联合体“斯塔尔特”产生于贝利亚[①]领导的机构中，所以老百姓很早以前就管它叫作“傻拉嘎”[②]。而“金牛星座”这个词是人们在俱乐部看了美国电影《星球大战》后叫起来的。偌大一个影院被挤得水泄不通——正像成语所说，人流如过江之鲫。研究人员把家人和各种各样用得着的人——医生、理发师、汽车服务部的修理工……——都叫了来。

看完电影后，所里的好多人都根据电影中人物的名字被取了新的绰号，但只有几个人的被叫了开来，也就是说，永远叫下去了。

---

① 苏联内务部长。

② 骗人的机构。

卡拉科津是给人起绰号这一流行病的始作俑者。他发现头发花白的运动员维肯季耶夫很像那个演宇宙骑士乌比·万·可诺比的老年骑士。随后就产生了连锁反应：卡拉科津自己被叫作“捷达骑士”，实验室主任被叫作“楚巴卡”，以纪念那个人形小狗斯图尔曼。“斯塔尔特”研究所的所长，上了年纪的科学院院士沙尔戈罗茨基，因为走起路来有点像中风病人，很像《星球大战》中的镀金机器人R2D2，所以被起了个“R2D2”的名字。最后连研究所也被改了名，不再叫“傻拉嘎”，而叫“金牛星座”了。

这一切都十分可笑！不久前，已经在驼鹿银行上班的巴士马科夫与盖纳·伊格纳舍契金争论起来，说为什么一个看上去坚不可摧的国家，会像一个失去了支撑、用胶合板做的布景一样，突然一下子就垮了。争论中，他才明白原因在哪里。好他莫甚己，恨己莫甚他，莫将自己的东西冠以他人的名字。万万不可呀！其中必定有某种破坏性的奥秘存在。当人们还在为幼稚的“星球大战”欣喜若狂时，当“傻拉嘎”被改名为“金牛星座”时，这些人都死了，整个研究所都解体了。连最严格的保密措施也无济于事。

“金牛星座”是一个绝密的单位。研究所的所有工作人员在进入科研生产联合体之前都要经过最严格的审查，此后还要经常进行例行审查，如同对一个没有腿的残疾人要经常对假肢进行例行检查一样。不过，大约六年前，在巴士马科夫来这里以前，他们确实发现了一个向美国人出卖极有价值的情报的真正间谍，这个叛徒因此被枪毙了，研究所也辞退了一批人，当然，科学院院士沙尔戈罗茨基不在此列。R2D2 战前就参加了研发潜艇生命保证系统的工作，乌斯季诺夫元帅本人也认识他。

在接受巴士马科夫进“金牛星座”之前，他们也对他进行了长时间、翻来覆去的审查，还差点把他给否了，问题不在于他被枪决后又被平反的外公柯斯佳，而在于米亚斯内森林附近失踪的爷爷瓦连京。但巴士马科夫最终还是被接受了，应该说，不菲的薪酬平息了他的一切怨恨和焦虑。“国防口”的工资在当年还是很不错的。

同事们对新来的实验室副主任采取了一种提防而讥讽的态度，而二级工程师安德列·卡拉科津则是怀疑加尖刻的讽刺。捷达骑士长得如一位真正的骑士：个子高高，肩膀宽宽，身材瘦削，留着一脸络腮胡和长长的头发。年轻时他曾痴迷过伟大的利物浦披头士乐队，所以他的外表至今还保留着披头士的某些风格。卡拉科津的装束始终如一：名牌但已经磨破了的牛仔套装，运动型网纹底旅游鞋。他的一年四季都黝黑的脸膛上始终挂着冷笑，若与亲近的人交往，它会是善意的，此外便只有鄙视的神色了。除了对奥列格的父名会竭尽篡改之能事，他还会给奥列格想出一个意义双关的绰号——“来自中央的同志”。其实，巴士马科夫任何重要的领导工作都未曾担任过，他甚至连个自己的办公室都没有，而只有一张桌子，倒是靠着窗子的，比别人的大一些。

实验室共有三个实验室，大家生活得有条不紊，从容不迫，因为重大的科研工作是容不得忙乱的：研究计划差不多一直安排到了 2000 年。笼统地讲（否则有悖于保密的原则），他们从事的研究工作是，在新一代宇宙飞船上使人的每个喷嚏、每次呼吸、人体代谢的每个瞬间，经过一定时间后都能以净水和新鲜氧的形式重新回到宇航员体内。R2D2 不喜欢乌比·万·可诺比，常常在学术委员会或者在党的内部会议上批评他“缺乏有创见的学术决策”，当然这实属一种诬陷：某些研究成果在世界上是独一无二的，尽管有人把它说得一无是处，后来它们转让给美国人后还是赚了很可观的一笔钱。

乌比·万·可诺比受到批评后脸上总会是阴云密布。

“真是被惯坏了！哪里像个纪律严明的学术机构，简直成了自由散漫的艺人窝！您现在要把我们这儿当作福特汽车厂！要像钟表一样分秒不差……”

“嘀——嗒！”

“什么?”

“我说，的确是这样。您说得很对!”捷达骑士进一步明确补充说。

时间恰好赶上了个什么节日——2月23日，3月8日，宇航节或是五一节，这时乌比·万·可诺比总会将愤怒化成宽容，还亲自参加各种庆祝活动。大家总要欢聚一下，或是在丁香咖啡厅，更多的是在住在离“金牛星座”没几步路远的一个离异了的女研究人员家中。工作的时候是严禁喝酒的，负责所务纪律的人对此检查得很严。单位会从食品店买来果酒和伏特加，还专门从节日美食店定购一些美味当小吃。等大家酒足饭饱时，实验室一些懂得讨好领导的女士便开始向头头发出请求：

“维克多·谢尔盖耶维奇，请您给咱们露一手吧!”

“我今天状态不佳!”这位还故意装出推拒的样子以制造些气氛。

“就算我们求——您啦!”

“下次。”

“请您表演一个吧!”

“真拿你们没办法!”

于是乌比·万·可诺比脱去了掐腰的芬兰皮夹克，露出了非常合身的长裤、坎肩和雪白的衬衫。随后他走到桌子跟前，十分仔细地看了看它是否结实，来了个手支撑倒立，以体操运动员的优美姿势将两脚尽力朝天花板叉开。轻松落地后，他还会做个杂技运动员谢幕的姿势，这时他的脸会涨得通红。大家高呼着“乌拉”，为永远年轻的乌比·万·可诺比的健康干杯，这时谁也不急着回家了，尽管刚来的时候准备最多只坐个把小时。屋子的女主人柳霞在老大的一个平底煎锅中为大家摊鸡蛋。一些慷慨些的人便舞动着胳膊，拿出了预先准备好的很稀罕的美味，立刻叫人到停车场去取伏特加，晚会便又进行了下去。柳霞用她那充满爱恋的目光望着卡拉科津，这个高山滑雪好手、爱书人和弹唱诗人，请求说：

“安德留沙……唱个歌吧！”

他与柳霞之间有着某种（从他这方面来说）毋庸承担任何义务的私密关系，聚会结束后他常常会留下来帮助女主人洗餐具。这时卡拉科津对她的请求报以一笑，从布套中拿出了那把大伙凑钱买的“公家的”吉他，满怀深情地皱了皱眉头，拨弄了一下琴弦，严肃地问他的顶头上司——实验室主任巴特尔金：

“楚巴卡，你动过琴吗？”

巴特尔金只是不好意思地咳嗽了几声，并挠了挠秃脑门。他的声音很浑厚，所以咳嗽时很像一个歌剧演员临上台前清嗓子。再说，巴特尔金的外貌有点像难以描述的尼安德特人的模样，他确实长得有点像《星球大战》中的人形楚巴卡。最后，为了完成对他肖像的描述，尚须说一说他那一副实在难看的牙齿，上面长着一些像乐口福奶酪上的绿色斑点一样的东西。巴士马科夫与他说话的时候，总要微微地把脸偏向一边——以便能吸进新鲜的空气。

“我不过稍稍拨了一下……”楚巴卡辩解说。

“下次如果你再敢拨，我把你的手给剁了！”卡拉科津恶狠狠地警告说，随后拨了一下琴弦，唱起了歌，宛若维索茨基①式的男低音，低沉，如同临死前声嘶力竭的呼喊，脖子上青筋暴起：

我从不相信有蜃楼海市，
也未将通往未来天堂的皮箱备置。
谎言的海洋已把老师吞噬，
又将他们的尸骨吐在了马加丹②边。

居高临下望着那些蒙昧的人形，
其实我并不比他们多些许的高明：

① 苏联20世纪60至70年代著名的弹唱诗人。
② 俄罗斯远东一个州的首府。

布达佩斯没有留下芒刺，
布拉格也没撕碎我的胸膛。
但我们在寒流袭来之前，
对危险已经有了预见，
秽行如同荡妇的无耻一样明显，
它已将人们的心灵紧紧地锁闭。

我们尽管尚未被枪弹射杀，
但存活着的我们已不敢将双眼抬起，
我们也是俄罗斯可怕岁月的孩子，
天灾人祸已用伏特加将我们迷醉……

这支歌是每次聚会的保留节目，卡拉科津唱完，一定会将吉他放在一边，一口菜不吃便把一杯酒喝干，而且喝酒前还会说上一句：

“为那些埋在冻土带的人干杯！”

每到这时，他便会可怕地皱起眉头，脸上的表情分明在告诉大家，由天灾人祸注入人体内的伏特加有多么苦涩。其他天灾人祸的牺牲品们随后也跟着喝了下去，而且还会喝得津津有味。随后捷达会哼起一首快活些的小曲：

昨日我们埋葬了两个马克思主义者，
我们没有用大红布头将他们覆盖。
因为其中的一个是个右倾机会主义者，
另一个，原来是个无缘无故的受害者……

巴士马科夫喜滋滋地附和着：他在区团委工作的时候，在机关的庆典上也唱过这些歌，但第一，那些半被禁的歌与那些正面的

《共青团员——志愿者》或《明日的幸福之鸟》之类的歌是轮换着唱的；第二，在演唱这些可怕的歌曲时语气中都会流露出一种难以捉摸的嘲笑和谴责，似乎是在越过一条未被察觉的界限，并将合唱变成一种反宣传。然而，这类界限有时是很难把握且易变的。有一次就发生过非常令人难堪的情况。

共青团大学工作部部长沙哈林与苏联党中央的一位大人物的儿子、宣传鼓动部部长盖甫西曼诺夫有仇。两人冲突的明显起因是这样的：沙哈林是个有头脑的小伙子，但没有关系，是靠自己闯出来的，他居然在区团委令人头昏脑涨的工作之余，成功完成了副博士论文的答辩。而身穿国立百货公司第一百号货台名牌服装的盖甫西曼诺夫的言行举止，则像一个军国主义大国驻一个弱小国家的懒洋洋的大使。沙哈林对此愤愤不平，几乎每次在工作会议上都会想方设法挖苦他；而那位则不仅自己，还会通过他的父亲，竭尽所能阻挠他的政敌当上区团委的第二书记，尽管事情实际上早已定夺，而且沙哈林的名字早就被记在切勃塔廖夫的小绿本子上了。但中央毕竟是中央……

有一天，在庆祝建团日的时候，喜欢喝酒的盖甫西曼诺夫喝过了量，用《窄小的炉膛中火在燃烧》的曲子唱起了这样一段歌词（当时将大众喜爱的歌曲改头换面，填上别的歌词已成为一种时髦）：

窄小的炉膛中拉佐①在燃烧，
劈柴上的眼睛都流出了泪水……
窑洞中手风琴在对我吟唱
一首关于被暴晒致死的尸体……

包括爱喝酒的共青团第一书记佐托夫在内的所有人都笑了。这

① 拉佐（1894—1920），苏维埃政权早期西伯利亚和远东地区的领导人。

时，沙哈林看机会来了，便站起来，铿锵有力地说：

“我不明白，一个恶意嘲笑壮烈牺牲的革命英雄的人怎么能担当宣传鼓动部部长的职务?!”

这一来，大家一下子无言以对了。情况十分尴尬。这就好比一直玩得好好的，也处得不错的两个人，正相互友好地笑骂着脏话，随后其中一个人突然因为对方骂了自己的娘而恼羞成怒了。第一书记佐托夫的脸立刻沉了下来，他明白沙哈林的这一席话已经把一个本来无心的酒桌戏言变成了一个意识形态行为，所以不得不对此做出反应。但是，佐托夫该如何做出反应呢？如果他打算进入团中央的一个好位置，老盖甫西曼诺夫是他觊觎这一不易获得的职位的靠山，而老盖甫西曼诺夫的儿子，虽说是一个胡说八道的懒汉，毕竟将是区团委的第二书记。但不说，装着似乎什么事情都未曾发生，也不行：沙哈林是个很刻薄的人，还是个较真的人，弄不好，他会跑到切勃塔廖夫那儿说点什么，让他往小绿本子上记了下来。

风波最终还是平息了。在机关党总支的会议上大伙对盖甫西曼诺夫进行了委婉的批评，而对沙哈林，则酸溜溜地表扬了他在意识形态方面的警惕性，但过了一段时间，他便因违反机关的一条禁令而被逐出了区团委。禁令有三：

可以讲俏皮话，但不能损害公共事业！

醉后胡言只能限定在酒瓶见底之前！

办公室里的风流韵事不能影响家庭！

随着时间的流逝，奥列格·特鲁多维奇越来越深信一点，即所有这些禁令不仅对共青团适用，而且是做人的一项基本准则，并对所有劳动集体都是适用的。

沙哈林被任命为区青年业余活动中心的主任，后来他于1984年在中心开了莫斯科首家名叫“红区”的青年合营咖啡馆与迪斯科舞厅。如今，他已经有了自己的电视频道和干洗连锁店。佐托夫则在老盖甫西曼诺夫的帮助下最终晋升到了团中央。一次赴东德出差，当他向正在往接见大厅走来的艾利赫·昂纳克跑去的时候，一头撞在了一面玻璃墙上，把额头碰破了。这自然对他的仕途产生了影响。当然不是对昂纳克，而是对佐托夫。把昂纳克毁了的是另一面墙——柏林墙……后来，佐托夫彻底沉沦了，成了个酒鬼。1994年，当他正因喝醉了酒踉踉跄跄地在街上行走的时候，一辆林肯牌轿车急刹车在他身旁停下，车门打开，沙哈林从车上走了下来。

“还认得我吗?”他问。

“有点面熟……”佐托夫吓得牙齿直打战。

“很好，我终于见到了你！早就想给你敬个酒了。请上车吧！”

佐托夫钻进车里，满嘴的酒气污染了高级轿车里只能在上流社会闻到的馥郁芬芳。他们在一家豪华的超市附近停下，几分钟后，沙哈林的司机十分吃力地从商店里搬来一瓶足有十升重的威士忌酒，酒瓶如同一门大炮架在一个带轱辘的炮架上。

“为什么?”佐托夫不知所措了，他做梦也没想到能得到如此厚重的用来醒酒的礼物。

“什么叫为什么？要不是你，恐怕如今我还在用两条腿走路呢。”

林肯牌轿车疾驰而去，佐托夫犹如一位离开了阵地的炮手，拿着大炮状的酒瓶站在人行道上。这件事是维塔当面郑重其事地对巴士马科夫讲的。她父亲与沙哈林在工作上有联系，而且他们俩在塞浦路斯的别墅是紧挨着的。而小盖甫西曼诺夫不久前成了总统的文化顾问。

……卡拉科津为晚间聚会准备的压轴曲目通常是著名的《柑橘林》——弹唱诗人奥克耶莫夫的优秀歌曲。大伙用已有几分醉意的声音齐声附和，任凭纯真而浪漫的泪水流淌，吟唱着这支人们在停滞时期表达对自由热爱的颂歌。至今巴士马科夫一听到它，一种执着的怀旧思绪便会油然而生，一种麻酥酥的异样感立刻会在脊背上掠过。当捷达骑士闪烁着饱含泪水的目光，重重地弹出吉他最后一个和弦时，不仅女主人柳霞，包括尼娜·安德列耶芙娜在内的所有实验室女士都惊喜地望着他，听任那赞叹化作爱恋。

说实在的，巴士马科夫来“金牛星座”上班后便不由自主地被卡拉科津迷住了，几乎可以说是爱上了这个爱说俏皮话的吉他手。当然，这种爱不是那种超越友谊的……近年来，我们大家都已经变得神经质了，好像男人间不可能有那种正常的同志之情了！要不了多久，似乎旅馆里男人住的房间只能安排女性来住，否则，上帝保佑，同性的旅客间千万别出什么乱子哟！

但是，卡拉科津从一开始就对“中央来的同志”颇有鄙夷，甚至在喝酒唱歌的时候，也爱对这个新来的副主任大吆小喝：

“奥列格·特鲁特涅维奇[1]，你别光张嘴，得唱啊！这儿可不是你那儿的区团委！要不你是怕？”

有时，巴士马科夫觉得，人们似乎在怀疑他是克格勃的特务，“中央来的同志”可不是随便叫的。奥列格·特鲁多维奇当然不是什么情报员，虽然多库金准备接受他的时候，也曾要求他“留神着点”。

“现在人都变得卑鄙了，”米哈伊尔·斯捷潘诺维奇抱怨说，“这种话我只能在钓鱼的时候对可靠的人讲讲，否则他们在吸烟室不知会嚼些什么舌头！苏维埃政权是被善良害了的，这是我以一个共产党员的身份对共产党员说的话。是被善良害了呀。所以，凡事你就得多留神着点。”

巴士马科夫意味深长地点了点头，不过，他从来没有汇报过室里的任何情况，而多库金自个儿恐怕也只是出于维护纪律的考虑，对下属做个指示而已，早就把交代的事情忘得一干二净了。只是有时，当他在过道里遇见巴士马科夫，便把他叫到自己的办公室，用一种同乡的信任口气抱怨所里情况的复杂和上层人物所搞名堂的难测。

① 父称“特鲁多维奇”的一种变体，意为“困难”，以下各种变体各有其义。

“越是上层，越是钩心斗角！奥列格，我们是在比萨斜塔里过日子哟。这是我以一个共产党员的身份对共产党员说的话。我们很快就会像比萨斜塔那样倒下来。要不了多久喽！卡拉科津在室里怎么样？”

“没有什么特别的。和大家一样……”

捷达的确是个天不怕地不怕的男子汉：他把可怕的地下出版物带到办公室来，还公开传播英国广播公司播送的关于勃列日涅夫身体虚弱、被流放的科学院院士萨哈罗夫[①]继续宣布绝食的消息，据说是这位“没有自由的高尔基市民”拒绝接受香肠和肉类食品的票证。卡拉科津在讲述这些消息的时候，有时会面带讽刺，用一种挑战的神情望着巴士马科夫，有时甚至还会发问：

“奥列格·拉依科莫维奇，我的话不会让你惊慌失措吧？”

巴士马科夫有一次试图解释，嘟哝着说区团委的工作人员都是些正常、诚实的人，而不是害人精，尽管这样的人当然会有。卡拉科津只是以冷笑作答，还说勃列日涅夫决心了解普通市民的生活，所以乔装打扮，还剃去了眉毛，来到叶利谢耶夫食品店买鱼子酱。售货员给他拿出来一瓶比目鱼鱼子酱——还是进口的。“这瓶已经有人吃过了！”勃列日涅夫想了想后说。卡拉科津说话的时候，还把总书记的声音模仿得惟妙惟肖。在苏联，除了他的下巴，每一个人都得服从他。（后来，数十位舞台表演艺术家就因为出色模仿了令人难忘的酷似“女人乳房大咪咪”的下巴而出了名，还得了金奖。）

整个实验室的人哈哈大笑，而捷达骑士却用一种消息灵通者的鄙夷目光望了望巴士马科夫，还补充了一句以示宽容：

“奥列格·特鲁特乌斯特罗耶维奇[②]，我们相信你！敬请高枕无忧吧！”

① 苏联科学院院士，著名的核物理学家、持不同政见者。

② 意为“就业安置者”。

后来巴士马科夫被牵涉进一个很糟糕的事件中。他甚至一度成了真正意义上的被抛弃者。事情是这样的：卡拉科津带来一本已经被翻得卷了边的影印版长篇小说《第一圈》[①]。这本被禁止出版的作品只允许感兴趣者读一个晚上。只有乌比·万·可诺比是个例外——由于他工作较忙，还常常与R2D2发生冲突，所以对这本卷了边的禁品可拥有两天。清晨，读完作品的他来实验室上班时显得精神恍惚——也不知是因为一夜未眠，还是在艺术和道德上受到了震撼。

“怎么样？”卡拉科津严肃地问。

读完了作品的这位通常只是眨巴眨巴因为没有睡醒而发红的双眼。

“这就对啦！”捷达骑士解释说。

于是有那么一天，当实验室全体成员都在的时候（乌比·万·可诺比因为领导工作的需要，走进了他自己的办公室），发生了一件巴士马科夫早就预料到并已有思想准备的事情。但这时他正走神，静静地坐在自己的办公桌旁望着窗外的一只麻雀，那只麻雀站在被它啄出了一个凹坑的大面包头里休息，就像在一个岩洞里那样安闲。这一活生生的大自然画面使奥列格想起某个不可抗拒的人类生存法则。

“想看吗？”卡拉科津心怀鬼胎地问道，似乎是在提议上班时间喝酒，说完将厚厚的一个夹子递了过去，“明天给你看！”

大家兴致勃勃地观望着，想看看“中央来的同志”究竟会如何对待这个提议。巴士马科夫突然慌了神。问题是他早在区团委工作的时候就读过这本《第一圈》：盖甫西曼诺夫经常把这种书带到单位来。这种情况被他称作“了解政敌的武器”。

“是一个浑蛋在澡堂里把这本书给我看的。”强有力的党魁之子

① 作家索尔仁尼琴的作品。

通常会这样说。

斯拉宾逊把长篇小说复印了两本——自己留了一本，还给了巴士马科夫一本。上了年纪的鲍里斯·伊萨科维奇爱上了装订书皮的活，用大红漆布为影印本做了个封皮。于是巴士马科夫把索尔仁尼琴的书放在书架上海明威与叶甫图申科的书之间。的确，为了以防万一，书脊上没写书名。

冷场的局面还在继续，奥列格·特鲁多维奇发现了研究人员怀疑的目光，甚至连尼娜·安德列耶芙娜（当时两人已经相互有了好感）的脸上也露出了惊讶而委屈的神情。此时如果他说已经读过了，便意味着：即使不是承认自己胆小怕事，也是已经偷偷干过违法的事了。

“好吧！”

“卢比扬卡[①]可是每天二十四小时都会抓人的！”卡拉科津提醒道。

“好像就你明白。”巴士马科夫反唇相讥。

当奥列格把书放进自己皮包里的时候，又看了一眼那个面包头，麻雀已经不在那里了——一只满身污秽、肥肥的珠母色鸽子正在啄食。

“怎么样？”第二天，卡拉科津又当着大伙的面问道。

“一本非常及时的书！”[②]巴士马科夫回答说，“只是有一点我不明白：为什么非得把国家的秘密公之于世呢？”

“你这是说给我们听的，还是说给少校同志听的？”捷达骑士用眼睛扫了一下屋子，神秘兮兮地说，意思是实验室里很可能装有窃听装置。

“是说给你们听的。”

---

① 苏联克格勃总部所在地。

② 这是引用列宁评价高尔基小说《母亲》的话。

“我们深感震惊！你看过《古拉格群岛》[1]没有？”

“何止看过……”巴士马科夫含含糊糊地回答道，他曾在“美国之音”电台听过此书的几章。

“怎么样？”

“还可以。只是书中谈原子弹干什么？”

“奥列格·图戈杜梅奇，你是真的不明白？”

“不明白。”

“一个制造了古拉格的国家是没有权利拥有原子弹的！你懂吗，没——有——权利！”

“也许你说得对。但为什么依诺肯基[2]——他在小说中叫什么来着？——偏偏要向美国人透露这个消息？他们美国人与我们不同，已经投过原子弹了。”

这时出现了令人难堪的冷场，大家向巴士马科夫投去了惊讶的目光，仿佛他是穿着芭蕾舞裙和芭蕾舞鞋来上班似的。巴特尔金用唱歌剧的声音咳嗽了一声。

“是在广岛吗？”卡拉科津表示同情地解释说。

“投在长崎！”巴士马科夫十分严肃地，甚至怨气十足地补充说。

大伙一下子笑了起来。不知为什么，尼娜·安德列耶芙娜笑得比谁都响，还更显得委屈。

“奥列格·图兰多维奇，”捷达骑士严厉且毋庸置疑地说，“如果你连这么简单的事情都不明白，那我们就没什么好谈的了！”

“你的意思是……”巴士马科夫开始反驳说。

他打算问卡拉科津是否准备像索尔仁尼琴笔下的依诺肯基一样，向地缘政治的敌人透露“金牛星座”研制的各种秘密，却卡了壳，心中想：这样的问题千万不能提……但是所有人都已听明白他未提出的问题的意思——于是笑声一下子消失了。

---

① 作家索尔仁尼琴被禁的作品，标题意为“劳改集中营”。
②《古拉格群岛》中的主人公。

“算啦，争论到此结束！”乌比·万·可诺比命令道，而且还不安而惊讶地望了他的副手一眼。

的确，大伙已有很长时间没与他说话了，只要他突然走进办公室，像兵营里出现一个军官，就会有人轻声提醒道：“中央来的同志。”大家便立刻就不说话。或者话题马上转到另一个十分正式、常常带奚落性的毫无意义的问题上来。

“巴特尔金同志，您认为 FTO-3683/3 滤波器的质量怎么样？”

“怎么对您说呢，FTO-3683/3 滤波器根本无法同 FTO-3683/2 滤波器相比。”

不过，有一次楚巴卡悄悄走到奥列格·特鲁多维奇跟前，说他完全赞同其对依诺肯基卑鄙行为的看法：

“国家的秘密——这是神圣不可侵犯的！但卡拉科津……是的，其实你自己心里清楚得很。我简直觉得奇怪，这样的人怎么还能让他待在这儿……”

大伙都知道，巴特尔金不喜欢捷达，特别是在两人发生了一场非常尖锐的冲突之后。楚巴卡常说胆囊有毛病，有时在实验室的晚间聚会上会拒绝饮酒。有一次，卡拉科津顺便提起，说他有一瓶功效神奇的水，一位气功大师对它施了功法，这位大师甚至被邀请到各处去为患者治病。巴特尔金缠着他说：倒点出来看看，倒点出来看看！捷达倒了点，但严厉地警告说：必须每个小时服用一次，每次往一杯水中倒的量不能超过五滴——药的功效很强。尼娜·安德列耶芙娜也想为自己患病的丈夫要一些，但遭到了断然拒绝。

楚巴卡有一根专门的吸管，他每小时往杯子里揿上几滴喝下去。一星期后，他还真的感觉好了些。这时，卡拉科津若有所思地说，这个事实证实了他很久以前的一个假设。

“什么假设？”巴特尔金追问道。

“你明白吗，”卡拉科津解释说，拼命克制着自己，竭力在脸上装出一种严肃的表情，“我认为，尿液经过滤和蒸馏后在原子状态下具有药用效果，并可作为一种尿液治疗……”

“你——！”楚巴卡用他那漂亮的男低音喊道，两只手捂住了嘴巴，飞快地从屋子里跑了出去。

大伙笑得前仰后合。原来，捷达给巴特尔金用的是从隔壁实验室里弄来的经蒸馏后的水：这水是从一个专门设备里提取了可供人呼吸的氧气后剩下的尿液。这一研究揭示了一个封闭的链式反应，对从事长时间飞行的宇航员来说，是一个非常重要的发现。楚巴卡后来专门写了控诉报告，乌比·万·可诺比要求卡拉科津当面向受害者赔礼道歉，巴特尔金最终还是咽下了这口怨气。

尼娜·安德列耶芙娜真心同情巴士马科夫，有一天当两个人单独在屋子里的时候，她抓住他的手，请求他说：

“你听我说，你最好还是在大伙面前认个错吧！”

“为什么？”

“你还没明白吗？”

“没有，我不明白。”

“你好好想想吧！等你想明白了告诉我。”她叹了口气，语气中流露出一种无可奈何，那是一个已经爱上一再犯错的男人的女性独有的。

后来，不知怎的，两人的关系渐渐热乎起来。事情是这样开始的。有一天，多库金在过道里遇见了奥列格，把他叫到了自己的办公室，说：

“你听说关于切勃塔廖夫的消息了吗？”

巴士马科夫意味深长地点了点头，意思是，关于红色无产阶级区党的领导人连同他的那个著名绿色小本本一起被上调到苏共党中央的重要岗位上去的消息他已经知晓。

“星期一开全体会议。要欢送他……”

“他是到中央组织部吗？”

“是的。也许，他会想起我的！你说呢？”

“肯定会记得的。”

“如果他还能保持他那很好的性格。上面，”多库金用一个手指头指了指天花板说，“不喜欢直来直去的人。这是我以一个共产党员的身份对共产党员说的话……你喜欢看书吗？”

“怎么？”巴士马科夫警惕地问，一下子凉了半截，心想，实验室里道德精神状况非常紧张的情况难道已经被领导知道了。

“没什么。召开全室会议前正好有一个图书销售展。只针对内部人员。我可以给你一张入场券。”

“如果可以的话。”

“给。”多库金往桌子上抖出十张粉红色的长方形入场券，上面有带国徽的圆形图章及某个负责人的花哨签名，“好吧，给你两张。反正多了也没用?!”

其中一张巴士马科夫给了酷爱图书的卡拉科津，他一到节假日就喜欢去铁匠桥挤在知识投机商人中买书。有时捷达与也是个爱书人的乌比·万·可诺比会一起开着他那辆破旧的胜利牌轿车跑遍乡村书店寻找珍稀版本图书。

“您想想，有时我驱车来到布罗尼察，那儿居然放着整整一个书架的《大众哲学》！真是些不识货的人……”

起初，捷达对送给他的这张粉红色的长方形入场券还抱有警惕：

“你想让我上当吗？”

“你爱怎么想就怎么想。你不要我给可诺比！”

“好吧。只要能搞到好书，哪怕进盖世太保我也不怕，我甚至敢去缪勒①举办的展销会。拿来吧！”

他用一种鄙弃的目光看了看盖有区委印章的长方形入场券，对苏联国徽那难看的图形嘟哝了几句后便把它放进了口袋。

“怎么样？”巴士马科夫在展销会后的第二天问。

① 即海因里希·缪勒（1900—1945），曾任盖世太保负责人。

“让人扫兴！我现在可知道了，所有好书都到哪儿去了！我买了二百卢布的书。那些浑蛋想方设法坑害老百姓！谢谢了。奥列格，将来共产党要是杀你，我来掩护你！”

巴士马科夫终于与室里的人和好了，他真正的成功在于组织了一次弹唱诗人奥克耶莫夫的音乐会。奥列格从工会弄到一笔钱，在斯拉宾逊的帮助下组织了这次活动。斯拉宾逊与一位著名吉他手都有收集古董的爱好，所以关系很好。音乐会结束时，多库金向那位声音柔和的弹唱诗人颁发了一个很大的宇航站模型，这时卡拉科津拿着那把“公家的”吉他走上舞台，并请求允许他演唱那支名叫《柑橘林》的歌。这支歌不知为什么没有被作者列入音乐会的节目单中。

“我事先说过：这台音乐会不允许业余演员登台！”党委书记沃罗布耶夫低声嘟哝说，他怕出事。

“不用担心，不会出事的！”巴士马科夫安慰道。

音乐会不仅没出事，而且还开得非常成功！连卡拉科津自己都未曾料到，全场的听众会随他一起唱，奥克耶莫夫激动得热泪盈眶。

柑橘林洒落上了晚间的露珠儿，
你黑黑的发辫上落下了灰白色的飞蛾儿。
绿色的有轨电车在河对岸发出叮当的响声儿，
将明月抚摸的是你温暖的小手儿……

在全场的欢呼声中，卡拉科津又演唱了几首歌曲。音乐会结束时，著名的弹唱歌手将他抱住，热烈地吻了他，还在他的“公家的”吉他上用水彩笔签上了他的名字。多库金非常满意，他拍了拍因激动异常而脸色发白的卡拉科津的肩膀夸奖说：

“我们不仅仅会制造火箭！瞧瞧我们的同志们！真是好样的！”

“这不是我，这全是奥列格·特鲁多维奇安排的！”捷达不好意思地挥了挥手说，第一次用不走样的父名称呼巴士马科夫。

“我们会记住的，而且还要表扬的！”党委书记沃罗布耶夫点了点头说。

就这样，巴士马科夫成了大伙的自己人。但最重要的是，他渐渐进入了工作状态，调整了思维方式，从忙忙碌碌的行政事务工作转到科研工作上来了，研发出了一种可应对供氧不足、提高宇航站氧气罐氧含量的独特方法。

连轻易不表扬人的乌比·万·可诺比在听完了奥列格·特鲁多维奇的汇报并对数据进行了检测后也点头赞扬说：

“怎么琢磨出来的？真叫绝了！”

但重要的是：巴士马科夫此后再也没与大家发生过争执。一开始，他只是光听不发表意见，后来学会了开玩笑，最后自己能真诚地批评那些对社会主义胡说八道、光知道捣乱的共产党员了。他有时甚至认为，他之所以被调出区团委并不是因为鱼子酱事件，而恰恰是由于他思想非常成熟。

捷达终于把巴士马科夫当作自己人了，甚至提出要与他一起戏弄楚巴卡。他们向他透露了一个十分秘密的消息（假称是区委打电话来告诉的），说是安德罗波夫[①]死了，但要两天后才正式公布这一消息。巴特尔金俨然成了个人物，到处宣扬，结果落了个谣言传播者的下场，因为当时安德罗波夫还活着，两个月后才去世……

尼娜·安德列耶芙娜在与巴士马科夫第一次亲热后曾悄悄温柔地对他说：

“我告诉你吧，从一开始我就不信你是个告密的人！”

“为什么？”

“我也说不清楚，你的那双眼睛多么善良，简直像个毛茸茸的小兽兽……”

---

① 即尤里·安德罗波夫（1914—1984），曾任苏共党的总书记。

尼娜·安德列耶芙娜通常——根据两人性接触的密切程度——把自己喜爱的雄性宠物叫作“小兽”“小兽兽”或者“兽儿”，有时干脆就这么称呼巴士马科夫。在文艺学中，这种称谓叫作“借代”。说实在的，对不对该问问卡嘉才是……

九

艾斯凯帕尔把结婚证书拿在两只手里转了转，想了想后又放回卡嘉的那堆证件里。她最终未必会坚持反对离婚。他不会对住房和其他东西提出任何要求。达士卡已经长大——她自己也快当妈妈了。再说了，奥列格·特鲁多维奇有过承诺，为了能离婚，他任何事情都不会去做的。他将与维塔躺在温暖的海边沙滩上自己的爱窝里，律师会把一切都安排好的。

巴士马科夫端来一把椅子，从柜子里取出已经磨损而且有些地方已经开裂的“公家的”吉他。奥克耶莫夫的亲笔签名已经蒙上了一层厚厚的黑色污垢。两根断了的琴弦卷曲着，如同动画片中黑猫警长的胡须。卡拉科津曾在巴士马科夫的协助下，用这把吉他伴奏演唱过专门为他创作的歌曲。他走上台宣布说：

“此歌献给奥列格·特里乌姆伏维奇[①]。”

曲子写得很粗糙，歌词早忘了，只有副歌还记得：

他突然作为人人防范的宿敌
从区团委来到我们这里，

---

① 父称“特鲁多维奇”的变体，意为“凯旋”“辉煌”。

> 却又突然成了一个
> 工程科学的副博士。

已经有了醉意的客人们齐声附和，和着节拍用刀叉、汤匙敲击着桌子：

> 却又突然成了一个
> 工程科学的副博士。

尼娜·安德列耶芙娜在他的答辩会上第一次见到了卡嘉。

不过，答辩会上没有任何激动人心的场面，它更像一个扩大的生产业务会，只是会后在丁香咖啡厅举办了一个热闹的宴会。多库金第一个致祝酒词。他热烈而真诚地祝贺奥列格取得学位，祝贺苏联科学界又增添了一位前途无量的学者。其他祝酒词都是类似的内容，人们说，有了副博士学位的他现在应该向博士学位进军了！当然，席间人们窃窃的私语中还流露出这样的看法：若不是多库金的严格把关，两个平庸的学位申请者也会被接受答辩，他们只会提供凌乱的材料与存档的文献。奇怪的是，他是全票通过，居然连一个人都没投否决票。不过，当时——在“一窝蜂”的形势下——多少人都轻而易举地通过了答辩，甚至连那些换了一种形势永远也不可能成为“成熟学者”的人也不在话下。楚巴卡就是一个例子。

党委书记沃罗布耶夫是个鞋跟高高、头发蓬松浓密的男子，他的十五分钟的祝酒词讲述了天才的社会活动组织者巴士马科夫为科研生产联合体“斯塔尔特”党组织生活所做出的重大贡献。只有风流多情的乌比·万·可诺比在祝酒词中为刚刚获得学位的副博士妻子表示了祝贺，说丈夫与妻子不仅是两个患难与共者，还是两个相携相帮的合作者，一个团结统一的科研小组。

庆祝活动要结束时，身着宽大黑色连衣裙的尼娜·安德列耶芙娜不无醉意地来到了他们两人跟前，那副装束打扮活像阿拉·普加乔娃[1]。她说：

“奥列格·特鲁多维奇，请把我介绍给您的合作者！”

“这是尼娜·安德列耶芙娜·契尔涅茨卡娅。我们实验室所有男同胞都爱上了她……”

“也包括你在内吗？”卡嘉问，显然，被各种恭维弄得晕头转向的她丧失了任何警惕。

“那还用说吗！”巴士马科夫为了使自己免遭怀疑，拥抱并吻了情人的脸颊。

“您有一个非常出色的丈夫，”尼娜·安德列耶芙娜挣脱了拥抱，高声说道，“他也许还是一个非常顾家的男人，他是不是什么家务都会做，而且还会浇花？”

“什么花？我们家可没花……”卡嘉惊奇地问。

“你们的生活中怎么能没有花呢？这样生活会显得很枯燥的！”

契尔涅茨卡娅用一种怀疑的目光宽容地看了一眼巴士马科夫，仿佛他曾对她撒过弥天大谎，而现在谎言已被揭穿。

“好奇怪的一个女人。”卡嘉的话音中表示了怀疑，她发现尼娜·安德列耶芙娜正与老式打扮的乌比·万·可诺比疯狂地跳着一种近乎杂技的探戈。

这时，摇摇晃晃的多库金在桌子旁探出身子，向卡嘉发出了共舞的邀请。

“巴士马科夫，您的妻子简直是块甜甜的蜜饯。蜜——饯啊！这是我以一个共产党员的身份对共产党员说的话！”他一边小声嘟哝着，一边向外面走去，还吻了工程学副博士的眼睛。

晚会结束的时候，尼娜·安德列耶芙娜开始哈哈大笑，笑声异常响亮，高尚的捷达骑士不得不用他的胜利牌轿车把她送回家。

---

① 阿拉·普加乔娃（1949— ），俄罗斯当代著名的流行女歌星。

一级技师尼娜·安德列耶芙娜·契尔涅茨卡娅是个长着一头栗色头发的女子，嘴巴虽显忧郁，却甚是性感，巴士马科夫在到“金牛星座”上班的第一天就爱上了她。她已经三十岁了，但看上去，如她自己开玩笑所说，只有二十九岁。尼娜·安德列耶芙娜曾在位于特列季亚科夫画廊附近的艺术学校上过学，想当一名建筑学家，但高考的升学考试没考好，绘画专业得了个两分。当她来到招生委员会想讨个说法时，绘画教研室的教授摇晃着绘图纸，用手指头戳着上面画着的阿波罗头像问：

“您画的这是石膏像吗？”

“是石膏像……”女考生嗫嚅着。

“亲爱的，这是——生铁！”

尼娜与生铁整整奋斗了一年，参加过培训班，还接受过一位大胡子画家的单独辅导，那是位著名的掘土机画派的发起人。他描绘的类似葡萄串的人眼的静物画最先落在了履带轮下，并因此让作者扬了名。这位艺术家从不脱去他那顶黑色的贝雷帽，甚至在洗淋浴的时候也不例外。他夸奖了年轻女学生的画作并保证她能考上建筑系，还把那些严厉的考官叫作“小朋友”和“小学生”。他在解释非实物画原型意义的时候，轻而易举地夺去了这个女生的童贞。有一段时间，尼娜离开了家，成了他的女友和模特，张大嘴巴聆听着聚集在他画室里的那些漂泊浪迹的艺术家的高谈阔论，他们常用的最恶毒的骂人字眼是“现实主义”和“格拉祖诺夫”①。

一年后，正好在第二年高考前夕，他突然厌倦了她。先生想把她像个接力棒似的转交给艺术基金会的一位领导，他负责向各企业和机关出售艺术作品。作为回报，此人答应为一个很有钱的国营农庄的文化宫以很便宜的价格订购一幅大尺寸的镶嵌壁画《罗斯的集体农庄》。导师做了精心的安排，让尼娜与那个基金会的活动家单独

① 即伊利亚·格拉祖诺夫（1930—2017），画家，教授，苏联人民艺术家。

留在他的画室里，但契尔涅茨卡娅将绷画布的木框狠狠砸到了那个负责的艺术学家的脑门上。掘土机派画展的发起人把尼娜轰出画室的时候喊道，她永远休想摆脱作画的生铁水平，对她来说最好的出路——忘掉建筑学，鉴于她陈腐的性观念，今后最好离艺术工作者远一点。

契尔涅茨卡娅极为沮丧，把自己所有的画作付之一炬，一年后考上了化工学院，那所学院的院长是他父亲的朋友。上大学时，在建筑劳动队参加劳动的时候她认识了一个谦虚的小伙，他与她同一个年级，但不在一个班上学习，他从不参加大学生们喧闹而又毫无意义的篝火论争，这种论争根本不是为了弄清真理，而只是比谁的嗓门大而已。当话题转到艺术问题时，比如塔可夫斯基[①]，他便会一声不响地站起来走开。

小伙爱尼娜就像爱杂志封面上的国外明星——凯瑟琳·德纳芙或是罗密·施奈德[②]——一样，激动而无望。她却感觉有趣，对他谈不上喜欢。但是有一天，她突然心血来潮，想创造一个奇迹——当一回卡特琳·基尼奥夫，从杂志的封面上下来，走进不爱说话、质朴而平庸的小伙的怀中。然而，她认作谦虚的品质原来只是一种心灵的封闭：男人自以为是天才，正在模仿卡夫卡写小说。所有这些巴士马科夫都是听尼娜亲口说的，两人关于生活有过长久而颇为深奥的交谈，心细的女人通常都试图通过这些交谈使仅限于一抽一送的单调交媾动作变得丰富崇高起来。

从早先与那些漂泊浪迹的艺人相处开始，契尔涅茨卡娅在穿着上就保持着一种艺术人的风格，衣服宽大而独出心裁，她戴的坠子、手镯、耳环颇为独特，都是由首饰匠定做的，有银质的，有皮质的，甚至还有木质的。她是在十月地铁站的艺术沙龙里订购的。但尼娜·安德列耶芙娜的生活方式却与漂泊浪迹的艺人迥然不同——她

① 即阿尔谢尼·塔可夫斯基（1907—1989），苏联时代的诗人。
② 罗密·施奈德（1938—1982），奥地利演员，因出演《茜茜公主》三部曲而闻名。

总是急匆匆地到托儿所去接儿子罗玛，老喜欢听人谈有关非传统的治病方法：她丈夫在一个工厂的报纸编辑部工作，打字常常要打到深夜，留下一大堆烟蒂，患有好几种很少见的慢性病。

奥列格·特鲁多维奇在《科学与生活》杂志上读到有关布特依科[①]气功疗法的报道，建议尼娜·安德列耶芙娜试试，这样两人便开始接近。春天的时候，尼娜·安德列耶芙娜丈夫的哮喘病发作差点送了命，用了这个方法后才侥幸活下来，所以她第一次向巴士马科夫露出了笑容并表示感谢，笑容中除了谢意还有女性的好感。每次在柳霞家中举办庆祝活动时，巴士马科夫总想与契尔涅茨卡娅试探性地套套近乎，亲切地聊聊，但她只是冷冷地看看他，发出让人难堪的哈哈笑声，表现出一副凛然不受诱惑的忠实妻子的样子。

直到两人认识后的第二年，大家搞了一次庆祝三八妇女节的晚间聚会，大伙非常高兴，乌比·万·可诺比接连做了三次拿手的倒立表演，这时她突然允许巴士马科夫送她回家。上了地铁后，尼娜突然想起，她应该到已经出差的女友的住房那儿去一下，去帮她浇浇花。两人的亲热在过道里就开始了，狂野而多彩。当时唯一没有做的也许就是浇花。后来在她家附近的车站上，两人久久地亲吻，恋恋不舍地离去。到了第二天，巴士马科夫依然激荡在尚未被满足的情欲中，不由自主地来到尼娜·安德列耶芙娜的家中，但她却只是疑惑地望了望他，一副冷若冰霜的女皇模样，仿佛受到了突然被叫来探视的宫廷御医的搅扰。

有两个月的时间，契尔涅茨卡娅的行为举止给人的印象是，两人间什么事情都没有发生过，根本不可能发生什么事情。巴士马科夫开始以为，他不过是女人一次乖戾行为的牺牲品而已。但在一次5月的晚间聚会上，尼娜·安德列耶芙娜在谈论塔甘卡剧院的演出水平在退步时，突然在桌子下面碰了一下巴士马科夫的膝盖。后来，

① 乌克兰气功疗法的创始人。

塔甘卡剧院狂热的崇拜者卡拉科津气急败坏地起来反驳，他的意见还得到了柳霞的热烈支持。她在听他们说话时对巴士马科夫咬着耳朵轻轻地说，她今天还准备到女友那儿去浇花。

浇花的机会很少，而通常又都要赶上节假日的晚间聚会。有一次，两个情人因工作上的事情耽误了，很晚还没走。他们索性把实验室的门反锁上，亲吻了好大一阵子，巴士马科夫花了很长时间才终于说服了她，他把办公用品推到一边，干脆就在宽大的副主任办公桌上占有了她。第二天，契尔涅茨卡娅把目光从办公桌移开，红着脸，尽量不朝那足有两个普通办公桌大的做爱的床铺上看。此后她再也没让巴士马科夫在实验室里做过那种事。

但是，不久，她的丈夫做检查住了院，儿子罗玛也去了少先队夏令营。足足有一星期的时间，他们俩每天晚上都浇花。巴士马科夫不得不对卡嘉撒谎说要在实验室里做实验。妻子不干了，说没想到科研单位的作息时间原来与区团委一样不正常，这样会影响家庭生活。最后，奥列格·特鲁多维奇由于纵欲过度而满脸憔悴。

能不憔悴吗！巴士马科夫到了这个“炽热的”周末感到自己已经彻底被掏空了，尼娜·安德列耶芙娜也成了半条命。在经历女性的高潮时，她通常会大声地哭喊，有时甚至会失去知觉，对于这一点，她在两人发生关系的一开始就对情夫讲过。到了丈夫出院前的最后一天，他们俩决定躺在被窝里好好休息。当然，结果还是没能休息成……

“小兽兽，你知道我现在想干什么吗？”她问道。她在他的上方俯下身子，柔情脉脉地抚摸着巴士马科夫多毛的胸膛。

“干什么？”

“我想与你生个孩子！”

“只是生个孩子？”

“不，我还想与你结婚。你好好想想！”

“我想想……”

“我们俩在一起一定会很幸福！连星相都能证明这一点……”

“什么意思？”

“你是——金牛星座。你知道，金牛星座的最佳搭档是什么吗？”

“是什么？”

“是处女座！我就是，你好傻哟！你将来能对罗玛好吗？你知道吗，每次我从你这里回家，他都能察觉。甚至还会吃醋发脾气……”

“你说的这都是真的吗？”

“那你希望这一切，”她指了指自己已经冷却下来的黑茸茸的下身说，“都是真的吗？”

“那你丈夫怎么办？”巴士马科夫不由得叫了一声，他的脸上表现出对可能发生却又无法预料的前景的恐惧，那神情愚蠢而真切。

“害怕了吗？”尼娜·安德列耶芙娜笑起来，“不用担心——丈夫就要出院了。他现在已经好多了。他现在有了新的罗曼[1]……不过是由短篇小说构成的。”

奥列格·特鲁多维奇与情妇幽会完回家后，通常会装出一脸公务缠身的沉重表情，以便掩饰肉体欢乐后的疲惫和春风吹拂于心的幸福。当他躺进爱窝的时候，总会表现出对妻子应有的性趣，而通常这几乎不会得到她的回应，充其量他只能听到这样的问话：

“累坏了吧！”

“嗯。”

“我也累得跟个狗似的。图涅雅特奇，今天算了吧……我明天还有全市的统测。”

“卡季[2]，你是什么星座的？”

“管它什么星座呢！”

卡嘉在学校当老师的这些年里，身材依然像个姑娘似的苗条，

---

① 双关语，兼有“长篇小说”和“风流韵事”两个意思。

② 卡嘉的爱称。

她已经有了一种美妇人的仪态——犹若军人那样轻快的步履、犹若指挥官那样略带愠色的声音、职业女性那样不无责备意味的目光，甚至连总得二分的小捣蛋鬼看到后也不能不因为受到感动而流下悔过之泪。起初几年，她上完课后总要脱下那件教师工作服，挂在教员休息室的一个钉子上，然后才回家，心中感到忐忑不安，孤苦无助，夜里一想起巴士马科夫每次做下的荒唐事便想哭。随着时间的流逝，教师工作服已不再离身，也破旧了。

婚后的最初几年，他与卡嘉的日子还可谓甜甜如蜜，万事如意。两人还常常开点这样的玩笑：疲惫但尚未尽兴的卡嘉会若有所思地问：

“哎，还有人想要女教师的身子吗？”

“我还想要！”巴士马科夫郑重宣告：经历了多年对“半拉子男人”的恐惧后如今他对自己的来者不拒自豪至极。

“我们如何才能唤醒沉睡的王子呢？”

“就像唤醒沉睡的公主那样啊！”

于是，被唤醒的王子一次次地创造着奇迹，熟稔的、几乎是千篇一律的动作突然迸发出的痉挛带来了极度的狂喜。慢慢地，狂喜化作习惯性的愉悦，渐渐地，躺在身边的女教师的肉身最多也只能引起他漠然的柔情。

只是随着尼娜·安德列耶芙娜的出现，那狂喜才又复归了。巴士马科夫越来越经常地将卡嘉与情人作比较，应该说，在这种比较中，妻子不占上风。当卡嘉因区区小事——一次未洗的餐具或是达士卡的淘气——与他发生龃龉时，奥列格·特鲁多维奇会坐在电视机前，遐想联翩：有朝一日，他会当着号啕大哭的卡嘉的面收拾好东西到尼娜·安德列耶芙娜家去，按下门铃，而她则会扑上来搂住他的脖颈喊：

“小兽兽！”

不知为什么，在这些联翩的遐想中，她的丈夫通常竟告阙如。

在那次令人难忘的关于孩子的谈话之后又过了两个月，尼娜·安德列耶芙娜病倒了，有四天没来上班，之后来上班的时候消瘦了许多，脸色苍白，巴士马科夫午饭休息时把她带到光荣榜附近的一个亭子里，问道：

“出什么事了？”

“没什么了不起的。丈夫不想要两个孩子。”

“那你呢？……”巴士马科夫慌了神。

“不，应该说的是——你呢！”她气愤地回答说。

这次谈话后他们有半年的时间没去浇花。实验室里的同事们对两人这半年的怄气当然看在眼里。乌比·万·可诺比甚至把巴士马科夫叫到自己的办公室，等了片刻后说：

“奥列格·特鲁多维奇，您对尼娜·安德列耶芙娜还是要再亲切些。她丈夫毕竟是个病人……”

再后来，一切又恢复了原样，虽然不全像当初。尼娜·安德列耶芙娜偎依在巴士马科夫的怀中哭着，答应等他做出最后的决定，直至生命的结束。而他甚至感到懊恼，因为卡嘉再也不赶他出门了。若是那样，事情就简单得多了。若是那样，那第二次的逃离早就成功了，肯定不会再有什么维塔的事了。

若是有那么多的如果……

十

艾斯凯帕尔走到了书架跟前，那些书架就像棋盘上的棋子那样散嵌在一面墙上。这是妻子的主意：这样安排可获得更多的空间，可以多放一些相册、陶瓷制品、小礼品和其他各种装饰品。其中有两个格放着卡嘉的美术陶瓷。很早以前，在她带领班上的同学去格吉尔旅游之后就开始收集这些青蓝色的陶人、花瓶、花结。学校里，大家很快便知道了她的这一爱好——于是她的同事们，特别是她的父母，知道她做事情认真严肃，便开始在节假日完全真诚地为她的珍藏做出自己的贡献。坏小子瓦季姆·谢苗诺维奇向卡嘉赠送了自己的一颗被金色的箭射穿的青蓝色的心。在她任教十五周年的纪念日，大家赠给她一只足有三升容积的瓶子那么大的瓷茶炊，上面还顶着一个冲泡茶卤的自制茶壶，还配上了一个茶盘和六只瓷茶碗，每只碗里还放了一把小小的金色茶匙。不久前，在结婚二十周年的时候，巴士马科夫考虑到妻子的职业性爱好，送了卡嘉一幅《叶甫根尼·奥涅金》的瓷插画，名字叫《受伤的连斯基》：一个长着络腮胡子的年轻男子半躺在佛青色的雪地上，忧伤地望着从他手中落下的转轮手枪。

“亏他们想得出来，”卡嘉满怀感激地接受了礼物，轻声地说道，“奥涅金可是一枪就把连斯基打死了！”

起初，巴士马科夫什么书都不想带到塞浦路斯去，后来好像是为了留个纪念，决定把那本一度被禁的长篇小说《第一圈》带上。这本书脊上没有写书名的书如今被突出地放在为纪念索尔仁尼琴回国而出版的多部头全集当中。奥列格·特鲁多维奇同时还把维索茨基地下出版的歌曲集从书架上拿了下来。

这本作者自己出版的歌本之所以能够问世，还得感谢坚定的独身主义者卡拉科津的婚礼，后者曾信誓旦旦地说过他永远都不结婚，因为已经与高山滑雪结了缘。捷达甚至在铁匠桥把他从农村书店弄来的珍品书给倒卖了，还在新居工地揽了点装修门的零活，为的是攒点钱能经常去多姆巴依滑雪。他从那儿回来的时候总是被晒得黑黑的，精神饱满，还在男人圈里讲述他每次是如何赢得苏维埃党组织一位高官的妻子或女儿的心。他似乎以这种手段来报复苏维埃政权。所有这些养尊处优的大人物在高山上滑雪是寸步难行，所以很容易就拜倒在滑雪高手捷达的门下。

不过，卡拉科津不是个好色之徒，尽管柳霞对实验室的电话里常常出现各种各样来找他的女人的声音颇为不满。他当然同意见面，但会摆出一副乡村医生的姿态，似乎为了履行职责不得不冒着暴风雪远行二十俄里给女患者出诊。要是他手中正有要紧的工作，象棋比赛或是有人给了他一本地下出版的书要他在夜里读完，捷达便会委婉地拒绝，说正忙或者干脆说心情不好。

这时，她——年轻的女研究人员奥列霞——出现了，她是大学毕业后被分配到"金牛星座"的。来所里的第一天，按照老习惯，姑娘便被起了个电影《星球大战》中人物的绰号——"列雅公主"。当她走进乌比·万·可诺比的办公室，意乱神迷的他竟在那副用来看书的老花镜上面又加了一副远视镜。

奥列霞还真有点像公主，特别是她那轻盈得近乎高傲的步履。只有那些小女孩才会这么走路，那是奶奶外婆们在她们放学后真诚而执拗地拽着她们到艺术体操班上课的结果。奶奶外婆们把孩子们拽来后，会坐在大厅里，把毛皮大衣放在膝盖上，思绪在脑海中飞舞，想象着她们的心肝宝贝如何在国际大赛上颤动着的弯曲彩带间轻快地起舞，在《索尔维格之歌》的结束音乐中落地，身子像一朵花蕾似的闭合，然后，在数万观众的欢呼喝彩声中、在评委们惊喜万分地亮出记分牌而流下激动的泪水中，又面带微笑地展开。

公主的发型有点像男孩子的，蓝蓝的眼睛如清晨的大海那么温柔，嘴唇显得任性而狡黠。当颀长苗条的她穿着犹若潜水服那样令曲线毕现的上衣和真正的美国牛仔裤在“金牛星座”的走廊上路过时，男人们都像遇到了风向急剧改变时的风向标似的把头转了过去。

巴士马科夫一开始怎么也想不起她到底像谁，后来有一天，当他见到姿态高雅、疾步如飞的她在走廊上行走的时候，才想起来：奥列霞像海的少女，一尊矗立在急速飞驰的多桅帆船船头的女神雕塑。

对公主的形象最后还要补充的是，她睿智、刻薄，而又冷若冰霜，如一顶罩在防弹玻璃罩里的沙皇皇冠。

“小兽兽，你坦白，”尼娜·安德列耶芙娜有一次问他，“你是不是喜欢公主？”

“你怎么想起一出是一出呢？”

“你又开始熨裤子了！”

“咳，你知道，除了你我谁也不需要……”

“连妻子也不？”

“你答应过从今以后再也不提她！”

“对不起，我可没答应过你不想啊……”

说心里话，巴士马科夫确实喜欢公主。这有什么可说的呢，连乌比·万·可诺比那颗白发苍苍的脑袋都神魂颠倒了！现在每次晚间聚会他都会参加，而且不用等别人请，他就会主动表演两手倒立。他不停地请姑娘到办公室去，向她讲述自己如何在友谊赛中赢了奥林匹克网球赛获奖者，给她整书包整书包地带自己著名的书籍收藏，此前他是连借出门都是不允许的，因为还给他的书常常不是边卷页翘，就是落满了油渍麻花的指印。列雅对这个上了年纪的男人献上的殷勤流露出得意的欣喜，又夹杂着尊敬与嘲弄。

卡拉科津也变得让人难以置信了：他再也不去滑雪营地了。他知道公主崇拜大剧院，而在剧院又有因购书而结识的关系，所以他常常可以搞到最不容易搞的票。而在她生日的时候，他是从人事处侦察到这一情况的，已堕入情网的捷达送了奥列霞一瓶贵得出奇的香水，如果实验室里女士们的窃窃私语可信，那么那瓶香水的价格几乎相当于他一个月的工资。他会把节假日的晚间聚会办成一台台真正的音乐会，并以催人泪下的柔情演唱动听的歌曲：

你是我唯一的女人，
犹如夜间的明月一轮……

不过，聚会很快便不再举行了，柳霞实在受不了这种场面，她主动要求调到“金牛星座”分部，去了波德里普基市郊。

起初，卡拉科津只是每天下班时把公主送回家，没过多久便开始接她上班，把车直接开到她住家的单元门前，虽然他住在莫斯科完全相反的另一端。已婚的乌比·万·可诺比因为不得不把他的夫人送到上班的地方，所以无法做到这一点，这样便与前者拉开了追逐的距离。

卡拉科津那辆火红色的胜利轿车已经很旧很旧了，买来的时候非常便宜，而且只是在自家的院落里随便拾掇了一下。轿车很像一只大瓢虫。由于车身布满一个个未喷漆的深黑色油灰泥子，车子便更像瓢虫了。捷达先前曾说过，一辆车最重要的是轮子和发动机，现在他突然把胜利牌轿车涂得更红了，装上了进口保险杠，又加了副前灯和镜子，车座上还铺上了豹纹图案的毯子。

不少“金牛星座”的工作人员有车，大部分是排队登记购买的日古力轿车，这队还排得相当艰难。巴士马科夫来这儿上班的第二天就向工会递交了购车申请，心想，等排上了，需要的钱也就攒得差不多了。其他人也都是这么做的。这种做法有点像18世纪的一种做法，即在孩子很小的时候就在团队里给他们注册，这样新一代到十六岁的时候就能成为军官了。

下班后，卡拉科津从单位大门一出来就把公主拖进了他的胜利牌轿车中，这辆车在停车场众多的日古力轿车中显得十分耀眼，颇有点鹤立鸡群的样子。列雅通常会哈哈地笑上一阵，随后开始大声取笑那只“瓢虫”，她想让站在附近的同事们明白：公主马车坐腻了，为了开开心，有时也会坐一坐运粪的大车。

实际上根本没有什么马车可言，虽然卡拉科津在不经意间曾被人告知，他有一个坚定而有实力、准备到国外去发展的竞争者。捷达听说后差点发了疯，有好几次，当他想见面的要求遭到拒绝时，便在公主下榻的混凝土预制件大楼旁的树丛中守候，但最终还是未能发现那个情敌。

有一次吃午饭的时候，巴士马科夫走进实验室，发现两人正在接吻。令奥列格·特鲁多维奇感到惊讶的是，公主的仪态表露出一种富有嘲弄意味的宽容，接吻的时候，她会用她那纤细的手指不耐烦地敲打卡拉科津的肩膀。听到开门的吱呀声，她会睁开双眼，诡秘地朝巴士马科夫挤挤眼睛。

有一天，实验室的所有工作人员都发现自己的办公桌上有张亮光光的邀请信，上面还压有烫金圆环。这是乌比·万·可诺比用计算机打出来的维索茨基的诗，并用进口文件夹钉缀上送给两个年轻人作为结婚礼物。但在为庆祝即将举行的婚礼而在丁香咖啡厅举行的晚间聚会上，他坚决拒绝表演两手倒立。的确，他没有像尼娜·安德列耶芙娜那样称病，还是出席了结婚登记仪式，而且把夫人也带来了，她长得就像在影剧院售票的老娘儿们。巴士马科夫夫妇也出席了，奥列格·特鲁多维奇还当了新郎的证婚人。后来大家还在布达佩斯饭店办了酒席。据说，为了这场热闹的婚宴，捷达花去了他所有的积蓄。

第二天，新婚夫妇拿了两套滑雪板，背上一个老大的旅行袋，带上“公家的”吉他奔飞机场到滑雪营地去了。回来时两人晒得黑黑的，一脸的幸福，无论走到哪里都手牵着手，时而还交换一下眼神，那眼神中饱含着只有两人才知道的眼热心跳的秘密。尼娜·安德列耶芙娜向两人借了本别人送给他们的维索茨基的诗集，回家用打字机打了下来，送到装订厂包了个浅灰色的漆布封皮。她在封皮上画了一盆开了花的仙人掌，上面还有一把正在流水的喷壶，诗集卷首的插图上还画了一位拿着一把吉他的不朽弹唱诗人的肖像。维索茨基画得非常逼真，那张脸还真有那么点铁质感。巴士马科夫得到了这本作为生日礼物的诗集，经常反复吟诵，而且每次都对诗集的一个特点惊奇不已：他听到诗人自己用沙哑的嗓音朗诵的那些诗歌总会产生一种始终不渝的神圣的兴奋和喜悦，而那些他以前未曾听过的歌则会留下一种令他冲动又使他乏力的奇特感觉……

过了应有的一段时间——一点也没有提前——公主歇了产假。有一天，巴士马科夫在吃午饭休息的时间跑出去买东西，在停车场那辆火红色的胜利轿车旁看见了她。列雅挺着个老大的肚子，那张变丑了的脸上的特殊表情说明，女人命运变化无常这一可怕的事实已经使她彻底异化了。公主发现奥列格·特鲁多维奇后便把脸转了过去。

不久，卡拉科津夫妇生下一个儿子，他们给他起了个“安德隆”的名字。公主此后再也没回“金牛星座”上班，她成了家庭主妇，在当时的苏维埃时代，这还是很少见的。骑士也扔掉了滑雪板和挤购图书的爱好。他几乎每天都开着那辆胜利轿车上门给人干活，而休息日便收工到乡下的自家园子建别墅——那个时候，单位都会分给每个人六索特卡[①]的地。

彼得·尼基福洛维奇在索福林附近也分到了一块地。他琢磨了很久，既要把自己想建的东西建起来，又不能违反建筑面积不得超过三十六平方米的法律规定。最后他建了一个带很大混凝土地下室的三层小楼，要是真遇到核威胁什么的，全家都能躲进这个地下室。而在当储藏室的地方，他修了个俄式澡堂，苏维埃从事创作的知识分子的优秀代表们都乐意到这儿来洗个澡。担任守护别墅任务的是业已长大并已成熟的护院狗马乌格里——它会疯狂地叫着，扑向任何一个企图打开篱笆的人，而当来人倒地的时候，它会跳上去并友好地舔这个陌生人的脸。

齐娜依达·伊凡诺芙娜不顾一切地迷上了别墅园子的活。有一个星期六，她来到园子后发现不久前还长得笔挺的黄瓜秧被突然的霜冻打蔫了，她心里疼得慌，就把在旁边拾掇菜园子的一位医生叫来了。时间一长，她便成了个种菜的行家，电视节目《果园，菜园》（彼得·尼基福洛维奇曾向该节目主持人赞助过南斯拉夫可水洗的墙纸）摄制组还专门采访过她，她自豪地向他们展示了自己种的有小汽艇那么大的西葫芦和迫击炮弹大小的茄子。

每年春天，巴士马科夫都主动要来园子里翻地，一边骂骂咧咧地数落着世上的一切，一边用铲子翻倒着黏性泥土，将如同生命一样顽强、仍埋在土中难以根除的杂草拣出来。而丈母娘则像个监工似的在旁边走来走去，一边向他指点，一边说：

“挖深点，得挖一锹深才行，草根上的土得敲下来！好，可以——可以……第十六号园子有一对夫妇，两人都是博士，咳，翻地翻得还真很像个样子！”

彼得·尼基福洛维奇此刻像头任劳任怨的驴子，正用小推车从饲养场拉肥料。饲养场离这儿有两公里，遇上顺风便会给居民区吹

① 约六百平方米。

来乡村式的经典芬芳。卡嘉通常负责挑选并浸泡即将播种的种子，而达士卡则照看马乌格里，不让它跑到菜地里去。当他们坐在阳台上吃午饭的时候，齐娜依达·伊凡诺芙娜总喜欢提出这样那样的要求：

“哎，奥列格，你先尝尝这个小萝卜！现在再尝尝那个。感觉出差别了吗？”

“好像……是有点差别……”巴士马科夫证实说，但实际上他什么差别都没感觉到。

“这还用说吗！这种萝卜施的是牛粪，那种——施的是鸡粪……”

到了仲夏时节，他们便开始做果酱——先是草莓酱和红果酱；再晚些时候，等果园结满了各种果实的时候——就做樱桃酱、李子酱、醋栗酱、苹果酱、泡渍蘑菇、腌黄瓜，往瓶子里闷制西红柿和倭瓜，做特制的家常西葫芦酱。

“到了冬天全都会吃得干干净净！”丈母娘说。

那位名声大噪的诗人从国外出差回来的间隙常到这儿来洗蒸汽浴。他一边用绑了荨麻枝的桦树笤帚敲打身子，一边狠狠地骂苏维埃政权，发泄着对书报审查官的不满，后者非要他把新书中“献给尼古拉·古米廖夫”的字样撤去，而换成带有污辱性的称呼“尼·古”。他还毫无戒心地说，不久前他曾在契尔年科的别墅里朗诵过诗歌——那位的身体已经岌岌可危了。

捷达是通过外台广播“××之音”获得这一消息的。他好像《圣经·旧约》中的先知，奔走在各实验室之间，传播着羸弱的老年人政权即将寿终正寝的消息。大伙都很同情他：学术委员会特地把卡拉科津学位论文的题目简化了。虽然这对他来说是个好事，但捷达还是没有时间写：骑士拼命在为公主挣钱，想让她真正过上皇后般的生活。

休假的时候，也算是命运对他的捉弄，他便在离彼得·尼基福洛维奇不远的那个居民小区里打工。有时，卡拉科津会去喝杯茶，用不无挑剔的目光仔细查看新房子的质量——他对石棉水泥板的铺设尤其不满意。不过，巴士马科夫还从来没遇到过这位打工者对别人的活儿表示称赞。

虽然捷达的收入相当可观，但他还是像从前那样穿着那条已经洗得发白的牛仔裤来上班。但要是实验室哪位女士带来通过熟人买到的或是从国外捎来的什么布料，骑士会像老鹰扑小鸡似的奔过去看，估量着长短尺寸并立刻给公主打电话，绘声绘色地向她描述新衣料的优点，说服她无论如何也要买下来。不过，生活经验丰富的实验室的女士们却只是在那儿摇头。

巴士马科夫与尼娜·安德列耶芙娜的关系没有断，虽然关于两人共同生活的话题，她再也没有提起，但在她忧伤的眼神中还是能读出这个话题来。当两人做完爱后，巴士马科夫像已经完成任务的火箭推进器一样一动不动地瘫软在那儿，而她会俯下身子发问："你感觉好吗?"——问话中隐含着一种暗示，似乎只要将来两人永远生活在一起，感觉会比这更好。

有一天，她带来了一个厚厚的文件夹，里面夹着她丈夫写的长篇小说的第一章，她想让奥列格·特鲁多维奇把手稿给那个名声大噪的诗人看看（巴士马科夫曾不经意地对她讲过与他认识的经过）。一开始，他想自己先读读作品，但阅读的过程仿佛是在挖一条永远也挖不完的水渠。为了能稍事松弛，他不得不给自己确立一些标记：先到这个灌木丛，再到那个小草丘，这样继续下去——直到地平线的尽头。作品既像一位名叫挪亚的长老的内心独白，他将他的方舟建在了红场上；又像是与守卫列宁陵墓的仪仗队士兵们进行的具有哲理性的对话。巴士马科夫什么也没看明白，但把原因归结为自己对文学的一无所知。但是，名声大噪的诗人的评价也是严厉的：一种极度疯狂的病态写作。巴士马科夫引用了专家的看法，诚实地跟尼娜·安德列耶芙娜说，长篇小说写得非常成功，但要发表还不是时候，而且这个时间不会很快到来。奥列格·特鲁多维奇偷偷塞给卡拉科津让他看了两天，当后者听到他这个评价后，就管他叫奥列格·特鲁索维奇[①]。

就在这个时候，卡嘉突然产生了想要第二个孩子的强烈愿望（也许是因为她对丈夫产生了怀疑，也许是生育年龄就要过了）。有趣的是，巴士马科夫一直到最后也没有放弃有朝一日要与尼娜·安德列耶芙娜结合的念头，但还是愉快地接受了妻子的这一要求——他甚至一个月滴酒未沾，一个星期荤腥不食，为的是净化身子从而能得到一个健康聪明的后代。他决定，对这第二个孩子，他们俩要改变教育方式，要按照现代科学的一切规律办，他甚至让怀孕的卡嘉听柴可夫斯基的音乐，这样胎儿从一开始就能在美育方面得到发展。一切都进行得十分顺利，甚至连新生儿的名字都取好了：若是男孩就叫亚历山大，若是女孩就叫叶莲娜。奥列格找机会向实验室一些年龄大些的阿姨买了件儿童穿的连衫裤。确切地说，他是请卡拉科津帮他做的这件事，否则尼娜·安德列耶芙娜会多心的。

“做工真不错！”骑士捷达惊叹道，他真有点舍不得把这东西给他，“他们可不像我们，笨手笨脚的！”

但是，卡嘉却没能把孩子生下来：她带领她班上的同学坐汽车去金环景点旅游时，路上的颠簸使她流产了。事后医生向她提出了忠告，希望她今后别再冒险了，因为她的生理结构不利于怀孕。卡嘉十分伤心。达士卡非常想有个弟弟或妹妹，甚至还仔细将自己的玩具检查了一遍，把那些能给小宝宝的和自己还要的分别挑了出来。有一天巴士马科夫下班回家后，发现她正趴在一只很大的长毛绒袋鼠上哭，一只黑眼睛的毛茸茸的小袋鼠往书包外探着头。

“你怎么啦？”

“我心里好难受，小宝宝会把袋鼠昆卡弄坏的……”

“不会的。他比袋鼠昆卡还小呢。”

---

① 父称“特鲁多维奇”的变体，意为“胆小鬼”。

“等他长大了，还是会把它弄坏的！”

这个玩具是奥列格从澳大利亚带回来的，那还是他在区团委工作的时候，坐飞机出差到那儿与当地的社会主义青年联欢。那些孩子可有意思了，他们开的是他从没见过的日本汽车，看到了带有列宁头像的团徽后开心得又是蹦又是跳。出于对一切外国东西的喜爱，巴士马科夫爱上了当地一个长得很难看的团委女积极分子，千方百计地想与她亲近，那个姑娘在正式委身于他之前，用不太流利的俄语问道：

“你……这、这……是要把列宁送给我吗？”

“Yes！”

事后他们俩躺在一个帐篷里，巴士马科夫心里想，后来他的许多同胞慢慢也有了同样的想法：外国的东西其实并不一定意味着好。姑娘着迷地把那个星星形的像章翻过来掉过去地看，没个够。那像章上的列宁是一个长着鬈发的男孩。

十一

艾斯凯帕尔对这次愚蠢的逃往海外的背叛行为突然感觉到一种对卡嘉迟来的歉疚，这种罪恶感变得如此深重，如此不可饶恕，仿佛他成了第一个也是最后一个匆匆来去的淫棍，仿佛他此刻再也不打算与一个年少的情妇私奔，仿佛他忠实的妻子叶卡捷琳娜・彼得罗夫娜成了一个最最纯洁的护家天使，仿佛她生活的道路上从未出现过一个为了个人幸福而斗争的伟大而强壮的斗士瓦季姆・谢苗诺维奇。

巴士马科夫叹了口气，来到女儿原先的房间里，这个房间最终也没成为客厅，他想最后再看一眼袋鼠昆卡。澳大利亚长毛绒玩具亲身体验了女主人独特的性格形成过程中的各种变故，它早已经被磨破了，连尾巴都掉了。达士卡曾对她的女朋友说过，袋鼠与蜥蜴一样，危急时会将尾巴脱去，如今已经证实了这一点。现在袋鼠昆卡活像一只怪怪的小耳朵的小花兔，它那脏兮兮的胸脯上别着一枚奖章“保卫白宫奖”，可是放在那个破书包里的小袋鼠却依然一尘不染，毛茸茸的，十分可爱。小袋鼠的脖颈上挂着类似护身符的一块淡黄色的长方形漆布，布上写着一行紫色的字母：

巴士马科娃・叶卡捷琳娜・彼得罗夫娜

女，1978.10.23

这块长方形的布是在产房里绑在达士卡脚踝上的，是卡嘉从丈夫笨拙的手中接过女儿撤尿布时发现的。奥列格当时正愣愣地望着婴儿——难道说这个满脸皱纹、尖声啼哭的小人儿果真能长成一个懂得爱并会延续种族的真正的女人？

“这是做什么用的？”他指着淡黄色的长方形布条问。

“塔波奇金，这是为了让你不去培养别人家的女儿。”

“但你能断定这真是我们的女儿？”巴士马科夫不无疑惑地笑了笑。

“这是我的女儿，我可以确信无疑！”卡嘉也笑了起来。

忠实的、专注于家庭而从无外心的女人们有时会开类似的玩笑。有一次，一个学生的父亲从北方出差回来给卡嘉送上了一副鹿角。她把鹿角搭在巴士马科夫的脑门上，伤感地说了一句：

“你若是这样，感受如何！”

自从出现了瓦季姆·谢苗诺维奇，她再也没开过这种玩笑……

卡嘉后来有好长时间没见着在产房里绑上的淡黄色长方形布条，但有一天——这还是不久前的事——她在找衣服干洗发票的时候又找到了它，高兴得不得了，就把它挂在了小袋鼠的脖子上。

“说起来，你当时也就这么大！”她跟女儿说，“也是这样干干净净、漂漂亮亮的……”

“还不长青春痘！”达士卡叹了口气说，当时她正被花季少女的这一主要问题弄得苦恼不堪。

当达士卡要去符拉迪沃斯托克的时候，她犹豫了很久，但后来还是把袋鼠昆卡留给了父母作为纪念，留下一个她曾经拥有过的娇小、美丽的形象。说起来也巧，维塔和达士卡一样，是在同一间产房里来到人世的，因此她家中完全有可能也保存着这么一块淡黄色的长方形布条。

奥列格·特鲁多维奇看了一眼时钟：离与维塔约定好的打电话的时间只剩下十四分钟了。昨天，他们几乎吵了一架。维塔不准他拿家中的任何东西，似乎怕这些东西会引起他对昔日家庭生活的回忆。

睿智的乌比·万·可诺比喜欢谈论爱情的怪异性。巴士马科夫永远记住了他的一个高论：当年轻的部族征服了经验丰富的民族时，他们要做的第一件事就是毁掉对方的家谱，以便能与对方平起平坐，不再被他人对往事的回忆所恼。人们在谈恋爱的时候也这样，但这是可怕的误区，如果说年轻人憧憬的是未知的未来，那么已不年轻的人向往明天的动力便只是已有的过去，这恰恰是一种平衡……对一个比你年长的恋人说：你的生活中没有昨天！这无疑是在对他说：你明天要死！

乌比·万·可诺比是在改革刚刚开始、社会混乱无序之前去世的。官方的说法是，他在庆祝一位女研究生答辩成功时，因做了一个著名的双手倒立动作而中了风。另一种非官方的说法是，并非双手倒立，而是其间他过分热情地介入了一个来自外地的年轻女研究生的私生活，这个苦命人是这样受害的，这个年龄已经不起这么折腾了。在“金牛星座”的会议大厅举行追悼仪式的时候，亡人的寡妻站在棺材旁，面色严峻，以一个检票人的姿态严格禁止无票人参加这个业已客满的追悼仪式。那位负罪的女研究生始终躲在悲伤的工作人员身后，不敢走近已经冰冻上的乌比·万·可诺比的遗体。

巴士马科夫在多库金的支持下当上了实验室主任。卡拉科津以全室的名义向当选的新领导表示祝贺，并以崇敬的语气称他为“奥列格·特拉别逊多维奇①”。当时恰好室里得到了研发“阿尔法”关键部件的订单，巴士马科夫曾打算用这一研究成果作为他的博士论文。但是，最后他未能下这个决心……

尼娜·安德列耶芙娜此时已经离异。为了改善身体状况，她丈夫试遍了各种传统医疗手段，还遇到了一个“生命能量转换小组”。

① 父称“特鲁多维奇”的变体，“公共食堂”的意思。

这是一种时髦的医疗方法。它的关键是让病人聚集在一起，在一个有特异功能的有经验人士的带领下，经过试验和对误差的鉴定，将病人分成若干个能自行充实生物能量的小组，通过能量的相互补充来达到相互治疗的目的。

契尔涅茨基与一位患有神经衰弱的女记者组成了一个生物能量自给小组。有一次，正好在女记者进行心理松弛治疗时，他抱怨妻子不理解他极富创造力的天性。在她表示了同情之后，他把自己创作的关于挪亚的长篇小说拿给她看了。女记者看了后激动万分，说这绝对是部天才的小说，不过它的辉煌还需要时间，但无论如何他再也不能与他头脑愚钝的妻子在一起生活了，因为任何不理解都是一种类似吸血鬼那样对生命能量的可怕摧残。

契尔涅茨基将他们三居室住宅换成了一居室和两居室的住房，还因家具问题上了法庭，此后便永远从尼娜·安德列耶芙娜的生活中消失了，把儿子也丢在了脑后，只是每月寄点可怜的赡养费，好像他只是靠大学助学金在生活。过了不久，电视屏幕上出现了他和他的新婚妻子的身影，他们成了能预知未来命运的大师和诺斯特拉达姆斯[①]不朽事业的继承者。不过，他们的确非常准确地预告了戈尔巴乔夫的下台。

> 长有胎斑的狼已当政有期，
> 他将死在缺趾熊的口下……

后来他们又离异了，至今还在为两人合写的书《最新百人团》的版权打官司，一家叫《街头快报》的周报常常津津乐道地报道他们的消息。

巴士马科夫一时又恢复了他已放弃的鼠窃狗偷的勾当（卡嘉要

---

① 法国著名预言家。

是知道就好了!)，帮助尼娜·安德列耶芙娜搬了新居，置办了家具，又是钉又是拧的——一句话，帮她安顿好了。他甚至还从岳丈那儿弄了些进口的芬兰壁纸，说是在为领导效力，亲手粘贴。这种事他已经很久没在自家做过了。这年夏天发生了这样一件事，卡嘉带她的班级去了夏令营，还带走了达士卡。临走的时候，卡嘉只是开玩笑地对丈夫提出一个请求，希望不忠实的背叛行为不要发生在他们夫妇的沙发床上，而是在过道的地毯上。

奥列格·特鲁多维奇几乎过了一个月的单身生活，有一天，他把尼娜·安德列耶芙娜叫来做客，但她在每个房间里走了走后，神情紧张地拒绝了巴士马科夫的欲求：

"我觉得自己像是闯进这个住宅的小偷!"

后来他有好几次是在她家中过的夜。清晨，巴士马科夫在睡梦中隐约听见尼娜·安德列耶芙娜把罗玛送去上学。她对儿子的关心无微不至，吃晚饭的时候会突然狠命地亲他，一边激动地擦着眼泪，一边说：

"奥莫奇卡①，你长得多漂亮啊! 小脸蛋和小眼睛简直就像是谢列布里亚科娃②笔下的英俊小生!"

罗玛是个羸弱的少年，长着一张非常端正的脸蛋和一双病恹恹、小狗那样聪明的眼睛。他已经获得了象棋等级证书，并开始参加各种棋赛。巴士马科夫一次与小男孩下棋赢了他，竟然产生了一种对一个成年男子、科学副博士来说并不体面的兴奋和自豪感。

早晨他们俩吃早饭的时候——前一天夜里两人是睡在一起的，尼娜·安德列耶芙娜满心欢喜地说：

"你知道奥莫奇卡去上学的时候问什么了吗?"

她叫自己的儿子奥莫奇卡，因为他小时候不会发P这个音。

"问了什么?"巴士马科夫津津有味地吃着丰盛的早餐，好奇地

---

① 罗玛的爱称。
② 谢列布里亚科娃(1884—1967)，著名女画家，以肖像画见长。

问。他在家的时候早饭都不习惯做得这么复杂。

“奥姆卡问：‘就是他吗？’”

“你是怎么回答的？”

“我说：‘就是。’”

“那他呢？”

“他说，他想象中的你就是这样子。我相信，你们俩肯定能成为好朋友！”

一起去上班的途中，他们俩脉脉含情地对视和微笑，那目光与笑容如同密码一般，藏匿着夜晚所有令他们陶醉并未能穷尽的缠绵。

“你知道吗，奥姆卡好像听见我们夜里说话了！”尼娜·安德列耶芙娜侧过身子轻声地对他说。

“为什么你这么想？”

“他问为什么我夜里哭了，是不是你欺负我了?!”

“你怎么说的？”

“我说，有时女人是因为幸福才哭的……”

“他怎么说的呢？”

“他想了想后说，我与他爸爸从来没有因为幸福哭过。”

“真是个非常细心的小孩。”巴士马科夫评价说，心中充满了一种无聊却又不无忌妒的自豪感。

虽然两人到单位门口前的一个街区就分开走了，但眼尖的实验室女士们还是立刻领悟了其间的奥妙，开始窃窃私语地议论起来。当巴士马科夫在食堂里皱着眉头把一杯已经发酸的果汁放在一边时，卡拉科津小声说：

“苦啊！”①

下班后，巴士马科夫与尼娜·安德列耶芙娜一起去了商店，她像对丈夫一样与他商量，该买些什么、买多少，吃完晚饭后还请他

① 俄罗斯在婚礼时对亲吻的新郎、新娘喊的祝福词。

检查罗玛的功课。显然，这还只是一种象征性、全然不是经典家庭式的姿态，但聪明的孩子还是顺从地把笔记本交给了他，还恭恭敬敬地听着妈妈新结交的男人驴唇不对马嘴的辅导。

“你什么时候同你妻子谈？”当爱情已经不复存在，但梦尚未开始的时候，她曾这样问。

“谁——我吗？”巴士马科夫回答说，仿佛尼娜·安德列耶芙娜面对着五个与她同床共枕过的情夫。

“如果你同意的话，我自己同她谈！”

“你怎么对她说？”

“我就说你爱的是我，而不是她……”

“她会不明白你的话。”

“难道她不明白，爱情——是生活中最重要的吗？与一个不爱你的人生活在一起是有失尊严的！”

“生活中还有许多更重要的事情……”

“你能再举个例子吗？”

“比如说，孩子。”

“你真是个傻瓜，我什么样的孩子给你生不出来，你想要多少我给你生多少！你能想到吗，昨天奥姆卡问我：‘妈妈，你与奥列格·特鲁多维奇——说起来，他还特别喜欢你的父称——将来会有孩子吗？’”

“他没问，你为什么要与他爸爸离婚？”

“没有，奥姆卡只是问，我是不是爱过他。”

“你怎么说？”

“我回答说，爱过……他说，不知为什么，他就是这么想的，而且他将来决不和一个不爱他的姑娘结婚。那你爱过你的妻子吗？”

“我们还是不谈这个话题的好！”巴士马科夫听到尼娜用起“爱情”这个字眼来就像用鹤嘴锄一样，心里很不是滋味。

“那你什么时候与她谈？”

“等她回来。”

“她的生日是什么时候?”

“这和生日有什么关系?”

“你是不是不想回答?”

“6 月 21 日……”

“我猜就是……她是双子座的。双子座的人与金牛座的人是不可能过到一块的!”

卡嘉是提前回的家:达士卡扁桃体发炎了,她脸色苍白,说话也不敢大声。巴士马科夫请了假在家中陪她,因为卡嘉刚刚当上教研室主任,正忙着准备新学年开学的事情。

等达士卡恢复以后,他又开始常常到尼娜·安德列耶芙娜家去,好在从她的新居去“金牛星座”只需要坐五站公共汽车。她给他准备了非常丰盛的晚餐,要是罗玛在象棋小组学棋,他们便急匆匆地做爱——完了她会用绝望的目光送他,巴士马科夫会很快逃走。为了不让卡嘉察觉,回到家中,他还会装出很饿的样子,与家人再吃上一顿晚餐。有时为了得到妻子的信任,他甚至还会在睡觉前与她做爱,从中寻求一种可作比较的快感,如同一个经历过类似感觉的双重间谍。整日端坐的工作性质加上一日两次的晚餐,使得巴士马科夫大大地发福了。

尼娜·安德列耶芙娜好几次谈及他们的未来,不知为什么总要把罗玛抬出来。她说,儿子总在问,“奥列格叔叔”什么时候才能搬到他们家来住。

“小男孩虽然才十三岁,但他已经懂得,如果人们相爱,他们就应该生活在一起。可你已经三十五岁了……”

“你得给我些时间!”

“要时间干什么?难道是为了不再爱我吗?!”

每次约会,他们总要谈到这个话题,巴士马科夫心中开始暗暗嫉恨那些思想成熟的少年和他们讲的所有有关“爱情”的话语。有一天，巴士马科夫对卡嘉说他要完成一件很急的工作任务，需要在“金牛星座”耽搁些时间，说话时依然津津有味地吃着第二顿晚饭，这时电话铃声响了。卡嘉马上把话筒拿在手中：她即使到这一刻仍然以为他们那辆被盗的汽车能找回来，所以一直在等侦探的电话。但这个电话是尼娜·安德列耶芙娜打来的……

十二

艾斯凯帕尔看了看时钟：维塔眼看就要打来电话，告诉他快速分析的结果。他站起身，走到窗户跟前。阿纳托利奇又回到了他原来修车的地方，检查着福特牌轿车里的钢铁机件。他穿着长衫，很像个外科医生，正俯身在一个被打开的庞大躯体旁翻腾着曲折复杂的内脏器官。奥列格·特鲁多维奇突然感觉自己仿佛是个大学生，正在一个高高的玻璃隔层上观看一位医学泰斗做一台罕见的手术。巴士马科夫自己原先对汽车毫无兴趣。但卡嘉却对车轱辘梦寐以求，有时大清早醒来，会一边伸懒腰一边说：

“塔波奇金，我又做了个梦，梦见我在开车。不知为什么是在山路上……你知道，拐弯的时候我的心跑到哪儿去了吗？”

“我知道。”巴士马科夫以一种男主人的漠然的口吻逗她说，他心中清楚拐弯的时候，卡嘉的心跑到哪儿去了。

妻子勤俭节约，早就开始为买车攒钱了，还专门弄了个存折。起初，她不再扔那些空瓶子，每到节假日，就从窗户往外看收居民废弃玻璃器皿的卡车来了没有。装着空玻璃瓶的书包早就备好放在过道上了，只要院子里出现收集玻璃器皿的流动点，她就会向电梯跑去，把玻璃瓶碰得叮当直响，卡拉科津有一次极富诗意地称之为“快活的玻璃壳”。完了卡嘉会一边点着被揉皱了的、不知为什么总是潮乎乎的卢布，一边充满幻想地问：

“你喜欢什么颜色的？”

“无所谓。”

“没有无所谓这一说。”

“有啊。”

“你怎么回事？”妻子有点生气了，“人家问你——喜欢什么颜色的车，你好好回答就是了。”

“黑色的。”巴士马科夫好好回答说。

“可我喜欢——湿沥青的颜色……”

卡嘉甚至提前完成了在驾校的培训，尽管她心中很清楚，光靠卖瓶子是买不起汽车的——钱还得攒很久，还得持之以恒。有一次她还做出了自我牺牲，放弃了购买一件海狸鼠皮裘皮短大衣的念头——那是一个她认识的低年级女老师出让的。女教师的丈夫领导着一个盲人和弱视者的小型合唱团，由于一个神秘的盲人团体的支持，他们在世界各地演出。卡嘉把裘皮短大衣带回家中，摊开放在沙发上。

“喜欢吗？”她问刚刚走进屋的巴士马科夫。

“还可以。”奥列格·特鲁多维奇没精打采地点了点头，思绪仍沉浸在尼娜·安德列耶芙娜热烈的拥抱中。

“可我不喜欢这个颜色了。”

“是吗，你喜欢什么颜色？”

“湿沥青色的。”卡嘉叹了口气说。

随着时间的流逝，对汽车的期待成了他们家庭生活中一个不可或缺的内容、一个永恒的美好理想。突然，一次多库金在过道上碰见巴士马科夫时问：

“你有钱吗？”

“你要多少？”奥列格·特鲁多维奇谨慎地问，随着年龄的增长，他越来越不愿意借给别人钱了。

“我？我什么钱都不需要。你不是想买车吗？”

“怎么——手头就有？”

“上个星期我把名单送到商店去了。你就等着提车单吧。不过，我有个问题要问你……”

“我洗耳恭听！”巴士马科夫感到精神为之一振。

“你是自己开，还是打算卖？如果卖——有个现成的好主。”

“我老婆开。”

“你可得当心点，可不能让女人开车。绝对不行！我以一个共产党员的身份提醒一个共产党员……”

多库金拍了拍下级很是体面的肚子，露出了微笑。最近一段时间，他说他喜爱的口头禅时，已经不是以一种嘲笑的口吻了，而是带上了一种温文尔雅的自嘲色彩。

尼娜·安德列耶芙娜当时正等着他去喝红菜汤，当然还会有小甜圆面包，巴士马科夫对她撒了个谎，说要去学校开家长会。奥列格·特鲁多维奇想尽快把那个好消息告诉卡嘉。

“你妻子就在那个学校上班呀！”情人惊讶地小声说道。

“所以我才要去出席会议呢！”巴士马科夫对她的不信任还真生气了。

“你不会骗我吧？”

“我还没学会。”

“那太遗憾了。罗玛今天晚上有课……”

卡嘉闷闷不乐地坐在沙发上，她的对面，大衣柜门上的衣架上挂着丈夫的一件西服上衣。

“我要向你通报一个具有战略意义的情况……”奥列格·特鲁多维奇意味深长地开始说道。

“我也有个情况要说。”

“好。那我先说。”

“你应该让女士先说！”

“那好，你先说。”

“图涅雅特奇，”她温柔地问道，“你怎么，钉扣子都学会啦？”

“钉什么扣子？”

“就这些扣子啊！”卡嘉的两眼紧紧盯着丈夫，那是一种审问重大案件的侦查员的目光。

“怎么回事？”

“这么回事，每次钉扣子我总要在扣子下面绕上圈线。可这两个扣子下面没有绕。也许，你最终会让我认识认识你的那个情妇——我来教教她怎么钉扣子！”

“你胡说什么呀？”巴士马科夫说，他想起尼娜·安德列耶芙娜前不久的确在他的西服上衣上缝过什么，当时他正躺在床上休息准备回家，“胡说八道，纯粹是污蔑！”

“那你怎么解释？”

“我？嗯……嗯……很简单：我们所里来了个德国代表团。我们实验室里的一个姑娘发现我衣服上的扣子要掉了，就马上给我缝上了。她顺便还问，你妻子眼睛怎么不管事？”

“你骗人！”

“我对您的怀疑感到奇怪！”

“你们实验室的那位巧手女性，顺便问一下，怕不是叫尼娜·安德列耶芙娜吧？”

“顺便告诉你——还真不是。我们明天去别墅吗？”

“我们明天去法庭——离婚！”

“太好了。还有问题吗？”

“还有。你知道吗，撒谎的人的头上是要长出角来的？”

“我读到过！”巴士马科夫嘟哝，他走到西服上衣跟前把两个扣子连同线和布一起扯了下来，随即扔在了地板上。

这天夜里卡嘉是独自一人睡的，在达士卡的床上，但巴士马科夫睡觉时无意中发现妻子偷偷溜进了房间，摸索着寻找那两颗被扯落的扣子，找到后连同西服上衣一起拿到厨房去了。早晨，她把他推醒了：

“图涅雅特奇，你醒醒！你瞧——提单……提单来了！”

“法院寄的不会是提单，而是诉讼程序。”

“笨蛋！是提车单!!!”

“我昨天要告诉你的就是这个消息。”巴士马科夫清晨带着点嘶哑的声音显得特别严厉。

“那个代表团是东德的，还是西德的？”

“鬼才知道。两国好像要统一……”

“对不起，昨天是我不对……”

达士卡正好在奶奶那儿做客，两人很快彻底和好了，飞快地去了卡嘉父母那儿，急急忙忙向丈人借了还差的一千卢布，然后坐着计程车（但愿颜色好的车不要售完！）直奔华沙大街的汽车车行。车行里已经聚集着好大一群人，就好像因天气原因，飞机已经好几天无法起飞，旅客滞留在机场一样。所有人都有提车单。还专门搞了个排队的名单，早上、晚上都要点一次名。人们听到各种传闻后更是惊恐万分，仿佛汽车隔天会成倍地提价，或者（这会更糟！）要更换货币了，因为戈尔巴乔夫在民主派施加的压力下下达了命令，要求立即去掉卢布上的列宁头像……卡嘉也吓得够呛，她给在财政部工作的一个学生家长打电话，那位让她放心。还有一个家长是位大领导，他专门给商店经理打了个电话，要求不排那个可笑的队直接把车提出来。最后销售员——一个长着一张哀伤而漠然的脸的男子（似乎他向幸运者提供的不是崭新的汽车，而是死人的骨灰盒）——问欣喜若狂的卡嘉：

“您要什么颜色的？”

“湿沥青色的！”她小声说。

他望了她一眼，那眼神仿佛要求他提供的不是一个，而是两个骨灰盒。

“这儿不是西欧……”

“那有什么颜色的？”

“有儿童拉的屎的颜色和让人讨厌的蚂蚱颜色。”

“我是认真地在与您说话！”卡嘉哀求说。

“莫非我真像日瓦涅茨基[①]吗？”售货员耸了耸肩说。

所有这些谈话巴士马科夫都听见了，他尽量克制着对柜台旁那个粗鲁野蛮的小人的始终不渝的憎恨，但最后还是忍不住了：

“要是……哎——哎……找一找嘛。我们会……嗯——嗯……对你表示感谢的！”

销售员看了看他们俩，目光哀伤而又执着，他构成了苏维埃商业独有的神圣奥秘的一个部分，随后他走开了。一刻钟后，他回来了，脸色忧郁地说：

“咖啡加牛奶色的。但没有后视镜，前面的大灯也是破的。二十万。”

“我们要了！但我们还得回去取钱。我们马上就回来。”

他们飞快地来到卡拉科津家，他正准备出去赚外快——正往一个旅行袋里装一卷人造革和各种工具。公主出来看是谁来了，身上穿着一件中式掐腰丝绸旗袍，一脸浓妆，好像准备去参加使馆的招待会。他们的儿子安德隆正张开两臂在屋子四处跑着，模仿着——或者准确地说，就是——一架战略轰炸机。捷达从地上拣起一双拖鞋朝儿子扔去，故意扔偏了方向。

“导弹从右边穿过！”安德隆用尖细的嗓音模仿着地面指挥员的声音提醒说。

“整天都这样，”卡拉科津温柔地说，“得一直到电视里播《孩子，晚安》的节目时才肯停。简直是个原子男童。”

“哪儿都像父亲。”公主补充说，话语中流露出一种让人难以察

① 即米哈伊尔·日瓦涅茨基（1934—2020），俄罗斯讽刺作家，电影编剧，电视节目主持人，演员。

觉、打结婚起就有的对丈夫的不悦。

捷达不仅把不足的钱借给了他们，还主动提出与他们一起去车行验车并帮他们开回家：卡嘉的驾驶执照还不足以保证她能安全把车从华沙大街开回去。

最后他们开出车行的是一辆崭新的拉达五型车。

“咖啡加牛奶。”卡嘉幸福地说。

“这是一种老款式的新改型车，”卡拉科津打量着损坏了的前灯和缺失的后视镜解释说，“名字叫‘尼尔森海军上将’。”

脸色阴沉的销售员第一次露出了笑容，建议再交二百卢布，立刻把车灯换了，再把后视镜装上。他收了钱后走了。

“下一场革命的领导者就不是无产阶级了，而是愤怒的顾客，除了卢布外，他不会失去任何东西！”捷达宣告说。

他围着车子转了一圈，用脚踹了踹几个轮子，把车门、车厢打开又关上，随后他打着发动机，皱了皱眉头，活像个听到了《时代汽车》之声的真正歌迷。

“汽车——就是妻子。只有在使用的过程中才能发现缺陷。”卡拉科津叹了口气说，“所以我们唯一能做的，就是检查门能不能关上……”

灯换上了，镜子装好了，随后显得快活了的销售员让他们到技术服务部把防盗器装上。装上之后，只要有人稍稍碰触，它就会发出令人讨厌的声响。给他们安装防盗装置的师傅讲，即使是他自己想偷，也偷不走这种带“号嗬器”的“小车”。

当卡拉科津规规矩矩地把车停在单元的门洞前，卡嘉又一次用充满爱的目光看了看她的心肝宝贝，突然恐怖地叫了一声。巴士马科夫朝她跑去——她惊恐地指着车身左侧后门上一条之前没有发现的只有头发丝粗细的划痕。卡拉科津和奥列格千方百计总算把她安抚好了，但卡嘉还是又从门洞回过身来朝汽车走去，轻轻地用手掌拍了拍机箱盖——汽车立即发出了刺耳的号嗬声。

“现在——可以喝香槟了！”她高声说。

深夜，他们俩送卡拉科津到地铁，他已经喝醉了，表情忧伤：临出门前，他往家中打了个电话，公主到女朋友那儿去了，到现在还没回家。回来的路上，卡嘉突然建议丈夫到汽车里坐会儿。车厢里散发着浓烈的新人造革气味。透过玻璃窗，在路灯的灯光下，可以看见在密密停着的汽车轮子之间，有一只动作敏捷的老鼠的影子。

“这儿谁也看不见我们！”卡嘉充满幻想地说，她打开了收音机，调了调波段，找到了一个类似催眠曲的音乐，“咱们就在这儿吧！”

“这儿不合适！”巴士马科夫心里有些发慌，对于夫妻生活，他还是本能地持一种严格的私密性原则。

“为什么男人不会飞呢？”[①] 卡嘉叹了口气说。

“怎么不会呢？”

于是两人飞了起来……

第二天，尼娜·安德列耶芙娜似乎在巴士马科夫的脸上捕捉到了一种从未见过的可怕表情，便面带奇特的冷笑问道：

“车怎么样？”

“这种感觉终生难忘！”

“这会儿你再也顾不上我了……”

“你怎么能这么说呢！”

“我给你做了烤肉饼。奥姆卡也走了……”

“好吧。”

吃完烤肉饼并服用了狂热的甜食后，尼娜·安德列耶芙娜躺在那儿，仍然沉浸在温柔的晕厥中。巴士马科夫悄悄开始穿衣服。

“你不该买汽车！”突然，她睁开恶狠狠的眼睛，大声地说。

“为什么？”

“因为物质——是一种镣铐，它会将人绑在他所不爱的人

① 原话源于19世纪俄国剧作家奥斯特洛夫斯基的作品，是《大雷雨》中女主人公的话，指对自由、浪漫生活的一种渴望。

身边。”

“我从来没对你说过我不爱妻子。”

“怎么？可你说过你是爱我的。这就够了。人不可能同时爱上两个人。”

“可以，但很难！”巴士马科夫心中这样回答说。

不过，这天晚上他发现，在占有又是哭泣又是叫喊的尼娜·安德列耶芙娜的时候，为了获得一种强烈的刺激，他第一次想起了卡嘉，确切地说，想起两人在汽车里的温存。这种感觉非常奇特，因为往常恰好与此相反：在卡嘉并不热烈的拥抱中，为了获得更大的快感，他心中常常想的是尼娜·安德列耶芙娜或是别的萍水相逢的情人。

巴士马科夫值完班回家，发现妻子正站在窗前。

“从上面往下看，这车很像个首饰盒子。刚才小狗冲着车轮撒尿，汽车大声叫起来，小狗跳起来赶紧跑开了……我今天在小胡同里练车。星期六咱们到别墅去。只是要晚点走，等车少点。你还没饿吧？”

“已经饿得如狼似虎了！”

“什么意思？”妻子的话音中荡漾着昨日令人陶醉的浪漫的余波。

“什么意思都有！”巴士马科夫一边诅咒自己，一边精神抖擞地回答。

早晨，奥列格·特鲁多维奇昏沉沉地准备上班，望了窗外一眼，蒙眬中竟然没能认出自家的五型车。

“车到哪儿去了？”他惊恐地叫起来。

他的叫声很响，吓得达士卡被一口面包夹香肠噎住了，卡嘉也从浴室里跑出来，睁大两只眼睛，竟然忘了将牙刷从满是牙膏沫的嘴里拿出来。

“不是在那儿吗！喏，那儿！”她发现了窗户下面的汽车，喘了口气，“图涅雅特奇，看我不打死你！”

第二天，达士卡正要去上学，又往窗外看了一眼，故作惊恐地叫起来：

“妈妈，车子让人偷走了！”

卡嘉从女儿说话的声调断定她是在和自己开玩笑，但还是不顾没涂好的嘴唇跑到了窗前，随后平心静气地说：

“我们生了个虐待狂女儿！”

汽车在星期五夜里真的被盗了。晚上卡嘉还开着车到附近的街上转悠过——她是在做从莫斯科到乡下别墅的远程驱车练习。巴士马科夫前一晚刚刚在丁香咖啡厅庆祝了某人的生日，早早起床去解决难以抑制的自然需要，习惯性地往窗外看了看，惊奇地发现，车子昨晚还紧凑地停在一排用同一个集装箱运来的汽车中间，现在停车的地方却空了，犹如口里被打落了一颗门牙，露出了一个空洞。

“哎，车子怎么没了。”

“你撞见什么鬼了，讨厌！”卡嘉睡眼惺忪地回答说。

“我是说真的！”

“图涅雅特奇，我非割了你不可！”

“你是不是夜里换了个地方？”巴士马科夫尽可能用平静的语气说。

“我哪儿也没换。”卡嘉依然睡眼惺忪地说。

“那车哪儿去了？”

也许是巴士马科夫的话音中已经没有了任何虚假的口气，所以卡嘉叫了一声“你骗人”后，立即跑到窗户跟前，一声不吭地站了好一会儿，随后毫无表情地说了一句：

“赶紧报警！”

一走进电梯她就号啕大哭起来。

到了警察局后，他们老半天都没能弄清楚，该向哪个部门报案。穿着警察制服的人心事重重地从他们身边走过来走过去，却都没注意他们俩。巴士马科夫心想：即使他肩上扛着一条被肢解了的人的大腿，也不会有人来问他。过了很久才有人让他们去要去的办公室。

“我们的汽车被盗了！”一走进屋卡嘉就伤心地说。

警察手里拿着电话听筒点了点头，好像他们早就知道了似的，随即向他们递上一张白纸。在卡嘉写情况的时候，巴士马科夫听见涉及一个纵火杀人案子的谈话。

“指纹鉴定还怎么做？只剩下几个人头了……”

“你们能帮我们找到汽车吗？”卡嘉把材料递了过去，哭着问道。

“上保险了吗？”

“没，还没来得及……”

“我深表同情。如果有消息我们会打电话的。”

卡嘉回到家中，在沙发上躺下后，失声痛哭起来。在巴士马科夫的记忆中，卡嘉如此伤心欲绝地哭泣还有一次：那是在医院时大夫对她说，她不会再有孩子了。而当她终于确信一个叫尼娜·安德列耶芙娜的女人的存在，可能成为她夫妇幸福生活的威胁时，她也没掉过一滴眼泪。

当那个执着的电话铃声响起时，等待侦查员消息的卡嘉赶在巴士马科夫前头拿起了话筒，从一大清早起，卡嘉就有一种不祥的预感。随后她久久地听着电话，目光在厨房里搜寻，最后眼睛落在丈夫脸上，立即沉下了脸。

“谢谢，我会考虑您提供的信息的。”她冷冷地打断了对方难以分辨的又急又快的话，随后挂上了电话。

“出什么事了吗？”

“你猜不出来吗？”

“猜不出来。是达士卡在学校闯祸了吗？”

“不，不是达士卡闯祸了，而是你，亲爱的，勾搭骚女人闯下了风流祸。”

“你，怎么……”巴士马科夫说不下去了。除了在讲笑话的时候，他还从没听到妻子说过下流话，但即使是笑话，她也尽量将那些难听的词换成类似“塔——塔——塔”这样的代用语。“到底是怎么回事呢？”

“事情——终于水落石出了！——是这样的：一个精神不正常的女人打来电话说，你爱着别的女人，也就是说，是她。所以我没有权利破坏你们的幸福……还说我是双子座，而金牛座，也就是你，只能与处女座，也就是她，在一起才能获得幸福……”

“简直是胡说八道！”巴士马科夫完全真诚地愤怒了。

“图涅雅特奇，你听好了，如果是这样，我不拦着你，也绝不会像上次那样跪下来求你！我也知道爱情——是生活中最重要的……尤其对偶蹄目动物来说！”

“你说得对，这的确是个精神不正常的女人！这会是谁呢？噢——是啊，当然……”他啪的一声拍了一下自己的脑门说，“我不久前解雇了一个女人，她这是在报复……”

“你把尼娜·安德列耶芙娜解雇了？”卡嘉冷笑着说。

“不——是。”

“那就请你把我解雇了吧，或者，亲爱的，我来解雇你！”

第二天，尼娜·安德列耶芙娜以一种年少的女游击队员的目光望着他，这位少女不久前未经允许便将法西斯司令部给炸毁了。他转过身子没搭理她，一直到吃完午饭休息的时候才把情人拖到了光荣榜旁边的亭子里。由于愤怒，他的两个鼻孔里冒着热气。

“你为什么要这么做？我求过你！我对你说过——我自己说！”

“你自己是不会说的。我想帮你说。我要为你，为我们的爱情而斗争！”

“不必为我斗争。没有这个必要！”

“有必要。甚至连奥姆卡，一个孩子，都对我说过……”

“你给我滚远点，连同你的爱情和你的奥姆卡！”他吼了起来，这吼声使那些从亭子旁走过的同事不时提心吊胆地回过头来张望。

尼娜·安德列耶芙娜惊恐地望了他一眼。

“你明白你都说了些什么吗？”

“请你原谅……”

“不。我不能原谅！”

她号啕大哭起来，就如同在他怀中那样痛哭，兴许，她自己也感觉到了这种不合时宜的雷同，于是用双手捂住脸跑开了。

这天晚上，卡嘉起先小心翼翼地观察着沮丧而沉郁的巴士马科夫。后来，吃晚饭的时候，她与达士卡谈起了关于男孩与女孩在交友中绝不允许有背叛行为的话题。接着，在睡觉前，往脸上涂晚霜的时候，她又郑重其事地问：

“你真的把你的处女座解雇了？”

“解雇了。”

“我可以睡个安稳觉了吗？”

“不睡觉也会安稳的。”

“我今天在课堂上从科莫尔采娃那个捣蛋鬼手里没收了一本星相书，翻了翻。我还给妈妈打了个电话。原来，她生我的时候是夜里，四点钟，也就是已经是 22 日了。这说明我——原来是巨蟹座。而巨蟹与任何星座都能和睦相处！助产医生对妈妈说，22 日——不是个好日子：战争就是那天开始的。所以就把我的生日改成了 21 日……你听明白了吗？”

“我可以吻一下你温柔的蟹螯吗？”

“你别来碰我！”

从此以后，他再也没在尼娜·安德列耶芙娜家吃过晚饭。上班的时候，两人保持着正常的、非常客气的关系，室里大家一下子什么都明白了。只是有时候，当两个昔日的情人目光相遇、眼神交汇时，一张全息图图谱上又会出现由情欲编织起的两个赤裸身体，但目光很快便会离散——幻景亦会消失。

如今巴士马科夫已不再把契尔涅茨卡娅叫到自己的办公室来，但有一次，她自己走了进来，一句话也没说，抡起巴掌打了他一记耳光。第二天，他在签发命令的文件夹中发现了一张条子：

对不起！我依然爱你并将等着你，无论这等待需要多少时间!!

尼

巴士马科夫在句子后面打上了第三个惊叹号后随即把字条撕了。

十三

已经是十二点十五分了，但维塔的电话还没打来。这很奇怪。尽管她还很年轻，但姑娘很守信用，而且非常守时。也许是验血出了问题？艾斯凯帕尔在沉思中走进达士卡的房间去看金鱼缸：那条未能捞住的索麦茨又从贝壳里探出了头，但只露出了一点点身子，所以无法将纱网伸过去。

咳，好狡猾！奥列格·特鲁多维奇心里想，还不想走！可谁又想走呢……

巴士马科夫通过对一些生活细节的思考得出了这样的结论：实际上，所有人都可以分为两种类型——喜迁徙的和不喜迁徙的。喜欢迁居的人能拓宽生活的空间；不喜欢迁居的人由于怕荒凉而珍惜已有的空间。缺少了前者，人类只能生活在他所诞生的棕榈树下。没有了后者，整个地球只能是一片被一群群迁徙者践踏的荒漠，他们只会一圈圈地做环绕地球的匆匆旅行。生活的和谐便是由这样两部分人构成的。倘若一个人渴望迁徙但又遭到禁止，他会变成一个叛逆者、革命者，于是他会不借助于空间的转换，而是用摧毁旧居的方式来改变自己的生活。而那个根本未曾想过迁徙的人则会故步自封，有朝一日清晨醒来时，他会发现自己身处另一个格格不入的世界中，出于对迁徙的反感，他便开始守护、珍惜和建设这个新的世界。

巴士马科夫有时还会产生这样的念头：倘若所有希望迁徙的人，如鲍尔卡·斯拉宾逊或者捷达，都被及时提供他去的可能，那么一切都会完好无缺地保存下来。苏联就会完整依然，他奥列格·特鲁多维奇，你瞧嘛，就能通过博士论文的答辩，并成为“金牛星座”的副所长。遗憾的是，结果却发生了如今的这一切……

汽车被盗之后，卡嘉有很长一段时间尽可能不到窗户跟前去，为的是不再看到那个地方，最后一次伫立着她那辆被盗的咖啡加牛奶色的“美女”的地方。彼得·尼基福洛维奇安慰卡嘉，答应通过熟人不用排队再买一辆新的日古力车送给他们，要比原先的那辆更漂亮，但不知是什么原因，事情进行得并不顺利。货币在急剧地贬值，所以即使是通过熟人，上面也漫天要价，岳丈一时望而却步了。他的储蓄存款都是定期的。他怕利息有损失，没有提前从存折上取钱，只是成倍地提高了捷克瓷砖和南斯拉夫壁纸的销售价格。彼得·尼基福洛维奇创作界的朋友们虽然也嚷嚷，但还是承受住了……

“时代使然啊，价格难以控制啊！”他如此感叹道。

为了以防万一，巴士马科夫还是去了多库金那儿，后者获悉了他的不幸，也答应帮忙，但语气不很坚决：

“奥列格，我们会想办法帮你解决问题的，如果，当然……”

“怎么？”

“我认为，国家很快就要开始乱了。这是我以一个共产党员的身份对一个共产党员说的话！你知道吗，戈尔巴乔夫现在发言已经完全不用讲稿了。可在我们国家，没有讲稿说话是不成的——马上就会乱套。乱套！人们都把希望寄托在切勃塔廖夫身上。你看见了吗，他现在飞黄腾达了？”

“是啊！”

“我给他发了封贺电。也许，他会想起他的战友的，你说呢？”

“我丝毫不怀疑！”

“但我却心存疑虑。这些人都有一个毛病：地位越高，记性越差。”

卡嘉没有立刻，但还是原谅了巴士马科夫与尼娜·安德列耶芙娜的丑事，她说之所以没走离婚这一步，仅仅是因为有达士卡。妻子有两个月没让奥列格·特鲁多维奇近身，理由是她生来就有洁癖。的确，她对公共食堂，甚至餐厅里的叉子、勺子是否干净都心存疑虑，总要用餐巾纸仔仔细细地擦过才用。

“好吧……”巴士马科夫同意说，“我们再等五年……”

“为什么非得五年呢？”

“五年后身体中的细胞便彻底更新了，我那时就完全变成另外一种人了。”

“你永远不会成为另外一种人的！身体上的污垢可以洗掉，但心灵的肮脏却无法除去。你看着我的眼睛！”

在巴士马科夫低三下四的执着哀求下，两人最后还是恢复了肉体的亲热，奥列格·特鲁多维奇发现，先前喜欢闭着眼睛的卡嘉如今却面带并非善意的冷笑注视着他充满歉疚的努力，她甚至不允许他把夜间的小灯关掉。

“你要开着灯吗？”

“要，亲爱的！”

“为什么？”

“我想让你感到羞愧！”

那个时候，“金牛星座”内部出现了巨大的混乱。当然，这种混乱早在卡拉科津入党时就开始了。那时突然对学术界知识分子的入党问题取消了各种限制，甚至还发出了号召——说是要吸收新鲜血液。捷达还专门为此创作了一支歌：

每个科学大师——

都有一张党票在手，
每个芭蕾舞独舞演员——
手中都拥有党票一张，
那是为了什么？什么都不为！
黄色的皮鞋……

起先卡拉科津只是唱他根据劳动群众的呼声创作的歌曲，并扬扬得意地耻笑——仿佛是在说，我们懂，为什么吸血鬼需要新鲜的血液。后来他突然不唱了，变得若有所思起来。最后，他来到巴士马科夫的办公室，迟疑了片刻后说：

“奥列格·塔兰图洛维奇①，你听了后肯定会笑我，但看在上帝的面上，请你介绍我入党吧！”

“你？”巴士马科夫的脸上不由得现出了一种全神贯注的哀伤神情，这种神情是那个年代当话题涉及苏维埃社会的领导力量时，每个行为不轻浮的人的脸上都会出现的。

“我。”

“为什么？”

“你无法理解吗？”

“无法理解。”

“你想嘛，当你来到了汉尼拔②岛上，有人强迫你吃人肉，可你不想吃，甚至原则上反对这种做法。当然，你可以起来反抗。但反抗谁呢，如果岛上的大部分人都心安理得地吃他的同类？出路只有一条：成为这个种族的领袖，并出于对死亡的恐惧制止食人的现象……这就是我想做的事情。明白了吗？”

“明白了。但等你熬到领袖的宝座，你会吃掉多少人啊！你也许会慢慢习惯的。”

---

① 父称“特鲁多维奇”的变体，意为“天才”。
② 汉尼拔，公元前3世纪至前2世纪迦太基的统帅，曾获得对罗马战争的辉煌胜利。

“那就看吧。你不愿意做介绍人吗？”

“古老的哥萨克有一条律令：军号、马刀、入党介绍信和妻子是谁也不能给的！”

“你的意思是不肯介绍喽？”

“为什么不？看着你如何在斋期吃荤是蛮有意思的事！”

在全所党委会的会议上，捷达穿上了他那套谁都熟悉的牛仔服、一件印有英文“改革”字样的背心，甚至还在脑袋后面扎了条摇滚乐手留的那种辫子。此前他从来没有过如此的装束。“金牛星座”党组织的负责人沃罗布耶夫-盖尔克看见后脸一下子沉了下去——道理很简单：60年代初，根据区委的工作安排，他走在莫斯科街头总要随身带把剪刀，把那些追求新潮的人的长头发给剪掉。不久前，他还要求想入党的人将西服上衣的衬里打开给大家看，如果发现有进口的标签，这位党的领导便会以一种厌恶的神情责备这个犯有过失的人：

“我们吃的可是俄罗斯的猪油！”

随后沃罗布耶夫-盖尔克通常会俯身对坐在他旁边的战友轻轻地说上一句：

“该用长柄木勺往他脑门上敲打敲打！”

巴士马科夫刚来“金牛星座”上班的时候，党委书记还不过只是叫沃罗布耶夫。他喜欢回忆，说他的爷爷，伊凡诺沃纺织厂世代相传的工人，后来成了一名勇敢的特种部队战士。吃午饭的时候，他总是这样教育自己的孙儿们：

“怎么用长柄木勺往脑门上敲——应该敲得他眼冒金星。事后，还应该再问上一句：‘明白了吗？’如果不明白，那就再这么敲他一下！”

突然，在改革的第三年，党委书记的姓就成了双，叫起沃罗布耶夫-盖尔克了，因为勇敢的特种部队战士又结婚了，娶的是沙皇时期三品文官男爵冯·盖尔克的女儿。他是在袭击希特罗市场时认识她的，这个饥肠辘辘的贵族小女当时正在用家里编织的花边换面包。而冯·盖尔克与普希金是远亲。如今党委书记会兴奋地讲述，奶奶把一个五戈比的钱币放在跳棋盘上的时候，会给孙儿说上一句法语：

“为了惩戒你坐在桌子旁时的不体面行为，罚你背诵杰尔查文的颂诗《上帝》。”

应该说，双姓对党委书记性格的影响是巨大的，他的性格中出现了一些高尚的成分。当有女性走进他的办公室时，他会从桌子旁站起来，不再用俄罗斯猪油的话来责备想入党的人了，想用长柄勺子敲打别人脑门的念头也越来越少了。

看见卡拉科津这副奇形怪状的打扮后，沃罗布耶夫-盖尔克很快克制住了自己，脸上露出了灿烂的笑容，俯下身对党委委员巴士马科夫轻声说了一句：

“桀骜不驯又说话尖刻的人向我们走来了，真的，走来啦！”

卡拉科津被询问了党章的内容，大家饶有兴致地听取了他的发言，他说他并不完全同意列宁在《唯物主义与经验批判主义》一文中的观点（若是在两年前，单凭这一点，他不仅要被开除出党籍，而且还会被驱除出科研机构），最后，当捷达向斯大林的集体化运动发起攻击时，大家开始愉快地点起头来。

“为什么你要入党？”巴士马科夫无法克制一种挖苦的欲望，突然提出了这样一个问题，虽然作为一个入党介绍人，他提这个问题似乎不太适合。

“我想成为为光明的未来而斗争的战士行列中先进的一员！”捷达骑士回答说，脸上露出了狡黠的微笑。

就这样，他的入党申请被一致通过了。

卡拉科津的过激行为所引发的混乱立刻在他入党后发生了，但最大的一次骚乱发生在一次讨论如何加速科学研究工作的党的公开会议上。

“怎么样，金牛星座的人们！”卡拉科津跑上主席台，喊了一声，

“我们就这样像绵羊那样遭受宰割吗?”

整个会场都骚动起来，因为此前还没有任何人把“斯塔尔特”科研生产联合体的研究人员称作“金牛星座的人们”。巴士马科夫坐在主席台上，听着他的被介绍人的发言，对所发生的一切感觉到一种强烈的懊悔，不知为什么，由此引发的痛楚犹如胃痉挛一般。从还在区团委工作的青年时代起，也许是因为与木偶剧院有着某种联系，奥列格·特鲁多维奇觉得主席台有点像帷幕，而坐在主席台上的人像被他人的手牵着的木偶。一个活人站了起来，走上台阶，调整了麦克风的位置，突然变成了一个木偶——开始用不是自己的声音闲扯着纯属他人的思想。巴士马科夫自己就不止一次这样。捷达的发言使他感到惊讶，在他的记忆中，站在主席台上的人第一次没有变成木偶。

“怎么样，金牛星座的人们！我们建立了宇宙中最复杂的生命保障系统。从尿中提炼出饮用水！难道我们就不能将我们身旁的臭狗屎改变成地球上正常的生命吗?!”

大厅里又一次骚动起来。领导们都皱起了眉头。

“不用怕，继续说！”坐在主席台上的一个市委视察员鼓励道。这个非常年轻的人戴着一副很大的眼镜。

“我什么也不怕。让我们从最上层开始说起……”

“没有必要从最上层说起。”沃罗布耶夫-盖尔克警告说，同时在神情紧张的多库金耳边通报了些很重要的事情。

多库金点了点头，瞪了一眼正在打盹的R2D2——他穿着一件表面缀有许多搭襻的名牌灰色夹克衫，上面别着一枚社会主义劳动英雄五星奖章。人们常常在吸烟室里争论，这枚奖章是真金的还是黄铜的，获奖者往往要接受两枚奖章，一枚是金的——用来珍藏，另一枚是黄铜的——用来佩戴。R2D2一动不动地坐着，好像什么也没听进去。

“好，”卡拉科津同意说，“那就从我们——金牛星座——的上层说起。谁在领导我们，领导我们的是尊敬的伊戈尔·谢尔盖耶维奇·沙尔戈罗茨基——多种奖章的获得者、人民代表，等等。一句话，苏维埃科学的一颗明星。可是没人敢说，这颗明星早已陨落……”

大厅沉浸在兴奋的惊恐中。主席团好奇地瞥了一眼正在打瞌睡的R2D2。来自市委的那个人为了能把所发生的一切看得更清楚，十分激动地擦着他那副巨大的眼镜，生怕漏过一个细节。只有沙尔戈罗茨基院士还在轻轻地打着鼾，把那个学术鼻头埋在带抽象图案的领带中。这条领带是他战后一次赴国外学术出差时买的，如今突然又变得非常时髦了。

“讲实质问题！”沃罗布耶夫-盖尔克要求道，轻轻地与巴士马科夫交换了一下意见，表达了还是要给发言者脑门敲上一记的愿望。

“好，我就讲实质问题！伊戈尔·谢尔盖耶维奇！哎！我满怀敬意地告诉您，太阳已经升起……伊戈尔·谢尔盖耶维奇，外面已经是什么世纪了?!”卡拉科津故意放开嗓门喊道，仿佛是在对一个聋子说话。

“亲爱的，你的话是什么意思?”善良而又垂垂老矣的院士在混沌中回应说。

“没有任何转义。我们这儿是科研生产联合体，还是养老院?”

大厅里的听众顿时欢呼起来，这欢呼声着实令人振奋。沃罗布耶夫-盖尔克做了一个动作，似乎想站起来将那个变得厚颜无耻的木偶从主席台上拉下来，但他与满脸通红的多库金低声交换了意见之后又坐下了。戴眼镜的市委工作人员露出了幸福的笑容，在他的工作簿上记着什么。

“靠电话指挥研究所的现象应该终止了！”大厅里有人这样喊道。

“他家中有三台电冰箱！我在给他送评语时亲眼看见的！”

“他老婆坐公家的汽车上市场买东西！”

R2D2终于明白大家说的是他，于是心慌意乱地往他那块很大的格子手绢里擤了擤鼻子。

“别喊了！”沃罗布耶夫-盖尔克严厉地命令道，紧紧地握着一只手，仿佛手中拿着一把长柄木勺，“想发言的请给主席团写条子！卡拉科津同志，您说完了吗？”

“我才刚刚开始！”捷达骑士回答说。

他在暴雨般的掌声中从讲台上走下来，自豪地回到大厅，在自己的位子上坐下，并向巴士马科夫挥了挥手。

当然，“金牛星座”的领导们以前就提出过批评，但这样做也都是遵循木偶式的原则，使用的是木偶式的词语。但即使是在这种木偶式的批评之后，也会有一大群阿谀奉承者紧跟着持不同政见者走上讲台发言——于是真理的探索者最终会产生这样一种感觉，似乎他破坏了座无虚席的大厅里的正常气氛。

“请允许我说几句！”多库金阴沉着脸请求说。

沃罗布耶夫-盖尔克这才轻松地喘了口气，但R2D2看了看副所长，他的表情像是一个遭到羞辱的少女那无能为力的父亲望着一个突然出现的复仇者。多库金走上讲台，皱着眉头往大厅四周扫了一眼，似乎想把那些大喊大叫的无耻捣乱者的长相记住。

“用年龄来谴责一个功勋卓著的学者——这么做是不公道的！”多库金开始说，语气严厉，“别墅里有三台电冰箱——也不是罪过嘛。妻子坐公家的汽车——虽然不太好，但也是可以原谅的嘛，当然，一个年纪轻轻、只有三十岁的女同志是可以坐公交车的……但这也只是偶尔为之嘛。至于把我们的住房配额给了第一次婚姻留下的孙子——这一点，伊戈尔·谢尔盖耶维奇，是不可饶恕的！这是我以一个共产党员的身份对一个共产党员说的一番话！是不——可——饶——恕的！”

“您怎么知道的？”大厅里有人问。

“所有的文件证明都是通过我这儿开的。复印件还在保险柜里。我可以拿给大家看！”

大厅一下子炸了。沃罗布耶夫-盖尔克精神头十足地晃动着脑袋，他想让坐在最后一排的同志都能看到，他对这件刚刚揭发出来的事情是多么震惊。市委的同志把眼镜推到了额头上，以一种普希金在博尔迪诺[①]那样的灵感做着笔记。R2D2似乎因为受到了委屈而变得年轻了，他跳起来，迈着小碎步朝讲台走去……

有一次，沙尔戈罗茨基被叫到斯大林那里谈话，后者问他，他为什么不与化学工业领域的破坏活动作斗争，他勇敢地回答说：

“约瑟夫·维萨里昂诺维奇[②]，我并不了解这些情况。”

“如果好好地动脑筋想想呢？”

“斯大林同志，难道您以为我没经过非常认真的思考就能回答您吗？”

克里姆林宫的这个高加索人笑了起来——化学工业有一年的时间几乎没有抓过任何人了。

R2D2一瘸一拐地走到讲台上，好像一下子又变老了，甚至明显地衰弱了，身子摇晃起来，已经发紫的嘴唇颤抖着，为了不倒下，他开始大口大口地吸吮新鲜空气并抓住了讲台。

“喊医生！”大厅里人们不安地骚动起来。

多库金和沃罗布耶夫-盖尔克赶紧朝院士跑过去，但无论如何也无法把他瘦骨嶙峋、布满褐色老年斑的手指头从讲台上掰开。有人从民防办公室抬来了帆布担架，护士也跑来了，手中高举着灌满了药液的注射器。院士的手终于被掰开了，人被抬走了，楚巴卡飞快地朝麦克风走来，一边走一边像唱歌剧前那样地清着嗓子：

“我要求把会继续开下去！我们深感愤怒……”

来开会的人很晚才离去，人们喊得筋疲力尽，会议做出了一大堆决议，还收到了许多公开信。

---

① 1830年9月，普希金抵达博尔迪诺（Boldino），接管了部分家庭财产。后来俄罗斯暴发霍乱，诗人最终被隔离，在强迫隔离下创作了许多重要著作。

② 斯大林的名字与父称。

“人肉的味道怎么样?”巴士马科夫问卡拉科津。

“臭狗屎!”

第二天，住进克里姆林宫医院的R2D2离开了领导岗位，原因是“身体虚弱同时需要撰写科学专著”。临时召开了全所的紧急会议，按照时兴的做法，新所长需要选举产生。候选人有两个——多库金和卡拉科津，但捷达骑士在市党委的两个小时的谈话后弃权了。

多库金在他的就职演说中许诺，要不了多久，“斯塔尔特”科研生产联合体每个工作人员的别墅里都会有三台电冰箱，而作为第一步，“金牛星座”的小吃部将出售新鲜的啤酒。

人们欢呼雀跃。

从政经验丰富的多库金慷慨地建议卡拉科津组织并领导“支持与加速改革的科研工作者委员会”(简称“克恩尔普”)。此后捷达完全放弃了科研工作和替人装修门的活，很少在实验室露面，而是组织群众集会，召开各种会议，安排游行。

有一天，他把巴士马科夫喊去参加红色无产阶级人民阵线政治委员会的会议。晚上，他们来到了四周栽满枞树的区委白色大楼前，台阶上站着几个穿得破破烂烂的年轻人。其中有一个穿得稍微体面些的，长相像一个成人的小伙子，因为书读得太多而一脸的愁苦相，还拄着一根金属拐杖。

“维尔斯塔科维奇，人民阵线政治委员会主席，”他自我介绍说，还煞有介事地握了握巴士马科夫的手，“历史学博士。”

“巴士马科夫，实验室主任……工程技术学副博士。”

“很好，您能与我们站在一起。”维尔斯塔科维奇严肃地夸奖说，并用探询的目光看了看奥列格·特鲁多维奇的眼睛，“工程技术领域的知识分子——我们革命的动力。工人阶级不是被收买了，就是在酗酒。农民阶层缺乏道德感而且遗传基因差。人文科学工作者遭到了意识形态的毒害。剩下的就是你们了——工程技术领域的知识分子。”

“奥列格·特鲁多维奇在区团委工作过！”卡拉科津自豪地透露了这一情况。

“太好了。我们非常需要了解政府机关情况的人！我们没有权利犯错误。工兵应该了解他所需解除具有爆炸能力的地雷的结构……”

这时，一个个子很小、已经秃顶、穿着件破旧的夹克衫的男青年从台阶上走下来。他两眼含泪，嘴唇颤抖着，说：

“情况不妙……”

“怎么回事？”维尔斯塔科维奇皱起了两道孩童般的眉头。

“答应给我们的房间，可还有人在里面上课！”

“还有什么课好上的？”

“裁剪缝纫小组……”

“哦，是这么回事啊！”人民阵线主席由于激动咬起了指甲，“这是需要时间等待的。斗争正在进行！任命式的体制不经过斗争是不会退出历史舞台的。明天一早我给市党委打电话！今天……今天，我们就在这儿开委员会会议！”

维尔斯塔科维奇用拐杖指了指花坛周围的长凳，花坛是被精心照料的，被移栽到这儿的鲜红花朵现出了一行题词：光荣属于苏联共产党！花坛的中央耸立着列宁头像，支撑着那脑袋的是筋肉条条的斗士的脖颈。领袖严肃而目光犀利地望着远方，没有发现一行用蓝色气溶胶喷在大理石基座上的可恶题词：共产党人——不是好人！

巴士马科夫不知为什么想起这么一件事，在一次盛大的群众集会上，严厉的切勃塔廖夫的头上突然被鸽子拉了一泡屎。但这位红色无产阶级区的领导没有发现，还继续在激情昂扬地演讲，可听众却忍不住要笑。突然，切勃塔廖夫在他的演讲词中用了一个黑色幽默——听众一下子爆发出了经久不息的哈哈大笑声，第一书记进而以一种胜利者的姿态向他的随从转过身去，意思是说，你瞧瞧我们的听众。后来他的随从们很久都不敢对仍然沉浸在群众集会的激动情绪中的费多尔·费多洛维奇指出那个恼人的鸽子标记。只是区委一个打扫卫生的老太太帮他解了围。她看到了第一书记后，拍了一下巴掌说：

“你这是怎么啦，费多尔·费多洛维奇，今天你头上怎么有屎啊！”

气得几乎发疯的切勃塔廖夫后来在他的那个著名的绿色小本本上整整记了半页的名字。

“好，那我们今天就坐在这儿开会，”维尔斯塔科维奇重复了一句，他用食指指着秃顶的小伙说，“今天你来做会议记录！”

“好像今天要下雨。”捷达提醒说，他故意在巴士马科夫面前装傻，以掩饰自己的窘态。

“要不，上我锅炉房去开？”秃顶的小伙殷勤地邀请说，“我那儿还暖和。还能炸点土豆吃……”

“最好到我那儿去，”人民阵线的另一个积极分子插话说，这是一位身着上了胶的建筑工人防水上衣、脚上穿着套鞋的大叔，他的大胡子已经灰白了，“我妻子肯定会高兴的！但在我那儿只能在厨房里开，而且说话得小声点，要不还得去哄小孩。”

“好吧，我们可以试试把俄罗斯唤醒，如果吵不醒你孩子的话！”维尔斯塔科维奇露出了慈父般的微笑。

巴士马科夫自然没有去大胡子家的厨房，借口说他有紧急的事情，但他保证说，下一次他一定加入人民阵线的队伍，把自己所有的力量都贡献给共同的事业。第二天，奥列格·特鲁多维奇问捷达：

“你从哪儿结识这些胡闹的活宝的？”

“革命的进程中总是有活宝的山羊和驯服的绵羊两类。你自己选吧！”

“你最好还是离他们远点！”

但是，卡拉科津没有离开他们。他总是处在一种组织集体活动的亢奋情绪中——他把“金牛星座”的科研人员分成五人一组，每次多数听话，但具有战斗性的人要对民主派发动进攻的时候，就可以在一个小时内组织起举着标语牌、拿着三色旗、扛着宣传画的浩浩荡荡的游行队伍来。拒绝参加群众集会或游行既说不出口，而且也不太可能。

“奥列格·季霍萨波维奇[①]，光躲在战壕里是不行的！斗争正在进行！”捷达愉快地警告说。

甚至连多库金和沃罗布耶夫-盖尔克都没有躲在战壕里。他们通常都走在“金牛星座”人队列的前面，手挽着手，礼貌周到地向其他队列中曾在区党委、学术委员会和部里见过面的领导人问候致意。

巴士马科夫举着一个用胶合板制作的标语牌，上面还是那个不甘寂寞的卡拉科津创作的诗句：

你，这部三套车，像鸟儿般往何处飞翔，
那古老的铃儿被晃得叮当作响？
我，这是在向社会主义啊，飞翔，
但只是依然要保留人的面庞！

大家通常在基辅地铁站集合。人们等候着开始游行的命令，三个一群、五个一伙，争论着戈尔巴乔夫是否已经向党的官僚们投降，叶利钦是否乘坐城里的公共汽车。有一次，一个可怕的消息震惊了人群：在高尔基大街的一个什么地方，一辆区委的伏尔加轿车的后保险杠被撞，车厢被打开了，里面……

“发现了什么？”巴士马科夫心里顿时凉了半截，他预感到里面恐怕装着某个改革的施工主任——叶戈尔·雅可符列夫或是加甫里拉·波波夫——的尸体。

“香肠！足有一百公斤！可是商店里却空空如也！这就是区委浑

① 父称“特鲁多维奇”的变体，意为“轻声打呼噜”。

蛋们的卑劣行径！”

“浑蛋。”巴士马科夫赞同说，心中茫然若失。

假如这当儿有谁认出了他是区委的工作人员，即使他如今已经不在那儿工作，人们也会把他撕成碎片的。

在这样的游行中，巴士马科夫始终与尼娜·安德列耶芙娜并排走在一起，后者举着她按照上级布置画的脸色铁青的叶利钦肖像。自从那次在办公室打了奥列格·特鲁多维奇一记耳光后，她便神经质地疏远了他。但有一次，巴士马科夫对叶利钦醉后的美国式恶作剧开了个玩笑，契尔涅茨卡娅便大声宣布说，某些人喜欢将自己卑鄙下流的行径与犯下的罪孽转嫁到伟人身上。应该说，实验室里所有女士都带着一种病态的冲动爱着叶利钦，只有唯一一个女性依然保留着对戈尔巴乔夫的忠诚。

以游行结束的群众集会并未得到上面的批准，当警察开始遣散人群时，尼娜·安德列耶芙娜突然十分亲热地紧紧偎依在巴士马科夫的身上。他保护着她不遭到像潮水般从四面八方涌来的人群的撞击，用一条胳膊拥抱着昔日的情妇，把她紧紧地搂在自己的怀中。她闭上了双眼，将第一个俄罗斯民选总统的肖像丢在了脚旁。她的身体中又出现了先前熟识的令人销魂的软弱，但巴士马科夫却相反，他感觉到了一种在如此的广场情境中也许完全不适宜的坐怀不乱的坚定。但后来，尼娜·安德列耶芙娜清醒过来，睁开了双眼，用冷冰冰的目光看了一眼奥列格·特鲁多维奇，捡起了肖像，用它把自己与他隔了开来，似乎在用一张圣像画阻挡不洁的邪恶。

他们俩走出人群，来到跑马广场，在赫尔岑大街上漫步。巴士马科夫问：

“你是不是非常生我的气？”

“非常。”

周围的人拿着三色旗、标语旗、萨哈罗夫的肖像从他们身边跑过，激动地呼喊着群众集会将在马雅可夫斯基广场继续进行。

“罗玛怎么样了？”巴士马科夫问。

“罗玛在国际比赛中获得了第六名。”

“他还常提起我吗？”

“有时还会提起你。”

密密的人群推着一辆轮椅从他们身旁飞快地跑过，车上坐着的是维尔斯塔科维奇：不知为什么，只要是参加群众活动，他从不带拐杖，而一定要坐轮椅。人民阵线的领导人向四周顾盼着，激动得直咬手指甲。那些推着他的轮椅的人将标语牌和旗帜扛在肩上，活像从地里干完农活回家的农民。卡拉科津拿着“公家的”吉他走在这一飞快行进着的队列末尾。当他看见巴士马科夫和契尔涅茨卡娅时会心地露出了微笑。

“也许，我们随便找个时间再聚一聚？”巴士马科夫不好意思地向尼娜·安德列耶芙娜建议说。

“不，我们不能‘随便找个时间’聚……”

“那花怎么样啦？”

“花？”她脸红了，“花都谢了！”

“全都谢了吗？”

尼娜·安德列耶芙娜没有回答。迎面跑来了一个胖胖的民警。他悻悻地一会儿望着游行的人群，一会儿看着自己包着人造革套子的步话机，步话机不时响起夹杂着骂人话的上司的命令。

“你永远也不能原谅我吗？”巴士马科夫问。

“什么时候我不再爱你了，我就会原谅你。”她回答说，说话声低得几乎让人难以听到。

十四

艾斯凯帕尔从沙发床上拿了一堆自己的证件，在放进公文包前又仔细看了一次。那本已经延期的出国护照上（为了以防万一，那本新护照和新签证放在维塔那儿了）盖有许多犹如接吻后留下的口红那样鲜红的印章，那印章上刻着相同的一个词——布列斯特，布列斯特，布列斯特，布列斯特……

巴士马科夫从没在国外久住过。有两次专门的旅游出差是由共青团安排的——去的是匈牙利和澳大利亚。在“金牛星座”工作期间，他像其他科研人员一样，还没到国外出过差。代替他们参加国外会议的，是沙尔戈罗茨基、多库金，最多再加上个沃罗布耶夫-盖尔克。后来，奥列格·特鲁多维奇穿梭似的没少去波兰，到波兰老板那儿去进货。但是购物出差——也只有几天。他在国外生活时间最长的要算在澳大利亚——足有两个星期。不过，“生活”这个词也并不符合实际。奥列格·特鲁多维奇在国外与其说是在生活，莫如说是以一种过客的形式匆匆往返而已。这种感觉有点像人的一种临界心情，长途列车已经发出咔嚓咔嚓的声响，列车晃动着进入火车站前的多岔道铁轨，你已经把手提箱收拾好，把卧具交给了因旅途即将结束而变得清醒的列车员，你的手已经伸进衣兜里摸索着找寻家门的钥匙。巴士马科夫从来没有考虑过，这种感情算不算被称为爱国主义的情感，他会不会为了这种情感，打个比方说，宁愿忍受拷打而不吐一字，或者拿着手榴弹扑向敌人的坦克？在祖国的土地上，他的感觉始终是平静安详的，就像穿着一条内裤在自家的房间里踱步一样，哪儿觉着痒了随时可以挠一挠，什么时候想打哈欠就打个哈欠，丝毫不会担心遇见卡嘉或是达士卡。

“图涅雅特奇，你最好还是把外裤穿上——女儿已经长大成人了！”这时卡嘉会这样说。

巴士马科夫对像卡嘉的兄长果沙那样的人总有一种崇拜感。国外的人就是这样生活的——做事谨慎稳重，行为脱俗高雅。他们在饭店里过一个夜晚就像安排整个人生那样，站在旅店窗户前惊叹外面的风景就像欣赏祖传城堡外的风景那样。

维塔家城堡外的景色会是什么样子的呢？那一定会很有趣。艾斯凯帕尔心想，为什么到现在她这个坏蛋还不打电话来呢？

也许，她改变了主意？那又怎么样？这是完全可能的。爸爸曾提出过警告：这种人总是始乱而终弃……说实在的，如今这些女孩的思维方式，正如斯拉宾逊常常喜欢说的那样，都是只图感官快活的，从来没有任何责任感！脑子里只有一个“哇”[①]字。她们可不是你的卡嘉——甚至连尼娜·安德列耶芙娜都不如！

……那次群众集会上令人难忘的表白之后，巴士马科夫与契尔涅茨卡娅的言行举止就像两人间什么事都未曾发生过一样，但奥列格·特鲁多维奇心中有这样一种感觉，似乎尼娜·安德列耶芙娜嘴上不说，心里却在等待着他下一步的行动。如果说早先，在那次谈话前，她从他身旁经过时，他会强烈地感觉到一种痛苦的冷淡漠然，那么如今他切肤地体会到了她发出的请求宽恕的召唤，只需要将手伸过去……为什么他没这么做呢？怕卡嘉？怕自己？还是怕下属说闲话？什么都不是！他谁也不怕，亦毫无羞怯之心。只是没把手伸

① 原文为英文，指享乐快活后的一种感叹。

过去——如此而已，岂有他哉……

办公室里浪漫韵事的细节一度是研究所工作人员的主要谈资，但这个时代已经成了由红色长衣覆盖着的苏维埃社会一去不复返的尘封往昔。如今人们大谈特谈的是笑话百出的人民代表大会的会议，复述的是索布恰克[①]每次极富挑战性的演讲，或是对某种倒行逆施痛苦而响声哈哈的讥嘲。举个例子，人们尽情取笑着切勃塔廖夫——这个巴士马科夫的老熟人。

费多尔·费多洛维奇，这个重权在握者，突然接二连三地犯下了一个又一个错误。起先与利加乔夫[②]别出心裁地搞了个反对酗酒的战役，甚至还在《真理报》上对此发表了题为“要酒还是要命”的大块文章。于是，伏特加和其他人们甘愿用来迷醉的酒精变体只能在下午两点后才开始出售。老百姓给那些无法喝到解醉酒而酗酒过度然后死亡的人创造出了新的词语——切勃塔廖夫化了。后来，他又在一次电视采访中讲述了他那名声在外的绿本本，甚至还在电视上向观众进行了展示。从那时起，一直到现在，在那些报刊人的笔下，“写进绿色本本中”这一术语便成了几乎等同于黑名单或者简直成了待枪决人员名单的同义词，而忘却了这一本本中还记好的那一半。

费多尔·费多洛维奇最大的错误是，他一次在人民代表大会上那一想起来就让人伤心的著名发言，他突然幼稚而笨嘴拙舌地在讲台上央求：

“如果需要，我可以跪下来——求求你们莫要破坏不是你们建造起来的东西！”

费多尔·费多洛维奇说完这一席话后竟哭了起来，说得准确点，他是带着哭腔、颤抖着嗓子说的。第二天，各种报纸纷纷发表了题为“切勃塔廖夫下跪了”“号啕痛哭的布尔什维克”等诸如此类的文

① 原彼得堡市市长。
② 戈尔巴乔夫改革时期政治上的风云人物。

章。而卡拉科津更是可笑，把切勃塔廖夫带着哭腔的发言模仿得惟妙惟肖——除了巴士马科夫，所有人，特别是尼娜·安德列耶芙娜，都笑得前仰后合。

“你怎么不笑呢?”捷达不解地问，

“哈——哈——哈哈……”奥列格·特鲁多维奇终于忍不住笑了，笑声却是那么悲凉。

与所有人一样，巴士马科夫每天晚上都要看代表大会的转播，甚至还会与卡嘉发生争吵。妻子要看另一个频道的节目，对剧中年轻混血姑娘的命运着了迷。姑娘对卑鄙的男主人的性纠缠勇敢地进行了抗争，但同时又无望地试图委身于一个情窦未开的牧羊少年，少年对自己的贵族出身一无所知。但卡嘉和所有苏联观众对此却很清楚，而此时苏联的存在只剩下数个月的光景了。

“你不是喜欢陀思妥耶夫斯基吗!”巴士马科夫感到十分惊奇。

“唉，塔波奇金，你让我安安静静地休息休息好不好!”

家庭内部的争吵最后是这样消解的：他们凭着彼得·尼基福洛维奇一张条子，直接在仓库里（当时在商店里已经什么都买不到了）以分期付款的形式又买了一台电视机。每天晚上，卡嘉都要给母亲打电话——她们会为半个小时长的电视剧中发生在庄园里的各种紧张激烈的故事讨论上一个有时甚至是两个小时。在转播代表大会实况的时候，卡拉科津也会给巴士马科夫拨打电话，并大声叫喊，话筒中的话机膜片会被震得直颤：

“你听见那个穿彩条裤的浑蛋的发言了吗?!所谓部队里乱七八糟的事情，原来都是记者与作家们胡编乱造的！简直是群野蛮人!”

巴士马科夫无精打采地表示了对其看法的赞同，但在他看来，讲台上所有这些慷慨激昂的陈词，实际上都不过是木偶们对卡拉巴斯-巴拉巴斯[1]的一种反抗而已。这时，一个高大强壮的大胡子年轻

① 童话中的人物，权力的代表者。

人似乎就会出现，他头上戴着顶礼帽，那礼帽居然碰上了克里姆林宫里的吊灯，他马上就会从幕后钻出来，用那嘎嘎作响的鞭子驱散出演革命闹剧的这些木偶。但不知为什么，这个年轻人没有出来。

在奥列格·特鲁多维奇看来，打得不亦乐乎的叶利钦和戈尔巴乔夫也如同两具站在大庭广众之下的木偶，他们在演出一场可笑的对骂滑稽戏，但真正的打斗却在幕后、在无处可寻的牵线人之间进行着，这些手正忙着的牵线人肯定在用脚踢踹着对方。仿佛时而会从幕后传来由于受到猛烈击打而发出来自心灵深处的沉闷呼喊声与哎哟声，尽管这声音会被手脚乱动的木偶们的吱吱尖叫声所淹没。

巴士马科夫在与尼娜·安德列耶芙娜绝交后维持着规律的家庭生活：下班回家，坐下吃晚餐，喝上一百克小酒，绝不超过这个量，因为如今伏特加只能凭票供应，所以需要将这种愉悦延续上一个月。只是有一次，在群众集会上与契尔涅茨卡娅摊牌后，奥列格·特鲁多维奇喝过了量，那天正好遇上卡嘉已经筋疲力尽，但心情极好地从一个天晓得在什么地方住的学生那里回家，他一下子喝光了十天的伏特加的量，好不容易才做到了不失态。

“群众集会开得怎么样？”卡嘉问道，自豪地拿出不知从哪儿弄来的小灌肠。

“老百姓是与我……我们……”

“咳，图涅雅特奇，这可不行！现在我的酒票可要买白糖了，不再买伏特加了！”妻子兴奋地威胁说。

“法西斯行径是不能得逞的！”

但这种情况属于例外，通常巴士马科夫晚饭后在沙发床上对着打开的电视机躺下后便进入了似睡非睡的状态，蒙眬中会有一些最重要的信息出现在他的意识中。有时为了逃避星期天的群众集会，他会对卡拉科津说，节假日的时间他要撰写博士论文。

“奥列格·特鲁多戈里科维奇，你还是甭去弄那个东西吧！”捷达生气地说，“如今买一个博士学位要比业余写一篇博士论文容易得多!”

当著名的八月动乱开始后，巴士马科夫感受着体内一百克小酒的温热带来的快意，躺在沙发床上，观看着《天鹅湖》，想起了岳丈的一个患者——大剧院的一个行政管理干部。有一次在银行，还有一次在别墅，他说过，大剧院的许多事情都取决于乐团的指挥。比方说，剧目的演出速度是由他控制的，这决定了乐队在演出结束后还能否来得及去叶利谢耶夫美食店喝伏特加，因为美食店十点钟是要关门的。倘若乐师惊恐地发现已经晚了，赶不上了，那么他们会从乐池中望着舞台上托举着恋人的王子，忧伤地应和着《胡桃夹子》著名的舒缓舞蹈结束曲，哼哼着：

我——们已经赶——不——上去美食——店啦!
我——们已经赶——不——上去美——食——店啦!

国家非常事件委员会的成员们在电视上发表讲话后，奥列格·特鲁多维奇感到困惑。他尤其不喜欢副总统亚纳耶夫两只颤抖的手。

“不，政权是无法靠颤抖的双手去夺取的!”巴士马科夫忧心忡忡。

起初，他几乎把所有这一切看作盼望已久、手举鞭子的卡拉巴斯-巴拉巴斯终于出现了。但结果是，他们仍然是些木偶——无谓地忙碌着、连对自己的勇气都感到害怕的愚蠢木偶们!

令巴士马科夫深感惊奇的是，在国家非常事件委员会的成员中，竟然没有切勃塔廖夫的身影。只是几年后，他在一本《绝对秘密》周刊中读到了一篇“政变者”写的回忆录，才知道费多尔·费多洛维奇从一开始就主张采取果断的行动，甚至不惜用流血手段。回忆录作者甚至引用了切勃塔廖夫的原话：“如果现在我们不把这个病灶根除，那么将来我们会在鲜血和污秽中湮灭!”随后，这个国家非常事件委员会的成员证实了他们当时热爱和平的愿望，他解释说，切勃塔廖夫正是由于这一嗜血念头，才未被接纳进国家非常事件委员会……他还在文章中写了费多尔·费多洛维奇奇怪的自杀，他是在《别洛韦日协议》签署不久后在别墅自杀的。在他溅满了鲜血的著名绿色本子上留下了这样的话：

我不想在恶棍和叛徒中活着。

但当时正在欣赏《天鹅湖》的巴士马科夫对此全然不知，只是他的第六感告诉他：正在发生的是一场巨大的历史性灾难。

彼得·尼基福洛维奇打来了电话：

“你听说国家非常事件委员会的成员们答应给每个人十五索特卡土地的许诺了吗?！也许，现在该允许增拨了吧！”

岳父早就希望能在原先六索特卡别墅用地的基础上再增加一块带树林的地，但尽管他的关系甚广，他索要的土地还是无法得到批准。

“也许吧……”奥列格·特鲁多维奇同意说。

“有可能还会做出具体的规定来?”彼得·尼基福洛维奇满怀希望地猜测说。

“兴许会有具体的规定。”巴士马科夫不想做任何反驳。

后来卡嘉回来了，她说，从一切迹象看，戈尔巴乔夫——要完蛋了，因为这个苦果正是他自己酿成的，是他想打倒变得厚颜无耻的叶利钦。如今他正静坐待唤，被软禁并在福罗斯[①]等待着……

“这是谁对你说的?”奥列格·特鲁多维奇问。

“瓦季姆·谢苗诺维奇。”

“他从哪儿听说的?”

① 黑海疗养胜地。

“他是个历史学家。”

她在说“历史学家”这个词的时候声调很特别，怀着一种崇敬，这种崇敬不仅仅是卡嘉对教育界同行的一种职业性长处的夸奖，而且还有别的含义在里面。但是巴士马科夫当时并未留意这些细节。

在发生动乱的第一个夜晚，他被酒撩拨得浑身燥热，走近卡嘉表达了行夫妻之事的愿望，却遭到了她懒洋洋但坚定的拒绝。

“为什么？”

“不为什么。”

“因为民主受到了威胁？”

“这与民主有什么关系？我累了……”

妻子睡着了，但巴士马科夫躺了很久，他想起与尼娜·安德列耶芙娜有一天在一起“浇花”，突然听到广播中说，安德罗波夫死了。这还是在他们俩刚刚有了浪漫故事的时候，从一大清早就预感到渴望已久的拥抱即将来临的巴士马科夫觉得身体中出现了一种柔和的、隐隐的酸痛。但契尔涅茨卡娅把他叫到荣誉榜旁边的亭子里，说：

“你听我说，最好不要今天……”

“为什么？你不行吗？”

“难道你还不理解吗？那么好的一个人死了……”

最可笑的是：他居然同意了她的意见，甚至还为自己不合时宜的邪念感到羞耻。他们都是多好的人啊，金色的心灵啊！

……在那个政变之夜，奥列格·特鲁多维奇思绪万千，难以入眠，激动中从床上爬起来，走进厨房，悄悄地打开电冰箱，像故意跟自己过不去似的吃了一根生的小灌肠。当他重新回到被窝里时，突然听见从街上传来轰隆隆的一声巨响。

是坦克开进了莫斯科。

第二天傍晚，卡拉科津激动不安地闯进他的住宅，上气不接下气地说，夜里肯定要进攻白宫，特种部队正在四处寻找叶利钦，要将他杀死，多库金和沃罗布耶夫-盖尔克采取了一种卑鄙的消极观望的态度，但他从“金牛星座”的消火栓中取下了两把斧子。并把它们藏在了他的胜利轿车的后备厢中。

“你这是想干什么？”巴士马科夫耸了耸肩说。

“干什么？咱们走！”

“你有什么好激动的。我认为，他们已经来不及去美食店喽。”奥列格·特鲁多维奇说，他这是指国家非常事件委员会的成员们。

“什么美食店不美食店的？奥列格·特鲁多维奇，你别激我，否则我会杀人的！咱们走！给你一把斧子。”

“你让我拿斧子去杀人？”巴士马科夫不时哼哼着，从沙发床上站了起来，乖乖地跟着他挽救民主去了。

下着小雨。胜利汽车被扔在了动物园旁边。两个好朋友用一件破衣服把斧子卷了起来，拉起上衣将头蒙上，朝白宫跑去。他们经过电影中心的灰色大楼。从查莫列诺娃大街拐到了德鲁仁尼可夫斯基大街上，又沿着红色普列斯尼亚体育场的围墙飞快地奔去。

民主堡垒的四周已经筑起了街垒。朦胧中可见支棱着的黑魆魆的帐篷的轮廓。还有篝火在燃烧。斯坦科维奇刚刚在大楼的廊檐下发表过演说，人们还沉浸在他火一般的话语中。两个好朋友在人群中向前挤着，看见一群人围在一个肩膀宽宽的小伙子的周围，他正在向保卫者们介绍说，一旦遇到毒气弹，应立刻用浸了苏打水的布把脸包起来。

“听说，用尿也行？”人群中有人问道。

“尿的效果非常好！”教练员点头说。

雨停了。他们在篝火旁坐下。一个穿着皮夹克和印有“苏联记者协会非常代表大会”字样的背心的男青年打开半导体收音机，拨到《自由电台》的频道上。播音员从遥远的欧洲以十分熟悉事件真相的语气报道，由大尉维廖夫金指挥的汽车营已经转到了人民这一边。这时响起了马达的轰鸣声，报道人用带有浓重口音的亲切语气问：

“维廖夫金先生，为什么您选择了自由？”

熟识的略带抱怨的声音回答说，他之所以选择自由完全是出于他个人的信仰，同时还因为他曾三次向俄罗斯政治总局报告了他的顶头上司少校加布尼滥用职权的行径，结果不仅受到了警告，而且被剥夺了职务晋升的可能……

“维廖夫金先生，请您告诉我，是不是整个军队都与叶利钦站在一起？”

“当然，而且与人民站在一起……”

收音机里又传来了马达的轰鸣声与人群的喊叫声：“叶利钦！俄罗斯！……”突然，一切声响都被一个撕心裂肺的嘈杂声淹没了，一时间响起了那位声名大噪的诗人的嗓音：

自由穿着小背心来临了，
将手榴弹扔在了坦克车身下……

“畜生，把人的耳朵都震聋了！”记者发怒了。

“震得好。谁让那些人撒谎的。”一个穿着尼龙风衣的工人回答说。

他坐在那里，把两只手伸向篝火，火苗清晰地映现出他那宽大而骨节粗壮的手掌。

“没有，没有撒谎。他们与我们站在一起！”记者解释说，挥了挥十指尖尖的手爪。

“他们干吗要与我们在一起？”工人吃惊地问道。

“难道是因为他们希望我们这里也有民主吗？”

“他们希望全世界都有民主。”

“他们为什么希望全世界都有民主？”工人不肯罢休。

“这个问题提得太愚蠢了！”记者耸了耸肩说。

“不愚蠢。”

“你这位大叔，怎么这么糊涂呢！”捷达听完这一番对话后忍不住了。

“就你明白，那你给我说说：要是民主在全世界都取得了胜利，谁说话能算数？”

“谁说了也不算数！”

“没这种事。”工人反驳道。

“滚你的吧……”

“不，等等，还是应该把话对人家讲清楚！”记者激动起来，“您哪怕想一想，要是国家非常事件委员会取得了胜利，会是怎么个结局？”

“什么结局？”

“首先，就不会有言论的自由。您难道不需要言论自由吗？”

“我吗？要它有什么用？就是现在，我也能当着面想说什么就说什么。就是对着车间主任也……”

“在党的会议上，您也能想说什么就说什么吗？”

“我不是党员……”

“那你跑这儿来干什么。”捷达又嚷嚷起来了。

“我对那个身上带记号的胡说八道的人和他的那个赖伊卡[①]烦透了！是该立个规矩了，”工人脸色阴郁地说，“要有规矩！”

“你要什么规矩？像斯大林时代的那种吗？”记者光火了。

“斯大林时代的有什么不好。只是要温和些才好……”

“你……你知道吗，有人在美国大使馆附近向我们的孩子开枪了？你知道吗？你想让我们大家都面对墙壁站着吗？！”

“我什么都不想。你们的孩子不该去烧军队的装甲车。您在那个部队待过？”

---

① 指戈尔巴乔夫和他的夫人赖莎。

“我没有在这个部队待过，也没有在这个部队待的打算！”记者自豪地宣布。

“我待过。在空降兵部队，”捷达回答说，“怎么？”

“我是在炮兵部队。”巴士马科夫怕别人问他，也回答说。

“我是坦克手，”工人回答说，“要是你的装甲车烧起来，你肯定会吓得对你妈都会开枪的！”

“我觉着，你为了那个规矩甚至准备向你的亲妈开枪！”记者说，语气中流露出某种莫名其妙的满足。

“为了你那个混账的言论自由，你都敢把你亲娘活活吃了！”工人用尖细的嗓音回答说。

“现在你得为你的这句话……”记者从箱子上站起来，舒展了一下他那少女般的溜肩，眼睛盯着捷达，期待着他的支持。

“哎，老爷们儿！”巴士马科夫插了一句，“算了吧，老爷们儿！”

架没能打起来。一颗红色信号弹升空而起，发出耀眼的光芒，一束束白色的探照灯光亮了起来，光柱落在低垂的乌云上。麦克风传来响亮的声音，让人们退到五十米开外，离开有效射程。穿着迷彩服的教练员出现了。他把曾经在空降兵部队里服过役的人，还有那些说阿塞拜疆话的人叫到一起。

“为什么非要说阿塞拜疆话的？”

“让阿塞拜疆人去打头阵。那些个傻瓜蛋反正无所谓，杀谁也是杀。”

“俄罗斯万岁！”记者大声叫喊着。

“反击开始了！”捷达兴奋地宣告说。

他展开那件破衣服，将一把防火斧子递给了巴士马科夫。奥列格·特鲁多维奇把它拿在手中，看见如同在鲜血中浸泡过的红色斧子，心中不禁战栗了一下。他当然知道，消火栓里所有的工具，甚至连水桶都是漆上红颜色的，但仍然无法摆脱对斧子产生的令他恶心的反感。

几分钟后，反击开始了。

记者与工人在攻占白宫前发生的这一切混乱之后，再也没回到篝火旁来。这时一个病恹恹的小青年怒气冲冲地出现了。他开始抱怨说，没让他参加翻译小组。这太不应该了。因为他正处于一种特殊的灵感时刻，已经进入一个世界性的信息空间中，可以讲地球上的任何一种语言，甚至懂多种宇宙方言。

“你现在会讲吗？”捷达好奇地问。

“会。”

“说句让我听听！”

病恹恹的小伙子发出了几个奇特的音——那响动有点像介于奥地利罗尔华彩乐章与俄罗斯民间歌谣之间的东西。

“什么地方讲这种话？”

“如果今天天上有星星的话，我可以指给你看！”男青年叹了口气说。

保卫者的人群中有不少稀奇古怪的人。一个老太太在篝火与标语牌之间晃来晃去，那标语牌上写着叶利钦、哈斯布拉托夫和科别茨将军的血型。她在记录着自愿献血者的名字，以便应对某个领袖受伤的万一。天快亮的时候，那个怒气冲冲的男青年打了个盹儿，他不好意思地承认说，他现在成了萨哈罗夫院士的化身，并在观望了世界的信息空间后预测民主肯定会取得胜利。

警报又发出和解除了好几次。有消息传来，人们都在悄悄地议论，叶利钦眼下正躲在美国大使馆里。一队手拿蜡烛的人从旁边走过。这是在为民主的胜利祈祷。后来又有人传言，说一个银行家直接从保险箱里取出美元分发给了保卫白宫的人们。正当捷达跑来跑去寻找银行家的时候，出现了几个房地产商，他们也开始分发，当然，不是外汇，而是免费提供的饮料与小吃。

“不能喝得太多！”他们警告说，“否则手会像亚纳耶夫那样发抖的！”

一些穿着白大褂的医务工作者也来了。

“有生病的或受伤的人吗?”

“哪儿来的受伤的人哟？要是有，你们有什么办法?”

“上帝保佑，眼下还没有受伤的……只有酒精中毒的。此外，还有晕过去的和神经受刺激的，这些人主要都是些妇女……”

又下起了小雨。不知在什么地方有人唱起了歌：“从岛上来到河的中央……”广播里又通告了两次，说有一个坦克车队正在向白宫开进，进攻即将开始。甚至有人向人群分发燃烧瓶。

“你有火柴吗?”巴士马科夫问。

捷达点了点头，从口袋里拿出打火机并检查了一下。人们推着坐在轮椅上的维尔斯塔科维奇从旁边经过。人民阵线主席认出了捷达，不知为什么向他飞了一个吻。后来警报又解除了，几分钟后又传来可怕的装甲车队向白宫挺进的消息。

“大象的队伍从动物园里跑出来啦，正朝我们开来!”捷达开玩笑说。

深夜，他们跑向滨河大道观看驶来的一艘快艇。那是内河航运人员工会倒向了叶利钦一边。他们撞上了喝得酩酊大醉的记者和工人。两人拥抱在一起，神经质地仍在争论民主胜利后谁说话算数的问题。

快艇已经很破旧，艇身长满了锈。

“你看，奥列格·特鲁多维奇，在这七十年里你们共产党员把‘阿芙乐尔号’糟蹋成什么样子了!”捷达扯着嗓子说。

站在滨河街上的人们都哈哈大笑起来。

天快亮的时候，萨哈罗夫院士的化身不知从什么地方又冒了出来，喘着粗气说，叛乱失败了，国家非常事件委员会的全体成员飞到伊拉克找萨达姆·侯赛因去了。

“找萨达姆？他会把他们藏到他的后宫去的!”捷达附和说。天大亮的时候，民主力量彻底胜利了。人们高喊着“乌拉”，欢呼雀跃，一字一顿地喊道：“叶利钦！俄罗斯！自由！”人们挥舞着旗帜，巴士马科夫感到奇怪的是，多数旗帜是乌克兰的“黄蓝条旗”。那些房地产商又出现了——带来了整箱整箱的香槟酒。穿着建筑工装的小伙子在篝火旁跳着“犹太”舞。

“孩子们，你们这是怎么啦——成了犹太复国主义者了吗？”捷达快活地问。

“不，我们不过是犹太人就是了！”他们高兴地笑着回答。

捷达的那辆红色胜利轿车的车身上落满了雨点，孤零零地停在动物园旁边。

“奥列格·特鲁多维奇，你明白眼下发生的事情吗？”他问，随手把红色斧子放进汽车的车厢。

“我不明白。”巴士马科夫老老实实地承认说。

他心里的确什么也不明白。戈尔巴乔夫为什么会被软禁，后来怎么又像个遭遇了火灾的人那样，身上裹着被子，牵着让人生厌的赖莎·马克西莫芙娜从飞机舷梯上下来？那些搞叛乱的人也不知是怎么回事：为什么他们不听费多尔·费多洛维奇的忠告？他们究竟怕什么？为什么他们的对手却什么也不怕呢？

后来，电视里播出了匆匆制作的关于胜利的新闻报道，有一件事让巴士马科夫感到惊奇：叶利钦被战友们簇拥着站在坦克上，号召要为民主而战斗，甚至不惜自己的肚皮。所有这些人，从叶利钦到他身旁的维尔斯塔科维奇，他们的眼神都是勇敢无畏的、快活欣喜的，甚至是狡黠顽皮的。他们谈的是他们所面临的可怕危机，但他们自己谁都不相信这一点。他们根本不相信：他们的眼神是快活的！而那些站在人群中听他们讲话的人，他们的眼神尽管也有无畏的成分，却是惊恐的。甚至连胆大妄为的卡拉科津也不例外，他被摄入了电视镜头，并为此感到非常自豪。所有这些疑点都让人感到奇怪且无法解释……

“您的那位伟大的瓦季姆·谢苗诺维奇都说了些什么？”巴士马

科夫问卡嘉。

“瓦季姆·谢苗诺维奇笑着说，这不是什么叛乱，而是一场闹剧！”

叛乱发生不久后，不知疲倦的捷达琢磨出一个“党证焚烧节”。人们在光荣榜前用毫无用处地堆积在“金牛星座”图书馆里的缔造者的全集，以及各种代表大会和中央全会的文件报告燃起了一堆篝火。当文件熊熊燃烧起来的时候，为庆祝这一节日而专门被邀请来的维尔斯塔科维奇做了演讲。他坐在轮椅上说，“金牛星座”庭院里的这堆篝火象征着清除历史污垢之火，它烧毁了可憎而可鄙的历史画页。极权主义——死去了。这不能不是一种幸福，因为极权主义无法真正地解放宇宙空间。只有到了今天，随着民主的胜利，俄罗斯真正的宇宙纪元才会到来！演讲结束时，维尔斯塔科维奇建议所有在场的人进行宣誓，要永远忠诚于民主。

“大家跟我说！我宣誓，在祖国危难的时刻，为了在我们的土地上确立自由、平等、博爱和公开性，我将不惜一切力量，如果需要，直至献出生命！”

在这一庄严的时刻，他脸上露出了独特的、山穷水尽的灵感，它只有在电影中，通常在我们游击队员的脖颈被套上绞索的时候才能看到。宣誓完毕后，维尔斯塔科维奇忍不住又咬开了手指甲。

火苗渐渐地散开。一片片纸灰犹如一只只瘦骨嶙峋的蝙蝠，旋转着向天空飞去。卡拉科津用一只手捂着脸阻挡着灼热的烧烤，第一个走近火堆将自己鲜红的小本子丢了进去。接着，重复了这一程序的是多库金——这时他的脸部表情是严肃而神秘莫测的。第三个走出人群的是楚巴卡。他在把党证扔进火中后，甚至还搓了搓两只手，似乎想除去肉眼看不见的共产主义的灰尘。此后，剩下的人也一个个都出来了：“金牛星座”的党员可不少。沃罗布耶夫-盖尔克因病没能出席，但还是让妻子拿着他的党证来了，还带来了书面的发言，表示要与所里全体党员的立场保持一致。为了以防万一，巴士马科夫还将他的国防运动协会的会员证扔进了火中，因为从远处看，它非常像党证。随后，多库金把他拉到一边放低声音对他说：

“你做得对，就得把它烧了。戈尔巴乔夫背叛了党。叶利钦——成了美国的间谍。这是我以一个共产党员的身份对一个共产党员说的话。我们到地下室去。”

节日的气氛越来越浓。大家喝了酒，手拉手地围在火堆的四周唱了起来：

在蓝色的夜晚，燃起堆堆的篝火。
我们是工人的孩子，少年先锋队的队员。

篝火渐渐熄灭了，四周已一片漆黑，人们开始从一层层依然发红的纸堆上跳过去。生病缺席的沃罗布耶夫-盖尔克的妻子甚至燎着了裙子的下摆，咯咯地笑个不停。她的情绪很亢奋，喝下一杯酒后，开始像在圣约翰节的狂欢时那样，搂住卡拉科津的脖子，但卡拉科津除了公主，早就对任何女人都不感兴趣，甚至怀着一种嫌弃感。于是她缠上了维尔斯塔科维奇，但他也向她表示，他是个残疾人，对女人毫无兴趣。最后，这个富有进攻性的女士在这天夜里迷上了楚巴卡。修剪得整整齐齐的灌木丛后面，久久地回响着她轻柔曼妙的嘿嘿笑声和他高亢嘹亮的咳嗽声。

几天后，巴士马科夫做了个怪梦：他梦见自己来到木偶剧院，但不是与达士卡，而是与卡嘉一起。偏偏不巧的是，演小妹妹阿廖努什卡的恰恰是与他相好的木偶戏女演员。一开始，他坐着看戏就像什么事都没发生一样，甚至还拉着妻子的手，但突然，一种可怕、无法遏制的奇特欲望涌上心头。巴士马科夫小声对卡嘉说他要去卫生间。他激动得浑身直打哆嗦，向演员上场的入口处跑去，随后久久地在幕布间踟蹰，最后终于看见了那个举着木偶的女演员。巴士马科夫悄悄走上前去，将她抱在怀中，并开始吻她那长着鬈发、散发着甜甜洗发液芳香的后脑勺。她惊恐地回过头来，想挣脱他的拥抱，但这时她仍在帷幕上方牵动着正在伤心的木偶小妹妹阿廖努什卡，用一种可笑的木偶的语言说：

“我的小哥哥伊凡努什卡在哪儿？在哪个方向，在什么地方啊？孩子们，你们看见了没有？”

“是那些鹅把他带走啦！是那些天鹅！”坐在大厅里的孩子们齐声回答。

说时迟那时快，巴士马科夫哆嗦着两只手一下子把她的裙子扯了下来，撕破了她的绣花内裤，喉咙里发出急切的咕噜噜的声响，想制伏那愤怒地躲避着他的两胯。女演员在激烈反抗的同时，并没有忘记她正在扮演的角色：

“苹果树啊苹果树，你有没有看见我的小哥哥？”

这时巴士马科夫终于灵巧地达到了他的目的，如愿以偿了。女演员仍在晃动着两胯竭力反抗着，但这时她的这一动作似乎已不再是反抗，而恰恰相反，成了为赢得即将到来的狂喜的一种巧妙参与，仿佛有众多苍蝇爪在挠抓着巴士马科夫的难能控制的肉体。

“你的感觉可好？”他问。

“小炉灶啊小炉灶，你有没有看见我的小哥哥？”她回答说。

“你说呀，你的感觉可好，说呀？”奥列格·特鲁多维奇喘着粗气，还在问。

“小鸟啊小鸟，你有没有看见我的小哥哥？”

“你说呀！”巴士马科夫喊了起来，感觉心脏都快要停止跳动了，太阳穴发凉，有数千只苍蝇的小爪在他的肉体上挠抓。

“图涅雅特奇，那你呢，你的感觉好吗？”突然，她用洪钟般的女低音回答说。

她的头吱的一声转了一百八十度——巴士马科夫看到的已经不是一个散发着甜甜洗发液香气、长着鬈发的后脑勺，而是一张用涂满了鲜艳色彩的硬纸糊成的巨大木偶脸：正启动灵活的下颌上下闭合着，两只玻璃眼睛向四面八方转动着。奥列格·特鲁多维奇吓出了一身冷汗，他这才明白，刚刚是在与一个巨大的木偶苟且，那个布制的身子里塞满了毫无知觉的棉花，只是为了给予他一种真实感，才在那个身子里垫上了一层柔软而滑溜的绸子。他恐怖地叫起来，竭力想挣脱，但未能如愿。

“别走！”她命令说，柔软的丝绸这回变成了难以想象、死死抓住了他的钢爪铁钳。

但这还不是最最可怕的：牵动着伤心的小妹妹阿廖努什卡的木偶起初被巴士马科夫当作女演员，但它自己也由另外一个木偶牵动着。一个更为巨大的木偶。而这个木偶又被第二个，第三个——又被第四个……一个个被制约着，没有穷尽。这是一个犹如奥斯坦金诺电视塔那样可怕的金字塔，它将塔基深深地藏在了地下，消失在被微弱的红色火焰照亮的黑色地壳深处。奥列格·特鲁多维奇有恐高症，他用双手捂住了脸。他之所以没有倒下，仅仅因为如今有木偶情欲的爪钳紧紧地抓住了他。突然，木偶像尼娜·安德列耶芙娜那样哭了起来，身子抽搐着，过了一会儿才安静下来，忧伤地嘟哝了一句：

“好了，塔波奇金，现在我才觉得舒服……不过，我的小哥哥伊凡努什卡到底在哪儿？”

爪钳松开了——巴士马科夫大叫一声，跌落了下去，落在了红黑色的冒着烟霭的地狱中……

“塔波奇金，”清早卡嘉好奇地问，“想不到，你夜里还会做春梦？”

“是关于政治的……”奥列格·特鲁多维奇叹了口气说。

不久，彼得·尼基福洛维奇到他们家来了一趟——他的情绪十分低落。在发生动乱的时候，上司给他打过一个电话，半开玩笑地建议他以列姆房屋建筑公司劳动集体的名义给国家非常事件委员会发一份表示支持的电报。与此同时，上司答应向他提供几箱德国产的带胶漆布。毫无心计的彼得·尼基福洛维奇像大多数打心眼里同情国家非常事件委员会的人一样，既没同声名大噪的诗人商量，也没向作曲家塔里库艾洛夫征求意见，不假思索地拟好了电文并发了出去。民主力量胜利后，上司以他与叛乱分子有瓜葛为由罢免了他，让自己的表妹夫担任了这一空出来的职务。没有举行任何欢送他退休的仪式，没授予他任何奖状，也没赠送他任何值钱的礼物。没把他扭送到监狱已经算是谢天谢地了！

“可刚开始的时候，他在我这儿不过是个铺地板的工人啊，”彼得·尼基福洛维奇十分伤心地说，他指的是突然成为领导的那位，“是我介绍这个杂种入党的呀，他因斗殴被开除出所的时候，还是我帮助他恢复工作的……为了能让他过得舒服些，去年我还给他家装上了芬兰浴室和粉色的卫生间。恩将仇报——是道德的瘟疫啊！”

巴士马科夫与岳父一起喝完了这个月定量的最后一瓶酒，开始诉说自己对国家发生的一切的疑惑。他还阐述了他的木偶理论，甚至打算把他做的奇怪的梦（当然是大致的内容）讲出来，但彼得·尼基福洛维奇打断了他，似乎还是第一次在心境不佳的情况下没有引用他人的话语：“奥列格，你谁也别相信！这些人都是些狗娘养的……”

八个月后，他在读《“战神帕拉斯号”驱逐舰》时死在了别墅里。此前，他先是从农场里拉了些肥料，后来拿了本书在阳台上躺下休息。躺着躺着……

那些创作界著名的朋友没有一个人来参加他的葬礼。甚至连那个声名大噪的诗人也没出席，只是从佩列捷金诺[①]发来一封加急电报，上面写着这样一首诗：

纪念依然历历在目的彼·尼，

① 莫斯科郊区著名的作家住地。

当朋友已经离去，
充满弹性的世界，张合如初，
又像气球般被吹起。永别了，永别了，同志！

几年后，巴士马科夫偶然在一张报纸上又读到了这篇墓志铭，但诗人的纪念作是献给作曲家塔里库艾洛夫的。不久前，这位声名大噪的诗人在电视上仍然用这些诗句与不幸早逝的弹唱诗人奥科莫耶夫告别。

好不容易才筹措到葬礼和追悼宴会的费用：1992 年年初发生的令人可怕的通货膨胀，在短短几个星期内就将岳父一生用诚实和不太诚实的劳动攒下的钱吞噬殆尽。是在彼得·尼基福洛维奇临终前一个月从斯德哥尔摩回来的果沙救了他。前来为岳父送葬的还是他先前的下属——水暖管道工、木匠、油漆工、抹灰工、铺地板工。他们对自己的上司赞不绝口，但总是忘记在追悼亡人的日子里不能喝酒的规矩。后来大家集体唱了彼得·尼基福洛维奇生前喜爱的歌，跳了舞，还把列姆房屋建筑公司办公室贪婪的新领导狠狠地骂了一通。

如今，巴士马科夫在回顾这些往事的时候常常想，上帝把岳父叫走得还很及时：建筑材料很快便滞销了，时兴西欧式装修了，代替捷克粉红色澡盆的是可供四人洗浴的整体浴室。彼得·尼基福洛维奇的朋友们，那些苏联艺术界的大腕，很快便变得无足轻重了。他们如今已经顾不上欧式装修了——连吃饱饭都困难了。甚至连声名大噪的诗人都改了行，如果电视上的报道可信的话，他如今靠在美国东海岸一个职业技术学校里讲文学课挣钱糊口。

尽管彼得·尼基福洛维奇在任期间犯过一些小小的过失，但他还是到了那里，来到了那个天堂。在那里，建筑材料、装修材料，以及卫生洁具肯定永远会是（不可能不是）紧俏的、供不应求的。对那儿的任何一个地方、操任何一种语言的人来说，它们都是稀罕的。令人难忘的彼得·尼基福洛维奇在观看完新电影的工作拷贝后还会向伟大的费德里科·费里尼提出有关创作的忠告，后者也会点头说：

“说下去，说下去，老朋友！你的话始终是不会错的！”

十五

艾斯凯帕尔又看了看表，摘下听筒，给维塔拨了个电话。一个温柔而甜蜜、语气中带着遗憾的女人的声音说，电话用户现在关机，请晚些时候再打。紧接着又响起了同样但是用英文说话的声音。

“Bee line！”①

奇怪！怎么还会在医生那儿呢？其实现在一切都很简单：是就是，不是就不是……也许，她是到她父亲那儿告别去了，所以才把手机关了？奇怪……不过生活还是教会了巴士马科夫，在事情没弄清楚前，他是不会着急的，不会白白地消耗那些珍贵的神经细胞。不错，现在已经得到证实，神经细胞是可以再生的——不过，死去了总还是怪可惜的！他决定半小时后再给维塔打，到时候如果情况不明，再想办法也不迟。现在最好还是——继续整理东西。除了收拾东西，现在做任何事情都无法使他忘却不快。任何一个艾斯凯帕尔都懂这一点。

巴士马科夫一开始策划逃离的事时，就决定一定要把所有衣服都带上。不，其实他并不打算把那些旧衣烂衫都折腾到塞浦路斯去。但要是他把这些破烂作为不忠和背信弃义的实物证据，统统留给被

① 关机。

抛弃的妻子，那就实在是太不人道了。让不幸的妻子对着离家出走的丈夫的一件穿过的高领毛衣号啕痛哭，会有什么好结果呢？不过，话又说回来，他怎么就能断定卡嘉会号啕痛哭呢？兴许，要不了多少时间，她很快就会与一个新的瓦季姆·谢苗诺维奇一起平静下来，那个男人会穿着他巴士马科夫的毛巾睡衣，穿着他巴士马科夫的毛皮拖鞋，在他巴士马科夫住过的屋里踱过来踱过去的。

不，没有这种可能——无论是卡嘉号啕大哭，还是别的男人穿着他巴士马科夫的拖鞋走来走去。

奥列格·特鲁多维奇在夹楼上积满灰尘的一堆东西中翻寻着，它们散发着一股难以言诉、几乎令人头晕目眩的往事的气息。我的天哪，夹楼上原来还有那么多完全没有用场，却绝对不能丢弃的东西呀！那些旧东西总会勾起我们对人生一段段类似幼虫羽化经历的回忆。人是在不断长大的——通过一件件的衣服，一本本的书，一样样的东西，会像蛇那样年复一年地蜕皮，脱去它旧日的躯壳。但与爬行动物不同的是，人不会将他陈旧的躯壳到处乱丢，而会存放在大柜子中、储藏室里、旧板棚下、小阁楼里、夹楼上……

不过，倘若蛇是理性动物，它也肯定不会将昔日的蛇蜕丢弃，而会像对往事的记忆那样将它们珍藏起来。那么，在蛇的文明中，可能也会产生一个完整的产业，生产独特的小箱子、小盒子、小柜子，用来存放被丢弃的蛇蜕。比如，一只细小精巧的粉红色匣子——是在它的孩子第一次蜕皮时赠送给孩子的礼物。画着一只长着翅膀的幼蜥和弓箭的稍大些的小盒子——是为新婚的蛇夫妻第一次一起蜕皮时准备的。而在一只漂亮的大柜子里面，在系着日期标记的特制衣架上会挂着像衣服一样的蛇蜕，这个柜子通常是为已经退休的功勋爬行动物准备的。是的，是这样……那么，主人们死后的躯壳会放到哪儿去呢？大多会存放在它们亲属那儿或者与已死的蛇一起放在一具小小的棺材里，一个像放台球杆那样的狭长套子里。也许，正好相反：所有幼虫的皮蜕都会被放在一个特殊的研究所里，在那里，学者们——眼镜蛇们——会潜心研究父辈们的再生和蛇蜕的复活问题……

但艾斯凯帕尔还没有想清楚，那些有理性的、已经死去的害虫的躯壳该安放到哪里，因为这时他找到了要找的东西，一个帆布旅行袋。如果他愿意，还可以把他在摩托化步兵连服役时穿过的军服放进去。这只装有可拆卸的轮子的大袋子是捷达骑士发明的，是他在他们俩“倒腾小买卖”时做的，一共做了两只。

还剩下些什么该做呢？1992年，“金牛星座”的经费被大大削减了，科研任务也被压缩了，虽然原先够一个月开销的生活费如今只能用几天，但工资却没有提高。正如有一次捷达说过的那样，通货膨胀，乃是经济领域的流行性感冒。多库金将“金牛星座”的一座楼租给了一家名叫“善良的撒马利特人[①]”的保险公司。

他们立刻对这座缺乏维修和管理的大楼进行了装修，铺上了地毯，装上了空调，四周栽上了枞树，还配备了计算机及各种办公设备。巴士马科夫毕竟不是在负责养马和兽力运输的人民委员部上班，干的是宇航的高科技，但如此的装备，他甚至在梦中都未曾见过。停在大楼入口处附近的进口汽车有穿着迷彩服的保安人员专门看守——如今，要想进入“金牛星座”这块领地比往常要困难得多。

起初，多库金经常召开全所会议，在会上常常不厌其烦地抱怨，那栋楼的出租所得勉强够科研生产联合体的日常开销。应该说，他变多了。首先，那张通红的大脸盘上眉毛的位置发生了变化：原先，在苏维埃时期，它们是朝着鼻梁的方向紧皱着的，如今却略显凄惨地上扬了。而且说话的声气也变了——命令式的语气换成了显得疲惫的请求口吻。

“同志们，是时候了，到了该开动脑筋大胆改革的时候了！这个市场不是你我拍脑袋想出来的……要想在市场上活……”

① 古代巴勒斯坦的居民。

“就得唱市场的调！”会场上响起了捷达的声音。

“说得对。应该有所突破了！我对你们说的这番话……是完全负责任的！比如说，生产别墅所需的生化厕所这个想法是非常有前景的，此外研制自来水的过滤装置也很不错，现在的自来水中含有大量有害杂质。拿我们家来说，我与妻子早就不饮用这种自来水了！”

果然，过了不久，取名“超净甘露”的过滤装置就被研发并生产出来了，同时生化厕所的样品“微风一号”——一种用大理石板制作的精巧流线型元件——也问世了。这两种装置都放在所长办公室里。多库金在与客户及投资者谈判时以一种胜利者的姿态指着“微风一号”说：

“这——就是我们的未来！”

那些神经质的研究人员到他这里来谈个人问题时都能有幸喝到他待客的纯净水。但不知为什么，批量生产生化厕所和过滤装置的问题一直没能解决……

一开始，大伙都是竖起耳朵听所长讲话，对他的句句箴言坚信不疑。但后来，当他有了簇新的雷诺汽车，而有人在城里发现他妻子与一个司机坐在本田轿车里时，人们便开始窃窃私语起来，所里开会的时候，也有人提出疑问，如果“金牛星座”连科研报告用纸都没钱购买，那么他的这些高档坐骑又是怎么来的呢？就像往常那样，第一个跳出来讲话的是捷达骑士，他直截了当地发问，一个穷得叮当响的科研生产联合体的主任如何白手起家给自己在高尔基大街①买下五居室的住宅？

出席会议的人一下子炸了，继卡拉科津之后又有几个真理的热爱者说了话，他们又补充揭发了一些事实，说头头还在扎戈梁卡兴建别墅，夏天全家还去了突尼斯……有人甚至以一种怀旧的情绪回忆起沙尔戈罗茨基简陋的别墅里三台破旧的电冰箱。与这位贪婪的

① 位于莫斯科市中心。

饕餮者相比，前任简直是个天使，是个白发苍苍的天使啊！大伙思考后，当场在会议上要求将多库金从主任这个位置上拉下来。不过，主持会议的沃罗布耶夫-盖尔克还比较谨慎，他指出，出席会议的人不到法定人数，当时已经成为非上市股份公司的“金牛星座”的章程还有一些特殊的规定。大家一开始根本不愿意听党领导的发言，原因首先是这位书记不久前自己也添置了一部新的拉达9型轿车。但是，捷达皱着眉头，提出了他的处理意见：

“不到法定人数的决议是无效的，我们应该找一个律师并准备有关材料。一个星期后我们再开会，然后把他妈的赶下台！我们将向检察院提交有关材料！”

多库金在听大伙说话的时候没表示反对，没打断别人说话，也没进行辩解，只是深表忧伤地望着那些揭发者，仿佛他事先早已给他们安排了一个非常非常可悲的结局。不出所料：第二天，所有真理的热爱者都以需要精简人员的口实被辞退了。没有一个人出来为他们说话：“金牛星座”早就没有工会了，更不用说党委了。唯独没敢动卡拉科津，因为他保卫民主有功，再说他与青云直上的维尔斯塔科维奇有着良好的私人关系。

不过，人们自行离去了。第一个按照合同出国的是楚巴卡：人事处的干部尽管警惕性很高，但还是没能发现他的妻子在美国有亲戚。不久，尼娜·安德列耶芙娜也走进了巴士马科夫的办公室，往他的办公桌上放了一张申请——自愿辞职。

“你也要走？奥列格·特鲁多维奇惊讶地问，“去哪儿？”

“奥姆卡要考大学。需要一个英文家教。我在《全球生活》杂志找了个搞发行的活。他们按销售量给提成。”

“咳，你知道……”他把人事处的一个决议拿了出来。

“你还记得我的那张字条吗？”突然，契尔涅茨卡娅涨红了脸，问道。

“当然记得。”

“那好，你还记得……请你别忘了！”

“是不是，你至今还没有原谅我？”

“是的，我不会原谅你的。”

尼娜·安德列耶芙娜往门外走去，但走到门口时停下了，回头看了他一眼。他们的目光相遇了，目光的交会处升腾起一片朦胧的玫瑰色云朵，那云朵非常像两个人的身子，男人的和女人的，他们被爱的链条紧紧地维系在一起。

后来整个实验室都被撤销了。巴士马科夫独自一人去谈，因为性格暴躁的捷达说过，他要当众在办公室里扇主任的耳光。多库金忧伤地听完他兼有央求和批评色彩的汇报后叹了口气，说：

“对。对呀！你以为，你那个实验室是我要撤的吗？不，这是他们，”他用手向天上指了指，“要撤。对他们来说，我们大家都是多余的。除了权力和美元外，他们什么都不需要！他们是敌人。敌人！是他们把一切都给毁了。你还不明白吗？”

“那不是还有人在下面抵制吗？”巴士马科夫以一种让人难以察觉的讥讽口吻问道。

“唉，奥列格，你是不知道啊，”多库金绝望地叹了口气说，“我如今，就是在暗暗地同他们斗呀……在地下。没有比如今更难的了。我们现在唯一能做的就是如何不让那些民主的浑蛋把什么东西都弄到自己手中！然后，再等待时机……咳，我们来喝一杯吧！你知道怎么喝芦荟酒吗？”

此后他们再也没谈工作上的事。主任以一副十分内行的口气解释着芦荟酒的喝法：芦荟刺需要先用盐渍一下，喝酒的时候，嘴里先嚼上几片柠檬再喝点番茄汁——否则那芦荟就不是味了，简直像嚼仙人掌的苦茎一般。但番茄汁没了，只好喝过滤水。多库金很快就发福了，不过，巴士马科夫也胖了——他们俩想起了在区团委一起工作时的岁月，还轻轻地哼起了一首歌：

红色的无产阶级，把步伐再迈得大一些！
红色的无产阶级，把旗帜再举得高一些！
红色的无产阶级，敌人并没有在打盹儿！
发起猛攻的时刻已经到来！

他们俩还想起了费多尔·费多洛维奇·切勃塔廖夫那个绿色的小本子，谈到了他可疑的自杀。

“我们可以走另外一条路！”多库金告诫说，“党组织没有钱。说有钱是胡说八道！我们应该去挣钱，你明白吗？奥列格！要——挣——钱！这是我对你……”

这时门突然被人一脚踢开了，未经秘书的任何通报，三个“善良的撒马利特人”——皮肤黝黑的高加索男人——径自闯进办公室。其中的一个年纪大些，挺着个大肚子，另外两个穿着皮夹克的年轻人长得精瘦，走起路来摇摇晃晃的。多库金的头一下子缩进了脖子里，脸上好不容易装出了一副公事公办的笑脸。奥列格·特鲁多维奇走出办公室的时候听见喉音很重的大声说话声，他从听到的只言片语中明白了这些人原来是为赌场上的事来的，打算把他先关在如今正好是巴士马科夫管的那个部门所在地的一间厢房里。

“没什么可说的！走，去找维尔斯塔科维奇！”卡拉科津做出了这样的决定。

但说说简单——找人去。捷达往他的接待室接连打了两个星期的电话，一个很可爱的姑娘的声音总是回答说，正在开会。

“除了开会，你们还干些什么？”到了第三个星期他忍不住发火了。

“当然还有要做的事！谈判啊……”

“那您记下来，就说卡拉科津来过电话。卡——拉——科——津，科技知识分子支持并加速改革委员会主席！克恩季普……”

“……普，好，已经记下来了。不用急，他会给您回电话的！”

一直到了第五个星期，他才总算接到了电话：

“阿尔卡基·伊里奇等候您的光临。时间是明天十四点十五分。”

他们俩在接待室等了很久，望着两个膀大腰圆的保安如何捉弄那个接电话的女秘书。除了声音悦耳，姑娘还长着两条修长的腿和足以做攻城护身盾牌的大胸。

“这个残疾人还混得不错啊，”卡拉科津冒出这么一句，“你瞧他的那些门神似的保镖！”

“再说这个小秘也不赖啊！”巴士马科夫补充道，自从尼娜·安德列耶芙娜离去后他突然尖锐地感觉到，已经有很长时间因孤独而十分苦闷。

“个头长得太猛了点。”捷达摇了摇头说。

据传，总统本人对维尔斯塔科维奇很有好感。有一次，在激烈的群众集会和另一个很小范围的会议结束之后，叶利钦感到十分疲劳，他是被人们搀扶着胳膊走出来的，维尔斯塔科维奇当时正在他身边，便善解人意地把自己的轮椅让给了他。人们推着叶利钦向等候着他的轿车走去，习习的微风扑面而来，他的感觉很好——他记住了这个殷勤而会办事的残疾人。

“先生们，里面请，”女秘书发出了悦耳的声音，“阿尔卡基·伊里奇正在等你们！”

“我们不是先生！我们是一起斗争的同志！”捷达自豪地纠正她说。

维尔斯塔科维奇是在一个宽敞的办公室里接待他们的，屋子里摆放着装上了新饰套的50年代的公家沙发和开会用的长长的镀镍条桌。只是屏幕有一人高的日本产大彩电、三色旗和一张总统在打网球的很大的照片告诉人们，如今已经是新时代了。早先的人民阵线领导人甚至还从桌子后面站了起来，拄着一根嵌有银饰的手杖，轻轻地握了握两位来客的手。

“很高兴能够看到战友们！”维尔斯塔科维奇身心疲惫地露出了笑容，“进来，不用客气！是的，街垒战后的生活变得有些无聊了，但也没有办法。”

“不过，你在这儿也筑起了街垒——我们好不容易才闯进你这儿啊！”卡拉科津用自己人的口吻开着玩笑说。

巴士马科夫非常敏感，立刻觉察出这种玩笑和特别亲昵的、和自己人说话的口气并不讨主人喜欢。

维尔斯塔科维奇穿着一件非常时髦的双排扣西装，这件款式独特考究、线条十分合身而优雅的西装显然价格不菲。头发明显经过美容师的精心修整，眉毛——简直让巴士马科夫感到吃惊——也修剪得整整齐齐。

“茶？咖啡？还是白兰地？”维尔斯塔科维奇让客人坐下后问，向女秘书下达了指示，“你们知道先前谁在这儿坐过吗？”

“托洛茨基！”卡拉科津并不友好地猜测说。

“不——对……这儿曾经是贝利亚的一个办公室。历史的讽刺啊！来此有何贵干？”

他一边漫不经心地听着他们的抱怨，从不打断他们，一边用粉红色的小孩般的手指头敲击着桌面。巴士马科夫发现他的手指甲精心修剪过，上面还涂上了一层无色指甲油。维尔斯塔科维奇有好几次受老习惯的驱使把手指头凑到了嘴边，但到了最后一刻还是意识到了。这时女秘书端来了咖啡和白兰地，单独给上司递上的椭圆形橙色药丸和一杯水放在了一个专门的银托盘里。巴士马科夫拿起一只杯子——杯子里散发出真正的、他久违了的白兰地的芳香。

“‘第比利斯陈酿’。放了有二十年，是总统加姆萨胡尔季阿捎来的。”

“要是纳扎尔巴耶夫总统再给你捎上个烤全羊，那该有多好啊！”捷达以一种充满幻想的嘲弄口吻叹了口气说。

巴士马科夫在桌子下面往卡拉科津的脚上狠狠地踩了一下，但后者做出了一副对伙伴的提醒毫不理会的样子。

“为伟大的俄罗斯干杯！”维尔斯塔科维奇提议道，与朋友一起嘬了一口矿泉水，紧皱双眉，把药吞了下去，“好，说下去！”

渐渐地，随着叙述的继续，他的脸沉了下来——他变得像个尽管年纪尚幼，但已经将操心国家大事的重任挑在了肩上的王子。有一次，维尔斯塔科维奇终于忍不住咬了一口涂上了油的粉红色指甲。

“你们讲的这一切都很有道理。”他最后说，“这样吧，我们还是先把我们多灾多难的俄罗斯的基本问题解决好！下水道的问题如今要比航天问题更重要啊！人是要死的，但宇宙是永恒的。早先在实行任命体制的时候，人们不懂这个道理。但我们这些为民主而斗争的人懂！我们再也不能以牺牲生活在今天的人的幸福为代价去创造未来了！至于宇宙，我们还是应该意识到这一点，它是属于全人类的。从根本上说，哪一个人最先登上那个火星——是俄罗斯人还是美国人，这并不重要。重要的是，他应该是个幸福而自由的人。”

维尔斯塔科维奇摆出一副胜利者的姿态，甚至不无困惑地朝他们俩看了一眼：为什么对他如此重要的讲话居然谁也不做记录？

“你在胡说八道！”卡拉科津终于忍不住发作了，虽然一秒钟前他还十分冷静，“甚至连共产党人都认为，宇宙……”

“什么?！我没听懂……”维尔斯塔科维奇两道整齐的眉毛翘了起来，犹如长在侏儒身上的手指头则放到了桌子下面。

“你这个两排扣的浑蛋，什么东西没听懂？你那次在篝火旁对我们都说了些什么？忘了吗?！要不要再提醒你?！”

但捷达没来得及做任何提醒——两个门神似的保镖走进了办公室，他们木呆呆的脸上露出一副只有酒店打手才有的踌躇满志却让人讨厌的神情，他们正急切地等待着最终能在眼前出现的闹事者……

“奥列格·特鲁多维奇，我们俩是不受欢迎的人！”卡拉科津拿到了够买一瓶伏特加的出差补贴后只说了这么一句话。

“还是不做总结的好！”巴士马科夫冷笑着说：他的补贴除了能买一瓶伏特加，还能再买点小吃。“你现在打算上哪儿？”

“我也不知道？”

他的确不知道。起先，他以为找个新工作很容易，甚至会像往常那样，工作会自己找上门来。但后来他才明白：哪儿都不需要人，即使有需要人的地方，工资也少得可怜，甚至连买张汽车月票的钱都不够。奥列格·特鲁多维奇有生以来第一次失业了。这是一种完全特殊的生存状态，与假日期间的畅快淋漓和期待调换工作时的无所事事毫无共同之处。他觉得自己变了个样，一只多年来一直尽心竭力忙得团团转的松鼠，如今突然被放逐到了动物养殖场。

早晨，卡嘉和达士卡去学校，巴士马科夫一直睡到腰酸背痛，起床后慢腾腾地吃完早饭，下楼去报亭买了几份报纸——色彩从鲜红到淡蓝各异，接着去小铺里灌上三升便宜的生啤酒，随后回家。他躺在沙发上，喝着略现泡沫的酸不溜丢的啤酒，看着报纸，关注着反对派与民主派之间曲折复杂的斗争。从本质上来说，它活像一场笨拙的真理探索者与狡猾的浑蛋间的较量，恨得牙根痒痒。接着巴士马科夫便开始读其他的版面，读到了关于在垃圾堆里捡到早产婴儿的消息，报道说婴儿在临死前似乎还叫了一声：“妈妈，你为什么要这么狠心?!”他读到关于一个八十岁的老太太如何用砍肉的斧子杀死一个拒绝承担男人义务的年轻同居者，看到一群少女如何强奸了一个地段民警，还读到一个杀人犯如何从十七层楼的窗户上掉下来，正好落在“提供紧急救护”的四轮马车上……

此后，奥列格·特鲁多维奇便打开电视机，一个节目接一个节目地看下去：电影、广告、答题游戏、新闻。他发现，断句清晰、略显忧虑的苏联播音员很快便从荧屏上消失了，取而代之的是口齿不清却敏捷伶俐的小伙子和神经质的姑娘，要在从前，凭那些姑娘的尊容，恐怕连语言障碍者寄宿学校里的业余文娱活动演出都不会吸收她们去参加的。富有洞察力的巴士马科夫还发现：最可靠的消息是白天发布的，因为大部分人都在上班。他与自己打赌，看晚间节目会不会重播那些真实的消息，结果对自己的胜出感到十分满意。

有时，卡拉科津会打电话来，精神头十足地问：

“怎么样，特鲁特涅维奇，工作找到了没有？”

“没有，还在吃闲饭呢。你呢？”

“我现在学会了安装铁门。”

“人们是因为害怕吗？”

“难道还会有别的什么原因吗！昨天，我给一家人装门。党中央工作人员住的那栋大楼里的六居室住宅。古色古香的家具。墙上还挂着巴克斯特和科罗温[①]的两幅作品。我问他们：‘这是巴克斯特的画吗？’他对我说：‘谁知道——是老婆拿来的。挂在那儿挺讨厌！’是个倒卖白酒的个人……”

“嗯，是呀……公主挺好吧？”

“她找到了一个工作。比我挣的还多呢。”

“我那位也是。”

“好，再见啦，闲饭继续吃下去吧！”

不，巴士马科夫并非无所事事——只不过是不想做事罢了。不想做事是出于思想上的一种抵触，他觉得自己是可怕的社会不公的牺牲品。这种社会的不公是卑鄙而不可理喻的，目前的这种社会体制根本无权继续存在下去，也不可能长久地维持下去。它必定会崩溃，在它的废墟上会出现一个光明而公正的世界。在那个新的世界里，他奥列格·特鲁多维奇会立刻恢复经过多少年的奋斗才获得的尊严。只是需要一种奥勃洛莫夫式的坚忍不拔，无须忙乱，不必安顿好自己并迎合这种不公，毋庸寻找自己在其中的位置，因为任何一个安于这种体制并习惯于在其中生活的人都会成为维系这个可耻的社会机制的结构中的一颗铆钉——它会促使它永远存在下去。

巴士马科夫就这样躺在沙发上，有时会往挂在他眼前的椭圆形镜子里自己的身影瞧上几眼，对自己的隐形伴侣挤眉弄眼地说：咳，

---

① 即莱昂·巴克斯特（1826—1890），俄国画家，“世界艺术社”成员。康斯坦丁·科罗温（1861—1939），印象派大师。

咱们俩就这么睡也得把他们睡垮！

卡嘉非常同情巴士马科夫，有一天，她抚摸着他的头，安慰他说：

“你不必难过，好吗？一切都会好起来的。我有工作。眼下钱还够咱们花的……好吗，图涅雅特奇？”

她在习惯性地使用这个多半已经成为表爱的称谓时，突然语塞了，意识到如今这个语词有了新的羞辱性含义：

“喔唷，对不起，我说的完全不是那个意思！”

有一次，达士卡在学校里领到一个很大的塑料袋，里面是所谓的人道主义援助，本来应该有一听百事可乐，但有人稀里糊涂地错把一罐一升装的过期德国巴乌尔啤酒放了进去。她把它给了巴士马科夫。但他没有喝，而是把它作为自己对新世界格局的憎恨的纪念物放在了小餐具橱里。他每次只要看见这一带有羞辱性的人道主义援助，心中都会燃起正义的仇恨。啤酒后来被前来看望小外孙女的特鲁特·瓦连京诺维奇喝掉了。

后来卡嘉莫名其妙地带回家一本厚厚的《圣经》，说是在一次全市语文教师的教学研讨会上发给她的。书的封皮软软的，看上去有点像通常在欧洲国家的电话亭里摆放着的电话簿的封面。黑色的封皮上印上了一行黄色的字：泰里·娄赠。非卖品。

奥列格·特鲁多维奇静静地躺在沙发上，产生了想读读《圣经》的念头：“上帝让人沉沉地睡去；趁他睡着时，上帝从他身上取下一根肋骨，用皮肉将其重新缝合起来。于是上帝用从男人身上取下的肋骨造就了他的妻子……”这非常像一个摄取遗传材料的手术。甚至是在麻醉状态下做的！“用皮肉将其重新缝合起来……”一个绝妙的外科手术。一点也不错，一个绝妙的外科手术！巴士马科夫想了很久，该隐杀了亚伯后会娶谁做老婆呢，要是地球上的人没再繁殖下去？难道，是娶尼安德特女人吗？假如真是这样，那么这一切都能写进奥列格·特鲁多维奇在《科学与生活》杂志中读到的一种理论中去。那种理论说，理智是通过宇宙外星人（什么叫“逐出天堂”，难道不是从地球这个行星上飞走吗？）与无脑的地球种群的代表杂交产生的。

这个神圣的人类历史故事，巴士马科夫读着读着便觉得无聊了。故事画面显得阴郁而单调。所有的沙皇与所有的民族——一样的卑鄙恶劣，他们活着的目的就是让弱小但高傲的亚伯拉罕部落蒙受羞辱。而后者只要一有机会便会变本加厉地复仇，鲜血遍布各地——剩下的只有忘记自己先辈的男孩和不认识自己丈夫的女孩。所有这一切很像中学的历史教科书。那儿每一页上也都写着年轻的苏维埃共和国在残忍的帝国主义者的包围中如何顺利地失去了生命力。最后弄得筋疲力尽……

他耐着性子读到书中约瑟在埃及含冤下狱的地方，他坚信鲍里斯·伊萨科维奇在与斯拉宾逊争论的时候所谈的看法是绝对正确的：犹太人在尼罗河岸上的生活其实并不那么痛苦。巴士马科夫进而为埃及人感到不平。可怜的埃及人被他们所驱赶来的蟾蜍所累，他们还放出了可恶的苍蝇和蝗虫，让埃及土地的上空布满黑暗，取走了金器银器，杀死了埃及人的长子……总之，他们将那里弄得昏天黑地，目的只有一个，那就是让法老把以色列人放走，去上帝“应许”他们的地方。为什么他硬是不放呢，要设置重重障碍，你们瞧，是因为他心肠变硬了吗？他确实变成了一副铁石心肠……

有一次，巴士马科夫在电视上看到了关于车臣总统杜达耶夫将军的报道。电视片是著名的电视记者维连娜·库秀克制作的。她的嗓音很独特——尖细却富有激情。她为杜达耶夫和饱受苦难的车臣人民感到高兴，那高兴劲甭提了。但后来，这个库秀克在车臣被劫持、强暴了，还被要求用一大笔赎金来赎她。莫斯科玩摇滚乐的进步知识界组织了几场义演性质的音乐会，还向银行家请求资助，募集了一笔款，终于将不幸的维连娜·库秀克赎了出来。名声大噪的诗人还为这件事创作了一首名叫《高加索女囚徒》的叙事短诗。曾有过一些卑鄙的污蔑性传闻，说库秀克蓄谋与一个野战军军官达成协议，一起策划了这起劫持事件，为的是搞点钱花……

但这都是后话，当时巴士马科夫在看关于杜达耶夫那部配有尖细解说声的电视片时，突然产生了一个想法：如果车臣人有朝一日脱离俄罗斯，开始自己有独立主权的山地生活，一定会写出新的世界史来的。再过两千年，人们会发现这部历史——抖落去历史的尘埃后会明白：原来，辽阔广大的俄罗斯埃及因为那些可恶的苍蝇而失去了理智，它的解体完全是因为，在与德意志埃及的战争中法老斯大林一世指责山民们叛变以及与法老希特勒一世沆瀣一气的行径，所以把他们统统驱逐出了高加索的巴勒斯坦，并不知弄到了何方。但最后车臣人为了与他们的敌人作对还是回到了自己车臣的故土，繁衍后代，向俄罗斯埃及的恶棍报了仇。准确地说，替他们报仇的是车臣人的上帝，那个长着白色大胡子，头戴银色羊羔皮高帽子，肩挎火箭筒的人……

“他终于看到了，这个结局很好！”

巴士马科夫读得乏味了，就把《圣经》放在了一边。此后的两个星期他读的基本上都是美国的侦探小说，那里面讲的是十分性感的超级间谍如何英勇地捉弄那些愚蠢的克格勃人员，后者连睡觉的时候都要怀抱极为珍贵的列宁全集。天晓得怎么会是这样！曾几何时，奥列格·特鲁多维奇认为瓦伊奈尔兄弟[①]的作品愚蠢可笑。但是与美国胡编乱造的臭狗屎相比——他们简直是巨人，是龚古尔兄弟[②]！

有一天，巴士马科夫在街头的书摊上买了几本小册子——《性爱技术指南》（当时这类书的发行量突然大得可怕）。读的时候，他高兴地发现，众多的诀窍与技法他自己全都采用过。不过，他还是从小册子中学到了一些东西，但要将这些新鲜的技艺运用到卡嘉身

---

① 苏联侦探小说作家，即阿尔卡狄·瓦伊奈尔和格奥尔基·瓦伊奈尔两兄弟。

② 法国著名作家，即埃德蒙·龚古尔和儒勒·龚古尔两兄弟。

上，他却没有成功。她下班回来时，不是筋疲力尽、神经高度紧张，就是无动于衷、毫无兴趣。

有一本翻译过来的叫《乳房与命运》的小书给他留下不同寻常的印象，书中讲的是乳房的形状与女性性格的关系。巴士马科夫认定，卡嘉的乳房属于那种猕猴桃形的。他觉得尼娜·安德列耶芙娜的乳房是熟果形的，它意味着良好的性格、温柔的心灵、杰出的智慧和对单调生活的厌恶。好几次他想拨尼娜·安德列耶芙娜的电话，把这些告诉她，但每次一想起可能进行的谈话内容就改变了主意。足有两天的时间，他一直在回忆奥克桑娜——他的初恋——的乳房的形状。后来他终于想起来了，是葡萄串形状的。根据小书上的介绍，这是没有常性、病态的色情，以及利用性来达到发财目的的一种标志。书里说的这些话都太对了！

奥列格·特鲁多维奇后来有好几天都沉浸在绵绵的思绪中。他在回忆被他解开衣服后的女子的乳房时，总会得出一番结论，作者提出的理论整体上都能被生活现实所印证，尽管也有截然相反的情况。例如，木偶剧女演员的两个乳房是苹果状的，这意味着激情澎湃，但巴士马科夫却从未发现……奥列格·特鲁多维奇一边躺着，一边竭力搜寻着他情爱库中的记忆，也想对女性做出新的分类。

时间在流逝，巴士马科夫继续无所事事地躺在那里，而新的社会体制仍然没有崩溃。星期天外出散步的时候，他已经习惯于向卡嘉要钱买啤酒喝或者主动要去“美食店”买东西，找回的零钱便可以再买上一两杯啤酒喝。周围所有的小铺他都熟，走到这些小铺跟前，根据人们的脸部表情，他就能判断啤酒是从哪儿运来的——巴达耶夫斯基、奥斯坦金斯基，还是莫斯科的试验厂。他们会像上流社会的人士那样谈论政治、天气和家里的宠物，当然还包括妻子。

卡嘉起先对此并没在意，后来有几次数零钱的时候，她便皱起眉头，末了给钱的时候开始一个戈比一个戈比地记账——说得确切点，因为发生了通货膨胀，实际上是一百卢布一百卢布地记账。现在，妻子临上班的时候，要是情绪不好，便会绷着脸喊上一句：

“图涅雅特奇，你在听我说话吗？”

“嗯——我不是在听吗？”巴士马科夫回答说。他现在已经习惯了一直睡到中午才起床，因为在厨房里看电视一看就看到深夜。

“你把大屋用吸尘器吸一下，再把灰尘擦擦！”

“我的屋也得做一下。昆卡你以后别再吸了，”达士卡还加了一句，“她现在已经没几根毛了！”

“图涅雅特奇，要是你不把这些事做好，”卡嘉说，有意强调了那个称谓的羞辱性含义，“就甭想吃晚饭！”

“你这个横行霸道的婆娘！”巴士马科夫嘟哝着，将头藏在了枕头下面。

“你敢去卡拉科津那儿试试！”

当然，晚饭他是吃到了，但卡嘉很严厉，而且一天比一天更甚。有一天晚上，他们俩躺在床上，巴士马科夫漫不经心地抚摸了一下卡嘉的身子，这在两人私生活的语言中意味着他在向她表达想过夫妻生活的愿望。

“你知道吗，”她说，一边抓住他的手把它挪开，“在美国，丈夫做这种事是要给妻子付钱的。”

“外汇吗？”

“那还用说。”

“可在俄罗斯恰恰相反！”奥列格·特鲁多维奇笑起来，又试图向卡嘉挺进。

“好吧，图涅雅特奇，那就这样。”她从床上跳下来，扯开嗓子喊道，“图涅雅特奇”这个词第一次被赋予了区法官进行宣判的语义，“那就这样：你也别没事做在家闲待着了！你和果沙到华沙做生意去！”

“投机倒把的事我没干过。我永远也不会去干！”

“你就得和果沙去！钱我来借。就这么说定了!!”卡嘉斩钉截铁地说完便背朝他躺下了，用被子把自己受过欺侮的身子紧紧地掖住，不留下任何让他有机可乘的空隙。

巴士马科夫的大舅子格奥尔基·彼得洛维奇是彼得·尼基福洛维奇去世前不久才从瑞典回来的。确切地说，他是被从大使馆赶出来遣送回国的。果沙的职务似乎微不足道——负责使馆电气设备的电器技师，但他真正的身份是负责窃听器装置——“看家狗”——的专家。总之，他不声不响地守护着国家机密，如同会说三种外语而且具有精确的射击能力的使馆花匠一样。

突然，莫斯科派来了一个新领事——年轻，时髦，精力充沛，浑身上下散发着一种懒散的非苏维埃气息。不久，他把果沙叫到他那里，要求在大使办公室安装“看家狗”，理由是：大使不久前曾经是边区党委第一书记，没能把当地的农业现代化搞好，对克里姆林宫新民主政权的忠诚性值得怀疑。这纯粹是胡说八道，因为大使，就像果沙一样，属于那种对任何政权都绝对忠诚的人，原因很简单，就因为它代表政权。更何况大使是个经验丰富的党的领导干部，他事先已经预感到莫斯科会发生的变化，所以与其他许多同行不同，没有支持国家非常事件委员会。但他的不支持缺乏力度，没有激情和任命体制应有的激动。显然，上司没有宽恕他这一不足。大使对新上任的领事采取了一种息事宁人的谦恭态度，就像古时候地方官迎接带来苏丹王礼品——一个放着一条绸带或一瓶毒药的小盒——的信使那样。

很早以前对违反任职条例或领导辖区没有政绩的人都是如此惩罚的！那么现在呢？一个人害得整个国家，从斯摩棱斯克到千岛群岛，患上冷热病而动荡不安，把他喂肥的是某个促进改革的智囊团基金会，而他——反而会被选为通讯院士，而且还会不断被拽到电视台演讲：西多尔·潘杰列蒙诺维奇，请不吝赐以忠告，讲讲今后人应该如何生活！（艾斯凯帕尔懊丧得差点没吐出来。）因他人愚蠢的过失而受连累，果沙就是这样的小人物。

经验丰富的果沙当然已经感觉到了，新上任的领事交给他这个可怕命令不是偶然的，这是如今克里姆林宫政界新星们的安排。但是，他听从了更为强大的良心的驱使，还是严肃拒绝了接受这一命令，借口没有得到指示，而重要的是——没有先例。领事极不自然地笑了，称他是极权主义制度的书呆子和残渣余孽，第二天又把花匠叫去了。

一个月后，大使应召回到莫斯科并立即被打发退休了，根据是花匠的一篇报告，报告中详细描绘了老外交家与一位著名的俄罗斯女民歌演唱家西尔娃·卡尔科江短暂而热烈的情感纠葛，这位女歌手是到瑞典来参加“海湾丁香”音乐节的。大使的办公室自然被领事占据了，此间后者正与刚刚从莫斯科国际关系学院毕业的政务处的一个三秘公开地发生肉体关系。花匠从大使馆的集体宿舍搬到了果沙的公寓中，因为巴士马科夫的大舅子也被遣返回家了，而且只给一个星期的时间收拾东西。

是啊，这的确有点不近人情，因为通常国外的工作人员回国要提前半年做精神和物质上的准备，有时甚至是一年。现有的东西要整理打包不说，还要再买点喜欢的东西——这都需要钱，需要精神、创造性，更重要的是需要时间，没有的恰恰是时间。但是果沙和他的夫人塔季雅娜竭尽一切难以想象的精神和生理上的努力，在一个星期的时间里做完了这件事。

果沙在大约二十年的任职期间回国度假都是匆匆来去，近三年因为经济上的关系没回家。他对业已发生的变化感到震惊，特别是对电视从早到晚都在诋毁克格勃更是不解——巴士马科夫的大舅子与这个机构有着没有公开却是直接的关系。他对小白桦商店的消失也很不高兴，这是让那些不在国外工作的同胞十分羡慕的地方，当年那儿能够用外汇券买到不少市场上奇缺的紧俏货。还有一件使他感到困惑的事是，外汇——这个不久前还会因它而坐牢的东西——现在成了最普通的人际交往的手段。此外，还出现了一些穿深红色夹克的光头小青年，他们在餐厅里一个晚上就可以与姑娘们花掉果沙在瑞典安装“看家狗”半年所挣的工资。塔季雅娜穿着她在斯德哥尔摩高档商厦买的最好的服装来到巴士马科夫家做客，当她听卡嘉说像她这样的衣服只要花四十六美元就可以在书屋商店里的古旧书部买到时，简直沮丧极了。

他们的最后一桩不幸是，装着他们所有托运物品的海运集装箱从瑞典出发后在港口城市塔林遗失了。果沙来到刚刚获得主权的该国首都，寻找费了九牛二虎之力才挣到的财产，但爱沙尼亚的所有官员不知怎的突然都不会说俄语了，只是一声不吭地耸耸肩。只有一个年轻的警察完全不像爱沙尼亚人那样，他脾气急躁，思索了几分钟后，想起了昔日占领者的腔调，说：

“您被偷走的只是一个什么集装箱，但你们从我们国家偷走的是五十年的自由！”

“我个人并没有偷走你们的自由！”果沙不知如何说才好。

“我个人也没偷您的集装箱啊！”爱沙尼亚人回答说，接着又开始用乌戈尔-芬兰语的华彩句说话了。

从塔林一回到莫斯科，果沙便酗起酒来，喝得昏天黑地。当然，在外交使团里清醒的人确实很少见，但他们都是偷偷地喝，不会把醉后的欣喜若狂和郁闷悲伤形之于外让别人说三道四。但这时的果沙已经顾不上脸面了。他特别喜欢在发泄一通后，去脱衣舞酒吧，用昂贵的香槟酒把那些身材高挑的脱衣女灌醉，为自己被毁灭了的仕途，为丢失了的财产，为矮矮的个子，为早早出现的秃顶，对命运实施报复。在斯德哥尔摩的时候，他怕有损自己的名声，从没去过脱衣舞厅。

起先他能自己走回家，后来是有人把他送回家。钱用光了之后，他开始典当衣物，为此常常与妻子打架。塔季雅娜当年在圣诞节曾以惊人的折扣买下一件裘皮大衣。但一次打牌时，因无法赢回输掉后用作抵押的这件衣服，她也开始酗酒了。两人还一起把一台日本电视机拿去卖了。他们的住宅中充溢着因全家人和谐与共一起酗酒而生成的经久不散的臭气。

唯一能够制止这一切胡闹的人是彼得·尼基福洛维奇，但他在沃斯特里亚科夫公墓已经安眠半年了。岳母绝望中仍在想方设法挽救儿子和儿媳，却没有任何结果，于是卡嘉出面来平息这场可怕的风波，为了能更有说服力，她把巴士马科夫也叫上了。但事与愿违，奥列格·特鲁多维奇在向果沙讲述酗酒的危害，并为要保持清醒的头脑而干杯的时候，自己却喝得头重脚轻，酩酊大醉。

第一个不再喝酒的是塔季雅娜，因为她突然发现，已是三十七岁女人的她，在狂喝纵饮的冲动中竟做到了多少年来在有经验的医生指导下和相对较好的身体状况下做不到的事情——居然怀上了孩子。但果沙在得知一个正在孕育的继承人将要出世的现实后，不但没有罢休，反而还兴奋地变本加厉起来。于是，在家庭会议上，大伙决定要给他好好治一治。他们刊登了招聘可靠心理医生的广告，还筹措了资金，一起把这个酒精嗜好者带到了诊所。

心理医生是个身高两米、两只胳膊长满了毛的拔牙大夫，说话的声气像杂技团的马术师，看人的目光像农村的巫士。他先是听了亲戚们没完没了的介绍和解释，很久没说话，随后转过身来，对因过度清醒而痛苦不堪的果沙发问：

“格奥尔基·彼得洛维奇，我怎么来对你进行治疗呢，代码暗示还是强化治疗？”

“代码暗示！”岳母和卡嘉异口同声地高声喊道。

“但我认为，强行治疗会更有效些！”遇事理智的巴士马科夫说出了自己的看法。

“我会考虑你的意见的！”卡嘉点了点头，生气地看了看并不十分清醒的奥列格·特鲁多维奇。

心理医生围着果沙走了几圈，请他把胳膊伸直，伸直后的手指微微颤抖着。

“瞧瞧，这该死的伏特加！格奥尔基·彼得洛维奇，您看呢？”

“是不是就别治了，是不是让我自己来戒？”巴士马科夫的大舅子哀求说。

“当然，得靠你自己！我们只不过是帮助你。稍稍帮点忙……”

医生说完这些话便让他在一张沙发床上躺下，将一根粗大的针头往白花花的、毫无掩饰的屁股上扎了进去。随后医生让他坐在椅子上，让他喝了一小瓶不知是什么的水，并把眼睛闭上。他开始对惊恐不安的果沙说，他的身体已经放松了，情绪非常好，他几乎已经完全进入了睡眠状态。

当患者闭上眼睛，心理医生便提示他说，他现在要开始数数——这时果沙的两只手毫不费力地自动向上抬起来。真的，数“一”的时候，手指头颤抖着离开了扶手，数到“二”的时候，慢慢地向上举了起来。随着医生不断数数，果沙的手越举越高，但没碰触到额头，这时他的脸显得那么安详、若有所思，仿佛他正在做一个奇怪的梦。

当他的手指头碰到额头的时候，心理医生停止数数，开始用一种奇怪的声音讲述，伏特加是一种多么讨厌的东西，它会损害肝、肾、脑，并夺走男人最为宝贵的精力（说到这里时，大舅子在梦中发出了微笑）。当医生说，从现在起，果沙身体里的每个细胞都将厌恶酒精，甚至是啤酒和发酵的格瓦斯时，患者不安地皱起了双眉。随后，他的两只手在催眠术家有节奏的数数声中又慢慢地放回扶手上。

“醒醒！”心理麻醉医生大喊了一声。

果沙睁开眼睛，让巴士马科夫感到惊讶的是，他在果沙的目光中看到了一种走出诊室后立即想喝酒的难以遏止的欲望。

“好了，您已经健康了！您身体已经康复了。您不再需要酒精了！”医生露出微笑，用懒洋洋的、公事公办的声音又补充了一句，“请在这儿签个字！要写上有关规定已经读过、无任何其他要求，等等。”

“为什么？”果沙产生了一种不祥的预感，问道。

“亲爱的格奥尔基·彼得洛维奇，这是为了不把我关进监狱，如果您依然还要喝酒并因此死去……”

“死去是什么意思？”岳母惊讶地举起两手拍打了一下。

“难道还会死人？”巴士马科夫害怕了。

“那当然！因为酒精——是一种毒药……”医生肯定地说。

“革命前有过这么一件事。一个商人打赌喂了一桶斯米诺牌伏特加给杂技团的大象——大象后来就死了……”

“那是整整一桶酒呀！”奥列格·特鲁多维奇表示怀疑。

“但格奥尔基·彼得洛维奇似乎也不是头象啊。”心理麻醉医生解释说。

“那象为什么要喝呢？”卡嘉十分惊奇。

“那格奥尔基·彼得洛维奇为什么要喝呢？”医生同样也十分惊讶。

“那个商人呢？”塔季雅娜好奇地问。

“商人被杂技团老板开枪打死了。这件事闹得沸沸扬扬。后来一个叫普列瓦戈的著名律师还为他辩护过……请您把名签上——随后您带着一副清洁的肝脏就可以自由了！”

果沙把名签上了——很快又会有一杯酒在等着他愉快的预感迸出火花，它像蜡烛火苗那样随风跳动了一下，但立刻在他眼前熄灭了。

“看眼睛！望着我的眼睛啊!!!”突然医生又用他催眠术家的男低音叫了起来，眼中露出了欣喜的光芒，“好了，现在一切都正常了。”

他打开写字台下边的小柜子，拿出一瓶已经喝过的首都牌伏特加和一个带棱的玻璃杯。他满满地斟了一杯酒，一直倒到了杯沿，递给刚刚做完代码暗示的病人：

“格奥尔基·彼得洛维奇，干了吧！”

果沙的脸上出现了想要呕吐的恐怖神情，他一手捂着肚子，另一只手按着喉咙，从诊室跑了出去。

“厕所在左边！”催眠术家冲着他身后喊了一声，随后将杯子里的酒一饮而尽，连眉头都没皱一下。

接受了代码暗示治疗后果沙大大地变了：说话慢了，一天要冲好几次澡，常常反复清点皮夹子里的钱，更重要的是，如今无论拿什么东西给他喝，甚至是牛奶，他也要首先用舌头舔一舔，等确信一点酒精都没有后，才肯把饮料喝下去。据塔季雅娜说，有时夜里他会突然从床上跳起来，全身冷汗淋漓。果沙老是做同一个噩梦：有人在倒水时别有用心地给他倒伏特加酒，他不知情地喝了下去……

然而，果沙经商的才华却苏醒了。他在研究了市场行情后决定做“小买卖”，以便他们盼望已久的新生儿不至于在一个因父母亲双双酗酒而弄得空空如也的住宅中开始他婴儿的生活。塔季雅娜尽管已经不是二十几岁的女子了，但怀孕的反应不大，于是两人开始往波兰上货，运去的大都是些塑料花，不知为什么，需求量还挺大，但在我们这儿根本不值钱，原因是一贫如洗的人们哪里有心思买花，更甭说是塑料花了。结果，这种买卖非常赚钱：每投一个美金，就能有三个美金的回报。很快电视机又回到了家中，又过了一些时间裘皮大衣也出现了，而且比原来的更贵重。

但是塔季雅娜越来越大的肚子终于成了严重的累赘，因为做小买卖不仅需要一双能够搬运旅行箱的有力的手，而且还需要一副能抗碰撞的身板，特别是在上莫斯科—华沙的火车时。果沙在他东跑西颠的买卖中突然成了孤家寡人，但要再雇一个外人一起来做，正如后来奥列格·特鲁多维奇认识到的那样，是不无风险的。

就在这个当儿，卡嘉责令巴士马科夫买花并与果沙一起到华沙去做生意。

十六

艾斯凯帕尔沉浸在回忆中，不知不觉中，一个旅行袋已经塞满了衣服。袋子放在屋子的中央，被撑得鼓鼓的，因为少了一个轱辘而偏斜着。果沙说得对：干买卖这一行折腾劲大，所以轱辘待不住。

“当年我是怎么弄得动这么重的东西的？”巴士马科夫好不容易才把旅行袋提起来，很是吃惊。

突然，他隐隐约约产生了一个念头，那念头来得如此突然，眼前甚至冒出了众多的小飞蚊：

“要是维塔突然变卦了怎么办？老爸曾真诚地警告过我：始乱终弃……也许她真是个‘骚货’?!”

奥列格·特鲁多维奇以静卧怠工的方式表示着对丑恶现实的抗议，与此同时，不仅在喝啤酒，还在思考女性乳房形状与其性格的关系，根据自己的生活经验创造了他对女人进行分类的原则。喜欢沉思的巴士马科夫将所有女性分成了五种类型：

小母猫型女人；

电车司机型女人；

捕兽器型女人；

枞树型女人；

字谜型女人。

当与维塔的关系已经很密切的时候，艾斯凯帕尔曾试图按照他制定的分类体系对这位年少的情妇进行归类。但未能如愿——归着归着就乱套了。因为维塔兼具“捕兽器”“枞树”和“字谜”的特征。她还年轻，尚未定型……轻浮的奥克桑娜初看起来明显是小母猫型。而卡嘉因为职业的缘故，早就成了个电车司机型的。而公主也许打生下来就是个枞树型的。但尼娜·安德列耶芙娜不是一下子，远不是一下子就成了捕兽器型的。说起字谜型的女人，应该说任何一个女人都想装出一个字谜型女人的样子，但真正地、彻头彻尾是这种类型的女人奥列格·特鲁多维奇还只见过一次，是在彼得格勒举办的全苏“化学与宇宙”应用科学研讨会上。

在全体会议上与巴士马科夫坐在一起的是一位他不认识的女士——相貌平平、三十五岁上下的黑发女人，穿着一件嵌金属线的芬兰深红色上衣。正是这件上衣引起了奥列格·特鲁多维奇的注意：卡嘉也有这么一件，只是颜色是蓝的，她通常到区教育局开会时才穿。这位陌生女子显然对邻座向她投来的探究目光做出了自己的阐释，于是开始偷偷地打量他。

巴士马科夫已经克制住了邂逅这位打扮熟识的女士带来的快乐情绪，想认真听报告人讲话，但同座的女士身上突然飘来一股熟识的“也许……”牌香水的芳香，尼娜·安德列耶芙娜通常也用这种香水。奥列格·特鲁多维奇甚至因为这完全一致的气味剧烈地咳嗽了一下。这一咳嗽不要紧，肩膀碰上了黑发女人。

“对不起！”他轻声说。

“没关系。”她回答说，但身子好像发冷似的也瑟缩了一下。

自然，在这些一致中没有任何足以大惊小怪的东西：在苏维埃时代，无论是人的气味，还是衣服的款式都无多样性可言。在地铁的车厢里，一下子就可以遇见半打洒了同一个牌子香水且穿着同样质地服装……的女士。当初，这是多么让人扫兴啊！如今，看惯了来自资本主义丰富多彩的热带丛林后，早先的贫乏有时反而会以其朴素真挚令人感动，甚至让人感到亲切。

有一次，卡嘉通过她在商界工作的父亲弄到了一顶麝鼠皮帽。巴士马科夫脱下原来那顶中国造的、已经戴烂了的难看兔毛帽，换上了新的，走到街上，在那些依然戴着兔毛帽、急匆匆赶去上班的同胞面前感觉到了一种可怕的羞愧，觉得自己可耻地背叛了他们。现在回想起来都可笑，因为在昆采沃①有好几幢专门为在中央工作的人建造的大楼，所以人们把它叫作“麝鼠村”。

“对不起，他说的加里宁格勒指的是什么地方?”同座的女士轻声问道，把身子侧向了他那一边，好让他能更深地吸入令人难以忘怀的“也许……”牌香水的芳香。

这次邂逅正好是在奥列格·特鲁多维奇与尼娜·安德列耶芙娜因是否做流产那件事而发生激烈争吵并好像要就此分手的时候。他想起了“浇花”时的情欲勃发，为此后的一去不复返而沉重地叹着气。他这会儿也叹了口气。女同座高度评价了这声叹息——她的眸子里升腾起一片充满柔情蜜意的雾霭。在大会组织者租下的用作综合饮食中心的餐厅里吃午饭的时候，她已经目标明确地与巴士马科夫坐在了一起。

“你去参观艾尔米塔什博物馆吗?”女士决定主动出击，首先表示了结识的愿望。

“我去……”

在汽车里，他们又坐在了一起。巴士马科夫觉着结识的机会来了，做了自我介绍，故意没说自己的父称，还对女士的名字表示了好奇。

“您猜猜!”她露出了迷人的微笑。

在去艾尔米塔什博物馆的一路上，巴士马科夫向她抛掷了一连串女性的名字，而对他每一次错误的猜测，她只是抑扬有致地哈哈

① 莫斯科远郊。

大笑，摇晃着脑袋。

“玛丽娅？”

“不对！哈——哈——哈……”

“娜婕日塔？”

“不对！哈——哈——哈……”

“尼娜！”

“不对！哈——哈——哈……”

“认输了吧？”

“我认输。”

“卡皮托琳娜。”

“这个名字很少见。”

“非常少见。现在你再猜猜，我是从哪儿来的？”

说实在的，巴士马科夫对这个谜一般的卡皮托琳娜究竟从哪儿来根本不感兴趣，但还是绞尽脑汁在琢磨，在这个广阔无垠的空间里，到底哪儿的人是用这种奇特的唧唧唧唧的声气说话的。他甚至没能好好地参观艾尔米塔什博物馆，一直在不断重复着积淀在脑袋里的各种各样的地名，它们或是在中学时候学的，或是从当年广播里一个非常著名的关于扎哈尔·扎加特金的地理节目中听到的。

“梅利托波尔？”

“不对。哈——哈——哈！”

“克拉斯诺达尔？”

“不对。哈——哈——哈！”

“斯塔夫罗波尔？”

“不对。哈——哈——哈！”

他终于又认输了，原来，卡皮托琳娜是从蒂拉斯波尔来的。奥列格·特鲁多维奇本已打算与新结识的女士脱钩，何况在会议代表中还有好几个可爱且感到寂寞的颇诱人的学术女性，但问题不在这儿。整个晚饭是在“不对。哈——哈——哈！”的伴奏声中吃完的，其间他一直在猜她论文的题目，后来则在想她养的狗的血统。晚饭后，大会为与会的科技界学者搞了个舞会，卡皮托琳娜牢牢地吊在了巴士马科夫的脖颈上。奥列格·特鲁多维奇与这位笑声朗朗的舞伴在镶木地板上磨蹭着，眼下又在猜测她最喜欢的颜色、她最喜爱的男演员的名字……原来是奥列格·维多夫……

“有关我最喜欢的男人的名字我就不再问你了。你一下子就会猜中的！”她意味深长地说。

巴士马科夫惊奇地发现，他们俩相互已经以“你”称呼了，她那颗可爱的小脑袋也信任地靠在了他的肩膀上。舞会间隙，奥列格·特鲁多维奇同屋的代表，一个从乌拉尔来的高高大大的男子把他叫到一边说，他要去谢斯特罗列茨克看一个亲戚，第二天早晨开会的时候赶回来。临走的时候，他还递了个眼色，以示鼓励。

舞会结束后，预料之中的事情发生了，两人的交流转移到了房间里。巴士马科夫为奖励自己艰难而无休止的猜测，终于摸到了卡皮托琳娜硕大而柔软的乳房，她突然问道：

“你猜猜，我有几个孩子了？”

“两个！”

“不对。哈——哈——哈！”

在最关键的时刻，当他终于战胜了短暂而可笑的抗拒，正有节奏地实施着背叛妻子的行为时，她把灼热的嘴唇贴在了他的耳朵上，呼哧呼哧地喘息着，问：

“你猜猜，我有过多少个男人？”

正是在这个节骨眼上，奥列格·特鲁多维奇的心里产生了一种奇异的感觉，他似乎将两个无法相容的东西融合在了一起——猜字谜游戏与做爱。

巴士马科夫醒来时只剩下他一个人——乱成一团的被子散发出一股强烈的“也许……”牌香水的气味。出于新鲜感而过度用力的身子有些酸痛。早饭已经开过了。奥列格·特鲁多维奇喝下一肚子剩茶后，便急急忙忙去了会议大厅，发现卡皮托琳娜已经站在讲台上。她显得很稳重也很严肃，她的报告——出奇地精彩。随后大家提了问题，从她的回答中，巴士马科夫得知他的可笑的女友正领导着一个大型企业。卡皮托琳娜从讲台上下来后挨着他坐下了，轻声地问他：

“你猜猜，刚才我在宣读报告的时候在想什么？”

巴士马科夫机智地笑了笑，在她耳边小声说了他的猜测。

“对！哈——哈——哈……你怎么猜到的？”

分手时奥列格·特鲁多维奇把自己的办公电话给了她，并得到了她的许诺，只要到莫斯科来，一定给他去电话。半年后，她不知从哪儿给他打了个电话：

“喂！是我呀……”

“谁呀？”巴士马科夫正忙着写年度总结，没想到会是她。

“你猜猜看？”

他当然猜到了，但尽量回避与她见面。他刚刚与尼娜·安德列耶芙娜讲和了，“浇花”行动又恢复了。眼下他谁也不需要，也不愿意再动脑筋去猜卡皮托琳娜没完没了地让他猜的谜。

不过话又得说回来，字谜型女人虽然累人，却没有危险。这是相对于枞树型女人而言的。后一类女人——可怕得很哟！奥列格·特鲁多维奇对枞树型女人充满了仇恨，特别是当他看到了公主对捷达所做的一切之后。你想想嘛，她就像一棵放在屋子中央，等待着男人装饰的枞树——所有男人都得围着她转，而戴着红色高帽子的那个人必须准备好装得满满的一大袋礼物站在树枝下。若是袋子里的礼物很少——愿上帝保佑，别发生这样的事——那个戴红帽子的人就会被淘汰，被扫地出门，他站在树枝下面的那个位置就会被别人——袋子里礼物多一些的人——所取代。那顶流动的红色高帽子就会被转交给别人。

可怜的捷达骑士完全没有了主意，被弄得焦头烂额，望着自己装礼物的袋子无可挽回地一点点瘪下去，再这样下去，他就可能会失去那顶流动的红色高帽。而公主这时会从那座用预制件搭成的玩具城堡中跑出去，走进广阔的天地，到卡利普索旅游公司谋职并坚信不疑地认定，时代不同了——周围男人有的是，他们还不知道如何打发他们那些足有波兰旅行袋大小、装满了礼物的巨大袋子哩。

卡拉科津焦躁不堪，痛苦万分，做出了一个又一个愚蠢的举动。他与一个十分挑剔的客户吵了一架，用脚把他刚刚费了九牛二虎之力装上的铁门踹坏了。芝麻公司把他解聘了。捷达开始四处奔波找门路赚钱，想起了利用工余时间，于是在乌斯宾斯基公路附近的一座小楼的建筑工地当了名石匠。过了一些时间，他用很简单的算术方法揭露了一个承包商侵吞工人工资的行径，还把对方的脸打破了，结果又丢掉了饭碗。于是，卡拉科津考虑到自己在解决生活冲突中所具有的拳打脚踢的能力，便在一家叫“小丑”的赌场里当起了保镖。起初一切似乎都还很不错。有一天，他降伏了一个窝囊废。那个家伙喝多了，醉意朦胧中，他除了像狼一样嗷嗷大叫外，还会在从他身旁经过的女士的屁股上乱咬。捷达把他弄到了一个安静舒适的地方，用手铐把他的双手铐在了暖气片上。等那个浑蛋窝囊废清醒过来并能够连贯地表达思想时，第一件事便是把自己的工作地点说了出来——总统办公室新闻中心。于是卡拉科津又被炒了鱿鱼……

这时巴士马科夫建议他入伙一起去波兰。捷达不仅同意了——希望能好好把自己的礼物袋充实一下——还把这一买卖搞得十分红火，弄得奥列格·特鲁多维奇觉得有些自卑，自己仿佛成了一个因为愚蠢而飞进航天器螺旋桨中的小鸟。他们俩坐着卡拉科津的“大瓢虫”东奔西跑地走遍了莫斯科，把所有能让波兰挑剔的消费者感兴趣的商品都买下了：塑料花、温度计、儿童玩具、伏特加酒，当然，还有美国烟。在急速贫困化的莫斯科，它们的价格要比情况好得多的华沙便宜。

然后他们仔细把它们打好包，用各种经得起检查的合成衣料将禁运的烟卷、伏特加藏好。卡拉科津好像是个一辈子都在干这种买卖的人——还在当时，他就为自己和巴士马科夫制作了有夹层、轮子可以拆换的特制帆布大旅行袋。

“要是将这种大旅行袋的制作投入生产，”骑士捷达很有信心地说，“考虑到现在全民经商的现实，那准能大发一笔！甚至可以给我们国家的宇航事业资助一把！”

“你还是先跑着，给自个儿挣够了再说吧！”果沙阴沉着脸说，卡拉科津那种风风火火的热闹劲着实让他讨厌，“上火车的时候，那些轮子准会被你弄丢的……”

果沙的话是对的。第一次刚刚上路轮子就不翼而飞了。

他们坐着装满了大包小包的“大瓢虫”来到白俄罗斯车站，车站一派紧急撤退时的景象：数百人提着、拉着、拽着、滚着、塞着、翻着、推着、用脚踢着各种大袋子、纸箱子、小箱子、小车子、旅行袋、书包、卷筒子……“倒爷们”推搡着，叫骂着，虽然每个人不仅有火车票，还有出国护照，但仍然拥挤着朝列车走去，似乎每个人都以为自己是最后一个，眼下还是有救的，若是赶不上火车就只有等死了。有一个男人的袋子裂开了——从里面滚出了数百个夹杂着鳄鱼基因的馅饼似的很小的塑料东西。

“你把这玩意儿拿来干什么？”果沙看见卡拉科津从胜利牌小轿车的后备厢里拿出了有弹唱诗人奥科耶莫夫亲笔签名的吉他后，不满地问。

“为了散散心！”捷达快活地回答说。

“为了散心……这汽车准备放哪儿？”

“就放在胡同里。”

“那你可得当心——会被偷走的！”果沙警告说；经过那番暗示治疗后他变得非常多疑。

“那就让他们当古董来偷吧！”捷达反驳说。

“要不要找个搬运工？”巴士马科夫朝那些很大的袋子点了点头建议说。

“我们自己搬吧！”果沙不同意；经过那番暗示治疗后他变得非常吝啬。

他们把行李拖到月台上时已经汗流浃背，连胳膊也抬不起来了，这时人们正争抢着上车。东西有从门里拖进去的，也有从窗户里塞进去的。从四面八方传来了不堪入耳、五花八门的谩骂声，巴士马科夫立刻意识到：新浪潮小说家们准是在争抢着上火车的车站上研究生活的。

“弄不好我们可能上不了车……只剩四分钟啦！”果沙尽管很有经验，也开始着急了。经过那番暗示治疗后，他还变得草木皆兵。

骑士捷达具有指挥官式的沉着与冷静，望着这一派乱哄哄的景象，坚决而果断地朝车厢门挤了过去，将一个像屎壳郎似的往里滚大袋子的男子从车门踏板上踹了下去。那位老兄翻着白眼凶狠地瞪了捷达一眼。

“这儿拿着吉他呢，请让一让！”卡拉科津很有礼貌地请求说。

“你要干什么？”那个男子脸色变得铁青。

“我是说，我拿着吉他呢……”卡拉科津解释说，示意性地朝乐器点了点头，“东西很贵重！有名人的签名。请让一让！”

“你想干什么?!”

“你想干什么?!”突然女列车员尖着嗓子也说了一句，“你没看见人家拿着吉他吗，让他先走！”

两分钟后，他们带着他们非同小可的行李已经坐在了包厢里，其他人还在向车厢里面冲。果沙沮丧地望着上车时弄脏的夹克袖子。卡拉科津叮叮咚咚地拨响了吉他。包厢里的第四位乘客是一个戴着副镜片厚厚的眼镜的知识分子模样的公民。当火车开动、月台向后面退去时，他做了自我介绍。对生存状态深感惊恐的神色尚未从这个差点没挤上火车的人的脸上消失。

“看来我注定要与你们在一起了。”他说完后用深邃而忧伤的目光看了看旅伴。

“您把车票拿出来给我们看看！”果沙要求说。

“喏，看吧……我的包可以找个地方放吗？”

“每个乘客都有乘车和随身携带手提物品的权利。”卡拉科津用一种做指示的口气告诫说。

他的手提物品是一个塞满各种商品的帆布袋，这种袋子通常是用来装拆卸下来的小皮艇组件的。四个人一起把他的帆布袋塞进了包间上层的行李隔层里。

“好，这回我们可垒成个金字塔了！”巴士马科夫气喘吁吁地打了个比喻。

“下一次你最好分成两个包装！”果沙阴沉着脸建议说，他那刚刚被拍打干净的袖子又被弄脏了。

“对不起，”眼镜有点不好意思，缩到包厢的一角，从背在肩上的书包里拿出一本叫《逍遥派》的书读起来。

窗外飞驰而过的景色——眼下还是莫斯科的——基本上都是用各种各样、有时是让人感到十分意外的材料搭成的私人车库。比方说，有一个是用很大的蓝色路标制作的——上面有各种各样的标示：

库宾卡 18 公里
亚历山德罗夫 74 公里
图拉 128 公里
辛菲罗波尔 1089 公里
祝一路平安

“我好像在什么地方看到过，”卡拉科津望着窗外，说，“在俄罗斯纺织厂附近，鸟儿都是用各种颜色的合成纤维做窝的。做出来的窝非常漂亮。外国人出大价钱来买。”

“买它干什么？”果沙惊讶地问，“这种鸟儿，这种厂子他们那儿也有啊。”

“外国的鸟儿早就资产阶级化了，它们才不懂得美呢！”捷达隐晦地挖苦道。

“我看到过，”巴士马科夫也补充说，“有一个叫扎依楚赫的人用空瓶子给自己造了一栋别墅。”

“对不起，那位是不是作家扎依楚赫的亲戚啊？”眼镜也很有礼貌地加入了他们的谈话。

“不排除这个可能。”果沙点了点头说。他早就不读什么书了，除了看一些有关经商诀窍及与奸商斗争的奥秘之类的东西，“有些人用空瓶子造房子，有些人则用连篇的空话。都是一路货……”

“咱们是不是为此干一杯?!”卡拉科津建议说。

于是大伙喝起酒来。当大家往外拿食品的时候，巴士马科夫心中在想：从人上路时带的东西，可以看出他的家庭状况，甚至家庭生活的质量！眼镜拿出了用塑料薄膜包的面包夹香肠，用专门的、包上了塑料薄膜的小罐装的蔬菜，一罐沙拉酱，几块淋上了油并撒上了葱花的腌鲜鱼，这充分说明眼镜的婚姻是幸福的。巴士马科夫和他大舅子准备的东西当然就没那么考究，但也还是不错的。是的，塔季雅娜给果沙的玻璃纸包中放的主要是水果和蔬菜，卡嘉给丈夫准备的是他岳母自己烤制的一大块葡萄干蛋糕。但卡拉科津拿出来放在小桌上的，不过是一块保健香肠、半个普通面包和两瓶伏特加。这明显地预示着家庭的悲剧已为期不远。

捷达随着车厢摇晃的节奏巧妙地往三个玻璃杯里倒满了伏特加，杯子是他刚刚从女列车员那里要来的，那个乖巧劲着实令人称羡。果沙出神地望着各人带来的食品，那样子活像一个瘫痪了的足球中锋在看不久前还是同一个俱乐部的球员在踢球。眼镜发现玻璃杯的数量似乎与在场的人数不符，不由得为难起来。

“没关系，没关系，”捷达安慰道，“某人在饮酒这个行当中已经功勋卓著，需要休息。”

果沙恶狠狠地朝卡拉科津瞪了一眼，又带着责备的目光望了望巴士马科夫，随后为了不至于对他人的幸福过分眼热，拿出了计算器、货物清单，爬到上铺埋头算他的账去了。

“同志们，咱们为什么干这一杯？”捷达举起酒杯发话了。

“对不起，请诸位原谅，”眼镜和颜悦色地打断他说，“本人对‘同志’这个词不太喜欢。”

“我们毕竟不是老爷嘛！”巴士马科夫对这种拿腔拿调、故意要保持严肃气氛，延迟幸福时刻来临的说话方式甚至有点生气。

“那您说该如何称呼您才好呢？”捷达问。

“本人认为，最好的称谓是，很遗憾，已经被人们遗忘了——就是‘先生’……”眼镜建议说。

“还有更好的——‘君’！”躺在上面的果沙吼了一声。

“亲爱的先生……对不起，我还不知贵人的名字和父称……”捷达问眼镜。

“尤里·阿尔先尼耶维奇。”

“亲爱的尤里·阿尔先尼耶维奇，这么说吧，我对‘同志’这个词的喜爱程度不会超过您。再说了，我和奥列格·捷尔米多洛维奇[①]，”他对因想抑制即将迸发出的笑声而低下头来的巴士马科夫点了点头说，“为了铲除这个同志式的政权曾做过不小的努力。为了保卫白宫，我们还得到了奖章。但是，在眼下这一具体的语境中，我们既非老爷，也非先生，更不是君子。我们是不折不扣的、真正的同志，因为此刻把我们联结在一起的是对我们来说最珍贵的东西——我们的货物。所以，同志们，我建议为我们时代的智慧、真诚和良心——市场行情干杯！”

“本人还从未思考过这一词义的来源。”尤里·阿尔先尼耶维奇

① 父称“特鲁多维奇”的变体，意为“法国18世纪热月党人”。

耸了耸肩说。

从上铺传来了果沙含混不清的嘟哝声，那发声很有点“信口雌黄”这类不敬语的同义词的嫌疑。

伏特加消解了人们上车时的精神张力，温暖了人心，亲和了人情。

“诸位都带了点什么货？”捷达友好地问。

“轻合金的平底煎锅和光荣牌手表。带日历，全自动，24钻的。”眼镜胸有成竹地通报说。

“创意不凡。我们的领衔行家有何指教?!”卡拉科津瞧了瞧果沙。

这位从上铺探下了身子，默默地看了一眼尤里·阿尔先尼耶维奇，仿佛同伴在这一时刻吃的不是腌鲜鱼，而是自己的排泄物。

“请问，有何见教?!”眼镜有些不安起来。

“平底煎锅我不敢说——我没做过，至于手表，我上次为了不往回盘货，是低于买价出手的。”经验老到的果沙发表意见说，“那儿我们的手表有的是，连狗都把锅炉牌表套上了。您带了多少？”

“一百块。”尤里·阿尔先尼耶维奇气馁地坦白说。

“是您自己决定进的还是别人建议的？”

“别人建议的……那什么销得好？”

“照相机、各种光学产品、铜咖啡壶、花、香烟，当然还有……”

“花……什么花？鲜花吗？”

“假花。”果沙不悦地笑了一声。

“那怎么办呢？”

“现在已经什么法也没了……”

“是——啊……海德格尔[①]说得对……该死的‘产品设计’！”

---

① 海德格尔（1889—1976），德国存在主义哲学家，其本体论的基本思想是：人只有在被遗弃的状态中才能认识自己。

尤里·阿尔先尼耶维奇叹了口气说。

“请转告您的那位海德格尔，说他不是个东西，这与产品设计毫无关系，”果沙解释说，“关键是行情。”

“您不用担心！”捷达安慰十分伤心的眼镜说，“这第二个酒令我来说。再一次为市场行情干杯，因为我们所有人都出于斯而又入于斯！她是智慧的，又是公正的，当我们正坐车前行的时候，市场行情也许已经发生了变化。比方说，皮尔·卡丹让一位女模特分别在两只手上戴两块手表走上T型台。于是手表的销路就会猛增……”

果沙在接受完暗示治疗后完全失去了幽默感，愤愤之中他把身子朝板壁转了过去。大伙又喝了一会儿，默默地望着窗外：出现在眼前的是莫斯科郊外的森林和花园式的小屋，也是用莫名其妙的材料搭建的。但时而也有用红砖建造的城堡从眼前闪过。

“嘿，还真能琢磨，还是晚期哥特式的！”尤里·阿尔先尼耶维奇摇了摇头说，“不知道，是哪家神仙的幽灵在这样的城堡里游荡？”

“被欺骗的投资人痛苦地呻吟着的灵魂以及被假冒伪劣的伏特加戕害了的呕吐不止的身影。”卡拉科津突然冒出了这么一句。

巴士马科夫建议以此为由再干一杯。

“逍遥派都是些什么人？”过了一会儿，他冲封皮朝上放着的那本书点了点头问。

“都是亚里士多德的弟子——狄凯阿尔赫、斯特拉通、艾夫杰姆、切奥符拉斯特[①]……”眼镜回答说。

“请您不要故弄玄虚，”捷达开玩笑说，“您是搞哲学的？”

“是的。”

“您的职业是什么？”

“这就是我的职业。”

“妙极了！”卡拉科津欢呼了起来，“有生以来第一次与一位以哲

① 均为古希腊哲学家。

学为职业的哲学家一起喝酒。”

“亚里士多德说过，哲学始于惊奇。我是一个教授。在捷姆琴师范学院教哲学。”

“这是什么地方？”

“捷姆琴吗？就是原先的斯捷普诺戈尔斯克，卡拉鲁克共和国的首都。”

“现在还有这个地方吗？”

“有啊。”哲学家伤心地叹了口气。

“太妙了！”卡拉科津高兴地说。

“您以为呢？”尤里·阿尔先尼耶维奇抬起那对忧伤的眼睛看了看他。

“当然有。根据我家族的传说，我的一个祖先就出生在卡拉鲁克草原上。”

“一个几乎是沙漠的地方。”哲学家纠正道。

“那您……怎么在这儿……您听懂我说话的意思了吗？”巴士马科夫说得很委婉。

“这个伤心的故事说来话就长了。”

“我们又不急着去什么地方。”

哲学家慢慢讲起了自己的故事，讲了很久——几乎快到了斯摩棱斯克，因为需要到站台上去买点喝的才不得不打住。关于自己的故事他总不能干讲吧。

……革命前，在如今是卡拉鲁克主权共和国的地方曾经有一个不大的哥萨克村落，叫斯托洛热沃依。附近的游牧民族卡拉鲁克人偶尔会来这里搞点所谓的易货贸易。20年代末，在拉撒尔附近（革命胜利后，为了纪念一个著名的革命家，这个小村落已经被重新命名了），发现了一些稀有的珍贵矿藏，不久他们便开始在那里兴建全国唯一的一家化工联合企业。从全国各地来到这里的建设者——足有数千人，小小的村落变成了一个都市。新矗立的第一批烟囱开始冒烟了。卡拉鲁克人有时还会到这里来向建设者们兜售一些畜牧产品，换点钱。他们大都从事放牧业，喜欢在喝冒泡的马奶子酒的时候讲古老的传说，比方说，成吉思汗在这里安营扎寨的时候，非常欣赏这儿产的马奶子酒和像小母骆驼那样美丽撩人的姑娘。卡拉鲁克人几乎都不识字，原因很简单，他们一直没有自己的文字。国内战争期间，英国使节帕姆金少校在拉丁文的基础上创造了一种字母，但这时伏龙芝[①]带着他的红军师团来到这里，后来帕姆金被派去了中国——这件事也就这么结束了。于是卡拉鲁克人至今依然是不识字的牧民，他们自己把那个联合企业叫作“撒旦帐篷”。

战争期间，有好几个撤退时被炸毁的化工厂留下的设备被转移到了麦赫利斯市（为纪念《真理报》的主编，当时就是这样命名该城市的），随同迁来这里的，还有免上前线的化工专家及他们的家小。也算是自然形成的吧，在广阔无垠的苏联疆土上，除了麦赫利斯市化工厂外，已经没有一个工厂生产硝酸钾了。有人向斯大林做了汇报。他站在地图前陷入了沉思中，对着话筒吹了几口气后说：

“麦赫利斯——大型化工企业之都！苏联——各民族和睦的大家庭。社会主义的未来——这就是合作与协调！那儿的卡拉鲁克人是什么东西？”

“约瑟夫·维萨利昂诺维奇，是游牧民族！”

“是该结束游牧生活的时候了。我们应该教育他们，把他们归并到社会主义文化中！只有这样，我们才能把希特勒的脑袋拧下来……”

巨型生产联合体就这样诞生了，而游牧的卡拉鲁克人的生活发生了伟大的变革。大型工厂冒烟了。人们源源不断地从祖国的四面八方来到这里：战争胜利后，“撒旦帐篷”周围建立了医院、学校、文化宫、幼儿园。这时第一批戴礼帽、穿西装的卡拉鲁克人从莫斯

① 即米哈伊尔·瓦西里耶维奇·伏龙芝（1885—1925），苏联工农红军统帅，军事理论家，开创了将革命激情和现代化武装相结合的道路。

科回来了，在他们西装上衣的大翻领上别着蓝色的高等军事院校的菱形章。

到了 20 世纪 60 年代初，斯捷普诺戈尔斯克（这是在揭露了个人迷信后改的城市名）建立了一所师范学院。尤里·阿尔先尼耶维奇这时是莫斯科大学哲学系刚刚毕业的大学生，他被叫到了区团委，领到了一张共青团出具的介绍信。在区里，人们对他说，应该把我们的少数民族兄弟提高到现代知识水平的高度！科学在这个共和国才刚刚开始宣传，专家太少了，尤里·阿尔先尼耶维奇被吸收进了语文小组，它的使命是创立卡拉鲁克人的文字。当然，主要的工作任务落在了首都语言学家和当地刚刚培养出来的知识分子的肩上，但也不知为什么，恰恰是尤里·阿尔先尼耶维奇创立了与罕见的卡拉鲁克语音相匹配的独特字母，他们的发音很像一个欧洲人吐痰清嗓子的动静。

“格奥尔基·彼得洛维奇，我能不能用一下您的钢笔！”哲学家问。

“给！”

尤里·阿尔先尼耶维奇拿着钢笔在餐巾纸上费力地描绘出了他想出来的字母：

的确，卡拉鲁克青年更喜欢自由自在的游牧生活，对学习没有特别的兴趣，所以尤里·阿尔先尼耶维奇与刚刚培养出来的民族知识分子的代表一起常常去游牧民族的聚居地，说服那些家长把孩子送到寄宿学校去。他们听说有一个地方有一个非常聪明的男孩，他靠听广播学会了说俄语。于是他们到那里准备招这个学生，但没找到——家长把孩子藏在了一堆毛皮下面。但最后还是把他找到了……这个男孩确实非常机灵。他的名字起得很拗口，用俄文读起来有点近似“骑着白马矫健驰骋的人”。

尤里·阿尔先尼耶维奇二十六岁就成了世界哲学教研室的主任，是这个教研室唯一的一名教师。不久，发生了苏联坦克入侵布拉格的事件，他因祸得福，结了婚。众所周知，1968年，世界帝国主义反对社会主义阵营的阴谋破产了。为了向人们解释在捷克斯洛伐克发生的事件，卡拉鲁克州党委举办了一个专门的讲习班，全共和国唯一的一名哲学家自然被吸收了进去。给卡拉鲁克人讲课是一件很快活的事——他们根本不知道捷克斯洛伐克在哪儿，说到“布拉格”这个名字时大伙便嘿嘿地笑，因为这个词的发音与他们造出来的那个词几乎一样，只是没有俄文“T”的音，意思是没有生育过的女人的生殖器。

给俄罗斯人讲课要困难得多：很多人都知道捷克斯洛伐克在哪儿，但几乎所有人都会把胡萨克与盖莱克①弄混。尤里·阿尔先尼耶维奇在给市医院工作人员讲课的时候简直伤透了脑筋，医生在政治上都有辨别能力，虽然十分理智地没有去谴责入侵捷克斯洛伐克的行为，但心里却认为，与其花人民的钱开着坦克穿过欧洲去侵犯别人，不如增加些病床的数量并改善病人的伙食。

一个非常年轻的理疗科女医生对他提的问题最多。从那对目光炯炯的眼睛和因为激动而绯红的脸蛋可以看出，她是刚刚被分配到这儿来的大学毕业生。姑娘请求报告人更详细地讲讲所谓“布拉格之春”的领导人的罪恶行径，特别是他们企图建立“具有人性的社会主义”的卑鄙方案。但不幸的是，尤里·阿尔先尼耶维奇所获得的所有有关捷克斯洛伐克事件的细枝末节的来源与他的听众完全一样，都是从那些报纸上看来的。所以他们无法做任何补充。

“你们想想我当时的处境！”哲学家喝干了伏特加，扫了几位听众一眼。

“是啊，大厅里有人向我喊道：‘再讲得详细一些！’”捷达点了点头说。

“你们猜，我当时是怎么回答的？”

① 前者是捷克斯洛伐克共产党的总书记和总统，后者是东德共产党总书记。

“宣布散会！”果沙在上铺嘟哝了一声。

“不——对！不能这么干……当我们讲师团在州委接受指示的时候，曾被警告过：要是有人提出捣乱性的、带有反苏倾向的问题，最好让他们课后带着这些问题来找你。要把这些人的名字记下来……”

“你难道真的记下来了吗？”巴士马科夫一下子呆住了。

“有什么好记的！”果沙哈哈大笑着说，“听课的人，恐怕有一半都是来监视的。”

“好了好了，别妨碍人家说话，说下去，尤里·阿尔先尼耶维奇！”

……于是，报告人用关注的目光打量了一眼姑娘后问：

“对不起，您叫什么名字？”

“加丽娜·塔拉索芙娜。”

“姓呢？”

“皮里边科。”

“加丽娜·塔拉索芙娜，您的问题，也许所有在场的听众都不会感兴趣……”

“可以说完全不感兴趣！”与报告人一起坐在主席台上的主任医生证实说。

“那这样吧。课后您到我那儿去一趟，我单独给您讲讲！”

“明天开完会后，您也到我那儿去一趟，”主任医生补充道，“我也给您解释解释。”

加丽娜·塔拉索芙娜来了。他们围着医院前的小花园走了很久，除了捷克斯洛伐克什么都谈了。布拉格的坦克也好，瓦茨拉夫斯基广场上一个大学生的自焚也好，包括像伊·蒙坦这样的苏联的好朋友在内的世界知识分子的抗议也罢，尤里·阿尔先尼耶维奇觉得，这一切与一位年轻、黝黑、用一双像熟透了的樱桃一样的乌黑眸子望着他的姑娘相比，简直是无足轻重的。他了解到，加丽娜从基辅医学院毕业刚刚一年，是自己要求来这个大型化工之都工作的。而化学工业——21 世纪的科学。随后两人坐上公共汽车，坐到了终点站，走进了广阔无垠的草原……

“一个几乎是沙漠的地方！”报复心很强的捷达纠正他说。

“那是现在。而当时还是一片草原。”哲学家叹了口气道。

他们俩的婚礼是在师范学院的大食堂里举行的，喝的基本上都是用百里香草泡的医用酒精，酒精是主任医生慷慨提供的，后者为他的女工作人员因政治上的不成熟而发生的事能如此完满地得到解决深感高兴。

两人先在集体宿舍的一间单身住房里安了家，女儿斯维特兰娜出生后，他们在斯捷普诺戈尔斯克的市中心得到了一套住房。一切都是那么美满——工厂冒着青烟，尤里·阿尔先尼耶维奇给大学生们上哲学史的课，妻子领导着理疗科的工作，女儿茁壮成长。时间在流逝——尤里·阿尔先尼耶维奇的学生和加丽娜·塔拉索娃的患者中卡拉鲁克人越来越多了，他们逐渐地将长衫换成了西服。有一天下课后，一个身材修长的大学生走到尤里·阿尔先尼耶维奇跟前，问：

“您还认识我吗，教授？”

“对不起，不记得了！”

“我是那个骑着白马矫健驰骋的人！想起来了吗？”

“你说什么！你都长这么高啦……”

男青年从此常常去他们家。他们都没有发现，斯维特兰娜爱上了他。有一天早晨，是星期天，门铃响了。尤里·阿尔先尼耶维奇打开房门，发现房门口站着一只小羊羔，脖子上绑着一块红布。教授在这儿已经生活了多年，当然知道卡拉鲁克人就是用这种方法告诉未婚妻的父母他们儿子的重大决定。婚礼是在市里最好的一家餐厅举行的——尤里·阿尔先尼耶维奇和加丽娜·塔拉索芙娜家境不错，而新郎的父亲是一个得过勋章的牧民。

一切都很顺利，甚至可以说是非常美满，但这时戈尔巴乔夫上台了。刚开始的时候，大家都为改革感到高兴！上课的时候想讲尼采就讲尼采！想展开对克尔恺郭尔[①]的讨论就可以畅所欲言！谁也不会把你叫到州党委去，谁也不会在开会时训斥人。绝对的自由！尤里·阿尔先尼耶维奇坚决退出了苏联共产党并加入了立宪民主党。而他的女婿当时还组织了卡拉鲁克民族阵线，阵线一经成立，立刻举行了规模不大，但影响很大的群众性绝食运动，提出的要求是：

“民族共和国应有本民族自己的领袖！”

莫斯科召开了会议，罢免了出生于雅罗斯拉夫尔农民家庭的第一书记，派来了一个真正的卡拉鲁克人。他在莫斯科出生，毕业于高级党校，原先是苏共中央宣传鼓动部的指导员。他的双亲是大战前，因一个非常意外的原因迁到莫斯科去的。40年代的时候，在行都举办过一个全苏的“各民族兄弟大家庭联欢节”，每个共和国都派了一对夫妇穿着民族服装到高尔基中央文化娱乐公园来做样子。但为什么卡拉鲁克的这对夫妇在联欢节后没有回到故乡的草原上去，历史对此一直是缄默的。

新上任的第一书记一来就在斯捷普诺戈尔斯克市的知识分子大会上宣布说，他是个国际主义者，对他来说，世界上没有任何东西比各民族友谊更重要的了。不久，俄罗斯人从所有重要的工作岗位上消失了。师范学院的院长和医院主任医生的职务也由民族干部来担任。尤里·阿尔先尼耶维奇留任的原因是他的女婿是卡拉鲁克人，而且还是白马家族的。他后来才知道，新来的第一书记也是这个家族的。

但日子越过越艰难了。俄罗斯人除了伤害没给本地人带来任何好处：第一，建立了可恶的“撒旦帐篷”，它的有毒的黑烟污染了草原牧场；第二，摧毁了牧民绝无仅有的生活方式；第三，强行用

① 克尔恺郭尔（1813—1855），丹麦哲学家、作家，对丹麦文学的发展和20世纪的“存在主义”都产生过影响。

文明倒退的字母取代了进步的、由帕姆金少校创立的字母，用一种十分卑鄙的方式斩断了卡拉鲁克共和国与整个进步人类的联系。此外，当时就任第一书记（后来成了共和国的第一任总统）顾问的尤里·阿尔先尼耶维奇的女婿创立了一种理论，他认为，卡拉鲁克可汗国是伟大的成吉思汗帝国中最重要的兀鲁思族中的一支，他们如今已经成为它唯一的传人。因此，卡拉鲁克人主要的地缘政治使命正在于恢复从阿尔泰到高加索的疆域辽阔的帝国。

他的理论思想博大精深。原来，如今的总统不是别人，而恰恰是伟大的铁木真的嫡传后裔，后者让他的孙子娶了卡拉鲁克可汗的女儿。这一历史事实他是在莫斯科的国家非常事件委员会被取缔后的第二天得知的。于是斯捷普诺戈尔斯克市又被改作铁木真市了。

“是啊，”巴士马科夫说，想起了在白宫前度过的那个夜晚，“有谁能想到呢！”

“任何人都想不到。卡拉鲁克人总是那么沉默寡言和可亲可爱！”尤里·阿尔先尼耶维奇赞同地说。

……突然，在街上讲俄语成了一件很可怕的事。俄语学校被关闭了，师范学院改名为铁木真大学，教学全部改用卡拉鲁克语了。尤里·阿尔先尼耶维奇只能用卡拉鲁克语说点日常的话和上个市场，所以他无法通过国家考试，失业了。最终连最后的一丝希望也破灭了：女婿抛弃了斯维特兰娜和两个孩子，找个俄罗斯女人做妻子成了一件不光彩的事情，甚至会影响仕途。

有一段时间尤里·阿尔先尼耶维奇只能靠变卖家中的东西度日：汽车、别墅、自留地、餐具、地毯、衣服……再后来，卡拉鲁克人公开驱赶那些住在他们看上的住宅里的俄罗斯人，抢他们的财物。试图反抗的男人们失踪了，从此毫无音信，而警察也只是把双手一摊而已，如今他们已全由游牧民族出身的人担任。

巨型化工联合企业——第一个五年计划的骄傲——被卖给了美国人，一个叫“世界合成化工公司”的康采恩。为了不让它成为自己的竞争对手，美国人立刻把它关闭了。数千人失业了，失业的不仅有俄罗斯人，还有卡拉鲁克人。有人开始抢劫。不光在草原上散步，甚至连牵着狗在外面走都有危险。连狗也开始见不到了……有一天早晨，加丽娜·塔拉索娃惊恐地发现家门口躺着一只死了的小狮子狗，脖子上被勒着一条绳索。尤里·阿尔先尼耶维奇在这儿生活了很长时间，懂得这儿的生活习俗。这条死狗大致意味着这样的告示：从我们的土地上滚出去，否则你们的下场将同这条狗一样。

他们离开了住宅，丢弃了家具，只拿了一些能够带走的东西，然后逃离了。起先他们来到基辅，投奔加丽娜·塔拉索芙娜的亲戚。但找不到工作。尤里·阿尔先尼耶维奇不懂乌克兰语，他那关于古典哲学的博士论文引起了教研室主任很奇怪的反应。

“那么，柏拉图究竟是什么民族的人？”

“希腊人。”尤里·阿尔先尼耶维奇惊讶地回答说。

“您能肯定吗？要是再好好想想呢？”

“一个古代的希腊人。”不幸的哲学家想了想后回答说。

“是——啊……一种愚蠢的惯性使然。您记住，从来就没有什么希腊人。只有来到巴尔干的乌克兰人。现代乌克兰人的祖先。我告诉您，柏拉图也是乌克兰人。您认为，荷马是什么民族的人？”

“也许，也是乌克兰人……”

“对了。不过是古代的乌克兰人。您的悟性还不错……不管怎么说，莫斯卡[1]的高校还是有长处的。好吧，把乌克兰语学会——完了来上班，就录用您当办事员吧……”

妻子也找不到任何工作。第一次谈话的时候，有人问加丽娜·塔拉索芙娜，乌克兰语的“盲肠炎”怎么说。她的回答是正确的，但考试委员会不喜欢她的发音。

有一段时间，他们只好靠斯维特兰娜的工资生活：出嫁后她学

① 莫斯科的误读。

会了卡拉鲁克的烹调手艺，能做一手上好的马肉菜，在位于洗礼街上的一家名叫“定位”的餐厅里当厨娘。起先一切都还正常，后来，根据乌克兰人民代表大会的决定，当局开始检查饮食业工作人员掌握国家语言——乌克语——的情况，斯维特兰娜便被解雇了。

不得已之下，他们又辗转来到俄罗斯，起先与难民一起住在绿城疗养院。那儿有很多卡拉鲁克人。在联合国的主持下，那儿进行了自由选举，一个白马家族的候选人当了总统。也许是一种奇异的巧合，这位也是成吉思汗的后裔。他能胜出完全是因为答应要重新让“撒旦帐篷”的上空冒起烟来并重新启用英文字母的民族语言，此后人们便期待着外资能滚滚而来。前总统的支持者企图拿起武器反对选举结果，结果一部分人被镇压了，另一部分人被驱逐出了共和国。但是，新总统没能让烟冒起来。不过启用帕姆金字母的事他做到了，只是此后外资没能引进来，他倒是获得了诺贝尔奖，理由是为世界文化做出了极其宝贵的贡献。新总统把他所有新勘测到的土地都租给了原先的那些美国人，期限是一百年，为自己在草原上盖了一座带游泳池和养着孔雀的巨大宫殿，用最现代化的武器武装了他的卫队，此后便开始不声不响地统治那些不断回到故土、重操祖先畜牧业的卡拉鲁克人。周末的时候，总统会带着全家登上波音专机去摩纳哥或西班牙度假。但铁木真市当时已经走向衰败。被冷落的高层建筑渐渐无人居住了，广场上又出现了帐篷，周围还出现了羊群，它们啃噬着草坪上的青草。大街上跑着衣衫褴褛、满脸污垢的儿童。

附近被改装成难民营的疗养院中出现了斯维特兰娜前夫的身影。她哭了一会儿后还是原谅了他——孩子们毕竟有了爸爸。生活慢慢走上了正轨：加丽娜·塔拉索芙娜在乡村医院当了名医士，在镇上租了一套旧房子。早先化工联合体的总工艺师如今在卢日尼基体育场[①]做卖连裤袜的生意，他建议尤里·阿尔先尼耶维奇和斯维特兰娜帮他推销，他们同意了。他们积攒了点钱后准备把生意做大些：不再去卖别人的货，而是销售自己从波兰进的货……

“如今我们就这么过日子……”尤里·阿尔先尼耶维奇结束了他的故事。

“您过得一点也不比别人差呀！”果沙躺在上面说。

哲学家心情激动地把脸贴在窗户上，不想让别人看见他流下的泪水。火车过了斯摩棱斯克后，出现了白俄罗斯的沼泽地和小树林。

“我们干的是上天的事。”巴士马科夫忧伤地说，“我写了博士论文……你们想想，为什么我们会受到如此不公的待遇呢？”

“凭这些人的所作所为，是可以把他们枪毙的！”果沙吼了一声。

“我看，你是个非常严厉的人！”卡拉科津朝上铺看了一眼。

“对那些因保卫白宫得了奖章的人，要是我，非把他们吊死在路灯上不可！”

尤里·阿尔先尼耶维奇久久地望着同伴——目光深邃的眼睛里流露出宽恕一切的悲哀：

“不应该吊死任何人！亚里士多德说过，上帝与大自然不是无缘无故地创造世上的一切的。我们应该经受这一切。你们想想，我们无法改变已经习以为常的生活，这生活——如同一个蚁冢。突然，有人把它搅乱了。蚂蚁们在这种情况下会怎么做呢？”

“会去游行！”果沙躺在上铺上假设说；在接受了暗示疗法后他的话变得十分刻薄。

“蚂蚁是不会去游行的，”哲学家非常严肃地说，“他们会寻找自救的办法：有的去抢救针叶，有的抢救幼虫，还有的抢救储藏的食品……过了一些时间，蚁冢又会被恢复起来。而且会比原先的更大、更漂亮、更舒适。你们回忆一下，《浮士德》里有这么一段关于力的

① 位于莫斯科的著名体育场，后来成为批发和零售商品集散地。

话，力在作恶的同时，也在行善……”

渐渐地，他说话的声音中出现了讲课的语气。

“要是二话不说抓住他们丑恶的嘴脸打过去呢?!”果沙又开始插嘴了。

“谁啊?”尤里·阿尔先尼耶维奇追问道。

“那个把蚁冢搅乱了的人!”

“蚂蚁是不会打人脸的。它只知道努力去拯救自己和亲人。”

“干等着恶自己转化成善吗?”巴士马科夫好奇地问。

“尤里·阿尔先尼耶维奇，那您如何对待主观上想行善但做的却是恶事的力量呢?”卡拉科津突然这么问了一句。

“我想问一句，您是搞什么专业的?”

“装修门的，但我的天职是捍卫美的斗士!”

“为捍卫美而斗争——这种概念太笼统了!”哲学家回答说（他的话音中出现了一种学院式的宽容），“我已经跟你们讲过，破坏是完善的手段之一。比如，今日日本的强大——就是它在二次世界大战中失败的结果……”

“原来你是支持叶利钦的?”果沙阴沉着脸问道。

“作为一个人，我讨厌他：这是任命体制造就的一个愚蠢的刚愎自用者。但是，如果历史为了创造性的破坏，挑选的是这么一个冒失鬼，又有什么办法呢。伊凡雷帝和彼得大帝①也远不是理想的人物……”

“您还记得您位于斯捷普诺戈尔斯克市中心的住宅吗?”果沙好奇地问，话中带着挖苦的语气。

“当然记得。我们还是来看看斯宾诺莎提出过的一个思想：sub specie aeterni②。”

“请您给我们这些白痴翻译一下!”卡拉科津请求说。

---

① 分别是16世纪和18世纪的俄国沙皇，都是残酷而富有改革精神的统治者。
② 拉丁文，荷兰哲学家斯宾诺莎的一个重要思想，“一切应从永恒的角度看”。

“对不起，我说得太入神了。不过，还是让我们从永恒的角度来看这个问题。索尔仁尼琴说得对：我们要这块中亚的腹地干什么，如果俄罗斯人从边疆地区退回到其历史的故乡，那么俄罗斯就能哪怕是部分地恢复被20世纪破坏性的剧变所摧毁的基因种群……我想，社会现象的这种双重性是不难理解的！”

“是的，”果沙点了点头说，“我们在受到伤害的同时，也会变得更加坚强！”

“慢着，慢着，”巴士马科夫插话道，“按照您的说法，我可以杀死我的妻子，而如果我的第二次婚姻能为我带来一个天才的婴儿，那么从历史发展的角度来看，我的行为是可以被原谅的喽？！”

“你胡说什么呀！”果沙为他的妹妹卡嘉的命运担起心来了。

“您当然是举了一个极端的例子，但从本质上来说，就是这么回事！”

“这是逍遥派还是斯宾诺莎的看法？”卡拉科津挖苦说，不思反抗的教授的说法激怒了他。

“不，这是我的看法。”

“那么请您准备好十五美金！”果沙建议说。

“干什么？”哲学家惊恐地问，一下子失去了学院式的那种不紧不慢的风度。

“那我就来告诉你：到布列斯特的时候，会上来一些又大又凶的蚂蚁。他们也要恢复他们的蚁冢。为了不至于让他们拿走如同蚁卵一般的您的手表和煎锅，您需要付给他们钱。明白了吗？”

“是啊，那当然……运费是有规定的。但我有一个请求……您能不能替我……我不懂……您明白吗……”

“怎么，往爪子上扔钱您都不会吗？”果沙居高临下地冷笑道。

“是的。”

“那你到了那儿怎么做买卖啊？”

“我也不知道。”

“咱们为人的两重性干一杯吧！”捷达骑士建议说。

没过一会儿，尤里·阿尔先尼耶维奇就完全醉了，开始讲述他关于民族地缘政治的脉动理论，但当他讲到“民族遗传基因的渗透”这句话时，头倒在了小茶几上，竟呼呼地打起鼾来。

车到布列斯特的时候，包厢的门突然被打开了。门口出现了一个穿着海关制服、年纪很轻、涂脂抹粉的金发女子。她用那种具有X射线功能的目光扫了旅客一眼。但卡拉科津就像没看见似的继续弹着吉他唱他的歌：

道路曲曲弯弯长又长，
何等艰难啊，小小的蚂蚁
穿过千根针叶
将自己的那根拖……

严厉的女海关工作人员不知为什么态度和缓了些，把歌听完了。捷达把乐器放在一边，望了一眼走进来的女子，手捂着胸口说，只要一演奏起来总是希望能够爱上一个女子。女海关工作人员张开抹得红红的嘴唇笑了，随后问道：

“没带违禁物品吧？”

“带了。”卡拉科津已有准备地承认说。

“带什么了？”

“战略性的柔情储备。请允许我问一个不该问的问题？”

“请说！”

“您怎么称呼？您知道吗，我是一个日本间谍。我有一个秘密使命——要弄清楚白俄罗斯最美丽的女子的名字。要是我完不成这个任务，我就会被处以‘宫刑’……”

“什么刑？”

“一种极为可怕的刑罚。比剖腹自杀还要严酷两倍……”

“哼，今天可让我撞上贫嘴男人了！”女子笑起来，随手把一绺头发塞进她的制服帽里，“我叫丽季娅。”

“和酒的牌子一样！”捷达充满幻想地叹了口气。

“是和酒的牌子一样，”她意味深长地确认说，“不过，还得请你们把行李打开看看！”

果沙在上铺惊奇地望着发生的这一切，一下子跳下来，讨好地嘿嘿笑着，开始打开他的大袋子。丽季娅例行公事地看了一眼行李，发现塑料花束下面的美国工业滞销品大西洋牌烟卷，以及大俄罗斯民族为之骄傲的伏特加酒瓶后，她摇了摇头。

“这位是？”女海关工作人员朝刚刚睡了一大觉的尤里·阿尔先尼耶维奇点了点头说，酒醉后他头疼得厉害，手也在发抖。

“这位是个教授。他带的是书。”捷达解释说，朝行李架点了点头，一个巨大袋子的宽宽的背带从行李架上往下耷拉着。

果沙又回到自己的上铺去了，向卡拉科津瞪大了可怕的双眼，甚至用手指头在太阳穴上转了一个圈。

“带了点什么书？”女海关工作人员惊奇地问。

“你看吧，这是样书！”捷达从茶几上抓起那本《逍遥派》递给她。

“天啊，你们还有什么不卖的吗！人现在都疯了……”丽季娅并非例行公事地叹了口气，放肆地看了一眼骑士，走出了包厢。

果沙往捷达手中塞了被折成一个小小长方形的美金，将他朝刚刚出门的女人后面推了一把。大约十分钟后，他回来了，不声不响地把零钱还给了他，腮帮子上印着红红的唇印。

“瞧，她少拿了五个美元！”果沙惊奇地说。

“一见钟情了！”巴士马科夫挖苦道，“还会有什么下文呢？”

“不会有什么下文的！”卡拉科津忧伤地望着窗外，叹了口气说。

此时，车厢被拉进了一个特别的停车场，车厢被千斤顶抬了起来，该换车轮了。

“你们知道吗，为什么我们的铁轨比人家的宽？”巴士马科夫问。

“好像是沙皇尼古拉一世曾经下达过这样的命令？”已经清醒了的哲学家猜测道。

“说得一点也不错。工程师们问他：我们要建的铁路是不是与欧洲的一样，还是再宽些？他回答他们说：也许宽些吧？于是他们造得宽了几乎九厘米……”

“就这么简单吗？”巴士马科夫惊奇地问。

“我想，这不过是个历史的笑话而已。”尤里·阿尔先尼耶维奇说，说着用舌头舔了舔干裂的嘴唇。

“笑话不笑话我不知道，反正飞奔的三套车要想开进欧洲注定是要换车轮的！”捷达望了一眼车厢下面正在忙活的铁路工人。

“也许是吧，”哲学家赞同地说，“恰达耶夫①有一天说过：‘我们永远也不可能像他们一样。我们的铁轨总要宽些……

“还要长些！”在上面的果沙补充了一句。

“那当然，”教授证实说，“你们说，列车员那儿有没有啤酒？”

“最好弄点茶喝！”巴士马科夫建议说，“你们坐着，我去倒。”

他每只手上端着两个杯子回来了，包厢里的争论又继续下去了。

“为什么偏偏要我们来做呢？”果沙从上铺探下身子，愤愤地说。经过暗示治疗后，他简直听不进别人的意见。

“那为什么偏偏让别人做呢？”捷达反驳说。

“为什么我们要把铁轨修得宽一些呢？”

“那为什么别人要修得窄一些呢？”

“也许，我们还会改用别人的字母呢？”

“也许，会的！”

“其实，”哲学家高兴地喝了一口茶，用调和的语气说，“你们现在重复的是早先斯拉夫主义者与西欧主义者的争论。用形象点的语

① 俄罗斯 19 世纪著名的哲学家。

言来说，西欧主义者们认为：不能再使用独有的铁路了，我们应该把铁轨搞窄一点，这样便可以畅通无阻地进入欧洲，随着时间的流逝，便可以融入世界文明了！但斯拉夫主义者反对他们说：不，宽轨——是我们民族历史的独特性，因此没有必要做任何的改动。如果欧洲想与我们交友，那么就让他们把自己的铁路改宽……每种说法都有道理，但结果只有一个——陷入死胡同。"

"不，应该能找到一种出路的，"捷达斩钉截铁地说，"只不过急剧的变革从长远来看有时会显得是个死胡同。"

"你得当心，急转弯的时候别把卵蛋子挤碎了！"果沙小声嘟哝了一句，有些怀疑地闻了一下茶的气味。

"那能不能这样，"奥列格·特鲁多维奇提出了他的方案，"他们把铁路加宽四点五厘米，而我们改窄四点五厘米。"

"奥列格·托列兰托维奇，你应该到克里姆林宫去出谋划策，而不是倒腾小买卖！"卡拉科津哈哈大笑起来。

……车轮换好了，他们又继续上路——向波兰驶去。清新的小教堂、破落的乡村、泥泞的土路、集体农庄宽阔的土地消失了，出现在眼前的是轮廓分明的大主教教堂，雨后亮洁光滑的大道，整整齐齐的小砖房和被分成一小块一小块、精心收拾过的土地。

到了华沙后他们便分手了。分手的时候，经验丰富的果沙对教授建议说：

"只要没有把刀架在你脖子上，你就别降价。那种锅炉牌手表是防水的吗？"

"只有一种款式是防水的，其他的都不是。"

"麻烦了。"果沙摇了摇头说。

"没什么麻烦的，"卡拉科津插话说，"那款防水表您就当样子放在盛水的罐子里。您就说，表都是一样的……哎，尼采得过梅毒是真的吗？"

"那是瞎说！他只是精神失常过。"

“为什么我喜欢教授——就是喜欢他的乐观主义！”捷达叹了口气说。

尤里·阿尔先尼耶维奇去了华沙钟表商店那条街，其余人各自推着小车往被改成货物市场的大体育场走去。这时，巴士马科夫心里在想，这大约足足有一点五公里长的俄罗斯人的队伍，带着商品，从车站向体育场进发，从上面看下来，还真的有点像热热闹闹的蚁群。

第一次出行，他挣了一百六十美金，还给卡嘉捎回了三件套：手套、帽子和围脖，给达士卡买了件人造毛衬里、牛仔面料的夹克，自己也买了个拔木塞用的带把镀镍螺旋起子，造型是个手拿盾牌与剑的美女……

十七

艾斯凯帕尔突然想起要把那个螺旋起子带上。当然，这挺可笑的——除了带小鲇鱼，还有不值几个钱的波兰螺旋起子！在维塔未来的围城里，甚至连仆人都会有——一对来自希腊的夫妇。三十年前，在纪念青年近卫军的领袖奥列格·柯舍沃依[①]的时候，少先队员奥列格·巴士马科夫曾被大家这么叫过，当时若有人要对他说他将来会有仆人伺候，那他一准会不顾三七二十一给这个污蔑他的人一记耳光的！

艾斯凯帕尔在想，清晨他与维塔会如何舒舒服服地赖在宽大的被窝里不肯起床，甚至还会晨爱一把，至少会接个吻吧，这时女仆会手拿托盘，将早餐送进卧室来。

怎么也得去把牙补一补！巴士马科夫用舌头舔了舔一颗断牙尖尖的齿沿，心中思忖道。

这是两天前发生的事，舌头还没能习惯口腔里的变化，也许就像一个盲人还没习惯屋子里少了一件他非常熟悉的家具一样，长久的触摸使他对家具的每一个细节，抛光面上的每一个擦痕都了如指掌。

① 法捷耶夫的著名长篇小说《青年近卫军》中的主人公。

脑袋里都出现了什么乱七八糟的怪念头呀！奥列格·特鲁多维奇去厨房找螺旋起子的时候，对自己感到十分惊讶。

他在一堆装食品的塑料袋下面找到了螺旋起子，卡嘉从不把这些袋子扔掉，洗干净后又会整整齐齐地叠好放进箱子里。美女早就褪色了。巴士马科夫刚刚从小礼品店里买来的时候，它还是银色的，盾牌与剑是金色的。一个上了年纪的波兰人操着一口流利的俄语说：

“我爱俄罗斯。但你们1944年为什么出卖了华沙？”

“这是斯大林的罪过……”巴士马科夫回答说。

“不在了的妈妈，任你说来任你骂，你们如今把什么罪过都推到斯大林的头上！”

“你们波兰人自己也有错啊，”卡拉科津笑起来，“选了个长了条尾巴的姑娘做国徽，还让她手中拿了把餐刀和盘子，以为她就会保护你们了！”

“可你们……”波兰人还想说下去。

“我们的国徽是个骑着马拿着矛的男人，格奥尔基·波别多诺谢茨[①]。你试试与他较量较量！”

“是啊，战胜了，”男售货员冷笑着说，“你们现在到我们这儿来是来买东西的。关于我们的国徽，老爷，往后对谁也别这么说，否则，你们要挨揍的！”

为了避免不必要的麻烦，巴士马科夫把还想继续争论的卡拉科津拽到了一边，但这场争论却深深地印在了他的脑海中。他后来甚至还想过，比方说，他自己会不会去扇一个外国人的耳光，如果对方把双头鹰称作切尔诺贝利杂种，或是别的什么也是侮辱人的话。最后的结论是：不会，他绝不会去打别人，而会和对方一起发出嘲笑。悲剧就在于此啊！

果沙为自己即将出生的婴儿买了不少奶瓶、宝宝装和尿不湿。

① 意为“战无不胜的格奥尔基”。

卡拉科津把所有的钱都花在了非常昂贵的贴有法国商标的晚礼服上。此后，他们每个月都要去一趟波兰，学会了预测行情，与批发商砍价，与波兰老太太套近乎，讨好那些抽起烟来就像火车头喷气一样的“小姐”“太太”，她们会对自己的丈夫颐指气使，并做出最后决定——买还是不买。

最后大伙基本上都在做香烟生意。果沙对卡拉科津已经习惯了，再也不会因开玩笑而生他的气了，何况女海关工作人员对捷达关照有加——他们已经学会了预测火车的车次以便赶上她当班。当她走进包厢的时候，卡拉科津会拨弄起琴弦唱起他自己编的歌词：

啊，美丽的丽季娅，
如今是现实，抑或是梦魇？
当我第一天遇见你，
便永远地拜倒在你的石榴裙下！

“嘿，你真是个能说会唱的人！”她露出了微笑，向卡拉科津投去充满柔情的目光，“带了些什么呀？”

“看吧！”他向她递上了一束事先准备好的鲜花。

有一次，卡拉科津给伙伴们看了一个特制的三棱改锥后问：

“这是什么？”

“改锥呀！”果沙猜到了，经过暗示治疗后他的启发性思维变得异常敏锐。

“可这是三棱的哟！”巴士马科夫解释说，竭力提醒大家它别有用途。

“不对，这是把金钥匙，用它可以打开一扇通往美妙国家的神奇的门……”

“……傻瓜国。”果沙补充说。

“哦，我明白了！”尤里·阿尔先尼耶维奇猜到了其中的奥妙。

哲学家自第一次非常成功地卖掉了平底煎锅和手表后，会定期赴波兰。生意做得不错：他已经买下了位于博利舍沃的半栋楼外加四十平方米的自留地，如今正攒钱准备买一辆二手车。他们在火车上，在华沙体育馆常常见面。卡拉科津说服了尤里·阿尔先尼耶维奇为生意多投点资，因为要想取得预计的成功，必须做到这一点，包厢里同行的还必须是自己人。他们购进了比原先多五倍的香烟。

“你是不是疯啦！”果沙光火了，“你以为只要丽季娅给你飞个媚眼，就什么都没事啦！这么多连她都不会放行的。”

“放心吧，格奥尔基·彼得洛维奇，神经过度紧张会缩短性生活寿命的！”卡拉科津一边用改锥将包厢顶上的一块天花板卸下来，一边打断他说。

上面的空间相当大，他们把一条条烟塞了进去，书包里只放数量不多的有限几条，不会引起怀疑。这一招还挺灵。巴士马科夫回来后，到商店买了一台日本产的带录像功能的电视机，这种电视机达士卡已经想要很久了。把电视机箱搬进屋的时候，他感觉自己仿佛成了一个原始时代的猎人，把猛犸象撂倒，又将它卸成小牛犊大小的肉块搬进山洞。

“塔波奇金，你终于找到了自己的位置！”通常很少表扬人的卡嘉这回也肯定了他的成绩，“我向你致敬！”

生意继续在进行。只是他们失去了果沙。事实表明，任何一个善于钻营或者奸诈的政客都能成为一个大使，但是国内懂得“看家狗”的专家却屈指可数。果沙拒绝安装“窃听”大使装置的举动得到了有关单位的赏识。如今克格勃的将军们被清除了，秘密被出卖了，揭露性的书也有人开始写了，可还有一个电工师傅依然逍遥法外。果沙突然被某个部门（这个部门如今已经改了名，但干的仍然是原先的事）叫走了，并让他到雅典去工作。他一开始还真犹豫了，因为不想丢弃已经理顺了的生意，但朋友们给他出主意说，从希腊可以弄些便宜的裘皮大衣到莫斯科来卖，反正现在使馆工作人员基本上都在干这种营生。于是他同意了。

果沙的离去还真不是时候，因为捷达有了一个可以获得巨额利润——当然是在做小买卖的人看来——非常好的构想：一个华沙的批发商曾经从他们那儿进了一百个看戏用的望远镜和三十台显微镜，现在又订了一大批非常昂贵的夜视仪。卡拉科津事先做了大量营销方面的调查工作，把“邮政信箱”主任的女秘书弄得晕头转向，他们终于搞到了一批夜视仪新产品。运气真好！商品绝对畅销——每个保安公司、任何一个雇佣杀手都需要配备夜视仪！剩下的事情就是找第四个合作方，一个愿意为这一生意出钱的投资商。

有一天夜里，卡拉科津突然给巴士马科夫打了一个电话，说话声有气无力：

“我说什么也不能去了。”

“出什么事了？”

“她离家出走了。”

“到哪儿去了？”

“找他去了……现在一切对我来说都没有用了。我把我的想法全都告诉你。奥列格·特里利奥诺维奇，祝你财运亨通，生活幸福！你告诉丽季娅，就说我死了，死的时候还念叨着她的名字……”

“喂，喂，卡拉科津，你净胡思乱想些什么呀？”

“不用害怕，奥列格·特里亚索古佐维奇，我不会自杀的，只会拿着手榴弹向敌人的坦克下面扑去。”

忠实地想完成捷达商业构思的只剩下尤里·阿尔先尼耶维奇一个人了，后者同意把攒着准备用来买车的钱投进这笔生意中。此外，还需要两个合作伙伴。经过一段时间的思考，巴士马科夫将在去波兰途中认识的两个“倒爷”吸收了进来：一个女演员和一个有人命案的惯犯。

他曾经帮助那个女演员把一个大包拖进车厢——于是爱上了她。巴士马科夫甚至产生了一种强烈的愿望，想弄清楚她乳房的形状与她的性格到底是不是相符。而那位惯犯之所以会被他请来，主要是出于安全的考虑，因为这桩生意的利润太丰厚了。有一天，从体育场到火车站的途中，巴士马科夫落在了其他几个人后面。突然从树丛里蹿出了三个彪形大汉，他们尽管有些“O”“A”不分，但那口俄语绝对是地道的，他们要求他把钱拿出来。正在这个时候，那个惯犯出现了，他把他们骂了个狗血喷头，还掏出了弹簧刀，吓得那几个想抢钱的人立刻退了回去。

无论是演员，还是那个有人命案的惯犯都为这笔生意投入了相当可观的资金。

“海关人员用不着害怕，”奥列格·特鲁多维奇对新入伙的这两个人说，“我方方面面都搞定了！那个当班的头叫丽德卡——同自己人一个样！”

“事情还是做得稳当点的好，”老道的惯犯提醒说，“这些多余的话你不该对我说！”

他们不仅拆下了当中的那块天花板，连两边的顶棚板也卸了下来，把装夜视仪的纸箱统统放了进去，外面的几个包里只放了不多的几包烟和塑料玫瑰花。随后他们坐下来，开始喝酒、聊天。老道的惯犯说有人如何在包装好的炼乳罐头里给他们使坏，女演员讲述剧院总导演的不是：原来这个浑蛋因为自己对她提出的无理要求没能被满足而将莎乐美的角色给了自己的老婆，而这个女人在舞台上甚至连台步都不会走！就像一只母鸭子，整个一只笨母鸭！

“可我对这个角色已经琢磨好长时间了！你们知道吗，王尔德[①]笔下的莎乐美吻的是先知约翰被砍下的头……不知为什么，人们都认为吻的是嘴唇！而这个傻娘儿们吻的也是嘴唇。要是我来演莎乐美，就吻他的额头！你们知道吗——肯定吻他的额头！”

“那当然啦！”巴士马科夫意味深长地点了点头说。

---

① 王尔德（1854—1900），爱尔兰作家，诗剧《莎乐美》是他的代表作之一。

“是吗？您也懂？真的吗？!”

她把手搭在他的膝盖上，望了他一眼，那孤独的心灵充满了喜悦，因为它终于在这个可怕的世界中找到了浓浓的亲情。后来女演员还控诉说，那个恶棍导演如何将半个剧院租出去做色情表演，于是她不得不与卑下的脱衣舞女共用一个化妆室，有些名望的形形色色的男人们有事无事都来找这些臭女人。奥列格·特鲁多维奇劝慰着她，也把手搭在她的膝盖上，说这个对内秀而富有才华的人来说，十分可怕的时代总有一天会结束——她一定能够如愿演上莎乐美这一角色……女演员深受感动，感激地望着他，睫毛令人难以察觉地抖动着，那动静似乎在说：生意做成功后，她的感激之情一定会转变成更为具体的温情……晚上在车厢连接处，他终于博得了一吻，那吻充满了甜甜的唇膏味和苦苦的烟卷味，让他想起很久很久以前那个轻浮的奥克桑娜的吻，心中激动的柔情被搅起了。

到了布列斯特，包厢哐啷一声被打开了——进来了两个穿着新制服的年轻男海关工作人员，脸色阴沉。

“丽季娅怎么没来？”奥列格·特鲁多维奇一下子慌了神，问道。

“带了些什么？”一个脸色更阴沉的人以问制问。

“还是那些东西。”巴士马科夫嘟哝了一句，竭力不表露出惊慌，把专门提供给人看的塑料花、烟卷和伏特加展示出来。

“没别的了吗？”

“肛门里还有海洛因！”惯犯开玩笑说，这句话让女演员很反感。

海关工作人员恶狠狠地望了他一眼，好像得到了指令似的，从口袋里掏出了几把与他们的一模一样的“三棱改锥”。

“这是谁的？”那个脸色更为阴沉的关员问，把第一只纸箱拿到了亮处。

“这是什么东西？”巴士马科夫惊讶地问，慌乱中他决定什么都不承认。

“夜视仪……这儿有的是。是你们的吗？”

“我第一次见！”奥列格·特鲁多维奇力图消除他们的怀疑。

其他几个生意合伙人也矢口否认他们是被查出来的稀罕光学仪器的主人。

“是敌对分子扔下的！”惯犯嘶哑着嗓子说了一句。

“这还真玄了！”哲学家耸了耸肩。

“可以让我看看吗？”女演员用一种童音问。

窗外，海关工作人员推着装着被缴获的纸箱的小车，开心地交谈着。女演员号啕大哭，把精心化过妆的脸抹得乱七八糟，用市场上通用的脏话把巴士马科夫臭骂了一通，还想上去抓他的眼睛。惯犯把他的铁牙咬得咯吱响，一遍遍地重复道：

“你他妈的胡说八道，把我们当小孩子耍！没什么好说的，把钱准备好，赔吧！”

只有尤里·阿尔先尼耶维奇还是以哲学家的风度叹了口气，说：

“奥列格·特鲁多维奇，别难过了，损失能锻炼人的心脏。咱们现在总还可以在华沙观观光吧……看看瓦维尔！……肖邦博物馆！被这些货拴着，我从来都没离开过体育场，哪儿都没去过。”

“我也是……”巴士马科夫点了点头。

他现在的精神状态仿佛是刚刚从麻醉状态中醒过来，突然发现自己踝骨以下的整个脚都被截了。然而，他虽然看见了，但还没有意识到，自己已经彻底地、无法挽回地失去了肢体的一端。

“肖邦博物馆在什么地方？”他问，“我也想……”

但他话没讲完，惯犯和女演员就异口同声地说出了他们不可更改的决定，他们想立刻与伟大的波兰作曲家发生疯狂的——违反自然的——性关系。巴士马科夫听到这种意想不到的决定后，身子不禁战栗了一下，这时才意识到损失的惨重……尤其使他感到不安的是，他想到，要是捷达碰到这种灾难性的情况，肯定能想出应对的法子来。比方说，他能用弹唱诗人奥克耶莫夫的亲笔签名来分散海关人员的注意力，或是给他们讲述可笑的故事，或是最后给他们塞点钱了事。奥列格·特鲁多维奇当然不会知道卡拉科津会怎样行事，但有一点可以肯定：这场灾难肯定不会发生。

卡嘉听说了发生的情况后什么也没说，只是看了看丈夫，仿佛是在看一个已经被父母宣告成人，而且还被脱下短裤、换上长裤的男孩——他突然当着大伙的面尿了一裤子。那还用说吗！与那个伟大而强壮的瓦季姆·谢苗诺维奇相比，巴士马科夫看上去是如此可怜而渺小。

几天后，惯犯不知从哪儿听说了巴士马科夫家的地址，晚上在门洞里堵住了他，用一把弹簧刀戳着他的喉咙，声音沙哑地说：

“你，就想这么算了，有那么便宜的事吗，没听明白吗？这么着，一半算我的，就算我有眼无珠。另一半就算你的，当作对你这个浑蛋的惩罚。听明白了，还是要我再说一遍？”

“听明白了！”巴士马科夫好不容易才说出这么一句。

“女演员的钱你统统还给她。明白了吗？”

“明白了。我自己与她……”

“不，不，还是由我来和她……我自己！”惯犯咧着大嘴笑着，还意味深长地用牙齿吱了一声。

特鲁特·瓦连京诺维奇借了些钱给他，但主要还是卡拉科津救了他，也真是奇了怪了，他的岳母也帮了忙……彼得·尼基福洛维奇去世以后，齐娜依达·伊凡诺芙娜想发点财，于是添了点钱，将三居室的住宅买了下来，随后把它换成了同一个单元里一居室。所得的钱存进了由莫斯科音乐会的一个行政领导人创办的阿列格罗银行，年息为百分之三百。这是他们的一个老朋友，名叫塔里库艾洛夫的作曲家给她出的主意。他说，好像连阿拉·普加乔娃都把钱存到这家银行了。卡嘉劝了她好久，巴士马科夫也低三下四地求她，岳母总算同意把钱从存折里取出来了，利息也不要了，但她要求女婿保证从此以后再也不做买卖。卡嘉屈辱地点了点头，并答应再也不让丈夫做生意当炮灰了。

“还到处去折腾什么?”岳母惊讶地说,“把钱存进银行——随后老老实实地给我在沙发上躺着!”

巴士马科夫赔偿了教授的损失,把钱还给了那个惯犯,此后就再也没遇见过他了。但不久前他还是看见了那个女演员。在国产电视剧《上流社会的秘密》中,她扮演了一个乖戾的伯爵夫人,因为爱情不幸而进了修道院。奥列格·特鲁多维奇晚上总要看这个没完没了的电视剧,注意到这个当了修女的伯爵夫人在每集电视剧中总要吻一个剧中人的额头……

半年后,阿列格罗银行破产了,莫斯科音乐会的行政领导也逃跑了,投资人尽管把中心的办公室给砸了,却连一个戈比都没要回来。岳母被这件事深深地震惊了,她把一居室的住宅租给了一个阿塞拜疆人,自己与那只叫马乌格里的小狗住到别墅去了,养起了羊和鸡。名叫塔里库艾洛夫的作曲家也伤心得死去了,如电视报道所说,临死都没来得及把那部流行歌剧《活戒指》写完,那是为纪念反对国家非常事件委员会保卫白宫三周年而创作的。

巴士马科夫在杜尼娅奶奶去世后卖掉了叶戈尔的那间小破屋,不久前才还清了借齐娜依达·伊凡诺芙娜的钱。卡嘉针对这件事说,她母亲一生中只做了两件聪明事:嫁给了彼得·尼基福洛维奇和把钱借给了女婿。

但卡拉科津的钱奥列格·特鲁多维奇一直没还。没来得及……可怜的捷达!

公主在《莫斯科共青团员报》上找到了一则广告:保险公司领导欲招女秘书一名。工作时间及报酬另议。她打了个电话——对方指定了面试的日子。她筹划了很久并做了精心的准备,把自己所有的衣服都试了一遍,最后决定穿一套严谨的英国西装、一件透明的衬衫,做了个朴素的发式,俨然一个参加救援大军莫斯科分队的姑娘。效果果然不错。参加面试的有近二十位女性,从穿着母亲鞋子的女中学生到50年代疗养院里的交际女,后者奇迹般的竟能将她们女性的风采一直延续到生命的夕阳时刻（事后公主一五一十地笑着把这一切讲给了捷达听）。还有扭动着腰肢、一看就知道是应召女郎的应聘者，她们甚至未来得及擦去服务时涂抹在脸上的油彩并脱下半透明的职业装。前来求职的还有几个专职女秘书。可是她们竟连领导的面都没见上。

公主故意姗姗来迟，当头头对人老珠黄、搔首弄姿想展示优质内衣的娘儿们已经烦得几乎要发疯，对以眉目传情、做出能够为他提供晚期罗马时代全套快活服务的少女们气得七窍生烟的时刻，她露面了。公主穿着那套严谨的西装，看上去活像皮肉交易市场上一个圣洁的女神。保险公司的领导——一个年轻的小伙子，头发剪得很短，长着一个拳击手才有的塌鼻子，穿着一件红色的纯毛夹克，脖子上挂着一条纯金的锚链——惊讶地看了列雅一眼，舔了一下嘴唇，然后便录用了她。

“怎么样，你的那个头头？”捷达在她第一天上完班后好奇地问。

“不怎么样。用回形针剔指甲……”

“要是他敢对你动手动脚——告诉我！我与他理论。”

“好的。”

不久，出现了公主老是很晚下班的情况，卡拉科津开着他的那辆“瓢虫”车到入口处接她，结果两人还发生了争吵。后来列雅常常陪她的头儿去国外出差，回来的时候总是很快活，还晒得黑黑的。她如今只穿卡尔洛·帕佐里尼的名牌，儿子也被安排进了一家收费很高的寄宿学校，那儿的教师是清一色的美国人。捷达好几次从华沙打电话回家，只能听到电话录音。最终他闯进了头儿的办公室，闹腾了一通后被“门神似的保镖”推了出来，这些人比起维尔斯塔科维奇的卫士们可要壮实得多喽。

经过那一次闹腾，公主干脆从家里搬出去住了。卡拉科津喊着，他永远也不会同意与她离婚，而且也不会把儿子让给她，但是一个星期后他收到了邮局寄来的一张刚刚开出的离婚通知书。她把儿子转到了另一所寄宿学校——去了荷兰。捷达去了警察局、法院。警察局说，要是他再闹就把他抓起来，关进他该去的公共场所。而法官，一位长相端庄、已经准备退休的忒弥斯女神，闭着眼睛，建议他别再纠缠这件事情，而应听其自然。捷达对自己先前从未听说过的金钱那新奇而无所不能的作用惊诧万分，沮丧之极，于是放弃了抗争，如同所有俄罗斯人一样，开始酗酒了。

在这艰难的时刻，巴士马科夫经常去看望他。卡拉科津通常一个人坐在乱七八糟的屋子里，拨弄着那把著名的吉他。一开始，还有一些女人围在他身边，每天都有新的面孔。每个来这里的女人都帮忙收拾并关心他，都想让他明白，只有她——从现在起直到永远——才是他真正温柔的女友和家庭的守护神，但不久便都消失得无影无踪了。奥列格·特鲁多维奇与卡拉科津孤独地喝着酒，醉眼蒙眬地沉浸在交谈的兴奋中，既然一切该诅咒的生存的奥秘几乎已经全都知晓，那么为了能彻底地清醒，就应该再喝上一小杯。但不知为什么，总喝不完这能彻底清醒、一了百了的最后一杯……

关于公主背叛的故事，巴士马科夫已经听了上百次了，有一天他突然问：

“可不可以向你提一个也许不该提的问题？”

“说吧！”

“你不会生气吧？”

“不会。”

“她的乳房长什么样？”

“什——么？你问这干什么？”

“既然问你，就有这个必要！”

骑士沉思起来，他的脸部表情中写满了情意绵绵的遐想。

“喏，就是这种样子的！”他用手指头比画了一下，仿佛在抚摸一个无形的半圆。

“画下来！”巴士马科夫说，把一张纸推到他跟前，还递给他一支笔。

卡拉科津又想了片刻，不太自信地画了下来。

“嗯……像‘喝香槟酒的高脚酒杯’，一个内向、危险、冷漠的女人。我原来就这么认为。把她忘了吧。命中注定你得从头开始！”

“冷漠的女人？”捷达哈哈大笑起来，“是冷漠的女人啊!!!”他把画撕成了碎片，流下了有益健康的醉后眼泪。

“把她忘了吧！”巴士马科夫尽力劝慰着他。

“我忘不了！”

“是不是说，要是她明天又回到你的身边，你会饶恕她？”

“会的……”

“要是卡嘉这样，我永远也不会饶恕她！”巴士马科夫坚定地说。

“我要杀了他！”

“谁？”

“那个畜生！用那条链子把他勒死！他要是死了，她就不会跟他了。”

“死人当然是没有人要的，”巴士马科夫理智地说，“但你杀不了他……”

“为什么你这么说？”

“他有那么严密的保镖，你不可能近他的身！最好再闹一次革命。到了那时，他的一切都会被剥夺——这样她自己就会回到你的身边来！”巴士马科夫用一种充满讽刺的醉语预言道。

“那又怎么样？”捷达又沉思起来，“那又怎么样?!”卡拉科津快活起来，“那又怎么样!!!”他跳起来，抄起吉他，拨弄着琴弦唱起来：

起来，饥寒交迫的奴隶，
起来，全世界受苦的人……

随后，捷达扔下吉他，抱住巴士马科夫，激动地小声说：

“奥列格·特利斯米吉斯托维奇，我只想对你说一句话……”这时电话铃声响了。是卡嘉打来的。

“不，我们没有喝——我们在说话呢！”卡拉科津的回答底气不足，说起话来丢三落四，他把话筒给了巴士马科夫，“是找你的……”

“图涅雅特奇，赶快回家！鲍里斯·伊萨科维奇快不行了……”

十八

这时，电话铃声真响了。

艾斯凯帕尔取下话筒贴在耳边，但为了以防万一，“喂”这个词没说出来。

“是我呀。”维塔轻轻地、神秘兮兮地说。

“我还以为你不打了呢。”奥列格·特鲁多维奇尽可能冷淡地说。

“我哪能不打呢，”她说话的声音更小了，也更神秘了，“回头我把一切都告诉你。你收拾好了吗？”

“好了，不过…… 出什么事了？化验结果怎么样？”

“我还没去找大夫呢……”

“那你到哪儿去了？”巴士马科夫问，那说话的声气活像一个调查家庭隐私的侦探。

“回头跟你说。票我已经拿到手了。小鲇鱼带上了吗？”

“带上了。”

“是那条眼神忧郁的吗？”

“那还用说。”巴士马科夫骗她说，声音显得有些疲惫。

“太棒了！我可想你了！你知道我现在最想干什么吗？”

“让我猜猜了。”

“你知道，我生命中最惊人的发现是什么吗？”

“什么呀？”

“就是……当你的整个……整个……整个身子一次次被别人吻着的时候，那可要比就这么吻吻要美妙得多……”

“有意思。为什么这么久你都不打电话？”

“好吧，现在我就来告诉你。不过你可不能生气！总的来说，你知道吗……有人来了……我一会儿再给你打！一定要等我的电话哟！别生气，艾斯凯帕尔契克……”

话筒中响起了短暂的嘟嘟声。

“谁来了？”巴士马科夫感到惊讶，“真让人琢磨不透！”

如果维塔最终是个枫树型的女人，会把他抛弃，那就好笑了。好吧，就算她会抛弃他，把他甩了……那他也不会像捷达一样，去参加革命正义党的！不，不会的！

奥列格·特鲁多维奇突然感到，从早晨收拾东西的时候开始，他就有一种一想起就觉着浑身发冷的困惑感，那感觉如同多年前，在一个漆黑寒冷的清晨，他收拾好行装准备去征兵站时一样。“把一切都丢掉，哪儿都不去了！”他曾鼓起勇气想这么做，心里却十分清楚：他什么都丢不掉，只会乖乖地听命而去，因为口袋里装着不可能丢掉的、盖着一个个正规印章的入伍通知书……

的确，生活由于这类通知书的存在便成了一种宿命——印章已全然可有可无了。那个倒霉的鱼子酱罐就是这样的一张通知书。“金牛星座”的垮台——也是如此的通知书。但不知为什么，这类通知书常常是以一个女人的形式呈现在他面前——奥克桑娜，卡嘉，尼娜·安德列耶芙娜，现在又是维塔。这张年轻的“通知书”有柔嫩的肌肤、欲求多多的身子和美丽的眼睛……然而，忠实是难能可靠且短暂的。等他六十岁的时候，她才刚刚三十七岁。到那时，她会从他的头上摘去高高的流动红帽子转交别人……另一个艾斯凯帕尔契克……

可人老了的时候，谁愿意像鲍里斯·伊萨科维奇那样无助而孤苦。斯拉宾逊1990年去了美国。他像购买紧俏货那样在美国大使馆排了很长时间的队，登记上了自己的名字。终于等到了面谈的通知，一位官员，一个长着一张高度敏感、有些变态的脸的人，不厌其烦地询问了他的家庭生活状况、父母亲、工作和政治观点。不知道斯拉宾逊是怎么编的，但他几乎是被当作一个难民被准允前往美国的。现在剩下最重要的是——办签证。他终于办了下来。

幸运的他去者把出发前剩下的时间都用在了跑各级政府部门上，直至区图书馆，签字盖章，以便最终能得到一个证明，证明他，鲍里斯·列昂尼多维奇，再也不欠这个国家任何情，并可以心安理得地去一个新的地方定居了。此外，斯拉宾逊通过他父亲的熟人搞到了一种土库曼的手织地毯，要托运给在布莱顿海滩开了一家小商店的前妻伊奈莎的远亲。奥列格帮着他把地毯运到了谢列梅捷沃机场。让他深感吃惊的是，为什么要把国产商品，类似这种古老而破旧、带有像在切尔诺贝利生长的很大的蓝色牡丹花图案的大地毯，运到如此富有的美国去。海关工作人员鄙夷地望着地毯，甚至还挖苦地问道：

“这种给狗用的地毯也要运到美国去吗？”

鲍尔卡只是叹了口气，没有回答，如同一个信神者在一堂无神论讲座上一样。

巴士马科夫也觉着奇怪：

“你运这些破玩意儿干什么？”

“你怎么就不明白呢，奥列格·图戈杜梅奇[①]！一个就要离开这个可诅咒的‘苏维埃国家’的人要做的第一件事情是什么？”

“什么呀？”

“他要在纽约的一个独立区中，确切地说，在布莱顿海滩，创立自己小小的、可爱的‘苏维埃国’。而一个‘苏维埃国’怎么能没有

① 意为“愚蠢”。

地毯呢！明白了吗？”

“多少明白了点。”

欢送仪式搞得很简单。鲍里斯·伊萨科维奇准备了一桌告别晚宴，因为他恰好得到了一张老战士特供券。那时候，美食店的柜台已空空如也，连苍蝇都难得见到。的确，电视里有时也会转播，村里人去林子里采蘑菇时会在空旷地上偶然发现一大堆美食肠，有时可能是生熏肠。香肠还很新鲜——农村人把吃不完的香肠换成伏特加，在林子里待上整整一个星期。

“简直是一种破坏行径！”鲍里斯·伊萨科维奇对此发表看法说。

“要是在1937年，谁做了这种事情是要被枪毙的！”鲍尔卡补充了一句。

“就得枪毙！”将军点了点头说。

“爷爷，能不能既不枪毙人又让大家有香肠吃呢？”

“看来，这不大可能……”

告别晚宴的气氛很伤感。大家吃着按照已故的阿霞·伊西多洛芙娜的做法做的馅儿鸡。鲍尔卡依次往高脚酒杯里倒满了用酒票买的伏特加后说：

“这最后一杯酒喝完就算告别了！”

“舍得走吗？”巴士马科夫问。

“离开住惯了的老房子总会有点舍不得的，即使是从几家合住的住宅搬到单元房里。爷爷，是不是这样？”

鲍里斯·伊萨科维奇在为孙子收拾东西的这段时间里比以前更不爱说话了，他望了望鲍尔卡，眼神中充满了忧伤。巴士马科夫突然感到很惊讶：他是怎么用如此忧伤的眼神带领红军战士们杀上战场的呀？

“在我看来，你犯了一个非常严重的错误！”将军小声地说了一句。

“人有权在他愿意的地方生活！我是一个自由的人！”

“你？”巴士马科夫惊奇地说。

“对呀！”

“斯拉宾逊，你这是在大使馆排队的时候受别人影响的。”

“滚你的吧，你这个还没被消灭的共青团的残渣余孽！”

“闭上你的臭嘴，你这个臭侨民！”

鲍里斯·伊萨科维奇只是默默地用一个眼神制止了这场由玩笑升级为动真格的争吵——巴士马科夫突然明白了，他是如何将已经躺下的连队叫起来战斗的。

“不应该把迁居的自由与心灵的自由混淆起来。一个戴着足枷的人甚至都可以是自由的。”鲍里斯·伊萨科维奇说。

“我讨厌您那种喜爱在臀部栖居的寄生虫式的浪漫主义！不，只要埃及奴隶还没有死绝，摩西就会带领我们弱小但高傲的民族正确地沿着沙漠前进。”

“你这是在哪儿读到的？”

“这重要吗？在《圣经》里呀！”鲍尔卡骄傲地回答说。

“哈哈，在《圣经》里！他是在《星火》杂志上读到的，”巴士马科夫揭露说，“在科罗耶多夫写的一篇叫《自由大桶里的一滴奴性》的政论文章中。那篇文章还谈到了应该像挤粉刺那样把自己身上的奴性挤出去。”

“依照我的性情，我非得当着众人的面把这些政论作家的嘴撕烂不可。前言呀，序呀什么的，人们读得太多了！”将军的脸变得严肃起来，“摩西带着自己的民族沿着沙漠前进，为的是让那些还记得在埃及时日子过得多么富庶的人死掉。‘啊，要是上帝将我们杀死在埃及的土地上那该有多好啊，我们会坐在煮肉的大锅旁，我们会有面包吃，还会吃得饱饱的！我们在埃及的时候有多好啊！’他带领着他们，因为在那应许之地等待着他们的，是为了争夺每一寸土地而进行的流血战争，是饥饿和痛苦……我的朋友们，要是操之过急，良心会同奴性一起从自己身上被挤出去的。看来，一切后果正是这样……”

他是和鲍里斯·伊萨科维奇一起把斯拉宾逊送走的。谢列梅捷沃机场有点像战时大撤退的火车站。人们躺在旅行袋上，排着队等待着海关工作人员的检查，后者像凶神恶煞，似乎要在行李中搜寻受尽宗教礼仪折磨的基督圣子的尸体。但鲍尔卡似乎一切顺利：几个排在队伍前面的人很快向他挥了挥手。他自己随身带的也就是一个体积不大的运动包。

“好了，爷爷，再见了！要是你想到我们美国那儿去，来个电话——我们就来把你撤退走！不过，我一直在想你昨天说过的话。你说：宁可当自由的奴隶，也不做思想自由的奴隶！明白我的意思吗？”

“我是明白了。可你眼下什么都没明白，别忘了——打电话！”

巴士马科夫第一次看见鲍里斯·伊萨科维奇的眼睛里噙着眼泪。老将军拥抱了孙子，将他紧紧地搂在胸前。为这一柔情感到羞臊的鲍尔卡一下子挣脱了出来，转过身子对朋友说：

“特鲁特奇，伟大的国家就交给你了，你得照看好哟！我不在的时候，你们可别把改革给糟蹋了！好，现在祝福我走运吧——从现在开始，我一生中最关键的时刻就要到了！”

他深深地吸了一口气，像练瑜伽功似的，慢慢地又将气吐了出来。

“下一个是谁？”海关工作人员厌恶地嚷道。这是一个白白胖胖的小伙子，长着一张性冷淡的脸。

“下一个是我！”

巴士马科夫和鲍里斯·伊萨科维奇站在铁栏杆的外面，想最后看着斯拉宾逊通过各种关口，最后消失在护照验证处的亭子后面。

“还有东西吗？”海关工作人员看了看他的运动包，气鼓鼓而又惊讶地问。

“没有了，力所不能及的劳动所能挣来的东西都在这儿了！”鲍尔卡有些伤感。

“这又是什么？”海关工作人员用手指着显示器的屏幕问。

“哪儿？”

“喏，在这儿！”

“一个半身塑像。”

“什么半身塑像？把包打开！”

斯拉宾逊把拉链拉开了。从包里拿出来接受检查的是一个用银合金制作的列宁半身塑像——当时任何一个礼品商店里都会成排地放着这种塑像。

“你带这个干什么？”海关工作人员问，不怀好意地边看边抚摸着塑像。

“完全是出于意识形态的考虑！”

“哼，好嘛……给我拧下来！”海关人员命令说。

“什么？”斯拉宾逊十分惊讶。

“头。”

“列宁的？

“塑像的。”

“马上。”鲍尔卡麻利地把列宁的头拧了下来。

排队的人屏住了呼吸，看着这一切。大伙立刻窃窃私语地议论起来，仿佛一个十分精明的人在列宁塑像里搞了点鬼而最终被发现了。

“天啊，这个不务正业的人都搞了些什么名堂！”鲍里斯·伊萨科维奇伸手去取硝酸甘油。

“里面是什么东西？”海关工作人员朝领袖的头里望着，兴奋地问，但头里面是空的。

“哪儿？”鲍尔卡问。

“这儿呢！”海关工作人员（他脸上的性冷淡已消失得无影无踪，竟然出现了些许激情）敏捷地从列宁头颅的深处掏出了一个不大的裹得紧紧的塑料包，“这是什么东西？”

“这是……您知道吗……怎么对您说呢……”

“您就尽可能说清楚吧！”海关工作人员挖苦地问，接着按了一下秘密按钮。

“您看嘛，这不过是一抔土。”

“什么土？”

“俄罗斯土地的土。”斯拉宾逊声音颤抖着回答说，顺手拭去眼中的泪水。

“您带俄罗斯的土干什么？”海关工作人员问，他满意地发现有两个军官正迈着从容的步伐朝他们俩走来。

“我吗？”

“说的就是您。”

“您以为，我既然是个犹太人就不会对俄罗斯的土地感兴趣？您不会是个反犹太主义者吧？”

“您少给我来这一套挑衅的提问！”海关工作人员有些害怕了。

他的这种心情是可以理解的：在俄国，一个反犹太主义者是要比犹太人更危险的。

“把它打开！”

鲍尔卡小心翼翼地打开塑料小包。巴士马科夫以及站在队伍里面的人都踮起脚尖：小包里似乎确实是土。海关工作人员以及跑来的安全保卫人员不知所措地低头望着那抔俄国的沙质土。显然，又有人摁了一下秘密按钮，侧面墙上的一扇门打开了，从里面晃晃悠悠地走出一个少校。

“是土，”他闻了闻后证实说，“为什么要……要放在塑像里面呢？”

“难道不可以吗？”

“最好不要这么做。”

“下一次我注意。”

少校用犀利的目光打量了一下鲍尔卡，挥了挥手。海关工作人员在报关单上盖了一个小小的戳，大小和一枚大戒指差不多。这时，斯拉宾逊终于朝爷爷和巴士马科夫的方向望了一眼，狡黠地挤了挤眼。鲍尔卡为什么要上演这么一出戏，他到底随身带了些什么东西出去，巴士马科夫始终没能搞清楚。

半年后，鲍里斯·伊萨科维奇打来一个电话，说鲍尔卡来信了，准确地说，是寄来了一张照片，上面还写了句话。巴士马科夫不辞辛苦地专程跑了一趟——想去看看。照片上鲍尔卡拥着一个混血姑娘站在一辆外国牌子的轿车旁。车身很长，显得有些笨重，那个皮肤黝黑的姑娘纯粹是象征性地穿着比基尼，那个头和那身材非常像早先那个瓦尔基丽娅——鲍尔卡刚能够着她的肩膀。他穿着条长裤和一件背心，背心、裤子上都画满了棕榈树。照片背面有一行短短的题词：请接受来自阳光明媚的加利福尼亚的问候！

此后巴士马科夫再也没见过老将军。如果不是救护医生的紧急抢救，他恐怕也没有可能见到老将军了。医生打电话来说鲍里斯·伊萨科维奇的情况很糟，还问了一句：

“您是他的什么人？”

“怎么说呢，什么人也不是。”卡嘉慌了神。

“那就怪了……您的电话号码就写在他家的墙上！”

事情是这样的，原来鲍尔卡总是把最重要的电话号码记在电话机上方的墙壁上。巴士马科夫是他最要好的朋友，而且按字母排列，他的姓又是第二个字母，所以他的名字写在最前面。

“鲍里斯·伊萨科维奇到底出了什么事？”卡嘉问。

“其实也没什么可怕的——高血压引起的并发症。你们家老人的身体还很结实，只是过于激动导致的。但他还是需要住一个星期的院。我知道他孤身一人。当然，最好能有个人来照看一下。他需要安静和护理。”

“我们一定会来照看的。”

卡嘉很快就判断出丈夫可能去的地方，便给卡拉科津挂了个电话，心情十分沉重，因为她不喜欢他们在一起，只要两人在一起，第二天清晨丈夫肯定会醉得起不了床，很像当年在区团委工作时的那些日子。如果说当年卡嘉对酒气熏天、脸面浮肿的丈夫心疼与厌恶兼而有之，但仍然把他看作自己身体的一部分，一个受到可恶的疾病伤害的亲人，那么如今这种异己的厌恶心情所具有的同情色彩则有了一种类似邻人的距离感……

“鲍里斯·伊萨科维奇快不行了！”卡嘉说，有意加重了说话的语气。

受到电话训斥的两个朋友立即起身，边走边努力使自己清醒过来，往鲍里斯·伊萨科维奇住的医院奔去。开门的是将军本人，据此判断，并没有特别危险的情况发生。

“叫抢救人员了吗？”卡拉科津开玩笑说，依然没有完全清醒过来。

鲍里斯·伊萨科维奇脸上露出了忧伤而无力的微笑，他没有说话，两腿蹒跚着回到沙发那儿去了。将军上身穿着一件绿色的，带肩章褡襻的军官衬衣，下身是一条已经穿旧了的蓝色运动裤。他艰难地坐下了。格子毛毯上放着一本科兰古[①]写的《回忆录》，书里夹着他的一副眼镜。桌子上放着药片、小药水瓶和一只玻璃杯，杯中散发着浓烈的瓦洛克金[②]的气味。

“我在科兰古的书中发现了一个很有趣的思想，”将军打开书，戴上眼镜，“你们听着：一个天才的国王总能创造出各种奇迹来，让每个人都能将自己对成就的希冀寄托于他。似乎，只要来到战斗接近结束的地方——就可以了……”

“我懂了，”捷达点了点头说，“统治者越英明，人民也就越

① 科兰古（1773—1827），法国侯爵，时任“百日王朝”外交部部长，著有颂扬拿破仑的《回忆录》。

② 一种舒张心血管的药。

善战。”

“大致是这么个意思。政治家越英明，他对周围人的要求也应越严格和苛刻。”

“您难道就完全不为老百姓着想吗？”

“年轻人，统治者愚蠢的善良比起他英明的残酷来只会招致更多人的死亡。”鲍里斯·伊萨科维奇拿起一只小药水瓶，回答说。

巴士马科夫带着责备的目光望了捷达一眼，抓起玻璃杯飞快地跑到厨房倒水去了。

……病又一次发作的原因是这样的。多少年来，鲍里斯·伊萨科维奇根本就没考虑过钱的事：退休金不菲，疗养也是免费的，还小有积蓄——刊登在军事刊物上的文章的稿费连同他的讲课费都直接到他的存折上。再说，一个退了休的人花得了多少钱？他主要的花费就是买书和订杂志——那时公开了许多不同寻常、不再是秘密的新材料。他也很少出门——去也就是去列宁图书馆或者波多利斯克[1]档案馆。被认为已经丢失的巴甫洛夫将军的审讯记录又被重新发现了，因此专著中所有的日期都得修改，文稿实际上等于要重抄一遍。军事出版社的编辑们当然很恼火，因为书已经印在新书目录中的主题索引中了。鲍里斯·伊萨科维奇高姿态地把预支的稿费都退了。他能做到这一步也可谓不易了！

突然，谁也没想到，几个月后一切都变了。存款分文不值了：存折上整整八千卢布不要说买汽车——连一辆三个轱辘的自行车都买不了。退休金只够买面包。也没地方可以再挣钱了。杂志要不停办了，要不就是勉强维持着，稿费根本连想都甭想。也没人请他去讲课了。举国上下的老百姓一觉醒来都成了乞丐，需要考虑的是怎么活下去，拿什么来填饱肚子，谁还有心思去听课！话说回来，真还有那么一次，国际约瑟夫·符拉维历史基金会邀请将军到一个

① 位于莫斯科州帕拉河畔的一个小城市。

“苏联是第二次世界大战的元凶”的学术会议上做报告，并允诺很可观的一笔美元作为奖励。鲍里斯·伊萨科维奇在他简短的发言中以历史文件为依据雄辩地证实，究竟谁才是战争真正的元凶。

“对不起，请允许我来说两句！”一个回归[①]史学家反驳他，他神经兮兮的，留着只有邋里邋遢的异见者才有的大胡子，“斯大林准备了轮式坦克，打算向欧洲的公路干线挺进！”

“这能说明什么问题呢？轮式坦克……如果您留了把大胡子，这并不能说明您就是个出家人啊！”

会议大厅爆发出一片笑声和掌声。但不知为什么，演讲费还是没付给将军。这还不说，他还被扣上了一顶警告性的帽子，从今以后再也不会有任何基金会邀请他参加任何会议了，尽管像鲍里斯·伊萨科维奇这样的军事专家已经寥若晨星了。时世艰难：他现在甚至连书都买不起了，新建的楼房哪里会有穷得几乎去要饭的图书馆的份。鲍里斯·伊萨科维奇只得在书店的柜台上研究新出的军事史专著，甚至想方设法趴在那里做点摘录。有一次，在“书屋”历史部一个神经质的女售货员冲着老头嚷嚷起来：

“老爷爷，在货票开出之前，糖果是不允许放进嘴里嚼的！可您却在用脏兮兮的手指头翻弄书！”

鲍里斯·伊萨科维奇有洁癖，平时总要催鲍尔卡剪脏指甲，这一番话可把他气惨了。他立刻捂着像是一下子塞满了药棉的胸口走出了书店，坐上车往指定的医疗单位去了。医生给他做了心电图，发现心律严重失常。

“您是不是有些焦虑？”医生问。

“如今有哪个人不焦虑？”将军叹了口气。

“您说的倒是实话。我有时醒来时，根本就不相信这一切会在我们这儿发生。”

① 指苏联时期被禁止发表作品、改革后重又回到读者视野的作家、学者。

鲍里斯·伊萨科维奇认识这个做心电图的女医生时，她还是个医学院刚毕业的小姑娘，在那些当官的患者面前总是战战兢兢的。每次去他总要给她带盒糖果或是小礼品什么的。多少年来他这是第一次空着手来看病。

将军回到家后想了很久，盘算了又盘算，决定把住宅卖掉，最好在另一个绿化好些的地段买一套小点的房子。单靠那房子的差价——这可是一笔大数——他就可以安享余年了，再买点书，买些糖果送送那些年轻的医生，还能把那本关于集团军司令员巴甫洛夫的著作写完。但是莫斯科四下都在传，据说消息还十分可靠，说有人在鼓动那些功勋卓著的老人把斯大林时期盖的楼房里宽大的房子卖掉，到了付钱的时候就把他们杀掉。甚至还有人有鼻子有眼地讲了一个让人听了心惊肉跳的故事，说住在隔壁门洞里的一个原先当过人民委员部副主席的人就在把房子卖掉后的第二天失踪了，后来在一个小区的垃圾箱里发现了他被肢解的尸体。

鲍里斯·伊萨科维奇并不怕死，但在把那本关于集团军司令员巴甫洛夫的书写完之前让一个刑事犯罪分子杀死，他是不甘心的！还是别惹这种麻烦为好！于是他决定找房客来住，在《出租与转让报》登了这么一条广告，但前来征租的尽是些不三不四的人，有妓女，有穿皮夹克的地痞流氓，还有年纪很轻的生意人，这些人走进屋子往四处一看就说：

“这面墙应该拆掉……这间屋（他们点点头，指着阿霞的那间屋）最好改装成给客人用的卫生间……”

自然，鲍里斯·伊萨科维奇最后谁也没租。自尊心也不允许他给儿子写信，儿子曾不止一次地说过他，劝他走：“咱们一起走吧！一起走吧！”后来他又找了熟人来劝他：“该走，真应该走！听说，昨天舒科齐欣[①]在电视里预言会发生一场大浩劫哩！”他还是没有

① 俄国当代的一位著名预言家。

去……再说了，儿子帮得了他什么忙呢？每次来信的时候，他自己都抱怨在新地方很难适应——什么东西都要钱。鲍尔卡从加利福尼亚寄来了一张照片后便杳无音信了——信不写，电话也不打……

有一次鲍里斯·伊萨科维奇到位于老阿尔巴特街上的军事书店去——那儿的女售货员早就认识他，所以对他站在柜台边看书也都睁一眼闭一眼了。鲍里斯·伊萨科维奇在当时已经成了礼品市场的老阿尔巴特街上闲逛，在摆放着普普通通的士兵帽子、皮带和军便服的小摊上看见一套真正的将军礼服，挂在衣架上，为了防雨还用透明的塑料薄膜套着。他也有这么一件挂在自家的大衣柜里。将军像中了邪似的站住了。一个很精明的年轻小伙子，转动着如簧的巧舌强行要让一个轻信的外国客人买他的一顶带帽徽的兔毛护耳帽子，他用夹生的英语说，这种帽子是为了占领格陵兰而潜入敌方的冰山特种行动部队的士兵戴的……小伙子终于成功将帽子戴在了兴高采烈的外国游客头上，随后转过身来对鲍里斯·伊萨科维奇说：

“想买点什么？”

“我怎么不记得这个叫‘冰山’的特种行动部队。”

“这是个秘密小组……其行动代号是‘超级沙锥鸟行动’！”

“这个行动代号我怎么也不记得。”

“老爷子，您是不是有点血管硬化啊！您想要什么？”

鲍里斯·伊萨科维奇朝将军礼服点了一下头，听说了价格后简直惊呆了——相当于他一年的退休金。小伙子以其摊主的敏锐嗅觉感觉到：这个夹着个破兮兮的皮包的小老头不是随便问问的。他说，他很乐意收购军制服、军大衣、奖章、勋章、军帽，而且可以用美金支付。小摊上摆放着各式真正的军功勋章和奖章。

“老爷子，随便问问，您家里有没有一级光荣勋章？我有二级的和三级的。不是吹牛。绝不吹牛！”

“做这种倒腾他人荣誉的买卖不觉得害臊吗？”将军小声地问。

“我有什么可害臊的？我又不是偷你们的——是你们自愿拿出

来的！我站在这儿的时候老琢磨：世上的这一切还真的挺有意思！一个人二十岁的时候，生活还刚刚开始却被厄运缠上了，为了得个什么勋章、奖章的，冒着枪林弹雨去拼命，还一点都不害怕。保住了命该好好过日子的时候——对不起老爷子，恕我直言——除了自己的身子，却已经一无所有了，于是把他的这些小玩意儿拿来给我，否则便会连买硝酸甘油的钱都没有……心脏还得好好珍惜不是……也许，他做得一点没错？老爷子，你也好好想想。或许，你的制服白白地挂在衣柜里占地方。蛀虫可是不长眼的，它可不知道什么是普通上衣，什么是将军制服……这么着，你看看这个价吧！”

小伙子给他拿出了一张价目单，上面写着各种东西的收购价——从五星英雄奖章，到纪念大战胜利四十周年的各种奖章。

回家的路上鲍里斯·伊萨科维奇思绪万千，愤愤不平。他无法理解为表彰英雄行为和抛头颅洒热血的壮举而颁发的各种战斗奖励，如今怎么成了可鄙的买卖交易的商品。但同时他也下意识地在脑子里暗暗地盘算，放在特制的麂皮小口袋里的那些勋章能值多少钱，两枚红旗勋章、一枚卫国战争一级勋章、一枚亚历山大·涅夫斯基勋章、一枚波兰白鹰勋章，还有许许多多战争胜利后逢周年纪念发的战斗奖章。最后算出的数字自然而然地从脑海深处跳了出来，闯进了将军的意识中。

鲍里斯·伊萨科维奇开房门的时候几乎已经把自己说服了，将军礼服确实已经没有用了。说得没错，那些蛀虫确实不会打盹儿的——不久前一只袖子上已经出现两个不明显的被蛀痕迹，虽未蛀穿但毛面已经光秃了。人死了该埋的时候，穿一套一般的制服也就可以了。此外，至于奖章，特别是那些胜利周年纪念奖章也无保存的必要了。有什么可舍不得的呢。再说了，这么做还符合某种辩证法的逻辑，用这些钱，他可以完成对集团军司令巴甫洛夫的研究工作。

将军在把礼服拿到老阿尔巴特街去之前，决定再穿一次，结果立刻发现这身衣服已经显得有些宽大了：鲍里斯·伊萨科维奇近来由于伙食不好，加上心情郁闷，瘦了许多。当他站在镜子前望着自己的身影时，突然觉得透不过气来，就像电容瓶里的电跑光了一样，屋子里的空气仿佛一下子被抽光了。随后他扶着墙慢慢地挪到了客厅，拧开门锁，打开房门……救护人员小组来的时候发现他已经躺在沙发上，身上穿着那件未系扣子的将军礼服，胸口搭着一条湿毛巾。

“我从未想到过，我会落到这般田地！”鲍里斯·伊萨科维奇哭泣着，低声说道。

“不要难过，这一切很快就会结束的！”捷达安慰他说，“我们的好日子不会太远了。”

他们俩陪着鲍里斯·伊萨科维奇一直坐到深夜。巴士马科夫在地铁关门前半小时准备回家了，捷达说，他不急着走，他既无地方可去，也没人惦记他回去，所以他可以陪鲍里斯·伊萨科维奇在这儿过夜。几天后，奥列格·特鲁多维奇带着卡嘉精心准备好的一书包食品来到高尔基大街，正碰上穿着长衫的卡拉科津在厨房里煮稀饭。将军半倚着躺在沙发上。沙发边放着一张折叠式小桌，上面蒙着块桌布，桌布上摊着一张很大的地图，地图上标着黑色和红色的弯箭头。

“奥列格，您能想到吗，他们不许我看巴甫洛夫临死前写给斯大林的信！”

“谁？”

“克格勃……不知道现在它该怎么个叫法？”

“这也许是因为鲍尔卡的缘故。亲戚们都在国外，再说，又是这样的信。”

“你拿来的西红柿可不怎么样，”骑士捷达说，端着热气腾腾的一锅稀饭从厨房里走出来，“现在查阅克格勃的档案材料是要付费的。五十美金——可以借出来看，一千美金——就可以复制了。”

“我很快就会还你的。我现在在一个停车场找到了一份工作……”奥列格听出了卡拉科津说话中的责备语气，嘟哝着，“我也许不久要到泰国去一趟，去弄些安哥拉兔毛帽子来……”

“奥列格·泰兰多维奇，你最好还是老老实实在家待着！这样你才能毫发无损。”

不久后，卡拉科津以每月三百美金的价格把他的房子租了出去，自己搬到鲍里斯·伊萨科维奇这儿来住了。两人就靠这笔钱过日子。巴士马科夫有时会到他们这儿串个门。鲍里斯·伊萨科维奇常常坐在书房里，很少到宽敞的客厅来，但总会兴致勃勃地观看客厅里发生的一切。客厅里发生的事情再奇怪也没有了。客厅成了革命正义党的党部。屋子里总散发着温馨的高锰酸钾的气味——每次召开群众集会用的传单，捷达都是在这里复印的。复印机是用卖了那枚白鹰勋章的钱买下的。正好那时出现了许多关于在卡廷被枪杀的波兰军官的报道。鲍里斯·伊萨科维奇对他们是被德国人，而不是被自己人枪杀这一点坚信不疑，因此对波兰史学家发表的东西非常气愤。

“他们最好还是好好回忆一下，他们在集中营里虐待死了多少毕苏斯基的红军战士！”①

将军的住宅成了轰轰烈烈的政治生活中心。家里的门铃声不时会被人摁响——客厅里常常会出现一个为人民复仇的斗士。一走进堆放着各种书籍和古董的客厅，他自然会有些胆怯，发现脚下踩着的是镶木地板后，会立刻到过道上把皮鞋脱掉。有个智者说得好，一个问题的解决必然会为另一个新问题的出现提供可能。来人开始为自己脚上袜子的气味和窟窿感到窘迫。他急急忙忙地拿上一包传单，匆匆听取了有关群众集会的情况后会很快离开，来到群众中间。

鲍里斯·伊萨科维奇和卡拉科津从不错过任何一次群众集会或市民大会。将军的身体已经完全康复了。他常常出现在抗议的人群

① 毕苏斯基是波兰社会党右翼领袖，在1926年发动军事政变的过程中，杀害了大量反对他的红军战士。

中。根据季节不同，他或是穿上领章上缀有金色树枝图案的军大衣，或是穿上将军服，正是这身将军服使他的心脏病又一次发作。捷达专门制作了一面印有镰刀与锤子的大旗，还把它串在了一根螺旋状的金属杆上，还做了一块可折叠的硬纸板标语牌，上面写着他自己创作的诗：

你别高兴得太早了，先生——
我们会让苏联获得新生！

他还为诗歌配上了自己创作的一幅画：青面獠牙、像鳄鱼那样露着微笑的美国人穿着星条裤，戴着高高的礼帽，正在用剪刀裁剪苏联地图。

鲍里斯·伊萨科维奇专门为游行示威准备了一张不大的斯大林肖像。正如常言所说，将军与捷达终于成了知音，虽然有时也会为斗争的方式发生争吵。卡拉科津主张立即进行武装起义，推翻反人民的政权，但鲍里斯·伊萨科维奇——主张游行，公民请愿，罢工直至在新总统产生前将政权移交给最高苏维埃……

有一次，他们俩把巴士马科夫拽到了正在热热闹闹召开着的市民大会上。会议在还没整修好的跑马广场召开，广场上的青铜兽雕像也还没安好。奥列格·特鲁多维奇不小心把卡嘉刚给他买的一件淡黄色麂皮夹克给刚坏了，引来了那些穿得很破又很凶恶的人的白眼。用大幅红布装饰起来的主席台上还没有人。装在汽车上的铝制扩音器正反复播放着《献身者进行曲》，巨大的声响几乎要把人的耳朵震聋。

鲍里斯·伊萨科维奇穿着将军的大衣，卡拉科津——还是那身他从不更换的牛仔套装。自从踏上了政治斗争之路后，他蓄起了大胡子，留起了长发，还用一块带花纹的手绢扎了个鬏鬏儿。那花纹图案叫“太阳之路”。捷达在这一段时间迷上了斯拉夫主义的多神教，常常与那些嘲笑他举着红旗的君主主义者辩论。他说，俄罗斯人历来就崇尚红色，而且从来就是在红旗的指引下打败敌人的。巴士马科夫有一次亲眼见过他与别人辩论。卡拉科津与一个穿着显然是自产军制服的哥萨克吵了起来。

“你的意思是说，德米特里·顿斯科伊[①]也像恰巴耶夫[②]一样举着红旗打仗的吗？就算是吧……”哥萨克玩弄着自制的马鞭子，一本正经地说。

“对不起，容我问一句，你这个当过兵的，我对你们的肩章还搞不太清楚。你算是什么军衔？”捷达问。

“请允许我做个自我介绍：哥萨克大尉格列奇科，红色无产阶级区负责对外联络事务的副首领。请问你呢？”

“革命正义党政治委员会委员。”

“有意思。这个党起的名字不错。那你举这个镰刀与锤子干什么？”

“怎么，当兵的，你怎么就不喜欢这个镰刀与锤子呢？”

“就是不喜欢。我看你是个俄罗斯人，”哥萨克一边说，一边乜斜着眼睛看了一眼鲍里斯·伊萨科维奇，“这些个共济会像章算什么意思?!”

“长官，你真是个傻瓜！金色的镰刀与锤子是上天赋予斯拉夫人的领袖塔尔吉太的。”

“上天？喔——喔……”哥萨克大尉格列奇科又仔细地看了看鲍里斯·伊萨科维奇，冷笑了一声，在人群中消失了。

广场上人声鼎沸，音乐声停止了。用一辆加高了车帮的大卡车作为主席台的台上开始有人出现。巴士马科夫认出了秃头的久加诺夫、头发浓密的巴布林、总是愁眉苦脸的伊里雅·康斯坦丁诺

---

① 德米特里·顿斯科伊（1350—1389），莫斯科公国大公，曾率军队在著名的库利科夫战役中取得胜利。

② 恰巴耶夫（1887—1919），又译夏伯阳，苏联国内革命战争时期的红军英雄。

夫…… 久加诺夫走到麦克风前开始讲话，但什么都听不清楚。人群骚动起来。

“挑衅！”一排排的人相继吼了起来，“是那些浑蛋，是该死的叶利钦的党羽故意把麦克风的电给掐了……”

莫斯科饭店门前的台阶上出现了可怕的举动，示威人群高喊着“打倒他！”朝特警部队士兵的人链冲去。

“让一让！听见没有，让一让呀！”一个胖胖的少校手中拿着吱吱作响的无线电报话机从巴士马科夫身旁挤了过去。

奥列格·特鲁多维奇认出他就是上次在跑马广场上驱赶游行示威人群时从自己身边跑过的那个少校，当时巴士马科夫向尼娜·安德列耶芙娜做了最后一次解释。只要一想起契尔涅茨卡娅，他心中就会掀起一股未尽的波澜。

“安德列，”鲍里斯·伊萨科维奇突然对他说，“你刚才回答那个人的话并不完全准确……那个人叫……就叫他大尉吧……上天赋予塔尔吉太的有锤子、犁和磨盘。用纯金做的，这倒是确切无疑。但没有镰刀。”

“这回你可碰上厉害的了！”巴士马科夫说。

“鲍里斯·伊萨科维奇，辩论中有时是可以牺牲一些小细节以赢得宏大的历史真实的！”

“我不这么认为。宏大的历史真实正是基于微小的细节之上的。不过您离真理并不太远。在苏维埃政权建立初期，国徽上还真有过犁和锤子，后来犁才被换成了镰刀。我认为，国徽以镰刀构图看上去更舒服些……”

“看嘛，我没说错！”

“是的。不过，安德列·费得洛维奇，您的那块有太阳之路图案的手绢我早就建议您取下来。那图案太像纳粹的万字符了！”

“鲍里斯·伊萨科维奇，这可是古老的雅利安人的符号！”

“我当然知道。但您不可能去跟每个人都解释一番啊！”将军反驳他说。

巴士马科夫突然在他们的话语中领悟到了某种独特的交流方式，明白他们重复这种习以为常的争论，纯粹是为了说给他听，既可以使各自的思辨变得更加敏捷犀利，也可以检验第三者的反应。

“可您自己是与斯大林走在一起的！”

“我高度评价这位伟大的统帅！”

“那古拉格[①]呢？”

“他对希特勒战争的胜利可以抵消古拉格的过失。”

“鲍里斯·伊萨科维奇，可您这也是没法去向每个人解释的！”

“安德列·费得洛维奇，话不能这么说……”

这时麦克风接通了，广场上响起了霹雷似的吱啦声。久加诺夫高高将手臂举在头顶上，用洪钟般的声音开口了：

“同志们！叶利钦实行的罪恶制度……”

他们聆听着演讲，兴奋地宣泄着反政府的心绪，集会一直持续到了深夜。群众集会最后通过了立刻弹劾叶利钦的决议。会后人们的情绪才平静下来，各自往自己家中散去。广场上的人渐渐离去，只留下了三五成群的人，他们还未来得及把话说完：

“……鲁茨科伊[②]？您这是说的什么屁话？鲁茨科伊也是一路货……是他把共产党分裂的！哈斯布拉托夫[③]——原本就是个车臣人……他们是故意把他作为反对派拉进去的。他是个挑拨离间的家伙。”

“你才是挑拨离间的家伙呢！”

聚集在卡拉科津周围的人最多。捷达起劲地弹着吉他，唱着：

要想看到黎明的曙光

① 俄文“集中营管理总局”的缩写，泛指各种政治迫害。
② 叶利钦时代的副总统。
③ 戈尔巴乔夫时代的议会主席。

就要向背叛——挑战，
让变节者们——曝光
在整个莫斯科河岸的街灯下！

人们在应和着唱道：

在整个莫斯科河岸
在伏尔加河岸，在奥卡河岸……

歌唱完后，已经成了熟人的大尉格列奇科拥抱了卡拉科津并拿出了一瓶伏特加。

“是你自己编的词吗？”

“是。”

喝完酒，哥萨克拥抱了鲍里斯·伊萨科维奇，含糊不清地嘟哝着说，他并不反对具体的某个犹太人，这是毫无疑问的，但对犹太人提出要消灭哥萨克的主张他是无法饶恕的。

“他们在顿河作了多少孽哟，那些穿皮夹克的异教徒！干了多少坏事呀！”

鲍里斯·伊萨科维奇对他的看法表示赞同：是呀，消灭哥萨克是俄罗斯人的悲剧。

“哥萨克人的悲剧。”大尉纠正道。

“可以这么说吧。但是，作为一个民族，犹太人与这一悲剧是无关的。尽管布尔什维克中有不少犹太人……”

“那残酷杀害国王和他家人的行为也与他们没有关系吗？难道这也是布尔什维克的罪过？”

“是的，是布尔什维克。”

“那枪杀他们时墙上的犹太文题词呢？”

“那题词是德文的。”

“你胡说。”

“大尉，您与将军谈得怎么样？”

“罪人是…… 真是德文吗？”

“是德文。”卡拉科津证实说，说完把脸转向了巴士马科夫。

“真是德文的！”巴士马科夫点了点头，尽管他连他们在说什么都不知道。

“那就对了，”大尉的脸上露出了微笑，“搞革命用的是德国人的钱。列宁和托洛茨基也是从德国坐火车来的。题词也是德文的——这一切都对得上……来，伊萨科维奇，干一杯！”

回家的路上，卡拉科津恶狠狠地问：

“鲍里斯·伊萨科维奇，您的意思是不能为了宏大的历史真实去牺牲细小的事实？”

“是的。”

“墙上海涅的诗句是……‘朝霞刚刚升起，奴隶们便将国王杀死……’”

“您就直说吧，海涅是个犹太人，是不是这样？安德列·费得洛维奇，您是不是这个意思？”

“嗯，是的。”

“如果这是普希金或是雷列耶夫[①]的诗句呢？这会不会改变事情的本质？‘我憎恨你，专制的暴君，连同你们的同类，我怀着强烈的兴奋望着你的毁灭，你的继任者的死亡！’”

“那就更不用说海涅的诗句了。尤罗夫斯基[②]是犹太人，戈洛谢金[③]也是……”

“是呀，安德列，任何发展进程都应该用历史的眼光去看。您别忘记了，犹太人与帝国的关系是非常复杂的……”

---

① 即孔德拉季·雷列耶夫（1795—1826），俄国十二月革命党人，诗人。

② 即尤里·尤罗夫斯基（1894—1959），苏联著名的人民艺术家。

③ 即菲利普·戈洛谢金（1876—1941），苏联著名的党务和国务活动家。

“那您的看法呢？”巴士马科夫问了一句，这个问题连他自己都感到有些突兀。

“我？奥列格·特鲁多维奇，我可不是犹太人。我是一个苏联人。我觉得做一个苏联人非常好，而且终生无悔。”

“那现在呢？”

“现在连我自己都糊涂了……我始终认为尊重历史的真实是最重要的。然而，看来我错了。重要的——是由每个民族为自己创造的神话。比方说，俄罗斯人自认为是解放者。这在多大程度上符合实际并不重要。他们对自己的感觉就是这样的。这就是他们所需要的重要神话。只要一有适当的机会，俄罗斯人就会不惜抛头颅洒热血去解放众人，全然不顾其他民族是否愿意这么做。而犹太人却是复仇者。只要有一个实施报复的现实的理由——就够了，如果没有，就会找出一个理由来。而革命——是实施报复的最好时机。这就是在任何一次革命中都会有那么多犹太人的原因之所在。这也就是自认为是解放者的俄罗斯能够迅速成长的原因。这也就是德国老是失败的原因。一个意识到自己是侵略者的人是不可能取得胜利的。但是如今一切都在发生变化……现在在俄罗斯已经没有神话了。这恰恰是灾难之所在……”

“您的意思是说，问题的症结在于神话中？！”卡拉科津激动地将吉他挂在身后。

“是的，在神话中。”将军点了点头说。

“那么结论就是，哪个民族的想象力越丰富，他在历史与上帝的面前就越正确？！”

“在历史面前是的，但在上帝面前——就未必……”

十九

艾斯凯帕尔突然觉着口渴，去了厨房，端起足可以装三升水的大瓶子喝了个够，那瓶子里浸泡着活像形状怪异的灰色水母的醋渍蘑菇。杜尼娅奶奶称这种蘑菇为“蘑库”。巴士马科夫的脑海中突然出现了一个古怪的念头，他竟然想把似乎长出了新芽的小小的水母样的东西随身带走拿去养。那样的话，到了那儿，在塞浦路斯，他就会有一只瓶口用灰色的医用纱布缠上的容积三升的大瓶子，里面还装有……仆人们看见后一定会大吃一惊的。

奥列格·特鲁多维奇发觉有一只手搭在了他的肩膀上，全身颤抖了一下。他眼前一片漆黑，身子一软，不禁打了个寒战。但愿不是卡嘉！她不应该在这个时候……她是有课的呀！不管出什么事情，她都不会缺课的。甚至在她有孕在身而孩子最终没能生下来的时候，在她因妊娠中毒而几乎失去知觉的时候，她都没离开过课堂……巴士马科夫有时把卡嘉想象成一个被盖世太保抓住了的年轻女共青团员和女游击队员。像在电影中演的那样，他们打她的耳光，对她张牙舞爪，不断对她吼叫：“暗号！把暗号说出来，浑蛋！”而她却只是以沉默作答，眼睛里闪动着憎恨的目光。巴士马科夫心里能感觉到，若是他自己处在这种他想象的法西斯的拷问室里，只要一听到严厉的吼声，他一准会把暗号供出来。也许秘密的接头地点他不会讲，但暗号他肯定会说……

奥列格·特鲁多维奇慢慢地转过身来。

站在他面前的是面带微笑的阿纳托利奇。

“害怕了吧？”

“有点……”

“那就请你原谅了！你有十三英寸套筒扳手吗？”

“好像有。”

“你能想象有这种人吗，我昨天把它借给三单元的那个邻居了，就是那个养了只疯疯癫癫的卷毛狗的人，他答应用一个小时，可已经过了一天一夜。俗话说得好：狗如其主！”

巴士马科夫两腿还有些发软，像挨过针扎似的，他拿起放在厨房里的凳子，去了过道，从夹楼上取下了工具箱，在铁件里哗啦哗啦地翻腾了一阵，找到了那只还是他在汽车停车站干活捞外快时留下的套筒扳手。

“谢谢！”阿纳托利奇说，“半个小时后还你。”

“半个小时后就不用再来还了，”巴士马科夫警觉起来了，“我一会儿要出去。你明天再还给我……”

“明天就明天。谢谢啦！”

“你照旧从阳台上爬回去，还是给你把门打开？”

“还是把门打开吧。我拉了一根晾豌豆用的绳子——爬起来很不方便。刚才差点摔下去。我是不是把你吓坏了？”

“反正吓得不轻……”

巴士马科夫把邻居送走后关上门。随后他摸了摸脉——怦怦地跳得好快。

“可把我吓坏了，这个害人的团长！”

曾经有一段时间，他们俩常常从阳台上爬进爬出。可谓无巧不成书，巴士马科夫第二次不成功的出逃也是从阳台走的——神不知鬼不觉地从那儿——阿纳托利奇的家——溜出去的。他坐上出租车的时候，幸灾乐祸地想，妻子这时会如何开始在屋子里找他，心里又是害怕又是纳闷：丈夫会躲到哪儿去呢，他好像没出门呀。

当时阿纳托利奇还是个少校，他的妻子叫卡列莉娅或者简称卡莉娅，他们是十四年前搬到这栋楼来的。在他们之前，在这套两居室房子里住着一个憔悴不堪的弱女子和她的酒鬼儿子盖罗依。盖拉每隔一个半月要酗一次酒，那个女邻居就会跑到巴士马科夫家门口按门铃，并严肃地警告说：

“盖尔卡要是来借钱的话——你们可别借给他！”

但他一次也没来借过。哭哭啼啼的女邻居一夜间会把巴士马科夫叫过去两次，让他把撒酒疯的盖拉用毛巾捆起来。第三次奥列格·特鲁多维奇是被民警作为知情者叫过去的。蜷曲着身子的盖拉一动不动地躺在油渍麻花的沙发床上，那张脸活像一块又干又硬的融化奶酪。医生俯下身站在死者跟前。桌子上放着一个带棱玻璃杯，杯子内壁上积着厚厚的一层类似茶垢的褐色附着物，旁边扔着一根带针头的注射器，上面满是多次使用后沉积的黄色斑点。一根标有刻度的玻璃管和抽推塞也脏兮兮的，成了褐色。

“分量器。”医生直起身子解释说。

“签上您的名字！”民警用一根手指指着记录对巴士马科夫命令说。

时值夏天，巴士马科夫一家不久后到克里米亚疗养去了，半价的疗养优惠卡是彼得·尼基福洛维奇提供的。回来后他们才发现：隔壁住户的房门已经包上了深樱桃红的人造革，上面还捆着条金色的细带子。巴士马科夫一边从箱子里往外拿东西，一边责备达士卡忘拿他新买的海水浴场穿的拖鞋了，卡嘉突然弯了弯一根手指，招呼丈夫过来并把他推到了阳台上：

“你看，图涅雅特奇，这回你可占便宜了！”

“我给你把新绳子拉上就是了。我这就拉！”奥列格·特鲁多维奇顶撞她说。

“不，你来看看嘛，他们在阳台上都放了些什么！”

准确地说，他们与邻居两家的阳台是共用的，中间只隔了一块顶着天花板的石膏板。巴士马科夫将身子探出铁栏杆外，往隔壁家看了一眼。早先，他从未发现过任何有趣的变化：阳台的整个空间总是堆满各种各样的进口酒瓶。这些酒瓶废品站是不收的，只是难得一年有那么一次，特殊玻璃器皿的收购者才开着卡车到院子里来，每个进口瓶子按两戈比的价格收购。盖拉家阳台上这些积满了灰尘、形状各异的玻璃器皿这时才能等到幸运的有出头日的一天。

但这一次，巴士马科夫却没看到那些堆得老高、犹如举行酒瓶大集会一般积满灰尘的容器，而是另一幅使他吃惊的景象。他看到一个带镜子的簇新吊柜、像火车包厢里那样固定在墙上的一个小桌，还有用特殊的卡钉固定在栏杆外侧的长长的箱子，嫩绿的葱叶向箱外伸展着。让奥列格·特鲁多维奇尤感惊讶的是，对面墙板上还安上了一个小小的工作台，上面固定着虎钳和砂轮。专用的铁丝网罩里戳着各种工具——螺丝刀、平嘴钳、钻头、锉刀……为了能把这些奇特的景象看得再清楚些，巴士马科夫将整个身子都探出了栏杆外。正在这时，一个长着一头浅色头发的敦实男子出现在阳台上，他穿着蓝色背心和黑色缎纹短裤。

“您好啊！”发现巴士马科夫的脑袋已经伸到了自家的阳台上，男子问候说。

“您好，”奥列格·特鲁多维奇觉得立即缩回身子不太好，便回答，“祝贺乔迁之喜！”

“谢谢。”

“您这儿现在布置得还真漂亮……”

“现在——是啊。运走了多少垃圾哟。您怎么称呼？”

“奥列格。”巴士马科夫不好意思地回答说。

这场景确实有那么点喜剧性，因为名字通常是用来称呼整个人的，对一个从夹楼外伸过来的脑袋这么叫，还真有点不伦不类。

“我叫尼古拉·阿纳托利奇。我提议为初次相见喝一杯！”新来的邻居打开工作台下面的小门，从里面拿出一瓶已经启了封的“伏特加烈性陈酒”，两个小酒杯和一盘自家用波罗金诺面包做的咸味面包干。

巴士马科夫将手伸进了友善的领地，一边表示感谢，一边接过酒杯。他们碰了杯，喝干了酒。

“看清楚了吗？”等他回来后，卡嘉高兴而不无责备地问。

“看清楚了！”巴士马科夫回答说，尽力不让她闻到酒味。

第二天早晨，他在电梯旁碰到了阿纳托利奇——他一身戎装，佩戴着少校肩章和缀着炮兵十字标记的黑色天鹅绒领章。巴士马科夫（他当时已在“金牛星座”上班）穿着一套泛出金属光泽的灰色芬兰西装、衬衣，系着领带，还夹着公文包。阿纳托利奇彬彬有礼地看了看他的公文包，问：

“您的父称是什么？”

“特鲁多维奇……这父称有点怪，是不？”

“这种父称很正常啊，我们师后勤部副部长是个亚美尼亚人，叫彼特罗相……他的名字和父称是哈姆莱特·捷兹杰蒙诺维奇。也没什么……我们邀请你们星期天来我家共庆乔迁！”

卡嘉得知他们受到邀请的消息，心里十分着急。她想做些苹果馅饼，便打电话给母亲，向她咨询了好几次，但馅饼还是做不好，烤盘里弄得哪儿都是面粉，还烤不熟。最后，万不得已之下，巴士马科夫只好到商店跑了一趟，买了一个蛋糕。不过，他运气还不错：十分紧俏的鸟乳蛋糕刚刚进了货。卡嘉在做馅饼上虽然失败了，却在达士卡的打扮上赢了分，她让达士卡穿上缀满花边的中式连衣裙，系上了老大的一个蝴蝶结——若是遇上飓风，它足可以作为风帆，让孩子被吹走。随后，妻子选了老半天自己的衣服，总是拿不定主意，不断征求巴士马科夫和女儿的意见。奥列格·特鲁多维奇建议她穿果沙几年前从斯德哥尔摩捎回来的那件金黄色连衣裙。但她拒绝了，因为显得太华丽，到住在同一层电梯旁的邻居家做客，穿这种衣服有些过分。达士卡坚持要妈妈穿疗养时穿过的那件背上开口很低的无袖衫，这个愚蠢的建议也未被采纳，为此达士卡屁股上还挨了一下。最终她选了一件南斯拉夫的西装。

这套西服是她一个学生的母亲在他们单位节日清仓降价的活动上买了之后让给她的，因为拿的时候匆忙，尺寸没选对。卡嘉犹豫了很久要不要还：西服女主人的儿子是个十分懒惰的学生，半年来俄语成绩始终没上过“二分”。自然，若是要了这套新衣服，又没另加钱，她不得不给他打上“三分”。卡嘉犹豫了很久，最终还是买下了。

全家去做客的时候拿上了一盒蛋糕，用云母片纸包着的三朵康乃馨和一瓶香槟酒，临出门的时候又照了照镜子（卡嘉喘了口气，为达士卡理了理蝴蝶结，又替丈夫把领带正了正），经过楼梯的过道，揿了揿新包上的门旁边的门铃。

出来开门的是一位胸部丰满、长着一对蓝眼睛的浅发女子，紧身的樱桃红连衣裙是非苏维埃式的，胸部开得很低。她说：

“请进！”

两个女人用情敌似的目光对望了一眼，仿佛从她们第一眼所看到的对方的体貌特征就已经断定了这一点。看来，双方都已默默地意识到两人实力相当。

“卡列莉娅，”女主人伸出手，自我介绍说，“叫我卡莉娅就可以……”

“非常高兴……卡嘉。”

“嘿，小姑娘长得可真漂亮！”卡莉娅在达士卡对面坐下，“你叫什么名字啊？”

“达丽雅·奥列格芙娜。”女儿回答说，不知为什么，当时她偏偏把自己的名字连同父称一起介绍了。

“我们家有一个和你差不多大的小朋友。科斯佳，上这儿来！一个好漂亮的小姑娘到我们家做客来了！”

谁也没搭茬。这时穿着花围裙的阿纳托利奇从厨房走了出来。

“害臊了。等会儿他会过来的。卡嘉，您对‘情人奶’的印象如何？”

“没……没尝过……您指的是什么呀？”

“一种果酒——是我们从德国带来的。”

饭菜非常丰盛：几盘精致的凉菜、自家腌制的小菜，还有用切成星状的胡萝卜点缀的鱼肉冻——微微颤动着的琥珀色鱼肉冻呈现着淡雅的朦胧，深嵌在肉冻里的胡萝卜橙红鲜亮，秀色诱人。饭桌中央还摊放着老大的一个白蘑菇馅儿的焦黄馅饼。巴士马科夫不失时机地用习惯性带责备的目光看了看妻子：你瞧，多么出色的家庭主妇啊！妻子却用眼睛扫了扫阳台以示报复——哼，瞧人家男人的手艺，你闭嘴吧……

大伙坐下了。这时从里屋跑出来一个穿短裤的男孩。他剃了个光头——头上只剩下一绺挺可笑的、几乎要把眼睛都盖上了的额发。男孩轻轻地说了声“你们好”，遇到了达士卡高傲的目光，脸一下子红了，坐下后低着头只顾望着盘子。

“没关系。他还不熟呢。昨天刚到这儿。”卡莉娅告诉大伙，说完用手抚摸了一下孩子的脑袋。

“他几岁了？”卡嘉问。

“刚上二年级。就是不长个儿……不过，没关系……”

阿纳托利奇从冰箱里拿出了“大使馆的”伏特加，往酒杯里倒上酒。蒙了一层霜的酒瓶放在桌子中央，酒瓶上留下了明显的手指握过的痕迹。女士们爱喝“情人奶”。酒也喝了，菜也吃了。谈话间，他们才弄清楚，科斯佳是阿纳托利奇炮兵学校的一个同学（两人睡的床紧挨着）的儿子。如今那个同学在摩尔曼斯克服役，此前在中亚一个哨所当兵，那儿的水质很不好，结果他把胃弄坏了。所以休假的时候，他要去叶先图基疗养，去疗养院可以带妻子，但不允许带孩子。所以他们路过莫斯科的时候就把科斯佳留在了朋友家中。

“就像我们自己的儿子……”卡莉娅叹了口气说。

词组“就像我们自己的儿子”加上这声叹息，再加上阿纳托利奇望妻子时那种歉疚的神情，刹那间就能让人体会到他俩因没有孩子而产生的隐隐哀伤。

“让我们为父母亲干杯！”善解人意的卡嘉建议说。

谈话间，巴士马科夫环视了一下屋子：家具很一般，但是各种地毯、镂花的罩单、豹纹毯子还不少，餐具橱里摆满了“圣母”——成套的餐具，那是任何一个从德国回来的军官不能不带的。盘子上、茶碗上、茶壶上、调味瓶上都是同样的田园牧歌式景致，故而餐具以“圣母”命名也就不足为怪了。巴士马科夫此前还从没见过这样的东西。

“我们在西柏林市郊站岗，”阿纳托利奇觉察到了客人困惑的目光，便解释说，“在榴弹炮的射程内。我们团准备与北约的一个营进行五分钟的战斗……”

“难道真的总共只有五分钟？”卡嘉很是惊讶。

“但在这短短的五分钟里可以做……做许……许多多的事情！”卡莉娅微笑着说，那声音活像在唱歌。

“我也在炮兵部队里待过！”巴士马科夫自豪地说。

达士卡光吃凉菜，很快就饱了。她郁闷地叹了口气，大度地望了一眼科斯佳。男孩一直低着头，眼睛没离开过盘子，她不禁有些可怜起他来。

“别吃了，咱们到外面玩去！”

男孩脸上露出了喜色，从桌旁跳了起来。

热菜——酱汁烤肉（每道菜端上来的时候，卡莉娅总要做一番详细的烹饪说明）——上完后阿纳托利奇突然问道：

“你们想知道我是在哪儿出生的吗？我来指给你们看，来！”大家都跟着他走到了阳台上。

“喏，就在那儿，看见了吗，那个药店——我们家原来就住在那儿。家里养过奶牛、小猪、鸡……”

“看那边，汽车掉头的地方，我家早先就在那儿。”卡莉娅说。

“那你们俩是一个村的？”

“嗯，是啊。但正好住在村子的两头。村子的名字叫查维雅洛沃。我们俩的姓也是查维雅洛夫。当年阿纳托利奇来找我约会时就是走那个峡谷，穿过那片菜地过来的。放学回家我们也走不到一块儿……我们是悄悄在墓地里见面的！要不就是坐汽车到莫斯科去——那儿就无所谓了，反正谁也不认识我们……”

“为什么？”卡嘉问。

“那有什么不可理解的，他住在村子的另一头。大约八十年前，他爷爷用刀子把我爷爷给扎了……咳，反正是世仇，就像蒙太古与凯普莱特[①]两家那样。”

“是他扎的，还是不是他扎的，这也无法说清楚，”阿纳托利奇解释说，“但卡列莉娅·瓦西里耶芙娜的爷爷在打群架时把一个灌上了铅的羊拐子藏在连指手套里，这可是谁都知道的。”

“你可不能歪曲历史事实！”卡莉娅气愤地说，“我爷爷是把灌上铅的羊拐子藏在连指手套里，但这是在他得知你爷爷唆使他的朋友……”

“噢，是这么回事，”巴士马科夫点了点头，“冲突的起因已经湮没在历史的深处了。”

“是啊……是在深处，”卡莉娅叹了口气，“后来推土机开来了，把一切都给破坏了，一切深处的东西……查维雅洛沃消失了。只剩下了两个叫查维雅洛夫的男女……”

接下来的故事典型得如同莫斯科郊区所有农村发生过的事情那样，农村被不断膨胀的城市吞噬了。房子被推倒了，人被遣散到了

① 莎士比亚的悲剧《罗密欧与朱丽叶》中有着世仇的两个家族。

莫斯科的各个地方，但是，科里亚[①]和卡莉娅却没有消失，他们中学毕业后立刻就结了婚，甚至还不得不到区执委会申请批准。后来，年轻的丈夫考上了中专。所有的中专生里，只有他一个人是结了婚的。到学校去看学生的都是家长，唯独去看他的是他老婆。说起来也好笑，因为怕被别人耻笑，他好长时间都对大家说，卡莉娅——是他的妹妹。直到上了三年级，又有一个学员找了老婆，他这才坦白了实情。

中专毕业后，阿纳托利奇先是被分配在斯摩棱斯克市郊，后来又被调到另一个地方，最后才到了德国。他算走运的，从民主德国回来后就来到了莫斯科近郊。又赶上了他运气好。尽管他的走运与卡莉娅善于与各位领导的妻子打交道有关。他们俩用攒下的钱在别恰特尼基买了一居室的合作社住宅，接着便又设法添了点钱，与别人换了房子，为的是能够搬到故居去住。正好碰上了巴士马科夫的邻居按照他们刊登的启事打来了电话。盖拉死后，她决定要一居室的房子，想搬到离那可怕的住处远点的地方住。

巴士马科夫立刻发现，阿纳托利奇一直以一种欣喜，甚至是自豪的神情望着他的妻子。卡嘉后来常常把邻居作为榜样，对丈夫说，你瞧，人家是多么爱自己的妻子啊！卡莉娅身上确实有一种难以用言语形容的独特女性魅力，但她不是公主列雅那样的冷美人，而是温柔，恋家……

两个孩子满脸眼泪鼻涕地回来了。科斯佳的膝盖摔出了血，一只眼睛下面还出现了很大的乌青块。达士卡裙子的花边被撕破了，蝴蝶结也活像一张被飓风刮过后的破帆。

“这是怎么搞的？”卡嘉气得要死，“连衣裙……要是让奶奶知道了……”

“那些臭男孩因为我对科斯卡[②]好就妒忌，”达士卡抽动着肩膀

① 尼古拉的小名。

② 科斯佳的昵称。

说，“可我们也打了他们！是不是嘛，科斯卡？”

“是。”男孩点了点头，眼泪汪汪地看了看女友，露出一副崇拜的神情。

科斯佳在查维雅洛夫家住了几乎有一个月，在这些日子里，他与达士卡形影不离——连玩洋娃娃都在一起。他乖乖地扮成一个小患者，让牙科医生给自己治病，勇敢地品尝了女友用门洞前长的草做成的各种菜。最后在玩理发游戏时，他还把那一绺漂亮的额发剪掉了。当大人要把他带去摩尔曼斯克时，他号啕大哭起来。

巴士马科夫和查维雅洛夫两家人成了好朋友：一起欢度节日，一起去郊外野餐——阿纳托利奇有一辆莫斯科人牌小轿车。达士卡喜欢去卡莉娅阿姨家，与她谈论有关生活的严肃话题。后来阿纳托利奇被调去塔吉克工作了。他们家住了些远方亲戚，邻居的关系也就仅仅局限在“您好”“再见”这样的寒暄问候上了。查维雅洛夫夫妇每年回来一次，但也是在去疗养院的途中做短暂停留。改革开始后，他们才回来不走了，尽管这改革并不成功。阿纳托利奇成了上校，还坐上了黑色的伏尔加，虽然这轿车，老实说，是作为班车使用的，它同时还要接送另外三个住在附近、同在司令部工作的军官。巴士马科夫的邻居如今也在司令部高就了。为了庆祝他们的归来，卡嘉搞了一桌丰盛的节日午餐。似乎故意要赢回面子，她特意烤了很大的一张鱼脊肉馅儿的馅饼，这次还烤得十分成功。他们为能在莫斯科重聚、为日后将军制服裤上彩色镶条能更快地变更而干杯：阿纳托利奇能当上将军，他的前途无可限量。

“你是官运亨通啊！”巴士马科夫夸奖说。

“改革的年代嘛。干部是决定一切的！”上校冷笑着说。

在塔吉克期间，他晒黑了，更健壮了，那一头浅发也更浅了，而卡莉娅，相反，胖了，但还是那么白皙，似乎根本没在炽烈的阳光下生活过。碰巧，她是穿着一件具有东方韵味的花长衫出来迎接他们俩的，还请他们品尝了真正的用大锅烧煮的抓饭。在塔吉克的时候，阿纳托利奇手下有一个副政委，酷爱养金鱼。这种爱好是有传染性的——查维雅洛夫家也出现了一个巨大的金鱼缸。

“建议你们也养养试试，最好的一种松弛方式……我临从阿富汗回国的时候，整天坐着无所事事。望着望着——心里就发酸，眼眶不由得湿了……”

“怎么——派你到那儿去啦？”

“是的，出差……”

“那儿情况怎么样？”

“净是山……”

有一天（那是阿纳托利奇行使他上校权力的最后的日子），科斯佳又来到了查维雅洛夫家。此时达士卡已经开始偷偷用母亲的化妆品了，夜里常常为自己不如同班女同学那样双腿修长、乳房丰满而哭泣。科斯佳虽然比达士卡大，但还是那么瘦弱，仍然留着一绺额发，衣着还像个小男孩。只是这回男孩的个头蹿得老高，比巴士马科夫都高了。

达士卡与他们坐了一会儿，随后准备去看电影。

“叫上科斯佳。”卡嘉对她说。

达士卡露出了一脸的鄙弃与困惑，近来她对于母亲提出的任何意见总是如此作答。她走了。科斯佳脸红了，但装出一副无所谓的样子。

“小伙子，您对未来有什么打算？”为了打破这尴尬的局面，巴士马科夫问，“生活准备怎么安排？”

“准备与蠢货们斗争！”科斯佳含糊地说了一句后，便走出了屋子。

“我们还能有什么样的打算呢？”阿纳托利奇替他回答说，“有这么一种职业——叫作保卫祖国。”

“谁会来侵犯她呢？”卡嘉不解地问。

“有这种人！”阿纳托利奇解释说。

“如果非得去找，当然能找出来！有人用核武器武装一些落后的非洲国家……”

“我明白你的意思。我们也看报。如今有这么一种新思维：说军队已经没有必要存在了，所有的军官都是——迫害狂和吃闲饭的。”

“咳，我也弄不懂……我那些从军队回来的学生一个个都垂头丧气的。要是我有儿子，我是不会把他送到部队去的！”

“我就会送！”卡莉娅叹了口气说。

“真的吗？”卡嘉不无揶揄地说，话语中流露出生过孩子的女人面对没有生育过的女人时的一种优越感。

“对，我会送他去的！”卡莉娅不容分辩地说，说完严肃地望了女邻居一眼，“那些‘退伍’的士兵给我们写信，也来我们家做客……”

“我的一个毕业生从部队回来后说：我要攒点钱，买把枪，回到部队去把班长干掉！”卡嘉几乎带着一种兴奋的心情说。

“你们这些住在莫斯科的人全都有些神经质！”卡莉娅耸了耸她丰满的双肩。

“我们哪里比得上查维雅洛沃村上的人哟！”

“姑娘们，别吵啦！”巴士马科夫哀求道。

但已经晚了。

自那次不愉快的谈话和达士卡对科斯佳的冷淡后，两家的关系便没那么热乎了。当然，他们没有吵架，关系自然而然地冷了下去，节日也是各过各的了。巴士马科夫与阿纳托利奇常常在电梯里相遇——妻子间的龃龉并没特别影响两个男人的关系。有时他们会相互说上几句话。1991 年的 8 月，当装甲车停在街上的路口，两人又在电梯里相遇了。阿纳托利奇穿着军装，身边挎着图囊。

“你们会向老百姓开枪吗？”巴士马科夫微笑着问。

“你们先把自己看管好，别开枪凑热闹，缺德的民主派们！”上校叹了口气回答说。

“你们的人当中有皮诺切特[①]吗?”奥列格·特鲁多维奇毫不示弱。

“皮诺切特还不是想当能当得上的!”

不久后，巴士马科夫再见到阿纳托利奇时，他已经穿上了便装。

“休假了?”

“被裁下来了。”

“为什么?”

“不为什么。很简单，民主派不需要炮兵了。他们是想派那门鸡巴炮王[②]的用场吧……”

“那你现在准备上哪儿?”

“他妈的，天晓得……我还要想想。长着个脑袋，还有两只手，总得混口饭吃吧……”

他终于想出了办法——受雇当上了一名停车场保安。就像一个哥萨克说的，那车场是在一星期内平地而起的。那块空地早就准备做儿童游乐场了，几个孩子的母亲还到各家各户征集签名，准备向加甫利尔·波波夫提交一份呼吁书。这个怪里怪气的波波夫当时是莫斯科市的父母官，却更像一个放高利贷的狡猾酒馆小老板。那份呼吁书不声不响地在办公室的文牍迷宫中消失了，而一位最起劲的妈妈傍晚被人堵在了电梯里，还受到了恐吓，于是她的全部热情也就被消解了。

停车场是用铁丝网围起来的，上端装上了铁蒺藜，中间在五米高的钢柱上搭了个标有“联盟报刊”字样的亭子，活像集中营里的瞭望塔，是当门房用的。停车场很快就被各种车停满了——基本上都是崭新的日古力轿车和各种外国牌子的二手车。甚至还停着一辆足有半条街长的林肯轿车。不久前才去世的乌比·万·可诺比说过，他有一次去国外出差赚了一大笔钱，回国时带回了一辆二手的西姆

① 建立恐怖秩序的智利前总统。
② 列于莫斯科克里姆林宫的特制大炮。

卡轿车，租给了莫斯科电影制片厂拍一部关于西方生活的电影。而现在首都的街道上横冲直撞地跑着的是奔驰、日产、奥迪和宝马，端坐在车中的是不知突然从哪儿冒出来的剃小平头的壮实小伙子，那牛样的脖子上挂着粗大的金项链……

阿纳托利奇就在这样的停车场当了个看门的。两家邻居几乎没有机会见面。巴士马科夫正准备上波兰，在家的时候，也是从早到晚在城里跑，选货进货。如今从事倒买倒卖营生的精明生意人可是不少，他们风卷残云般将能弄到手的商品扫荡一空——柜台里却像冬日的耕田空空如也。在发生了那次夜视仪的灾难后，有一天，奥列格·特鲁多维奇拿了瓶酒去找邻居——想倒倒生活的苦水。这时阿纳托利奇第一次对他建议说：

“上我们这儿来干吧！”

“还得再考虑考虑。”

但是情况未容巴士马科夫考虑：多库金打来电话，他临时决定竞选最高苏维埃突然空出来的一个议员位子。之前一个姓库罗奇金的代表在一次餐厅的殴斗中枪杀了一个觊觎他女友的高加索小伙子，连女友也一起给放倒了，原因是她未能坚决有效地抗拒那个山里人诱惑性的胁迫。这位具有司法豁免权的议员还名声在外，因为他搞了一个规模很大的生产伏特加的企业“熊角”。杀人后，他依然毫不在乎，在接受那些讨好他的电视台记者的采访时甚至大放厥词，声称所发生的一切，不过是对企图暗杀他的人展开的正当防卫。特别是每次接受采访结束时，他总要反复强调一句话，这句话的意思巴士马科夫直到现在都没弄明白：

“要是女人们起了劲，什么组织都得完蛋！”

过了不久，有人在彼得格勒大道旁的灌木丛中发现了库罗奇金的尸体。议员在被枪杀之前，杀手以东方式的创造精神对他实施了报复性的毁容处理。“金牛星座”所在的地段有一家颇有名气的赌场，赌市如火如荼，多库金突发奇想，觉着非常有必要弄到议员才拥有的司法豁免权。他打来电话，要求奥列格·特鲁多维奇参加他的竞选班子，并委托他征集选民签名。巴士马科夫领到了数目相当可观的一笔现金，还接收了一个来自莫斯科高等技术学校的大学生服务小组，由他安排他们到各家去征集签名。每征集到一个签名，大学生可得到一份规定的报酬，而选民则能得到一包口香糖。

巴士马科夫晚上坐在竞选总部值班，收集征集者们拿来的签名表格，仔细检查表格填写得是否正确（但愿不要漏掉父称，忘了填写住宅的门牌号码），并从保险柜里取出现金与他们结账。恰恰是在这些日子里，他才搞明白，为什么他这一辈子从未见过面带微笑的出纳员。干出纳是一种相当可怕、精神高度紧张的活——要亲手将活生生的钞票交给你不认识的人。巴士马科夫点钱的时候，不知为什么，总要想起令他感到羞耻的、至今还欠着岳母和捷达的债。

约莫七点钟光景，多库金在竞选总部一个马屁精的陪同下气喘吁吁地跑了进来。

“今天有多少？”

“二百一十四个。”

“太少了。恐怕来不及征集到那个数了。”

“来得及的！”他的随从中有一个人说。

“奥列格，我就把希望寄托在你身上了！”多库金走到门口时又回过身来说，“你不是想当议员助手吗？”

“太想了！”

从那个马屁精看巴士马科夫时的妒忌目光可以断定：他们所有人都得到过同样的许诺——当议员助手。

一个名叫玛丽娜的女孩通常来得最晚，晚上快九点才来。这个女大学生有一头火红色的头发，脸上长着雀斑，下身穿条皮裤，上身穿一件印第安人式带流苏的短夹克，她还戴着一副圆圆的大眼镜，那张小脸从而被赋予了一种深不可测的神秘。玛丽娜挨家挨户地走，为了能多赚点钱，总是搞得很晚，回到总部时已经消瘦不堪、筋疲力尽。不知为什么，巴士马科夫一下子就看上了她。他把水烧开了等着她，切好了面包片和香肠，抹上了黄油。随后，他们俩一起喝茶，谈生活，谈莫斯科高等技术学校里的事情：原来很早以前教巴士马科夫的那些老教师如今都还在那儿工作。

“波兹尼亚科夫还活着吗？”

“嗯。”

“还是那么胖，连腰都弯不下来？”

“嗯。”

“是不是还是那个老样子，鞋带开了，他总要请别人帮忙，还说：‘亲爱的，能不能不当作一个负担——帮帮忙，系一下鞋带?!”

“嗯。”

“太可笑啦！”

巴士马科夫跟她讲大学时代的恶作剧，讲在“金牛星座”的工作情况（是啊，我们为了宇航事业把腰都累弯了！是——啊……），讲达士卡的坏毛病；玛丽娜则讲如今大学生生活的艰难（“那点奖学金还算钱吗！”），讲她们宿舍里艰苦的生活条件，又停止供暖了，还抱怨她的未婚夫——为了赚钱去了德国，根本不给她写信。

“说不定已经在那儿找了个德国妞！”姑娘叹息着，“把我给忘了……”

“玛丽诺奇卡，看您净说些什么呀，怎么能把您给忘了呢！”奥列格·特鲁多维奇情意绵绵地安慰她说，说着说着便小心翼翼地把手搭在了姑娘的手指上。

姑娘没有把手抽回去，而是深表同情又兴致勃勃地望着巴士马科夫。说真的，那时他第一次朦朦胧胧地意识到，后来在与维塔相遇后才终于彻底弄明白：在他，这个老之将至的不走运男人身上，真有一种令那些年轻而缺乏经验的女子心动的东西。只是无论如何都不能过分主动——这会使男人孤苦无援的魅力黯然失色。但当时，在与玛丽娜交往的时候，他还没能彻底认识到，他起劲地安慰姑娘，甚至还在一起喝完一瓶干葡萄酒后对她讲，如何根据女人乳房的形状来判断女人的性格。

玛丽娜坚定地说：不错，尽管他俩年龄相差很大，但她还是喜欢巴士马科夫，不过她仍然爱着仍在浪荡的未婚夫，她会等他，不管发生什么情况，她都会忠实于他，所以奥列格·特鲁多维奇应该明白（若是他真的爱她），他们俩之间不可能有任何性关系可言，只有嘴巴例外……

“请帮我把眼镜拿一下！”

巴士马科夫一边自上而下地望着尽心尽力的玛丽娜，一边温柔地抚摸着她那微微发颤的火红色发卷。他沉思了一会儿，心中不免有些忧伤，从他年轻的时候开始到现在，女性贞洁自守的方法发生了多么惊人的变化呀。后来，他的思绪混乱了，呼吸停顿了，紧紧地拿在汗津津的手中的眼镜差点被他捏碎了。

征集签名的活动仍在继续，但总是那么不如人意。第一，多库金主要的竞争对手曾经是个道德败坏分子，因开设过一个家庭妓院被判过四年徒刑。但为他征集签名的人给选民发放的不是可怜的口香糖，而是货真价实的大块巧克力，而且包装纸上还印着候选人的肖像。第二，大学生放假后都各奔东西了，征集签名的比例急剧下降，只有任劳任怨的玛丽娜每天能完成双倍的定额。

“你知道，我做出了怎样的一个决定吗？”不知是第三天还是第四天，她一边戴着眼镜一边说。

“什么决定？”

“要是到了这个周末他还不来电话，我就背叛他。我毕竟不是个铁打的女人……我要当你的情妇。你希望我这样做吗？”

“那当然！”

“但你得帮我租一套房子。”

“那没问题！”巴士马科夫回答说，那口气仿佛是他一辈子只从事这样一件工作——专门为年轻的情妇租房子。

“你听我说，有人让给我一件皮夹克。几乎像白送的一样。你能不能帮我先把钱垫上？……我以后挣了再还你。”

“没问题！”奥列格·特鲁多维奇点了点头并打开了保险柜。

多库金每晚都要在他随从的陪同下到这儿来一次，他日复一日地变得越来越歇斯底里了：

“我们来不及了！”

“可我拿这些大学生有什么办法呢？”巴士马科夫分辩说，“要是共青团……”

“什么共青团？奥列格，我们现在是生活在资本主义！再另找些人，报酬加倍！”

“那钱从哪儿来？”巴士马科夫朝几乎已经空了的保险柜点了下头。

“我们的现钞还有多少？”多库金问。

“不多了。”他的随从回答说。

没有想出什么办法来。第二天晚上，巴士马科夫正一边往面包夹香肠里抹黄油，一边兴奋地等待玛丽娜的时候，一个十分机灵的年轻人来到总部。他自称是竞选基金会“民众沃克斯”的代表。他表示对候选人多库金竞选总部遇到的困难十分了解，并保证两天内为他征集到尚缺的全部选民签名。

“这么快？”

“这是我们的‘技术诀窍’，”陌生人郑重其事地回答，阴郁地望了望巴士马科夫的眼睛，“而且你们所需支付的经费还会少一倍！”

他在说“你们”这两个字时还特别加重了语气，奥列格·特鲁多维奇不假思索地同意了，因为节约下来的钱正好够为玛丽娜租一居室的住房用。以后的事情到时再说了……议员助手还是有能耐的哟！陌生人说话还是有信誉的：两天后，他拿来填写得工工整整的签名表。巴士马科夫付了款，并高兴地向多库金汇报说，签名已经征集完毕——可以登记注册了。随后他开始按照租房启事提供的信息打电话，为玛丽娜选房，很快就找到了。房子就在地铁附近离他家不算远的一个地方。这样一来，他就可以以基本不干扰正常家庭生活的最小代价赢得最大的快活。他已经预付了三个月的租金，同时把钥匙交给了玛丽娜。不过，这时一件灾难性的事发生了。选举委员会冻结了由“民众沃克斯”征集的所有签名。事情原来是这样的：名单上基本上都是已经死了和从来没在所登记的地区居住过的人。简而言之，多库金未能作为候选人登记注册。大家后来才弄清楚，那个机灵的年轻人受雇于一个道德不良分子，他对巴士马科夫的卑鄙所为，用竞选行业内人士的漂亮说法叫“特别举措”。

“出了这种事情，把你揍一顿还算轻的！”发了狂的多库金吼道，“这是我以一个共产党员的身份对一个共产党员说的这番话！”

未能当成议员助手的随从们差点没把可怜的奥列格·特鲁多维奇揍扁。这一番辛劳的结局是：玛丽娜打来了电话还高兴地告诉他，她的未婚夫意外地从德国带着一大堆礼物回来了，他们俩已经及时向婚姻登记处提交了结婚申请。接着她对巴士马科夫为她租下的这套房子深表谢忱。她说，在家庭生活刚刚将开始的时候，这套房子对他们俩来说真是雪中送炭。

“这是我送给你的结婚礼物！”巴士马科夫支支吾吾的表白显得落落大方，心中却在滴血。

奥列格·特鲁多维奇被这些烦心事弄得情绪低落，回家时正好在楼梯的过道上撞见提着垃圾桶的阿纳托利奇。

“怎么样，你已经成了议员啦？”他好奇地问。

“我对政治完全失望了。”

“那就好。特鲁特奇，政治是个肮脏的玩意儿。手脚似乎是干净的，但内里一肚子坏水。要是倒个个儿就好了。”早年的上校向他伸出自己的手，一双被汽车机油侵蚀得黑黑的手。

“我完全理解。”

“那你现在打算干什么？”

“我也不知道。”

“到我们车场来吧！我们那儿正好缺个人。老板让我物色一个。咱们一块儿看大门。怎么样？”

“好吧。”巴士马科夫耸了耸肩。

第二天，早上七点钟，阿纳托利奇就把他叫醒了，两人一起上班去了。

午饭后老板来了。一辆车窗玻璃被挡得严严实实的克莱斯勒驶进了车场大门。车门开了，从里面先伸出一条穿着漆皮鞋的小短腿，随后挺出一个大肚子，肚子上紧绷着一件白衬衣，最后露出一个留着小胡子的秃脑袋。

“您好，舍杰曼·霍斯鲁耶维奇！”阿纳托利奇不知为何把帽子从头上摘了下来。

“你好，这儿情况怎么样？”

“一切正常。您让我找个人……我找到了。”

巴士马科夫从阿纳托利奇身后走出来站住了，两脚不停地倒腾着。如此怯懦和不安的感觉他不久前还有过一次，那是任命他担任区党委部门负责人的时候，如今已故的切勃塔廖夫用被烟熏得焦黄的手指敲击着那个著名的绿色小本子，用严厉而审视的目光望着他。

舍杰曼，或者叫霍斯鲁耶维奇，用他那橄榄果似的专注的黑色眼珠盯住了巴士马科夫：

“酗不酗酒？”

“不。只是过节喝点。”

“你可得留点神！”

就这样，巴士马科夫开始在汽车停车场上班，负责填写出入车条，开门关门。若是有闲工夫，他便帮助阿纳托利奇搞点小修。让他感到惊讶的是，阿纳托利奇在军队干了这么多年，但一脱下军装，就像从来没在军队干过似的。甚至连军人的仪态也一下子荡然无存了。他走起路来躬着腰，说话细声细气，还有点可笑：

“夫人，您可以不爱您的丈夫，但不能不爱自己的汽车……”

“您凭什么说我不爱我的车？”

“您看嘛，”阿纳托利奇就像从刀鞘抽刀一般从发动机里抽出机油探标，说，“您看见了吗？！”

沾在探标上的一滴乌黑浓稠的机油已经位于“最低液面”的刻度下了。

“喔哟！你们这儿有机油吗？”

“有，专门为您准备的，夫人！”

开始的时候，他们干得挺顺心。薪酬不低，弄好了，还能额外捞点——停车收钱不开票。此外，巴士马科夫有时临时洗个车或者搞点小修还能再挣点。起初，对那些穿黑色皮夹克的膀大腰圆的小伙子，他有点怕，也有点发怵。替这些人洗车，比方说，宝马车，他总是紧张，他们会神经质地在旁边踱过来踱过去，有时会从腰带上取下吱吱叫的呼机，要不就从口袋里掏出手机笔直地站着打电话：

“不行，车还没洗完……碰上一个挺笨的家伙，怎么也洗不完！你算了吧！嗯好，挺聪明……不过你可得留点神，别让人把你给撂倒了，我马上过来！”

巴士马科夫会使劲晃动着整个息事宁人的身子，想早点洗完，随后从土匪似的年轻人手中窸窸窣窣地接过钞票。他正感激涕零地微笑着，突然腰部一阵发软，身躯会不由自主地弯下来，小丑似的行上一个讨好的答谢礼。但事后，当洗得锃亮的轿车驶离停车场的时候，奥列格·特鲁多维奇感觉到一阵羞愧，甚至会无地自容。这种感觉很像一个为情势所迫，不得不委身于一个臭气熏天、浑身长满疥疮的盲流的良家妇女第二天清晨醒来时的感觉。

一天晚上，他躺在被窝里看电视上转播的一部关于革命的电影。电影中一个年轻的贵族小姐嫁给了一个肃反工作人员，一个很普通的农村小伙子。在按照农村的方式举行的婚礼上，人们尽兴地喝着酒，扯着嗓子喊。新娘的母亲把她那贵族女性的手指头撅得咯吧咯吧响，对早先是伯爵的一个亲戚埋怨说：

“天哪！这怎么会发生在我们家……这些……要是让我已经去世了的丈夫看见了哟，伯爵，您说说，会发生什么情况？当年追求我女儿的可是年轻的公爵奥多耶夫斯基！”

“会发生什么情况？”伯爵回答说，贪婪地吞下婚礼宴席上的一块肉冻，“夫人，别忘了如今是革命的年代啊！您还得说上一声谢谢呢，是这个乡下人娶了您的千金——否则很有可能……这是一个取得了胜利的无赖的权力！”

看完电影，夫妇俩全然没有必要地相互拥抱了一下，巴士马科夫问卡嘉说：

“你会吗？”

“会什么？”

“你会委身于一个取得了胜利的无赖吗？”

“为什么不？他毕竟是个胜利者。”卡嘉回答说，说完背朝着丈夫把身子转了过去。

从此以后，奥列格·特鲁多维奇心安理得了。他仿佛觉着自己是个身份没有公开的贵族，不得不隐身于这个由胜利的无赖掌权的城市。如果说先前与顾客打交道时，他尽力克制不将殷勤的微笑表露在脸上，事后还会为卑躬屈膝的行为悔恨万分，那么如今却相反，他的阿谀奉承会给他带来某种极度的兴奋，因为如今这已经不能算是屈辱了，而是一种需要智慧、技巧和钢铁般意志的内在素质。

在好长一段时间里，他们俩过得安静宁谧。突然，有一天夜里，有人拆掉了几辆汽车上的挡风玻璃，还取走了多部音响。一切都是在一刹那间发生的：有人把电缆割了，停车场上的灯一下子全灭了。黑暗中谁也没发现小偷。舍杰曼·霍斯鲁耶维奇把大伙严厉地训斥了一顿，还从门卫的工资中扣掉了被盗财物的损失。阿纳托利奇琢磨了一段时间后，弄来了很大一卷电缆，并把线路与挨着的一栋居民楼接上。有一个月的时间，没有发生任何情况。但一个深夜，灯又突然灭了，恰好又赶上他俩值班。阿纳托利奇没有立即行动，而是稍稍等了几分钟——意思是让来人动了手再说——随即将备用电源接通了：车场突然灯光大亮，几个穿着军便装的人慌乱起来。他们急忙向围墙窜去，但阿纳托利奇立即从门卫室跑了出来，快速从金属扶梯上滑下去，用雷鸣般的吼声命令道：

“站住！到我跟前来！跑步前进！”

也许，当兵的人真是一部被遥控的机器，他只需要知道接受命令的频道就可以。阿纳托利奇深谙此中的奥妙。但巴士马科夫早就忘了军队里需要绝对服从的特点，让他感到惊奇的是，士兵们居然站住了，仿佛被一种无形的力量驱赶着，向昔日的上校走来。

“立定！”当战士走近跟前的时候，阿纳托利奇发出了命令。

他们乖乖地站住了。一共四个人。还自动地按个子高矮站成了一排。阿纳托利奇在他们的队列面前来回走了几趟，命令其中一个将风纪扣系上。随后，他没收了另一个人手中带绝缘长把的修枝剪，说：

“还蛮能干嘛！是汽车营的吗？”

“是的。”

“我没看错……奥列格·特鲁多维奇，把他们的名字记下来！”

巴士马科夫从上衣口袋里拿出一支小铅笔和停车单。

“是不是伙食不好？”阿纳托利奇仔细地看了看行窃者，问。

“是的。”战士们七嘴八舌地回答说。

“监狱里的伙食会更差！老娘在家中苦苦计算儿子回家的日子，当儿子的在班房里只能拿大鸡巴当玩具玩。”阿纳托利奇威胁性地将剪刀咔嚓剪了一下，“为这档子事，你们至少得关上三年。你们营长是苏洛夫采夫，还是换了人？”

“还是苏洛夫采夫……我们从今以后再也不敢了！”

“中士，这些话你们还是对检察长说去吧！进了班房，你们的女朋友可就会被别人夺走，让别人给糟践……营长知道你们上这儿来了吗？”

“不，不知道……他什么也不知道！真的什么也不知道……”战士齐声说，话语中充满惊恐。

“明——白了。军官现在能领到军饷吗？”

“领不到，已经有四个月没发了。”

“是不是牢骚很多？”

“意见大了……”

阿纳托利奇在排成一行的可怜的战士们前来回踱了几趟。战士们害怕得不得了，用充满哀求的目光紧紧盯着他们昔日的上校。令巴士马科夫感到惊讶的是，他们怎么没想过要逃呢。阿纳托利奇站住了，仔细而又久久地审视了每个人的眼睛后，说：

“奥列格·特鲁多维奇，姓名就别记了。”

随后他拿出自己的钱包，先是点了五张，思考了一会儿后，又将其中的一张放回了皮夹，剩下的便放在了中士的前胸口袋里。

“每人一张。我以后不想在这儿再见到你们——我也就不送你们上军事法庭了！”

“谢谢。”战士们你一句我一句地低声说。

“客气话就不用说了，”阿纳托利奇和颜悦色地说，随后突然严厉地呵斥道，“向右看——齐！立——正！向左转！成纵队正步——走！”

战士们将柏油路踏得嗒嗒直响，故意将手臂高高地抬起，正步朝大门走去。阿纳托利奇久久地望着他们远去的身影，直到他们消失在树后面才说：

“特鲁特奇，帮朋友个忙——去买瓶伏特加来！”

他们一直喝到第二天清晨，喝酒从来都非常有分寸的阿纳托利奇头一回喝了个酩酊大醉。他把牙咬得咯吱吱响，用拳头捶打着桌子，然后抓住了巴士马科夫的前胸。

“你给我说说，究竟是怎么回事！为什么?！我的父亲在波兰波莫瑞牺牲了！叔叔回来时失去了双腿！我们攻占了柏林！但后来他们把一切都出卖了！一切!!! 军队受尽了诬蔑和嘲弄。上个星期，这些小战士的中尉连长自杀了。有人告诉我说……是因为没有钱。家里还有两个小孩。他整天在机房钻研技术，但妻子……她还能干什么呢？尽管这会遭人唾骂，但毕竟可以养活孩子和丈夫！中尉在得知了这个消息后便自杀了！你知道军队里现在有多少人像这样自杀吗？这种自杀的现象经常发生……成了一种传染病！我尽职尽守地干了那么多年，从来没出过一点差错，当初被清除出部队的时候也想过……但刚开始时……你知道吗，如果每个想自杀的人事前哪怕能打死一个浑蛋也好啊！哪怕只是一个呢。无论是克里姆林宫里的，还是别的什么地方的……那样的话，我们这儿说不定早就是另外一番情景了？特鲁特奇，你说呢？”

“不排除你说的可能……但你不是也没打死过一个人吗?!”

“是的。我做不到。卡莉卡[①]从来没正面瞧过任何别的男人！她没了我可怎么办？否则，到了那个世界，我会被下行军锅煮的。你知道那种锅吗，老大老大的，还带轮子？那小鬼会一边用勺敲我的脑袋，一边说：‘先煮皮靴，再煮那个可耻的胆小鬼！’”

“就算你说得没错……但中尉的老婆，咱们说得文雅点，瞧上了别的男人，那他不也是没有把克里姆林宫的任何一个人打死吗？这岂不奇怪吗?”

“是很怪!”

“哪怕有一个军官把一个最坏的民主派打死了也好啊?”

“没听说过。”

“我也没听说过。这岂不是怪事?”

“是怪事……”

随后两人拥抱在一起，唱起了歌：

① 卡莉娅的爱称。

夜莺啊，夜莺，莫要再把士兵搅扰！
让士兵们再睡上一会儿多好！

“阿纳托利奇，你知道我们在区委的时候是怎么改这首歌的歌词的吗？”

“怎么改的？”

“是这样改的：

蚊子啊，蚊子，莫要再把士兵叮咬！
让士兵们在便池上再蹲上一会儿多好！
但蚊子哪里顾得上人间会有什么战争，
因为它只知道吸血的时间已经来到……”

“你们就这样在区委把整个国家给蹲垮了……”阿纳托利奇伤感地说，“给改造了！”

“你们不也是在司令部蹲着的吗？”

“我们也是……”

早晨，他们俩交班的时候，舌头已经转不过弯来了，你一言我一语地向接班的人讲了夜里发生的事情。正当他们准备喝完酒上路回家的时候，老板来了：有人给他打了呼机。克莱斯勒慢慢驶进了大门。像往常那样，先是腿露了出来，接着是肚子，最后是长着小胡子的脑袋。老板穿着一件大红的开司米上衣，系着一个蝴蝶领结。透过轿车黑乎乎的窗户，隐约可见一个女人的侧影。从舍杰曼·霍斯鲁耶维奇的穿着和心满意足但未能睡醒的面孔可以断定，他是从夜总会直接过来的。

“为什么把他们放了？”他严厉地问。

“放就是放了呗。”阿纳托利奇露出从未有过的严峻神情，嘟哝了一句。

老板用怀疑的神情闻了闻散发在空气中的气味，对下属左摇右晃的姿态做出鉴定后脸沉了下来：

“喝酒了？”

“喝了。”阿纳托利奇挑战似的回答说。

“稍稍喝了一点。”奥列格·特鲁多维奇解释说。

“我先把你‘炒’了，”舍杰曼·霍斯鲁耶维奇不知为什么首先冲着巴士马科夫说，随后又继续他对下属人员的清洗，“还有你……我以为你这个上校——是个严肃的人，未料到你也是个酗酒的蠢驴！”

“谁是驴？”阿纳托利奇朝老板走了一步。

这时车门开了，从里面走出一个头发浓密的姑娘，一副慵懒而不慌不忙的神态，身上穿着条金黄色的包臀长毛绒连衣裙。近看起来，她哪儿还是个什么姑娘哟！已经不年轻的脸上，皮肤由于过度地保养亮得有点破败，眼睑涂得很重，浅色的头发烫成了一个接一个的波浪卷，显得极不自然。

“假发。”——巴士马科夫心中猜想。

“舍杰曼，”她跺了一下穿着黑色虎皮高腰皮靴的脚，“别废话了，走吧！”

如果不是听到说话的声音，巴士马科夫也许永远都不可能认出舍杰曼的女友就是奥克桑娜——他少年时代的初恋。他们相互看了一眼。眼睛还是那双眼睛——浅蓝色的，但是没有光泽了，似乎已经褪了色。奥克桑娜漠然地扫了一眼巴士马科夫，没有认出来，耸了耸肩又重复道：

“回家吧！我想睡觉了，我累了……”

“走吧，”舍杰曼·霍斯鲁耶维奇乖乖地往车厢里挪着身子，为了把那大肚子弄进车里，脸都涨红了，嘶哑着嗓子喊了一句，“我不想在这儿再看到你！”

“滚你妈的，该死的蠢猪！”阿纳托利奇回答说。

汽车开走了。

她没认出来！巴士马科夫轻松地出了口气。

他们往家中走去，途中又买了瓶酒。俄罗斯人是不撞南墙不回头的，喝就非得喝到对伏特加厌恶为止。

“在苏维埃时代，早晨八点钟，你肯定休想买到伏特加！”阿纳托利奇说，一边对着瓶子灌下了半公斤的酒。

“一点没错。但那时日子过得可要舒心得多！你说怪不怪？”

“是有点奇怪。走，上我那儿去！”

“卡莉卡不会骂我们吧？”

“不，不会的。”

“那就怪了。”

“其实也没什么奇怪的——我们轻轻进屋，她不会醒的。”

阿纳托利奇将门尽可能开得很轻，一边还嘟哝着：

“无声无息、无痕无迹，但愿平安无事……”

卡列莉娅穿着长长的、印着长有胡须的中国龙的黑色长衫，已经站在门口迎接他们了。

“哟嚯！”她一边掂量着丈夫的醉态，一边说，“是因为难受，还是因为高兴？”

“是因为难受。我们被解雇了。”巴士马科夫告诉她说。

“明白了。睡觉还是继续喝？”

“你不是在骂我们吧？”阿纳托利奇久久地看着妻子，目光中充满爱恋。

“哪能呢！”

“继续喝。”

“那我去切点凉菜。你们还有多少酒？”

“不到一瓶。”巴士马科夫不知为什么这会儿说的不是俄文。

“但这是最后一瓶。说话算数？”

卡莉卡为他们铺好桌子后便走了。

“真是怪了！”巴士马科夫惊喜万分，“你知道要是碰到我那位，她会怎么做吗？”

“怎么做？”

“说出来都让人害怕！可你的……你真是个幸福的男人！”奥列格·特鲁多维奇突然嗫嚅起来，“我问你，卡莉卡的乳房是什么样的？”

“你这话什么意思？”阿纳托利奇想问清楚，口气变得严厉起来。

“我问的是乳房的形状。还会有别的什么意思嘛？你画给我看看！”

“干什么？”

“这不过是一种科学研究。你画出来，完了我来做个……做个分类……”

“我的妻子只有我才能分类。你懂吗，还是需要我再解释一遍？”

“咳，你怎么就不懂我的话呢，”巴士马科夫委屈得流下了眼泪，“你愿意打就打吧！把我这个邻居揍一顿！”

“算啦……不过这种话你以后最好别再对我说了！就算没事了，好吗？”

“你不生气啦？”

“不了。”

“真是怪怪的。”

“是有点怪。”

他们握了握手，还相互亲了亲脸颊。

“与叶卡捷琳娜的事是你自己不好。女人是需要哄的！是需要送礼的。如果你今天拿着礼品去找她，她什么话都不会说。”

“带什么礼品？”

“什么礼品都可以。哪怕送她……”阿纳托利奇扫了一眼房间，“哪怕小金鱼……就送她小金鱼嘛！”

“送金鱼干什么？”

“这你就不懂啦！怪不得你和卡季卡关系搞不好！送礼品不能说‘干什么’，而是为什么！”

“那为什么？”

“因为爱！”

阿纳托利奇从厨房里拿来一个一升装大瓶子，用一个小纱网在金鱼缸里捞了很久，却怎么也捞不上那些敏捷机灵的小金鱼，倒是搅起了缸底的几许淤泥。

“等会儿吧，它们一会儿就会安静下来。特鲁特奇，如果人真的死了以后能投胎，我来世想投胎为一个宝剑骑士。你看，”他用手指指着一条鲜红的长着剑尾的金鱼说，“简直是个俊俏骑士！”

鱼终于被捞了起来。巴士马科夫紧紧将瓶子抱在胸前，侧着身子向门口走去。

“不，你一点都不明白送礼的奥妙！需要一个惊喜！让她一睁开眼就看见床头柜上放着小金鱼……明白了吗？可你想抱着金鱼回家！”

“是不是要做得出其不意？”

“没错，就是要出其不意。”

这个主意使巴士马科夫备受鼓舞。他像玩空中杂技的演员似的，轻巧地跳到了他家的那一半阳台上，随后阿纳托利奇将整个身子探过栏杆，把瓶子递给了他。

“等等，最后一杯……”

他跑回去拿杯子，他们俩就像刚认识时那样把酒干了。

奥列格·特鲁多维奇此后便什么也不记得了。醉意蒙眬中，他做了个梦，梦见自己在一个亮丽而令人头晕目眩的迷宫中迷了路，心儿累得够呛，后来醒了。他几次试图从迷宫中走出来，但一次又一次陷入终成死胡同的新的曲折中，直到抓住一根很细很细的银线，在这根银线的引领下，他才获得了自由。巴士马科夫睁开眼，看见家中的天花板，上面有个斑块，那是开香槟酒没开好造成的。原来那根银线就是达士卡的声音：

“嚯，好好看的金鱼啊！从哪儿弄来的？”

“这是礼物。你妈呢？”

“她带十年级的同学到苏兹达里[①]去了。昨天就走了！妈妈对你说过……让你别喝那么多酒——说你会喝傻的！”

中午的时候，精神抖擞的阿纳托利奇来看了一眼。他拿来了一大书包的土豆和两瓶啤酒。

“你怎么样？”

“没事了。”巴士马科夫有气无力地回答说。

“也许再喝点醒醒？”

“不！”巴士马科夫可怕地呛了一下，竭力克制着不吐出来。

“你自己当心点……舍杰曼来过电话，说他不够冷静，让咱们还是回去上班。这种事还从来没有过！”

“看来，她还是认出我来啦，”巴士马科夫低声说，“什么怪事没有啊……”

---

① 俄国弗拉基米尔州的一个历史悠久的小城，以教堂建筑艺术闻名。

二十

电话铃响了，是国际长途的那种急促铃声。是达士卡！艾斯凯帕尔心想，伸手准备去拿话筒。但他还是下不了决心去把话筒取下来——他无法做到好像什么事情都没发生过一样和女儿说话。他的行为确实有点卑鄙：女儿在被上帝遗忘的偏僻的阿布列克海湾，生活清贫，条件艰苦，正准备生头一个孩子；而她的爸爸，可以说眼看就要当外公了，正在收拾行装准备与一个年轻的情妇飞往塞浦路斯——四季温暖的海洋，夹竹桃下的树荫，映山红的芳香，高耸入云的眠床……

“以后再写信给她，跟她解释清楚一切！”他这样决定。

电话铃声短暂地嘟了一声后停了。巴士马科夫竭力想把对女儿的思念推向远处，让思绪进入可以不用理会的意识深处，就如同自己曾将与奥克桑娜的最后一次约会推向记忆的远方一样。说实在的，他很善于这么做——每每遇到不快的事情，都能将其置于记忆中最遥远、最黑暗、最少被光顾的角落，如同将其囚禁在监狱中一般，如今那儿堆积着、涌动着他生活中最不光彩的被尘封之事的阴影，还有比如他曾做过的关于父亲和失去了双腿的维坚卡那样可怕的噩梦。然而，这些被放逐的回忆偶尔仍然会闯入他对往事的新鲜记忆中。这种情况常常发生在失眠之夜或是漫长而乏味的旅途中，但有时也会无缘无故地出现。晚饭后奥列格·特鲁多维奇正心平气和地洗着餐具——就像上床前懒洋洋的思绪链条会突然中断一样，从阴暗的记忆深处闪现出奥克桑娜充满鄙视的目光，一会儿是残疾人维坚卡的一只巨大胳膊，上面是父亲用火药刺上的“劳动”字样。巴士马科夫禁不住打了个寒战，他摇了摇头，试图把缠绕着自己的思绪驱散，甚至还尖声喊起了绕口令：

“不要——不要——不要——不要！”

“你怎么啦，塔波奇金？”卡嘉惊奇地问道。

“没什么。有点反胃……”

他当然不能告诉她，说这会儿他突然想起了奥克桑娜，或是他如何瞒着她卡嘉跳过阳台去找尼娜·安德列耶芙娜！

实际上，如若不是发生了一个重要情况——妻子的背叛，巴士马科夫是绝对下不了决心去实施第二次逃离的。这件事破坏和摧毁了他们多年来在家庭生活中形成的夫妇关系传统：奥列格·特鲁多维奇历来是过失方，甚至是作恶方，因此始终是被宽恕方；而卡嘉则相反，是几近无菌的纯洁方和不懈的宽容方。不能说，妻子的背叛使他感到震惊或者伤害了他，不，情况还有点特殊。这种情况有点像新添置的家具……打个比方吧，在一张新桌子上突然发现一个浅浅的，但已经无法修复的熨斗印。这个印子是可以通过放上一个花瓶、一条餐巾或是一块桌布来掩饰的，但随着时间的流逝，这个印子会越来越显眼，能让人产生一个想法，即这件家具已经用了多年，旧了，终于到了该淘汰更新的时候了！

三十岁后的卡嘉成了叶卡捷琳娜·彼得罗夫娜。当姑娘时的细溜身段，结婚后还一直保持了许久，如今尚匀称的体形已呈现出成熟的风韵，还添了女性身材不可或缺的丰腴。巴士马科夫星期天与家人外出散步的时候，甚至经常能捕捉到街上男人停留在妻子身上的审视目光，但他对妻子的忠诚是坚信不疑的，就如同相信自己身体的每一部分一样，尽管对于这种义无反顾的坚信的原因，你若是问起，他也未必能解释清楚。甚至在安慰被抛弃的捷达时，巴士马科夫也会对他产生一种淡淡的鄙夷和毫无疑问的优越感。

若是对任何一个人说，问题的关键在于乳房的形状——那谁也不会相信！但是一切都还真那么符合实情。乳房是猕猴桃形状的女人的性格是这样的：

性格刚强，忠诚专一，结怨记仇。

一直到后来，当对她的一切都已了如指掌时，他才开始用新的眼光审视自己早已烂熟于心的卡嘉的乳房。他突然发现她的乳房还微微呈梨状。而“梨”——恰恰是一种最不好的形状，意味着水性杨花和我行我素。不过，这种梨状很有可能是他懊丧的心绪造成的一种错觉。

说起来，教师工作对叶卡捷琳娜·彼得罗夫娜的影响很大。举个例子，她习惯于面对黑板背对着教室，因此具有了用脊背感觉情况的能力。晚饭后，妻子弯着腰站在厨房盥洗盆边，常常一边洗餐具，一边责备女儿总是“三分”的成绩，或是她在课堂上不好好听讲，如果这时巴士马科夫不小心用安抚的目光对犯了错的女儿挤眉弄眼，马上就会传来严厉的呵斥声：

“好心的爸爸，请你别来掺和！”

奥列格·特鲁多维奇也具有脊背感知的能力，只是本事要差得多。有一次，巴士马科夫坐在他心爱的金鱼缸旁（养鱼的爱好是从阿纳托利奇送给他那个金鱼瓶开始的），突然感到身体不适，打起了寒战，回头一看，发现妻子站在他身后，从各种迹象来看她已经站了好久了。

“除此之外（她对金鱼缸点了点头），在生活中你是不是还能对别的什么东西感点兴趣？”

“那当然！”巴士马科夫回答说，勉强地露出了快活的神情。他站了起来，打算去拥抱妻子。

然而，这种热情只是在拥抱位于斯列坚恰的克鲁普斯卡雅[①]的塑像时才会起作用。但这并不意味着叶卡捷琳娜·彼得罗夫娜对丈夫已经没有了任何肉体的兴趣。相反，这种兴趣更加强烈且执着了，或者说得更准确些，更有针对性了。没错，针对性更强了。早先，夜间的做爱还只是行将过去的一天，有时甚至是一星期或两星期的生活链条中的最后一环。这一最后的环节将一切——争吵与和好，日常生活中的委屈与小小的共同的欢乐，生活中的成功与失败——汇聚在一起。而现在拥抱成了一种完全独立、与任何其他生活内容无关的自足行为。一艘正在下沉的轮船里，被致命的海水渐渐淹没的船舱是完全不必与其他船舱联系的，还可以继续在其他船舱里生活，甚至是拥抱。何况，如今叶卡捷琳娜·彼得罗夫娜毋庸再等待丈夫的恩赐，而是用她那温柔而坚强有力的手自行索取了。

是的，卡嘉的变化实在太大了。面对生活，她那对略施粉黛的眼睛流露的已非温柔而惊喜的目光，它们现在流露出的，是一个聪颖、有意志力却未能得到足够爱的照拂的女性沉稳而又不无讥嘲的鄙弃神情。还有一个不可小觑的因素是，妻子在事业上也颇有发展，她已经成了教研室主任。她要求严格：很少有学生不完成家庭作业就敢来上她的课。

有一天晚上，大约六点钟的时候，奥列格·特鲁多维奇因为一件生活琐事去学校找了妻子。走廊上已经空荡荡的，教室也已静悄悄的，没有一点声音，只从文学教研室传出了喧哗声。他往里面瞅了一眼，发现课桌旁坐了些高年级的学生，大都是男生，有十来个，一起在朗诵诗歌：

世上没有幸福，却有宁静与自由。
我早已向往欣羡已久的命运——

① 列宁的夫人。

疲惫的奴隶啊，我早就试图逃离，
去往遥远的、充满劳动创造和纯真的爱的居……①

原来，叶卡捷琳娜·彼得罗夫娜是在惩罚这些学生，让他们诵读五十遍他们在家里未能背过的诗，而她自己到办公室处理事情去了。让巴士马科夫感到惊讶的不是妻子对孩子们的惩罚带着点宗教色彩（当时还是在苏维埃时代），而是学生们甚至在她不在场的情况下，仍然没有丝毫偷奸耍滑的念头，一个个都在乖乖地读诗：

我的朋友，时光已经来临！心儿在渴求安宁……

巴士马科夫在主任办公室找到了卡嘉——她正在同一个捣蛋鬼谈话。妻子当家教还真挣得不少，所以即使是在巴士马科夫完成了副博士论文答辩并当上了实验室主任后，他们俩的收入也几乎是一样的。此后，在一个名叫科罗文的著名黑社会分子的斡旋下，学校成了重点中学，卡嘉的收入就更不用说了！俄罗斯新贵对这所重点学校青睐有加。早晨学校的大门口简直就像举行接待外交使节仪式的大使馆的大门口——清一色的进口名牌轿车并排停靠在那里。所以近年来家庭主要的经济来源靠的是叶卡捷琳娜·彼得罗夫娜。

卡嘉成了家中能挣钱的人之后，甚至连性格都有些变了。比方说，家中的钱（婚后一直是这么做的），原先总放在盛面包的小木箱里，要用多少自己就拿多少。突然有一天，钱不见了。奥列格·特鲁多维奇当时正待业在家，准备去买啤酒时发现钱没了，惊恐失色。他委婉地问夫人，是不是因为如今有组织的犯罪活动猖獗，所以她把家里的钱换了别的地方存放。但卡嘉不容分辩，甚至有些傲慢地回答说，她挣点钱太不容易了（还守着一个天天嗜酒的男人），但

① 普希金1834年创作的诗《时光已经来临，我的朋友，时光已经来临！》。

巴士马科夫对这一点根本不理解，如同所有无业在家的人，还挺会挥霍。

其间还发生了这么一件事。有一次，刚刚被公主抛弃的卡拉科津喝醉了，发起了酒疯，奥列格·特鲁多维奇把他领回了家，就在他家里过了一夜。他给卡嘉打电话时已经很晚了，加上头昏脑涨，所以没能讲清楚自己不能回家陪老婆的原因。第二天他回家后，卡嘉当着达士卡的面让他把刚刚买的一件麂皮夹克脱下来，还找了个很伤他自尊心的理由：她说，你反正是挣不到钱买这种夹克的，只会赔钱。也许，卡嘉的话里面的确包含着某种真实，巴士马科夫听后特别伤心，还真的流下了眼泪。是的，过了一天，妻子想想不对，甚至还向他道了歉，把夹克也还给了他，但心灵中的创伤却留下了……

现在再来说说背叛的事。当然，奥列格·特鲁多维奇并未能当场捉到奸，其实这种通奸的事并不像小说或电影中说的那么多。他甚至没能发现任何明显的有悖夫妇之间忠诚的证据，比如：迟迟不归，归来时身上还带着接吻偷欢的痕迹，或者一封记述难忘的幽会时种种亲热细节的信。他没有看到卡嘉在街上与他不认识的男人相拥而行。女人在这种事情上远比男人警惕得多，而且她们也不会允许类似于领子上的口红印，或者别的多毛男人身上散发的淡淡的香奈儿气味这样一些愚蠢的把柄出现。

奥列格·特鲁多维奇完全是用推理法发现妻子的背叛事实的。重点中学新来了个历史教员，名叫瓦季姆·谢苗诺维奇，事情就是由他而起的。实际上，他早就在那个学校工作了，只是作为一个按课时领取报酬的编外教师——他一星期来两次，也不参加学校教师的集体活动，尽管当时已经在卡嘉心目中留下了不错的印象。突然，他被转为正式教师了。巴士马科夫一直没弄清楚他姓什么。其实又有什么必要呢？难道说，情敌是靠他的姓闯进不属于他的女人心中的吗?!

关于伟大的瓦季姆·谢苗诺维奇的故事，妻子说得越来越多，也越来越激动了。其实，早就该引起警惕了：如果一向持重的叶卡捷琳娜·彼得罗夫娜说起新来的历史教员时，突然不再保持一种冷漠与讥嘲的态度，而是马上变得绘声绘色、眉飞色舞，这甚至已经引起了达士卡宽容的嘲笑。

她之所以激动，原因是这样的：瓦季姆·谢苗诺维奇是个素食者和练柔道的。有一次，他与体育老师为一件事争论起来——究竟谁的腹肌更过硬，两人当着其他老师的面，要在教员休息室里比出个高低来，也就是说，要实际检验一下。体育老师往他的肚子上打了一拳，但他连动都没动，瓦季姆·谢苗诺维奇也用同样的方式检验了体育老师的腹肌，结果这位老兄蜷曲着身子倒在了地上。

此外，瓦季姆·谢苗诺维奇上世界史课有他自己的体系和观点。他认为，没有任何古代世界可言，没有古希腊和古罗马之说——所有这一切不过是时间上的错乱和对原始文献欠准确的翻译所致。他断言，欧洲历史始于戴克里先[①]，是他开创了建都于尼科美迪亚的第一帝国。

“你等等，”奥列格·特鲁多维奇第一次听到这种说法，傻了眼，“那么大斗兽场怎么解释？帕提依神庙如何解释？金字塔又怎么讲呢?!”

“金字塔——这是拜占庭国王的坟茔。大斗兽场建于查理大帝[②]夺取意大利之后，而帕提依神庙——实际上是雅典娜处女神庙，建于14世纪的雅典王朝!”

“那荷马呢?”奥列格·特鲁多维奇拼命调动着中学时的记忆。

“荷马——是伯爵圣·荷麦尔，真正记载十字军功勋的人就是他!”

“哦，是吗……”

---

① 戴克里先（245—316），公元284—305年的罗马皇帝。

② 查理大帝（742？—814），法兰克国王，773—774年征服意大利。

“而鞑靼人的入侵，实际上，是子虚乌有的事……”

“根本没有过？”

“根本没有。”

“那是谁入侵的？”

“是哈萨克汗国——是常规军队，从‘奥尔德农格’这个词来的，还有秩序的意思。居民们为了供养这支部队是要纳税的。但后来出于某种误会，他们将这个看成了纳贡。而拔都——是哈萨克的首领，父王……”

“你胡扯些什么呀——父王！”

新来的教员为同事们专门举办了一个专题讨论会，叶卡捷琳娜·彼得罗夫娜把他的胡言乱语尽量都记在了笔记本上。巴士马科夫在翻阅教案时还发现，耶稣实际上是国王尤里安，他还是个哲学家，他的木乃伊至今仍以法老拉-梅苏·米阿蒙的名义被保存在开罗。

十一年级的家长首先发难：可不能胡来，孩子们是要考大学的。他们叫来了一个委员会。委员会的人到课堂上听了他的课，瓦季姆·谢苗诺维奇试图证实库利科沃战役不是发生在库利科沃原野，而是在今日莫斯科的中央——库利施卡。课后委员会做出决定：禁止历史教员愚弄正在成长的新一代。然而，这些人低估了瓦季姆·谢苗诺维奇的能量，后者找了教育部副部长阿克莫洛夫。三个小时的接见后（一开始只给了他五分钟的时间），是他终于把领导说服了，他说伊凡雷帝这个名字包含三个不同的沙皇，斯捷潘·拉辛是最后一个留里克维奇，是被罗曼诺夫阴谋家卑鄙杀害的。阿克莫洛夫下达了指示，要求在这所重点学校进行试验，历史课的讲授按两种不同的教学方案进行，学生可以自行选课。但家长们担心考试委员会无法接受成吉思汗与留里克是同一个人的解释，所以不让自己的孩子们去听瓦季姆·谢苗诺维奇的课。试验自然也就流产了。

“这是一种愚昧的专制！”不依不饶的历史教员在教师学术委员

会上对这一问题发表意见说。

然而，瓦季姆·谢苗诺维奇的伟大还不仅仅局限在对世界史独到的看法上。用叶卡捷琳娜·彼得罗夫娜的话说，他是一个类似壮士诗中的英雄男子，一个兼具宏大的心灵力量与非凡动手能力的男人。80年代末，单靠教师的工资收入来维持生活已经很艰难了。他有砌建壁炉的好手艺，所以有非常可观的额外收入。瓦季姆·谢苗诺维奇用大理石和花岗岩装饰壁炉，而这些材料他是不花一分钱从莫斯科郊区多尔戈普鲁特诺依的采石场的下脚料中取来的。他担保说，米开朗琪罗只要愿意，就能在多尔戈普鲁特诺依那儿找到一块大理石来雕琢他的拿投石器的大卫。

也许是为了彻底让丈夫无言以对，叶卡捷琳娜·彼得罗夫娜还说，瓦季姆·谢苗诺维奇是一个谁也比不了的好丈夫。他专门制作了一套音乐节目，其中包括从古安切人的口哨语到古拜杜琳娜[①]的歌曲，非得让妻子在怀孕期间每天都听音乐。此外，妻子分娩的时候他也在场，不是在产房，而是在水里陪着。成果是显而易见的，两个儿子都具有绝妙的听力，大儿子自己学会了梵文，小儿子（刚刚八岁）已经开始模仿博尔赫斯搞创作了。这还不算，瓦季姆·谢苗诺维奇还把他家四间屋子中的一间改成了装有健身器械和瑞典板墙的健身房，而且这都是他自己亲自动手改建的！

瓦季姆·谢苗诺维奇还以十分独特的手段把自家的赫鲁晓夫时代建造的两居室换成了现在的房子（卡嘉在说这些话的时候还用特殊的眼神望了丈夫一眼）。他给戈尔巴乔夫写了一封信，信中说他正在自己家中进行一项特殊的试验——如何将孩子培养成共产主义未来的和谐的超人，但要想在三十平方米的房间里继续这种试验是不可能的。自然，戈尔巴乔夫没有给他任何回复。于是瓦季姆·谢苗诺维奇想了一个绝招：他在红场历史博物馆旁边支了一个帐篷，竖

① 即索菲娅·古拜杜琳娜（1931— ），鞑靼血统的苏联-俄罗斯作曲家。

了一个标语牌，上面写下了他的要求，随后躺下宣布绝食。两个孩子站在帐篷外面也以各种方式表示对他们父亲的支持：小儿子用小提琴演奏莫扎特的协奏曲，大的用梵文朗诵迦梨陀娑的作品。帐篷只支了十五分钟，后来警察来了，但影响还是出去了，美国的CNN电视台对两个小神童的父亲如何饿得奄奄一息的消息做了报道。

几乎每天吃晚饭的时候，奥列格都能听到有关瓦季姆·谢苗诺维奇的各种新鲜而值得称道的壮举细节。或是他抓住了一个闯进校园来撒野的盲流的大腿，将那人给扔了出去；或是让得两分的学生分开进餐——这还真见效，差生的成绩立刻就上去了；或是三八妇女节的时候，他给这所学校的每个女教师都写了首藏头诗。叶卡捷琳娜·彼得罗夫娜得到了这样一首：

您我相见了——
好啊，我该如何诉说这相会？
卡季，在这美妙的瞬间
嘉啊，我战栗了，仿佛领受了阳光的沐浴……

“怎么样，‘我战栗了，仿佛领受了阳光的沐浴’——是不是写得不错？”卡嘉兴奋异常，好像她不是个文学教员，而是一个家规的训导，似乎她先前从未读过诗歌。

但即使是这时，奥列格·特鲁多维奇仍然没有产生过任何怀疑！

后来，巴士马科夫与卡嘉一起去了诺夫哥罗德郊区的疗养院过寒假。叶卡捷琳娜·彼得罗夫娜为一位旅游代理商的儿子辅导俄文，那位代理商送给他们疗养院的优待券作为酬劳。本来她应该自己带着达士卡去的，但后来在组建教学法教研室的时候突然出了问题。于是到疗养院去的好事就让给了当时正好没有工作，也就只能听任调遣的奥列格·特鲁多维奇。回来以后，巴士马科夫立刻感觉到了一些变化，但过了好几天，他才明白是怎么回事：妻子从此再也不提瓦季姆·谢苗诺维奇了。

“你们那位伟大的瓦季姆·谢苗诺维奇过得怎么样？”他兴致勃勃而又毫无恶意地问道。

“这与瓦季姆·谢苗诺维奇有什么相干？”叶卡捷琳娜·彼得罗夫娜警觉起来。

“是这样，你知道吗，我在疗养的时候琢磨过了，在对一些情况做了比较后，我做出了令自己都感到吃惊的结论……”奥列格·特鲁多维奇意味深长地停顿了片刻，“想听吗？”

“说吧，我洗耳恭听。”卡嘉脸色发白了。

“那好，我得出的结论是，列宁和列侬是同一个人，只是历史学家们有些搞混了……”奥列格·特鲁多维奇一股脑儿说了出来，对自己的机智深感得意，不禁哈哈大笑起来。

“你简直是个笨蛋！”妻子连眼睛都没有抬，只是轻声说了一句。

他们此后再也没提历史教员的事。奥列格·特鲁多维奇对两人亲密的细节也不感兴趣。妻子不知为什么对他再也不提什么要求了，对于夫妻间规律的拥抱后再做点什么，他也几乎没有任何兴趣了。如同非要让一个刚刚获得奥林匹克短跑金牌的女运动员去参加枯燥乏味的越野赛一样，这种感觉能好吗？但奥列格·特鲁多维奇只是很晚才明白这一点。

此外，还有一系列别的蛛丝马迹。比如说，卡嘉在学校里一直要待到很晚才回家，借口文学课采用了新的教学大纲后遇到了很多难题。不久，她找到了住在大环线边上的一个学生，去了他家，光单程就得一个小时，而此前她一直只是在她办公室辅导他。她每次回家都很晚，而且总是筋疲力尽，一到家就睡了，连水池里摞得老高的没洗的盆呀碗呀的也不管，原来她根本不是这样！

2 月 22 日深夜，已经宣布过好几次要节制饮食并决定晨起跑步的巴士马科夫在大衣柜的一个旮旯里找一件还是在区委穿过的“奥林匹克衫”时，突然发现一个鲜红发亮的纸盒子，里面放着一条非常漂亮的迪奥领带。他现在几乎不系领带。当年在区委工作的时候，他还年轻，领带可没少磨他的脖子，如今他宁可穿各种绒线衫和汗衫。但是，这会儿他脑海中顿时出现了些许委屈和困惑。他把盒子放到厨房的饭桌上，等妻子回来。

“这不是给你的！”她走进屋看见领带后冷冷地说。

“那是给谁的？”

“给瓦季姆·谢苗诺维奇的。”

“是吗？”巴士马科夫冷笑了一下。

他的这一冷笑是冲着妻子去的，其意义和作用在于表达一种褒贬。去年三八妇女节时，学校给妻子发了廉价的除臭剂作为节日礼物，那东西只能放在卫生间里充当空气清新剂。

“是啊，”叶卡捷琳娜·彼得罗夫娜毫不迟疑地回答，刹那间领悟并拒绝了巴士马科夫话中的讥讽，“学校只有三个男教师，你也知道我们有多少女老师，所以收上来的钱可以买些像样的礼品。还有什么问题吗？”

“没有问题了。”

“塔波奇金，你呀，我看是越老越没出息。”

晚上，两人躺进被窝后，妻子突然捅了一下他的肩膀说：

“你是不是看中那条领带了？”

“是的。”

“那好。你就留着用吧。我本来准备送你一瓶花露水的。但既然你喜欢领带……”

“谢谢。”巴士马科夫想开玩笑抚摸一下妻子的脑袋，但手却碰到了头上支棱着的卷发器。

对于卡嘉现在每天都要用卷发器卷头发，他也没有放在心上。

奥列格·特鲁多维奇有一次从宠物市场买完金鱼回来，用钥匙打开自家的门后，发现衣架上挂着岳母的一件大衣。巴士马科夫不欢迎齐娜依达·伊凡诺芙娜的造访。因为她看女婿时的那种目光让他感觉不好，仿佛他不光是个平庸的失业者，而简直是个病态的二流子，一个她的亲生女儿几乎不得不要用奶水喂养的男人。

“你干脆想都甭想，”岳母吵她说，“你趁早打消这个念头！你上哪儿去？谁会要你？”

“不，听我原原本本地把一切都告诉你，什么都告诉你……”

“你敢！我看你真是傻透了！你有——女儿。还有丈夫，不管他怎么样……你可别那样！”

这次谈话的前几天，巴士马科夫曾问过妻子，为什么她近些日子总是像丢了魂似的，走路都会碰到家具上，有两次居然还打算在甜菜汤里加盐。

“是不是爱上什么人啦？”

“我和沃热吵架了。”她回答说。

她说的是重点中学的女校长沃热耶娃。巴士马科夫只见过她两次，而且每次也只是匆匆地看上一眼，但立刻就明白了：这是个企图像水电站生产电力那样用工业生产规模制造卑鄙的女学监。与她产生冲突完全是意料之中的事，但为此离开重点中学不免不妥！现在……他在心中默默地感激丈母娘正确的引导，对他来说，这种情况已经很难得了。随后他把买来的一条颜色亮丽的公羽鳍鱼放进鱼缸里，好顶替那条已经死去的。不知为什么，他的公羽鳍鱼总养不活。不久前，它蓝色的身子还通体鲜亮，一边摇晃着丰满的羽鳍，一边姿态优雅地游来游去，随后便蹲在一个小角落里，一边吐着气泡一边开始筑巢，但过了没多久你再瞧——早晨游的时候已经无精打采了，肚子也朝上了。奥列格·特鲁多维奇又买上一条——结果还是这样。可怜的小母鱼拖着被鱼卵胀得鼓鼓的、几乎成了正方形的肚子，沿着鱼缸壁痛苦地徘徊着，不知该如何是好……

卡嘉突然也显得非常郁闷，萎靡不振。她不再到大环线边去家访，也不再在学校耽搁，每天晚上也不再用功了。有一天晚上，巴士马科夫从停车场回家吃完饭，发现妻子脱光了衣服站在镜子前，正厌恶地望着自己的身子。巴士马科夫进屋的时候，叶卡捷琳娜·彼得罗夫娜正用手心托着两只大大的乳房，还想让它们恢复做姑娘时隆起的形状。卡嘉一看见丈夫便松开了手，硕大的乳房立刻无力地垂了下去（正是在这一刻，奥列格发现妻子的乳房略显梨状）。叶卡捷琳娜·彼得罗夫娜望着丈夫，那目光似乎是在说，岁月对她的无情，正是他这个男人的罪过。

“女人到了四十岁的年纪就会丧失女性的特质。”她叹了口气后说。

“可你并没有啊……”巴士马科夫情欲浓浓地嘟哝了一句后开始脱衣服。

“别来碰我，塔波奇金……”

春天，根据紧挨着重点中学的幼儿园通常的做法，家长应参加一天园内的义务劳动，不用说，卡嘉把巴士马科夫打发去了。奥列格·特鲁多维奇将腐叶耧到一起，把啤酒瓶和一次性注射器都收集起来。他从一个饶舌的学生母亲的嘴里听到一个令人震惊的消息：大名鼎鼎的瓦季姆·谢苗诺维奇干了件丢人现眼的事。这位历史教员与一个名叫洛丽塔（就冲给女儿起的这名字，就该把家长的脑袋给拧下来！）的高年级女生搞上了，双方产生了恋情，他还把她的肚子搞大了。现在他已经与妻子离了婚，在得到了相关行政部门的许可后，在这几天里他应该与已经怀孕的女中学生正式登记结婚。出了这事后，瓦季姆·谢苗诺维奇当然无法再在中学待下去了。有趣的是，他与妻子只是形式上办了离婚手续，其实他们是根本不愿意分手的，洛丽塔已经住在了他家，每天在家里按照他专门制订的计划收听音乐。瓦季姆·谢苗诺维奇准备与前妻一起去照料产妇，一定得让她在水中分娩，而且非得在海水中不可，海水可以到专门的公司去订购！

“你们难道就没听说？”那位学生的母亲惊讶地问。

“当然听说了，不过我对您提供的消息尤感兴趣。”巴士马科夫回答说。他感到奇怪的是，无论是他的妻子，还是他的女儿，对如此令人震惊的消息竟会无动于衷，连一句话都没说。

“这是真的吗？”吃晚饭的时候他严肃地问。

“什么呀？”卡嘉脸色苍白，瞧了一眼达士卡。

“你交口称赞的那位瓦季姆·谢苗诺维奇……”

“是啊。原来他是个卑鄙的男人！”叶卡捷琳娜·彼得罗夫娜轻声回答说。

“那个洛丽塔——是个上当受骗的傻丫头！”达士卡也突然冒出了这么一句。

但那时奥列格·特鲁多维奇还是什么都被蒙在鼓里。男子对其愚钝的偏执总是坚信不疑，也许只有俄罗斯人那无法解释清楚的盲从可以类比，他们对任何一任入主克里姆林宫的匆匆过客也总是坚信不疑的。

他的醒悟是突如其来的。有一天晚上，他坐在金鱼缸前休息，望着那条已经数次易夫、如今又在寡居的忧伤母羽鳍鱼发呆。巴士马科夫心里在安慰母羽鳍鱼，答应到星期天再给它同时买上两条公的做伴，以便使它能解脱满腹鱼卵的苦难。

“我说，你为什么要这么伤心啊！咳，笑一笑，”奥列格·特鲁多维奇逗着金鱼说，“是的，你的那个小伙死了，可又有什么办法呢？总不能老这么伤心啊……”

突然，他大彻大悟了。家住大环外的男学生、迪奥牌的领带、妻子对床笫义务的拒绝、卷发器、从诺夫哥罗德回来后家中的谈话已全然没有瓦季姆·谢苗诺维奇——所有这一切，再加上其他诸多迹象，刹那间汇聚成一幅明晰得令他不知所措的图画。有这样一道用来测试人注意力是否集中的试题：乍一看，不过是些普普通通的斑斑点点，但若是仔细观察就会发现，那是一幅大鱼追小鱼的图案！

“公羽鳍鱼死了！”巴士马科夫说出了声，连他自己都笑了起来。

不，他并未被由忌妒引起的愤怒与痛苦击倒。他甚至丝毫没有产生过怀疑的念头，猜想卡嘉是否用蜷曲的双腿缠绕过历史老师多毛的胸腹（不知为什么，他坚信瓦季姆·谢苗诺维奇的胸腹长满了毛）。所有的意识都仅仅停留在非肉体的层面上，仿佛在男人与女人之间不可能有任何肉体关系，而背叛——只不过是一种类似于与一个外人进行一次公开谈话而已。也许这是因为他从来没有亲眼见过瓦季姆·谢苗诺维奇本人，后者对于他只是背叛的某种象征、抽象与符号而已……巴士马科夫心中倒是感觉到了一种卸却了责任后的轻松——将他与妻子紧紧捆绑在一起的那条锁链，由他的背叛与那给卡嘉所带去的屈辱的链环构成的锁链最终断裂了。

他站起身，走到阳台上，随后跳到了邻居家那一侧。邻居阳台上的门微微开启着。

“你这是干什么？”阿纳托利奇把目光从电视上移开，问。

“你没看见我吧！”巴士马科夫抢在他前面说，说完朝房门外走去。

“怎么，吵架了吗？”

“没有，没吵……我想出去遛遛……”

他走到大街上，叫了迎面来的第一辆出租车，一股脑儿把钱从口袋里统统掏了出来——到尼娜·安德列耶芙娜家的钱正好还够，到那儿就永远也不回来了。司机一路上都在懊悔，说钱要少了，还讲了他傻乎乎地在出租汽车车场赎回了一辆伏尔加车，没想到现在累死累活的，也只能挣点汽油和零配件的钱。早先夜里还可以卖瓶酒挣个钱，可如今再也挣不到了。

“你怎么不说话？”

“我家的一条小公羽鳍鱼死了。”

“哦……”

此后两人在车上都没说话。出租车司机拧开了收音机的旋钮，拨到了政治时事节目的频道上。曾经与巴士马科夫一起在党内受过警告处分的教授，现在正在用他那夜莺般的歌喉描绘着俄罗斯光明的未来。他强调说，为此必须在数年内形成一个私有者阶层，所以每个有进取心的俄罗斯人都应该对一切如常言所说的状况不佳的企业实施私有化。

“请您再讲一讲，”主持人向教授问道，“如果事后警察局来人说，所有这些企业的状况本来都不错啊，那该怎么办？”

“不冒风险，休想喝到香槟！”教授嘿嘿地笑着回答。

采访报道结束了，时间是十一点整。

在那个值得纪念的单元门旁新出现了各式小货摊。单元门还上了密码锁，只是没有起作用。楼梯中间的过道上仍然弥散着一股熟悉的垃圾气味，奥列格·特鲁多维奇突然产生了一种男人才有的奇妙联想，这气味颇有点像肉体在快活地晃动时发出的。像以前一样，门上挂着报箱，上面贴着用剪下的铅字拼成的《共青团真理报》和《象棋与跳棋》。巴士马科夫按响了门铃，心中在想：要是罗玛还在睡觉，他便二话不说立刻把尼娜·安德列耶芙娜抱去卧室……

“是你？”她只来得及说这么一句。

“是我，”他回答说，“你说过你会等我的。这不，我自己来了，还永远不走了。”

开门的是个秃顶的男人，穿着条运动裤和一件背心。背心上画着两个小人，一个黑人，一个白人，站在地球上相互握着手。秃头男子的脸显出一付规避外人而又专注于内心的神色，仿佛是一个习惯于三思而后行的人。

“您找谁？”他问，继续着他的思索，甚至对已经那么晚的叫门铃声也未感到惊奇。

“我要找罗玛！”巴士马科夫突然回答说。

“罗玛当兵去了。”

“去多久了？”

“刚走。您是谁?”

“我吗?我和他一起下过象棋……”

“那就只有等到两年后再下啦。”

透过浴室哗哗的淋浴水声，传来了尼娜·安德列耶芙娜的说话声：

“小兽兽，是谁来啦?”

浴室的门直对着过道。巴士马科夫立刻闻到了空气中洗发露潮润的香气，现在他能清晰地想象出在那薄薄的夹楼后面，尼娜·安德列耶芙娜站在水流下赤身裸体的样子。水沿着她富有弹性的肚腹向下流淌，又顺着蜷曲的阴毛流向令人销魂的湿润楔形地。他们俩先前常常一起沐浴，尼娜·安德列耶芙娜一准会说:“来，现在我们来给小兽兽洗洗身子!”

“小兽兽，是谁来啦?”门里又响起了她的声音。

“是来找罗玛的!”

“让他等会儿，我马上出来。怎么这么晚来呢?出什么事了吗?”

“是啊，说得是。你为什么这么晚了才来?”

“我正好坐车路过，您给他往部队写信的时候，向他转告我的问候!”

“你是谁呢?”

“她会知道的……”

“噢，那当然!”

浴室里哗哗的水声停止了，响起了尼娜·安德列耶芙娜响亮的嗓音：

“我这就出来!”

巴士马科夫急急忙忙从楼梯上跑了下来。为了不让他们从窗户里看见自己，他有意从树丛里走，通过院子来到了大街上。他连坐地铁的钱也没有了，久久地徘徊着，想鼓起勇气进去，最后才向穿制服的女检票员走去，并对她说把钱包丢了。那位年纪很大的女检票员很认真地盯着他看了很久，仿佛他要去的不是地铁，而起码是一个秘密的机构。随后她才摇了摇头又鄙弃地点了点头，那意思是说，进去吧，你这个可恶的骗子！

阿纳托利奇听见他怯生生的门铃声后开了门。从他眯缝着眼睛的样子可以看出来，他已经躺下睡了。

“对不起。”

“没关系……是玩得忘了回家了吧？”

“心里难受。”

巴士马科夫从栏杆上翻了过去。他踮起脚尖轻轻地从已经睡着了的达士卡身边走过。卡嘉正躺在被窝里看洛特曼写的《叶甫盖尼·奥涅金的注解》。她要不就是根本没发现丈夫这一个半小时没在家，要不就是故意装作不知道。

“我再看会儿。”卡嘉把眼睛从书上抬起说。

巴士马科夫突然对妻子产生了一股强烈的憎恨，这憎恨化作一种不同寻常的、奇特的、令人不寒而栗的情欲。他脱下衣服，根本没有理睬卡嘉说达士卡还没睡着的各种托词和借口，猛地向她扑了过去。奥列格·特鲁多维奇在黑暗中搏击着，粗暴地摧毁了妻子的反抗，不知羞耻地征服了她的肉体，在咯咯作响的咬牙声中一泄而尽。

“你怎么啦？”卡嘉问。

她打开床头的夜间灯，喘了口气，从地板上把书捡起来。

“小公羽鳍鱼死了！”巴士马科夫回答说。

二十一

艾斯凯帕尔打开大衣柜，柜门发出吱吱嘎嘎的声响。

“什么都来凑热闹，该上油了，不知说过多少次了！”

他去了厨房，从洗碗池下面取出一个塑料瓶，里面的葵花籽油已经所剩无几。他用食指堵住瓶口后把瓶子倒了过来。随后，巴士马科夫将手心弯成勺状，接着从瓶口顺着浸满油的手指头流下来的油滴，跑回大衣柜跟前，将油抹在黄铜铰链上后，试了试——柜门不响了。他这才走进浴室，先用肥皂，随后又用阿里艾利洗衣粉将油手洗干净了。做完这一切，奥列格·特鲁多维奇又回到房间里，突然发现忘了到大衣柜里去找什么了。

“得一场血管硬化——是逃离现实的最好办法。噢，对了——是要去取领带……领带，领带——那是温暖的5月的问候……”

领带挂在固定在柜门内侧的一根专门的小木杆上。

“领带意味着什么呢？领带——这是男人生活的记录，一种以特殊方式记录下的信函结……这些话我这是在哪儿读到的呢？好像是在一本什么书里……”

的确，在这些色彩各异的狭长料子上，记录着他巴士马科夫的全部生活。起码，与卡嘉的生活——是准确记录在案的……他是戴着这条带金色锦缎小圆圈的、宽宽的领带走向婚姻生活的。如今，要是你系着这条领带去餐厅吃饭，人们准会把你当作白痴。姑娘不会再爱你，餐厅领班会责令保安对你严加监管。不过话说回来，如果你身上的其他行头——衬衫、西服、皮鞋、手表——都是最高档的，人们便不会把你当作白痴，相反，你会被看成是超一流的。你会将这种奇装重新带入时尚。自然，若要做到这一点，最好不是在餐厅，而是在电视上露面。奥列格·特鲁多维奇摸了摸领带——这料子的手感有点像窗帘布……

另一条领带——窄一些短一些的，红蓝相间还带格子，如同苏格兰裙那种花色，挂着橡皮筋还总打着结。奥列格·特鲁多维奇总是戴着它去区团委上班。老实说，如何把领带系得又快捷又漂亮，他始终没能学会。通常都是卡嘉帮他系。从他们住的地方到区团委去上班的路途不近，公共汽车常常会在中途耽搁，随后就会成串地开来。人们在车站上排队候车的时候会用挖苦的语气开玩笑说，司机不把一盘多米诺骨牌玩完是不会从终点站出车的。也许，事情果真像他们说的那样……到区团委上班是万万不可迟到的！已故的切勃塔廖夫每个月都要来那么一两次（究竟哪一天来，谁也说不准），他喜欢在八点五十五分在区委门前的小花园里踱步，用他那个无人不知的绿色小本子敲击着手掌。生存在长官命令体制下的小人物们会像参加青年体育运动会赛跑一样，从汽车站飞快地向工作地点奔去。而开着私车来上班的职员们会将车远远地停在街区，为避免迟到，也会以竞走的姿态疾步如飞地来到办公地点。出过这么一件事，一位仕途前景看好、已被任命为部门副主任的老兄开着他簇新的深蓝色 7 型日古力车来上班，把车直接停在了区委的门口。切勃塔廖夫啧啧赞叹着，围着轿车转了一圈，站在车旁向每个从旁边跑过的工作人员问：

"车子是不是挺漂亮？对吗？"

在最近召开的一次区党委会议上，他将那位副主任贬成了个普通办事员，还为此发表了具有历史性意义的意见：

“在老百姓还用小勺子吃饭的时候，党就没有权力用大勺子进餐。奉劝诸位记住这一点！”

费多尔·费多洛维奇可谓是个可怜而浪漫的马克思列宁主义者！正是由于对现实的极度绝望，他于1991年自杀，把自己消灭了！

切勃塔廖夫另有一句名言也在百姓中传颂：“女人穿长裤，如同男人不系领带一样都是违反自然的！”他绝不会放过一个穿长裤的女人与不系领带的男人。他曾翘起一根手指头将一个正在做报告的人招呼到跟前，然后摘下自己的领带，将之系在了那个违反礼仪要求的人的脖子上，他的绒线衣外面。那位报告人不得不就这副打扮做完了报告。他还会把所有迟到的人的名字都记下来，剥夺他们享受每星期由区委提供的免费就餐优待的权利。

“让他们自己到食品店去走走，体察一下老百姓是怎么过日子的！”

奥列格·特鲁多维奇早晨怕耽误时间，便买了这条带橡皮筋的领带：钩上搭扣，夹上皮包——就可以开步走向光明的未来了！

在“金牛星座”上班的时候，巴士马科夫是有意不系领带的。首先，自从离开区委后，他已经对此腻烦了；其次，他不愿意让这种在长官命令体制下必须遵守的衣着细节，给别人留下使用“来自中央的同志”这种羞辱性称呼的话把儿。他在“金牛星座”工作时戴的第一条领带，就是那条饰有小小的鲜红色“BBC”缩写词字样的深蓝色领带，那缩写词的意思是“大不列颠建筑工程公司”。领带是彼得·尼基福洛维奇送给他的，当年奥列格·特鲁多维奇系着它参加了副博士论文的答辩。

岳父得来这条“BBC”领带，有一段特殊的经历。根据部里的指示，彼得·尼基福洛维奇要接待一个英国代表团。为了做好这次接待工作，列姆房屋建筑公司的办公室挂上了一块非常考究的牌子，那套从战后一直用到现在的家具全都换了，所有员工也都换上了印有“莫斯科建筑”字样的崭新绿色工作服和带“苏联”标记的橙色头盔。根据局里的安排，这些头盔到时候应该作为礼物送给那些英国人。有两个工人因为不想参加与外宾的会晤从而能将他们喜欢的头盔留下来，专门请了病假。彼得·尼基福洛维奇对此还十分恼火。英国客人用领带作为回赠，因有两个工人缺席，所以他拿到了三条领带。一条他自己留下了，一条给了女婿，还有一条送给了声名大噪的诗人。

于是，就有了接下来的一段奇妙故事。声名大噪的诗人戴着这条领带在作家宫招摇过市，还特意解开了西服上衣的扣子，好让那些作家同行见识一下带“BBC”缩写词字样的漂亮领带，让他们眼馋一番。这一来，就出了问题。声名大噪的诗人告诉那些惯于轻信的作家，这条领带是他在伦敦时得的奖，在英国国家广播公司[①]，在他做了一次演讲之后……

“我们怎么没听说呢……”那些夜夜都打开收音机，透过嘈杂的干扰声收听反苏宣传的同行甚感惊讶。

自然，一些好事的笔友便向有关部门做了通报。于是声名大噪的诗人被叫到了卢比扬卡，还受到了严厉的训斥，他被严禁继续戴这种反苏的领带或者散布在 BBC 演讲的无稽之谈。巴士马科夫是不久前在这位名声大噪的诗人写的名叫《独身者》的回忆录中读到这些故事的。但不知为什么，书中既没有提彼得·尼基福洛维奇，也没有说领带的真实来历。书中这一章的标题叫作“不祥的领带”，讲的是英国 BBC 知恩图报的集体赠送的领带如何给他带来了不幸，以迫害为能事的克格勃人如何让他五年内不得出国。在这一章的末了，还有一首长长的诗，诗的结尾是这样的：

我生活在一个人人纵酒作乐、头发蓬乱的国度，
那里林木入云参天，草原一望无际……
我生活在一个可怕的国度，

① 英国国家广播公司的缩写亦为“BBC”。

因为一根英国的领带像狗一般地被戴上了锁链！

但是，后来奥列格·特鲁多维奇在《共青团真理报》上看到了对前克格勃一位将军的采访录，后者因职务未能晋升而成了一个可怕的揭露者。他在采访中说，名声大噪的诗人从青年时代起就在执行克格勃办公厅微妙的嘱托，而整个关于专门从英国带来的领带的故事亦是目的险恶、精心策划的阴谋。那是克格勃企图招募针对似乎受到现政权迫害的自由撰稿人的反对派……他们终于找对了人！

“谁能说清楚他们那些乱七八糟的事情！”巴士马科夫叹了口气说，“但诗写得还真不错……”

继那条带“BBC”字样的领带之后，又出现了这条带淡黄色圆点的深咖啡色领带，那是尼娜·安德列耶芙娜在他被任命为实验室主任后送他的。每逢星期一，他总要戴着这条领带去参加由所长主持的工作会议。尼娜·安德列耶芙娜要是见到情人系了别的，不是她送的领带，便会非常生气。

后来，又一下子出现了一大堆新领带。那是他在驼鹿银行工作的时候。奥列格·特鲁多维奇发现他的同事几乎每天都要更换领带，所以一个星期始终系同一条领带——不管这条领带有多么高贵漂亮——似乎也不太体面。一星期后的星期一再戴，那就无所谓了。这一套领带，就像女人的内裤一样，被称作“周用带”。甚至还出现了相关的恭维语：

“你的‘周用带’还真没比的了！”

“是在荷兰买的……”

巴士马科夫曾向卡嘉抱怨过，说他的领带与他所担任的职务很不相称，但她听了后甚至会发火：

“你怎么会没有领带换呢？那好，我给你买，不是够一星期，而是够一个月换的！”

妻子走到大衣柜前，打开柜门——映入她眼帘的第一条领带就是那条变了色的、给瓦季姆·谢苗诺维奇买的迪奥。第二天，卡嘉把丈夫带到了老阿尔巴特大街的大礼品店，却发现多少能看得上眼的领带要三十美金……

“天哪，这些钱够一个星期的开销！”

“一个月都够。”奥列格·特鲁多维奇的微笑中带着怨恨。

于是他们去了卢日尼基①，拥挤不堪的巨大货场吞噬了曾是体育场的所有空间，他们花三十美元买回了一套“周用带”。不仔细瞧的话，这些领带与名牌领带没什么两样。但若是把它们与迪奥放在一起，它们立刻会显得不值钱，真成了从廉价货摊上抢购来的劣等韩国货。迪奥领带在这些伪劣产品中的确显示出名牌所固有的某种贵族气质，这种气质经历了多少代人的积累，并延续了数个世纪之久，它溯源于伟大的祖先——带皱褶花边的硬高领衬衣，穿这种衬衣的可是路易十三的情夫②……

巴士马科夫以为自己猜到了卡嘉与瓦季姆·谢苗诺维奇的关系，发誓从此以后再也不戴那条意味着背叛的领带。永远也不去碰它！但是他没能信守自己的诺言。此后他依然系过，不知是三回还是四回。第一回，他系着它给公主捎去了捷达临终前的遗言……

巴士马科夫一直到最后都不相信卡拉科津已经死去的消息。他没参加卡拉科津的葬礼，也没看见像鲍里斯·伊萨科维奇一样静卧在棺材里脸色如蜡的遗体。唉，鲍里斯·伊萨科维奇啊，鲍里斯·伊萨科维奇！……

事情发生在一次游行示威的过程中。那是1993年。的确，巴士马科夫当时并不在场。他只是在追悼仪式上才了解了事情的始末。起初，人们在加加林广场举行群众集会，会后人们按照惯例集合起来向跑马广场走去——到那儿去示威，呼喊着“把叶利钦匪帮送交

① 莫斯科的批发零售市场。

② 据说路易十三是一位同性恋者。——编注

法庭审判!”的口号，为了让那个因缺手指头而免服兵役的家伙，能在他的克里姆林宫巢穴中听到群众的呼声后心惊胆战。鲍里斯·伊萨科维奇像往常那样穿着别着各种奖章的将军制服，拿着穿在螺旋状木杆上的红旗走在队伍的前列。与他并排走在一起的是拿着吉他的捷达。

人群走到列宁大街上停了下来，武装特警的队伍围堵在街口。准确地说，前面先到的人站住了，但后面来的人仍继续从加加林广场向前进发，人群的张力越来越大。巴士马科夫记住了“人群的张力”这个词，那是大嗓门的大尉格列奇科在追悼仪式上喊出来的话。

“我起初甚至不明白它的意思。”大尉在第二次游行后回忆说，“我们站着，前面是这些戴着钢盔、举着盾牌的人，活像哈巴狗的保镖……我们站在那儿，后背能感觉到人群的张力在增加……突然我听到了金属的声响。一开始我以为——这是耳鸣造成的。我血压高的时候常常有这种情况。但仔细一听——不是耳朵里的声音！回头一看我才明白：是奖章发出的声音！队伍中有上万个参加过二战的老战士，绝不会少于这个数。后面的人在往前拥，在挤，奖章便发出了这样叮叮当当的声音！简直是一种复仇的警报声！我永远都忘不了！……”

鲍里斯·伊萨科维奇走到武装特警面前，严厉地问道：

“为什么不让我们过去?”

“你们要到哪儿去?”一名武装特警问。

“去克里姆林宫!”

“老爷子，那是不行的!”

“在 1945 年是可以的，但现在不行……”

“老爷子，你自己就是个军人。你应该明白：命令就是命令。”

“要是有人命令你们向老战士开枪呢? 那怎么办?”

“你和他废什么话?”另一个军官模样的武装特警跑过来喊了一

句，“这是个寻衅闹事者！”

“咳，你这个没大没小的人，”捷达插话道，“你看看，你是在同谁说话呢！”

“我在同谁说话?！”

“你现在是顶着个钢盔当脑袋使——你难道连肩章都分不清了吗?”

“哦……为什么不买更高级点的?老阿尔巴特街上可是连元帅的肩章都买得到！”

“闭住你的臭嘴！”鲍里斯·伊萨科维奇抬高了嗓门，“我是苏联军队的将军！”

“你知道吗，”大尉格列奇科在第四次群众游行后举行的追悼仪式上惊讶地说，“伊萨科维奇说话从来都不会把两个音搞混的。只有在特别激动的时候，他才会冒出这么个犹太人的发音来……他喊‘我是苏联军——队的将——军！’特鲁特奇，请你原谅，他当时确实是这么说的，说的真的不像俄语……”

“哼，你这个犹太猪猡，是披上了别人的制服吧?”军官喊了一声，“还想在这儿逞能呢！”

“什么?你说什么，你这个小毛孩?！”鲍里斯·伊萨科维奇朝他走了过去。

“你这个老东西，我就是这么说你敢怎么样！”武装特警抡起橡皮警棍对着将军的头打了过去。

捷达想扑过去挡住，但没来得及。将军的帽子被打飞，落在了地上。这一棍子打得相当重，当然，还不是致命的。但那污辱是致命的。鲍里斯·伊萨科维奇捂住了胸口，发出重重的鼻息，身子开始摇晃起来。卡拉科津和格列奇科两人差一点没能把他扶住。

“赶快叫医生！”捷达喊道。

“我让你叫医生！”

军官还想打捷达，但大尉一把把棍子抓住了，将武装特警从人链中拽了出来。

老战士们众所周知的悲壮抗争就这样开始了，后来报纸和电视台对此做了多次报道。卡拉科津用自己的身子掩护着呼哧呼哧喘气的老将军，想把他从人群中拖出来。但队伍中已经传开了：武装特警把将军打死了！

“哪个将军？”

“伊萨科维奇！”

“狗娘养的！”

参加群众集会的人当中没有几个将军。更主要的原因是，鲍里斯·伊萨科维奇和捷达每次游行都参加，所以很多人都认识“伊萨科维奇”和“带吉他的安德留哈”。人们发怒了——开始把标语牌的木把和旗杆拆下来，当作武器朝武装特警打去，他们还把事先磨尖了的钢筋也拿了出来，不知怎的，列宁大街的柏油马路当中还出现了鹅卵石和砖块，人们噼噼啪啪地用它们朝盾牌砸去。

“我的腰也被这样的石块击中了！”大尉格列奇科在第六次游行示威后抱怨说，“事后足足有一星期的时间，我走路都是一拐一拐的。不过，那个没大没小的浑蛋，还是被我给干掉了！干——掉——啦！”

捷达终于把鲍里斯·伊萨科维奇从人群中拖了出来，然后连拖带拉地来到了停在一座大楼门洞里的带篷紧急救援车前。驾驶室里坐着一个司机。捷达拉开门喊道：

“他需要送医院！马上去医院！”

司机二话不说，一脚往捷达的脸上踹去，砰的一声又把车门关上了。骑士从地上爬起来，又把车门打开，一把抱住司机的腿，把他从驾驶室中拽了出来，狠狠地摔在地上，由于他用力过猛，司机竟晕了过去。随后卡拉科津把将军抱到汽车座位上，但这时将军似乎已经停止了呼吸。汽车钥匙挂在马达开关上，发动机还在转，但周围密密麻麻的全是人。现在唯一的办法就是：按响喇叭，从人行道冲出去……

“你知道吗，”大尉一边吃东西，一边说，“我从人群中跑出来，一看，紧急救援车正在往外开，汽车踏板上摇摇晃晃地还挂着一个武警，好像插在冰窟窿里的一枝花，他正使劲想把车门打开。突然，紧急救援车一个右急转弯，像扔一块水果软糖似的把武警甩在了墙上。这边的武警立刻跑了过去，使劲吹着口哨……我一看，突然发现安德留哈从驾驶室里跳了下来，钻进了门洞里。他们甭想抓住！这边的武警跑到跟前——先把他们的自己人从墙上抠了下来，随后把伊萨科维奇从驾驶室拖出来……我这时才明白，捷达想从人行道上开过去，往顿斯科伊方向去，那儿——有一个索罗维约夫医院。但没有如愿。伊萨科维奇他们是一星期后才交给我们的……一开始还不愿意给，但我们通过老战士协会强烈要求他们交还……”

巴士马科夫是后来才得知鲍里斯·伊萨科维奇在游行示威时去世的消息的，格列奇科给他打了个电话，让他参加鲍里斯·伊萨科维奇的葬礼。日间新闻只是含含糊糊地报道说一个游行示威者突发心脏病（不是复发，确实是突发！）。一位国产心脏病专家接受采访说，心脏病患者，尤其是上了年纪的，置身于人群中如同进入一个具有破坏性的强大黑色动力场——这甚至会造成生命危险……结论是：上了年纪的人最好不要去参加什么游行示威。

然而，由电视台记者拍摄的那个武警壮烈牺牲的报道却在电视台连续播放了好几天。报道展示了壮烈牺牲者童年和学生时代的照片，有从斯兰涅茨赶来参加儿子葬礼的泪流满面的母亲，还有带着年幼的孩子、号啕大哭的寡妇的镜头……还展示了电脑制作的谋杀嫌疑人的照片，但巴士马科夫连想都不敢想，屏幕上显示出来的人工制作的脸，竟会是卡拉科津。如何按照人工制作的画来抓捕罪犯——实在是件不可思议的事情！

鲍里斯·伊萨科维奇被埋葬在沃斯特里亚科夫公墓，但不是埋葬在彼得·尼基福洛维奇的那一片，而是在另一片十字架很少，却竖有许多六角星的地方。他与他永难忘怀的阿先卡[1]埋在了一起。前来与他遗体告别的共有十五个人，大都衣衫褴褛、表情抑郁，他们都是革命正义党的积极支持者。只来了两三个亲戚和同事。巴士马科夫记起了其中一个戴着顶旧式礼帽的老太太。她叫伊卓尔达·盖丽霍芙娜。他还认出了一个干瘦、秃顶的小老头，他叫科马良，曾经自杀未遂，太阳穴上至今还留着一个深深的凹陷。

“太可怕了！”伊卓尔达·盖丽霍芙娜惊叫道，她也认出了巴士马科夫并兴奋起来，“太可怕了！鲍里斯·伊萨科维奇把一生都献给了他们！全部生命……可他们呢？为什么会这样！”

“鲍尔卡没有回来吗？”巴士马科夫问。

“没有，”老太太把目光转向了别处，“他家里也发生了不幸，列昂尼德·鲍利索维奇心肌微细血管梗死……太可怕了！身边没有一个人——儿子、孙子都不在。唯一值得欣慰的是：如今他与阿先卡可以永不分离了……”

人们都表达了对死者的怀念。科马良说，士兵们都爱戴已故的将军，他是一个大无畏的军官，并希望能成为一个像安德烈·鲍尔康斯基[2]这样的人。伊卓尔达·盖丽霍芙娜说，他是一个多么出色的父亲、祖父，而最重要的是——他是一个多好的丈夫。

“阿霞是世界上最幸福的女人，最最幸福的女人……”老太太失声痛哭起来，大家开始安慰她。

大尉格列奇科说，没有了鲍里斯·伊萨科维奇，革命正义党便失去了主心骨。他甚至还提到了捷达，说他是亡人忠实的朋友，但战友们用可怕的目光瞪着他——格列奇科便不说话了。他结束长长的讲话时，突然从怀里掏出了一支也许还是战争年代留下的很大的德国手枪，想按照军人的习惯开枪志哀。大家好不容易才劝阻了他。

“与亡人道别吧！”葬礼主持人好奇地望着死者的将军制服，轻

① 他的妻子阿霞的爱称。
② 托尔斯泰长篇小说《战争与和平》中的主人公。

轻地吩咐道。

巴士马科夫走上前。鲍里斯·伊萨科维奇躺在棺材里——体形瘦小，满头白发，表情凄惨。很难想象，这具遗体曾经是位英勇善战的军官，热情洋溢的情人，聪慧机智的教授。奥列格·特鲁多维奇叹了口气，俯下身子，做了个像是吻死者额头的动作。他还从来没有真正吻过死人，从来没有，甚至连他的父亲也没有……

填埋死尸的人很快就用土把棺材覆盖了，似乎想打破快速填埋坟坑的记录。

大伙在离西南地铁站不远的一个饺子馆里举行了追悼亡人宴，但出席宴会的只有革命正义党的积极分子和巴士马科夫。他们讨论了游行示威的情况，还说，要是当时有几支卡拉什尼可夫自动步枪和一打手榴弹，那么当天就能把叶利钦给干掉。不知为什么，说话时他们始终把叶利钦叫成叶尔金[①]。酒喝得不少。大尉流下了眼泪，还反复说，为了纪念鲍里斯·伊萨科维奇，他准备把这一帮子当权的犹太人吊死在街灯上。他还一直要去拿那把手枪。大家还为捷达干了杯。

“他现在在哪儿？”奥列格·特鲁多维奇率真地问。

大家看了看巴士马科夫，表情很不友善。

“在老远的地方，”格列奇科回答说，“但我很快就会见到他……”

“你告诉他，让他给我打个电话！他真不够朋友。”

“我一定告诉他。”

但是卡拉科津没打电话来。捷达失踪了。好像消失得无影无踪。有一天，巴士马科夫正坐在他心爱的金鱼缸旁欣赏金鱼无忧无虑的生活。突然，从厨房传来了卡嘉的叫声：

“塔波奇金，快！快过来！”

---

① 又苦又辣的东西。

卡嘉有时在电视上看到想买的裙子就是这么大声叫他的。他不情愿地迎着叫声走去，妻子正站在电视机前。屏幕上出现了一帮穿迷彩服的大胡子壮汉，身上挎着枪，这时响起了画外音，说话人用带有哲理性的讽刺语言说，少数俄罗斯人对建设资本主义已经感到厌烦，所以去了阿布哈兹打仗。众所周知，阿布哈兹是主权国家格鲁吉亚不可分割的组成部分。巴士马科夫在这些人当中惊奇地发现了大尉格列奇科。

“你知道刚才谁在电视上露面了？”

“是捷达吗？”

“就是他。你怎么知道的？他戴着一副墨镜，留了个大胡子，但我还是把他认出来了……你等会儿看，也许他还会出来。”但是他没有在电视上再露面。

“真的是他吗？”

“我也说不清了……”卡嘉自己也开始怀疑起来，“但长得非常像！”

“他拿吉他没有？”

“没有，没拿吉他。”

“那也许不是他。”

二十二

艾斯凯帕尔从沙发上拿来吉他，放在膝盖上，想拨出一个很简单的和弦，但除了金属琴弦的震颤声外，听不见任何和声。贴着琴颈按着琴弦的指尖的肉垫上生成了发青的凹坑与小小的凸纹。他还记得，由于经常狂热地弹奏，卡拉科津指尖的肉垫已经角质化了，几乎磨出了老茧。因此当捷达发怒用手指头敲击桌子的时候，那声响仿佛是在用石块敲打木头。可他弹奏的吉他声却是如此温柔悦耳、神奇动听！

说起来也奇怪，巴士马科夫突然在想，手指越细嫩，弹出的声音却越生硬，相反，手指越粗硬，那声音反而越温柔悦耳……为什么会这样呢？寓意是深刻的……也许，等到了塞浦路斯，我试着写本书？是的，的确，总不能把整个余生都献给渴望抚爱的维塔的肉身吧！“用指甲掐我，掐我呀！”我这算什么，难道我真成了个食肉鹰不成?!

艾斯凯帕尔站起来，悻悻地拨弄了两下琴弦，走到窗户跟前。他借着亮光，从吉他背面已经模糊不清的一个老大的黑色斑点中，仍然看出业已磨损的“幸福”的字样，以及弹唱诗人奥克耶莫夫奇巧但十分规范的签名。这种签名不像是从事创作人员的笔迹，只有那些掌管财务的官员或者教师才如此签名，因为后者担心学生会模仿其笔迹在他们的日记上签名。比方说，卡嘉的签名看上去并不复杂，但要想模仿这种弯弯曲曲的笔画，根本是不可能的。只有达士卡才有模仿这种签名的本事，所以学校里的同学们都会求她帮忙……天哪，要是这个秘密被揭穿了，不知会捅出什么样的娄子来。怒不可遏的卡嘉会冲进屋子，从目瞪口呆的巴士马科夫的裤子上抽出皮带来。达士卡一开始会以为，这是妈妈对她打碎了捷克产的凉菜碟子的报复，甚至还会因为妈妈小题大做，对她进行如此重的责罚而哭起来：因为妈妈从来就没有用皮带抽过她。但这时卡嘉会突然冒出这么一句话来：

“哼，你这个浑蛋，竟然学会模仿我的笔迹了！”

奇怪的是：达士卡脸上的眼泪突然不见了，在默默承受了几次皮带的抽打后（卡嘉很快便没力气了），她便觉得受之无屈了。半小时后，她会走到气得要死的卡嘉面前，哭着说：

“好妈妈，原谅我吧！”

一般情况下，她是轻易不会说“好妈妈”这句话的。她可是个倔得要死的难缠姑娘。可如今，她自己都快当妈妈了……

艾斯凯帕尔从窗户上往下看了看：福特汽车的机箱盖已经关上了，但车底下还伸着阿纳托利奇的两条腿。从上面看下去，仿佛汽车的全部重量都压在他身上——他已经被轧死了。

还真挺有意思，巴士马科夫心想，人在临死前真的会回忆自己的一生吗？假如说，会。但要是死亡突然降临呢？再打个比方，要是从这儿跳下去——从十一层楼——人逗留在空中的时候，还来得及回忆吗？根本来不及！何况这又有什么必要呢。上天会把你所有的记忆统统抹去，如同从一台坏电视机中抽出的一盘录像带一样，看上一眼后就宣布报废了。话又说回来，人不仅自己有记忆，还会留在别人的记忆中。这也是应该考虑到的！这就是说，在那些还记得亡者的人去世之前还有必要等待，以便还能再一次看他们的“录像带”。唉，不！还有必要等待吗？信息是可以远距离解读的，“金牛星座”有整整一个实验室是从事这种研究的……但有什么结果呢？不知为什么，今天整整一个上午，巴士马科夫都在回忆捷达。也许，已经到了上天要对卡拉科津的命运做出最终安排的时刻？也许，所有认识骑士的人今天都在怀念他？卡嘉也在思念他。应该去问问她……

“你真是个傻瓜，哪儿是艾斯凯帕尔呀！”他大声对自己说。为了证实这一点，他用额头撞了三次窗框，随后又小声说了一句：“捷达是多么可怜啊！”

四个月后，失踪的卡拉科津又露面了。那是9月末的一天。天空阳光灿烂，阔叶林一片金黄。离历史性的白宫枪战还有不少日子。说实在的，巴士马科夫对叶利钦与最高苏维埃之间冲突的缘由并不清楚。他对政治已经兴味索然，甚至连报纸都不看了。只要电视里一出现政治评论员的身影，只要他眨巴着市场骗子固有的貌似诚实的小眼睛，开始咬文嚼字地对时事新闻做出解释，奥列格·特鲁多维奇便会立刻改换电视频道。说真的，如果他自己的生活已经沦落到了在停车场为那个中亚蠢材舍杰曼·霍斯鲁耶维奇效力的田地，那么这些肮脏的政治交易、大呼小叫的木偶式角逐与他又有什么相干呢！

卡嘉对丈夫不问政治的倾向深表赞许，气愤地说，沃热召集了校教学委员会会议，命令要向学生宣传，似乎最高苏维埃企图把国家变成一个大型的古拉格，还想关闭他们这所优秀的重点中学，而总统却主张让俄罗斯以一个名副其实的成员身份进入国际社会，并让他们这所重点中学更加兴旺发达。不过，学生们对如今发生的一切有足够的判断能力，一位高年级学生甚至说，他爸爸已经买好飞机票，所以全家对人们在这个国家钩心斗角、相互倾轧根本不屑一顾，因为他们家在巴黎有住房，在尼姆有一栋楼。自然，同年级的同学们立即冲着他嚷嚷起来、批评他，说他们在国外也有家产，但这不能成为他对俄罗斯民主的前景无动于衷的理由……

后来巴士马科夫躺在被窝里翻来覆去睡不着，一直在琢磨，这些人从哪儿来的巴黎住房呢？就拿他来说，一个受过高等教育、有着副博士学位、领导着一个实验室的人，怎么会一无所有呢！哪里谈得上在国外置办家产——至今连欠岳母的钱都还不上啊！再拿阿纳托利奇来说。一个上校，还差点当上了将军。结果怎么样？“夫人，您的钢铁坐骑已经修复，橡胶轮胎已经可以转动如飞了！我对您深表谢意，夫人！”

在这些日子里，阿纳托利奇在对受尽苦难的祖国的使命感和对妻子的爱情、责任感之间做着选择，最后他决定加入人民战斗队，以保卫最高苏维埃。等卡莉娅一睡着（她现在在邮局上班，所以晚上早早就睡了），他便把购物袋叠好，穿上提前从大衣柜拿出来的、似乎是准备到外面散步时穿的风衣，轻手轻脚地爬到邻居家的阳台上，想从巴士马科夫家溜出去。他因一时糊涂在自家门上安了一个水晶铃铛——所以要想偷偷走出家门而不让家人发觉是不可能的。阿纳托利奇事先给奥列格打了个电话，得知卡嘉带着达士卡到他岳母家的别墅去了，而且晚上可能就住在那儿。

这一走意味着什么，他们俩心中都很清楚，所以两人打算临别前再喝杯告别酒。阿纳托利奇说，万一发生什么不幸，请他关照好卡莉娅。巴士马科夫尽可能地安慰了他。接着两人又喝了杯上路酒。阿纳托利奇还嘱咐他别忘了照看他的金鱼。奥列格·特鲁多维奇让他放心，说一定会像照顾自家的金鱼那样照看好他的金鱼。最后又喝了杯远行酒……

“为什么要喝远行酒？”巴士马科夫感到惊讶。

“这是古老的哥萨克风俗。上路酒由谁来斟？”

“谁？”

“妻子。那远行酒呢？”

“那就不是妻子了……”

“你真聪明！当村子消失在山岗后面，那远行酒就要由心上的人斟了！懂了吗？那是为了道别……”

“那么谁在山岗的那头等你呢？”卡嘉突然在厨房门口出现，提了个微妙的问题。

“小声点。”巴士马科夫说。不知为什么，他对妻子这次突然的出现丝毫没有感到惊奇，“可以说，我们这是在送朋友上战场！”

“上什么战场？你们怎么回事，年轻人，难道说精神不正常吗？打什么仗？”

卡嘉取下了话筒。两分钟后，披头散发的卡列莉娅穿着长长的夜间衬衣，肩上披着长衫哭泣着进来了。她望着阿纳托利奇说：

“你可是答应过的……你是答应过我的！”

上校站起来，咬了咬牙，在被妻子叫走前又说了一句：

“帝国就是这样灭亡的！被女人的泪水呛死的！”

卡嘉沉默了片刻后问：

“图涅雅特奇，你是不是也准备去参加巷战？”

“为什么不呢？国家正在灭亡……”

“不必着急。国家已经灭亡一千年了……”

“这是瓦季姆·谢苗诺维奇告诉你的吗？”

“你这种话完全是无中生有……我多少也懂一些吧。”

“举个例子？”

“比方说，如何重建俄罗斯。”

“那你说说？”

“图涅雅特奇，首先你得把家装修一下。你最后一次糊壁纸是什么时候？之后，还应该把那个弄坏信箱的坏蛋抓住。接下来的事情就用不着你了……”

“你真这样想？”

“我坚信无疑。”

“你为什么想起回来了，没留在别墅过夜？”

“我也不知道。想和你一起度过今天这个夜晚。你有思想准备吗？”

第二天早晨，正好是9月的最后一个星期天，巴士马科夫在被窝里躺着，依然沉浸在夜晚夫妻亲密后慵懒的温馨中。从厨房飘来了诱人的香气——卡嘉正在烙饼。奥列格·特鲁多维奇依然心安理得地躺在床上，甚至心里在数着数，想象着自瓦季姆·谢苗诺维奇出事后，卡嘉的女性生理发生的变化。他感觉到了这种变化——但具体什么样的变化他还真把握不住。

这时电话铃声响了。

“喂！”

“您好啊，奥列格·捷尔别利维奇[1]！日子过得怎么样？”

“是捷达吧！！”

“听出来啦？”

“当然听出来了。你在哪儿呢？”

“莫斯科。”

“到我家来啊！”

“我来不了。我有一个请求。你能到白宫来一趟吗？”

“行啊，什么时候？”

“晚上，可以晚一点，你可以从德鲁日尼可夫斯基大街那儿过来——从那儿能过来。要是有我们的人问你，你就说，是来找捷达的。他们都知道我。”

“假如不是我们的人呢？”

“你撒个谎就是了。你就说找狗——你的一条狗不知跑哪儿去了。”

“要不要给你带点什么过去”

“要是能带点吃的喝的我没有意见。”

卡嘉听说卡拉科津来了，做了点肉饼子，切了些面包片和香肠，

① 意为“很有耐性”。

还专门跑了一趟商店买了些酒，送巴士马科夫走的时候，她专门叮嘱他千万别在白宫逗留。

“不会，不会的！”奥列格·特鲁多维奇答应说。

街垒附近站满了穿着民警和武装特警服装的人。穿着带圆点服装的小伙子们注视着所有从地铁口出来的人。巴士马科夫手里提着网兜，没有引起他们的任何怀疑。他经过动物园，穿过红色普列斯尼亚大街，从电影中心旁走过。那儿停着许多进口轿车。远处有音乐声传来。巨大的霓虹灯牌“阿尔列金诺赌场”忽亮忽灭地闪现着。从扎莫列诺夫大街一拐就到德鲁日尼可夫斯基大街了。奥列格·特鲁多维奇虽然心情不由得有些紧张，却仍然无畏地沿着体育场围墙悄悄溜了过去，这时一个穿着带圆点衣服的壮汉从树后面走了出来。

“哪儿去？”

“我找捷达。”

“找什么捷达？”

“就是卡拉科津……安德列……会弹吉他的那个。”

“哦，找安德留哈是吗？你书包里装的是什么？”

“吃的……”

壮汉用膝盖顶了顶装得鼓鼓囊囊的网兜，听见瓶子撞击的声音。

“你不是说吃的吗？咱们走吧！”

白宫周围的一切几乎与两年前没什么两样：悬挂着的帐篷，破旧的街垒，迸溅着火星的篝火。脚下是窸窣作响的干枯的秋叶和被丢弃的报纸。当他们俩从著名的带遮雨板的阳台旁走过的时候，一个奇怪的老太太迎着他们走来。她穿着一件已经洗得很旧的战争年代的套头便服，胸前的奖章像链珠一样碰得叮当直响，从灰白色的船形帽下露出一绺绺花白的头发。

“抓住了！”她高声喊了起来，“大家都过来呀，过来呀！我们来开个审判会……”

“谁也没抓住，”壮汉嘟哝了一句，“是自己人。我们的小伙……

走吧，老妈妈，上帝与你同在！要不，你会把所有人都得罪的！”

“我们的人！这是我们的人！是来找我们的！孩子……”

奇怪的老太太将挂满了沉甸甸奖章的身子扑进了有些胆怯的巴士马科夫怀里。她使劲亲了他几口，将老人家潮湿闷人的口气尽情地吹在他脸上。

“她是谁？”奥列格·特鲁多维奇退到了离老太太有几米远的地方后问。

“阿尼娅奶奶，一个士兵的母亲……这儿什么人都有。有一个小伙能与宇宙交谈。他好像是被朱可夫元帅附体了。”

“意识错乱？”

“没错，确实是意识错乱……都说我们能胜利！”

卡拉科津也穿着带圆点的连体裤，坐在篝火边，与一个长头发的修士正一起拿着罐头在吃。他们不时抬起头倾听着从扩音器里传来的不清晰的播音声。看见巴士马科夫后，捷达站了起来。

“不错，你还真来了！”

两个朋友拥抱在一起，相互亲吻着。捷达身上散发着烤肉和伏特加的香味。黑暗中巴士马科夫无法仔细把他看清楚，但还是能感觉到他变了许多——头发白了，人也变得憔悴了，干瘦的身子显得有些病态。额骨上有一道被抓破的发白凸痕，仿佛那里有白化蟠虫寄生着。除了腰间别着一把匕首，卡拉科津没带任何武器。

“瞧，给你带来了些营养品！”巴士马科夫的陪同报告说，“收下吧！”

“谢谢。童年时代的朋友。来看看我……”

他们离开火堆，走到一旁去了。

“卡嘉在电视上看见过你！”巴士马科夫说，听捷达称他是“童年时代的朋友”，觉得有些不自在，“你是不是去过阿布哈兹？”

“阿布哈兹也去过……”

“格列奇科在那儿怎么样？他现在也许已经成领袖了吧？”

“格列奇科牺牲了。踩上了地雷。”

“对不起……你是不是不走了？我的意思是，你现在是不是可以在莫斯科待下去了？”

卡拉科津皱着眉头看了他一眼，额上的凸起抽动了一下，仿佛额骨上的蟠虫正蠕动着它的爪子。

“可以。如果我们能取得胜利，那么一切都是可能的。因为到了那时候，就不是他们抓我，而是我来抓他们了！‘让那些变节者们示众……’”

“……沿着整条莫斯科河！”奥列格·特鲁多维奇接着他的话说。

“你还记得呢？记性可真不错。卡嘉怎么样了？”

“还行。”

“达士卡呢？”

“长大啦。”

“你等等！”捷达皱着眉头，倾听着扩音器里反复播送的消息，“巴布林真是好样的！就应该这么干。只能这么干！”

“你这话什么意思？”

“最高苏维埃正在举行会议，刚才广播里在直播会议的情况，免得让大家担心……”

“怎么，担心？”

“不，不用担心，要不了多久就会开心了！那如今你是在为高级轿车当保镖喽？奥列格·捷尔米多雷奇，不必伤心，要是我们能取得胜利，我们再把‘金牛星座’恢复起来，咱们再接着干。现在可想再做点正经事情了！”

“我们能取得胜利吗？”巴士马科夫谨慎地问。

“说不准啊。这一切的结局会很糟。非常糟！你知道，他们现在在干什么吗？”捷达指着扩音器说。

“干什么？”

“他们在调查谁是主谋……他们会得逞的！”

“应该把人民调动起来！”巴士马科夫建议说。

“那你怎么就不起来干呢？”

“我？如果人民起来了，我就起来……”

“从沙发上吗？图涅雅特奇，二十年后大家在学校一定会学习、了解像你这样的人！”

“你这话是什么意思？”

“把你当作一个典型的代表……当然，这不是你的过错！我们大家都在发生变化。你知道吗，有这样一些昆虫——它们会把自己身上的一些物质注射进软体动物体内——软体动物会死去，它们会被当成活罐头。随后昆虫的幼虫会把软体动物吃上整整一年。那个软体动物是活的，新鲜，味美——却动弹不得。它只会忧伤地想：‘我四分之一的身子被蚕食了，又有一半的身子被吃掉了……’我们大家的身体里也被注射进了某种东西，我也是……只不过我醒悟得早些。事情就是这样。你替我把这封信交给公主！”

捷达从胸前的口袋里拿出一个信封。信封已经皱皱巴巴的边缘说明它已经放了很久。

“你也知道，我根本不知道她现在在哪儿。”巴士马科夫谨慎地提醒他说。

“你一定要找到她！信不是给她的。是给安德隆的，等他长大后再给他……”

“万一发生什么情况，”巴士马科夫建议说，“你就上我们家来！我们把你藏起来！你如果愿意，就藏在我们的别墅。那儿除了丈母娘，没有任何人。”

“邻居家的小房子还在那儿吗？”

“还在。”

“你瞧，那房子是我盖的！但不是给自己盖的……生了个儿子！不是给自己……还该种点树。为别人。好了，奥列格·特鲁多维奇，该说再见了！你走吧！对任何人都别说见过我……哪怕再等些时候！”

捷达往帐篷那儿走去，帐篷下面露出一些穿着陆战队皮鞋的战士的脚。他俯下身子，在里面摸索了一阵，拿出了吉他。

“咳，小伙子们，”有人在篝火边喊道，“安德列要唱歌了！”

“唱完了，没什么可唱的了。”卡拉科津断然回答说。

回来后，他把吉他递给巴士马科夫说：

“这送给你！留个纪念。”

“等等，鲁茨科伊说过，军队……”

“鲁茨科伊，他们的职业就是——高谈阔论……”

巴士马科夫接过吉他，发现背面有一块黑色的斑点，那个斑点正好盖住了弹唱诗人奥克耶莫夫奇巧的签名。

“这也是个浑蛋，”捷达解释说，“他在电视上说，应该把我们这些人像捻死臭虫一样统统给弄死。听到过吗？”

“听到过。”

奥克耶莫夫在电视上确实说过这样的混账话，他还抱怨：1976年没让他到法国参加巡回演出，后来还取消了他在文化宫为铁路工人的孩子们举行的演出，最后在他五十岁诞辰的时候，没有给他颁发各民族友谊勋章，而只是给了他一个带羞辱意味的“荣誉奖章”。由此，他得出一个荒唐的结论：不肯做出让步的议会应该被取缔，红褐色的病原体是要用烧红了的铁才能烙去的。而且除恶务尽。最后主持人请奥克耶莫夫给大家唱点什么，他便用他那著名的男高音颤颤巍巍地唱了起来：

柑橘林洒落上了晚间的露珠儿，
你黑黑的发辫落上了灰白色的飞蛾儿……

“不，我不要，”巴士马科夫把吉他还给了捷达，“你根本就不应该有这种念头！你一定得上我们家来做客。我们一起来唱……”

“好。那我们就换个说法吧：我把吉他交给你保管。当一切都结束之后，我再来取。就这么说定了？”

“一言为定了。”

“再见！”

“再见！”

他们拥抱了。捷达的身上透露出一股游牧民族固有的勇猛与剽悍。当手中的瓶子在卡拉科津瘦骨嶙峋的脊背上碰出声响时，巴士马科夫才意识到，他差点忘记把卡嘉精心准备的那一兜东西交给好朋友。

“给你！”

“谢谢！”卡拉科津收下了网兜，使劲闻了闻，“是肉饼的香味！”

这是捷达生前最后的话。

奥列格·特鲁多维奇在街垒上还是被巡逻队员拦住了——三个穿迷彩服的膀大腰圆的小伙子。他们每个人肩上都挎着空降兵用的短柄自动步枪，腰间还别着匕首。武装特警显然是从远方调来维护混乱的首都的秩序的，他们说话的口音都不是莫斯科的。

“证件！是外地来的吗？”

“我是莫斯科人。”巴士马科夫说，将事先准备好的随身证件递了过去。

“从哪儿来的，真是莫斯科人？”一个警衔显然高些的武装特警不怀好意地盘问道。他一边翻看着证件，一边核对着照片与被检查者惊恐的脸。

“从生下来就一直住在这儿，”奥列格·特鲁多维奇有些害怕了，“你看，我还带着把吉他呢……”

“真的从生下来就一直住在这儿？”小头头凝视了他一会儿后皱了皱眉头，仿佛闻到了一股难闻的气味。

“真的。”

“把吉他给我看看。”

为了以防万一，小头头将吉他抖了抖。另一个武警把巴士马科夫从肩膀到脚踝摸了个遍，就像苏联时期的电影中不肯放过任何疑点的德国巡逻兵对游击队员和地下工作者所做的那样。在他们盘问、检查的时候，第三个武警站在稍稍远些的地方。他叉开两腿站着，自动步枪的枪口始终对准巴士马科夫，注视着他的一举一动。

“好了，让他走吧，”武警小头头大声说，“他不是从那儿过来的。一看就知道……”

他们把证件、吉他还给了巴士马科夫，羞辱性地朝他后背推了一把。奥列格·特鲁多维奇被这种羞辱性的推搡和那句“他不是从那儿过来的”弄得十分生气，回家的路上一直在想，他若是重新回到白宫，找到捷达后一定会说：

“我要与你在一起！”

“好啊，”卡拉科津会这样说，“如果连你，奥列格·特鲁多维奇都下了这个决心，那就意味着明天一早，全体人民都会起来的！你在部队的时候是干什么的？”

“搞计算机。”

“玩过自动步枪吗？”

“打过四次。”

“太好了！”

捷达会拥抱巴士马科夫，随后走进帐篷，在里面找上一阵后拿来一把散发着润滑油气味的自动步枪。此后他的一个战友会带来一个被阿尼娅奶奶，那个士兵的母亲啐了一脸并抓得青一道紫一道的武装特警。巴士马科夫会用枪筒戳那个羞辱了自己的武警的脊背，推着他走到墙跟前。不，巴士马科夫不会枪毙他，不过是吓唬吓唬他，让他知道该怎么做人……

“你怎么这么激动？”卡嘉问。

“没有，没什么。”巴士马科夫快速走进里屋，进了卫生间后把门关上了。

他需要一个人待会儿，完成对那个被抓住的面目可憎的武警的训斥：

“……为被毁坏了的伟大苏联，为那些被掠夺得一无所有的老人，为我们失去了美好少先队岁月的孩子们，为被糟蹋了的伟大苏联宇航技术，为彼得·尼基福洛维奇和阿纳托利奇！还为我自己……”

巴士马科夫带着复仇的心理摁下了镀镍的钮把——抽水马桶发出了哗哗的胜利声响。

又一个假日到了，巴士马科夫想再去看看捷达，但当时白宫已经被装甲车团团围住，而且还拦上了从美国进口的铁丝网——要想溜过去是根本不可能的。而且，据说所有通往叛逆的议会的要道都已经被房顶狙击手的火力封锁了。

4 日，最高苏维埃已经被坦克炮摧毁了。炮弹落在墙壁上，四处飞溅的瓦砾发出稀里哗啦的声响，人们聚集在一起，就像观望礼花似的呼喊着“乌拉”。阿纳托利奇把巴士马科夫拉到一个通往经互会大楼门前广场的斜坡下面。一个外国记者站在斜坡下面，正上气不接下气地对着口述录音机兴奋地发表着评论。当炮声一次次隆隆地响起，他便将拿着录音机的手伸得远远的，以便能清晰地录下轰鸣声和人们的呼叫声。后来出现一些小男孩，他们又叫又嚷地开始分子弹壳。

白宫冒烟了，像火山一般。顶上几层已经被烟熏黑了。捷达永远留在了那里，那个像火山口的地方。总共牺牲了多少人，谁都说不清楚。阿纳托利奇后来说，死尸是用拖驳船从莫斯科河拉走的，在火葬场烧了。但巴士马科夫不相信捷达会死，怕万一他出现自己措手不及，甚至提前对岳母说过有一个熟人要在他们的别墅住些日子。卡嘉也不相信，她说：

“他什么事都没有。那个议员也没被枪毙。只是挨了一顿揍。”

他们等了一个星期的电话。但卡拉科津没有出现。

巴士马科夫半年后才把信交给了公主。他不知道到哪儿去找她。一次偶然的相遇帮了他的忙。卡嘉与达士卡去特维尔大街逛商店。当时有一支歌特别流行：

> 克秀莎，克秀莎，克秀莎，
> 长毛绒的裙子腰中扎……

小姑娘们都唱得快发疯了。达士卡也希望这年夏天能有一条长毛绒裙子，而且还要名牌的，最好是从豪华超市买的。卡嘉正好拿到了一笔钱。那时她正在辅导一个很笨的学生准备毕业考试。这个笨学生的父亲早先是地震监测委员会的一个专家。所以，拿出十三分之一的工资并买一件出门穿的衣服，对他来说简直算不了什么。1991 年以后，开始大兴土木。建造商业楼的时候，他成了个大人物，因为即使是建一个犬舍，更不用说什么重要的高楼大厦，设计方案都必须有他的签字。于是，人们便成箱地将“绿票子”送到他手中。他儿子经常逃学，是个残害动物的能手，现在却开着鲜红的法拉利到学校来上课，但他小，还不到拿驾照的年龄，所以遇到交警，通常要交上五十美金了事。

这样，卡嘉与达士卡来到了特维尔大街。她们一边看东西，一边不得不为高昂的价格发出惊叹：裙子的要价足可以在鲁日尼基买下一件大衣。这时，她们突然看见公主。她在两个保镖的护送下离开了商店，他们拿着大包小包，或用肩扛或用手提，如同探险队里负重的马。一开始，卡嘉还有些不好意思，但后来想起捷达让转交的信，还是把她叫住了。公主立刻认出她来，显得非常客气，甚至还送了达士卡一块怪可爱的小手表（那是在她们聊天的时候，一个保镖飞跑着去买来的）。听说巴士马科夫找她有要紧事，公主没再细问，只是留下一张俄罗斯新贵的名片，那卡片镀着金，并散发着法国名牌香水的芳香。

奥列格·特鲁多维奇当天就给她挂了个电话。

“信吗？”等了老半天后她才又问了一句，“好。你来吧！”

“上哪儿？”

“你开车来吗？”

“不。”

“那你可能来不了。我派个司机去接你。明天吧。”

第二天，一辆宝马车载着巴士马科夫沿着明斯克公路飞驰。路过别列捷尔金诺时，他们拐到了旁边的一条公路上，然后上了一条铺着造型方砖的林中路，很快就到了一座很大的砖结构城堡前，城堡四周是很高的水泥预制板围墙，墙顶挂着螺旋状的铁丝网。围墙上安装着像护院鸟似的电视摄像机。

铆接起来的铁大门自动开了。里面，几个穿着黑色保安服的保镖挎着吓人的武器在院子里迎候他们。

“您就是巴士马科夫？”其中的一个人问道。

“是的。”

“对不起，请问您的名与父称？”

“奥列格·特鲁多维奇。”

“奥列格·特鲁多维奇，咱们走吧，我送您进去！”

他们沿着石头台阶走上去。宽敞的前厅里，在一个个台座上矗立着各种曲线雕塑，中央有一个喷泉。保镖领着巴士马科夫经过一座冬花园。巨大的彩釉陶罐里种着不知名的树，正开着大朵大朵的香喷喷的花。天然岩石砌成的水池里游动着金色的长鳍琉金，足有优质鳊鱼大。一条有着狮子头和黑鳍、嘴巴像哈巴狗的金鱼引起了巴士马科夫的兴趣。他不由得放慢了脚步。这种珍稀品种的鱼，他甚至在宠物市场都没有见过。

“主任在等您！”保镖很有礼貌地催促他。

他们走进一座带大理石壁炉的大厅。天花板很高，两排窗户，第二排窗户镶的是彩花玻璃，所以大厅里忽明忽暗摇曳着的光线呈现出一种花的图案。大厅里静悄悄的，只有壁炉里燃烧着的劈柴发出的噼啪声打破了这种宁静。墙上挂着骑士的盾牌与手柄被修饰得稀奇古怪的剑。巴士马科夫只在百货公司的礼品部见过这种玩意儿。石头地板上铺着熊皮——有白色的和棕红色的。

公主穿着条紧身的蓝色牛仔裤和仿佛是洗旧了的淡玫瑰色背心，正坐在壁炉旁边一把深蓝色的真皮软椅上。躺在她脚边的一条又高又瘦的斑点狗猛然抖了下身子，然后跳了起来，用它那红红的、像是哭过的眼睛望了望巴士马科夫，随后又把身子转向了女主人，在没等到任何指令后忧郁地趴下了，将嘴搁在了前爪上。

公主点了点头——保镖走开了。

“很高兴能见到你！”说完，她站起来向巴士马科夫伸出了手，“你气色很好。领带也很漂亮。”

“是迪奥的。妻子送给我的……”奥列格·特鲁多维奇不知所措了，心想，到底要不要吻伸过来的这只手。

“你女儿也非常可爱！”未等巴士马科夫想好，公主已将手抽了回去。

“你的生活安排得真好！”他想说点恭维话以报答她的夸奖，“简直像个城堡！”

“还可以吧，丈夫是做石油的。生意还算不错……他牺牲了？”

“看来是。他当时在白宫……”

“我听说了。我非常遗憾，非常！”她的眼眶里溢出了泪水，“他是个好人……”

“这是给安德隆的。”奥列格·特鲁多维奇把信递给她时解释说。

“我知道。”她接过信封，走到壁炉前，连拆都没拆就把它扔进了火中。

红色的火苗立时起了化学反应，蹿出了蓝色。

“最好不要让安德隆知道这些事。安德隆已经把他忘了。他刚刚开始叫我丈夫‘爸爸’，不值得再去回忆过去了……”公主轻轻地说完了她想说的话。

“他也许也是被烧死的。”巴士马科夫望着火中缩成了乌黑一团的信封说。

“你跟我说这个干什么？你是不是也认为我对他的死负有责任？”

“还有谁这么认为？”

“你的妻子。”

“她跟你说过她这个看法？”

“这还用说吗？一个眼神足可以说明问题了……”

“对不起……我可不可以提一个问题？”

“你不必问了。不。我不爱他。我不爱他的程度起码相当于他爱我的程度。你肯定还记得，他是如何追求我的！而且如愿以偿了……我希望，他能够战胜自己。是的，也许我是有罪的……但为什么非要我与一个我所……我所不适合的人生活一辈子？”

“那如今的丈夫适合你吗？”

“是的，适合。我爱他。奇怪，为什么你不相信我能够爱一个人？我爱他！”

“我相信。”

一个姑娘走进大厅，她的穿戴简直跟电影中富人家的女仆一样，头发上甚至还别着一个缀有花边的发夹。

“是的，我现在……”公主朝女仆点了点头，把身子又转向巴士马科夫，“对不起，我该给孩子喂奶了。”

“他几岁了？”

“是女孩。七个月了。”

“祝贺你！但一点也看不出来。你的气色非常好！”

“噢，你说的是这个呀，”她露出了微笑，垂下眼睛望着自己像姑娘一样的乳房、高高隆起的背心，“我找了个奶妈。但医生建议我喂奶的时候一定要在场，为了让孩子不失去与母亲的联系……”

“这个建议很有道理。那当父亲的是不是在他撒尿、拉屎的时候也应该在场——以便保持接触……”

“他也会这么开玩笑的。你这是向他学来的。我从来都说不清楚，他什么时候在开玩笑，什么时候是认真的。也许临死前他还会开玩笑……他从来就没有认真地说过什么。”

“说过的。关于你他就非常认真地谈过。”

“有可能……奥列格，我有个请求。我有我的安排。不能让安德隆知道他父亲是怎么牺牲的。最好不要让任何人知道这件事……”

公主从嵌花桌子上拿了一个装得鼓鼓囊囊的信封，顺手递给了巴士马科夫，说：“你拿着。对我来说，这些钱算不了什么，但你，也许很需要它……”

“钱总是有用的。但我还欠着捷达的钱。欠的是买夜视仪的钱……”

“怎么？什么夜视仪？从哪儿弄来的？”

“难道说，你的丈夫是亲自在开采石油？自己钻井？”

“不，他仅仅出售原油。他在一次招商中战胜了对手。”

“我们也是在一次招商中赢了才开始销售夜视仪的。也许，没有你丈夫做石油那样运气好……但也算一次尝试吧。我这儿还有他的一股资金呢。”

“这股资金有多少？”

“差不多也有这么多吧，”巴士马科夫朝信封点了点头说，“就算他已经把这笔钱给过我了……”

“你比我想象的还要善良……”她的声音中有股委屈，“奥列格·特鲁多维奇，再见了！我希望，总有一天你会理解我。”

狗又警告性地猛然抖了下身子。巴士马科夫的身后，不知从什么地方又冒出了保镖。

“走吧！”他说话的口气俨然是个地段警察。

卡嘉一直在等着他回来，好奇地问：“给了吗？”

“嗯。”

“见到她丈夫了吗？”

“没。”

“他们的房子什么样子？”

“十二平方米胶合板房的陋室一间。”巴士马科夫回答说。

奥列格·特鲁多维奇快睡着的时候，突然感到一阵懊悔，他埋怨自己为什么没把公主给他的钱要下来。信封里少说也得有一万，绝不会少。买什么都够了。

巴士马科夫把已经睡着的卡嘉推醒了。

“图涅雅特奇，你算了吧！别来烦我！明天。今天我已经累得像个死狗了……”

“卡季，她想给我钱来着！”

“为什么？”

“关于捷达的事情，她让我跟谁也别说。”

“你就拿下了？”卡嘉一下子跳了起来，似乎已经完全清醒了。

“你把我看成什么人啦！”

“塔波奇金，你还真是好样的！”

不久后，公主成了记者们追逐的对象。她创立了援助脑瘫患儿的“仁慈”慈善基金会。基金会组织了募捐的义演音乐会和学术研讨会，会后还安排了大型的冷餐会。她常常在电视上露面，如今已故的戴安娜王妃访问俄罗斯的时候，自然也去参观了“仁慈”基金会。世界各大杂志都刊登了十分感人的照片：两位美丽动人的女性正在照顾脑瘫患儿。但照片的题词却显得单调乏味，因为这些记者早就把他们的心思花在那些白吃白喝的冷餐会上了：“两位迷人的女性”“两位善良的女性”“两位富有同情心的女性”。该如何为照片题词，只有巴士马科夫才最有发言权：两位公主。

几乎是同时，信箱里出现了一些报道白宫枪战周年纪念的无聊报纸，巴士马科夫发现，在德鲁日尼可夫斯基大街体育场的周围，摆满了十字架和贴着牺牲者照片的木板。他翻了翻贴有“婚礼”标签的那本相册，找到一张很漂亮的照片：捷达一只手举着酒杯，另一只手正挽着几分钟前成了他妻子的心爱的新娘。披着婚纱的公主抱着一大捧白玫瑰。新郎新娘用洋溢着幸福的眼神对望着……

有一天晚上，天已经黑了，巴士马科夫特地去了一趟德鲁日尼可夫斯基大街，将这张结婚照与其他牺牲者的照片贴在了一起，贴得死死的——他用的是那种无法撕脱的“疯胶水”……

二十三

如果将那条意味着“背叛”的领带挂在吊灯上，让它悬在屋子中央呢？那么卡嘉一进屋就会看见，什么都能明白。那也就不需要任何请求宽恕的字条了。但话说回来，这种做法不诚实，因为他的逃离与几乎已经被忘却的背叛没有任何联系。瓦季姆·谢苗诺维奇在卡嘉的生活中，不过是某种后天的瑕疵、日常生活中的小创伤……人们是不会因为这种小事抛弃妻子的。打个这样的比方，比如妻子的一颗病牙被拔掉了，而那颗新镶的假牙，由于金属挂钩的缘故看上去不美，而且根部还有些发青……人们是不会因此抛弃妻子的。

“是该做个牙套戴上，”艾斯凯帕尔用舌头舔了舔翘起的齿裂，“到了塞浦路斯后无论如何得把牙齿弄一下……”

青春是什么？青春——就是洁净、雪白和健康的牙齿。那老年呢？好，先不谈老年，就算是准老年吧。那就是在与你的情人接吻之前，你会心存疑虑地用舌头感觉一下口腔是否清洁并悄悄在口中含上一块薄荷糖。上帝在将亚当与夏娃逐出天堂的时候，肯定会紧跟着喊上这么一句：

“你们的牙齿会如同被蛀虫吃掉的果实一样因为龋病而被蚀坏！”

只是这没有被写进《圣经》中……

有一天，巴士马科夫躺在被窝里张着大嘴哈哈大笑，维塔突然伤心地说：

“唉，瞧你镶了多少颗牙呀?!”

人类自犯了罪堕落起，就渴望永远年轻，而且正是从牙齿开始来实现这一理想的。就以那个楚巴卡为例，他的牙齿一直都很糟，突然……

“您好，奥列格·特鲁多维奇!”巴特尔金说，微笑中露出一口白牙，犹如自然保护区的积雪。

巴士马科夫刚刚为他换了红色拉达9型轿车烧坏了的保险，女主人惊讶地望着那一动不动的汽车雨刷竟复活了似的开始摇摆起来。

“您真神了!”她惊叹了一声，并开始在书包里翻找东西。

“夫人，您可别这么说!”他摆了摆手，想以此来羞辱楚巴卡。巴特尔金虽然觉着很热，但仍然规规矩矩地穿着西装，系着领带。他手中提着一个挂着几把金锁的老大的皮旅行袋。也许正是这副形象让巴士马科夫立刻想起强买强卖的街头小贩。这种骗子会在人群中将你拦住，笑容可掬地走到你跟前，眉飞色舞地告诉你，著名的“河马公司”今天降价，五折甩卖，就一天，所以您就该买他的带哨声的高压锅和抗真菌的指甲刀。

“你真是个魔术师?”楚巴卡又咧嘴笑了，露出了一口在国外镶的神奇假牙。

巴士马科夫还记得，他在“金牛星座”工作期间，笑的时候是从不露齿的，始终闭着嘴。

“那有什么办法呢!”奥列格·特鲁多维奇回答说，“人都是天真与轻信的。如果今天耶稣降临俗世，他便没有必要再拯救麻风病人和复活死去的人。只要会修汽车和电视就足矣……”

“你成哲学家了?”楚巴卡以审视的目光看了看停车场和挂着“联盟书刊”招牌的亭子，随后以更富批评色彩的眼神望了望巴士马科夫本人，“日子过得还不错啊?”

“有时还可以。你那儿怎么样？”

“当然不错啦！”

巴特尔金用他那歌剧男低音的嗓子咳嗽了几声，开始介绍他如今在“黄金机遇”公司上班，公司专门为美国航天基金会（还真与他从前从事的工作相称！）负责在俄罗斯挑选专家的工作。专家被选中后一般签订为期两至五年的合同。薪水——最低年薪二万美金——取决于研究课题的难易程度。但一开始当然需要参加选拔考试，各人要把自己的研究方案拿出来。研究方案越有独创性、越完整，合同的期限就可越长，起薪也越高。

“你原来不是也有过一些关于氧气发生罐的有见地的设想？”楚巴卡提示说，“当然，跃跃欲试的人很多。但我们俩毕竟是老同事了……”

“当然啦！我有设想……”巴士马科夫精神立刻振作起来，“要不，什么时候到我家来坐坐？我详细谈谈。”

“不。我今天就要坐飞机走，我还有两个会晤。我给你打电话吧。你先写个东西。研究情况需要书面的报告。一式两份。”

“用英文吗？”

“不，可以用俄文。顺便问问，你知道怎么才能找到卡拉科津？我去过他家——已经换了别人住了……”

“我不知道，”巴士马科夫耸了耸肩，“好像他已经走了，不再回来了。”

“哦……现在出国的人可多啦。看来，在我们这个国家生活很艰难。好吧，我走啦。拜拜！”

巴士马科夫好不容易等到下班，飞快地跑回了家，忍不住叫醒了还在睡觉的卡嘉，讲了楚巴卡神奇的露面以及他美妙的建议。

“塔波奇金，你是侨民，对不？”卡嘉睡眼蒙眬地问。

“怎么马上就成了侨民?！我们不过是先出去——挣点钱……”

当天他就坐下来着手写报告。他的确有过想法，而且还不是在他写博士论文初期产生的那些已经过时的想法，是一些全新的构思。想起来还真十分可笑：为一个笨蛋洗宝马车的时候，突然脑子里无缘无故出现了绝妙的技术构想，当年在“金牛星座”时，他对这一构想研究了两年多但还是放弃了。他真想跑到乌比·万·可诺比办公室，以胜利者的姿态将一张写有他构思的纸放在他面前，一准能听到他的夸奖：

“不错，很有创意！”

随后他还听到了捷达的称赞：

“奥列格·吉坦诺维奇，你真是好样的！”

现在，入睡前，巴士马科夫一边遐想，一边出声地念叨着他们如何去了美国，在那儿挣了大钱，回国后把住房留给了达士卡，自己在一栋有保安守卫的豪华大楼里买了一套新的复式住宅。卡嘉不仅支持他而且也在遐想：如何修建一个拱形通道将厨房与餐厅连接起来，而通往顶层的楼梯必须是镀镍螺旋式的，就像不久前娶了歌曲词作者德穆罕诺夫斯基的歌星利曼诺夫家的装修一样。这两人结婚前在创作中合作过很长一段时间，有一段时间小青年们都哼哼他们的歌：

A 与 B 曾在针尖上坐，
A 已跌落，B 又石沉大海般湮没 ——
莫再往针尖上坐！

电视里播放了演艺界这一对新伉俪的生活。卡嘉在这一节目中看到年轻夫妇拥有的宽敞住宅，心中好不羡慕。

“任何壁纸都不要！我们就直接往墙上涂漆！”她提醒丈夫说。

研究方案已基本制订完毕，但这时斯拉宾逊突然出现了。

“喂，”电话里响起了鲍尔卡的声音，“塔波奇金先生，少时的巴士马科夫是否还有愿望见见青年时代的朋友？”

“鲍尔卡吗，你在哪儿？”

“我？当然是在大都会饭店啦！”

“上我家来！开上车过来！”

“你等着！”

巴士马科夫马上找卡嘉说了，她立刻忙活起来，匆匆地用卷发器把头发卷了卷——两口子一起（两人已经好长时间没有这样共同行动了）开始动手做晚饭。奥列格·特鲁多维奇削完土豆后到昼夜小商店去买了酒。正当他们紧张忙碌的时候，窗外响起了如同消防警报一样的奇怪声音。

兴许又有人被炸了？巴士马科夫心中猜想，随即往窗外看了看。

楼下停着辆红色的消防车，高高的云梯正往巴士马科夫家的阳台上伸来。

“卡季，咱们家着火了！”奥列格·特鲁多维奇说。

“塔波奇金，去你的。”妻子挥了挥正在清理鲜鱼的刀子，但还是随着丈夫跑到了阳台上。

徐徐上升的云梯几乎就要触到栏杆了，他们一下子看见了老大的一束鲜红的玫瑰花正沿着云梯向上攀来。

“喔哟，我衣服还没穿好呢！”卡嘉喊了一声，随即走进了屋里。

花束离得越来越近了，它后面终于露出了斯拉宾逊的身影，他笑着从云梯跳到了阳台上。

“你好，我的好朋友！”鲍尔卡紧紧地抱住了老朋友，玫瑰刺把巴士马科夫扎疼了。

“好你个纨绔子弟！”巴士马科夫惊喜若狂。

这惊喜中既有对斯拉宾逊造访方式的感叹，又有对他外表的欣羡。

“真是绝了，早先在这个国度里什么都买不到。可如今什么都有。甚至连消防车都不在话下。而且还不贵——总共就一百美金。从机场坐出租车来只要五十美金。你的妻子还是原来的那个？”

“什么意思?”

“咳，岁月在流逝——身子也会变老，但情欲却青春常在!”

“不，我可是个守旧派……”

“你是个懒汉，但不是个守旧汉。带我去看看卡嘉！最终还是我，不是叔叔替你找着的夫人。”

卡嘉穿着那身漂亮的连衣裙站在那里。卷发器刚刚从头发上取下，富有弹性的发丝鬈曲着，煞是好看。

“这是给您的，我美丽的夫人!”鲍尔卡一条腿跪在地上，将花递上前去，吻了吻卡嘉的手。

“喔唷，鲍连卡，多漂亮的花啊！喔唷，别别，我的手上还拿着鲱鱼呢……我们有多久没见了呀?”

“有五年了……漫长的五年啊……这是我被囚禁在计算机化了的美国战船上，在他国异乡度过的岁月!”

“但你看上去还不错啊！即使是在释放之后……”

“吃饭了，吃饭了!”卡嘉招呼道。

他们为相逢而干杯。随后为友谊而干杯。再为孩子们干杯。接着为父母干杯。最后专门为了缅怀鲍里斯·伊萨科维奇。

“去他的墓地了吗?”

“可怜的爷爷，他太想做一个鲍尔康斯基了。为了避免把大舌与小舌颤音混淆，他年轻的时候还专门去看过语音矫正医生。但没有用。那个鲍尔康斯基发的肯定是小舌颤音……”

“我们可是等着你来参加葬礼的。”

“我来不了啊。我遭到了敌人恶意的中伤，如同在共产党当政的时候那样，根本无法出门。说实在的，公正地说，自由女神——是个非常严酷的女性，居住在她的长裙下，如同身处警察旁，仍然是手铐与九毫米的柯尔特手枪……”

巴士马科夫后来才弄清楚，斯拉宾逊到了美国后，在他父亲原先的一个患者开的公司做事。公司毕竟是公司，它是做柴油生意的。

斯拉宾逊不过跑跑腿、打打杂，并不了解生意的具体情况。也正是这一点帮了他的忙。原来，这个狡诈的侨民是一个对苏维埃时代贸易的奥秘深为精通的人，他琢磨出了一个大骗局：表面上燃油是作为居民供暖系统用油购买的，实际上却销售给了加油站。好处在哪儿呢？就在于两者的售价不一，利润迥异。那差价——便落入了自家的腰包中。

“可是在美国，想逃税如同在俄罗斯想逃离政治一样，是根本不可能的。于是，人被手铐铐走了。过了很长时间，我的无辜清白才得到证实……如今站在你面前的已经不是一个可怜的外国侨民，而是一位正式的美国公民。我可以告诉你，为了营救我，总统可以不惜将一个航空中队甚至一个舰队派遣到地球上的任何一个角落！”

斯拉宾逊说完这一席话，从他身子一侧的口袋中掏出一个印着金色复杂图案的小本子，把它放到了桌子上：

“这就是——我的印有锤子的[①]护照！”

巴士马科夫夫妇仔细看了那本多页的护照老半天，还打开里面看了看。

“那现在你在干什么呢？”卡嘉问。

“偷运俄罗斯的豪财巨富。我是个人才盗窃者。开个玩笑。”

饭后卡嘉留在厨房里收拾，他们俩走到金鱼缸旁看金鱼去了。

“嚯！”鲍尔卡惊叹道，“这就对了。神经需要调节。长时间的疲劳——是一种世纪病。”

“你早就来莫斯科了吗？”

“有两个星期了。”

“怎么连电话也不打一个，真不像话！”

“刚到的时候——有事缠身。我把爷爷的住房给卖了。这得感谢伊卓尔达·杰丽霍芙娜——房子是她帮我们照看的。”

---

① 苏联护照上的图案，带有讥讽之意。

“卖了吗?”

“卖了。真是见鬼了！莫斯科的住房比芝加哥还贵。我只是有点可惜那个藏书室。是一个俄罗斯新贵买的，我看，除了《木木》[①]他什么都没读过。爷爷的档案我统统送给了波多利斯克。他们一个劲地说：谢谢！他关于巴甫洛夫将军的手稿，我送去军事历史出版社了。一开始他们还不愿意要，我对他们说：‘你们难道不觉得害臊吗?作者为写这本书耗费了一辈子的心血！’你猜他们怎么样？收下了。给了一千美元——答应半年后出书。”

“一千美元少了点。鲍里斯・伊萨科维奇写了多少年呀……”

“塔波奇金，你还没听明白我的意思。不是他们给我，而是我给了他们一千美元。但最重要的我还没对你说呢。你还记得瓦连季娜吗?”

“哪个瓦连季娜?”

“就是那个瓦尔基丽娅呀!”

“当然记得!”

“我找到她了。”

“你怎么把她找到的!”

“很简单。我打了个电话——半小时后，她就到我那儿去了。在大都会饭店吃了顿便餐。我向她叙述了富有的美国的严酷现实。送了她一个小礼品，散发着淡淡的巴黎香水味的水晶瓶。于是那个让人垂涎三尺的女人便向我张开了诱人的下体！你知道吗，我还真有点失望：俄罗斯女人身上总有那么一股子傲慢的迟钝……事后她哭了，推开我给她的钱说，她犯了一个可怕的错误，没能嫁给我。她说她决心舍弃一切跟我到美国去。可我运往美国的毯子已经够我瞧的了——全赔进去了……”

“斯拉宾逊，你瞎编什么呀!”巴士马科夫笑了起来。

---

① 屠格涅夫的短篇小说。

“是我编的，”鲍尔卡轻而易举地承认了，“事实的确不是这样。我在饭店门口等她。是傍晚的时候。手中拿了一束花。最后她来了——两只手分别提着一网兜吃的东西。很胖，肚子很大，两条腿就像钢琴凳的腿那么粗。那脸被生活的重负折磨得很憔悴。她看见我后扔下了网兜，扑上来搂住了我的脖子。她说，丈夫没有工作，儿子得了百日咳，女儿又在拉肚子，房东因为我们没交房钱打算把我们撵出来。还说，只要我给她一百美元她就属于我的了……”

“你又在胡编乱造了！”

“图涅雅特奇，你这个人怎么这么吹毛求疵呢！算了，我就实话实说吧。我打了个电话。一个小孩在电话里告诉我，他爸爸在部队，妈妈——在托儿所。你想，她居然还在那个托儿所上班！我已经成了美国公民，离开苏联后又沾上了一大堆独立自由的臭狗屎，可她还在那个托儿所！当然丈夫也肯定是原先那个啦！恰恰是这种俄罗斯式的一成不变导致了停滞不前……我是午休的时候到的那儿。她把我认出来后一下子就搂住了我的脖子……”

“胡说！”

“这我可没胡说。有意思，为什么女人就不可能搂我的脖子呢？‘斯拉宾逊奇克①，’她说，‘你现在变得可光滑了！’她的意思是，我现在脸上没有了青春痘。所有毯子我都给了那些著名的皮肤科医生。看一次疱——就送一条毯子，看一次疱——就送一条毯子。这是个残酷的国家。不过，瓦尔基丽娅看上去气色还不错，虽然那洗衣服的手已经不成样子了，那张脸也花得像晚期印象主义画家笔下的人物。我提议晚上聚一聚。她说，她来不了，因为那一天是丈夫的生日，她得给他买件礼物。我说，那就明天。第二天，她要带丈夫前妻的女儿去看妇科医生。那后天呢？后天她当夜班。那就算了，我想，再换个话题吧！我问她：‘你准备给丈夫送什么礼物？’她说：

① 斯拉宾逊的爱称。

‘送块手表……但我身上总共只有十美元了……’我对她说，来的时候看见大街过道上不错的手表只要十美元。甚至在美国也没见过这样的手表……‘那太好了，斯拉宾逊奇克，帮我买一块！我们今天要开会，谁也不许请假。我会非常感谢你的！’‘非常吗？’‘非常非常感谢!!!’

“于是我去了高尔基大街的礼品商店，花了二百美元给她买了一块钛合金的西铁城表，表盖上还刻着这样一行字：看见表——你就会想起我！可你猜怎么着，她不喜欢这块表，懊丧得脸都耷拉下来了。她说，她看见过十美元的手表，还奉送一只小小的闹钟、计算器，还有别的什么东西……她的这番话把我性报复的方案全给搅了！”

卡嘉进屋来了。

“你们在说什么呢？”

“在讲女人的残酷。”

“你还没结婚呢？”

“唉，卡嘉，我最后一次结婚的机会是被多年前在布洛涅喝多了啤酒给葬送的……说起来，那个名叫福娜列娃·依丽娜的姑娘后来怎么样了？我想，她还活着？”

“或者，”卡嘉回答说，把目光移到了别处，“她一切都挺好……你在莫斯科还要待很久吗？”

“我也不知道。我在想，也许我应该在这儿找个媳妇？美国女人都是些势利眼，永远都不会对任何东西满意。她们在床上简直都是些性虐待狂，喊‘Move，move！’，使劲动呀……稍有点不称她们的心，就会让你去做心理检查！‘斯拉宾逊先生，您夜里需不需要找几个歌女消夜？’我还是在这儿找一个年轻的知识分子女性吧，需要是真正的贵族家族的身世及古犹太人的血统。只要教会她说一句话就够了。‘Rest，honey！’睡吧，宝贝！我便可以幸福地生活而且能长寿。生儿育女……顺便问问，你们女儿现在在哪儿？”

“去会男朋友了。”

“约会？嚯，真是光阴如梭呀！特别是在美国……”

“你知道吗，塔波奇金很快也要到美国去了。”卡嘉自豪地说，“是按合同去的！”

“什么合同？”

“与一个‘黄金机遇’公司签的。你听说过这个公司吗？”

“当然知道。在美国连上了年纪的黑人都知道它。”

“可靠吗？”巴士马科夫好奇地问。

“如同节欲期间的口服避孕药。”

“我可是说正经的。”

“没有比他更可靠的了。不用担心！谁代表这个公司来找你的？”

“楚巴卡。”

“楚巴卡？”

“这是绰号……他的真名叫巴特尔金。我与他在‘金牛星座’工作时同过事。想起来了吧！”

“真有本事！”

“塔波奇金，你看嘛，你还怀疑呢！”卡嘉说。

“你先别说呢，说不定他们还看不中我的研究方案呢！”

“有关氧气生成量的一项研究。”

“不用愁，他们会喜欢的。美国人像猪一样，是杂食性动物。”

吃完甜食，斯拉宾逊说这顿俄罗斯饭他已经吃得饱饱的了，现在该回大都会饭店去了。鲍尔卡临走时久久地吻着卡嘉的手。

巴士马科夫出去送他。去往地铁的路上，斯拉宾逊对这里没有黑人和其他有色人种高兴得笑出了声，只是当一帮越南人叽叽咕咕地说着他们自己的话走过的时候，他的情绪才显得低落下去。

“鲍尔①，我早就想问你，那脑袋瓜里装着什么？”

---

① 鲍尔卡的昵称。

“谁的脑袋瓜呀？”

“列宁的。”

“什么也没有。装了点家乡的土。你以为我是要把钻石‘希瓦的第三只眼’① 塞在里面带走？”

“有这个嫌疑。”

“不。最贵重的东西我都藏在地毯里，确切地说，都藏在一块地毯里。你还记得吗，就是烂兮兮、带玫瑰花的那块。”

“记得。海关人员还专门回过头看了看。”

“对对。那可是件珍品。地道的俄罗斯农奴的手工艺制品。我把它带给古董商看的时候，他连连打着喷嚏，还把我赶了出来。于是我去了国会图书馆，翻遍了所有的画册、书目，最终还是找到了几乎与它一模一样的谢列梅捷沃农奴制作的地毯。我做了个彩色复印件，到一位艺术鉴定大师那儿做了个鉴定。你猜猜，那个古董商后来给了我多少钱？”

“多少？”

“一万八千美金！美国人都爱上专家的当。如果一个专家在电视里说，带留声机唱针的灌肠器有助于消化，那么第二天全美国都会排上两个长长的队。一个队买灌肠器，另一个队买留声机唱针。而且肯定会有人因为生产灌肠器和留声机唱针大发一笔。遗憾的是，我把一万八千美金统统投进柴油生意了……”

“告诉我，你多久才习惯的？”巴士马科夫问。

“习惯什么？”

“美国的生活啊。”

“怎么？”

“我在想，如果研究方案真的被他们采纳，我又得到了邀请……毕竟有三年的时间啊！我想，我会因为想家郁闷而死的！”

---

① 印度教希瓦佛镶嵌在额头上的宝石。

“你会因苏维埃式的轻信症而死的。你是在哪儿遇见那个楚巴卡的?”

“他自己找的我。是他自己直接跑到车场来的。当年在‘金牛星座’时他可不讨人喜欢。没想到——此人还真不错。”

“妙极了！因为你，他还能得一笔奖金。为美国募集到了这样的精英人才。”

“算了，别讽刺我啦！”

“我是说真的！我也在为‘黄金机遇’公司干。只是在另外一个部门。”

“你不是开玩笑吧?!”

“是啊，我的朋友，生活——就是一系列捉弄人的巧合的组合！我也有一些想法要对你说。但既然楚巴卡已经抢了先——也算我命不济吧！”

“我可以……”

“不。在美国可不兴这样——不能影响别人的生意。否则会被叫到区委并没收你的党证。还是谈谈女人吧！”

“好啊！你和瓦连京娜动真格的没有?”

“什么也没有。她做了变性手术。现在都长小胡子了，在橡树下啤酒屋当门房。”

“你告诉我，那张照片上的黑女人与你怎么样?”几杯酒下肚，巴士马科夫有些兴奋起来。

“哪张照片?”

“阳光明媚的加利福尼亚那张啊！你忘了吗?”

“啊，你说的是佩姬? 一个样样在行的奇女子。可我们早就分手了。她是个种族主义分子，不喜欢犹太人……”

“后来呢?”

“我有了一个同性恋伴侣，我总觉得，世界上的非自然生殖确实会戕害人的生命。你只要沉得住气——自然会有人找上门来的……”

三天后，真有人来帮忙了。斯拉宾逊打来电话说，他想邀请巴士马科夫到庞大固埃餐厅参加单身汉聚会。卡嘉自然有些生气，嘟哝了一句，说她没有什么对不起他的。奥列格·特鲁多维奇这时正站在镜子前发愣，琢磨着系哪条领带。突然选中了那条“背叛”领带。卡嘉话说了一半咽了下去，往厨房走去。

原先在这栋位于花园环线的斯大林楼里有个营养食堂，巴士马科夫在那里还吃过两顿饭。这些年来，楼房的墙皮剥落了，显得破旧了，阳台上的水泥栏杆柱也风化了，露出了钢筋。但是，嵌入这栋破旧楼房里的餐厅的正门由于彩色瓷砖和各式灯光的点缀反而更显得离奇，让人遐想联翩。在那扇用铆钉固定着的巨大而沉重的橡木门上方，霓虹灯光不断变换着餐厅的名称，时而是俄文的，时而是法文的。

巴士马科夫已经想不起自己最后一次是什么时候进的餐厅。那天他早早地来到这里，但没打算马上进去——两个戴着白色圆筒高帽的黑人一动不动地站在门旁，在一条一直铺到街沿的绿色地毯上。看到这里，他觉得有些不自在。不时有进口轿车来到餐厅，从车里走出衣冠楚楚的情侣或一伙伙男女。巴士马科夫心中有些不平，他惊讶的是，莫斯科到底有多少愿意在昂贵的酒店过夜生活的人，更重要的是，有条件在那里消费的人。奥列格·特鲁多维奇的手在口袋里摸捏着折成两折的钞票。他离家的时候，卡嘉从厨房里走出来板着面孔说：

“随身带上点钱！”

“我带着呢。”

“从面包盒里再拿点！餐厅吃饭很贵——你那点钱可能不够。”

斯拉宾逊终于从出租车上下来了，穿着身晚礼服，系了个蝴蝶领结。跟在他后面的是一个两腿修长的姑娘，穿了一套深色西装，里面是件雪白的衬衫。

“你好，Able-Sage[①]！”斯拉宾逊向朋友表示问候，同时介绍着那位女士，“琳达，我心目中理想的少女！”

琳达比鲍尔卡高出一个头。她头发很短，留着像男孩一样的发型，脖颈长长的，微微下倾，长着一张只有在杂志封面上才能看到的清秀而充满魅力的脸蛋.

“奥列格。”巴士马科夫有些羞怯地自我介绍说。

他用姑娘的眼睛审视着自己：身上的蓝色夹克是新的，准确地说，没穿过几次，多折的翻领已经显得过时，长裤尽管精心地熨烫过，但上面的一些气泡仍然逃不过人们的眼睛，脚上穿的是底子厚厚的春秋天穿的皮鞋。

“你这条领带真漂亮！”姑娘笑了，露出了一排洁白的牙齿。她向巴士马科夫伸出纤细的手，长长的指甲盖上涂着深深的珠母色。

“咱们进去吧！”斯拉宾逊吩咐说。

他们进门的时候，两个黑人像上了发条的木偶一样丝毫不差地同步拉开了两扇门，还脱下了圆筒帽。其中的一个原来是秃子，几乎一根头发都没有。

餐厅装修得如同拉伯雷时代的小酒馆。墙上挂着剑、头盔、甲胄和火药枪，中间还夹杂着一些古老的版画——《卡冈都亚与庞大固埃》[②]中的插图。一个用砾石砌成的巨大壁炉正烧着火，一头野猪正串在一根铁钎上烧烤着。服务员穿着齐腰的红色短上衣、有点像芭蕾舞裤的老式法国紧身裤、子弹头鞋——一种尖头的绸布鞋，端着放着饭菜的沉重铜托盘在桌子间走来走去。

餐厅里顾客坐得满满的。巴士马科夫的脑海中甚至产生了一个得救的念头，如果现在没有空地方——他们就可以换个别的地方，到一个便宜点的餐厅去。但这时一个戴眼镜的领班模样的年轻人朝他们走过来。有一次，“金牛星座”来了一个叫杜尔基赫的政治局候补委员。

---

① 原文是用俄文拼的英文，意为“天才”。

② 法国作家拉伯雷（1494—1553）的长篇小说《巨人传》中的人物。

一个助手不断凑到这位上司的耳朵边低声说话，这个领班长得和他一模一样。

“有请！”领班露出了微笑，把客人领走了。

在饭桌的上方挂着一幅版画，上面画的是正在吃腌杂碎的卡冈美拉王后。领班把一张椅子递给女士，变戏法似的拿出三个菜单——套着皮封面，上面还带有拉伯雷的花字签名。菜名是用俄文和别的哥特式花体写的。巴士马科夫看见价格后既高兴又惊讶：有些菜是两种价格，有些菜只有一种价格。但他后来才发现下面还有一条附注：上列菜品只收美元。

巴士马科夫胃里咯噔了一下，怪难受的。

“这儿的环境真好。”琳达说。

“原先这儿是营养食堂。”巴士马科夫说。

“更让人吃惊的是，这儿曾经是社会主义。”斯拉宾逊发出了冷笑。

一位侍者已经站在他们桌旁耐心地等候了，不好意思地将一个小本子盖着鲜红的、用两个黄色蝴蝶结扎起来的裤子的前开口。

“亲爱的，你点了吗？”斯拉宾逊问。

“您能给我们介绍点什么？”琳达用她那对温柔的蓝眼睛望着服务员。

“海鲜冷盘诺曼沙丘热菜——有烤肉‘庞大固埃’。山野菜也非常有特色。”

“酒呢？”

“我建议你们来点杰文耶尔啤酒……”

“是那种吗？”琳达惊讶地问。

“对，就是那种。”侍者点了点头说。

“你们的鱼子酱新鲜吗？”斯拉宾逊问。

“非常新鲜！”

“太好了！”

演出台上，巨大的玫瑰花丛下坐着一个乐师，他打扮得像个宫廷侍从，戴着一顶插着羽毛的贝雷帽，正用竖琴在为一位皮肤白皙的姑娘伴奏，姑娘不知在用一种什么语言轻声地吟唱着。女歌手穿着一条带骨衬的、十分华丽的雪青色裙子，天鹅绒的紧身胸衣，带花边的大立领。

“这种裙子古时候叫作‘美德的守卫者’。”琳达微笑着说。

“是呀……”斯拉宾逊摇了摇头说，“穿着它身子是倒不下去的。”

“不知道她用什么语言在唱？”巴士马科夫自言自语地问，生怕同伴再说出什么有伤大雅的话来。

“中世纪的拉丁语。”琳达断定说。

奥列格·特鲁多维奇很敬佩地看了看朋友的未婚妻，这会儿借助明亮的枝形烛台灯的灯光才看清楚，琳达严肃的衬衣几乎是透明的，透过衣料，那红宝石般的乳头可以看得清清楚楚，宛如刚刚扎上的绷带上渗出的殷红鲜血。巴士马科夫突然产生了一个念头，他多么希望这个不同寻常的餐厅能够成为一个普普通通的苏维埃公共食堂啊——从厨房散发出炖肉的清香，态度有些生硬、衣着不够整洁的服务员，显得穷酸的小乐团和以规范的声乐技巧演唱的接近退休年龄的女独唱演员：

> 你是否记得，高高的天穹上
> 两颗星星游动着，又突然陨灭了？……

“鱼子酱。诺曼沙丘冷拼盘。”侍者介绍说。

他在每个人面前放了一个很大的陶瓷盘，旁边还摆了些非常精致的夹钳样的金属小工具。巴士马科夫面前的陶瓷盘里放着一只大龙虾，周围是对虾和牡蛎。随后侍者拿着用对折的餐巾托着的酒瓶往沉甸甸的白铜酒杯里倒白色的果酒。倒完后他把酒瓶放在桌子上，巴士马科夫发现生产日期——1984——不安地又把手伸进口袋里摸了摸叠着的钱。

“特鲁特奇！”

“怎么？”巴士马科夫从美好的往事中醒过神来，回到了严酷的现实中。

“为琳达奇卡，我最心爱的姑娘干杯！”

大家喝完了杯中酒。果酒有点像摩尔达维亚的白葡萄酒，但味道更醇厚，琳达熟练地拿起精巧的小夹钳，用它敲碎了大龙虾。奥列格·特鲁多维奇轻松愉快地学着她的样子。

“你们还是童年时代的朋友，是吗？”姑娘姿态优雅地嚼着虾肉，问道。

“我们是哥儿俩。”斯拉宾逊说。

“怎么不像呢？”

“巴士马科夫做了洗礼，而我，为了以防万一，却行了割礼。可这一来，我们就分道扬镳了……”

“这当然是有可能的，如果有血缘关系的亲属是在不同的文化符号体系中成长的。但你们俩反正不是哥儿俩。”

斯拉宾逊惊讶地望了一眼琳达。

“您还在学习吗？”巴士马科夫问。

“是的，在莫大上研究生。”

“塔波奇金，你看见了吧，我爱的这位姑娘是莫斯科大学的研究生。我不过是不想一上来就弄得你不自在。”

“您的论文题目是什么？”

“我写的题目是可能世界语义学。雅可·辛季卡，波尔·克里普科[①]……您听说过吧？”

“不太了解。”

---

① 两位芬兰学者。

“这其实很简单。您是学什么专业的？”

“我们所受的教育是苏维埃科技知识分子。”斯拉宾逊自豪地回答说。

“那你们肯定很容易明白。举个例子，数学或逻辑学中的论断‘A=A’，正如莱布尼茨所说，必然需要一种绝对真实的论断，在任何一个可能的世界中都是真实的，但‘明天我会出嫁’这个论断——只是一种可能真实的论断，并非在任何一个可能的世界中都是真实的，再往前走一步——就进入了虚拟世界的思想……”

琳达停了一会儿，喝了一口酒。

“塔波奇金，我应该向你坦白：琳达答应今天嫁给我。我说的没错吧，亲爱的？”

姑娘嫣然一笑，表示同意地低下了头。

大伙就着烤肉“庞大固埃”喝着绝妙的法国布尔冈红酒。领班好几次来到他们跟前——询问客人对服务是否满意。

“难道拉伯雷也吃鱼子酱吗？”

“当然吃……”

“您说，”琳达微笑着问，“野味香肠你们也有吗？”

“当然有啊。每逢星期四。一切都像当年拉伯雷用餐的食谱一样。我建议你们尝尝！”

“下次一定来。”

“美人，你告诉我，他，”斯拉宾逊朝远去的领班的身影点了点头问，“是不是偶尔也在莫大兼点课？”

“不。不过有一次我好像在一个关于怪诞现实主义的会议上见过他……”

姑娘拿过书包，从里面取出一面小镜子照了照，露出无奈的表情，优雅地离开了餐桌。

“怎么样？”

“绝了！”巴士马科夫回答说。

“羡慕了吧？”

“太羡慕了。”

“是呀，要是在美国，凭我这点钱，这样的姑娘你根本连靠近都甭想。但是俄罗斯——是一个有着无限潜质的国家。为俄罗斯干杯！”

两个朋友碰了杯，一饮而尽。

“什么时候举办婚礼？”

“你就把今天的晚宴当作我们的婚礼，你就是证婚人。是呀，那位巴特尔金就让他见他妈的鬼去吧！你再也别与他打交道了！”

“什么意思？”巴士马科夫有些不知所措了。

“就这个意思。‘黄金机遇’是一家骗子公司，但策划得非常巧妙：承诺优惠的合同，选定研究方案。我们国家那些发情的雄鲑鱼会上钩的，这些精英会千方百计地投其所好，为了证明自己的真诚，甚至不惜出卖国家的机密。而随后他们只会得到一封写在精美公文纸上的信：多谢合作，但专家委员会认为您不适合参加基金会的工作。国产的发情雄鲑鱼们会痛苦得狂饮不羁，诅咒苏联整个学术界思想的落后和自己的愚钝无能，而‘黄金机遇’公司则可将那些研究方案交给五角大楼或是其他有关人士，从而获得良好的效益！像巴特尔金和我这样的代理自然也可从这一交易中获得点提成……”

“哼，你们真是一帮败类！”巴士马科夫脸色顿时沉了下来。

“为什么？这样一来，你的思想起码可以进入世界的技术文明，而不至于与你一样埋没在沃斯特里亚可夫墓地。我不是败类。楚巴卡之流才是真正的坏蛋，因为我们是有君子协定的——不能坑害自己的朋友、熟人、女友和亲人。而楚巴卡……怪不得我发现他们那个部完成定额的情况是最好的！”

“谢谢你提醒我，”巴士马科夫站起来，伸手往口袋里掏钱，“这顿晚饭我该付多少钱？”

“咳，何必生气呢！我做错什么事了吗？别走！你愿意的话，琳达我可与你共享？你一半我一半……怎么样？”

“这话什么意思？”

“没有别的意思。把琳达分别登记在我们两个人名下……”

“琳达吗？”

“巴士马科夫，一夫一妻制的霉菌完全把你的脑子毁坏了。你是装蒜，还是真不明白？叫她琳达，就跟叫我比尔·克林顿一样。琳达是她在妓院的艺名。她是个妓女，当然，价格是相当昂贵的。当然是按俄罗斯的价格来说的。要是按美国的价格——几乎等于不要钱……”

“她不是个研究生吗？”

“难道研究生就不能当妓女了吗?！总还要学点什么吧。但是为雅可·辛季卡谁也不肯出一个子儿的……”

“斯拉宾逊，你这个流氓，你还想怎么糊弄我！”

正在这时，琳达回来了。她重新化了妆，柔嫩的脸蛋显得特别浪漫迷人。

“琳达奇卡，我有一个哲学问题要问你。”等她刚一落座，斯拉宾逊立刻不容分说地问。

“是吗？”

“为什么你今天不能同时嫁给我们两个人呢？”

“两个人？”她用那对蓝眼睛望了望他们俩，“三个人一起？①”

“是的，性爱——三人行②！”

“为什么不呢，”琳达看了看巴士马科夫的眼睛，“但价格可是要贵出三倍了。”

“为什么不是两倍呢？”斯拉宾逊很是惊讶。

“因为这是三人的性爱！”姑娘笑了。

---

① 原文是法文。

② 原文是德文。

当在饭店宽大的床上，琳达仿佛一座雪白的拱桥将两块长满青苔的岩石连接在一起的时候，斯拉宾逊握住巴士马科夫汗津津的手掌轻声地说了一句：

“塔波奇金，好，这回我们可真成了两兄弟了！”

二十四

急促的长途电话铃声又响了起来。

肯定是达士卡！巴士马科夫心想，真见鬼了！我几乎全忘了……

在他最后一次同女儿谈话的时候，除了别的要求，女儿还请父亲帮她买一种超级孕素——一种新的进口维生素，并托人给她带去。这种药是孕妇在妊娠期的最后几个月里服用的，对那些从怀孕开始生活方式就不很正常的未来母亲特别有效。好像在美国做过试验，并得出了结论：即使父母亲身体很虚弱，孕妇服用了超级孕素后生出来的孩子也会又健康，又漂亮，又聪明。据说麦当娜怀孕的时候就一把把地吃超级孕素。而且这还是在什么都不缺的美国。而对隐居在被上帝遗忘的阿勃列克海湾的达士卡来说，那还用讲吗？他可是个好爸爸哟！答应得好好的，就是不办。看来，巴士马科夫不是什么艾斯凯帕尔，而是地地道道的一头猪猡，无论是在怀孕的女儿面前，还是在尚未出世的外孙面前。

外孙！再过两个月——巴士马科夫就当外公了。当年，在第三模范印刷厂会议大厅里，当大伙数到“三”的时候，一株大枞树上亮起了灯，男孩奥列格兴奋得连“三”字都写错了，如今他就要当外公了！而达士卡，当初为了证实袋鼠也会和蜥蜴一样，遇到危险会将尾巴脱落，曾将家中玩具昆卡的尾巴剪掉，让它失去了尾部和谐的美，如今也要当妈妈了！达士卡——当妈妈了……我的上帝啊！

达士卡是在当父母的不知不觉中长大的。有一天，巴士马科夫稀里糊涂地闯进了没有插上门的浴室，发现了一尊女神正浸泡在满是泡沫的浴液中，胸部丰满，肌肤柔嫩红润。女神一开口却露出了女儿的埋怨声：

“喂，面对着圣母玛利亚，是不是应该把潜望镜收起来！”

她还生气地把手中的电话筒晃了一下。达士卡特地向母亲央求装了一部无线话机，以便洗澡的时候不至于错过倾慕者打来的电话。

巴士马科夫赶紧走开了，一种复杂的感觉油然而生——那是一种介于商品生产者的自豪与偷看正在洗澡的女孩裸体的男孩充满好奇的羞涩之间的一种感觉。

上九年级前，达士卡的学习成绩都还不错，但突然她就变了：写字台的上方挂上了一面大镜子，以便复习功课的时候可以随时看着镜中的自己，因为她脸上任何时候都会长出少女的青春痘来，应该随时发现它们并消灭于萌芽之中。不久，练习本和教科书都被香水瓶、除味剂、各色的颜料、软膏、眉笔和其他女孩喜欢的化妆品挤到了一边。到了最后，教科书和练习本根本就见不着了——写字台在一夜之间变成了化妆台。达士卡伤心地坐在镜子前，鲜活的十五岁花季少女正在向大自然发出责难，它何以卑鄙地在达士卡的眼睫毛上少下了功夫，却明显地在她的鼻子上施尽慷慨。现在她躺在地毯上做功课，一聊电话就没个完，要不就是在脑袋上挂着老大的立体声耳机。

先前，卡嘉从学校回来时心情就不是太好，如今脾气更是大得不行。几乎每次课间休息都有老师来找她，把她拉到教员休息室远远的一角，神秘兮兮且十分同情地对她说：“叶卡捷琳娜·彼得罗夫娜，我当然没有记录在教学日志上，可是您作为一个母亲……”

要不有人会说："卡季，你看看，你家的达士卡在课堂上都在干些什么！"

还有人说："卡秋莎，我当然还是给了她个'三分'，但实际上完全应该得零蛋！"

达士卡行为的变化是从她与学校的女友们第一次去迪斯科舞厅跳舞开始的，此后有一个奇怪的男人开始给她打电话。这个男人一口柔和的男高音，简直不得不让人觉得他是个专门勾引未成年少女的坏蛋。若是她父母接的电话，她便会一把夺过话筒，与那个柔和男高音说个没完，准确地说，那个男人柔声细语地说，而这个小傻瓜便会不时地发出咯咯的笑声。有一次，卡嘉撒了个谎，说达士卡不在家，把话筒放下了。于是她便大闹了一场，把化妆品扔了一地，还威胁说要离家出走。卡嘉吓得不行，有两个晚上，她从阿纳托利奇那儿借来了带号码显示器的电话机，把那个柔和男高音的电话号码记了下来。事后，趁达士卡不在家的时候，她给那位追求者挂了个电话并说，她与莫斯科刑警大队的队长认识，如果柔和男高音还要用心险恶地纠缠她女儿，他绝不会有好果子吃。

柔和男高音解释央求再三，说其实他根本不是个用心险恶之徒，而是个一级残疾，根本起不了床，达士卡的电话号码是与她一起在迪斯科舞厅跳舞的侄子给他的。他的生活很艰难，生理上又有残疾，喜欢收集电器开关，至于与小姑娘们在电话里说些无关紧要的话——是他生活中唯一的乐趣。后来他开始详细地讲述，小的时候如何为了抢救一个跑进机动车道的小姑娘而失去了双腿，还抱怨说，世界对他很残酷，而周围的人，特别是女人，根本不理睬他……巴士马科夫用串联的电话听了他与卡嘉的谈话，惊奇地发现，卡嘉的声音变得柔和了——谈话转到了青少年教育如何困难的问题上，还谈到了家庭与婚姻。接着，柔和男高音严厉地批评了那些逃脱教育子女责任的父亲。他们不仅拒绝履行教育的责任，还拒绝承担维系一个名副其实的婚姻的责任。这种懒汉经年累月地与一个美妙的妻子生活在一起，甚至不肯分点心来了解妻子的生理渴求的奥秘。但同时也有另一些男人，他们尽管在生理上有残疾，但他们在其他方面却是十分健全的，而且他们准备……

“说得不对，”卡嘉重又变得严厉起来，“如果您认为您除了腿，在其他方面都是健全的话，那您就大错特错了。您的脑袋还有问题。以后再也别给我们打电话了。永远也别打！”

挂上电话后，卡嘉看了看巴士马科夫，目光中带有某种责难。奥列格·特鲁多维奇有些不自在。他起码已经有三个星期没去关心卡嘉的生理需求了。

卡嘉跟她的女友讲了所发生的情况。女友建议她说，最近一段时间出现了大量形形色色的躁狂性病人——如果女孩的第一次性体验是与这些年龄相差悬殊的男人发生的，那是十分危险的。她的女友正好在沃兹德维任科的美国中心参加“青少年性欲亢进的心理卫生”专题研讨会。讨论会上有经验的专家建议家长首先通过健康的饮食使自己获得良好的生理状态，然后去海边晒太阳，随后将孩子带到卧室，让他们看着父母如何采用避孕器具，美妙地完成整个性交过程，事后再在卧室里回答青少年提出的各种问题。这时最好手中准备一幅生殖器解剖图或者一个纵切面模型。这被称作“提高阶段的性教育方法”。巴士马科夫听到这一方法后十分生气。

“他们简直走上了邪路！”

“没错，”卡嘉同意说，话语中带着一种挖苦意味，“像你这种长着这么一个大肚子的人，这种方法根本不可取。”

卡嘉本人认为，达士卡对学习兴趣的低落与其说与她的性成熟有关，莫如说与著名的强盗米士卡·科罗文有关，后者言传身教向他们轻信的女儿表明：力量并不在于知识。

卡嘉工作的那所学校曾出过两个臭名昭著的流氓。第一个名叫列纳特·别里亚列季诺夫，此人卡嘉没有见过。他是 20 世纪 60 年代的在校生。他曾在化学教研室的一个试剂瓶里藏了一把转轮手枪，并用它杀了一个银行流动收款员。莫斯科刑侦局特别小组抓住列纳特的时候，他刚刚十二岁。据说，他后来死在集中营里……另外一个叫米士卡·科罗文的卡嘉见到过。这是个长得很难看、黑头发红脸膛的男孩，脸上长满了疖子，疲惫的小眼睛始终透露出一股凶残。

“塔波奇金，你可不知道，每次走进教室看见他的时候，我总会感觉到背上掠过一股寒气！”有一次卡嘉这样对丈夫抱怨说。

老师甚至怕给科罗文提意见。谁也不敢说他！否则，事后他会在黑暗的胡同里找一个地方扎你一刀……只有一个上了年纪的数学老师格利高里·鲍利索维奇不怕科罗文。格利高里·鲍利索维奇有一个怪癖：打分时他总要写上一句评语。比方说，他要是给谁的作文打“五分”，他一定会批上“真聪明”“好样的”……要是打了“二分”，便会写上“笨蛋”“死脑筋”“低能儿”……格利高里·鲍利索维奇简直无法容忍米士卡·科罗文，当这个小流氓出现在数学教研室时（这种情况不多），便会罚他在黑板跟前站着。训斥他的时候，总是叫他“笨蛋”。

但这都是在要求老师抓学生成绩的年代，教学委员会要求格利高里·鲍利索维奇能保证他得到“三分”，科罗文就这样被连拖带拽地上到了八年级。最后全校有名的小流氓总算毕业，上了职业技校，这让大家松了一口气。可不久他又成了一次打架动刀子的主犯——终于进了劳改营。老师们渐渐地把他淡忘了，只有课间从来不在办公室办公的沃热有时还喜欢抓住调皮捣蛋的学生的头发或是辫子，用尖尖的嗓音问：

“你是想学科罗文去劳改营吧？那我是不会挽留的！”

她只有愤怒到了极点才会说这种话。这种问话结束后，她通常会把学生的家长叫到学校来。总之，米士卡·科罗文成了可怕往事的阴影，某种具有象征意义的恶魔，教育界的弗雷迪·克鲁格[①]，人

① 弗雷迪·克鲁格，电影“猛鬼街”系列里的恐怖人物。

们通常用这个名字来吓唬那些淘气的孩子。有一天，校门口响起了吱吱的刹车声，两辆黑色吉普车停了下来。几个头发剪得短短的、穿皮夹克的小伙子从车里走出来。他们牛样粗的脖子上挂着的金链叮叮直响，手中玩弄着可伸缩的胶木棍子，朝校门口走来。迈着复仇者的步伐，走在这些人前面的是已经长大成人、几乎长成了方形的米士卡・科罗文。一个小伙子跟在他后面，手中提着一个很重的运动包。

那个时候，像所有正规的机关单位一样，学校也设了保安。他四十岁，生理上有缺陷，长得像头鹅，学校似乎因家禽饲养者的独特爱好还专门给他穿了一身带斑点的特警服。那天，巴士马科夫正好去找正在上班的卡嘉，保安用胶木棍抵着他的胸口，并放肆地盘问起他是谁、要到哪儿去。有时五六年级的学生抱怨说，保安总是用棍子吓唬他们，让他们别吵。高年级的同学倒没有提过这种意见。

保安这时连想都没想，便挡住了科罗文的去路。

“你们是谁?”

“你没长眼睛吗?”米士卡一边往前走一边说。

跟在他后面的几个丑八怪没做任何剧烈的动作就让可怜的保安好几天没法上班。在科罗文的指挥下，其他几个小伙子分头站在了大楼各处，仿佛正准备占领重要的军事设施。其中一个守住了大楼出口，第二个飞快地跑进了校长接待室。当着惊慌失措的女秘书和正在拿电话记录的卡嘉的面，他一下子就把电话线插头连同墙皮拔了下来，大吼了一声：

“坐下别动!”

其他人紧跟在科罗文后面，科罗文胸有成竹地带着他们不知要去干什么坏事。正是课间休息的时间。学生与老师们都紧贴着墙站着，看着趾高气扬的科罗文在走廊里大步走着。大家对那个拿着大运动包、长得很丑的小伙子尤其担心。突袭者既没停留，也没动任何人，只是径直朝正在数学教研室坐着的格利高里・鲍利索维奇走去。课间他很少从教室里出来，而是会利用这段时间为那些学习特别吃力的二分学生补课。米士卡走进教研室。那个丑小伙咕咚一声把运动包放在了地板上，随后像耶尼切里军团[①]一样两手交叉着堵在了门口。过了一会儿，一个二分学生侧着身子从教室里溜了出来，脸色煞白，就像课堂上用的粉笔一样。聚集在教研室旁的孩子们与老师们惊恐万分，低声地交头接耳说：

“那包里放的是什么？”

“机枪……”

“不，是火焰喷射器，”一个高年级快班的同学说，“想把学校烧掉。他们要报复！这下我们一个月都甭想上课了！”

一直到上课铃声响了，科罗文才从教研室里走出来。他那长满疙瘩的脸上放着光，一副得意扬扬的神情。这时，沃热鼓起勇气，大无畏地走到强盗跟前，用一种兼有教师的严厉和女人哀求的语气问道：

“米哈伊尔，但愿您不会当真把学校烧了吧？”

“还用得着我来烧吗？要不了多久，它自己就会垮了！”科罗文朝已经开始剥落的墙壁、已经磨出了洞的地板皮革，以及天花板上的灰板条点了点头说。

“我们就是这么过日子的，米申卡！”沃热抱怨说。

“我们还会再来的……”

随后他对同伴点了点头，后者便打开了运动包，一捧捧地将斯尼凯尔酥糖、马尔斯巧克力、口香糖，以及其他人工合成的甜食扔给了吓呆了的孩子们。四周响起一片欢呼声，孩子们兴高采烈地往人堆里扑了上去，米士卡望着这一景象，和善地笑着。他的同伴从运动包中捧出最后一些糖果，突袭者们往回走去。成群的孩子恭恭敬敬地退到两旁，走廊上形成了一个自觉欢送的隆重队形。楼梯的

① 14 世纪土耳其帝国的一支新军部队。

过道上站着一些准备到院子里抽烟的女学生，她们没赶上分发糖果的场面。科罗文站住了，用过来人的目光打量着这些双腿修长的女孩子，最后把眼睛停留在了达士卡身上。他把她仔细审视了一番，从课间休息时穿的拖鞋到长筒丝袜，提议说：

“想兜兜风吗？”

“想啊！”达士卡挑逗似的回答说，骄傲地瞥了一眼她的女友。

科罗文带着她沿楼梯走下去，途中将布下的岗哨一一撤去。他们经过大厅的时候，保安仍然蜷缩着身子躺在地上。最后一个离开大楼的是一个监守校长办公室的小强盗。他刚一走，一群老师就拥进了屋子，还喊叫道：

“卡嘉……科罗文……达士卡……被带走了……开着吉普……”

“怎么带走的？带到哪儿去了？”

她飞一般地跑到街上，一把抓住了汽车的耳镜，吊在了已经开动的吉普车上。耳镜脱落了，从车窗里探出了科罗文红红的长满包包的脸：

“怎么啦？”

“米沙……我可是……半年里从来没有给你打过二分……”

“这是谁？”他问达士卡。

“是我妈……”她哭着回答说。

“你怎么不早说呢？你怎么这么傻呢？你可得记住，往后可不能坐小伙子的车！懂吗？”

“懂了……”

吉普车开走了，达士卡倒在卡嘉的怀中，妈妈一会儿拍拍她的脸颊，一会儿又吻一吻。

数学教研室里发生的情况更富戏剧性。沃热在几个老师的陪同下走进办公室，心情沉重，抱着收尸的打算，却发现格利高里·鲍利索维奇还活着。老教师仰着脑袋，蠕动着喉结，张着大嘴，正从一个小瓶子往嘴里倒缬草酊。黑板上写着几个大字，那笔迹大家都很熟悉：

我本人就是一个老糊涂、老笨蛋。

为了避免不必要的误会，格利高里·鲍利索维奇还在这行字下面用花哨的字体签上了名。事后从彼特洛夫卡莫斯科刑侦局赶来学校的一个差生的家长认真听取了老师们断断续续的叙述后，一个劲地摇着头说：

“此人犟得像头公牛！简直天不怕地不怕！”

原来，米沙在莫斯科刑事犯罪分子中是很有威望的一个，一个几乎控制了所有汽车维修服务业务和零配件贸易的比比列夫商业集团的黑社会头子。他绰号公牛，没有人不怕他。有两次，彼特洛夫卡的人已经掌握了科罗文的行踪，但目击者就是不敢向法院报告。

“写个申诉报告吧！”莫斯科刑侦局的人说，“我们试试……就说使教育工作者蒙受了伤害与侮辱……”

“申诉……”沃热有些犹豫，“当然，我们深感气愤！但这其中还有一些伦理道德方面的因素不能不考虑……”

“具体什么因素？”

“您看，米沙，科罗文是我们教育工作没做好的结果。当然，其中家庭教育有缺陷，也有勃列日涅夫时代双重道德的影响……但从我们教育部门来说，这样处理似乎不太好。”

“明白了，”莫斯科刑侦局的人点了一下头说，“那我就不知道该怎么帮助你们了。他是不是放话说还会再来？”

“是说过……”

“这事情就不好办了。学校里是不允许设埋伏抓人的。这会伤着孩子们的。当然，可以请阿尔图夫耶夫集团帮忙。我们同他们的关系应该说还是不错的。再说了，他们与比比列夫集团似乎还有些利害上的冲突，在零配件市场方面。但还说不清谁更占上风。还得再好好考虑考虑……”

一星期后，尽管老师和学生们还没有忘记那次袭击，斯尼凯尔酥糖也还没吃完，但那辆熟识的吉普车又开到学校来了，从车里出来一个拿着个手提箱的暴徒。惊恐的保安怕吃苦头，客客气气地把暴徒让了进来，接着马上去叫伟大的瓦季姆·谢苗诺维奇来帮忙。这位可一直在后悔，说突袭那天他正好没在学校，否则的话……

这时暴徒闯进了校长接待室，并推开了校长办公室的门。沃热和卡嘉正好在那儿开会。他二话没说就把手提箱放在了桌子上，开了锁，把箱盖打开了。两位女士惊讶地叫出了声：就像在电影里一样，手提箱里放着成捆成捆的、刚刚从银行提出来的美元，上面还有一个字条：

赠母校作修缮用。

米·科

当身强力壮的历史教员尖叫着，冲进办公室来讨伐时，暴徒已经不见了，但外币留下了。

“一共有多少？”瓦季姆·谢苗诺维奇问。

“我们不知道……”

“应该好好点一点！”

在临时召开的紧急会议上，经机智过人的历史教员的提议，教务委员会决定充分使用这笔钱，不仅要修缮房屋，还要装一个微机室，添些电视机、录像机，再把家具和直观教具更新一下。剩下的钱甚至可以作为奖金发给学校的所有工作人员，给格利高里·鲍利索维奇买点珍贵的礼物。自从发生了那件事情后，格利高里·鲍利索维奇的身体一下子垮了，很快便退休了。

半年后，学校变得简直认不出来了。正是在那个时候，大家产生了要把学校改为重点中学的想法。不久后，从莫斯科来了几个非常有名的搞教学法的教师，浑人瓦季姆·谢苗诺维奇也转成了正式的在编教师。

米沙·科罗文就在那年比比列夫与阿尔图夫耶夫两个黑社会集团的火并中被枪杀了。

显然，所有这些事件对女孩的人生产生了重大的影响。达士卡很小的时候就说过，将来一定要像妈妈那样当一名中学教师，可中学毕业后改变了主意，不考师范学院了。卡嘉事先给她活动过，要了一个名额，因为她在该校函授部承担表情朗诵和标准发音的讲座。她在那儿进行类似“阿姨季娜有杰洛[①]，叔叔季马有季克[②]”的发音训练，直到学生的舌头与牙齿的接触部位正确为止。

总之，达士卡没征求任何人的意见，考上了某个热门的职业学校的文秘班。她笑着说，她还纠正那个英语女主考官的英语好几次。该校的教学质量由此可见一斑！

卡嘉知道后非常生气：

“你将来就打算给形形色色的浑蛋端咖啡吗？”

“为什么只是咖啡呢？我甚至还可以提供各种私密性的服务啊！”

“笨蛋！”

“我也说不清楚，说不清……统计资料表明，百万富翁大多是娶自己的秘书当老婆，其次才是服装模特。公主就是一个例子嘛！昨天她又上电视了。她给儿童医院送了两匹矮脚马和一辆小马车……”

“我已经跟你说了——你是个笨蛋！”卡嘉转过身子求助于自己的丈夫。

“也不坏嘛，”巴士马科夫开玩笑说，“找个奥纳西斯[③]当丈夫。”

“还是嫁给安那那西斯[④]吧！”妻子嘟哝了一句。

① “杰洛”为音译，意为“事情”。
② “季克”为音译，意为“柚木”。
③ 著名的希腊船王、亿万富翁。
④ 即菠萝，有戏谑、讥讽之意。

“那更好！谁也不会把我们忘记了……”

达士卡一考上那个文秘班，个人生活就发生了剧烈的变化。学校里还有一个学习外语的餐厅服务班和航空小姐班。有好几次，女儿去做客或者跳迪斯科舞，一直到第二天清晨才回家。第一次卡嘉气得发疯，她把所有熟人和有点熟悉的人都惊动了，甚至还想起来给柔和男高音打电话。后者劝卡嘉说，不能把自己封闭在女儿的利益世界中，而忘却作为一个女人的生命需求，特别是在遇见钟情于她的男人时，即使是生理上有残疾的人，但……

早晨达士卡才回到家中，嘴里还散发着昨夜香槟酒的气味，一夜未合眼的卡嘉拿着皮带，准确地说，是拿着一根黑色的漆皮腰带向她扑了过去。巴士马科夫在妻子的命令下摁住了女儿，不让她逃脱。但达士卡还是挣脱了，嘴上讨饶说：“我再也不了……永远也不了……”她一走就好几天没有露面。后来才知道，她住在同班一个女同学那里，这个女同学有一个很有钱的男友，他为她在索科利尼基租了一套房子。为了报复父母，她嫁给了她同学校的男孩子——未来的餐厅领班。

卡嘉去了女儿的学校，到处打听她的下落，还直接闯进了她的女友家。她发现那些女生都坐在那里，头发湿湿的（刚把头发染成了那种怪怪的颜色），正在看结婚礼服照片集锦。她们一边看，一边爆发出职业技校女生才有的那种令人作呕的哈哈大笑声。集锦中所有新郎都穿着晚礼服，系着蝴蝶领结，一个个都十分像餐厅的服务员。

卡嘉把达士卡弄回了家，高兴地对她说，现在，在令人担忧的莫斯科夜间，她不必回到自己的床上睡觉了，而可以到由欢乐的青春生活驱使的地方过夜，但她务必给家里打电话，并告诉家里她在什么地方。但过了没多久，达士卡自己就不再在外面过夜了，她的解释很简单：

“与那些发情的雄鲑鱼没什么好聊的！”

她还补充说，她会无条件将自己是否在外面过夜的决定权交给母亲，作为她为教育所付出精力和心血的补偿。卡嘉的脸上没有一点笑容：自从发生了与瓦季姆·谢苗诺维奇的事之后，她就不再喜欢开这种玩笑了。

后来又突然冒出了经纪人安东。有一天，一辆很体面的进口车载着达士卡回到了家——巴士马科夫在停车场工作期间已经学会了识别汽车的好坏。不久，女儿屋里出现了昂贵的美容品和化妆品，甚至连一向高傲的卡嘉都忍不住试了试，偷偷用了点那个非常可爱的小瓶子里的香水，女儿大度地只当不知道这件事。

有一次，巴士马科夫与阿纳托利奇夜里喝完啤酒，第二天一早起来发现卫生间的门反锁着。近来，她迷上了女性小说，在卫生间里读得入了迷不肯出来，这几乎成了家中的一个公害。奥列格·特鲁多维奇出于好奇拿了几本研究了一下。书的封面上都是些肌肉发达、侧面看上去像鹰一般的男人，正热烈地吻着身子后仰以回应热吻的女人，那些女人无不有着十分丰满的超一流胸脯。书的内容与封皮的画面是一致的。

巴士马科夫敲了敲厕所的门，瓮声瓮气地哼了一声，想改改女儿在大家都要用的卫生间里读女性小说的臭毛病：

“……坎顿将梅丽揽在怀中，温柔地吻着她的乳房，她的呼吸变得急促起来，将灼热的目光隐藏在毛茸茸的睫毛中……”

门里面发出了窸窸窣窣的声响，这意味着她很快就会出来了。巴士马科夫很开心，又继续富有感情地读了下去：

“……坎顿的手越来越放肆地搂住了她的腰，并向下滑去，越来越低。再过一会儿便……”

卫生洁具中汹涌的水流发出了一声巨响，门开了，从厕所里走出一个长得不高，但白白净净的小伙子，穿着一条带阿迪达斯商标的黑短裤。

“早晨好！”他说，“我叫安东。”

“早晨好！”巴士马科夫回答说，使劲系着带圆点的居家小裤衩，“我叫奥列格·特鲁多维奇……”

“是的，达丽雅告诉过我，说您有一个非常独特的父称。我们昨天夜里回来晚了，所以……”

“没关系，没关系……”

巴士马科夫关上门，插上插销，在温暖的马桶上坐下了。突然，他终于意识到自己是一个已经长大成人、性成熟的女人的父亲。

从此安东几乎每天都来，总是买好花，而且还总是两束：一束给达士卡，一束给卡嘉。对奥列格·特鲁多维奇，他每次也都不空手，总要带上一瓶很考究的酒。在女儿谈恋爱的这个月里，他什么酒没尝过啊！达士卡叫她的追求者为安东士卡，总是以一副居高临下的姿态看着他。这句话没有丝毫的引申意义——他比她矮。当卡嘉打算了解女儿的下一步计划时，女儿回答说，对这件事她不会太认真，因为她不可能让自己的命运与一个个子比自己矮的男人联系在一起。

“普希金也比娜塔丽雅·尼古拉耶芙娜矮哟。”

“普希金！要是是普希金，我连想都不会去想，哪怕他是个侏儒……”

“就算是吧，可你和安东像现在这样下去是会出事的，会怀上孩子的！”

“只有笨蛋干这种事才会怀上孩子，除非是那些想要孩子的人。他还真想要。”

“我说嘛！”

“可我不想要啊！”

达士卡激动起来，嗓门很大，对他们这不大的两居室住宅来说，着实闹腾得慌。

“她的这种性格像我们俩谁？”巴士马科夫惊奇地问。

“像叶甫杜基亚·西多洛芙娜！”卡嘉悻悻地回答，翻了个身，脸朝向了另一侧。

“你也这么说！”奥列格·特鲁多维奇叹了口气说。他心里在想，是该到叶果利耶夫斯克去一趟了——杜尼娅奶奶的身体状况很不好。

不久，安东在位于斯列坚卡的豪华住宅建设工程上投了一笔钱，还临时租了一套房子——达士卡便搬到那儿去住了。起初，一切都挺好。女儿打电话回家向卡嘉询问各种做菜的要领、讲了他们一起去了趟埃及的事，还讨论了好几次关于举办婚礼的细节……可达士卡突然回家了。还带着自己的东西。

“吵架啦？”巴士马科夫问。

“我有没有回家休假的权利？！”

卡嘉挽着达士卡去逛商店——这是对女人很有效的一剂宽心药。女儿正好开始在驼鹿银行上班了（是那个安东帮她安排的），试用期一结束，就可以领第一次正式的工资——那是一笔很可观的钱。当看门人的巴士马科夫听了后，甚至连脸都耷拉了下来。

娘儿俩刚走，经纪人就来了——喝得醉醺醺的。

“奥列格·特鲁多维奇！”他差点失声痛哭起来，“您的女儿把我甩了……”

“为什么？”巴士马科夫感到很惊讶，“您进来说！”

“我也是这么问她来着……”

“兴许她想以这种方式告诉您，该快点把手续正式办下来？”

“我一直在催她办结婚登记手续，没辙啊，等于白说！她就是不同意。我催她一次——她拒绝一次。我的房子都快建好了，家具也在意大利订好了。也许，我们来喝一杯？”他从小手提箱里拿出了一瓶威士忌。

“那我们就稍微喝点，纯粹以保健养身为目的。”巴士马科夫同意说，“您的意思是说，她拒绝了？”

“根本不同意。”

“理由呢？”

“她呀，没辙啊，说是与我在一起没意思！”

“对不起，也许我不该问得那么多，但我毕竟是个当父亲的……没意思是不是指床笫间的事？”

“是，噢不，没辙啊，在这方面恰恰是一切都很正常！为了以防万一，我还专门买了从美国进口的药片。约希姆别片。”

“您说什么？”

“约希姆别片。可她后来觉得没意思……”

“哦，是啊……肯定是梨形的，可以这么肯定。”巴士马科夫叹了口气。

去年夏天在别墅的时候，他们全家去池塘游泳。达士卡与所有在别墅休假的女孩一样，是“托普列斯”①式打扮，说得通俗点，就是裸露着上身，短裤也就那么一丁点。奥列格·特鲁多维奇以一种旁观者做研究分类的眼光看了一眼她的乳房，立刻断定——是梨形的。这种形状意味着——聪明，热情，用情不专，与男人相处时任性妄为且变幻莫测，甚至冷漠残酷……

“没辙啊，什么梨形的？”

“年轻人，您听着……”

母女俩打开房门的时候，巴士马科夫与安东正坐在厨房的饭桌旁；两人脑袋挨着脑袋，奥列格·特鲁多维奇正在一张纸上认真画女人的乳房。同时，他用铅笔一会儿指指这个，一会儿指指那个，向经纪人解释女人的性情与其乳房形状的关系。不知所措的安东不同意对方的意见，说他总不能在结识一个姑娘前先要求看人家的乳房吧……

“我对你说过了——今后你再也别来了！”达士卡一进门就来了这么一句。

卡嘉显然已经知道了女儿之所以冷淡他的来龙去脉，什么也没

① 即英文“topless”的音译，意为“无上装”。

说就走进了屋子。

“他真的还是爱你的！”巴士马科夫忧郁地说。

“我希望醉鬼与喝过酒的人别在这儿瞎掺和！”达士卡想把他们撵走，冷冷地看了一眼安东后又重复了一句，“我已经对你说过了：我讨厌你！”

“为什么？我给你……我为了你……”

“好了——别再说了！对不起，花早就被扔到垃圾桶里了，牡蛎放在别的地方了，其他的一切都……”

达士卡径直往自己的房间走去，在那儿翻腾了会儿，把东西弄得叽叽嘎嘎直响，拿出了两个装得满满的塑料袋，一只装的是衣物，另一只装的是化妆品。

“我说的不是这个意思，真没辙了……”

“好了，小男孩请你把自己的礼品拿好，立刻滚出去！”达士卡用一种憎恶的语气命令说。

巴士马科夫甚至连心都凉了，女儿说话的声气多么像当年的卡嘉啊，当初他年轻的时候，妻子也是这样把他从家中赶出去的。

“我不走！”安东宣布，为了证明他的决心，又给自己满满地倒上了一杯酒。

“好，再喝最后一杯，”达士卡答应说，“完了开路走人！”

“不！”

“安东，我想，您现在最好是走！”卡嘉走过来说。

“马上离开！”达士卡又强调了一句。

“您的意见呢？”小伙子怀着希望看了看巴士马科夫，“您也希望我离开吗？”

“她们的要比我们大。”奥列格·特鲁多维奇叹了口气，用铅笔指了指画着的梨。

他原本指望会支持他的未来岳父的背叛使安东彻底失望了。他摇摇晃晃地朝门口走去，拎着两只达士卡硬塞给他的塑料袋。经纪人只拿了一只塑料袋来到大街上，久久地站在那里，把袋里的衣服、裙子、鞋一件件抖搂出来，扔在了雪堆上。扔完后他才钻进小轿车里，掉头的时候撞翻了装垃圾的集装箱。他们后来才知道，安东把那些化妆品都扔在了电梯旁，踩了个稀巴烂，事后巴士马科夫家那个单元的楼道里久久散发着法国香水的香味……

奥列格·特鲁多维奇第二天差点送了命。达士卡以为父亲心脏病的突然发作是她与那个经纪人的决裂导致的，甚至还哭了。

巴士马科夫很晚的时候听到从厨房传来的一场谈话：

“当然，他心里很沉重，”卡嘉解释说，“他毕竟是我们家唯一写过博士论文的人。可现在却在一个停车场里——收收发发。你这儿还给他……”

“我怎么啦？”

“还说‘我怎么啦’！你同那个经纪人……”

“妈妈，他是个浑蛋！”

“那你为什么还要同一个浑蛋正儿八经地过日子呢？”

“问题就在这儿！如果你不与一个小伙一起过日子，你怎么能知道他是不是浑蛋呢？”

“不对……我们当年不是这样的！”

“那是什么样呢？你以为，为了了解这个人是不是浑蛋，需要与他生活一辈子、生孩子，一直到临终的时候才说：‘有人跟我提醒得对——这个人就是个浑蛋！’”

“我也说不清……女人应该自重，或者说，起码要有点鉴别浑蛋男人的敏感。”

“真是这样吗？那你怎么没看出瓦季姆·谢苗诺维奇这个人来呀？”

“你这话说得不着边际……”

“怎么？”

“就是这样嘛。我直到今天都无法饶恕自己。我出嫁的时候完全是个傻瓜，什么都不懂，出嫁前与任何人连吻都没接过。可塔波奇金……反正你也知道。这时瓦季姆……我也就头脑发昏了……”

“要是我的话，我不想等我有了丈夫和孩子后头脑还发昏。即使此前有十个，甚至一万个男人令我头脑发昏！但此后——不想有任何一个。我不愿意像你们那样生活。”

“你说说我们是怎么生活的？”

“你们像同路人。眼下在一起坐车行路，甚至还有了孩子。但是你们两人当中的一个随时都可能站起来下车。而孩子……”

“孩子自己也随时可能下车。但我是不会下车的……”

“那他呢？”

“我认为，他从一开始就站在车的踏板上……”

巴士马科夫心中十分委屈，甚至流下了眼泪。他被描述成了一个卑鄙的浑蛋形象，她还把他与那个恶棍瓦季姆·谢苗诺维奇相提并论，而且他的亲生女儿说起父亲来居然用的是第三人称——“他”。奥列格·特鲁多维奇突然感觉心中一阵空荡荡的，接着用枕头蒙住了脑袋。

二十五

艾斯凯帕尔自己把了把脉——静脉血管有节奏的跳动使他放了心。他拿了一张纸在上面写道：

> 卡嘉！达士卡打来电话希望帮她买点超级孕素。一百粒胶囊。别找我。请原谅我，如果你能原谅我的话。
>
> 奥·巴

“别找我。请原谅我，如果你能原谅我的话。”这话似乎有点滑稽剧的味道，巴士马科夫恨起自己来，而“奥·巴”这种签名似乎有点像一种女用卫生巾的名称……

艾斯凯帕尔把字条撕成了碎片，打开一扇窗户，将纸片扔了出去——犹如一群白色的小飞蛾，它们摆动着身子向下面飞去。

他在想，要是突然发明了一种方法，可以把字条的碎片复原，那可如何是好？如今人们已经掌握了通过细胞克隆整个绵羊的技术！卡嘉找到一块小纸片，辨认出巴士马科夫的笔迹后，把它拿到有关部门——要求复原：“别找我。请原谅我，如果你能原谅的话。”

我今天怎么搞的，脑子里净冒出些奇奇怪怪的念头！艾斯凯帕尔很恼火，又把起自己的脉来。

没有脉了!!!

怎么会没有了呢?! 这根本不可能。再摸摸看!

哦，真的，有了。但是脉非常弱……

巴士马科夫是从那次心脏病发作后养成把脉习惯的，是在女儿把安东的经纪人赶走的那天早晨。那天，奥列格·特鲁多维奇醒来时觉得头很沉，心脏感到从未有过的一种不适，但还是坚持去上班了。说实在的，一开始他喝了点威士忌，是与那个没能正式成为他女婿的人一起喝的。那个时候假酒盛行，中毒事件时有发生。甚至还盛传过关于一个著名演员的故事，说他在演出结束后和妻子一道把从小铺里买来的一瓶酒喝光了，中了毒。两夫妻葬在了一起……其实，为了在同一天死去，夫妇完全没有必要正正经经地居家过日子，也无须做个正人君子，只要两人一起喝点假酒就足矣。眼下就是这个世道!

巴士马科夫艰难地来到了工作地点，但还是迟到了，阿纳托利奇已经在了，而且正在为一辆旧日古力轿车扫积雪。这辆车不知是谁开到停车场的，看来只是想停那么一天，但一直没人来开走。为了不影响别的汽车进出，需要把它挪到另一个地方去。早先，在共产党当政的时候，只要它还没变成一堆生锈的废铁，就会有人像推小推车那样开着它。而如今在莫斯科的院子里，甚至大街的人行道边上，到处都有被丢弃的破烂汽车，东倒西歪的、被卸了轮胎的、灰扑扑的，或是堆满了积雪的。人们来不及把它们清理掉，就像发生瘟疫时来不及清理的尸体一般。这些堆得到处都是的破汽车突然在巴士马科夫心中唤起了孩提时的记忆。

那时他只有十岁，郊区院子的垃圾堆里突然出现了大量假肢。那些人造手做得很像尺寸放大了的木偶五指紧攥的手。但更多的还是假腿。通常都是些木头圆锥体，上面开了个可安装残肢的凹槽，顶端嵌有一根黑色的橡皮圈。在小说《金银岛》中，独眼的西利维尔就是装着这种木头假腿一瘸一拐地行进的。但有时还能看到穿着新鞋的真正假腿。有一个从大共青团区来的小伙子捡到了一条做得非常好的假肢，显然属于一位立了战功的老战士，这位老战士失去了腹股沟以下的整条腿。整条假肢是由镀镍的金属片和黄色的皮肤做成的。在安装残肢的地方专门留了一个垫着蓝色绒布的凹坑。膝关节部位还装了一个特制杆形销，便于弯腿坐下。运气不错的小伙子把假肢藏在家中，到了不同院子间足球比赛的时候才拿出来。比赛双方商定，点球只能用假肢来踢，就像曲棍球的球杆一样——这是那些小流氓最得意的踢法。比赛一直这么进行着，直到一个大人无法忍受这种野蛮的做法出来制止，把假肢收走了事。

但最有纪念意义的一次发现是属于巴士马科夫的。那是一辆矮矮的、装上了胶皮小轮的残疾人车，车有点像现在的滑板，但它是正方形的，差不多五十厘米乘五十厘米见方。小车上还固定着帆布皮带和带扣。奥列格知道这辆车是谁的。战后有一个男人使用过多年，坐着它到处走，他用两只肌肉发达的手抓住一根特制木棒，用力一撑就离开柏油马路朝前驶去。这个男人叫维坚卡。年龄尚幼的巴士马科夫常常在位于索里扬卡的啤酒屋旁遇见维坚卡。特鲁特·瓦连京诺维奇带着儿子从幼儿园回家，路上一定会在啤酒屋旁停下，站上队，与那些熟识的男人谈论体育新闻，他在足球方面渊博的知识常常会使众人惊叹不已。

那个残疾人总是坐着小车来，不用排队，默默地把钱递给已经排到窗口跟前的那个人。窗口里散发着一种浸泡在啤酒中的咸面包圈难以描述的气味。因为是陪着父亲来，所以奥列格肯定能得到父亲的奖赏，两块微微沾上了啤酒的咸面包圈。

“啊，维坚卡！你好啊！”大家都会愉快地与他打招呼，帮他拿啤酒，俯下身子仔细地把找回的零钱数好交给他。

有两件事让奥列格特别吃惊。一是这个残疾人总有钱，有时甚至还有面额很大的票子。二是男人们喝酒聊天的时候，一般都相互以名字与父名相称，却给这个残疾人起了个小男孩的名字，维坚卡。

实际上，他比其他很多人年龄都大。从他受过伤和得过“英勇”奖章的经历来看，他还打过仗。他只在5月的节日才把那些奖章戴出来。不过话说回来，这种称呼不是不拘礼节的，相反，是男人们表示关心和尊敬的一种特殊而通俗的方式。我想，人们会同意我这种说法的，若是以名字和父称去叫一个身子不健全、模样有些像放在小轮车上的半身塑像的男人，未免有嘲弄和羞辱之嫌，这与俄罗斯人的性格是相违背的。而叫“维坚卡”，则正好显得亲切，还显出了一种尊重……

残疾人对人们的这种好心从不表示感谢，阴沉着脸接过啤酒和找回的零钱后，用一只手撑着木棒，将车移到一堵小围墙边，把啤酒杯放到柏油路上，仿佛所有土地都成了他维坚卡的桌子。有一次，特鲁特・瓦连京诺维奇向售货员要了啤酒，啤酒的量是他妻子严格规定好的，这时那个残疾人来到了跟前。奥列格正站在旁边哭。父亲刚刚答应过要带他到玩具商店去买纸炮，也许，父亲高兴了还会给他买手枪。

“说话算数吗？”小巴士马科夫甚至问了好几遍。

“保证说话算数！”

但他们没有去玩具商店，而是来到了啤酒店的旁边！

起初奥列格闻到一股呛人的烟草气味，后来又有一个人拍了拍他的肩膀。他转过身来，正好与残疾人打了个照面——他们俩一样高。维坚卡穿了一件十分整洁的花条纹西装，衣服的下摆盖住了残肢，西装里面只穿了一件蓝背心。宽阔厚实的棕色胸膛上长满了鬈曲的胸毛。脸膛也是近乎褐色的棕色，胡子拉碴的，蓝眼珠，可以说那不是两只眼睛，而是麦芒般的毛茸茸的眉毛下的两盏明灯。与人们说的相反，维坚卡身上发出的不是残疾人通常有的那种闷人的浊气，而是强烈的烟草和类似希普拉牌花露水的香味。维坚卡笑了，露出了像糖果衣箔那种淡灰色的牙齿，孩子般向奥列格挤了挤眼睛，说：

“别哭了，小小子！你看，我没有腿都不哭！”

后来他又皱起眉头，用他的方式将特鲁特·瓦连京诺维奇推到一边，把钱递给了他。

“啊，是你啊，维坚卡！”当父亲的高兴了……

“你打算把它推走吗？”阿纳托利奇气鼓鼓地问。

“怎么啦？”巴士马科夫这才清醒过来，发现自己的双手正撑在无主的日古力汽车的机箱盖上。

“数到三，用力！”昔日的上校命令说。他用肩膀顶住了前后车门间的小立柱，“一，二，三——！”

突然，巴士马科夫的心脏奇怪地停顿了一下。他感觉到一种类似发病前的胸闷，就好像墙的隔壁多少年来一直在播放着一支听惯了、不可或缺的唱片，而现在留声机突然关掉了似的……胸闷过后出现一种全身发冷、四肢无力的感觉，紧接着一种莫名的恐惧攫住了他——心跳虽然恢复了，但恐惧感却没有消失。

“你怎么啦？”阿纳托利奇慌了。

“我难受。”巴士马科夫嘟哝了一句，把手伸向衬衫下心脏的位置，感到手心里冷汗淋漓。奥列格·特鲁多维奇坐在雪地上，脊背倚靠在无主的日古力汽车的车轮上，等待着死亡的来临。直到标有红十字的救护车开进停车场，他才觉得轻松了些，明白自己还不会死。

来了一位年轻的医生，也许还是个大学生，穿一件短大衣，里面是件短短的灰色大褂。他长长的浅色头发束成了一个马尾。医生蹲在巴士马科夫面前，蹙起了双眉，摸了摸脉后问道：

“出什么事了？”

“他觉得难受。”阿纳托利奇解释说。

“我能看出来。您可以说话吗？”

“我不知道。”巴士马科夫摇了摇头。

“哦，情况还算不错。您怎么难受？”

“心脏……”

“是不是一紧一紧的，闷得慌，肩胛骨部位有没有疼痛感？”

“没有。就是心脏不跳了。好像掉下去了……”巴士马科夫开始解释，显得精神头十足。但他觉着这会儿这种精气神不太适宜，便尽量使说话声显得低沉缓慢、有气无力。“好像没有了……心脏没有了……心中惊恐万分……”

“刚才喝酒了吗？”医生变得和蔼一些了。

“喝了一点点。”

“早晨是不是又喝了点醒酒的酒？”

“瞧您说的！”阿纳托利奇插话说，“我们在工作时间是不允许喝酒的。我们老板发现了是要炒鱿鱼的。”

“您以前有过类似的情况吗？”

“从来没有过。”

“那就是说，”医生点了点头，“第一次信号！”

他打开他的急救箱，拿出一个细颈的小安瓶，对着光亮处看了看，用手指弹了弹，将安瓶里的药水弹了下去。

“您的注射器是一次性的吗？”巴士马科夫问，语气中流露出怀疑与不安。

“当然。怕得艾滋病？这就对啦，”医生夸奖说，一边掰着药瓶的细颈，“大家都怕艾滋病，但造成死亡的却是其他疾病。您怎么称呼？”

“奥列格·特鲁多维奇。”阿纳托利奇替他回答说。

“特鲁多维奇？嗯……第一次碰到。因杜斯特利耶维奇①倒是有过——一个疝气患者。阿拉·普加乔娃——宫外孕加上大出血……还有一个也叫普加乔娃——同姓的女患者。契卡洛夫②是……”

“也是同姓的？”阿纳托利奇好奇地问。

---

① 音译，意为“工业化”。

② 契卡洛夫（1904—1938），苏联英雄飞行员。

“不，契卡洛夫是他的名字。叫契卡洛夫·哈列诺维奇。”

“可能是亚美尼亚人吧？”阿纳托利奇猜道，“我们原来后勤部的一位副部长叫——哈姆雷特·奥赛罗维奇！”

“你以前对我说过，是哈姆雷特·苔丝德蒙诺维奇！”巴士马科夫感到惊讶。

“没错，是亚美尼亚人，”医生点了点头，“油漆工。从脚手架上摔下来了。但特鲁多维奇还从来没有碰到过。挺有意思！好吧，奥列格·特鲁多维奇，”他几乎看也不看，就将针头插进了被掰掉了瓶颈的药瓶，透明的注射器圆筒里立刻吸满了药水，“这是向您发出的第一个信号！身体在跟你抱怨：‘奥列格·特鲁多维奇，您对我很不关心啊！如果还继续这样下去，’”医生抖了抖注射器，将针头朝上，挤出细细的一股药水，“‘那么，奥列格·特鲁多维奇，我，您的身体，就不敢对自身健康做出保证了！’这会儿，您明白了吗？众所周知，需要治疗的不是疾病本身，而是消除产生疾病的根由。”医生在阿纳托利奇的帮助下，为巴士马科夫解开裤子，将屁股露了出来，将棉球放在酒精里蘸了蘸后，便开始擦抹他满是疙瘩的屁股，“奥列格·特鲁多维奇，您的衣服穿得太少了点。您知道，老百姓是怎么说的吗？3月到——三条裤子加夹袄！您没有受前列腺的困扰吧？”

“还没有……”

“我还真有点问题。”阿纳托利奇坦白说。

“您把电话号码留下，有一个非常出色的泌尿科大夫。真是妙手回春啊！”

医生一下子扎了进去，注射器圆筒里的药水很快便消失在巴士马科夫肉体的深处。

“不用把他送医院吧？”阿纳托利奇问。

“还有必要吗？”医生耸了耸肩，“现在医院里有什么好？就算住院，奥列格·特鲁多维奇也得躺在楼道里经受穿堂风的折磨。最好还是回家躺着。有人照顾吗？”

“有妻子。”

“那就更好啦！奥列格·特鲁多维奇，顺便问一句，您在哪儿住？”

“就在旁边。”

“好，如果就在附近，那我们把您送回去。否则我们的汽油可能会不够。咳，似乎我们自家盛产石油，但救护车用油却总有问题。真是个笨蛋国家……”

住在楼房同一单元的老太太们这下有了一个月的谈资。这也是很自然的啦！一辆标有红十字的救护车开到楼房前，扎小辫的医生和阿纳托利奇从车里抬出了脸色苍白、软弱无力的巴士马科夫。

“还那么年轻哟！”老太太的眼睛里闪现出同情的光芒。

老实说，除了脑袋还微微有点晕，奥列格·特鲁多维奇这时已经感觉恢复得相当不错了。但是，鉴于有那么多有身份的成年人在这次突发的疾病中帮助了他，所以突然宣布他已经完全康复似乎不太好。

“到了吗？”医生问阿纳托利奇。

“不远了。”

“那好吧……”医生暗示性地表现出了一种犹豫，接着又重复在汽车里已经讲过的话，“还要注意的是，房事要有节制，切忌过分紧张激动，常备镇静安神的药物……要彻底根除可能引发疾病的原因！奥列格·特鲁多维奇，根本的原因就在于无度。在于没——有——节——制——！您的腹部——嚯！该去掉些啦……”

“给他！”巴士马科夫悄悄对阿纳托利奇提醒了一句。

“明白了……”同伴从上衣口袋里拿出了一张面值可观的钞票，佯装着握手将钱塞进了医生的手掌心里。

但这一位可好，大大方方地把钞票展开、摊平，甚至还拿着晃了晃，向司机显示了一下。显然，后者对把患者送到家中甚为不满。

“再见啦，奥列格·特鲁多维奇，多多保重！”

“再见。”

阿纳托利奇像拖伤员一般把好朋友扶进了老太太们事先打开了的单元门里。

“你瞧，金鱼也有些惊恐不安了，”他把巴士马科夫安顿在沙发上，说，“冷血小动物，却也能感觉到主人身体欠安！鱼可要比狗聪明——我从来就这么说！”

奥列格·特鲁多维奇躺在沙发上，望着微微倾斜的椭圆形镜子里自己痛苦的脸。半小时后，被阿纳托利奇从课堂上叫回来的卡嘉飞奔回来了。

“塔波奇金，你怎么啦？”她抚摸了一下丈夫的胳膊。

“什么事也没有！”他露出了微笑，活像一个弥留之际的哲人。

“是吗？那为什么你手这么凉？”

“我也不知道……”

“想吃点什么？”

“嗯。”

“什么？”

“咸面包圈。”

“我恐怕有一个世纪没见过这种玩意儿了！”

“我也是……”

卡嘉炖了一只鸡，用勺子喂巴士马科夫鸡汤，两只充满同情和忠诚的眼睛望着他。这一情景很像他小时候生病的时候，平时十分严厉的柳德米拉·康斯坦丁诺芙娜会一下子变得温和起来，如同亲吻一般，用嘴唇触碰着儿子的额头，检查着他的体温。而特鲁特·瓦连京诺维奇下班回来后由于违反了夫妻定好的酒约遭到了她的训斥。他坐在床的一角，用一只粗糙且散发着印刷油墨味的手轻轻地按着病儿的额头。

“三十八度六。”他蹙着眉头，在沉思中说。

“四十度。”柳德米拉·康斯坦丁诺芙娜冷笑了一声说，那笑声中包含着对丈夫过度饮酒的嘲讽。

“啤酒没有四十度的。”

“那这种啤酒瓶上是不是也没有公牛啊？”柳德米拉·康斯坦丁诺芙娜继续挖苦他，驳斥丈夫醉意蒙眬中说出的关于啤酒度数的可笑胡言乱语。

“柳德，你这可是大错特错啦！”

……卡嘉喂了丈夫后，走到厨房开始给在医务部门工作的学生家长打电话，详细地说了丈夫的情况。奥列格躺在房间里听着，电话里的叙述越来越生动和详细，仿佛这一切都与他无关，倒是像卡嘉自己经历的一样。此后好久，妻子一直没说话，静静地听着电话那一头给她提出的忠告。每次打完电话后，卡嘉走进屋子里时情绪起伏都很大，看来，建议是五花八门、各不相同的。

有乐观鼓励型的：

“没什么可怕的，图涅雅特奇，睡上一两天就没事了。谁还不生个病啊……”

也有低沉同情型的：

“塔波奇金，你心脏的感觉是挤压式的疼，还是针刺式的疼？背后有没有疼痛感？也许你最好还是去住院？”

显然，还是安慰性的意见占了上风，因为达士卡下班回来后，卡嘉已经快活起来了。母女俩发现巴士马科夫正偷偷在看《大众医用百科》中的“心脏病”一节，两人甚至一块嘲笑起他来。

“这么个找法，你恐怕能在自己身上找到产褥热的病状来！”女儿大大咧咧地取笑着说。

随后他听到卡嘉与达士卡的一番谈话。

“……那他呢？”

“我认为，他从一开始就站在车子的踏板上……”

夜里，巴士马科夫无法入睡，一直在埋怨自己为什么要把头埋在枕头里而没把这场谈话听完，因为他很清楚，达士卡接下来会这样问：

“那你为什么还与他生活在一起？”

那卡嘉是怎么回答的？说了些什么？

他刚要进入梦乡，发现心脏也与他一起停顿下来，该跳的时候也没跳。奥列格·特鲁多维奇害怕了，坐起来，出了一身冷汗。于是巴士马科夫决定不睡了。起初，他看着四仰八叉地躺着的卡嘉。她的脸甚至在梦中也十分严肃且显得心事重重，上嘴唇因轻微的鼾息颤动着，如同没盖好的汽车机箱盖，只要马达一发动就会震颤。巴士马科夫头脑中突然出现了一幅死去的卡嘉躺在棺材里的景象，他站在尸体旁，拿不定主意要不要吻她的嘴唇。

“见你的鬼去吧！”他对自己狠狠地呵斥了一声，晃了晃脑袋，竭力要把这荒唐的念头驱散。

但这时他忽然把自己想象成躺在了棺材里——一副可怜相，从下巴到腹股沟的整个躯干都被剖开了，又急速地被缝合起来，冻上了，活像一只冰冻的匈牙利光条鸡。只是没有被包在画有外形漂亮、看起来味道鲜美的大公鸡的塑料袋里，而是在黑色的西装寿衣中。不知为什么，脖子上挂着的——还是那条带有背叛嫌疑的迪奥领带。

“滚你妈的！”巴士马科夫无声地对自己喊叫着，从床上跳下来朝亮着灯的金鱼缸走去。鱼儿们都已经处于半睡眠状态。两条大腹鳍的珍珠鱼慢慢朝缸壁游来，宛若两只不知从什么人的脸上滑落下来的鲜亮的天蓝色眼珠。巴士马科夫用手指头弹了弹金鱼缸的玻璃——珍珠鱼立即消失在黑色的水草中。奥列格·特鲁多维奇看了一眼缸底，发现了两只小蜗牛，它们正在舔食又一条死了的灰白色公羽鳍鱼。

突然，巴士马科夫明白了，他的生活中发生了一桩重大的事件。他进入了一种与死亡的崭新关系中。早先，他心脏病发作之前，他把人不可避免的死亡看作未来世界的一种灾难性巨变，这场灾变的后果不仅是他巴士马科夫的消失，还有整个世界，包括达士卡、卡嘉、母亲、父亲，甚至还有已经故去的彼得·尼基福洛维奇、捷达、丽莎外婆……而现在，在心脏病发作之后，他有了全新的体验，他觉得自己成了一个上了发条的玩具，就像背上插着把钥匙的小铁老鼠——达士卡原来有过这么一个。如果是她上的发条，那只小老鼠跑到房子中间就会停住。而如果是巴士马科夫上的发条，上到底——这只机械鼠能跑到对面的墙根，随后它那尖尖的鼻子顶着墙的踢脚板，还能颤动好大一阵子，那看不见的胶皮小轮在地板上打着滑空转着。上紧了的发条松了——小老鼠也就停下不动了。

人也是这样。你身上的发条松了，你也就趴下不动了。有一天，整个二战期间的伤残人一代的生命发条突然都松了，于是院子里的垃圾堆上就出现了大量无用的假肢。少年巴士马科夫甚至捡到了维坚卡的残疾人车。奥列格像雪橇那样往车上绑了一根布条，拉着院子里的小朋友们玩。为了安全起见，他还给他们系上了帆布皮带。一开始只拉一个人，后来，为了搞恶作剧，拉上两个，三个——直到车轮脱落为止……

正是在那天晚上，在心脏病发作之后，坐在金鱼缸旁，巴士马科夫才感觉到身上那根发条的存在。它已经不可挽回地变得愈益乏力，而且最终必然会力尽而止。他觉得自己是个不知由谁上好了发条的机械鼠。当然，值得欣慰的是，事后，当你上好了弦，你会成为某个重要的机械——玩具铁路或儿童自行车——上的一部分。但是等到那只老鼠将尖尖的鼻子戳在墙的踢脚板上一动也不动的时候，还有谁会来管你呢？

巴士马科夫带着这种思绪从金鱼缸边回到床上，卡嘉的身旁，用手抚摸了一阵她那正在沉睡的温暖女性胴体后，也进入了梦乡。他做了一个梦，梦见位于索利扬卡早就被拆除了的啤酒屋。而奥列格·特鲁多维奇——今日的、成人的、大腹便便的他——站在那里，像孩提时那样拉着父亲的手，因受了委屈而哭泣。突然，有人在推他，把他的腰推得生疼。奥列格转过身来，看见了坐在小车上的维坚卡。残疾人还像早先那样，个子与他一样高，但因为如今巴士马科夫已经成人，维坚卡当然也长高了，长宽了，长厚实了，小车轮子也有矮座的摩托车轮子那么大了。维坚卡张开一嘴铁牙笑了，快活的蓝眼珠亮晶晶的，他默默地把钱递给巴士马科夫。但奥列格·特鲁多维奇只是耸了耸肩，那意思是说：儿童是不许喝啤酒的，最好——来点咸面包圈。残疾人棕褐色的脸因为愤怒几乎变成了黑色，他把铁牙咬得咯吱响，眼珠蒙上了一层暴风雨来临之际天空中出现的那种铁青色。维坚卡靠他强有力的大手离开了原地，一下冲进了啤酒屋。车轮发出凄厉的尖叫声，小车仿佛装上了大功率的马达，打着滑空转着，车轮下被磨碎的柏油呈粉末状飞溅了出来，啤酒屋可怕地开始倾斜。奥列格惊恐地望着父亲，发现手中拉着的不是一只他熟识的、刺有“劳动”字样的父亲的活手，而是几根木头手指握得紧紧的一只死手。更让他害怕的是，人们排的长队成了大腿假肢的长阵。站着买啤酒的有粗糙的、圆锥形的一截截木头，顶端还嵌有一根黑色的橡皮圈，有穿着簇新锃亮皮鞋的真的小腿假肢，还有名副其实、用黄色皮肤和镀镍金属片做成的人造腿，膝盖的关节部分还安装了一个特制的销形杆……

“爸爸！”巴士马科夫惊恐地喊道，将手中的木头手扔了出去。

他在啤酒屋旁慌乱地东走西窜，寻找父亲。但没找到父亲。只有一根根因感觉到很快会买到啤酒而激动得站立不稳的假肢，还有额头死死顶在倾斜的货亭木板墙上的维坚卡。一动不动的车轮有一半，连轮毂的顶端都陷进了柏油马路中……

“爸爸！”奥列格又一次发出了可怜的呼唤。突然，在维坚卡僵硬的胳膊上，他看见了父亲用蓝色火药刺上的“劳动”二字。

二十六

艾斯凯帕尔耸了耸肩，摸了摸脉。这一可怕的梦后来长时间折磨着他，成为尘封在他记忆深处最沉重的回忆之一。为什么父亲和维坚卡成了同一个可怕的人？为什么？巴士马科夫无法解释……

那天夜里，他跳起来，发出可怕的叫声，惊动了卡嘉和达士卡。

“你怎么啦？”妻子也一下子坐了起来。

“我……没什么……我做了一个梦，梦见父亲死了……”

“啊，”卡嘉打了一个哈欠，“我还以为，你做了一个他结婚的梦呢。塔波奇金，不用担心，要是做梦有人死了，这正好相反——说明他健康。应该问问妈妈……”

“你问吧。”

达士卡给父亲拿了一片心血康，还端来了加了几滴缬草酊的水。但他还是睁着眼躺了很久，聆听着已经出了问题、准备从胸膛里溜走的心脏。后来，他起了身，去厨房喝了点茶，看起了卡嘉留在桌子上的书。作者是一个姓索依金的非常著名的作家，布克奖得主。照片上有一个傲慢的大胡子青年，年龄在四十五岁上下。奥列格只读了其中一个短篇，内容还真有点怪。

一个中学生爱上了自己的女老师，偷看她上厕所。但偷窥者的行径被女老师发现了，她抓住了他，并把他扭送到校长办公室。校长对这个男生讲了一大通高深的道理，说希腊人给“性爱”这个词赋予了深刻的意义，女性的身体应该是被崇尚的对象，而绝不应该是被窥视的目标。随后，他强迫犯了错误的男孩把衣服脱光，和女教师一起对他进行了放肆的奸污，还学着公鸡的叫声喊道：

“我——就是裴斯泰洛齐[①]。”

巴士马科夫天快亮时才睡着，窗外雨天的清晨是一片灰蒙蒙的雾霭。

“你喜欢索依金吗？”晚上巴士马科夫问卡嘉。

“喜欢不喜欢又怎么样？他的书现在已经纳入教学大纲了……”

第二天，奥列格·特鲁多维奇去医务室开病假条，虽然事前阿纳托利奇传达过舍杰曼·霍斯鲁耶维奇的话，说他对什么“病假条、事假条”一概不感兴趣，巴士马科夫有病需要休息，给一个星期假就是了。

“滚他妈的！”巴士马科夫发怒了。

奥列格·特鲁多维奇在医务室排了很长时间的队，排队的都是些老头和老太太。正如他所知，他们不是来看病的，也不是来听从医生忠告的，而是来取不要钱的药方的。在他看来，这些离退休的人都是些上了发条的老鼠，他们头顶着墙壁的踢脚板，随着松弛的发条的最后动力浑身颤抖着。但他们自己并没有觉察，仍然高声地说东道西——谈商店里的商品价格，谈儿孙们经商取得的成就，谈政治。其中有一个羸弱的老战士，他的西装上衣上一层层地挂满了各种勋章。他眨巴着那对通红的泪眼，怀着一副充满渴望的心情目送着每一个在走廊上急匆匆走过的白衣天使。后来，他信任地俯下身子对巴士马科夫含糊不清地说了一句：

“我在前线打仗的时候也结识过一个女护士。向她开过炮！”

奥列格·特鲁多维奇点了点头，受到鼓舞的老人讲起了正好是

---

① 瑞士著名教育家，主张把理论教育与儿童的身心发展联系起来。

在 1944 年春天发生的他难能忘怀的战地浪漫故事。但不知为什么，他的故事是从莫洛托夫在广播中宣布希特勒进攻苏联的消息开始的。随后，他详细讲述了斯大林如何将莫洛托夫的妻子关进了监狱，因为后者在化妆工业搞破坏，还企图将克里米亚出卖给以色列。

“可我总觉得，出卖给以色列总要比给一簇毛[①]要好得多！”老人说。

后来，当他发现偏离了话题后，又回到了战争初期，久久地回忆着在兵营的第一夜，他的一件新大衣如何被人换成了一件旧的，显然是对芬战争时保存下来的大衣……

这时老人被医生叫去了。

为了不至于等得心焦，奥列格·特鲁多维奇开始想，医生不仅能感觉到他体内的动力在减弱，甚至还知道这一切是怎么发生的。此外，他还能开启思维的目光，看到自己在走向死亡，精力消耗殆尽的机体，犹如透过闹钟的玻璃框看到钟表里面的机械装置一样（奥列格·特鲁多维奇差点在波兰给自己买下这么一个闹钟）。有了这些知识的他们，还怎么生活呢？

“巴士马科夫！”护士喊了一声，“该你了！”

回家时他选择了一条最远的路，要穿过一条峡谷经过一座教堂。在他和卡嘉分到住房的时候，周围还没有任何与祭祀有关的建筑。只是在公共汽车掉头的地方，在墓地的对面，有一座古老的砖结构楼房，它的一扇墙是半圆形的，红色的砖已经成了赭色。楼房里有几个家具作坊。改革开始后，一些包着头巾的老太太曾聚集在作坊附近开过几次群众大会。一个火红色头发的小伙，那种在革命的岁月里会将鲁勃廖夫[②]的圣像画砸在新圣徒头上的激进者，对着麦克风扯开嗓子喊叫着：

“十七年前，这儿曾经是个乡村教堂，叫扎维雅洛沃圣安娜受孕

---

① 对乌克兰人的蔑称，因其头上蓄一绺头发。

② 俄国 14 至 15 世纪著名的莫斯科画派大师，以画圣像著称。

教堂。当时的扎维雅洛沃村有三百个居民，而现在我们的小区里已经有两万人了——可是一座教堂也没有！这是可恶的反上帝的制度的耻辱！我们要废除宪法第六条！”

“耻辱！”老太太们也在呼喊着，“废除！”

正当“金牛星座”彻底解散，巴士马科夫待业在家的时候，小区突然紧锣密鼓地开始修复教堂了：加高了被毁坏的钟楼，重修了金色的圆顶和网纹花的十字架，刷白了砖砌的图案。有一天清晨，奥列格·特鲁多维奇被一阵急促的钟声吵醒，声波穿透了还在沉沉酣睡的箱式水泥楼。

“教堂终于启用了，”卡嘉打了个哈欠说，“是不是该补个洗礼啊？”

“那就不允许再造孽了。”巴士马科夫一边把妻子拉进怀中，一边警告说。

“怪不得，我觉得你怎么能那么纯洁无瑕呢！”

卡嘉接受洗礼的日子要晚些，在瓦季姆·谢苗诺维奇之后。在重点中学用米士卡·科罗文的钱建立了一个微机室后，沃热从教堂里请来了一个神父。他表示了祝福，并用圣系刷向新的“穿圣袍者”洒了圣水……

“若是相信上帝并开始在早晨跑步会怎么样？”巴士马科夫心中想着，沿圣安娜受孕教堂的台阶向上走去，“顺便还得问问神父，为什么伊格纳季算个‘尚未出世的人’？这么说有什么寓意？……”

他已经准备进去了——当然不是去祈祷（巴士马科夫不会），不过是想去看看：到那儿站一会儿，请求上帝保佑他身体健康。这时一辆本田车一个急刹车停了下来，从里面走出一个肥头大耳、大后脑勺的小伙子。他穿了一件飞行员夹克，低着头朝教堂画了三个十字。他的动作幅度很大，很庄严，富有美感，一次比一次更大，更庄严，更美，仿佛他是在参加一次最为神圣的画十字函授考试……

巴士马科夫夜里还是睡不着。他在金鱼缸旁站了一会儿，在屋子里来来回回地走了会儿，为了不惊动卡嘉，轻手轻脚地在书架上找到了一本别人送的《圣经》。他来到厨房，泡了一杯茶，读起《马太福音》来。当奥列格·特鲁多维奇读到“如果你心中的光明——就是黑暗，那么你心中的黑暗又会是什么呢?”这一句时，合上了书，沉思起来。他在想黑暗的问题。

后来，他在妻子身旁躺下了，突然发觉了心中的黑暗——那是一种像黑夜中的海洋一般的东西，它无边无际、温暖，还微微地晃动着。而身旁的是另一种，以梦境形式存在的卡嘉的黑暗，它永远也不可能真正地与他巴士马科夫的黑暗融合在一起。睡在隔壁屋子里的达士卡——那是又一种，他们俩养育的黑暗……在莫斯科的另一端，母亲与父亲时而会为一件小事争个不休——那是两种相互折磨的黑暗。最后，在那个堆满积雪的别墅小区，还有一个寡妇齐娜依达·伊凡诺芙娜，她在思念亲爱的、过早离开人世而被掩埋在地下深处的黑暗……

“如果你心中的光明——就是黑暗，那么你心中的黑暗又会是什么呢?”奥列格·特鲁多维奇在思考中渐渐进入了梦乡。

从第二天起，他开始跑步了。

他拿出了旧运动服、旅游鞋、毛线袜、滑雪帽，把闹钟拨到六点钟，早晨好不容易才醒来。也许，从在部队当兵时起，巴士马科夫就没那么早起过床。大街上还很黑。空气中透着积雪的清新，没有了汽油的污浊。路过教堂时，巴士马科夫停下站了一会儿，利用没人看见的这个机会，尽可能庄严地画了好几次十字。感觉还不错。在返回的路上，奥列格·特鲁多维奇见到了好几个跑步的人，他们好像互相都认识，所以见到一个新面孔的时候都报以赞许的目光。而一位老者甚至朝着他跑过来：

“年轻人，第一个星期不能跑得太剧烈了!”

巴士马科夫一边跑，一边感到很惊奇：当他把个人的死亡视作宇宙的死亡时，他会滥用世俗的快活，心安理得地自戕自害，丝毫没有想过要跑步健身；而现在，为了延长身体中这根可怜的老鼠发条的张力，他却准备小跑了，吃营养餐并千方百计地保重自己……还真怪了。

巴士马科夫到家的时候，家人都还在睡。他洗了个冷热水浴，感觉特别好，甚至钻进被窝贴在了卡嘉温暖的身体上。

“塔波奇金，现在可不行。”她睡眼惺忪地挣脱着说。

“不行就不行吧！”

到了第二天早晨，巴士马科夫肌肉胀痛，全身酸疼，但他还是穿上运动服，哼哼着弯下腰系球鞋带，对自己有如此的毅力感到惊讶。这一天已经不能叫跑步了，而是一种健身式的跛行。过了两天后，他才感到轻松了些。他遇到的那些跑步的人相信了他在最初的艰难面前没有退缩，而是挺了过来，承认他成了自己人，并友好地向他点头示意。但正是跑步使巴士马科夫付出了丢掉工作的沉重代价。也许是舍杰曼·霍斯鲁耶维奇早晨从夜总会回来时亲眼看见生病的守门人在街上跑步，也可能是哪个人告的密，但阿纳托利奇还是原原本本地把老板发怒时说的话都讲了：

“我以为他会死掉，可他像个驴似的跑得还挺欢……”

“不用太在乎，”卡嘉劝慰他说，“他这样说反而还好些！难道这也算工作——给那些中亚人当门房！我现在最好再招一个学生……”

即使没有卡嘉的安慰，巴士马科夫也能很平静地接受他被解雇的事实。他还顾不上生这个气——奥列格·特鲁多维奇全身心关注的是他自己。他在书亭里买了一本小册子，那书名起得还挺美——《健康——运动＋合理的饮食！》。他认真地读完了书，甚至还做了笔记，按照书中提出的要求节食，加上适当的运动量和灌肠排毒。然后是专门的饮食。读完了书末附录中的表格后，他现在已经一眼就能确定各种菜或主食的卡路里含量。

“六百大卡。”达士卡正狼吞虎咽地吃着夹着三层东西的汉堡包，他若有所思地对她说。

“吓死人了！”女儿同意道。

“一千大卡！”他对喝着啤酒、吃着猪肉饼和油炸土豆的卡嘉说。

“图涅雅特奇，别说了，你还让不让人吃饭了！”

每天早晨跑完步并冲完冷热水澡后，巴士马科夫便把蒙上了水汽的镜子擦干净，然后望着镜中日益瘦削苗条和愈显年轻的身体。他使劲收腹，绷紧肌肉，心中感到十分高兴，因为早先是根本看不见的，脂肪里面的生命如今已经呈现于体表。当已经消失了多年的四方块腹肌重又显现，他把卡嘉叫到了浴室里，自豪地问道：

“你什么也没发现吗？”

“我应该发现什么呢？”卡嘉要求他说的更明确些，但目光还是扫了一下丈夫结实的身子。

“看四方块腹肌？”

“哦，四方块腹肌！四方块腹肌真棒……什么叫四方块腹肌呀？”

巴士马科夫的脸显瘦了，人显得更年轻了，更有男人味了，也更富感染力了，再加上他那高贵的银白色发丝，给人留下十分难忘的印象。而最重要的是，眼睛的变化。也许是因为经历了对心脏病的恐惧，也许是因为长时间忘我的节食，他的眼睛中出现了一种久经考验的深沉和令人怦然心动的睿智。

甚至连女儿都这么说：

“好爸爸，你真的变帅气了！”

“你爸决定重新开始他的个人生活。”卡嘉连讽带刺地补充说。

他真的变帅气了——如今浑身上下重新洋溢着早已失落的欢乐，有时他甚至还会突发奇想：难道就不能做到让你身体里的那个老鼠发条不是一年比一年更衰弱，而是相反，让它变得更加强劲，不让那根弹簧松弛下来，而是让它越来越紧、越来越富有张力。早晨跑步经过教堂时，奥列格·特鲁多维奇已经不再演练画十了，也不再对自己许诺最近要去教堂，像人们通常所说的，入教做礼拜了，而是以一种宽容大度和略带讽刺的目光望着那些匆匆来去做晨祷的人……不，上帝不会受甜言蜜语的诱惑，也不会受金色圆顶下黑暗的蒙蔽，上帝——就在莫斯科寒冷的清晨中，就在刚刚流出的刺鼻汗水气味中，但那汗水可以用清凉凉的含漂白粉的水洗去。

“如果你心中的光明——就是黑暗，那么你还要这光明干什么?!”

但他还是去了教堂……柳德米拉·康斯坦丁诺芙娜打来了电话，在电话里号啕大哭，说特鲁特·瓦连京诺维奇中了风，还很严重，直接从“利箭”火车上被拉走了……

第三模范印刷厂还是在1992年私有化的。不知从哪儿来了个骗子，扛来一口袋私有化证券，把印刷厂连同那块大理石板全部给收购了，那块板子上写着1918年列宁曾在这栋大楼里对革命的印刷工作者发表过讲话。特鲁特·瓦连京诺维奇已经退休了，但经他一个熟识的领导允许，还继续在原部门工作拿点补差。新上任的厂长添了些德国的新设备，把老人都给轰走了，招募了一批年轻人，开始生产彩色的广告说明和产品目录。

“这就是生活，”老巴士马科夫富有哲理地说，“今天你还在，但明天你的位置就会被一个空铅所取代……”

退休金连吃饭都不够，父亲不得不到隔壁一家书店新开的烤肉苑当看门人。工作很简单：酒吧关门前一个小时来上班，将还赖在店里的顾客们轰走，从老板那里拿来钥匙，上岗值班。但钱——也少得可怜。有一天，特鲁特·瓦连京诺维奇听见两个喝醉了酒的顾客争论。争论的焦点在于，其中一个人认为意大利的世界杯赛是不成功的，而另一个认为是可耻的……

“哪儿是什么足球赛嘛，简直乌七八糟。你还记得1986年的那次世界杯吗?”

“哦！”

“你还记得吗，巴尔达诺的头球把德国人弄惨了？”

“哦！”

“在五十六分钟的时候，巴尔达诺打进了他的第二个球。二十二分钟的时候，布朗接过角球头球射门成功。咳，咱们算是歇了菜啦！”特鲁特·瓦连京诺维奇唠唠叨叨地纠正顾客说。

“别瞎插嘴，队长……”其中一个不高兴了。

“不，你别说！他说得还真对——就是布朗。您怎么称呼？”

“特鲁特·瓦连京诺维奇。”

“瓦连京内奇，你还记得布鲁查加怎么玩的德国人吗？”

“当然记得！马拉多纳传的球。是第八十五分钟进的……那一脚踢的！这同生活中的事一个样。德国人也是在第八十五分钟的时候罚点球踢进阿根廷大门的，但那两脚球不同——就像新婚第一夜的新鲜与金婚后的习以为常一样！”

“瓦连京内奇，说得不错。为你干杯！”

这个退休人员对整个世界足球历史了如指掌的神奇才能很快就传遍了酒吧常客的耳朵。特鲁特·瓦连京诺维奇来上班的时间已经不是在店铺关门前一个小时了，而是在店开门后的一个小时。他会不声不响地蹿来蹿去，从这个桌子走到那个桌子。

“瓦连京内奇，你来说说1954年的世界杯——半决赛的情况？”

特鲁特·瓦连京诺维奇闭上一会儿眼睛（过一会儿，他还会痛苦地皱起眉头，以证明他的强记博识得来是多么不易），随后毫不停顿地回答说：

“西德对奥地利，六比一，匈牙利对乌拉圭，四比二……”

“好样的！喝？”

“就两滴。好了，好了！就这样，哨子一响——就开始罚边线球！”

酒吧老板很快就意识到，这位退休拼版工人不啻是大自然的神奇之作，如果不对其进行商业性利用简直是罪过。于是，特鲁特·瓦连京诺维奇就有了专门的一张桌子。每个顾客都可以提出有关足球历史的任何问题，并能立即得到答案。有时一些喝醉了的球迷私下还会玩点赌博游戏：看看那个足球百科全书会不会出错。还真没有，没出过错！从来没有！老板对他的工作酬劳是每天一顿晚餐另加酒水，同时考虑到酒吧在附近球迷当中的名气越来越大，还加付了数目不大的一笔奖金。

特鲁特·瓦连京诺维奇有一件非常珍贵的文物——斯特列利佐夫的一张旧照片以及伟大的埃迪克的亲笔签名。照片上俄罗斯足球的“叶赛宁”年轻，当时还没蹲监狱，手中拿着一个足球，面带微笑。特鲁特·瓦连京诺维奇把照片放大了，还加上了镜框，挂在他工作台的上方。从此以后，早先无名的小烤肉苑如今被人们叫作“斯特列利佐夫苑”，醉汉们简称它为“斯特列尔卡”。

巴士马科夫有时也去父亲那儿。特鲁特·瓦连京诺维奇的行为举止持重得体，俨然一副老板的架势：挥舞着胳膊，招呼上菜进酒。他开始发福了，虽然以前谁也没发现过，但是，当父亲的还常常责备奥列格年纪轻轻的就有了肚子。现在他的脸鼓了起来，还出现了花斑，腮帮子和鼻子也开始变得潮红。喝下一杯和约牌啤酒后，他迈出的步伐也更远更大了，这就是老板架势的明证。为此他与柳德米拉·康斯坦丁诺芙娜发生了口角，或者说，有了隔阂。他们开始分房而卧，在生活上也是各人用各人的钱，甚至连电冰箱也分成了两半——冷藏室每人两格，冰室中间专门用一块垂直的胶合板隔了开来。

有一天，那是在夜视仪的销售倒了大霉之后，奥列格·特鲁多维奇去“斯特列尔卡”散心。喝了酒后，他故意走到民主派中间，当时民主派已经被人们叫作“盗窃派”。

“这种说法不对！”父亲不同意这种说法，“国家解体了？也许，就应该如此……国家应该给人们带来好处！你不会买七十码的皮鞋吧？但我们的国家是七十九码的。如今尺寸小了些。我在共产党当政的时期生活了六十四年。我知道，夜间你会因一个噩梦突然起身，你梦见排版时把勃列日涅夫的肖像排得脚朝上了！我可知道这是怎么回事，你等房子等了十五年，后来却发现排队名单中没有你……”

“房子不还是给你了吗！”

“给是给了……你妈现在每天早晨都在叨叨：‘要不是我的话，要不是我……’她说，我家能得到这套住房要感谢她，因为那么大的面积是分给她的，不是给我的！但为什么我要靠别人施舍呢？凭什么？人应该自力更生才是。”

“要是人挣不来钱呢？”

“那就是说，他不是傻瓜就是懒蛋！傻瓜需要治疗，而懒蛋我是不会可怜他的。饿汉需要的不是给他炸鱼吃，而是钓鱼竿，为的是他自己能钓到鱼！”

“这句话好像是昨天电视上盖达尔说的？”

“是，是他说的……”

这时有一个顾客恭恭敬敬地走到桌子跟前问：

“瓦连京内奇，1974 年那场决赛是谁做的裁判？”

“泰勒。”父亲立刻回答说。他对提出如此简单的问题感到不能理解。

“哦，谢谢。是儿子来看你来了？”

“是。我的继承人。我在教他得长心眼！”

父亲的性格变得古怪了，巴士马科夫去“斯特列尔卡”的次数也越来越少。但柳德米拉·康斯坦丁诺芙娜却经常来看儿子——顺便对怪里怪气的特鲁特·瓦连京诺维奇埋怨一通。有一天，母亲两眼哭得通红地来了，说父亲根本不给她钱，很晚才从酒吧回家，而且看往年的足球世界杯一看就看到深夜两点。他还高声喊叫，为每一个很早以前就踢进，而且他已经熟记于心的进球而喝酒。昨天他还摔倒在浴室里，把一个放着洗发液的玻璃小架子打碎了。更重要的是——他有了外遇。

“你瞎说什么呀？有什么外遇？”卡嘉反驳说，还意味深长地看了丈夫一眼。

她丝毫不怀疑，认为巴士马科夫家族中的所有人都有放荡的遗传因子。

特鲁特·瓦连京诺维奇的最后一次罗曼史的开端很不寻常。有一次，一个做旅游生意的男人在酒吧里喝醉了酒，对退了休的拼版工人的足球知识赞不绝口，并免费邀他去洛杉矶看足球世界杯决赛，顺便到纽约观光。父亲此前还从来没有出过国，回到家里显得十分激动。

“奥列格，你永远也猜不到，我会到什么地方去？”

“到什么地方？”

“到自由女神像的脑袋里去。你妈的脑袋里可是空空如也！”

就像特鲁特·瓦连京诺维奇后来对儿子说的那样，在这次旅游中，他认识了一个守寡的将军夫人。她把自己在库图佐夫大街上的四居室的房子和冬天在符努科沃住的别墅租给了外国人，每个月得到的收入是她那已故的将军老伴连做梦都想不到的，她现在在世界各地到处走。在旅游的过程中，将军夫人与老巴士马科夫之间产生了闪电般的旅游之恋。将军夫人在临回国前的宴会上多喝了点，身心松弛，流着眼泪，在抱怨自己身体日渐衰弱的哭诉中背叛了她已故的丈夫。

“奥列格，你知道吗，一开始两人都在嚷嚷身体不行了，可最后分手的时候，她简直像个年轻姑娘！我差点没被累垮！”

回到莫斯科后，两人交换了电话号码，甚至还通过几次话。柳德米拉·康斯坦丁诺芙娜还偷听到了其中的一段。

“咳，您就算了吧，”卡嘉高姿态地劝慰她说，“他还能上哪儿去？谁会要他？”

“你可别这么说，卡坚卡……”

“即使他要走——您也是自己的身体要紧！您自己也说过，没法与他在一块过了。”

“我自己也说不清楚该怎么办。恨起来的时候就想杀了他——用菜刀把他砍死！可有时候，一早我们俩吵了架，他往他那个‘斯特列尔卡’一走——我心里也好像没着没落的……”

“您的心思还真让人猜不透！”

第二天，妻子打发巴士马科夫去做特鲁特·瓦连京诺维奇的思想工作。父亲的身体较从前胖了，但胖得很不正常，花斑点点的脸上如今出现了紫色的静脉纹和褐色的老年斑。他留起了参议员式的连鬓胡，穿上了深蓝色的双排金属扣西装。父子俩天南海北地聊了一气，奥列格委婉地批评了父亲不该放纵自己。

“肯定是她告的状！”父亲涨红了脸说，“她原来就打算上你们那儿去，我立刻就明白了——她就是去告状的！她和丈母娘两人欺负了我一辈子，可我向谁去诉苦呢，我明白，她们是贵族。我不过是个从叶戈尔斯克来的乡巴佬……”

……这时一个酒吧常客走到他俩跟前打断了他们的谈话，问起了一个很一般的有关足球的问题。

“等会儿！你没看见有人在和我说话吗?!”特鲁特·瓦连京诺维奇把他轰走了，“我走，我离她远远的，找个狗窝待着不就行了吗?!”

“去狗窝还是去将军夫人的窝?”

“我要这个老太婆干什么？要找我就得找个年轻的，胸部挺，做爱行!”

“你这身子骨能行吗”

“咳，有什么不行的!”

“钱呢?”

“存着呢。我没对你妈讲，我们爷儿俩把你奶奶的房子卖了。她这个笨母鸡，什么都还蒙在鼓里呢。”

“你说！您老都老了，怎么还干这种荒唐事呢！那我们就上你们那儿去一趟，劝劝你们俩，和好算了！”

“和好？甭想。我从钢精锅里舀了她半勺子蘑菇汤，你猜，她……都对我说了些什么？”

“说什么？”

“什么！要不是她是你妈，我早就说了……”

“那你的意思是不想和好啦？”

“对！”

……特鲁特·瓦连京诺维奇住在一家普通医院的一间拥挤不堪的病房里，他躺的那张病床漆皮已经剥落，床上的罩单也已成了灰色，就像公路路肩的积雪。医生与护士一个个都有些神经质，蛮横，要不就是冷冰冰的，一脸谁也不放在眼里的神态。药还得患者自己去买，柳德米拉·康斯坦丁诺芙娜把家里上上下下都翻了个遍（父亲在中风的前一天还对她夸口说家中药有的是），但什么药也没找着。

特鲁特·瓦连京诺维奇左边的身子不听使唤了，实际上已经失去了说话的能力，只会流着口水含糊不清地嘟哝。他看见儿子后，痛苦地歪了歪嘴，喉咙里发出了咕噜噜的声音。奥列格俯下身子，听了三遍才听清楚他说的话：

“你问问我！”

巴士马科夫一开始没听明白，后来才猜出他的意思，便一字一句地大声说着能让他想得起来的最简单的话。父亲不仅失去了说话的能力，而且似乎连听力也丧失了。

“洛——杉矶，1994 年的决赛。”

父亲闭着眼睛，蹙着右边的眉毛，一声不吭地躺了好几分钟，随后摇晃着脑袋，流着眼泪，呜呜地啜泣起来，显得分外可怜。

“好了，好了，你还都能想起来！”柳德米拉·康斯坦丁诺芙娜顺着他的头发抚摸了一下，在这几天里那头发似乎突然掉了许多。

父亲被允许出院了，但医生告诉家人，病人不会好了，只会恶化。他躺在沙发上，毫无表情地死死盯着电视机。柳德米拉·康斯坦丁诺芙娜无微不至地照顾着他，只是有时在用勺子喂他或像抱小孩似的晃着他的时候，会突然沉下脸来，用尖尖的嗓音问他：

“你怎么不去找将军夫人啦？去啊！你还是先给我想想，把钱藏到哪儿去了！你呀你，你这个空铅！”

但这种责怨很快就会停止，她的声音又变得温柔和蔼了，母亲好像什么都没发生一样，一边抚摸着父亲的脑袋，一边说：

“好，再来一勺！为了奥列格……你看，奥列日克上我们这儿来了——看你来了……”

特鲁特·瓦连京诺维奇抬起头，用严肃而漠然的眼神望了望儿子，眼睛里出现了痛苦的神情，右半边额头又蹙了起来，嗫嚅着，说了一句只有奥列格一个人才能听懂的话：

“你问问我！”

但还没等到回答，他便号啕大哭起来，整个十分瘦削的身子抽动着。

他被埋在多莫捷德沃公墓，几乎紧挨着飞机场。由于到那儿去必须经过扎维亚洛沃，所以大家决定把哭悼父亲的仪式安排在圣安娜受孕教堂。教堂同时为两个亡人举行了哭悼仪式——特鲁特·瓦连京诺维奇和一个老太太。神父的嘴里一直在念叨着“上帝的仆人安托尼娜和上帝的仆人米哈伊尔”。巴士马科夫的心被安葬前偶然并列放在一起的两个别人家亡人的名字深深刺痛了。等后来到了教堂，奥列格才知道，父亲是受过洗礼的（这要感谢已故的杜尼娅奶奶），所以在接受最后的审判时，他不是以苏维埃异教的名字“特鲁特”，而是以“米哈伊尔”这个受洗的名字被介绍给上帝的。

前来与特鲁特·瓦连京诺维奇遗体告别的有十来个人，都是“斯特列尔卡”的常客，父亲效力了那么多年的第三模范印刷厂却谁也没来。然而，那个送他去美国旅游的有钱足球迷送来了很大的一束鲜红玫瑰，那长长的刺茎仿佛被整整齐齐截断的铁蒺藜。奥列格·特鲁多维奇突发奇想，在当今缺乏资金的情况下，一个大国的边界是全然没有必要用昂贵的铁丝网围起来的，其实若能种些这样的玫瑰也就足够了。

神父急匆匆地从圣坛上走下来，开始哭悼亡人。巴士马科夫没有去琢磨那似懂非懂的古斯拉夫语的悼文，却捏着攥在手指头中的蜡烛在沉思：无论你多么爱惜自己的身体，跑步锻炼也好，冷热水浴的刺激也罢，迟早都会躺进这样蒙着黑纱的木头箱子里。但灵魂……它有吗，灵魂？突然，圣徒彼得来到了天堂门口，也许这道门就像疗养院的大门一样，他将钥匙弄得叮当作响不是为了自己快活，而有点像为了追求生命的永恒：“你们生命的动力终止了，你们这些上了发条的老鼠！钥匙都在这里啦！……”

灵魂——不过是某种具有破坏性、融入了人理性的疾病而已——难道不是一种计算机病毒吗？而最后的审判——难道不是寻找和消除这些病毒的程序吗？……

神父突然停止了诵念，严肃地看了看前来送行的人们，并好像要吵架似的说：

“如果有谁忘了，我可以再提醒一遍。东正教教徒是应该这样画十字的：将大拇指、中指、食指撮在一起，然后从额头到肚子，再由右肩到左肩。都会了吗？”

大伙怯生生地互相望了望后，便认真地画起十字来。巴士马科夫本来打算等哭悼仪式结束后到神父跟前去打听一下自己受洗时的名字，但还是没敢惊动这位严厉的牧师。

父亲被埋在了用掘土机在一块冻土地上挖出来的一个很浅的墓穴里。墓地很大，十个坟墓旁边一下子便站满了许多前来与亡人告别的亲人。从远处看，巴士马科夫觉得他们很像聚集在体育场门前的广场上正在争论的球迷，大部分观众都已经走了，但他们却留了下来。

他们抬着装着特鲁特·瓦连京诺维奇遗体的棺材拐来拐去地走了很久，寻找着墓穴，不时在堆满积雪的墓地的小路的夹道中迷失了方向。随后他们在坟墓前与亡人告了别。父亲躺在棺材里，脸色黝黑、眉头紧蹙，仿佛在痛苦地回忆，在洛杉矶的世界杯上，谁能将决定输赢的点球踢中？巴士马科夫俯下身子，仍然用双唇触了触父亲额头上的纸花环。除了纸的粗糙和冰凉以外，他任何别的感觉都没有。人们已经开始往墓穴里填土，柳德米拉·康斯坦丁诺芙娜看到填墓人正在用铲子把鲜红的玫瑰花长长的刺茎截断，心中顿时伤心万分。

“反正也会被别人弄走的，”有人小声说了一句，“他们会把断枝编进花圈里的……”

大家在“斯特列尔卡”为父亲举行了追悼宴，已有几分醉意的酒店常客们似乎十分生气，他们不理解，为什么巴士马科夫根本不像他死去的父亲，在足球方面竟然完全是一个“非哥本哈根”①。

葬礼举行完的几天后，达士卡给巴士马科夫带来了一件装在纸盒里的新衬衫。

“明天你去找一下科尔萨科夫。”

“这人是谁？”

“外汇出纳部经理。我已经同他谈好了。”

---

① 一种误读，“外行”的意思。

二十七

是呀，艾斯凯帕尔想，要不是达士卡把我安排到银行，我永远也不可能认识维塔，我也就安安静静地与我永远的妻子叶卡捷琳娜·彼得罗夫娜生活在一起，也不会像现在这样收拾行李，准备逃往塞浦路斯了。所有这一切都是银行惹的祸！

没有银行便无法在世上生活，不能！——

芭蕾舞群舞演员班的那些小姑娘在冷餐会上就是这样唱的——她们将腿跷得高过了头，就像纳粹分子的敬礼一般。

……与科尔萨科夫的会面约定在十二点十五分，但巴士马科夫从一大清早跑完步回来就开始准备了。他洗了头，还将头发吹干了。

随后他费了很长时间把女儿送给他的新衬衫打开，把许许多多的大头针像剔鱼刺一样一个个拣出来。卡嘉前一天晚上已经熨好的西装挂在衣橱的门里。奥列格·特鲁多维奇穿好衣服，好不容易才系上新的衬衫硬领，在椭圆形的镜子前照着，心中不免有些懊丧：西装现在显得有点肥，像个面口袋似的。思考了片刻后，巴士马科夫还是决定戴那条领带，没有那条迪奥牌领带是不成的。

达士卡说过，从家到银行坐车要五十分钟，但巴士马科夫一个半小时前就上路了。他先坐地铁到索科尔尼基，那儿已经有好几年没去了，即使到过也是中途路过的。奥列格·特鲁多维奇还记得地铁站周围有几座小木头房子和一个面包店，沙拉波夫就是在那个面包店附近遇见戈尔巴托依黑社会集团的一个轻浮女子的。

“而如今——真成了戈尔巴托依[①]了！我说过——名副其实的戈尔巴托依！”

“有意思，要是维索茨基还活着，他会喜欢现在的生活吗？”地铁地面上的建筑先前看上去还是很气派的，如今在高大的蓝白相间的塔楼的映衬下，有点像费解的结构主义式狗窝。如今狗已离去，住在里面的已经是上了发条的老鼠。

巴士马科夫看了看手表，徒步向林荫大道走去，不禁有些纳闷，为什么要在索科尔尼基地铁站下，本来他是应该在普列奥勃拉仁卡站下的。

从远处看去，银行像个有棱有角的巨大绿色冰块——一座不知为什么被搬到亚乌扎河岸上的冰山。从种种迹象来看，银行的内部装修还没完成：侧面是车厢式的换衣间，一摞摞的贴面墙砖堆得老高。穿着蓝色工作服的土耳其工人正大声嚷嚷着。

看来是装修过程中发生了纠纷。银行入口前面有一个宽阔的停车场，停着各式各样令人眼花缭乱的小轿车。与早先奥列格·特鲁多维奇在那儿混日子的车场相比，两者的差别相当于停滞时期[②]的小白桦商店与基姆雷的乡村供销社。

出入证已经事先都准备好了。穿黑色制服的保安先是仔细检查了身份证上的两张照片，随后又对照着巴士马科夫的脸看了很久。怀疑显然是由奥列格·特鲁多维奇近两个月来消瘦且变得漂亮了的事实引起的。保安终于把身份证和出入证都还给了他，并点头示意让他把公文箱放在能做透视检查的安检带上——如同在飞机场上做例行检查一样。巴士马科夫甚至产生了一种错觉，似乎他正准备乘飞机远行。到很远很远的地方……说起来，手提箱里除了两个苹果

① “驼背”的意思，即已经过时、衰败了。
② 指勃列日涅夫时代的社会发展停滞期。

和一根香蕉外什么也没有：这一天正好是奥列格·特鲁多维奇的节食日。不过，他拿公文箱纯粹是为了看着体面。电视屏幕上出现了水果的灰色侧影，那图像很像是男性生殖器。

“请进。”保安偷偷一乐，笑着说。

巴士马科夫走进一个外形像半透明玻璃杯的装置中，它只能容纳一个人，做得有点像水闸房。他在里面待了片刻，随后门开了。奥列格·特鲁多维奇走进一个相当宽敞、灯火通明的大厅。达士卡正站在宽大的大理石楼梯上，微笑着迎接他。巴士马科夫重又产生了身处飞机场的感觉，似乎他从遥远的地方飞来，是分别已久的女儿来接他，尽管他们分手只是几个小时前的事——巴士马科夫晨跑回来，达士卡边走边化妆，吃着面包夹香肠，飞快地走出家门。

她从楼梯上下来，亲了亲父亲的脸颊，在家时她是从来不这么做的。她穿着一件真丝衬衫和一件很严谨的职业装，但裙子很短，两条又长又匀称的腿暴露无遗，而居家时每日与家人说话时谁也不会去注意她那两条腿的。在这座用玻璃和大理石建造的广阔空间中，达士卡的整个形象与她在家中拥挤的过道里的模样简直像是两个人。

“坐车还顺利吧？”

“挺顺利的。地铁列车在共青团站与红村站之间的隧道里足足停了五分钟……”

“这是常有的事。后来是步行走过来的吗？”

“是。”

达士卡向前走去，那独特的步履将职业的严肃与模特台步的柔美巧妙地结合在一起。在家的时候，她从不这样走路。目光犀利的巴士马科夫还发现，所有迎面走来的姑娘不仅穿着打扮与达士卡一个样，走路的样子也与她非常相似。而他所遇到的男性可以分成两种类型：健步如飞、精力充沛的青年人，飞一般地在走廊上奔跑，领带飘在身后；稳健矜持的成熟男人，如同在散步一样，步履不紧不慢，但目标明确。

达士卡领着父亲穿过白色走廊，不时用塑料卡片开启着走廊上的门。

我的天啊！巴士马科夫心想，跟这家银行比起来，我们绝密的“金牛星座”简直像个火车站的厕所！

他们终于在一块牌子跟前站住了：

外汇出纳部经理瓦·帕·科尔萨科夫

“你进去吧。别紧张。一切都会很顺利的。科尔萨科夫的名字和父称叫瓦列里·帕甫洛维奇……那好，祝你成功！”

“见你的鬼去吧！[①]”

达士卡来到接待室，把父亲交给了在那里值班的一个个子很高的、身材非常苗条的叫瓦丽娅的姑娘。这时两个姑娘会意地相互笑了笑。

“我们是有求你们的！”女儿说，声音悦耳动听。

“我们是会有数的！”苗条的姑娘回答说。

巴士马科夫突然发现全世界的女秘书通用的一种独特交际方式。童年的时候，他读过一本写得很糟糕的书，书中说，秘密革命组织的成员在世界上任何一个角落，即使是在没有人烟的荒漠中，都是用暗号“麦斯–门德”[②]来联络的。只要听到一声“麦斯–门德”——立刻便会有一个战友抖落掉耳朵里的沙土，从沙丘中钻出来。而全世界女秘书间的联络暗号就是她们的微笑。

“你们可不能欺负我老爸哟！”达士卡微笑着说。

“放心吧，我们不会欺负他的！”瓦丽娅也微笑着作答。

巴士马科夫准时在十二点十五分走进一间宽敞的办公室，论面

---

① 俄语中对“祝你成功”回答的习惯用语。

② 苏联女作家玛丽埃塔·沙吉尼扬的小说《麦斯–门德》（*Mess-Mend*）中主人公的联络暗号。

积，它一点也不比维尔斯塔科维奇的那个小。科尔萨科夫还很年轻，但已经没有一根头发了，那秃顶亮得耀眼。经理以训练有素的类似马的步态从桌子后边走过来，握了握巴士马科夫的手，朝竖在经理桌前的小长条桌子旁的椅子点了点头，自己在对面坐下了。在提了几个普通的生平简历方面的问题后，他突然问道：

“那面墙还在吗？”

“还在。”巴士马科夫机械地回答说。他意识到，科尔萨科夫也是莫斯科鲍曼高等技术学校的毕业生。

只有鲍曼高等技术学校的学生才会问关于“墙”的问题。

“为什么离开‘斯塔尔特’科研生产联合体？”经理感兴趣地问，“你是被裁减下来的吗？”

“不是。科研项目连同实验室一起下马了。我们先做了一个叫‘暴风雪’的课题，后来的项目叫‘阿拉法’……”

“下马后又做了些什么？”

“做生意……”

“什么生意，如果不是秘密的话，能告诉我吗？”瓦列里·帕甫洛维奇听后精神为之一振。

“不，哪有什么秘密可言呢！起先做的是光学仪器，后来是汽车。”巴士马科夫迸出这么一句话来，心里真觉得有点害臊。

“噢，那我明白了……如今做汽车生意很难哪。市场都饱和了。全世界都在把他们的旧货往我们这儿塞。”科尔萨科夫痛苦地叹了一口气。

“是啊……”奥列格·特鲁多维奇也叹了一口气附和道。

科尔萨科夫晃了晃锃亮的秃头，巴士马科夫头脑中闪现了一个念头：他早晨会不会专门用药剂擦过——进行抛光处理呢？现在可是科学发达的时代啊！什么东西想不出来啊。健康秃头的光辉与力量……

“如果不是秘密的话，请问您挣了多少钱？”

巴士马科夫现在无论是内心还是脸上都已经没有害臊的感觉了。他把自己在停车场的所有收入乘以三后说出了一个数。科尔萨科夫又晃了晃他锃亮的秃脑袋，巴士马科夫想：他会不会对那个脑袋做抛光处理？在接待了来访者后，他会不会像擦皮鞋一样，用宝洁公司的特制名牌丝绒仔细地打蜡上光。

“挣得太少啦。我相信，您对我们的工资会满意的。非常……银行——我想，您是知道的——是经济的血液循环系统。血液循环越通畅，机体也就越健康。我们现正在研发自动提款系统网络，分别在亚乌扎商贸中心、北方饭店、光子公司、各种科研所……到时您就在自动提款系统中工作。我想，您是能够胜任的，虽然你们在做‘暴风雪’时还没有自动提款系统。我们会教会您的。到时我们一起工作！就这么说定了，奥列格·特鲁多维奇！”

“好的，瓦列里·帕甫洛维奇！”

“现在您去找一下冯·盖尔克。他会告诉您，下一步该做什么。顺便我问一句，您好像与他曾经共过事？”

“是的，在‘金牛星座’时。”

“哪儿？”

“就是‘斯塔尔特’科研生产联合体。”

“冯·盖尔克对您的印象很好。瓦丽娅会带您去的……”

于是瓦丽娅便带着他沿一条白色走廊走去，此时的她很像一幅经过商业包装、足有两米高的铅笔广告画。她对迎面走来的人露出彬彬有礼的微笑，但这不是女秘书之间的那种微笑，而是另一种，带有佯装的性质——女花样滑冰运动员在得分低于期待值，但仍然必须向公众表示体育竞赛带给她们欢乐时，就是这么微笑的。瓦丽娅领着巴士马科夫来到公司人事部，把他交给了一个小个子的浅发女子，她有着坚挺的乳房、描得黑黑的眼睛和涂成了紫色的嘴唇。

“我们是来求你们的！”

“我们是会有数的！”

随后两人交换了一个“麦斯-门德”式微笑——浅发女子为巴士马科夫打开一扇门，门上挂着一块牌子：

人事部副部长阿·普·冯·盖尔克

“可以进来吗？”

就是那个盖尔克，只是肥硕了不少，一副养尊处优的体态，活像一只波斯猫。他留了毛茸茸的上髭，还戴上了一副细框金丝眼镜。

“我听到这个姓的时候，开始还有点怀疑，后来看到了父称……太棒了，特鲁特奇，太棒了！”他从桌子边走过来，轻轻地拥抱了巴士马科夫，“看上去还像个小伙子！领带也那么漂亮。看来，是到我们这儿来做自动提款系统业务的喽？”

“好像是吧。”

“这与我们当年做的‘暴风雪’相比，简直是小菜一碟。不久前我在文化与休憩公园看了‘暴风雪’……真是一群浑蛋！人类历史上最昂贵的游戏设备！一帮骗子！就该用长柄木勺敲他们的脑门！你见到过原来我们所里的人吗？”

“见过楚巴卡。”

“他不是去了美国吗？”

“回来了。”

“他给我也打过电话，扯了一通什么‘黄金机遇’，供考查录用的研究方案什么的，但我把他轰走了。喝点怎么样？”

“这儿允许吗？”

“这儿什么都允许。你还记得吗，喝醉酒的乌比·万·可诺比当初是怎么把我们除名的吗？”盖尔克画了个十字，那动作的幅度很大。

随后“金牛星座”前党委书记站起来，从酒柜里拿出一瓶赫奈西威士忌，往两个很大的圆形酒杯里倒上了酒。

“来点咖啡？”

“最好来点茶。我现在正忌口……”

“娜坚卡，请给我们弄点茶和咖啡来！”盖尔克按下了功放选择开关，吩咐说，“正在练身体呢？不错！《健康——运动+合理的饮食！》，读过这本书吗？”

“当然。”

“可他死了！”

“谁？”

“什么谁？作者呀。就是那个营养师啊。昨天《生意人报》刊登了他的讣告。才四十二岁。可怕呀！多少人年纪轻轻就死了呀！多库金的事听说过没有？”

“没有，他怎么了？”

“他倒没怎么。但他把老婆给害了。他老婆替他开车……”

“这不可能！”

“这是我以一个共产党员的身份对一个共产党员说的话，”盖尔克哈哈地笑了起来，笑声中流露出不悦，“车爆炸了。”

“怎么——炸死啦？”

“炸死了。据说，他痛苦得发了疯。已经不成个人样了。”

“怎么会爆炸呢？”

“不是因为政治信仰！而是为了钱。钱就像酒，数量适当是福，数量一大是祸。来，为万事有度而干杯！”

巴士马科夫记得这一天正好是他饮食的禁忌日，所以只是抿了一口威士忌——味道相当不错，而且度数还不低。娜坚卡用小托盘端来了两只杯子，一大一小，咧开紫色的嘴唇嫣然一笑后便走开了。盖尔克目送着她离去，目光中全然没有男人对新型女性的兴趣。

“奥列格，我想问你个问题……如果不便回答，就当我没问。你是通过谁找的科尔萨科夫的？”

“你知道我有个女儿在这儿工作……”

“我知道。见过。是个美人！孩子们长得多快呀！都长成大人啦！”

“是啊……”

“可你女儿在萨杜拉耶夫手下工作。”

“是啊，她找的就是萨杜拉耶夫。萨杜拉耶夫与科尔萨科夫谈了谈……”

“萨杜拉耶夫与科尔萨科夫谈的？”盖尔克露出了一脸困惑，仿佛听到了一件不合情理的事，如同美人鱼与海豚谈情说爱一样，“萨杜拉耶夫与科尔萨科夫谈的……这消息准确吗？”

“是达士卡告诉我的……”巴士马科夫嘟哝了一句。他觉得自己在停车场工作的这段时间里，对办事机构中自古就存在的复杂微妙的人事关系的理解力已经丧失，傻乎乎地卷进了银行内部的一个重大的是非之中。“也许，我是不该说这些话的……”

“不，你不用担心！出了这个办公室，没有第二个人会知道这件事。萨杜拉耶夫与科尔萨科夫谈的……你还真行！不过，这与你到这儿来上班没有任何联系。给你这些表格。一切程序都与以往一样，与早先没什么两样。出生年月，工作经历，是或否，有或无……只是现在要是有亲属在国外——那可是挺风光的，甚至对你的发展还会十分有利。填吧！随后我们还有为期三个星期的考察了解。有备无患嘛……”

“像我们先前那样？”

“是啊。像先前一样。还是那些保卫部的人做这种事情。我们这儿负责保卫部门的头儿是从九局来的上校。当过勃列日涅夫的保镖。早先也是这么一套手续……录用我的时候，反反复复地问了我十来次，问我为什么要改姓名。原先叫沃罗布耶夫，后来又怎么变成了冯·盖尔克……你知道吗，我们这儿不喜欢贵族出身的人。其实，这也没什么。不过，我什么都回忆过了，你，好像不是贵族出身，是吧？”

“怎么？”

“你知道吗，”他向巴士马科夫递上一张镀金名片，上面的国徽图案很像堆放在一起的古老武器，“我组织过红色无产阶级区的贵族会议。干部人才缺乏啊，净是些无赖和酒鬼。在无辜被枪杀的国王尼古拉·亚历山德罗维奇[1]的命名日，我组织了一次午餐会。结果把鲁萨科夫文化宫吐得个一塌糊涂。确实如此，我一点也没夸张……若是能碰到一个不喝酒、精神健康又有点气质风度的贵族，那肯定就是犹太人。是父亲或是爷爷一代包办婚姻的后代。前来登记的有公爵特维尔斯科依、伊凡·莫依谢耶维奇。看他们的证件——还一点不假：留里克维奇。好了，奥列格·特鲁多维奇，就说到这儿了，把表填了吧！你能来我们这儿工作，我非常高兴。对这些饭桶我烦透了，除了外汇比价，脑袋瓜里空空如也，可是在走廊上走路的那副架势，俨然一个科学院院长……我真想用长柄木勺敲这些人的脑门！好，为你干杯！”

巴士马科夫不顾这一天是忌口日——还是喝了点威士忌。心里暖融融的。

“你还记得卡拉科津用蒸馏尿把楚巴卡给灌了的事吗？”盖尔克哈哈大笑起来。

“当然记得！”

“顺便问你一句，你后来见过他吗？”

“没有，没见过。他后来好像是去了什么地方……”

“我在电视里见过他的妻子。她叫什么来着？”

“奥列霞。”

“对，叫奥列霞。他俩好像离婚了？”

“早就离了。”

“电视里播过罗斯特洛波维奇公司的开业仪式。她代表商业女性

① 即俄国末代沙皇尼古拉二世。

俱乐部向他赠送了一个古希腊花瓶。我告诉你吧，真绝了！谁会想到，当年‘金牛星座’一个献媚邀宠的小女子会有今天这样的魅力！真是个迷人的女性啊！可罗斯特洛波维奇——呸，算个什么东西，看着都让人讨厌！一个附庸风雅的蠢货……我还想问一句，你在我们单位算那个组织的？”

“什么意思？”

“我指的是政治上的。”

“那你呢？”

“我当然是个拥护帝制的君主主义者。”

“我是个同情者。”巴士马科夫沉重地叹了一口气。

当他离开银行的时候，保镖又一次让他把手提箱放在传送带上，甚至还叫来一个人一起检查。他们兴味十足地盯着电视屏幕，但这一次，灰色的水果侧影散落在不同的角落里。

“要你了吗？”巴士马科夫回到家后卡嘉问他。

“现在还不知道。还要考察了解。”

“你有什么好考察的？”卡嘉很是惊讶，“你从来就是个谁也不得罪的老好人。”

“不用担心！”

“如果我的丈夫没有工作，我怎么能不担心呢？”

“不过，一切都会好的。科尔萨科夫非常喜欢你！”达士卡很晚才到家，第一件事就是来安慰父亲。

她现在每天都很晚才回家，因为突然意识到了知识的不足，考上了师范学院的夜校，下班后要去上课。

“他们肯定会录用你的——没什么可说的！”

“这是萨杜拉耶夫对你说的？”奥列格·特鲁多维奇好奇地问，显然话中有话。

“真是见鬼了，我差点忘了提醒你。是谁向你问起萨杜拉耶夫的？”

“盖尔克。”

“你与这个姓冯的男爵打交道可得长个心眼。他同马列维奇是一伙的。”

“那科尔萨科夫呢?”

“也是穿一条裤子的。”

“我真没想那么多。”

“上了班你就什么都明白了。我也是昏了头，怎么就没提醒你呢!”

巴士马科夫仔细地填写了各种卡片和表格，附上了照片和就业证。达士卡把所有这些东西都拿到了人事部。他开始等消息。心里十分着急，甚至想去圣安娜受孕教堂摆上蜡烛，但还是没这么做。三个星期后，盖尔克打来了电话，高兴地说:

“你得好好请我喝一顿了! 下星期一来上班!”

“总算录用了。”

“总算录用了? 咳，要不是我，你啊，少说也还得调查个把月!”

星期一，巴士马科夫去了银行。科尔萨科夫接见了他，但没从桌子边站起来，甚至连身子都没欠一下，只是令人难以察觉地点了一下头。

“我把你安排到什么部门呢?”上司用手指头挠了挠秃脑门，仿佛是在抠落在抛光面上的一粒苍蝇屎。

“什么意思?”

“就是这个意思。银行似乎刚刚建好，但位子却已经没有了。楼房新的一侧要到半年后才能交付使用。这样吧，先到出纳科工作一段时间。那儿由伊格纳舍契金管，他正好在为‘持卡人’设计程序。到那儿与他们干上一段——会有长进的。”

一间不算大的房间里紧挨着放着四张桌子。用一个大柜子隔开的角上，第一张桌子旁边坐的是女出纳审核塔玛拉·萨依多芙娜·格拉纳图琳娜，一个个子小小、颧骨高高的东方女性，两只并非黑色，而是浅色的带点外斜视的眼睛始终流露着怀疑的目光。虽然她看上去还年轻，似乎只有四十岁上下，但从那双已经开始衰老的手来看，应该近五十了。

第二张桌子上堆满各种打印材料、说明书和手册。它是盖纳·伊格纳舍契金的。这个大肚子男人整天东跑西颠，衬衫上肚子上方的最下面一个纽扣始终是开着的。他头发稀少，一旦激动起来，透过一绺绺浅色的头发，发红的头皮及上面沁出的汗珠便清晰可见。最令巴士马科夫感到惊奇的是盖纳使用的计算机键盘，那上面布满褐色的咖啡点，还落满烟灰。说起来也有意思，伊格纳舍契金从来不说“计算机”，而是说“计转机”。

巴士马科夫刚走进屋子的时候，塔玛拉·萨依多芙娜正不紧不慢地在训斥盖纳，说他到了晚上，等大家都下班回家的时候，把烟灰烟头弄得到处都是，违背了他们之间达成的严格协议——办公场所严禁吸烟。

“萨依特奇，就抽一根！琢磨个事……”

“您在想什么事？”格拉纳图琳娜问，看见了巴士马科夫。

“如果你们不反对的话，我就在这儿坐了。”奥列格·特鲁多维奇很有礼貌地说。

“您抽烟吗？”伊格纳舍契金满怀希望地问。

“不抽。”

“那太好了！”塔玛拉·萨依多芙娜高兴了，“我们来认识一下。”

他们各自做了介绍，认识了。

“特鲁多维奇？”伊格纳舍契金嘿嘿地笑了一声，“这么说，您的父亲就叫——特鲁特喽？”

“是的。他已经不在了……一个月前去世的。”

“对不起。”盖纳脸红了，一直红到了头顶，竭力掩饰着心中的不安。他朝第三张桌子点了点头说：“坐在那儿的是维塔。一个非常严肃认真的姑娘。她今天请病假了……”

桌子收拾得很干净。上面只有计算机和一本英文书。封皮上一个肌肉发达的男人正在激动地亲吻一个名叫简·爱的淫荡红发女人的八号胸脯。

“托姆，你去看过维塔了吗？”

“去了。经过三道岗的检查后才让进。”

“她怎么啦？”

“没什么，挺好的。只是脸色还有些苍白……”

挨着过道的第四张桌子将由巴士马科夫全权使用。上班后的头几天，他都在清理写字台周围的工作环境。盖纳是他的头儿，带他到领导那儿去领计算机。

“我要计算机干什么？”巴士马科夫很是惊讶。

“你真是个大傻瓜，不长个心眼！谁的桌子上没有计转机，那就意味着他是个可怜、无足轻重的小人物。

计算机领到了，是的，一开始只能拿台“386”的，但总算有计算机了吧！后来盖纳还帮他换了把软椅。但奥列格·特鲁多维奇拿到的这把椅子还有点毛病：垂直的椅背摇摇欲坠，身子靠在上面是很危险的。一开始他傻乎乎地想把请病假的维塔空着的那把皮椅子拿过来坐，但被塔玛拉·萨依多芙娜劝阻了。

“你知道，买把这种破椅子得花多少钱？”当他们俩从仓库里搬来了新的软椅后，伊格纳舍契金愤怒地说，“比实际价格贵一倍。整整一倍呀！”

不知为什么，盖纳立刻对巴士马科夫产生了一股浓浓的亲情，带着他到银行四处去看，一边向他介绍，一边还给他做讲解。要是在走廊上遇到熟人（银行所有的人他几乎都认识），伊格纳舍契金便会停下来，仔细向他们介绍还有些不好意思的奥列格·特鲁多维奇。如同一个自豪的乡巴佬向同村人介绍来这儿做客的城里亲戚一样。

“奥列格曾经在沙尔戈罗茨基那儿干过！”他一定会压低嗓子这样介绍说，“为‘暴风雪’设备镀过锡！”

他们是三人一起去吃的饭。食堂像个中档餐厅，价格却只是城里的大约四分之一。巴士马科夫想起1984年他与已故的乌比·万·可诺比去部里开会，弄了整整一托盘精美的菜肴，可只花了不到一卢布。巴士马科夫回家后非常生气，对卡嘉说，苏维埃政权会被这类内部几乎不要钱的食堂……给搞垮。

塔玛拉·萨依多芙娜很快就吃完，跑回去清理假钞去了，盖纳带着巴士马科夫去了咖啡厅。他没什么急着要办的事——他喜欢晚上等大家都回家以后再工作。伊格纳舍契金喝着咖啡抽着烟，又教导说：

“特鲁特奇，你知道你到了一个什么地方吗？”

“什么意思？”

“就是这个意思。”

“银行啊。”

“是酒瓶。你来到了酒鬼的巢穴！你明白吗？”

“不太明白了。”

“我来跟你解释。肯定已经有人对你讲过了，银行——有点像经济的血液循环系统？”

“当然。难道不是吗？”

“说得没错，但是只有一个小小的区别。你设想一下，打个比方说，你——就是经济。”

“我？”

“对，就是你。你和所有人一样，有血液循环系统。但是有一个最重要的主动脉长在体表，还接上了一个龙头，就像茶炊一样。你能想象吗？”

“有点困难。”

“没关系，你能想明白的。于是，经常会有各种各样的酒鬼，小酒鬼和大酒鬼来找你，找你这个当经济的——有人拿着杯子，有人提着大桶，还有人开着油罐车。他们打开龙头把你的血液弄走。用来出售。而且基本上都是运到曾经是我们伟大祖国的外面去。这样一来，你能支撑多久？”

“我想是撑不了多久的。”

“这会儿你已经能想象了吧！为了使你不至于因为贫血而死亡，你需要定期从国外贷款并以高额的利息购进用讲究的进口包装袋装好的罐头血浆，上面还贴着‘MBF’的商标，当然这个缩略语完全不是‘海军部’的意思，而是……”

“国际货币基金会！”

“你真是个伟大的思想家！结果怎么样呢？你的债务会越来越重，血却越来越少。两腿发颤，眼前一片漆黑。这就叫作经济的血液循环系统！所以，当有人在电视里大放厥词，蛊惑人心，说什么我们的经济在崩溃，改革在停滞不前——你别相信他那一套，往他的电视形象吐唾沫就是了！他自己非常清楚是怎么造成的，原因在哪里。而在他侧面的裤子口袋里，正放着用来装血的水壶呢……”

“那你呢？”

“天才啊！我也有一个小瓶子。你很快也会有的。只等试用期一结束。你就慢慢地习惯吧！现在就问你一个问题：是谁把你引荐到银行来的？”

“什么意思？”

“就是这个意思。这儿是不会从大街上招工的。”

“就算是萨杜拉耶夫。”

“那你是不是知道，萨杜拉耶夫是何许人，他有什么背景？”

“什么背景？”

“那就且听下回分解喽……”

从盖纳此后的叙述中可以了解到，银行里早就在进行着相当残酷的战争：两个副行长——萨杜拉耶夫和马列维奇，出于自身利益的考虑，都想把行长尤纳可夫扳倒。从政治局决定立即组织商业银行开始到现在，他在这个位子上已经坐了八年。谈起尤纳可夫这个人，人们都说他当时正在对外建筑工程公司工作，而且正准备到埃及出差考察。突然，某位副主席叫他去谈话并委托他筹办银行。苏维埃政权时代的银行是怎么回事？什么也不是——胖胖的大娘加上木头算盘。

“为什么让我去？”尤纳可夫心中在默默祷告。他希望去埃及搞辆进口车，再给妻子买点衣服。

“你是不是共产党员？”副主席在分析形势时说，“政治局有决定。我们受命创办股份银行。而且一定会办起来的。阿斯旺水坝都建起来了，难道一个破银行就创办不起来！”

“那埃及怎么办？”尤纳可夫都快哭出来了。

“怎么——埃及又怎么啦！金字塔等了你有好几千年了，让它再等等吧……给你一天考虑的时间。”

尤纳可夫痛苦中酒比往常喝得凶，醉眼流了一夜的泪水，到了第二天早晨，在醉后的迷蒙中他终于同意了。“罗西诺奥斯特洛夫斯基银行”这一名称的由来，如今已经谁也说不清楚了。情况好像是这样的，一开始拨给了他们一栋原先是一所八年制学校、经重新装修的楼房，它位于罗西诺岛的边上，后来又找到了一个更好一点、离市中心更近的地方，但名称就这么保留了下来。话说回来，其实谁也没有给银行起过“罗西诺奥斯特洛夫斯基”的名字，而另外一个名字“驼鹿银行”却被叫开了。再说了，尤纳可夫长得高大粗壮，身上确实有驼鹿那有棱有角的枝杈性特点。

他不能没有酒。早先因为这一弱点，他甚至常常被叫到党委听候训斥——幸好这么一来，未来的银行总裁得以在酗酒的悬崖前勒马。总之，随着时间的流逝，等到时代的泡沫彻底消退后，党委在巩固苏维埃家庭关系以及与酗酒作斗争中所发挥的良好作用是有待那些学者认识清楚并加以总结的。说实在的，心理医生对果沙实施暗示疗法，而党组织的书记则用严厉、不讲情面的目光盯着共产党员，而后者常常逃离苏维埃现实，置身于能获得莫大酒精愉悦的无阶级迷幻中，他们两者之间的原则性区别究竟在哪儿呢？苏联共产党的垮台对尤纳可夫的人生，而且不仅仅是他的人生，究竟起了怎样的关键性作用呢？

如众人所言，成了银行家的他远离了酒。盖纳介绍说，起初尤纳可夫喝了几杯酒后喜欢到各个办公室走走，鼓励鼓励他的员工，对他们的情绪和问题表示关心，有时甚至会与他的下属坐下来，向他们说说他如何哭了，一夜不肯到银行来工作的实情。但渐渐地，走访各个办公室已经显得越来越没有必要了，而讲述夜间的痛苦也显得越来越不合乎逻辑和过分多愁善感了。有时人们还不得不把保安叫来，以便将在讲述的过程中睡着了的银行领导送回家歇息。

不言而喻，频繁到各层走动是无利于巩固领导威望的，所以在新的银行大楼里专门安了一部单独的电梯供总裁上下，以便避免来自地下车库的旁人的目光直接进入足有一个室内网球场那么大的总裁办公室。这样一来，员工们就看不见他昂扬亢奋或低沉萎靡的心境了。而这种心境的变化是随时都可能发生的。有一天，经过整整一夜功夫，他办公室的所有家具和办公设备都更新了。前不久，尤纳可夫的疯狂简直发展到了白热化程度，其暴风骤雨式的强度和烈度使得行里的员工人人自危。

“那他怎么能待得下去呢？”巴士马科夫感到惊讶，“恰恰只有这样他才待得住！”英明的盖纳冷笑着说。尤纳可夫要不早就给撤了，但两个副行长——萨杜拉耶夫和马列维奇——都在觊觎他的位置，而且两人在经理委员会和股东中拥有几乎相同的支持率。所以他们都在积蓄力量等待时机，从而放慢了发起决定性搏击的速度。两个副行长竭尽所能想让尤纳可夫再干上一阵子。此外还有一个细节须做介绍。行长在狂饮了一阵后进行了治疗，有几天的时间里表现出了异乎寻常的组织能力和敏锐的金融洞察力。对于成功进行干部队伍的调整或者采取独特的银行运作手段，这几天已经足够了。在他神志清醒的这几天里，谁都害怕到他办公室去。他坐在办公桌旁，那张脸犹如淀粉般煞白，眼中闪现着明察秋毫的愁苦……

“现在你该明白，为什么盖尔克在听说是萨杜拉耶夫把你介绍给科尔萨科夫后会如此不安。”

“为什么？”为了不让对方产生怀疑，巴士马科夫故意装出傻乎乎的样子。

“因为科尔萨科夫始终是站在马列维奇一边的，如果他现在要易主，就会大大加强萨杜拉耶夫的势力。谁都买科尔萨科夫的账。他妻子在中央银行工作。”

所有这一切钩心斗角的伎俩使巴士马科夫回想起青年时代在区委工作的时光来。区别仅仅在于，在区委，人们除了钩心斗角外，总还有着一种几乎无私的工作激情。现在想起来觉得可笑，一个书记的所得仅仅比下属部长多二十卢布。而他的全部特权和好处就在于，当了书记，你便可以比当部长的多叫几个人到自己新的办公室来接受训斥。相应地，能够把书记叫去并训斥的人自然也会少些。当然，不排除还有进步发展的余地和其他相应的利益……区委的人都在传，说有一个政工干部在短短五年里就青云直上爬到了中央，在克拉托夫搞到了一套公家提供的别墅——住房加带外廊的阳台。此外，每天晚上下班时，还有专车送到家门口，愿意搭乘这种车的人只要掏象征性的十戈比便可直达公家提供的别墅。所有这一切对一个在共青区团委工作的年轻人来说，不啻是一个可望而不可即的童话式梦想。

而在这儿，在银行的特权就是数量巨大得出奇的钞票和奢侈的排场。载运尤纳可夫那个醉醺醺身子的是防弹奔驰轿车和两辆坐满了保镖的吉普护卫车。他出差配有专机。据说，行长送给年轻情妇的是窗户朝着“美丽花园”的住宅。这还不算，银行的头儿还为自己在塞浦路斯建造了整整一个别墅区。对不起，恕我直言，那可不是普普通通的独栋小楼，那是一座座城堡！一位名叫肖尔尼科夫的贷款部经理在他的城堡里还安装了一个奇特的机关。那是一张带复杂升降功能的宽大水床。只要按一下按钮，爱的眠床便可以从一层的卧室上升到城堡的顶层，置于南国的星空之下。城堡的瓦片屋顶上开了两扇特制的活动门，如同覆盖火箭掩体的伪装门。一旦活动门被打开，铺上了香喷喷被褥的眠床便会升到城堡的顶端！左邻右舍对他的这一构思拍案叫绝，于是所有在塞浦路斯拥有别墅的银行头头们都装上了这样的床。为了不至于落在同事后面，马列维奇不得不彻底改造他的城堡。有时，在长腿女翻译的陪同下，银行的领导们会乘坐波音专机飞赴塞浦路斯小憩。现在你便不难想象出这样一幅动人的画面来：温馨芬芳的地中海之夜，如同埃塞俄比亚少女胸部的金色圆月。突然，在漆黑夜空的笼罩下，如同听到一声口令一般，齐刷刷地升起十张在空中摇曳着褥单的眠床。床上，少女们朝着群星跷起长长的秀腿，为宁静的夜空平添美妙的喘息呻吟，将自己温柔的玉体献给了来自遥远俄罗斯的大腹便便的金融界大亨……

“他们哪儿来那么多钱呢？”巴士马科夫惊诧万分。

“从那儿！”盖纳阴沉着脸回答说。

慢慢地，奥列格·特鲁多维奇适应了新的工作环境。他开始对弥漫在电梯里的昂贵香水气味习以为常，那电梯活像一只在清晨打开的、装满贵重化妆品的香盒盒。有人说今年在科斯塔布拉瓦什么东西都便宜，有人说花十“千个美子”[①]买一辆93型帕萨特还不算便宜。对类似的议论和交谈他也已感到顺耳中听了，但是每天晚上，当他用习惯性的手势向保安出示压在塑料壳里的出入证，从那个玻璃杯形的装置中走出来，沿着宽大的阶梯下楼的时候，他仍然会有一种从R机场出来的感觉。

“是你，塔波奇金。”他听到从房间里传来卡嘉的声音。

“是我。”

---

① 即一千美元。

“达士卡呢？”

“今晚有人请她……”

“晚饭你自己一个人吃吧。我躺会儿，累得像条狗……”

早晨，他沿着相反的方向原路去上班，在地铁里睡眼惺忪的人群中拥挤着前行，突然听到了疯狂的喊叫声：

“亲爱的公民们，请原谅我打扰你们了！我是一个残疾人，不是本地的……”

为了尽快离开这令人痛苦、不属于他的空间，他加快了步伐，跑上阶梯，在保安人员面前晃了晃出入证，跳进了玻璃杯形的装置中——又回到了那个美妙的国度，那里所有人都不愁吃喝，心情愉快，谈的都是最好往哪儿投资和今年值不值得再去一趟希腊或者干脆去一趟马略卡[①]的话题……当巴士马科夫出现在这些人身旁时，关于马略卡的谈话停止了——他感觉到了人们向他投来的疑惑目光。也许，50年代那些追逐电影时尚的摩登男女就是这么看穿着弗伦奇式军上衣和马裤、提着网兜的老布琼尼战士[②]的。

“爸爸，你该买件新的西装了！”达士卡吃完饭后说。

他自己也知道该换了。穿着原来这件揉得皱皱的、像个面口袋的西装他也觉得不自在，甚至在电梯里也尽可能地站在角落里，以免破坏同事们衣着风格的和谐。这有点像他童年时代曾经历过的一件事。

严厉的柳德米拉·康斯坦丁诺芙娜在送儿子去少先队夏令营的时候，除了规定要穿的短裤外，还要让他拿上一条缎纹布的肥大灯笼裤。第一次整队集合的时候，他才知道灾难性的后果。原来，所有排队的男孩都穿着不久前才时兴，但苏联服装行业刚开始生产的牛仔装。穿着肥大灯笼裤的小巴士马科夫有点像加入了美国西部牛

① 西班牙旅游城市。
② 国内革命战争时期的红军战士。

仔队的班杜拉琴①演奏者。望着巴士马科夫的土老帽样，男孩们嘿嘿地窃笑，女孩们也忍不住笑出了声。奥列格在汽车上喜欢上了一个大眼睛、留男孩伽弗洛什发型②的女孩。她惊恐地望着他，那神态仿佛他刚刚当着她的面把一只无辜的小猫折磨了一阵，随后又把它活生生地吞了下去。

小巴士马科夫一夜没合眼，痛苦地琢磨着逃跑的计划。穿着灯笼裤的生活是残酷和乏味的。当时他之所以没有逃跑，仅仅是因为身上没钱，无论是电气火车还是地铁都坐不了。也许就是在那天夜里，他第一次感觉到了自己是个艾斯凯帕尔，虽然当时还不知道这个词。他躺在床上想，如何穿过森林向莫斯科进发，树枝如何划破了他的脸，脚上如何磨出了血泡，后来，又如何不顾被民警抓住的危险，逃票换乘公共汽车和无轨电车，终于回到了家。

“真是了不起的毅力啊！”邻居德米特里·谢尔盖耶维奇看见他出现在门口时会这样惊叹。

听到声响后，父母跑了出来，又是拥抱，又是拉扯，又是询问出了什么事。而他却沉默了老半天，听任他们又是劝说又是哀求，只是看了看这条丢人现眼的灯笼裤。父母沮丧起来，意识到这一切的可怕，并为此争吵起来，回忆究竟是谁想出了这个馊主意，让儿子穿着这么一条可怕的裤子到少先队夏令营去的，这种裤子恐怕连塔拉斯·布尔巴③也不会穿。

他的得救是连他自己也没想到的。第二天，正好在夏令营执勤换班的时候，一个叫阿里克的胖小子和与他一样胖的父母来了。他们是来了解一下，他们的小胖墩在夏令营会不会挨饿，顺便又给他带来了满满两大包吃的。小巴士马科夫鼓起勇气请阿里克的妈妈给柳德米拉·康斯坦丁诺芙娜打个电话，让她下个星期天给他捎条裤

① 一种乌克兰弹拨乐器。
② 西方小说和电影中一种流浪儿特有的短而凌乱的时尚发型。
③ 果戈理小说《塔拉斯·布尔巴》中的主人公，乌克兰的民族英雄。

子来，什么样的裤子都行，校服也可以。当母亲的虽然很严厉也很节约，但猜到了事情的缘由，给他捎去了裤子和小零食——糖果、饼干和加糖的草莓。一条新牛仔裤，另外还有一条像子弹带那样的专门皮带。这样的皮带当时少先队里任何别的小男孩都还没有！

“简直像个西部牛仔约瑟[①]！”特鲁特·瓦连京诺维奇在帕维列茨基车站上喝下了他的“合约酒”，上下打量着儿子，夸奖说，“印第安人的俊友……”

小巴士马科夫终于等到父母亲告别了，他们沿着满是灰尘的土路朝沃斯特里亚柯沃车站走去。巴士马科夫晚上出操时已经不再穿灯笼裤，而是穿上了牛仔裤，体会到一种幸福的自豪感，这种感觉他一生难忘。他与大伙一样了，而那个留男孩伽弗洛什发型的女孩看他的时候眼里也已充满了好感。

不过，这次少先队的夏令营活动还有一件令他苦恼的事情，但已经不是物质方面的了，而是精神领域的。小巴士马科夫来夏令营的时候，这一羸弱少年心中还珍藏着对一位来自库斯塔纳的叫舒拉的姑娘的柔情，不料又突然冒出这么一个留男孩伽弗洛什发型的女孩……他们俩一起慢慢走到足球场外另一头的远处，走到夏令营遥远的一角，闻那儿白色的野玫瑰所散发的甜蜜芬芳，捕捉将小嘴埋进黄色雄花蕊中的金龟子。小姑娘将甲虫一只只放在连衣裙上，似乎想用它们把自己打扮得更加漂亮，卖弄地问：

“我这样好看吗？”

于是，小巴士马科夫感到自己羸弱少年的心中同时有两颗心在煎熬，有两股柔情在涌动。他竭力与这种心绪斗争并认为：为了遵守公正的原则，早先的那股柔情更应该有存在的权利。奥列格做出了极大的努力才将那个留男孩伽弗洛什发型的姑娘在篝火告别晚会上塞给他的字条连读都没读就撕了。那上面写着：给我打电

① 美国西部牛仔小说和电影中常出现的俊俏、强健的男子。

话！他当时并不知道，舒拉已经去了库斯塔纳，而且永远都不会回来了……

“你知道，我们那儿的姑娘怎么说你吗？”达士卡问。

“怎么说？”

“说你很有魅力，但非常谦虚。”

“是吗？”

“是呀。”

前几个月，巴士马科夫领到的工资不高，但试用期结束后，他的收入大大地增加了。这是一个很巧妙的工资制度：他还是拿那份数量不多的卢布工资，但同时他的工资单上又会收到一笔数量可观的美元——贷款的提成，这笔贷款是从本银行提取又立刻存入本银行的。

“这是怎么回事？”他问盖纳。

“这就是血液循环。你得把水壶准备好！”

星期六，卡嘉把丈夫带到卢日尼基集市，她一反常态，连价也不还就为他买了两件意大利西装——深灰色的和蓝色的，以及质量不错的德国皮鞋、好几件衬衫，而冬装添置的是夏季打折、价格十分优惠的土耳其长襟翻毛皮大衣：末了，达士卡还拿自己的奖金给父亲买了一大瓶特级雨果牌花露水。

“好了，图涅雅特奇，这样一来，让你上街都有危险了！”卡嘉很有预见性地开玩笑说。

星期一早晨，巴士马科夫走进电梯时发现：他已经完全融入了他的族群之中，无论是西装、领带，还是花露水，他都丝毫不逊色于他的同事，从而引来了银行年轻女员工们关切的目光。

“世界真奇妙，”他抑郁地在想，“要想让别人注意你，你必须成为和大家一样的人……”

伊格纳舍契金发现同事穿上了新的行头后竟然打了一声呼哨，还大声地吸了一口气。

“喂！托姆，你猜猜是什么香水？”

“特级雨果牌的，”格拉纳图琳娜一猜就中，“绝对真货！”

“不错。”

“你怎么，还小看人！萨依多芙娜不光能辨认假美元，任何冒牌化妆品都逃不过她的法眼！”

这一天，科尔萨科夫把巴士马科夫叫去，让他第二天去参加一个由联卡计算机公司举办的为期两个星期的学习班。他的任务——全面了解情况，并在学习班结束后提出购买自动提款机的方案。

巴士马科夫听了两星期的课，研究了各种型号的自动提款机和有关设备。与在“金牛星座”研制和试验的设备比起来，它们是相当简单的。学习班不大，总共也就十五六个人，学员主要是中年男性。吃午饭的时候，有一个学员手里玩着一把独特的轻合金叉子，嘴里无意中迸出了“转型”这个词。根据此人从桌边发出的沉重叹息，巴士马科夫断定：这拨男学员的命运和自己的都差不多……

学习班结束后上班的第一天，他甚至连自己的办公室都没进，直接去找了科尔萨科夫，向他做了详细的汇报，连具体的技术参数和使用性能都一一做了介绍：从各公司向银行推荐的设备来看，最合适的是西门子的产品。价格合理、质量上乘，配有四个盒带，全钢板机壳。奥立维梯公司的产品不能买。价高而质次，只有双盒带，机壳也比较单薄，还需要另外安装报警系统……

“是的，也许您的意见是对的。”科尔萨科夫用手指甲挠了挠亮晶晶的秃顶，赞同说，“我发现，您在学习班上还真是认真地钻研了。但遗憾的是，我们已经买下了六台奥立维梯的……”

“怎么？”巴士马科夫有些不知所措了。

“奥列格·特鲁多维奇，您是个有经验的人，应该知道，有时决策的机制与我们的愿望并不吻合。但也没有因此酿成悲剧的必要。生活还得继续下去。工作去吧！”

巴士马科夫在走廊里看见了挺着个大肚子快速奔跑的伊格纳舍

契金。盖纳上班经常迟到，有一次喝咖啡的时候，他忧伤地告诉巴士马科夫，他晚上从银行回到家的时候都很晚，总是筋疲力尽的，所以夫妻间的义务（他的妻子是德文翻译，总在家里工作）不得不在早晨作为晨练来完成。盖纳是三年前结的第二次婚，妻子比他小十岁，对家庭生活中性的这部分内容要求非常严格。如果她要对他说“再来一次！”①，那盖纳上班肯定要迟到。

“没人找我吧？”伊格纳舍契金上气不接下气地问。

“我不知道。”巴士马科夫摇了摇头说，“再来了一次？”

“再——来——了一次。”盖纳挥了挥手说，“你怎么垂头丧气的？”

“他们已经买了奥立维梯的。”

“那当然啦！你以为怎么着？”

“什么叫当然啊？西门子的要更好些！”

“真是个天真而可怜的楚科奇青年！我来给你解释清楚。科尔萨科夫是坚决反对买奥立维梯的。但马列维奇有一个兄弟开了一家叫班可斯的公司，公司的仓库里积压了不少推销不出去的奥立维梯牌的老机子……明白了吗？我们这儿几乎所有的电子设备都是通过班可斯公司进的货。你知道我们这儿的人是怎么叫这个公司吗？”

“怎么叫？”

“班可索斯②。”

“那尤纳可夫什么意见？”

“尤纳可夫能说什么？我们银行就像整个俄罗斯一样，行长酗酒，员工偷盗。你管那些干什么——用你的钱吗？咱们最好还是喝咖啡去吧，我今天‘再来了好几次’，有点……”

“那科尔萨科夫呢？”

“科尔萨科夫怎么啦？他这个人还算个男子汉。但他兜里也揣了

① 原文是德文的俄语音译。
② 银行之子。

个水壶。所以你最好别吭声！你知道查拉图斯特拉是怎么说的吗？”

“怎么说的？”

“把自家的菜园种好——集体农庄主席的死活与你无关！

“说得不错吧？走，喝咖啡去！”

“我今天已经喝过了……”

奥列格·特鲁多维奇打开办公室门，发现一个黑头发、黑脸蛋的姑娘。她穿着件白色西装，系了条很短的红色绸领带。映入他眼帘的首先是她的两道眉毛，黑黑的，浓浓的，在鼻梁上方连到了一起，漂亮得令人销魂。看见巴士马科夫进来后，她诡秘地一笑。这一微笑的内涵他是很久以后才明白的。

“您好，我叫奥列格·特鲁多维奇。”

“是的，塔玛拉跟我讲过了，说您的父称很不一般。我叫维塔。”她用那对黑黑的、几乎没有眼白的眼睛很专注地看了他一眼。

“对，他们也跟我介绍了，说你叫维塔……”

“他们还跟您说了我些什么啊？”

“说您请了病假……”

“关于我想自杀的事情，他们没跟您讲过吗？”

二十八

电话刚一响，艾斯凯帕尔便摘下话筒，响起一个鼻音很重、瓮声瓮气的老年人声音。

“喂，是外公吗？”

“什么外公？”

“您是奥列格外公吗？”

“您找谁？”巴士马科夫光火了。

“我就是要找你，格罗斯法特尔[1]！”话筒中响起依格纳舍契金的声音，“你的外孙女出生啦！幸福的父亲怎么也打不通电话，无论是给外公，还是给外婆……外婆不在学校，外公不在单位，家里也没有人！你躲哪儿去啦，施季里茨[2]？”

“什么意思？我哪儿也没躲啊……可达士卡怀孕还只七个月啊……”

“那我就不知道了，不知情人家让我转告你——你的外孙女出生了，等你的电话呢。女婿在那里坐着等呢。给我准备好三瓶伏特加，一瓶甜酒‘阿依里什一克里姆’是给塔玛拉·萨依多芙娜的。

① 英文的误读，外公、爷爷之意。

② 苏联著名电影《春天的十七个瞬间》中的主人公，二战期间潜入德国间谍机构内部的苏军特工。

好啊，外公总算让我逮着了！再见！”

巴士马科夫在家里那本破电话本中找到了卡嘉用教师工工整整的笔迹写下的电话号码，自动电话机无法拨通，一拨到第二位数，电话就断了。无奈中，巴士马科夫要挂个加急长途。对方答应十五分钟后接过来。

瞧，外公，来了个“早早产”，巴士马科夫痛苦地思索道，怎么会这样呢？还差两个月才足月呢。到底还是没能坚持住！长得肯定就像卡季卡——一个没有耐性的小丫头……

达士卡嫁人的速度奇快。

事情的原委是这样的。夏日的一天，已经成了驼鹿银行一名称职工作人员的奥列格·特鲁多维奇在阳台上发现，隔壁单元的一个小伙子正在往锅炉房的墙上打网球。小伙子击球的姿势不对，两腿叉开着站在那儿，而且在用手腕调整拍子的角度。巴士马科夫自己虽然从来没有玩过网球，但对网球击球的一些细节倒是挺在行的，因为达士卡常常去银行包下的网球场打球。有一次，她把父亲叫上了，去看那个位于综合体育运动中心的网球教练厅。奥列格·特鲁多维奇从远处望了一眼那些头发剪得短短的种牛般的运动员，他们一个个瞪大了眼睛，面孔涨得通红，把镀镍的杠铃弄得哗啦哗啦直响，将近半吨的重物从地板上提了起来。他心里想，对他来说，健身跑再加上举举那副漆皮已经剥落的旧哑铃就足够了。他来到网球场，在一把软椅上坐下了。

达士卡与长腿瓦丽娅，那个活像套着裙子的圆规的姑娘，一起站在用白线画出来的一面专门的墙边。宽肩膀的教练看上去非常年轻，留着一头被吹风机吹过的蓬松漂亮的黑发，对两个姑娘往墙壁上别手别脚地击球的样子很不满意。后来他走到达士卡跟前，尽管长腿瓦丽娅显得比她还要笨拙。他拿走了她手中的球拍，一边击球，一边解释说：

“再看一次。仔细地看着。击球的时候两腿一定要弯曲！要这——样！胳膊要伸直，球拍与胳膊要成直角。要这——样！手腕一定不能动。要这——样！”

“可贝克尔……”瓦丽娅尖声叫道。

“要是你们能打得像贝克尔，那你们用牙咬着球拍打，我也管不着！”

这时长得黑黑的维塔进来了。她穿着一套像芭蕾舞裙那样的白色网球装。黑色的头发用一根布带子扎着，鬈曲着披散在肩上。天哪，教练简直变了个脸！他讨好地弯下了整个身子，搔首弄姿地抿了抿头发，脸冲着维塔，就像一个舞蹈教练对待他期待着冲击舞蹈皇后位置的继承人那样。

“维塔奇卡，这个网球场我是专门为您定下的！”

达士卡和瓦丽娅会意地相互笑了笑，女秘书独有的微笑中流露出嫉恨的目光。她们转过身，脸冲着墙，使尽全力拍打着球。维塔将粉红色的球拍套摘下来，看见了巴士马科夫。

“奥列格·特鲁多维奇，您不打网球吗？”

“很遗憾，我不会打。”

“您想学吗？”

“我学网球已经太晚了。”

“您吗？”她笑了起来，“您的前途还远大得很哪！”

达士卡听到这番话，先是怪怪地看了一眼父亲，然后又看了看维塔。而当时他与维塔之间还什么事都没有呢，真的什么也没有，除了她曾在长廊里对他讲过外汇交易所里的事情。真的什么也没有，除了还有一次，在讲完一个忧伤的故事后，奥列格·特鲁多维奇摸了摸她黝黑的胳膊。作为一个有身份的成年男子，他也没开过任何玩笑，没讲过任何机智俏皮的话，而只是重复了岳母齐娜依达·伊凡诺芙娜很喜欢说的一句格言：

“磨只要推下去，面粉会有的……”

此外就再也没什么别的了。

巴士马科夫坐在软椅上看着维塔挥动球拍，将飘扬起来的黑发理到身后，如何迈着优雅的小步敲击像黄色鸡雏似的球，当的一声将球击过球网，然后屏住气，用半蹲的姿势等待着回球……奥列格·特鲁多维奇当时连想都不可能想到，没过多久，年轻的维塔会咬着嘴唇、眯缝着眼睛，在他巴士马科夫身上获得她少女时代最初的欢乐。

吃晚饭的时候，得知了消息的卡嘉说：

“塔波奇金，我们年轻的时候，那些年轻的女孩会主动邀请男孩跳舞。而如今，看来是邀请打网球了？你想学网球吗？”

这句话中有三层语义，包含着曾发生过的一切——至今还记着的尼娜·安德列耶芙娜，夫妻生活多少年来积攒的尴尬，还有许多其他的事情。

“去你的！我还是跑我的步。”巴士马科夫没有理睬妻子的话。

“这就对了。”卡嘉点了点头。

自然，若是达士卡还留在银行，就肯定不会出现与维塔的任何浪漫故事和任何准备出逃塞浦路斯的念头。

然而，唉！

达士卡很快就出嫁了。

事情是这样的：奥列格·特鲁多维奇站在阳台上望着隔壁小伙子正往锅炉房的墙上打网球，先是闻到了一股从邻居扎维雅洛沃家阳台上传过来的烟草气味，后来又听到两个男人说话的声音。

“是，去符拉迪克①。”是阿纳托利奇的声音。

“是去符拉迪克。”另一个人回答说，声音年轻响亮。

“这很好，趁年轻多跑跑、看看，到有了孩子就……”

巴士马科夫望了一眼阳台隔墙的那一头，看见了阿纳托利奇，他旁边还站着一个个子高高的海军中尉军官。

① 即符拉迪沃斯托克。

“特鲁特奇！”邻居高兴地叫道，“科斯季，这是奥列格·特鲁多维奇，达士卡的父亲……你还记得吗？”

“当然记得！您好！”

“您好……”

“您还记得我吗？”

“要是大街上遇见，恐怕说什么也认不出来了。”

“来，上我们这儿来！”阿纳托利奇喊道，“科斯卡从彼得堡捎来了伏特加，牌子叫——你小心别摔着——叫‘阿芙乐尔号的炮声’！说实在的，酒非常不错！”

“好吧，”巴士马科夫点了一下头，“我马上过来！”

“科斯季，你看看人家！他说马上过来！早先的时候，只要有点响动，他马上就会噌地一下跳过栏杆，到我们家来，但现在先得说一句‘我马上过来’，人家是银行的工作人员啦！科斯季，你瞧，还是个天天早晨跑步的人，从阳台都跳不过来了！”

“我怎么跳不过来！”

一分钟后，他已经坐在那儿喝挨罚的第一杯“阿芙乐尔号的炮声”了。聊着聊着他才了解到，科斯佳已经从一所很有名气的军事学院毕业了，是一位将军安排他到那儿去学习的，科斯佳的父亲虽然自己仕途多舛，但因胃溃疡在叶先图基住院时认识了这位将军。一开始，他们俩因胃溃疡成了病友，后来两家关系变得很好。将军后来官当得很大——上面委托他提出部队改革的方案。但命运是残酷的——后来改革方案从克里姆林宫送到了五角大楼的专家委员会，评价很糟：方案中有很大的重建军事帝国的野心。将军因此遭到贬黜。由于心理情绪的原因，他得了胃穿孔……所以等到科斯佳从学院毕业的时候，已经无人有能力在分配问题上帮助他，于是他被分配到了符拉迪沃斯托克，尽管说起来也不算差。

“科斯季，也许，不值得去，”巴士马科夫谨慎地说，“我们那儿有一些小伙子，和你年龄差不多，一个月怎么也得挣个几美元！”

“那谁来挽救和捍卫俄罗斯？”科斯佳用他那双亮晶晶的眼睛看了一眼奥列格·特鲁多维奇说，“您吗？”

“你难道准备当皮诺切特分子吗？”

“那要到时候再看了……”

“说得对，科斯卡！可不能干那个什么经纪人！银行是万恶之源。伊里奇[1]，他当然做得是对的，”阿纳托利奇往杯子里倒上“阿芙乐尔号的炮声”，“首先要把银行夺过来。”

“那些银行家该怎么处理？”巴士马科夫好奇地问。

“什么——怎么处理？到建筑工地干活去。”

“阿纳托利奇，你真是个浪漫主义者！什么变化都不会有的。如今的这种状况——会永远继续下去。民主派很快就会彻底把军队搞垮。到时候科斯佳上哪儿去，到你的停车场去上班吗？”

“不，不会永远这样。军队是搞不垮的！要垮台的是他们。”中尉严肃地说。

“好，就算搞不垮。科斯佳，你能干到退休……阿纳托利奇，你的退休金多少？”

“少得可怜。”

“瞧！到时你靠什么生活？”

“你以为，他什么也干不了？他们现在学问可大啦，不比你我。科斯卡，你懂几门外语？”

“两门。”

“加上俄文和骂娘话？”巴士马科夫问。

“加上俄文和骂娘话的话——就是四种了。”科斯佳露出了微笑，“还有英文和中文。”

“中文?!”

他们在随后的谈话中得知，年轻人善于将学术与生意很好地结

---

① 即列宁。

合在一起，科斯佳靠在与公司的谈判中做翻译，收入还不错。另外，他还从事复杂的技术说明书的翻译工作。

“科斯季，说点中文来听听！”

这时响起了门铃声。

“卡莉卡回来了，”阿纳托利奇着急起来，“如果她要找碴，酒也只有一瓶。一瓶！”

但来的是达士卡。她去商店的时候没带家门钥匙。

“我爸爸在你们这儿吗？”

“你爸爸在我们这儿，不是你爸爸的也在我们这儿。走，我让你见一个人！”阿纳托利奇和蔼地说了一句后，把她领到厨房去了。

达士卡没有穿银行的工作服，穿的是居家的衣服——黑色牛仔裤、旅游鞋和T恤衫。她甚至都没有化妆。由于天热，腋下已经出现两块半圆形的汗渍。

“科斯卡，是你呀?!”达士卡的惊呼中带有提问的色彩，“你从哪儿来？”

“彼得堡。”

他站了起来，个子比她高出半头。他们俩站在那里，互相望着。巴士马科夫断定，这会儿从这两个年轻而苗条的身体中会游离出两个羞涩不安的透明身影来，他们靠拢了，而且像金鱼缸里两条陌生的金鱼那样小心翼翼地相互碰触了几下。

“你的气色相当好！”科斯佳终于打破了沉默。

“谢谢。你也……”

“孩子们，你们说的话怎么不像俄语呀！”阿纳托利奇有点生气，“‘你的气色相当好！’呸，有这么说话的吗！”

“那应该怎么说呢？”科斯佳问。

“说俄文吗？”

“说俄文。”

“达莎，你今天好漂亮啊！”

达士卡脸红了，低下了头，巴士马科夫很久没看到她这样了。

“达士，你去别墅吗？”他问。

“我明天过来。今天我要去打网球。”

“网球。”阿纳托利奇摇了摇头。

“只是不该说城市是小的好。”达士卡笑了起来。

“小城市？当然好啦！”当年货真价实的上校不容分辩地说。

“达士，你把科斯佳带上吧！”巴士马科夫建议说。

“科斯佳？”

从中尉双眉紧蹙的样子可以断定：他又记起当年达士卡那种鄙视一切的神态，少年时代的委屈达士卡也感觉到了，而且也记起来了。

“科斯季，当然，咱们一起去！当然！你看，我是怎么站在墙边击球的。然后我们找一个地方玩玩去！”

“要不，我也和你一起站在墙边玩一会儿。”

“当然可以！”

半个小时后，达士卡穿好衣服，梳洗打扮完毕，把科斯佳带走了，仿佛两人不是要去网球场，至少像是去赴一场招待会。不久，卡列莉娅回来了，像通常那样心平气和但坚决地将未允准的白日酒宴撤去了，从桌子上把已经喝了一半的“阿芙乐尔号的炮声”拿走了。

“说，你们喝了几瓶炮声？”

“就一瓶！”巴士马科夫说。

“多少？”

“一瓶半。”阿纳托利奇叹了一口气后承认，他还没有学会对妻子撒谎。

后来卡嘉从学校回来了，把东西收拾好放进了书包，让巴士马科夫背上，两人便一起去了火车站。电气火车挤得满满当当的，奥列格·特鲁多维奇被挤在人群当中，弄得汗流浃背，憋得喘不过气来，车厢里散发着别墅客随身带着的食品气味。下车的时候，巴士马科夫觉得他本来已经精瘦的身子似乎又小了两圈。

齐娜依达·伊凡诺芙娜带着脱毛的小狗马乌格里在栅栏边迎候着他们。她神采奕奕，精神饱满，家中六十平方米的土地每一块都种上了菜，料理得井井有条，还喂了一对分别叫阿拉和费利普的山羊。女儿女婿很少到乡下来，当岳母的早早地将家里的事做了周到的安排：巴士马科夫下了电气火车后刚刚定了定神，就被安排完成一件光荣的任务——清扫羊圈。

“明天我们给马铃薯培土！”岳母说，说完便与卡嘉一起到厨房煮草莓酱去了。

他们是在冬天才用的封闭阳台上吃的晚饭，头顶上挂着一张大照片，照片上面带笑容的彼得·尼基福洛维奇正与声名大噪的诗人热烈拥抱着。

第二天午饭前，达士卡由科斯佳陪同也来了。科斯佳没有穿军装，只穿了条牛仔裤和一件背心，只有剃得很短的发型和仪态让人看得出他是个军官。从他们两人你拥我挤地打开栅栏门的样子，从他们相互拉着小指头沿着狭窄的小道走上台阶的样子，从他们看见手拿着抹布的巴士马科夫后露出的亲切笑容中，可以清楚地看到，过去的一天一夜里发生了许多事情。不过，奥列格·特鲁多维奇的样子真的很可笑：身上穿着居家才穿的那种带小圆点的裤衩，头上戴着还是作曲家塔里库艾洛夫送给已故岳丈的一顶很大的西班牙式宽檐帽，两手还拿着块抹布。

“在普艾布洛贵族庄园劳作的奴隶！”[①] 科斯佳说。

达士卡发出了银铃般的笑声。齐娜依达·伊凡诺芙娜一直在关注着大家干活的质量，不满地向四面张望着。

“外婆，这是——科斯佳！”外孙女介绍说。

---

① 巴西著名电视剧《女奴伊佐拉》中的情节。

中尉单腿跪下，十分尊敬地亲了亲齐娜依达·伊凡诺芙娜的手，弄得她非常不好意思。外婆那双曾经是城里人的细嫩的手，如今与乡下人已经完全没什么区别了。随后，这对年轻人走进屋子，几分钟后，他们一身泳装来到了太阳底下。科斯佳抖动着身上年轻而强健的肌肉，活像大走马翕动着鼻翼一样，从巴士马科夫手中接过工具，达士卡拿上了耙子。两人一起走到了菜园的尽头。长长的地垄里，马铃薯长得高大粗壮，那白色和粉红色的花朵活像绿色海浪中泛起的泡沫。两人干得很快活，相互看着对方几乎赤裸的身体，目光中饱含着严肃的回忆。随后两人到池塘中游泳去了，陪伴他们的马乌格里一闻钟情，立刻喜欢上了年轻的中尉。到了回家的时候，科斯佳在这长长的 7 月白日已经完成了幸福的齐娜依达·伊凡诺芙娜交给他的所有劳动任务。

“图涅雅特奇，你看，这是个多么出色的男子汉啊！”卡嘉兴奋地叹道。

“科斯佳还是个没主的男人，”达士卡说，“我就想嫁给他！”

“就凭这一天一夜的结识吗？”卡嘉讥笑说。

“你可别这么说！我们俩从小就认识了！”达士卡整个上半身探出了窗外，“科斯季，我们俩认识了多久啦？”

“十三年十个月零二十六天！”他喊道。

“你听，科斯佳都记得牢牢的。”

吃晚饭的时候，大家都在谈论前一天在网球俱乐部发生的事。情况是这样的：达士卡像往常一样，与长腿的瓦丽娅又一起站在墙边开始击球。教练恶狗似的根本就没注意她俩。他穿上了一套新的网球服，头发上抹了油还用吹风机吹过，但黑美人维塔打电话来说，她不来练习了。科斯佳起先只是看着达士卡打球，后来拿了一块拍子并示范应如何正确站在墙边。

“网球场上哪儿来的外人啊？”教练吼道。

“他是和我一起来的！”达士卡回答说。

“我们进门是要收费的！”

“多少钱？”科斯佳问。

“十美元。”

于是科斯佳当着惊讶万分的达士卡的面，掏出十美元递给了教练，问：

“与您练习要多少钱？”

“一小时二十美元！”

达士卡想把科斯佳叫走，但已经来不及了。他付了两个小时的钱，从达士卡手中接过拍子，走进网球场里，最后居然把教练打败了，教练一怒之下把拍子扔在地板上摔碎了……

“我知道，科斯卡原来是学院的网球冠军！”达士卡兴奋得连气都喘不上来了，“你们知道教练最后留了个什么头吗！科斯季，你做给大伙看看！”

中尉把自己短短的头发弄乱后，装了一个极其可笑的鬼脸。

“那种浑蛋是需要好好教训教训的！”

大家都笑了起来，而齐娜依达·伊凡诺芙娜甚至笑得都捂住了胸口。

晚上，科斯佳和达士卡到小区散步去了。巴士马科夫把他们送到栅栏前。7月温暖的夜晚，空气中散发着甜甜的蜜香。齐娜依达·伊凡诺芙娜和卡嘉在灯光通明的木格阳台上准备着晚茶，夜间的花园阳台看上去活像一个大灯笼，里面似乎住着一个个小精灵。奥列格·特鲁多维奇突然产生了一个念头，如果让人（是人，而不是上了发条的老鼠！）死后选择任何一种永恒的存在方式，那么他，巴士马科夫，也许会选择这样一种：站在夜间花园里通往家中的一条小路上，敞开心扉吸进蜜一般甜的夜的芬芳，并注视着家人如何在灯光通明的木格阳台上准备晚茶……

两个年轻人回来了。达士卡兴奋地叙述着，在消防水池边，一个臭名昭著的别墅流氓缠上了他俩，很早以前，在她去地铁的路上，他就对她动手动脚过。科斯佳卡住了他的脖子，并把他摁在水中让蚂蟥叮。

“原来，他们在学院里还学过武术！”达士卡崇拜地说。

“那帮浑蛋是需要教训教训的！”英勇的中尉揉了揉擦伤的胳膊肘谦逊地笑了。

只有齐娜依达·伊凡诺芙娜没有附和大伙的赞叹与欢呼，只是嘟哝了一句，为这么件事那帮流氓会把别墅给烧了的。

“科斯佳，”卡嘉问，“你们是不是专门作为秘密间谍被培养的？”

“一定程度上可以这么说，只是目前哪儿都不需要这样的人。”

“也许这就对了？”巴士马科夫猜测说，“人类已经进入了永久和平的纪元啦！”

“永久和平是不可能的，只可能有较长时间的休战。”科斯佳严肃地回答说。

“您这么看吗？”卡嘉认真地看了看他。

“是的，我是这么看的。日里诺夫斯基[①]也这么认为。”

大家沉默了很久没说话，寂静中只听得见天花板下明亮的电灯四周飞蛾在扑打着翅膀的声音。

“已故的彼得·尼基福洛维奇，”齐娜依达·伊凡诺芙娜突然打破了沉默，“曾在霍廷卡为一个老侦察员装修过房子。那是一位将军。希特勒手中有最让他头疼的我方侦察员的名单。在这个名单中，将军排在第三位。彼得·尼基福洛维奇出于对他的尊敬，为他铺上了橡木地板。那地板他是专门为将军搞来的，还替他换上了进口卫生洁具。将军不相信地板是橡木的，要求看货物价目清单。但他哪儿有什么价目清单呀？彼得·尼基福洛维奇很伤心，真的很伤心啊……他完全是出于对他的敬仰才这么做的！”

“科斯季，说点中文让我们听听！”达士卡请求说。

---

① 俄国自由民主党领袖。

“说中文？”他笑了。

中尉把眼睛眯了起来，嘴唇像橡皮条一样被拉长了，他抑扬顿挫、声调高亢地说了几句，那声音悦耳动听，仿佛不是他的，像是别人说的。

“是什么意思？”卡嘉好奇地问

“这是李白的一首诗，翻译成俄文后大致的意思是这样的：

美人卷起缀着珠子的帘子，
紧皱眉头坐在屋中。
流不尽的泪水啊，
不知又在怨恨谁。[①]

“科斯佳，中文难学吗？”

“难，但不懂外语的人——是不健全的人。”

“那就是说，我是个不健全的人喽。”巴士马科夫叹了口气说。

“你再给我们读点什么好吗？”达士卡又请求说。

“要不我再读首杜甫的诗。”科斯佳建议说。

“好啊，就读杜甫的吧！”巴士马科夫点了点头说。

……大伙一直坐到深夜才去歇息。齐娜依达·伊凡诺芙娜给客人在阳台上的一张大沙发上铺了褥子，已故的彼得·尼基福洛维奇当年就特别喜欢躺在这张沙发上读《“战神帕拉斯号”驱逐舰》。半夜，巴士马科夫被一种奇异的声响惊醒。小屋子住上人后，别墅似乎复活了，发出低沉的呻吟声和木头家具的吱嘎声，仿佛连房梁、屋檐、原木墙……都舒展了开来。那声音是从上面，从达士卡住的那间屋子里传出来的。

这些个年轻人真不害臊！巴士马科夫兴奋地暗暗思忖道，心中

① 即李白的《怨情》。

想象着两个年轻的身体犹如两只5月的夜莺在强大而炽热情欲的驱使下紧紧缠绕在一起。其实，一切都受着大自然崇高规律的支配。楼上，在更接近天空的地方，燃烧着两个青年人的激情，而这里，在下面更接近大地的地方，一对激情已趋平息的老夫妻正渐渐地进入梦乡……

“卡季！”他叫道。

但是她依然背对着他，均匀地呼吸着。奥列格·特鲁多维奇久久地用各种方式抚摸着熟睡的妻子，后来，他又想方设法地试图进入她的体内。

“图涅雅特奇，走开！”卡嘉气冲冲地把他推开了。

“你没睡着吗？”

“马上就要睡着了！你不难为情吗！你的科斯佳这回……”

“为什么是我的呢？”

“别说了，要不非得出丑不可！”

科斯佳是三天后才走的——先去了父母那儿，然后回了部队。他几乎每天都打来电话，也许，这花去了他所有的钱。不过，达士卡说，他肯定又找到了赚钱的地方：符拉迪沃斯托克总有中国商人往来，他们不能没有翻译。

9月，科斯佳飞回了莫斯科——结婚。他捧着鲜花，提着很大的一个蛋糕和一瓶泡着条蜥蜴的酒来到了巴士马科夫家。

大家坐在厨房里。

“科斯佳，我理解你的感情！你的这一切表现使我们非常感动，但达莎还在上大学，”卡嘉没有同意，“是不是可以先搞个类似订婚的仪式？”

“我可以转学到滨海州师范学院去读书。我们俩已经说好了！”达士卡高声说。

“啊，你们已经决定好了！那银行的工作怎么办？以后你未必能找到这么好的工作！”

“我能找到！”

“我觉得没那么容易。”卡嘉摇了摇头。

“叶卡捷琳娜·彼得罗夫娜，我在那儿当翻译的收入还不错。到时候我再做点生意。我们的钱够用的！”科斯佳心平气和但坚定地回答说。

“做生意？”奥列格·特鲁多维奇表示惊讶。

“这有什么好奇怪的呢？部队现在提倡军官们自给自足，只要他们能够做到。”

“我表示怀疑。”

“叶卡捷琳娜·彼得罗夫娜，显然与您打交道的都是些戴着肩章的傻瓜蛋。”

“科斯佳，怎么你们身边的人都是些傻瓜蛋呢？”

巴士马科夫痛得咧了一下嘴，桌子底下有人狠狠往他小腿上踢了一脚。他抬起头望了达士卡一眼，看见她脸上表示歉意的微笑——那一脚她是打算踢母亲的。接着又是一脚，显然这回踢中了。

“那好。那就这么说定了，”卡嘉严肃地建议说，“等科斯佳下次回来休假——你们就结婚。科斯佳，你们下次什么时候休假？”

“什么假？”达士卡委屈地哈哈大笑起来，“妈妈，我们都说好了！你就别操心啦！”

“叶卡捷琳娜·彼得罗夫娜，”中尉和颜悦色、礼貌周到，反而弄得大人们不好意思了，“您知道为什么中国能有几千年悠久的历史？”

“为什么？”

“因为中国人有最重要的一种品质——崇尚礼仪、孝敬长者。”

“我懂。好，那我就不管了……我还乐得轻松。那你们俩用两天的时间去把结婚登记手续办好！”

“我们争取吧。”科斯佳答应说。

到了晚上，卡嘉对巴士马科夫埋怨达士卡。那也不能完全不尊重父母的意见吧！总不能把银行的工作辞了吧，现在要找个好工作有多难哪。再说了，未婚夫……科斯佳的很多优点着实让人担心，而且还有点自视过高，对他再了解了解也无妨嘛。

“卡季，你怎么，是不是有点妒忌啊？”

“我？！妒忌谁？”

“达士卡。”

“图涅雅特奇，你已经开始出现老年痴呆的征象了！相反，我高兴……”

“那我们就帮他们把事情办了！”

卡嘉的学校里有一个女学生的母亲在婚姻登记处工作，因此两个年轻人的结婚登记没费一点事。两人进去了一会儿就出来了。带花边的婚纱长裙是租来的。卡嘉十分生达士卡的气，发誓不再理她，但最后还是忍不住说：

“天哪，礼服居然还要去租！这是要一辈子留下来做纪念的呀！”

“那你的纪念婚纱到哪儿去了？”达士卡一边在镜子面前比量着，一边幸福地哈哈大笑起来，“只剩下一顶礼帽了！就一顶帽子！”

办结婚登记的时候，科斯佳穿着一套黑色带金边的军官服，还佩带了一把剑，非常潇洒，惹得那些在大厅排队等着办手续的准新娘不断转过头来看他。

“活脱一个海军中尉巴宁①！”齐娜依达·伊凡诺芙娜兴奋地拍着手说。

新娘的证婚人是高个子的瓦丽娅，新郎的证婚人——阿纳托利奇。科斯佳的父母没来参加婚礼。据可靠的消息说，他父亲的胃溃疡发作了，还有一些小道消息说，新郎与父母闹了别扭，并把不邀请他们来参加婚礼当作一种惩罚他们的手段。

不过，他们没有举行仪式，只是由卡嘉和卡莉娅一起准备了

① 苏联著名影片《海军中尉巴宁》中英俊潇洒的男主人公。

一桌非常丰盛的午餐。齐娜依达·伊凡诺芙娜从别墅带来了各种蔬菜——黄瓜、西红柿、辣椒。柳德米拉·康斯坦丁诺芙娜送给新郎新娘一套餐具。令巴士马科夫感到十分惊奇的是，母亲是从哪儿弄来这笔钱买这么贵重礼品的。原来，父亲那笔失落的钱终于找到了。

“在哪儿找到的？”

“在白糖里……真亏他想得出来！”

三年前，有一些乌克兰人到各家推销一种非常便宜的白砂糖——而且成袋提供。柳德米拉·康斯坦丁诺芙娜觉得有利可图就买了一口袋。卷成筒状的美金原来就在糖袋子底部。这些钱要不是被发现还会在那里放上个五六年。特鲁特·瓦连京诺维奇去世后，柳德米拉·康斯坦丁诺芙娜的身体十分虚弱，几乎已经不再起火做饭了，至于制作果酱、果汁更是连想都没想过。于是她决定把白糖转让给邻居，自己稍微留点袋底的糖。她倒糖的时候发现了那笔钱。

婚宴举办得很是热闹。男客人们先后六次起身为女士们干杯。大家不停地要求科斯佳说，甚至写中文。齐娜依达·伊凡诺芙娜让外孙女婿品尝各种带刺的黄瓜，并让他说出它们的品种和生长期所需施的肥料。卡嘉已经原谅不听话的达士卡了，并小声在耳边提醒她，告诉她当母亲的各种忠告与建议，特别是怀孕期间对胎儿的保护措施。细高挑的瓦丽娅讲述了银行里人们的议论，一开始大家都在传，说达士卡嫁给了一个美国的百万富翁，但后来那些女孩听说她嫁给了一个中尉，而且还要与他一起飞往一个什么鬼地方的时候，都感到十分惊讶。据瓦丽娅讲，萨杜拉耶夫甚至感到十分沮丧，一直不理解为什么女秘书会辞职。

“为什么，到底是为什么……竟然会为了爱情！”达士卡笑了起来，并吻了科斯佳的嘴唇。

“一，”巴士马科夫数着两人接吻的次数，“二，三，四……”

“五，六，七……”阿纳托利奇继续道。

“八，九，十……”卡莉娅又接着数了下去，“达莎，你可得贴紧了，否则会滑脱的！……”

“十一，十二，十三。”

新郎在喘息了好一阵后，发表了一段长长的祝酒词，谈爱情的作用，谈军官的荣誉，谈浑蛋们的为害并答应一年后在餐厅补办一个真正的巨大婚宴。

“结婚一周年是怎么命名的呢？”

“纸婚。”齐娜依达·伊凡诺芙娜提示说。

大家开始回忆奥列格与卡嘉热闹的婚礼，还有特鲁特·瓦连京诺维奇如何讲有关足球的故事把声名大噪的诗人给得罪了。

“人们都很尊敬特鲁季克，崇敬他……”柳德米拉·康斯坦丁诺芙娜小声说，说着说着放声哭了起来。

齐娜依达·伊凡诺芙娜把她带到厨房，两人一边洗餐具一边哭，回忆着各自已故的亲人。回忆带给她们莫大的快乐……

第二天，新郎新娘飞去了符拉迪沃斯托克。达士卡每星期给家里打一次电话。她在幼儿园里当了一名保育员，还在滨海州的师范学院参加了函授部的学习。科斯佳的事业发展得很好，除了在部队服役，他还从事翻译工作，并做销售中国羽绒服的中间人。

“天气怎么样？不冷吗？”卡嘉有些担心。

“你说什么呀！我还在日本海里游泳呢！海水咸咸的——游完泳，皮肤会被盐蜇得生疼……”

科斯佳自己主动要求给他的上司，索瓦林少校，支付收入的提成。所以上级便允许他在工作时间出去赚钱并庇护他。索瓦林已经是三个孩子的父亲，他老婆是个好闹事、忌妒心很强的娘儿们。他后来吃提成吃上了瘾，居然提出要拿科斯佳的一半所得。科斯佳十分生气，表示要教训教训这个浑蛋。结果他被调到阿布列克海湾去了。达士卡当时已经怀有四个多月的身孕。卡嘉与她通了电话后心中十分焦急：女婿后来又同新的领导发生了争执。

二十九

长长的电话铃声响了，是长途电话的声音。艾斯凯帕尔拿起话筒。

“是要的加急吗?”

“是的。”

“请说话。”

“喂，是科斯佳吗? 科斯佳，你和达士卡那儿怎么样?”

“奥列格·特鲁多维奇……喂! 一切正常。她已经住进医院了。我刚从那儿回来。她感觉很好。女儿也很好。体重一千六百克。”

“太轻了。”

“医生说，没什么可怕的。医院里有一个设备很好的早产儿部，有专门的保育箱。甚至还有六个月的早产儿。再说我还另付了钱。明天我就到符拉迪沃斯托克去一趟。那儿有专门的日本药品。医生说，所有伟人都是不足月产的。比如说莫里哀……”

“为什么会早产? 什么原因?”

“我也不知道，我们最近甚至没发生过任何争吵。医生说，有可能是遗传性的子宫乏力……或者是因为气候的变化。”

“需要不需要我们过去?”

“不需要。一切都挺好的，我去得很及时，一下班我就直接回了家，汽车已经在家窗户底下等着了，把达士卡扶进车里后就直奔医院……”

“给孩子起名了吗？”

“还没呢。但达士卡想起名叫奥丽嘉。”

“向达莎转告我们的问候！”

艾斯凯帕尔放下话筒——电话又响了一声，似乎在平息激动的情绪。他抑郁地看了一眼旅行箱，心中想，要是科斯佳提出请求——让他们去，那一切都会自然而然地了结。但是任何事情都不会自然而然地解决的。多年后，当抉择的痛苦和迷误的慌乱被忘却时，一切才似乎自然地结束了。

奥列格·特鲁多维奇拿了一张纸，写下了这么一封信：

卡嘉：

科斯佳打来了电话。达士卡生下一个只怀了七个月的女孩。她想给她起名叫奥丽嘉。不用担心，母女感觉良好。给科斯佳回个电话。我会有一段时间不在家。以后再把一切解释给你听……

逃离的丈夫要对被抛弃的妻子留下的最卑鄙和最荒唐的话是“我会有一段时间不在家”。女儿早产了。住在某家普通的医院里，而备受爱戴的外公却要有一段时间不在家！简直是猪狗的行为！巴士马科夫将字条揉成一团，揣进了口袋里。

是啊，他能对卡嘉做出什么样的解释呢？说什么呢？为什么他与妻子生活了那么多年，现在却要去找另外一个女人？对她来说，这个原因重要吗？虽然所有被抛弃的女人都会号啕大哭，提出“为什么”这类问题，但她们实际上关心的却是另一个问题，“你怎么能这么做，你这个坏蛋”。但他却这么做了。好，比方说吧，卡嘉走进家门，看见收拾好的东西，问：

“图涅雅特奇，怎么回事？你爱上了别的女人？”

不，与其说卡嘉会提出“你爱上了别的女人”这样的问题，倒不如说是列宁爷爷在陵墓里不安起来。卡嘉问：

“图涅雅特夸，你准备外出？”

“卡嘉，”艾斯凯帕尔这样回答，“我想主动把一切都向你坦白的，一五一十地从头开始……”

但这个开头要从哪儿讲起呢？从他走进屋子第一次看见坐在桌子旁边的黑头发、弯眉毛的姑娘说起，还是从达士卡结婚后大家在一起坐着聊天说起？伊格纳舍契金代表大伙要求巴士马科夫把桌子摆好，他去了一趟附近的一个叫“老酒与小吃”的小商店，分别买了前者与后者。塔玛拉·萨依多芙娜与维塔把食品一一切好，并放在了铺着打印纸的桌子上。

“为你的女儿干杯！”盖纳宣布说，“为当代的十二月党人的妻子干杯！”

“为什么您要把跟着自己心爱的男人奔赴天涯海角的女人称为‘十二月党人的妻子’呢？”维塔问，“她可不是为了他去的，而是为了自己，为了自己的爱去的呀！”

“你的意思是，爱情——不过是利己主义的一种变体而已？”盖纳补充说。

“当然啦！”

“那好，我们就为利己主义干杯吧！”

随后大家为教育出了这样女儿的父亲干杯，为未来的孙儿们干杯，为爱情干杯！

尤纳可夫飞去瑞士用最先进的方法治疗肝脏了，由于他的缺席，萨杜拉耶夫和马列维奇之间的冲突白热化了。消息灵通的塔玛拉·萨依多芙娜（她与银行保安部部长伊凡·帕甫洛维奇有过一段不为人知的深深的恋情）将之作为一种绝密的消息告诉大家，将会有重大的人事变化发生。

“说起来，伊凡·帕甫洛维奇跟你们家的一个亲戚非常熟悉。”

她对巴士马科夫说。

“哪个亲戚？”

“格奥尔基·彼得洛维奇。”

“果沙?!”

“对。他们一起在一个进修班里学习过。”

“什么进修班？”好奇的伊格纳舍契金插了一句。

“一个国家十分需要的专业进修班。”城府很深的格拉纳图琳娜没有正面回答。

后来大家开起玩笑来了。塔玛拉·萨依多芙娜在保险柜里保存着一包从流通的市面截获的假钞。

“哈哈，”满脸通红的盖纳高兴地说，“奥列格·特鲁多维奇，都说你是个好父亲，但我们却还没检验过呢！托姆，给他看看！维特卡，你不许说！”

塔玛拉·萨依多芙娜打开保险柜，习惯性地用自己的身体挡着柜里的东西，摸索了一阵子，窸窸窣窣地递给巴士马科夫一张一百卢布的票子。奥列格·特鲁多维奇接过钞票，拿到眼睛跟前转了转。

“怎么样？”伊格纳舍契金问。

“怎么，假钞吗？”

“假钞。如果您是个非常细心的人，那么您肯定能发觉。”格拉纳图琳娜说。

“摸上去跟真的一样。”

“没错！”

“托姆，你对奥列格讲讲那个爱喝茶的人，他做起钞票来可是比国家印钞总局还高明！”

“确实是这样的，曾发生过这么一件事，是1984年，噢，不，是1985年。有一个公民从中学八年级起，就开始印制五卢布的钞票。做的跟真的没有两样。还是州分行的一个女出纳发现的。她靠手摸查出来的。还送去检验——发现假币用纸的质量要更好些……也就是说，假钞票印得与国家的标准完全一样！国家印钞总局的印刷质量还没有完全过关。你们也知道，那个时候——只想着怎么完成计划了，计划第一……”

“后来发现了吗？”巴士马科夫问。

“发现了。”

“那对他采取了些什么措施？”

“枪毙了！”

“这条命就这么报销了！长着这种聪明头脑的人因为一百张五卢布的钞票被枪毙了！但那些亿万富翁弄走了多少钱——谁管过他们呢?！这些人现在叫作金融寡头。”伊格纳舍契金无奈地叹了一口气。

“并非所有有钱的人——都是小偷。”维塔轻声地说了一句。

“那当然，是有例外的。”盖纳嘿嘿地笑着说。

“怎么样，检查出来了吗？”塔玛拉·萨依多芙娜问。

巴士马科夫还在继续摸钞票。

“来，来，特鲁特奇，你这个健壮的长者，你可是莫斯科鲍曼高等技术学校的毕业生哟！”

“那你检查出来了吗？”

“没有。第一次也没检查出来。你好好数数钞票上大剧院门前的廊柱！”

巴士马科夫这时也已经意识到了，于是仔细地看了回廊，顶上的二轮四套马车，前蹄高高扬起的马，手拿齐特拉琴的笨拙的阿波罗，一一清点了窗户和廊柱……

“维塔，那您猜出来了吗？”他问。

“没有。”她叹了口气说。

巴士马科夫闭上眼睛，随后又睁开，盯着钞票，仿佛是第一次看见，看见后才傻了眼：在应该印“俄罗斯国家银行票证”字样的地方，在右上角，在戴着花冠的阿波罗的头的上方，用很大的字母写着：“俄罗西国家银行票证”。

“少了一个字母‘И’！”他说，还不敢相信自己的眼睛。

“对了！”塔玛拉·萨依多芙娜惊讶地说，“您是第二个认出假钞的非专业人士。”

“谁是第一个认出来的？”

“伊凡·帕甫洛维奇！”伊格纳舍契金抿着嘴笑了。

“盖纳，你会得到嘉奖的！”格拉纳图琳娜皱起了眉头，“其实，错误越是严重，越是难发现。甚至连专门的仪器都测不出来。”

“我们这儿一切都是这样的！”盖纳显得有些伤心，“想装出一副人的面孔，显露的却是马的屁股，俄罗西银行……唉！”

“那你们是怎么识别假美元的？”巴士马科夫问。

“方法不一样。常用的方法是手摸或者看眼睛。”

“看谁的眼睛？骗子的吗？”

“不，是总裁的眼睛。总裁手中的假美元上的眼神不一样。”

“你这是开玩笑吧？”

“完全不开玩笑。”

后来伊凡·帕甫洛维奇走了进来——这位保安部门的负责人满头白发，精神矍铄，穿着掐腰的夹克，他用羡慕的眼光看了看伊格纳舍契金后，把塔玛拉·萨依多芙娜叫走了。维塔也开始收拾东西准备走了。她说，如果达士卡打来电话就请转达她的问候。告别的时候，她向奥列格·特鲁多维奇伸出淡褐色皮肤的手，说：

“您是个非常细心的人！”说完后，她看了他一眼，仿佛对巴士马科夫的浪漫情事秘密有所了解似的。

“哈哈，”等维塔把门关上，已经听不见走廊上她的脚步声，又过了两分钟，盖纳恶狠狠地说，“并非所有富人都是小偷。但在俄罗斯——全都是。她的父亲，阿瓦尔采夫先生，是头号骗子！”

“他是干什么的？”

“监察委员会的成员：也许还要更高一些……所以你与维塔交往要格外小心。”

“什么意思?”

“她喜欢你。”

“她还是个小女孩。”

“这还不是我发现的。是托姆卡……托姆卡，你自己也知道，她可是个这方面的专家!”

整个第二个月，巴士马科夫一直在安装自动提款机，偶尔会在屋子里遇见维塔，笑呵呵地回忆起那次与伊格纳舍契金不太清醒的谈话。不久，银行举行了庆祝驼鹿银行建行八周年的大型宴会。宴会是在不久前由土耳其人建造的亚乌扎大酒店里举行的，约有三百人参加了庆祝酒会。总裁摇摇晃晃地抓着麦克风的手柄说，只有银行能够拯救俄罗斯，每个驼鹿银行的员工，即使是看上去最不起眼的人，也能做出重大的贡献来。后来，他沉思良久，叹息着，并一直重复着那些话，只是在用语上做了些微的变更。站在尤纳可夫两旁的是两位副总裁——萨杜拉耶夫和马列维奇。他们赞同地点着头，但当上司因无法保持正常体态而前倾后仰时，两人相互交换着温柔得可怕的目光。

巴士马科夫拿着一杯橙汁站在一边，在那个足有一米半高、正在慢慢融化的驼鹿冰雕旁边，奥列格·特鲁多维奇抑郁地望着被各种美味佳肴压得塌陷下去的长长的条桌。他觉得特别有趣的是一只只装着黑鱼子酱的银色罐子——如同种在装黑土的木桶中一样，罐中插着用洋葱、韭葱，以及串在牙签上的油橄榄等各种美味食品做成的小小棕榈树。犹如破冰船一般、长满棘鳞的鲟鱼仿佛被浮冰刺破割开，放在了装有其他小吃的盘碟里。一个足有一人高、有四个高低隔层的特制花瓶里放着水果。一种葡萄使巴士马科夫惊叹不已：蜜黄色，每粒都有鸽子蛋大小。演出台旁边，很大很结实的木头底座上放着两个大桶——分别装满了红色和白色的果酒。安放在两只桶中间的一个小柜台里摆满了各种瓶装的伏特加、白兰地、威士忌、芦荟酒、杜松子酒和其他各种各样的烈性酒。服务员根据客人的要求给他们斟着瓶装酒，或递着直接从桶里接的酒。

巴士马科夫觉着浑身难受。好像是有意要与这次庆祝宴作对似的，这一天是他节食的第五天。现在，大家都在开怀畅饮，而他却进入了减肥节食的最后一天，所以大鱼大肉他在生理上根本无法接受。此外，节食后他还有五天的时间需要过渡，只能喝些矿泉水、胡萝卜汁，吃些擦碎的蔬菜。

“为我们的银行干杯！”尤纳可夫大声说。

他一口喝干了香槟酒，将手中的水晶杯抖落在了地板上，在两位副总裁的搀扶下，走到了远处的一张坐着几个贵宾的桌子跟前。巴士马科夫在贵宾中看见他的一个老相识，拄着根十分贵重的手杖的维尔斯塔科维奇。总裁分别与每位重要的客人接了三次吻，为此足足花去了近十分钟的时间。失去了饱口福机会的奥列格·特鲁多维奇观察着领导如何把亲吻声弄得吧咂吧咂响、与客人相互拍击着腰背，似乎是在模仿更倾向于口水涟涟的亲吻的创作界知识分子。只是有一个有趣的差异：尤纳可夫亲完第三次后会突然退到一边，用考验的目光将客人的脸盯上好一阵子——似乎是在问，背叛过我的迹象有否在其脸上显现？随后他友好地拍拍合作伙伴的腮帮子，再向下一个客人走去。

此时人们会大声呼喊“乌拉！”，以莫大的坚毅并怀着绝望的心情向桌子冲去，仿佛从已经燃烧起熊熊烈火的屋子奔向消防安全门。刹那间，银色罐子里的小小棕榈树被抢夺一空，鱼子酱被舀得一丁点不剩。鲟鱼只剩下由于惊恐而抻长了的骨刺嶙峋的脑袋。巴士马科夫好不容易拿到了几颗琥珀色的葡萄。四隔层的特制花瓶里除了硬得像炸弹尾翼的菠萝刺皮外已经空空如也。

此时响起了凄厉的音乐声，舞台上出现了由芭蕾舞群舞演员筑成的人肉篱笆。

奥列格·特鲁多维奇站在吉祥物冰雕旁，吸吮着葡萄的汁液，忧郁地望着这一场饕餮的旋风。他发现，喝得满脸通红的伊格纳舍契金正从一个人的胳膊肘底下钻出来，一手端着酒杯，另一只手托着堆满美味佳肴的盘子。人群中不时闪现着熟悉的科尔萨科夫光亮秃顶。巴士马科夫还看见了维塔，一个在外汇交易所上班、名叫费佳的男青年侍从一般殷勤有加地给她端上冒着泡的红果酒。

突然，有人宣布，宴会给大家准备了一个意外的惊喜——被重物压弯了腰的十二个黑人和白人侍者抬着放在一个巨大的椭圆形盘子里的烤全鹿，确切地说，是烤乳鹿，走进了宴会大厅。巴士马科夫心里难受得差点哭出声来：他这个自愿节食减肥的人多么想尝尝那烤得焦黄、松脆、撒上了胡椒又微带咸味的鹿皮。侍者们还未来得及将盘子放到一个专门的木板台上，已经有几分醉意的银行职员们便宛若一群巨大的南美比拉鱼，立即向乳鹿冲去，一块块地叼走了鹿肉，不一会儿盘子里就只剩几块骨头了。

这时，巴士马科夫看见维塔来到他跟前。她手上端着一杯红果酒。

“你也不喜欢人们争抢进食的场面?”姑娘皱着眉头问。

“我讨厌透了!”他真诚地回答说。

“你想吃点什么? 我去跟费佳说，让他端过来。”

“不，谢谢，今天是我的节食日……”

“真的吗?”维塔听了他这句话后笑了，似乎他这个玩笑话说得无法不让人相信，“您知道吗，多尔奇内蒂要来唱歌。”

“真是那个歌手吗?”

“当然啦。目前还没有第二个叫这个名字的。您知道邀请他从罗马飞到这里唱半天歌给他多少钱吗?”

“多少钱?”

维塔说了个数字，几乎是个天文数字，巴士马科夫甚至都没感到惊奇。两人的谈话到这儿便结束了，因为这时一个穿着燕尾服、戴着蝴蝶领结的高个子先生迈着轻巧的步伐走到他们跟前。他狭长的脸晒得黑黑的，眉毛也和维塔的一样浓浓的，花白的头发柔软而蓬松。

“晚上好。”他面带微笑地说。

这是一种奇特的、非常健康的微笑。通常人们早晨起来时，为了检验一下自己的牙齿是否刷得很干净，就是这么对着镜子微笑的。

“您好。”维塔回答说，“我来给你介绍一下！这是奥列格·特鲁多维奇。我们现在在一个办公室上班。奥列格·特鲁多维奇，这是我爸爸！”

“阿瓦尔采夫。”

“巴士马科夫。”

“非常高兴。”他仔细用他那黑色的、几乎没有眼白的眼睛端详着奥列格·特鲁多维奇。

维塔父亲握手的方式也很特别。不，不是软绵绵的，不是那种轻轻的碰触，不是懒洋洋的，而是那种似乎十分经济的握法，就像他本人用目光打量新结识的人时那样，并不打算用力太多，也不想将手掌握得太紧。但它能够让人感觉到，如果他对人有了另外一种看法，他也能把手握得很有力，就像抓石头一般抓得很死。

“对不起，奥列格·特鲁多维奇，我得和女儿说点事情……”

阿瓦尔采夫轻轻地拥着维塔，把她带到了头头们坐的那张桌子跟前，大家都高兴地站起来吻她的手。但身子摇晃得很厉害的尤纳可夫开始想说明，她是多么小的一个女孩，显然他在维塔很小的时候就认识她。接着，总裁也许是感到了时间的飞速流逝，将自己油渍麻花的额发弄得乱乱的，将脸朝阿瓦尔采夫柔软而蓬松的头发探了过去。但维塔的父亲抓住了总裁的手，把他带到了一边。

伊格纳舍契金跑到巴士马科夫面前，嘴里散发着蒜香鹿肉的气味。他嘬了口杯中的威士忌，开始大声议论，说学校的孩子们因饥饿而晕倒，而这里却在如此大吃大喝、大谈特谈自己崇高的德行，这实在是恶劣而卑鄙。他的话语中充满愤怒。

“你知道给了多尔奇内蒂多少钱吗？”

“我知道。”

“真是一帮子浑蛋！总有一天，我们这些人统统都会被吊死在街灯上的，而且是罪有应得！”

“谁来吊这些人呢？”巴士马科夫问。

“问题就在这儿，”盖纳显得忧郁起来，“民族的基因储备被破坏。民族的激情被扼杀。甚至连将我们吊死在街灯上的人也没有了！”

这时，一块巨大的巧克力蛋糕被装在车子上推了进来，蛋糕做成了带枝杈的驼鹿头形。

“我这就，”伊格纳舍契金对他说，说完快步朝蛋糕跑去，“给你带点过来……”

巴士马科夫突然感到，望着这一场无休无止的盛大飨宴，他很快就会像人民委员部的委员秋鲁帕[①]那样饿晕过去。于是他决定赶紧离开，却在出口处被已有几分醉意的盖尔克拦住了。

“你去哪儿？多尔奇内蒂的歌不听啦？”

“我得……”

“那你可错过机会啦！你知道还有什么节目吗？”

“什么节目？”

“我将授予多尔奇内蒂无产阶级区贵族会议荣誉成员的证书。此举是否够刺激？”

“非常！”

正当巴士马科夫在更衣室穿风衣的时候，一群保镖不知用报话器在同谁讲着什么，簇拥着已经喝得酩酊大醉的尤纳可夫飞一般地朝出口走去。

已经入夜了。地铁车厢里，特别是前几节车厢里，有不少空位子。奥列格·特鲁多维奇坐了下来，打开了刚刚从过道上一个老太

① 秋鲁帕（1871—1928），十月革命胜利后任俄罗斯粮食人民委员部委员。

太那里买来的《明日报》。也是从那个卖报的老妇那儿买来的《莫斯科共青团员报》，他准备拿回家看。不知什么时候，巴士马科夫的两只眼睛不经意地向上看了看报纸页面的上方，他立刻惊呆了：一个穿着士兵服装的男青年的铅笔画肖像正径直朝他游移过来。肖像下面有一行字：求求各位！请帮我把儿子从车臣人的俘虏营中解救出来！巴士马科夫的心中掠过一股寒流。男青年面如死人，像铸铁那样没有任何表情，但奥列格·特鲁多维奇立刻认出他是罗玛，契尔涅茨卡娅的儿子。那幅肖像活像教堂边祷告、行进的教徒手中举着的圣像，而举肖像牌的正是尼娜·安德列耶芙娜。他先是看到了她那死死抓着硬纸壳的手指头，上面布满了裂纹，略微泛红的黑色指甲参差不齐。说尼娜·安德列耶芙娜老了——等于什么也没说。她已经完全成了另一个女人——白发苍苍，脸色像面粉般煞白，满脸皱纹，穿着一件已经没了形的风衣，两只袖子油渍麻花的，头上绑着块黑布，眼睛眯缝着，眼泡肿胀……

一只装着一些零碎纸钱的透明塑料袋被她用抓着硬纸壳的手指头紧紧攥着。只要有乘客准备伸手往兜里掏钱，尼娜·安德列耶芙娜便会将整个肖像连同塑料袋一起递到施舍者面前，仿佛准备让他们亲吻似的。一旦纸钱被放进了袋中，契尔涅茨卡娅便会缓缓抬起她那沉重的眼皮，用那浑浊的目光表示感谢。奥列格·特鲁多维懂得，他无法承受这种目光，更何况，若是尼娜·安德列耶芙娜把他认出来……

于是他用报纸将自己挡了起来。

巴士马科夫在此后的这段路上始终感到一阵阵恶心，一直在同那个处于难以企及的深处而又占据了他全部意识的可怕形象抗争。直到走到街上，他还是未能摆脱这一挥之不去的可怕噩梦，想象着自己仍在尼娜·安德列耶芙娜爱的怀抱中。但不，绝不是早先那个身子柔软、皮肤像绸缎般光滑的尼娜·安德列耶芙娜，而是如今臭烘烘、完全走了形的尼娜·安德列耶芙娜……他吐了，一股酸苦的黄色黏液从他口中涌出，喷在了人行道上。

夜里，巴士马科夫醒了两次，心脏似乎停止了跳动，直到突然惊醒后，恐惧感才使他重又感觉到心脏的跳动恢复了。清晨，他感觉自己鄙琐无能，连晨跑都没有了心思，甚至忘记了这是他节食后的第一天。他在愚钝的沉思中喝下一杯浓浓的咖啡，吃掉一片面包夹香肠。他一下子觉得难受得不行，不得不向明显表示不满的科尔萨科夫请病假。

这些天奥列格·特鲁多维奇学会了一些英文单词。他现在正在上一个专门为不懂外语的银行员工组织的英文班，这些人大都不年轻了，被银行里会说外语的年轻人蔑称为“尼安德特人”。当然，到了已经往五十奔的岁数，却成了“尼安德特人”，还在牙牙学语似的说“my father，my brother”，他们确实不能不感到羞愧。但又有什么办法呢——人总要吃饭的呀！

伊格纳舍契金在电话里询问了他的病情后有些幸灾乐祸，说巴士马科夫要想续签工作合同恐怕就难喽。那些合同已经到期的人，为了不让领导不高兴，不管身体多么不好都得强撑着来上班。有一个患了腹膜炎的职员是在上班的时候被从办公室拉去住进医院的。奥列格·特鲁多维奇为了以防万一还是去上班了，没有提出休病假的请求。

渐渐地，他融入了新的生活中——与自动提款机打起了交道，常常与荷枪实弹、身穿防弹背心，脸色阴郁的瓦列拉一起出入现金兑现部提款。伊格纳舍契金是个万事通，他说，早先瓦列拉在特种部队服役，参加过1993年攻占白宫的战斗，后来从那儿往外运尸体。为此有人允诺过要给他一套位于马利依诺的房子，当然，这只是糊弄糊弄他。于是他精神受到了刺激，离开特种部队来到了银行。巴士马科夫曾想过把捷达的照片带给瓦列拉看看——也许他见到过捷达，哪怕是尸体呢。但是押款员脸色阴沉，让人难以接近，奥列格·特鲁多维奇便打消了这个念头……

他俩的工作并不复杂：奔赴提款点，同时旋转两把钥匙打开自动提款机。瓦列拉在旁边守卫，巴士马科夫取出检验带和事先放进去的盒带，将置钞槽中剩余的现金倒进口袋并打上封条。随后插入检验带和准备好的盒带，再输入存储现金的票面值和数额。这就是全部的工作，如果自动提款机发生故障，巴士马科夫便一人来到工作点，故障常常都不大：顾客因疏忽大意操作有误，提款机将卡片吞噬，有时是款票带卡住了或是用光了——这样提款机也会拒绝出钱。奥列格·特鲁多维奇要上一辆事故处理车便能来到工作点。如果发现系统出了严重的故障或是机件损坏，那就需要与提供产品的公司联系，实施保修并与负责检测系统内部问题的专家打交道。此外，巴士马科夫还接受了检修和保养点钞机及其他小型电子设备的工作。当然，所有这一切与当年他在“金牛星座”所从事的工作相比根本算不了什么。但他必须非常认真仔细，不容任何的疏忽，所以他几乎很少在班上坐着。

维塔也不常在办公室待着。起初，银行在她出院之后只给了她一些象征性的工作——陪同顾客到现金提存库，这种金库都隐蔽在用钢筋水泥筑成的地下室里。但顾客一般很少，一星期也就只有三四个人。其余的时间她都坐在办公桌旁，读点什么或是在计算机上玩接龙游戏。但后来，在亚乌扎大酒店举行完庆典之后，维塔被调到了另一个工作部门——公关和银行关系协调部。现在她要组织各种新闻发布会，要安排各种会谈，所以无时无刻不在奔波忙碌中。他们俩在各自忙忙碌碌的工作日中很少有见面的机会，两三天都难在办公室见上一次。不能说奥列格·特鲁多维奇对维塔有相思暗恋的倾向。当然没有这回事。那怎么会这么说呢？每次他走进办公室，发现她空荡荡的办公桌时，一种隐隐的失落感便会油然而生。他用眼睛向盖纳示意那把空着的软椅，后者也默默地两手一摊，意思是说，小鸟在四处飞。有一天，维塔利用两场谈判的间歇跑进办公室，向大家宣布，她很快就会在新的侧翼楼里有一间归她使用的办公室——两星期后，她就把地方腾出来。

“我们会想念你的。”巴士马科夫叹了口气说。

“我也会的……”

但这时手机响了，维塔不得不飞快地跑了出去。

“这回好了，”伊格纳舍契金高兴地说，“特鲁特奇，你的办公桌可以换个好点的地方了，可以挨着窗户。要是我再被解雇，那你就可增添两个办公桌了……”

“盖纳，”塔玛拉·萨依多芙娜小声提醒他说，“伊凡·帕甫洛维奇让我转告你，让你安心工作！”

“我永远也不会安心的。”

“那他们会让你安心的。”

“那我们就走着瞧吧！”

事情是这样的，在得到科尔萨科夫的默许后，伊格纳舍契金闹了一场不小的风波，反对通过班可索斯公司购买美国的处理软件。

“你替他们操这个心干什么？”巴士马科夫很是惊讶。

“我才不管他们呢！既然他们愿意出比国产程序高好几倍的价格，那就让他们出好了。既然他们想每年从‘附加合同’中拿百分之二十的提成，就让他们拿好了。我反正无所谓。我操的是我自己的心！因为是我同这些美国佬打交道，是我来实施。我对什么都无所谓！我现在正在进行一项研究……要是成功，我就走人，自己搞个公司……”

“盖纳！”塔玛拉·萨依多芙娜警示性地用眼睛瞄了瞄墙，责备说。

然而，虽然伊格纳舍契金一再声明他对一切都无所谓，但他还是忘我地反对购买美国的软件。可是毫无结果。先是全家在蔚蓝色的海岸度假，随后又用班可索斯公司的钱同情妇在阿卡普尔科休憩。马列维奇坚持要购买，甚至在董事会上还发表了一通意见，说盲目采用质量值得怀疑、粗制滥造、使用效果还根本不清楚的产品，是损害银行威望的一种冒险，这是不合适的。到头来，吝啬者将会付出双倍的代价，而驼鹿银行无权拿股东们的钱当儿戏。科尔萨科夫也出席了董事会，但是，可以理解，他没有发言：他没有傻到要自取灭亡的地步。而唯一能够真正反对此举的人——萨杜拉耶夫也没有认真地去做，因为正好这段时间他谈了一笔为银行新址购买办公家具的生意，而供货人是他的朋友，“现代空间”[①]公司的老板，价格是市场价格的一点五倍。

尤纳可夫赞同说，银行花钱要格外谨慎，还对马列维奇的意见表示了支持。总裁不久前在一家名为萨瓦·莫洛佐夫商业夜总会里喝多了酒，结识了一位从事太空对应全息摄影模拟的科学大师。大师邀请尤纳可夫到他位于沃罗科拉姆斯克的别墅做客，参观了他的实验室，最重要的是，向他展示了一个巨大的秘密，保存在他的全息摄影中的一只早已死亡的老鼠在太空中的对应图。

“人能做吗？”尤纳可夫问。

“现在还不行。研究资金不够。”

“需要多少？”

“二十到二十五万……”

“走！”

总裁的奔驰和载有保镖的吉普车沿着沃罗科拉姆斯克公路飞驰，公路两旁的白桦树醉汉似的摇晃着退去，连树叶也看不见了。回到银行后，尤纳可夫与科学大师一起下到了现金库，他提取了三十万美元的现金，交给了这位全息摄影模拟大师并对他说：

“你就做人模拟吧！老鼠的以后再也别做了……”

第二天早晨，全银行的人都得知了慷慨的总裁将钱投入科学前沿的事。尤纳可夫清醒过来后也对自己已经做下的事感到后悔，但还是拒绝了伊凡·帕甫洛维奇的建议。后者提出要找到那位科学家，

① 原文为英文。

告诉他只需一万美元就能完成太空对应物的研究工程。

“不，”总裁摇了摇他沉重的脑袋，“这会给银行的信誉造成损害。而信誉的价值是远高于这笔钱的！”

这就是巴士马科夫真正开始他在银行的工作时的生活环境。如果那一天让他出去维修出了故障的自动提款机，而维塔被派去机场贵宾室迎接车尔东信贷银行的总裁，也许他们之间任何事情都不会发生。那么，现在他也不会像个无可救药的白痴一样坐在行李边等着电话，心中充满羞耻感，不知该如何向卡嘉诉说关于达士卡早产的消息。如果那一天格拉纳图琳娜与他们俩在一起，她总会不知不觉地把维塔从巴士马科夫身边叫走，与她谈各种各样的女人间的话题，那么一切也完全会是另外一个样子！然而，英明的东方女性塔玛拉·萨依多芙娜那天一早就出门去参观银行技术设备展了。而盖纳根本什么也顾不上——他正在生科尔萨科夫的气，怨他在董事会上沉默不语。

那一天，一开始他们是三人一起吃的午饭，后来费佳也加入进来。他说他星期天去了“政党区”迪斯科厅，一夜花掉了三百美元。他在喝酒的时候，有人进了他的帕萨特轿车，偷走了他车中价值一百三十美元的日本音响和美国调频装置。在他说这些事情的时候，巴士马科夫和维塔对视了一下，微笑着以眉目传情。

“费佳，你不觉得日子过得枯燥吗？”伊格纳舍契金挖苦地问。

“不啊。不枯燥。维塔，你怎么不去打网球了？”

“没时间。”

“明白了。你们昨天看电视节目《总结纵览》了吗？”

“怎么？”

“在叶利钦与银行家会面的时候你们看到尤纳可夫了吗？”

“看到了。”

“我觉得，我们的总裁①好像喝醉了。”

“哪一个？”

大家都会心地哈哈大笑起来。

从食堂出来的路上，伊格纳舍契金与费佳就如何在电视上扩大政治影响的问题争了起来。一个银行职员也加入他们的谈话并解释说，似乎有一种专门的数学模拟方法可以进行计算，但盖纳却像个魔鬼一样哈哈大笑，憋得满脸通红，说所有这一切都是胡扯，实际上只要区区三分钟，打上灯光就能做到家喻户晓，不过要出大价钱。

“你算了吧！”

“我实话告诉你吧，他们都是成袋成袋地往奥斯坦金诺电视台送钱。整袋整袋地送。有时是用装复印机的大纸箱……”

维塔和巴士马科夫两人回到了办公室。维塔寒暄着向途中遇见的熟人微笑示意，突然她问了一句：

“奥列格·特鲁多维奇，您想看看我原来工作过的地方吗？”

“好啊。”

于是她把他带到了外汇交易所。这是一个椭圆形的大厅，屋顶很高，用现在通常的叫法是“双采光大厅”。在离地面约三米高的地方是下层窗，窗户旁边是一条长廊，长廊用镶嵌在镀镍金属骨架上的方形瓷砖围着。每一块方形瓷砖上都有一个跑动着的驼鹿的深色侧影。大厅下面，在一张张又宽又大的圆桌旁的高背软椅上坐着一些年轻人。他们毫无例外地都穿着白衬衣，领带散开着，西装一律挂在椅子的靠背上。他们的坐姿也完全一样——身躯微微前倾，眼睛注视着计算机的屏幕，电话筒都用肩膀抵着贴在耳边……

“那一张就是我的办公桌！”维塔用手指了指下面，“靠窗户的那张。现在费佳在那儿办公……”

“我觉着，费佳很喜欢您。”

① 俄文中“总统”与“总裁”是一个词。

“如果您这是想恭维我，我可并不领情。”

“他这个小伙子怎么样？”

“他有一辆帕萨特。”

“什么？”

“1996 年出厂的帕萨特电喷式的。绒面革的内装。全自动无级变速。带加热器的座位。还有什么可以介绍的？自动开启的天窗和自动控温系统。那张办公桌是米沙・福洛罗斯基的。他有一辆福特。再远点的那张——阿里克・卡扎科夫的。他有一辆大型切诺基。”

“那您的车是什么牌子？”

“我吗？吉普。您问对了。但为什么您不问问我以前的事呢？”

“那您愿意对我讲吗？”

“愿意。对您——我愿意……您听到些什么关于我的事情了？”

“什么也没听说。只知道您是阿瓦尔采夫的女儿，生过一场大病。”

“是，我当时病得很厉害……”

这时费佳终于摆脱盖纳走进了大厅，看见他们俩站在长廊上，向他们挥了挥手后在计算机旁坐下了。

“您能猜出来什么叫作外汇交易厅吗？”维塔问道。

“我大致能知道……”

“这类似于一种赌博。按照一定的价格买进美元，随后等待时机再以更高的价格抛售……您玩过牌吗？”

“偶尔玩玩。”

“其实与玩牌很相像。需要胆识、耐心和运气。神经得坚强。需要钢铁般的神经和对自己钢铁般坚定的信心。我在书中看到，战争中最不可思议的功勋是青少年建立的，因为他们还不相信有死神。我也不相信。我的试用期已经结束了，我开了一个公开的户头。我做过的几笔买卖都很成功，大家对我评价很高……连父亲都夸我。一切都是在‘三八节’那天发生的。大厅已经空空如也。一开始我买了十个。”

“十个什么？”

“我买了十个一百万的筹码。”

“多少？”巴士马科夫简直不敢相信自己的耳朵。

“一千万美元。但这不是真正的钱，而是银行的一种算法。要是汇率提高哪怕是一个芬尼①，我便会赢一千一百……但汇率突然下跌了五个百分点。于是我又要了十个，我想我不可能会输，相信汇率一定会上扬。但没想到它又跌了三个百分点。这时我决定翻本……”

“什么意思？”

“翻本。我开了一个新的户头，并将那二十个出手了。要是汇率继续下跌，我起码可以抵偿损失。但它突然上扬了四个百分点。当时我赌的是奥地利银行。那儿我认识一个不错的小伙——叫列奥·施太方。经纪人相互之间都认识。他在显示屏上提醒了我一句：‘维塔，谨慎小心！’但我当时已经慌了神，什么都想不起来了。真的什么都想不起来了。好像我是在做梦。您知道吗，人们常常会做这样的一种梦：仿佛你是在做一件十分可怕又无法挽回的很丢脸的事情，但同时你心里很清楚——只要一醒，一切都会恢复原样。这样我便又买了一百个。”

“是一百个一百万吗？”巴士马科夫感到很可怕，心想，当他正躬着腰在停车场一个戈比一个戈比地苦苦挣钱时，一些乳臭未干的年轻人却在一掷万金地输钱。

“是的，一百个。”维塔点了点头说，“当然，这么干是很危险的……换成我也绝不会这么干……但当时仿佛不是我了……突然汇率又下跌了六个百分点。我们在奥地利银行的寄存金总共只有五百万——于是列奥又提醒我：‘维塔，对不起，我不得不关闭你的户头，因为你的亏损已经超过了寄存金……’我一下子输掉了

① 即百分之一马克。

五百万美元！”

“唉，是呀。”巴士马科夫叹道。

当年还是在苏维埃政权时期，在一次坐火车从试验场出发的途中，他也曾打牌输掉过五十四卢布，事后好几年一想起这件蠢事，他都怨恨自己。

“我回了家。父亲在录音电话上留了言，祝贺三八妇女节，还说为我在银行的骄人业绩感到自豪。我大哭了一场，喝下了一瓶果酒，后来又吞下了两袋安眠药，在床上躺下了，还蒙上了被子，心想，这样一来谁也找不到我了。谁也休想找到我。当我醒来的时候，一切仿佛只是夜里做的一场噩梦，只要在清晨把窗帘一拉，一切都会消失得无影无踪。我甚至都不记得我是怎么给父亲打的电话，我说：‘爸爸，我要死了……’后来，来了些穿绿大褂的男人，他们把一根管子插进我的喉咙里，还给我打了针，问我的感觉如何。我口中什么感觉也没有，只是对自己十分反感……后来他们把我送进了勃特金医院，自戕科……父亲第二天把我从那儿转到了一家专业的疗养院。我在那儿住了两个月，他把钱还给了银行。是以办公设备的形式支付的……奥列格·特鲁多维奇，我就是这样一个胡来的女人！”

“没什么，维塔，”巴士马科夫小声说了句，“吃一堑长一智嘛。”说完他抚摸了一下她的胳膊。

“你是这样看的吗？”维塔可怜兮兮地望了他一眼，泪水从眼眶中溢了出来，也许一切就是从那个时候开始的……

“就是从那个时候开始的，你明白吗，你这个长胡子的东西？你明白了吗?！我现在该怎么办？怎么办?！走不行，留下来也不行。我该怎么办呢，你这个冷血动物？你倒好——躲进贝壳里，乖乖待着就没事了，鱼虫还照吃不误……但我呢？……”

三十

艾斯凯帕尔是对那条小公鲇鱼说这一番话的，它终于从贝壳里跑了出来，正小心翼翼地贴着透明的鱼缸壁向前游动。奥列格·特鲁多维奇拿起小纱网，放进水中并用它挡住了小鱼通往贝壳珠母色开口的去路。索麦茨闪电般地向它熟稔的避难处逃去，一下子撞进了陷阱中。艾斯凯帕尔取出纱网，用两只手指托着还在蹦的、两侧微微凸起的鱼身子，将纱网翻转过来——索麦茨便落进了鱼子酱罐头瓶的底部，在已经熟悉了新环境的小母鱼间不安地游窜起来。

“这个任务总算完成了！”

巴士马科夫又拨了一次维塔的电话号码，但听到的还是那个女性电子录音，说对方用户无法接通。奥列格·特鲁多维奇突然想到，那个将声音录在磁带上的姑娘兴许也在给心爱的男人打电话，但那个男人抛弃了已经怀孕的她，而且这个浑蛋还把电话挂了，她拨呀拨，拨着他的电话号码，但不断听见的是自己的声音：“对方用户已关机”或“对方电话无法接通，请稍后再拨！再会！”她听着自己的声音在安慰着自己：接不通，接不通，接不通……

维塔突然变得不可企及了。可以企及的女人却安了一部不可企及的电话。真是绝妙的讽刺。不过，这种讽刺对维塔来说并不合适。维塔——请诸位不要见笑——原来还是个处女！巴士马科夫没预料到会有这样意外的惊喜。当然，他从一些并不明显的蛛丝马迹中猜到了，甚至对她的个人生活并不幸福这一点坚信不疑。期货交易所……自杀未遂。生活经历丰富的维塔居然是个处女！维塔在芝加哥上过学，开着一辆价值三万美元的吉普车到处疯跑，穿着优质的名牌服装，还被所有罗西诺奥斯特洛夫斯基银行的花花公子追求过，结果她是这样一个清纯的姑娘！一颗未被发掘的珍珠……

当他们俩从外汇交易大厅来到办公室的时候，伊格纳舍契金恨不得要朝他扑过去。

“你跑哪儿去了？大家四处打电话找你。赶紧到商贸中心去！自动提款机已经吃了两张卡片！人们都快急疯了……”

巴士马科夫赶紧往汽车调度室打了个电话，不料所有汽车都在外面。

“他要一辆车！但明天过节啊。圣阿纳斯塔西娅—牧羊女节[①]。所有的领导，连最基层的小头头都要了车，给他们的娜斯佳买礼品去了……你赶紧坐有轨电车去吧！”

“奥列格·特鲁多维奇，我带你。”维塔提议说。

“不，维塔奇卡，谢谢！”

“我带上你。反正我回家也得路过商贸中心。”

“那好吧，既然是这样……”

他们来到停车场。维塔从书包里拿出了遥控防盗器，粉红色的小吉普叽叽地叫了两声，两个前灯一亮，中央防盗锁发出了开启的咔嗒声。车厢里混合着皮革与香水的气味。巴士马科夫好奇地往四下看了看——在停车场工作的这些日子里，各种各样的车他没少见，但这种车他还是头一回见到。

“喜欢吗？”维塔问，转动着点火钥匙。

“那还用说吗！”

---

① 一种东正教节日，在这一天，人们为所有名叫“娜斯佳”的女子祝福。

发动机发出了类似飞机那样不大的声响。维塔打开收音机，动听的音乐——好像是经过改编的巴赫的《现代四重奏》——从车厢四周响了起来。

“这辆车是爸爸在我从疗养院回来后送给我的。牌子是我自己从汽车购货单中选的。她是不是有点像期盼着爱情的姑娘？”

“也许是吧。”

“您开的是什么车？”

“好像是日古力吧。”巴士马科夫随口说了一句。

“好像是？”

“是啊，车子已经碰得不像样了，已经无法辨认是什么牌子了。一直是妻子在开。我这个人生来就是走路的命。”

他们只用了十分钟就到了亚乌扎商贸中心。奥列格·特鲁多维奇向维塔表示了诚挚的感谢后就去处理提款卡的事了。问题比他想象中要复杂得多：故障的原因还找不出来。自动提款机不得不停止使用，得打电话到奥立维梯代表处并约专家星期一来修。约莫过了四十分钟，他才从商贸中心走出来，发现粉红色的吉普车还停在原先的那个地方，心中不免有些疑惑。

“您期盼着爱情的姑娘是不是出了问题？”他微笑着说。

“没有。姑娘有三年的保修期。只是另外一个，也在期盼着爱情的姑娘决定在这儿等您。”

“为什么？”

“我也不知道……到我那儿坐坐吧！”

“不，我得回家了……”

他说的是实话。为巴士马科夫一家忠诚而未曾怠惰地服务了十五年的薇罗尼卡牌洗衣机出现了一些非常让人担忧的迹象：甩干衣服的时候，机器总会跳动，而且会在卫生间打转转，就像一个参与《抓住幸运的尾巴！》电视节目赢了一把五美元茶壶的女观众一样。这一天晚上，心灵手巧的阿纳托利奇答应好好帮他们检修一下机器，卡嘉专门叮嘱过，让丈夫别在单位耽搁早点回家，因为让邻居修理家电，而主人不在家实在是说不过去。

“就半个小时。看看我那儿的生活环境。喝口酒，要不喝杯茶。”维塔央求道。

“好吧，就坐半个小时。”巴士马科夫同意了。

一路上，他一直在为命运的无常而惊讶：一个年轻的姑娘居然会请他到自己家里做客，可他还在扭扭捏捏地犹豫。如今只怕在她家中遇不到性骚扰。不久前上映了一部由迈克尔·道格拉斯主演的电影。好可笑的一部电影哟！一位漂亮的女领导对不幸的道格拉斯进行性骚扰，一开始甚至要求给他口交，但他在最关键的时刻从她的牙齿中逃脱，并向妻子告状。巴士马科夫已经记不清电影的结局是怎样的了——他睡着了。卡嘉看到了最后，第二天早晨跟他说，那个女领导的纠缠原来只是她设下的一个陷阱。此中隐藏着一笔投机交易，她企图把优质的技术设备换成一种会对环境造成污染的廉价设备。自然，贪婪的女吞精者企图引进这种廉价设备，而竭力想保护生态资源的道格拉斯与她针锋相对，简直就像一部新的《征途中的战斗》[①]——这是巴士马科夫儿时看过的一部电影。

“您在想什么？”维塔问。

“在想一部电影……”

“不久后将举行曼德拉果罗夫的新片首映式。如果你想……”

维塔住在普留希哈。在房顶呈坡状的顶层。几年前，这些30年代建造的不起眼楼房都进行了根本性的改造，加盖了绿色鱼鳞状房顶的坡式顶楼。房门是金属的，还嵌上了很漂亮的青铜铆钉。楼房都安有住户呼叫器。每个单元门口都非常干净，而且都覆盖着常青藤，常青藤种在很大的土陶桶中，向楼墙上方攀缘。当然，这种常青藤不是自然的，巴士马科夫家单元门口的这种用合成材料做的人

---

① 苏联女作家尼古拉耶娃于1957年创作的长篇小说，表现落后、保守的力量与正义、变革的力量之间的斗争。

造植物最多也只能保存十五分钟，淘气的儿童很快就会把它们弄坏的。电梯——锃亮的金属四壁上没有一丝擦痕——只开到五层，再往上只能走楼梯，直通坡式顶楼的上层。

从宽敞的过道上可以看见同样宽敞的厨房，但整套住房也就是一间很大的屋子，实际面积只有五六十平方米。地板上铺着毛茸茸的白色地毯。巴士马科夫把鞋脱了。

“奥列格·特鲁多维奇，不用脱！”

“应该脱，维塔，应该脱！”

“那就随您的便吧。”她耸了耸肩，甚至脸上都没有笑容。

“您先洗个手，我去把水烧上。”

巴士马科夫要是在卫生间没有发现冲浪浴缸，一定会感到很惊奇。他的惊奇仅仅是因为除了冲浪浴缸，还看到了一个带推拉门的淋浴间。他照了照镜子，将一根突然从鼻孔里伸出的毛拔去，疼得流出了一滴眼泪，随后洗了手，心中思忖道，两代人的差异其实并不在于床笫上贪欢时精力的强弱，也不在于白发的多少，而在于另外一种难以言传的东西。比方说，他开玩笑说“应该脱，维塔，应该脱！”，她竟然没有发现此话中开玩笑的意思，而他巴士马科夫这一代人就是在这种戏谑性的交际中长大的。舒里克在电影《“Ы”行动》[1]中用树条子抽打一个被拘役十五天的流氓的屁股，嘴里还在说：“应该揍，费佳，应该揍！”甚至连老师们也会这样开玩笑。

“安娜·玛尔科芙娜，是不是就别打二分了？”

“应该打，巴士马科夫，应该打！”

奥列格·特鲁多维奇用白毛巾擦完手，惊奇地感觉到脚腕子一阵发热，但立刻意识到：卫生间的地板是带加热设施的。

过分的安逸会毁灭人类的！一阵伤感掠过他的心头。

他们在厨房坐下了，厨房是用带紫色星点的黑色大理石装修的。

① 苏联 20 世纪 60 年代的一部侦探喜剧电影。

连冰箱都是黑色的。维塔把一瓶红色果酒和一把拔木塞的螺旋起子放在了巴士马科夫面前。

“这是波尔多酒，很普通，但质量相当好……让我们为缘分干杯！”

“什么意思？”巴士马科夫谨慎地追问道。

“最直接的意思。您也许不会来银行。您也许被安排在另外一间办公室。而我的父亲对我说过好几次，让我到他在塞浦路斯的代表处当代表。他现在转做电信设备的业务了。那儿有一个海岛科技开发园，所以这种业务的经济效益非常好。”

“那你为什么要拒绝呢？”

“我没有拒绝。我说，我应该在银行再干一段时间，哪怕再干上几个月，否则人家会想，这个小女孩肯定是干不了，怕了就跑了……我并不怕！”

她的目光黯淡了，还皱起了眉头。

她的眉毛长得真和她爸爸的一模一样！巴士马科夫心想，接着说：“维塔，最好还是为您干杯吧！为您的痊愈！为这一切都已成为过去……”

他们干了——果酒味道很浓，但带了点酸涩。

“我还没把我住院时的所有情况跟您讲呢。”

“您觉得有必要对我说吗？”

“我觉得有必要。当然，如果您有兴趣听的话……”

“对您的一切我都有兴趣。”巴士马科夫俏皮地说。

“我的一切？那好。后来，从勃特金医院出院后，我去了兹韦尼哥罗德的一家疗养院。一位心理医生负责对我进行治疗。治疗费用非常昂贵。爸爸说过，要是他知道一个疗程要花这么多钱，早就不做生意，去当心理医生了。这位医生叫伊戈尔·阿多里耶维奇。他整个人给人的感觉总是无精打采的，好像老没睡醒。他仔细询问了有关父亲、他与妈妈的关系方面的问题。原来，我内心的冲突源于童年与母亲无法同时得到父亲的爱……您能想到吗？我已经不记得了，但伊戈尔·阿多里耶维奇是这样告诉我的。后来爸爸妈妈离了婚……您也许对这些不感兴趣？”

“维塔，说下去！您也把我看作医生好了。”

“好，医生……后来我看了不少这方面的书。我在想，其实这种内心的冲突从更早的时候就开始了——从还不记事的时候就开始了。您知道吗，孩子在这个时期是把父母当作自己的一部分的……”

奥列格·特鲁多维奇漫不经心地听着维塔的讲述，她却津津乐道地讲着自己的恋父情结，一会儿援引弗洛伊德，一会儿说起阿德勒，一会儿又谈到荣格。他在想，这时他若是一个什么也不懂的傻瓜就好了。外婆叶丽扎维塔·帕甫洛芙娜把巴士马科夫抱到她在屏风后面的床上去，但幼时的他听到父母床上传来的叽叽嘎嘎的响声后却说，他也想和他们一起玩“打仗”。“以后有你玩的时候，”外婆悄悄地回答他说，“等你长大了玩个够……”

“……伊戈尔·阿多里耶维奇解释说，外汇交易厅的经历对我来说是心中所积蓄的负面能量的一种释放。但问题的症结在于，迄今为止，父亲对于我——是唯一的一个男人……而这是非常糟糕的。非常糟糕。”维塔看了一眼巴士马科夫，“您知道，您刚刚来上班，跨进办公室门的时候我在想什么吗？”

“想什么？”

“不，我还是等会儿再说。”

“别卖关子了，您就说出来吧！”

“那好吧。我正坐在那儿回忆同伊戈尔·阿多里耶维奇的谈话。我在想：晚上我要去一个公园，在黑暗的林荫道上守候第一个出现在我面前的路人。等他出现时，我会走到跟前对他说：‘敬爱的陌生人，做我的第一个男人吧！’”

“我进屋的时候你为什么要笑啊？”

“你还记得我在笑吗？”

“记得。”

“我正好在想，这第一个行人可能是个老头或者是个骑自行车的小男孩……突然，您进来了。既不是小男孩也不是老头……我甚至想迎着您站起来并对您说：‘敬爱的陌生人，你就做我的第一个男人吧！’如果我真的这样说了，您会怎么看我呢？”

“我会想，这个我从许多人嘴里听到了那么多故事的女孩维塔原来是个喜欢嘲笑挖苦人的女人，还专门拿银行里从事技术工作的知识分子寻开心……”

“就这些？”

“就这些。”

“您再给我倒点酒！”

“对不起。”巴士马科夫给维塔已经喝空的杯子里斟满了酒，想起自己的酒杯也空了。

“除了说我是个喜欢嘲笑挖苦人的女人……您还会说什么？”

“我还会说：可爱的维塔，正像人们所说，我已经到了寿终正寝的时候了，而您却是风华正茂的年龄！第一个男人——这是人生中重大的一步。您还会遇见并能爱上别的……”

“要是我已经遇见并已经爱上了呢？”

维塔用乌黑的眼睛盯着他，一只手把果酒的木塞掰得碎碎的。她的嘴角在抽动。

她马上会哈哈大笑的，一切都会真相大白的，这个坏女人原来是想戏弄我。奥列格·特鲁多维奇心想，也许她精神不正常？什么叫——也许？她当然是个精神不正常的女人，否则怎么会到精神病院去看病呢？！

维塔噙着眼泪，他明白了，她的嘴角之所以抽动，不是因为她觉着可笑，而是她正克制着不哭出声来。她从桌子上拿了一片药，取出其中的一粒，和着酒喝了下去。

“您怎么啦，维塔？”

“您还没有回答我的问题！”

“您真觉得我的回答对您这么重要吗？”

“要是不重要，我会这么低三下四地求您吗？”

“维塔，可您周围有那么多年轻人，何况费佳又那么喜欢您。”

“也许费佳会成为我的第二个男人，但我希望第一个男人是您！”她已经止住了眼泪，说起话来十分坚定有力，“您怕了吗？”

“我有什么可怕的呢？”

“您什么都怕！怕我。怕我的父亲。还怕自己！奥列格·特鲁多维奇，您用不着害怕，您是个成年人，谁也不会知道的，什么也不会知道的，包括您的妻子。”

“哦，这件事与我的妻子无关。”

“您是您妻子的第一个男人吗？”

“这有什么意义呢？”

“既然没有任何意义。可您却还要害怕！”

“您想现在就发生吗？”他问，心里一阵发闷。

“不，不是现在。您先好好想想再做出决定，然后我们再约定一个日子……”

临走她把他送到门口的时候又补充了一句：“为了让您能更好地思考，请吻我一下！”

维塔的嘴唇滚烫滚烫的，大胆却笨拙。

巴士马科夫坐进地铁的时候，无论是在心里，还是在语言上，都感觉到了一种难以理喻的东西。心里的已经用不着解释了。“做我的第一个男人吧！”好可怕哟……至于语言上的，他是到了家门口才想清楚的。它是由维塔那句奇特的话语引起的：“……随后我们再约定一个日子……”为什么要约一个日子？这话什么意思——一个节日，还是高炉投产的日子？简直可笑……

走进屋后，他发现了厨房里被拆得七零八落的洗衣机和脸色忧郁地站在那些零件旁的阿纳托利奇。

“我事先跟你交代了！”卡嘉责备他说。

“市中心的自动提款机坏了。”巴士马科夫老老实实地说。

“薇罗尼卡出了什么问题？”

“轴承转动不灵了。”阿纳托利奇说。

“叫个修理工来。”奥列格·特鲁多维奇漠然地耸了耸肩，心里还在琢磨着维塔的请求。

“是啊……薇罗尼卡的零配件已经不生产了。该经常看看报才是，无知的银行家！意大利人把工厂收购并立刻关闭了，为了不让这些旧产品再在市场上出现。去地铁基辅站看看。那儿什么都卖。买回来再修。”

那一天是星期六，早晨巴士马科夫若有所思地在屋子里徘徊。卡嘉怕他病了，在他腋下塞了一根温度计，发现体温正常后，就让他买轴承去了。巴士马科夫迷迷糊糊地去了地铁基辅站，一路上一直在痛苦地思索着，竭力想找到从前一天晚上起就折磨着他的两个问题的答案。

第一个问题：年轻、貌美，甚至突然被发现是个处女的维塔为什么会选择他这个已生华发、有妻子、其貌不扬的小小银行办事员——作为自己期望值甚高的头一位性伴侣？如果不是国家发生了变化，那他现在也该是个主持氧气保障系统研发工作的科学博士了，那么一个年轻的女研究人员，比方说，像爱上乌比·万·可诺比那样爱上他——也是可以理解的。但如今的这种情况的确让人匪夷所思……

第二个问题：怎么办？不顾一切后果，占有一个年轻无瑕的肉体，确实美妙诱人，但是这具肉体还有着一颗并非十分清醒的头脑，至于这颗脑袋里面在想些什么，只有天晓得……而且这一切都是如此不可思议：“做我的第一个男人吧！”不，什么也别去考虑，扑过去搂住她的脖子就是了，到时候，如人们所说，在情欲的爆发中，人会突然将一切都弄明白的。唉，难道就真的要这么去做?！绝对不行！为什么你不说清楚？唉，要是我知道……如果到头来是一起蓄意的谋杀……但她可是说了："您先好好想想……我们再约定一个日子……谁也不会知道的……"巴士马科夫突然觉得自己是一个蓄谋已久、精心策划破坏维塔童贞的阴暗的流氓惯犯。他甚至感觉到了同行的路人向自己投来的怀疑目光，便抬起了双眼。一个穿着灰色华达呢风衣、戴着一顶黑色腈纶礼帽的老太太正用含着责备的阴沉目光看着他。他站了起来，把位子让给了她。

基辅车站的家电市场由两部分构成。正规的这一部分是一排排长长的货摊，上面摆满各种镀镍的搅拌器和它们所用的尺寸不同、弯度各异的刀片，活塞阀门，各种接头，大小管子，套管，大量不同设备的零配件，工具，插头，开关和其他为改善生活质量所需的各种小商品。虽然这儿的东西应有尽有，但洗衣机的轴承却哪个摊位都找不到。于是巴士马科夫根据售货员的建议，去了市场的另一半，非正规市场。这是个由摆放在柏油马路上的一长串垫着报纸的木箱组成的货市。箱子上放着一些生了锈的三通接头、用了不止十年的黄铜龙头、显然已经使用过的各种钉子、已有年头的颜色发黑的开关——开关尖尖的小舌活像鸟喙一样。站在木箱边购物的人们一个个看上去都像他们要选购的商品——过度使用，破旧不堪。

"有薇罗尼卡洗衣机的轴承吗？"奥列格·特鲁多维奇问。

一个穿着件不带肩章的军大衣的售货员看了看巴士马科夫，神情阴郁，一副喝醉了酒还未醒过来的样子，他用肮脏的手向远处指了指。在木箱货市的尽头有一个健谈的小老头，戴着顶已经洗得很旧，但看上去还挺不错的鹿羔皮帽，巴士马科夫终于在他这儿买到了轴承。

"还跟新的一样！"老头说。

"从哪儿弄来的？"

"从垃圾堆里捡的。还能从哪儿？我喜欢边走边看——发现有人把洗衣机扔了。现在大家都买进口的。我过去把机子拆了。咳，我退休前是个总工程师。还得过政府的奖励。有过十四项发明。我拆开机器一看，轴承还是新的，心想得留着，用得着。世上任何一样东西，即使是最不值钱的，也不会没有用，总有一天能派上用场。只是要等待时机……”

“那些旧钉子谁会要呢？”

“天晓得……也许，有人不想活，要寻个短见，又没有时间去买新的……我给您用报纸包起来。顺便说一句，这张报纸上的文章还挺有趣，上面讲为什么到了下一个世纪美国会衰败灭亡，而俄罗斯会繁荣昌盛。我建议您读读！”

“塔波奇金，瞧，这回有人给了你问题的答案——为什么？没有一件东西是没有用的，只是要等待时机。那就是说，我等到了机会。”

他回到家后，没去劳阿纳托利奇的大驾，自己动手换好了轴承，把洗衣机装上了。

“塔波奇金，等你老了，一定会成为模范丈夫的！”卡嘉高兴地说，“我向你表示深深的敬意！你今天好像有什么心事？爱上哪个女人了吗？”

“爱上了……”

“看着我的眼睛！是不是心脏又不舒服了？”

“有一点点……但现在已经没事了。”

吃完午饭后，他偷偷在达士卡的书中找了一本名叫《新婚夫妇枕边必备》的小册子。这本书是那个高个儿瓦丽娅作为新婚礼物送给她的，但达士卡只是不屑地哼了一声，说可惜这种指导来得已经太迟，顺手把它塞进了唱片中间。奥列格·特鲁多维奇找到了“处女膜破裂”这一章，读了起来：

……处女对处女膜破裂后产生的心理感受会非常强烈。对心理反应的测试结果表明，女性心理感受的幅度是相当宽泛的——

从因强暴引起的极度惊恐到委身于心爱之人后的快活……

“委身后的快活……作者在胡说八道！”巴士马科夫嘟哝了一句后把书合上了。

入睡前，他坚持做爱的欲求得到了卡嘉的响应。在从容不迫地占有了早已熟悉的妻子的肉体后，他在努力回忆年轻女教师羞怯的抗拒，强行打破愈显无力的少女设防的努力。他搜索枯肠，却终未能复现当初的心理体验。卡嘉似乎感觉到了丈夫想通过他的动作进行一种并非肉体而是心理的试验，所以竭力尽快以习惯性的呻吟来结束两人的相拥。事后她吻了丈夫的脸颊，然后转身侧卧着睡去。而他却久久地躺着，想着自己的心事：完成维塔的心愿——是一个多么愚蠢的举动，也不知会导致怎样的后果。但是，如若放弃——那将是更大的愚蠢。他怀着“听其自然”的心绪进入了梦乡……

星期一清晨，奥列格·特鲁多维奇去了商贸中心，等了很久才等到奥立维梯的那个代表。这些个意大利人，尽管是从资本主义国家来的，却总是不守时。后来他们一起检修了自动提款机，写了事故报告。随后巴士马科夫又回银行去了，途中他越来越倾向于这样一个结论：也许最好不要陷入与那个处女苟且的深渊中，而是采取一种玩笑的方式或是干脆严词拒绝。他不得不要了辆出租车，因为有轨电车一动也不动地停了一大排。他上气不接下气地跑进办公室，首先映入眼帘的——是维塔空空荡荡的办公桌。只是原先放计算机的地方显现出一个颜色浅浅的圆圈。

“维塔在哪儿？”奥列格·特鲁多维奇心慌意乱起来。

“走啦，再也不回来啦，”伊格纳舍契金嘿嘿地笑着。

“去哪儿啦？”

“去别的办公室了。”塔玛拉·萨依多芙娜手里始终拿着假钞解释说。

“那当然啦，这种贵人的千金能同我们这批下里巴人坐在一起办公吗?”盖纳挖苦说。

“别难过，奥列格,”慈祥的格拉纳图琳娜安慰他说,“今天我们办公室的全体人员共进午餐!”

“最后的午餐!”伊格纳舍契金补充道。

巴士马科夫偷偷拭去额头上的冷汗，终于明白了，介入维塔的命运已是不可避免的了。

吃午饭的时候，盖纳悄悄跟巴士马科夫讲了星期五银行里出的事。原来发生了一件令人非常不愉快的事情。总裁尤纳可夫对肝脏进行了例行的治疗，回来后继续行使他的工作职责。突然，银行保安部部长伊凡·帕甫洛维奇（盖纳说这话的时候，意味深长地看了格拉纳图琳娜一眼）往他的桌子上放了一份破译的马列维奇的电话记录。原来，马列维奇早就在暗中给伊凡·帕甫洛维奇下绊儿了，原因是他想往保安部安插一个自己人当头儿。有一次，他甚至还当面威胁这位功勋保安：知趣点，自己走人，现在还为时不晚。伊凡·帕甫洛维奇记下了这个仇……

盖纳窃窃地低声讲述时，巴士马科夫与维塔正眉来眼去地传情。她的目光在发问，他的眼睛——在作答。姑娘的嘴唇颤抖着。

“……那个马列维奇，简直是个畜生!”盖纳继续道。

原来，总裁不在家的时候，他酝酿了一场政变，与监察委员会的成员及一些大股东通了电话，许诺作为对他们支持他的一种报答，提供利率最低、几乎没有任何利息的贷款。根据原定的方案，他们要在一年一度的股东会议上向尤纳可夫提出指控，控告他把新楼承建的全部项目给了他前妻的儿子，结果新楼的造价高得惊人，等于在用帕罗斯的大理石和乌拉尔的孔雀石建楼。他们准备拿出有力的证据，三十万被白白糟蹋了……

尤纳可夫用最新的方法进行了康复治疗，据说一些酗酒的王子和国王也采用过这种方法，如今满面春风、精力充沛，活像换了个人。他看了破译的电话谈话记录后立刻大发雷霆。他紧急召见了科尔萨科夫，要他提供所有采购自动提款机及其配套软件的材料。

“明天早晨十点开会，”盖纳郑重其事地宣布并看了一眼维塔，“你父亲对这件事情怎么看？”

“我不知道。我们俩没谈过这件事。”

“托姆，伊凡·帕甫洛维奇怎么说的？”伊格纳舍契金也不想沉默。

“我不知道。我们俩没谈过这件事……”

“算了吧，你们这些个女人嘴巴还真紧！”

从食堂回来的路上，维塔与巴士马科夫稍稍落在了同事后面。有一阵子两人默默地走着，没有说话。

“什么时候？”巴士马科夫终于问了一句。

“明天。我整天在家。整天我都会等你。”

“我也会等你的……”他悄悄握了握她的手。

姑娘的手指头冰凉。

第二天一大早，奥列格·特鲁多维奇准备去上班的时候穿了新的短裤和背心——是从印度进口的，紫红色，是卡嘉不久前给他买的。他胡子也比平常刮得更加仔细，甚至还用剪刀把向外龇着的鼻毛剪了去。他还把脚指甲剪了剪。巴士马科夫选领带的时候脸上露出了微笑，从木条上取下了那根有背叛之嫌的领带，迪奥牌的。他把领带挂在胸前，但没急着系上。

路上他买了一包薄荷味的口香糖。午饭前，他额外检修了两台收款机，好不容易才安下心来。后来激动不安的盖纳风风火火地跑过来，介绍了董事会开会的情况，讲述了马列维奇如何狡辩抵赖，一开始他甚至还打算反扑，后来是科尔萨科夫说了话，罗列了一系列数字……会场立刻就炸了！但是一直到会议要结束的时候还不清楚，事情最后会怎么了结。因为谁也不知道，阿瓦尔采夫会怎么表态。

“阿瓦尔采夫都说了些什么？”

“什么也没说。只是用大拇指朝下指了指，像对角斗士发令似的……就完了！马列维奇被开了！他要走人了。应该喝酒庆祝！”

“我今天有英文课。”巴士马科夫摇了摇头说。

“那就算了吧，你走你的！真正的朋友总能找到的——我们一起来庆祝这个日子。马列维奇终于被吃掉了！特鲁特奇，今天你怎么怪怪的！”

“什么意思？”

“我也不知道。你还记得施季里茨是如何经过走廊到米勒那儿去的吗？”

“记得。”

“你今天的神态有点像走廊上的那个施季里茨……”

随后巴士马科夫撒了个谎，说从达士卡那儿来了些熟人，得见个面，让他们给女儿捎点东西过去。在去往普留希哈的途中，他不时莫名其妙地感到浑身发冷，那种感觉好像一个外科医生——要去为一个显赫的女患者做一个非常复杂而又风险很大的手术。那一天，莫斯科的风大得可怕：报纸扇动着排满小号铅字的羽翼飞上天空，又跌落下来，被拦截在肮脏的冰凌上，拍击着它，白铁皮罐满地乱滚，街头小摊的条纹货篷船帆似的鼓起老高。人们似乎不是自己在走，而是被紧紧包裹着的衣服拖着向前，竭力抵御着狂风不被刮倒。

巴士马科夫在斯摩棱斯克广场的一家小商店里买了束花：五朵白色的，确切地说，是奶黄色的荷兰玫瑰，花茎长长的，足有手指粗，上面布满像鲨鱼鳍那样的尖刺。他在选玫瑰花的时候像卡嘉那样挑剔，不能有一片干叶，花萼得贴着花瓣，而花瓣得像个圆筒一样包得紧紧的。为了不被风吹着，奥列格·特鲁多维奇拿花的时候让花茎朝上，用自己的新翻毛皮袄的下摆遮挡着花蕾。不知为什么，他心里总在想，要是现在他突然遇见妻子，当然这根本不可能——他简直无法解释买这一束花的缘由。

“是我呀！”他对着住户呼叫器说。

巴士马科夫在电梯旁站了片刻，用手指头摸了摸常青藤的叶子。是的——都是塑料的，但质量还真不错——叶脉都能看得清清楚楚。他吐出嘴里的口香糖，把它搓成一个像蚯蚓一样黏糊糊的小长条，然后把这只人造软体动物放在了塑料叶片上，心里为自己小小的恶作剧感到开心。

“生殖吧，繁衍吧！”

奥列格·特鲁多维奇坐着电梯，随后又顺着楼梯来到了顶楼，维塔已经在打开了的门旁站着。她穿着一件长长的深红色绸衫，系着一条金色的编织腰带。黑色的头发披在肩上。眼神中充满了恐惧。

“我一直在等！我等得很心焦！”

“我也是。”巴士马科夫坦白说，但心里知道这些话毫无意义。

维塔从他手中接过花，剪去花茎底部后插进了花瓶。

“白色的，就像是送给新娘的……”

“那当然啦。”巴士马科夫含混地嘟哝了一句，简直有些手足无措了。

“想喝点吗？”

“想。”

“果酒，威士忌？”

“威士忌。”

维塔从酒柜里拿出一瓶酒和两个宽大的带棱玻璃杯，又从冰箱里取来了冰块。好长一阵子，两人无言地坐着，只听见放进威士忌里的冰块发出的破裂声。

“马列维奇被轰走了……”巴士马科夫说。

“我知道。”

“科尔萨科夫在董事会上发了言……”

“我知道。”

“今天的风好大啊……”

“我知道。电视里报道说，在察里津有一棵老橡树被刮断了……”

“维塔，咱们下一次吧！”巴士马科夫哀求道。

“为什么？您难道不喜欢我吗？”

“不。喜欢……”

“那您最好现在就去洗个澡。”她提示说。

巴士马科夫脱光了衣服，洗完淋浴，将镜子上的水蒸气擦去后，盯着镜子中的形象。头发都白了！是的，没有全白，只是有些白头发。连胸膛上的毛都有白的了。除了胸膛上，别的地方也出现了白毛。

奥列格·特鲁多维奇用一块很大的毛巾裹住身子。他现在即将走进屋子，要夺去一个与他女儿同龄的姑娘的童贞！简直是个畜生。他用拳头对着自己的下巴轻轻地捣了一下。随后他最大限度地收腹，检验自己的肌肉，深深地吸了口气，微笑着问着镜中的自我：

“破坏姑娘童贞的男人原来是你呀！”

维塔已经躺在床上，把被子一直拉到下巴，闭着眼睛。黑发呈扇状散落在枕头上。她的脸给人的感觉似乎已经睡着了，但嘴唇在微微抖动着。他走到跟前，将毛巾从腰上解开，在床沿坐下，俯下身子吻了吻她冰凉的嘴唇。随后，他轻轻地掀开被子，用嘴唇触了触像葡萄干般的褐色乳头。先是一个，接着是另一个。维塔一次次地吸着气，整个身子战栗着。她全身都晒得黑黑的，没有泳衣的印迹。也许是在网球俱乐部里晒的日光浴。达士卡有时也去那里。奥列格·特鲁多维奇一次又一次地吻着富有弹性、天鹅绒般的柔软肚腹，用舌尖舔触着肚脐眼的深处。姑娘轻声地呻吟着，像爱抚一个小孩似的抚摸着他的头。巴士马科夫终于把被子掀开了：维塔的两条腿交叉着，绷得紧紧的。他将脸贴在了那鬈曲的、像中东恐怖分子的大胡子一样乌黑的阴毛上——两条腿立即松弛了。于是他静静地在她身旁躺下了，捉住了少女潮湿、无力的手，引导着它抚摸着自己的身子——脸、胸膛、腹部……维塔的身子抖动着，她睁开惊恐的眼睛，抓住了巴士马科夫，像在从事体育活动一样，仿佛抓住的是一块网球拍。

“哦哟，等等，第一次一定得把避孕套戴上！”她喃喃道。

“你怎么知道的?”

“我知道。我都准备好了。放在床头柜里……”

“你真是个什么都想得很周到的姑娘啊！”

他都没发现，两人什么时候把称呼改成了“你”。

“当然，得考虑周到！一生中只会失去一次童贞……一切都应该考虑好才是。可不可以由我来完成?”

“当然。”

“也许，你是什么也感觉不到的?”她问道，笨拙地尝试着。

“这里能感觉到，”巴士马科夫又指了指胸口说，“而这儿能觉察出来。”

“你现在有什么感觉?”

“我吗?现在还没有什么感觉，但等一会儿，你会觉得疼的……”

“如果流很多血，我已经准备好了卫生纸。”

“你想得真周到！等等……你得这么躺着……”

“不，第一次最好是趴着……”

“为什么?”

处女对方法如此在行，这使得她的第一个男人有些不快。

“你知道吗，”维塔解释说，“采用这种姿势处女膜破裂时的疼痛感要轻些……”

巴士马科夫无缘无故地想起了普列文英雄纪念碑①、马罗谢依卡附近林荫道上的黑色钟楼。外婆叶丽扎维塔·帕甫洛芙娜曾带着他到那儿去散过步，小奥列格·特鲁多维奇每次总会从大铁门的锁孔往里面看。男孩们对他说过，好像那里面堆着近卫军士兵的白骨。但他当然从来也没有见过任何白骨……

① 1905年，为纪念1877年俄土战争期间在保加利亚城市普列文牺牲的俄军士兵而建立的纪念碑。

“你在想什么？”

“我？我在想，这些事你怎么知道得那么清楚？”

“书上就是这么写的。”

“那好吧。我们就按书上写的……你这样舒服吗？”

“舒服。”

“疼吗？”

“现在还不疼。”

“怎么样？”

“有点疼。”

“这会儿怎么样？”

“疼！但很舒服……”

事后他们俩并排躺着。维塔抽着烟。巴士马科夫也吸了两口。他觉着自己仿佛是一个外科医生，成功完成了一次不同寻常的外科手术。

“血一点也不多。”他说，话语中有一丝令人难以察觉的懊丧。

“是，很少……我原先以为血会流得很多，就好像被人杀了那样。”

“为什么是被人杀了呢？”巴士马科夫心里咯噔了一下。

“我也不知道。而且血是粉红色的，就像流淌的西瓜汁那样……”

“兴许我是个不称职的破贞者？”

“不，你是个优秀的破贞者！我爱你。”她又亲了一下他的脸颊。

“以前你可没这么对我说过。”

“难道说，我真是个大傻瓜吗！不，要是我先说了，你可能永远也不会做这件事了。永远也不会。对吗？”

“是的。”

“你想知道我是什么时候爱上你的吗？”

“当然想啊。”

“当我一开始爱上你的时候，只爱了三分之一……”

“什么，难道说爱一个人还要分成好几段吗？”

“当然啦！你不知道？我的天哪，都有白头发了，”她顺手抚摸了一下他的头发说，“可你连这样简单的道理都还不懂！当你走进办公室，第一次来上班的时候，我爱上了你三分之一。”

“只有三分之一？”

“对，就三分之一。爱上你的第二个三分之一是在达士卡出嫁的时候。”

“这与达士卡有什么关系？”

“我也说不清楚，但塔玛拉跟我说你的女儿达士卡嫁给了一个军官时，我立刻觉着我爱你爱得更深了，又增加了三分之一，这样就有了三分之二了。”

“那第三个三分之一……呢？”

“那是在你发现了‘俄罗西银行’的时候。我在想：我的这个他还是个非常有才气的人。”

“你的？”

“对，我的。有了这第三个三分之一就全了。”

“那时你就做出了结论，我即将成为你的第一个男人吗？”

“是的。我将满足你的任何要求。你将是——我的人。”

“如果你的第一个男人还想再一次满足你的要求呢？”

“那不行，你怎么能这样呢！”维塔害怕了，“第一次之后不能有第二次。要等到一切都恢复了才行——得再过上三五天，要看机体恢复的情况如何。”

“这也是你在书上看到的吗？你是在哪本儿书上看到的？”

“那本书——叫《新婚夫妇枕边必备》。”

“啊，是有这么本书！”

“你也知道这本书？”

“当然啦，对我们这些破贞者来说，这可是本必备书。但书中

‘处女膜破裂’一章中并没有讲什么三五天啊。但书中可是有‘委身于心爱之人后的快活感觉’的说法。你难道没有委身后的快活感觉吗？”

“当然有啦。”她又吻了一下他的手，“但‘新婚第一夜’这一章讲了三五天的事。你不过没有读到这一章就是了。”

“顺便问一句，这一章里没有讲新婚第一夜后——即使这发生在白天——男人会特别想吃东西吗？”

“写了的。只是这是在另一章‘性与饮食’中。我的炉子中还热着虾馅儿比萨饼呢！”

“太棒了。咱们起来吧？”

“不，等等……你掐我一下好吗？”

“什——么？”

“你使劲抱抱我，得把我抱得骨头发出声响！”

巴士马科夫坐在地铁里的时候，特地把手指贴在了脸上，吮吸着眼下还不十分熟悉的女人维塔的气息。刚刚发生的一切在他心中还留存着一丝奇异的余味。仿佛借助于那本拙劣的读物，而那本读物很有点像购买炊具时附带的说明书（“将 12-b 螺丝拧到底，随后顺时针旋转螺母，直到达到本说明书第 8-g 条所规定的状态……”），就这样——仿佛他就是按照这种拙劣的说明书解释的那样，正试图进入，或者似乎已经进入了生命最激动人心也最令人心寒的隐秘处……

当他走进屋子的时候，从厨房里传来了卡嘉严厉的声音：

“别脱衣服！”

巴士马科夫还来不及思索，身上已经冒出了冷汗。

“真是活见鬼了！她不可能知道呀……她怎么会知道呢？难道说她看见我拿了花不成？”

“图涅雅特奇，垃圾道堵住了。把垃圾桶带出去！”

三十一

“真的很奇怪，卡嘉怎么会什么也没发现呢！奇怪……”

艾斯凯帕尔看了看玻璃瓶：刚放进去的索麦茨已经安静下来。是呀！这会儿，三条小金鱼已经匍匐在瓶底了，它们好像三个阴谋家一样用长长的触须在密谋着什么。巴士马科夫看了看手表——瞪羚柴油车很快就要到了。怎么办呢？维塔不见了。达士卡已经生了。卡嘉还蒙在鼓里。她要是知道了——会立刻调休飞到达士卡那儿去的。当然，最正确的做法是立刻把小鲇鱼重新放回金鱼缸里……（嚯，还真动起来了，你们这些懂得心灵感应的有鳞动物！）把整理好的东西重新放回原来的地方。推迟逃离的时间。不，已经无法取消——这根本不可能，那就在她还不知情的情况下推迟时间。最重要的是，需要与卡嘉谈谈。告诉她：

“卡嘉，你看，我遇见了一个姑娘……”

“脸蛋上长了一颗痣，弯弯的新月眉？”

“不，我不开玩笑。”

“我也是认真的。你以为我会像年轻的时候一样，痛苦不堪地挡在家门口吗？这种情况再也不会发生了。塔波奇金，你是自由的，就像独立了的非洲一样！”

艾斯凯帕尔坚信，与卡嘉的谈话会是这样的。在他们的夫妻关系中，特别是他生病之后，出现了一些以前没有过的不寻常现象。这些情况很难解释清楚……以前他们俩就像亚当与夏娃，相互争吵、指责对方离开天堂的罪孽，在他乡寻找生命的栖息地，建造窝棚，为能吃到人间粗鄙的果蔬而兴奋，随后在充满情欲的呻吟中怀胎、养育孩子……他们两人中的任何一个——无论是巴士马科夫，还是卡嘉——在心灵深处的某个地方，都隐存着一丝幻想：与另外一个她（或他）重建窝棚，为能吃到人间粗鄙的果蔬而兴奋，在充满情欲的呻吟中怀胎、养育孩子，也许这会给他或她带来更多的欢乐、更强烈的体验、更美好的感受……岁月正是在这种永远不会泯灭的疑虑中流逝，如今半辈子过去了，他们像步入老年的亚当和夏娃，正在物色一块宝地，以便在那儿给自己打造一个可以最后安息的窑洞。

在他们的谈话中，越来越经常地出现关于未来孙儿们的字眼，关于他们两人中谁老了更可憎、更讨人嫌的话题，关于人老了更应该和睦相处、相敬如宾的遐思。甚至入睡前的相拥相抱似乎也成了相互间的一种肉体承诺，答应未来老夫老妻能和睦如初、忠诚始终，当然，这首先是卡嘉的心愿。是她突然急于要进入甜蜜的准老年情境中，并竭力想把巴士马科夫拉上拽住。他屈从着，跟随着，于是两人之间出现了一种先前没有过的新的和谐，它温柔而不无可笑，安宁且充满信任。奥列格·特鲁多维奇意识到，卡嘉能够饶恕年轻时代的荒唐，却不能容忍这种对在共同衰老的过程中逐渐成形的和谐关系的新的背叛。的确，他从未有过这种背叛的念头，如果不是维塔的话……

他与维塔有了第一次的那天，回家后在厨房里坐了很久（装着是在看电视的样子），心想该立刻终止已经发生的这一切，应将它演绎成一种残酷、屈辱的玩笑，应该这么说，你的请求我已经满足，是该祝你一路走好的时候了！说这话的时候还应该面带微笑，为的是让她生气，气得她半死，否则肯定是无法收场的，灵的理智这样告诉他。但肉的身躯，由于跑步与节食而变得年轻而充满活力的身躯却是鄙俗的，它骚动着，央求着："好吧，再给我一次机会。不需要你付出很多！我还没有任何感觉呢。我还想再感受一次，感受她胳膊的搂抱，嘴唇的亲吻，肉体幸福的战栗！真的，不需要你付出很多！"

"好吧，"巴士马科夫对肉体这样说，"就一次。最多两次……"

星期六早晨，电话铃声又响了起来。卡嘉正在卫生间洗着因薇罗尼卡出了故障而堆积如山的衣服。巴士马科夫坐在厨房里。整个一上午，电话铃声就没停过。起先他在电话里同母亲说话，她十分关心达士卡那儿的情况。后来是同单元对安装住户呼叫器十分热心的一位女士的打扰。

"是该进行无记名表决的时候了。少数总应该服从多数才是！"

"那当然。"奥列格·特鲁多维奇赞同说，但他回想起在历史上情况恰恰相反：多数人总是服从于少数人。

当电话铃声又一次响起时，着实被这种没完没了的电话搅扰伤透了脑筋的巴士马科夫怒气冲冲地回答说："喂！"

"是我呀，"维塔激动地说，"你打电话方便吗？"

"方便。"

"我要同父亲一起去塞浦路斯。去参加谈判。当翻译。星期三回来。我可想你了。"

"我也是。"

"再见！"

"再见……"

"这是谁呀？"卡嘉突然从卫生间出来问。

不过，此前的几次电话她都没在意。

"工作单位打来的。"巴士马科夫嘟哝了一句。

到星期三还有好几天，时间是足够的，该认认真真地考虑考虑现在该如何处理同维塔的关系。经过痛苦而长久的思考，奥列格·特鲁多维奇决定装出一种受到勾引的受害者姿态，似乎是一个成熟男子不由自主地与一个轻浮少女陷入了飓风般的缠绵之中。而这种情况常常会出现在办公室的一场晚会上，一个不谙世事的女秘书大胆进攻，将大腹便便的男上司从座位上拖起并迫使他不得不接受他从未体验过的花季少女的献身。而他既是出于礼貌，同时人生的阅历和对生活的理念又使他不便抗拒。

星期三，去银行上班的途中，奥列格·特鲁多维奇突然产生了一个念头，现在一切都取决于今天维塔究竟会用什么样的眼神看他。通常，在男女发生了初次的床笫之欢后，他们的第一次相遇是意义重大的，而最重要的是，交欢后的第一个眼神。失身后的女大学生卡嘉的眼神中出现的是期待，而结婚后这种期待便荡然无存了。不幸的尼娜·安德列耶芙娜的眼神中——是柔情脉脉的哀求与责怨。（天哪，为什么命运会如此捉弄她？）维塔会在检查通行证的玻璃杯装置旁守候着巴士马科夫，她黑黑的眸子中燃烧着爱的狂喜——一种近乎病态的炽烈，宛若夜间电焊时迸发出的火光。

“我去看过医生了！”她小声说，紧紧地握住了他伸过来的手，“我现在已经可以了！”

“祝贺你。”

“你知道我现在最想做的事情是什么吗？”

“是什么？”

“我想当着所有的人吻你！”

“那你就试试吧！”

“我一定找个机会……”

一大清早，巴士马科夫就被叫去俄罗斯市场改革史研究所（俄罗斯市改史所），该研究所位于一栋经过重新装修的非常漂亮的18世纪小楼里。他在排除了机器故障后，将被机器吞没的提款卡还给了一个脑满肠肥的历史学家。这位还挺生气，说在这个国度任何改革都无法进行，甚至连进口的技术设备都不会使用。所以在这儿不会有任何改革，也不可能有。

“那你们还研究什么?”

“那……”史学家挥了挥手，“您知道我们自己是怎么称呼我们所的吗?”

“怎么称呼的?”

“俄罗斯市改败史所——俄罗斯市场改革失败史研究所……”

在地铁站附近，巴士马科夫买了一朵装在一个透明小盒子里的红宝石兰花，随手放进了手提公文箱里。

“得小心——您已经忘了吧！这可是一朵意义重大的花！”卖花的吉卜赛女子提醒他说。

他回到银行时已到了吃午饭的时间。

“不，您想想，”盖纳一边喝着汤，一边愤愤不平地说，“马列维奇被贝塔银行起用了。仍然是副总裁。哪儿有正义公道可言?”

“我的天哪，什么正义公道?”塔玛拉·萨依多芙娜叹道，“伊凡·帕甫洛维奇却被解雇了。”

“为什么?”

“尤纳可夫说，如果他伊凡·帕甫洛维奇敢跟副总裁对着干，那对总裁也很可能……”

“浑蛋，”伊格纳舍契金也是怒火难平，“维塔，你父亲知道这件事吗?”

“我不知道。”

午饭后，他们俩立刻溜走了。粉红色的吉普车是全自动无级变速的，所以维塔的右手完全是自由的。不需要做任何事情！他们克制着情欲，好不容易才熬到了普留希哈。事后，巴士马科夫躺着，疲惫乏力，维塔仔细地探索着他的身子，仿佛在观察一座刚刚喷发了岩浆正在冷却的火山。

“你这儿有什么感觉?”

“好痒哦。”

“这儿呢?”

“你要知道这干什么?”

“我要把一切都教会你。我自己也要把一切都学会。这样你就不再会对任何女人感兴趣了。别躺着了！我想学习了!”

“学习，学习，再学习!”巴士马科夫赞同说。

事后她心存感激地又研究了他的脸、头发、嘴唇……

“你的脸上一点皱纹都没有，可头发已经白了，像我爸爸一样……你知道吗，爸爸问我怎么了。他说我完全变了个人……”

“那你妈呢?”

“妈妈……咳，当然，你关于我的情况还什么都不知道呢!”

“什么都不知道?”

“几乎是什么都不知道。眼下你只知道我的身子。但很快……你被别人抛弃过吗?”

“怎么对你说呢?”

“那就是说，还没被抛弃过。我是被抛弃过的。当父亲把我和母亲抛弃的时候，我才十四岁。一开始我什么都不懂，甚至还产生了一种新鲜感。瞧，这个女孩子怎么这么伤心啊！她的父亲找别的女人去了。瞧，她那对美丽的黑眼睛好悲哀哟！后来就做起了噩梦，你想想，与一个被抛弃的女人生活在一起是什么滋味?”

“也许我想象不出来。”

“你肯定想象不出来。妈妈无时无刻不在同他吵，而且每次非得当着我的面。非这样不可。她想当着我的面向他进行疯狂的报复。她回忆说，他的父母如何在他们结婚的时候送给他们一套已经用过的餐具：叉子上还留着干了的番茄汁印迹。有时候她会在半夜把我叫醒并对我讲，有一天她如何在他身上闻到了别的女人的气味，于是决定检验他是不是背叛了她——将他推醒后强迫他尽丈夫的责任。但他——这个下流胚，下流胚，十足的下流胚！——真的尽了做丈夫的义务！而且尽责尽力！做得非常出色！因为他没有背叛。他当时还很穷，没有背叛过她。事后，她觉着自己有愧，又是哭又是请我原谅她。但是到了第二天，吃早饭的时候，我发现她充满仇恨的目光，她突然说：‘你的眉毛长得和他的一样！贪婪残酷……’

“我无法上学，别人家的孩子去上学了，可我却在街上闲逛。有一天我来到父亲的办公室，对他说，这样下去我实在受不了了……他把我带到一个非常昂贵的餐厅，吃饭时劝了我很久，让我与妈妈待在一起，在她最困难的时候要支持她。他还给了我五百美元。那时他已经很有钱了：我甚至还记得，此前为了能节省家中的开支，他用水彩笔在硬纸板上画画，自己做了几张通用月票……随后用塑料夹把这些假月票套起来，完了再将这些有机玻璃的透明套子稍稍打磨一下，这样就根本无法把它们与真的月票区别开来了。但每次他最多只做两张，虽然妈妈多次求过他，让他给亲戚也做一些。他只是说：‘罚起来是很狠的！’

“父亲只不过是个普通的程序员。他是靠做计算机生意发的财。他突然发现有一个亲戚在比利时，是做办公设备生意的。这个亲戚来找他做中间人。那时正好允许用记账方式付款——于是大家想到的第一件事就是一窝蜂地去购买计算机。全国各地都有电话打来找父亲。我睡觉时迷迷糊糊地听到过这些电话谈话，说的主要就是那么两个词：‘现金’‘记账’。皱着眉头无奈地望着钱包的工程师一年之中变成了另外一个人——富有，快活，慷慨。多少年来，他都梦想自己拥有一辆查波罗什人轿车，突然他坐着黑色伏尔加轿车回家了，而且还配了个专门的司机。后来他带回一个装着三件翻毛皮袄的大口袋——我、妈妈和他自己每人一件。此前我们从来没有穿过这种皮袄。再后来，我们家两室的住宅开始装修了，铺上了镶木地板，贴上了不同寻常的芬兰壁纸，装上了新浴缸、瓷盆和马桶，还都是一个颜色的——柔和的奶黄色。有一天，他提了一箱钱回家，他和妈妈整整点了一夜。虽然通货膨胀已经开始了，但这还是数目相当可观的一笔钱。还有一次，我们听见楼梯的过道里传来了吵闹声和叫喊声，开门一看，原来是父亲，他满脸是血，西装也被撕烂了。‘是与我们竞争的公司干的！’他安慰我们说，‘别着急，没事的！’‘我给警察局打电话去！’妈妈说，‘这怎么能不让人着急呢。’‘千万不能打！我们自己能解决的……’

“不久后他又有了贴身保镖——米沙和谢尔盖。后来在明斯克的公路上，有人向爸爸的汽车开枪，谢尔盖中弹牺牲了。他当时已经是基维里迪的副手了。关于他的死有过很多报道……”

“好像我也看到过。”巴士马科夫点了点头说。

“这都是些真正的保镖，小伙子们又高又壮，腋下都挎着枪。但他管他们叫‘文件护卫’，因为根据当时的法律规定，只有护送现金和文件才能雇保镖……他甚至会笑着说：‘你们以为他们会保护我吗？不，他们保护的是我的文件夹！’我也把他们叫作‘文件护卫’，因为他们护卫的是我的爸爸[①]……

“现在他基本上不在家，甚至夜里也不回家睡觉。他解释说：‘原始积累啊。现在每分钟都值百万元！’‘如果连丈夫都没有了，我还要钱有什么用？’妈妈生气地这样说。‘怎么会没有用呢？给自己买个新丈夫就是了！’

“夏天，他把我们送到西班牙的加的斯。我们住在海边一座古老城堡附近的豪华酒店里。我们有非常多的钱。那些商店老板似乎也感觉到了这一点，所以只要从玻璃橱窗看见我们，他们便会立刻兴高采烈地从里面跑出来迎接，挡住我们的去路，像说绕口令一样用一连串俄语大声喊‘俄罗斯——戈尔巴乔夫——改革——谢谢——有请——好——进来——请买！’可两年前在索契的时候，为了避免超支，妈妈每天晚上要记上一长串数字，计算每日的开销，还要提醒说：‘明天午饭我们就不吃了。买点水果就行了’‘那啤酒呢？’‘还喝什么啤酒哟。’‘是，班长同志！’

① 俄文中“文件夹”与“爸爸”的爱称是同一个词。

“他们俩是同年级同学。妈妈是优秀学生，还是班长。而爸爸却是个快活的旷课生，还总是求她别把他旷课的事记到考勤表上。他说是在四年级的时候娶的她，因为老是求她实在太累了……妈妈是个非常较真的人。当年在西班牙的时候，她老怕多花钱，因为有人对她说，每个月月末商店都会大甩卖，价格会便宜一半。但实际上价格并没有便宜。到了每月的最后一天，我们就会疯子似的跑商店，见什么买什么，事后等我们回到莫斯科，清理皮箱的时候，连我们自己都会纳闷：干吗要买这么多根本用不着的破烂货？

“到谢列梅捷沃机场来接我们的是那些‘文件护卫’。他们把箱子放在我们家门口后便急急忙忙地朝电梯走去，当时我已经有了不祥的预感。妈妈想让他们进屋喝杯茶，但他们都匆忙拒绝了。我们走进屋子后发现，整整一个月家里根本就没有人住过。屋子里散发的不是有人住过的气息，而是镶木地板漆的气味。父亲此后再也没有在这个屋子里出现过。从没回来过。他与母亲在他办公楼里的一个什么地方谈了话，回来的时候她的眼睛都哭肿了，整整躺了两天没有起床。从她像说梦话一样的话语中我明白了，父亲与一个女电视记者搞上了，那个女人曾采访过他。‘她漂亮吗？’我问她。‘漂亮？她满口的牙齿好像都是塑料的，那个鼻子长得像乌鸦嘴！’

“我不去上学了，一勺勺地喂母亲，因为她连走到厨房的力气都没有了。到了第三天，她突然起床了，不知哪儿来那么大的气力，一把将他的衬衫撕烂了。后来她又把所有全家福都扔到了床上，用剪刀把照片上的他都剪了下来。如果他在中央，她便会把整张照片都剪得稀碎。床上照片的碎片堆得老高，就像喷上了水的纸灰似的。他们以前很喜欢在一起照相。现在我们家连一张他们的结婚照都没有了……

“后来她宣布，她要到街上去给自己找个男人回来。是个男人就行。立刻就要去找。只是需要梳洗打扮一番。她在梳妆台前整整坐了一夜——又是描又是抹的，随后又狠狠地统统擦了去，仿佛想把脸都擦掉似的，完了又重新开始描抹……我走到阳台上，往下面看了看，第一次产生了轻生的念头，如果我从楼上跳下去，一切都会结束的——妈妈也不会再痛苦了，因为我再也看不到这些痛苦的情景了。等我从阳台上走进屋子，她从一个药瓶里抖搂出来了好多安眠药片。我好不容易才夺下来……可我自己这么做的时候——谁也没来夺药片。没有一个人会这么做！”

维塔说到这里沉默了一会儿，把脸紧紧地贴在巴士马科夫的怀里，望着他，似乎只有他才会把那些可怕的药片从她手中夺下来。他会的，但为什么他没这么做呢？

“这些过去的事是不是就别提了。”巴士马科夫小声说。

“要说，亲爱的，要说！”她露出忧郁的微笑，“……妈妈不想与任何人说话。还辞了职。她现在已经没有必要上班了：那些个‘文件护卫’每两个星期来一次，送来一个厚厚的装满美元的信封。但后来，我的班主任，因妈妈拒绝与她说话，就往爸爸的办公室打了个电话，问为什么我不去上学。他一怒之下给妈妈打了个电话说，要是她还那么闹，以后休想再得到他的钱。这时她才有了些变化。她去拜访了我所有的老师，还送给他们一大堆礼物，并开始到学校门口来接我放学——我甚至在女朋友面前都觉得害臊。那时候，高年级同学穿衣服是不受限制的，于是她给我买了最好的衣服。暑假的时候，她还送我去萨谢克斯外语学校上课。等我回家时才发现：她有了相好的男人……

“一年后，妈妈嫁给了她同年级的一个同学。原来那个男同学一直爱着她，一开始她与他还常常见面，后来又突然爱上了爸爸。那个男同学也结了婚，但婚姻失败了。他们是在商店里相遇的。他简直爱得发了疯，一次次给她送来大捧大捧的鲜花，像对小女孩那样给我买馅饼吃。那时我正在上高考补习班。有一次老师病了，我提前回家，发现他们俩已经睡在了一起。妈妈披了件睡衣，把我带到厨房对我说，她与维塔利·葛利高里耶维奇准备结婚。第二天，她让可怜的维塔利·葛利高里耶维奇去找父亲谈。也许，她这样做是想刺激父亲。但爸爸却拥抱了他的老同学，向他表示祝福，甚至还在自己的公司给他安排了个不错的位子。但妈妈没让他去。他俩现在已经有了个儿子。

“起先我与他们一起生活。我考上了普列施卡学院。后来我才去了父亲那儿。那时他已经与那个电视台女记者分手了，与斯拉瓦·扎依采夫时装公司的模特好上了。上完二年级，我转到函授班，爸爸让我到芝加哥的一个商业学校读了两年书。学校的收费非常昂贵，所以对校方来说最重要的是，不能得罪求学者，即使他是个弱智。但我还是把英文学好了。在那儿，我喜欢上了一个男老师，他叫乔纳塔·格拉夫。当时他已经三十八岁，我还和他一起学过打网球。但是他对所有姑娘都只是献个殷勤玩玩而已。那儿的风气就是这样！有一个女学生抱怨说，她从黑板回到自己座位上去的时候，有个教授老是盯着她的肚脐眼看。她的女朋友都证实有这回事。教授就被解聘了……”

“要是我在那儿他们会怎么处置我？”巴士马科夫倒吸了一口凉气，问。

“让你四肢着地爬……”维塔用嘴唇吻触了他四次，“从那儿回来后，我就住在父亲位于鲁勃廖夫卡的房子里。后来他给我买了这套房子，把我安排进了驼鹿银行。我在银行做成了几桩交易，后来去找了他，对他说，我想到交易所干！爸爸同尤纳可夫说了说，他就同意了。我的工作一开始就做得不错。我做了好几笔生意，都很成功。父亲老是在打听，问我的生意做得如何。大家都在夸我。父亲与那个女记者有一个儿子，那个女模特也怀了孕。她的肚子已经很大了，活像吞了个大西瓜。我突然想向父亲证实，我不仅是他第一次婚姻留下的大女儿。而且，我——还是最优秀的、第一的！三八节那天，我一直在等他节日祝贺的电话。我一直在等，但他没有打电话来。那时突然有一股旋风将我卷起带走了，你还记得不，把我像个小姑娘一样带到了理想的天国……谁都没来管我。没有一个人，没有一个人，真的没有一个人……”

“这些话你都跟我讲过了。”巴士马科夫轻声说着，往维塔的肩膀上吻了一下。

“是的，也许说过了……”

她从床头柜上拿了药片，但还是克制住了自己，把药片袋放回了原处。

“你掐我吧！”

巴士马科夫回到家，脱了外衣，在手提箱里发现了那颗红宝石的兰花，感觉自己真是个严守秘密的天才。他将兰花递给了卡嘉。

“是什么节日吗？”卡嘉惊奇地问。

“不是，只是想送你件礼物。”

“谢谢，塔波奇金！”

当妻子把那只透明的小盒握在手中时，奥列格·特鲁多维奇突然想起那句话，这朵花当真是“意义重大的”。兰花非常像维塔打开的隐秘的私处，充满弹性又洋溢着红宝石般炽烈的情欲……

但卡嘉什么也没发觉。

三十二

艾斯凯帕尔深深地吸了一口气，看了看表。

“维塔，你在哪儿呀？……要是一开始就这么不顺，那以后还不知会发生什么情况呢？……”

他现在多想从这一切中解脱出来，在无力的温馨中安静下来，变成一只像可怜的捷达所说的蛰伏着的、被征服的小蠕虫。沉寂无言、呆滞不动——听任人们对他的摆布、捉弄：殴打也好，安抚也罢，带往塞浦路斯也好，留在莫斯科也罢……

“但愿你们所有的人都……沉溺于兰花中！”

奥列格·特鲁多维奇送完兰花后，还给卡嘉送过几次鲜花，也没说什么原因，送的大都是康乃馨。有备无患嘛。也好转移视线。他每星期与维塔在普留希哈幽会两次，每次都不得不对妻子撒谎，说他在上商务英语课或是在排除自动提款机复杂的故障。维塔不单单是个很有天赋的女学生，用学术一点的话语来表述，还是一个具有自我完善功能的系统。现在她正在进行自我研究，尽管对自己的肉体，从身上的胎记到脚后跟，她已烂熟于心，但她仍在自己身体中发掘着一切新的快活的兴奋点。巴士马科夫有时甚至觉得自己只是个相当原始的器件（如同留声机的唱针一样），仅仅是为能使女性不安的胴体内发出兴奋的呻吟声而存在的。

“不，你躺着别动！让我自己来！你舒服吗？”

“舒服。”

“我也舒服！”

于是，每一个动作、每一次战栗、每一次高潮都能——但都各不相同地——反映在她脸上：紧闭着的双眼、紧咬着的嘴唇、紧蹙着的朝鼻梁堆去的贪婪双眉或是幸福得皱起的前额，她似乎在回忆、在体验、在存储，这一个或那一个动作带给她的是怎样的快感。她甚至在被窝里撒起娇来：

“你下命令吧！”

“别，算了吧……”

“不，发话吧！又不费你什么劲，怕什么？”

“把套子戴上！”

“是，把套子戴上。好了！你瞧，我的技术怎么样？一下子就戴上了，而且还一点也不打皱！”

“你真行！”

“你干吗老要戴套呢？怕有孩子吗？”

“我什么也不怕。但你现在怀孩子还早了点，而我已经有点晚了。再说了，我们俩还没说好呢！”

“我们还能怎么说呢？你给了有着恋父情结的女孩一张体验丰富多彩性生活的通行证——完了就再见了！孩子，去吧，去爱的花园采摘高潮的花朵吧。我们是这么说定的吗？是这样吗？”

“维塔！”

“维塔——怎么啦？你走了，找她去了。这儿就只剩下我一个人了。想念着你。想啊，想啊，受着相思的煎熬……”

“我也想你啊。”

“但你可以想象得到，没有你我会怎么样，我会如何在屋子里徘徊、打电话、无法入睡……但我却无法想象你在做什么。我什么也想象不出来。我想知道，离开我以后你去了哪里、你在干什么、你和她在干什么。我想上你家去看看！”

“我与卡嘉早就已经……”

“和她！”

“我和她几乎早就……维塔，你是无法理解的……我们的女儿都已经长大成人了……”

“几乎？”

“你不要咬文嚼字嘛。”

“你是不是还爱着她？”

“维塔，两个人共同生活了这么多年，这种关系已经不能用‘爱’这个字眼来描述了。更准确地说，这是一种后爱情……”

“那好，我给她打个电话，把一切都告诉她，我倒要看看，究竟哪一种情感更深——爱情还是后爱情！”

“你打吧，”巴士马科夫耸了耸肩，不知为什么想起尼娜·安德列耶芙娜，心不由得颤抖起来，“你能对她说什么呢？”

“说我爱你。”

“要是她也这么说呢？”

“那我们俩就来抓阄。”

“我该穿衣服走了。”

“你走不了啦，我把你的短裤藏起来了！”

“要是我知道与我发生关系的是个年轻的浑女子……”

“我可生气了！”

她把脸朝墙转了过去，气鼓鼓地把身子缩成一团，鼻子里发出呼哧呼哧的声响。巴士马科夫突然发现，在她娇嫩的屁股蛋子上有两块因久坐而出现的小小乌青。他几乎喘不过气来了，但仍在苦苦地思索着：总有一天，他的人生中会出现一个完全听凭他左右的女人，而不可能是相反的情况！奥列格·特鲁多维奇在床上挺直了身子，重新躺舒服了，不知为什么，还将已无任何用处的套子正了正，为了让心情平静下来，开始默默地重复 past perfect continuous[①]：

“I had been living for 44 years when she came[②]……”

“你在嘟哝什么？”维塔问，把脸又转向了他。

“I had been living for 44 years when she came.”巴士马科夫重复道。

“‘To live’不能作完成进行时用，你要记住这一点！”

“我一定记住。英国人很聪明，他们早就明白，生命太短暂了，所以不能与完成进行时这么搭配……”

“这话就不对了。生命是十分漫长的。这一点我是在医院里明白的。在遇到我之前，你还没有真正生活过。没有生活过！你要记住这一点！”

“我会记住的……”

“你怎么不问问，为什么我会生气？”

“为什么你会生气？”

“你自己还没明白吗？”

“是因为我说了‘年轻的浑女子’这句话吧？”

“不，‘年轻的浑女子’这句话我觉得还很中听。我确实是个‘年轻的浑女子’，因为我想把你从你妻子手中夺过来，就像有人把父亲从我手中夺走一样……我之所以生气，是因为你说与我‘发生了关系’。我爱他，而他却只是同我‘发生了关系’！我问你，为什么直到现在你都从来没有说过你爱我？”

“我？”

“就是你！”

“我疏忽了。”

“那你说：我……”

“我。”

“爱……”

---

① 英文，意为“过去完成进行时”。

② 英文，意为“我已经活了四十四年，她却刚刚到来……”。

“我爱……”

“维塔!”

“维塔。”

“怕吗

“不怕。”

“我要给你一个意外的惊喜！你知道，我从今以后会怎么叫你?”

“怎么叫?”

“奥列舍克”

“奥列热克。①”

“不是奥列热克，而是奥列舍克。这是一种非常可爱的小鹿鹿。”

“难道我长得像一头小鹿吗?”

“当然啦。每一个被爱的人都像一头小鹿。但你尤其像。你也得给我起一个好听的表示爱的名字!”

“让我好好想想。”

“好好想想吧。现在，你说，我们来做点什么?”维塔郑重其事地问。

“做什么?”

“找一个叫‘G点’的穴位。”

“什么穴位?”巴士马科夫努力回忆。他隐约记得，在那本性知识读物中好像读到过。

“你呀你！每个女人身上都有这个穴位，男人必须要找到它!”她解释说，千方百计地想说服巴士马科夫来找这个谜一般的地方。

“等等，我忘了：它是在身体表面，还是在身体里面?”

“当然在身体里面啦，你这个小笨笨！一切身体表面的东西，我们早就找到了!”

他们没能找到那个穴位，维塔气急中咬了巴士马科夫的肩膀。

---

①“奥列舍克”和“奥列热克”都是奥列格的爱称，与“小鹿”仅一个字母之差。

咬得不狠，但还是留下了印迹。后来他回家了，一路上一直在担心，这一星期他可得躲着点卡嘉，得始终穿件汗衫，过一种见不得人的贵妇人的生活，得将肩膀上那块羞于见人的“百合花”隐藏起来。他感觉自己身心疲惫、意乱神迷，由于无法摆脱窘境而昏昏欲睡起来，一个戴红帽子的值班女人误把他当作酒鬼，粗鲁地将他捅醒了。

奥列格·特鲁多维奇躺在卡嘉身边，突然获得了一种宁静和身心的安全感。

第二个星期，他们没有继续去寻找那个叫“G点”的穴位，因为维塔来月经了——她带着巴士马科夫去电影院看曼德拉戈洛夫导演的新片首映式了。路上，维塔激动地述说着眼下缺乏资金的电影事业和她自己生理上的变化。年轻的女子一想到有朝一日月经会停止不来，便会激动万分，自豪不已：

“你知道吗，我一直在盼着——盼着突然有一天月经会停！”

“不，这不可能！”

“奥列舍克……”

“别叫我奥列舍克……特别是当着众人的面的时候！”

“好吧。奥列格·特鲁多维奇，我希望您能懂得，除了不再做爱，能百分之百保证不受孕的方法其实是不存在的。”

“我知道。”

“如果真有了，你怎么办？”

“我不知道。”

“可我知道。我就会给你生下一个小小的儿子。就这么点！”维塔比了比半根指头说，“你保证会非常爱他。对吧，奥列舍克？”

“可我是求过你不能要的！”

“你给我起的名字想好了没有？”

“还没呢……”

“我可要生气啦！”

“别生气！”在黑暗的电影厅里，他用小拇指摸索着勾住了她的小拇指，心里在想：一个男人要想永远不生女人的气，最好的办法是生下来就当门口的擦脚垫。

很奇怪，随着日子一天天过去，巴士马科夫对两人年龄上的差距越来越淡漠了。有时他觉得，他们俩仿佛是从时间两端相向而来的，是肉欲流溢的甜蜜汁液，是转瞬即逝的委屈带来的温馨磨难，是由两人共享的隐秘不断生发的可爱鄙俗，使得他们在某个“A位”（或是在某个“G点”，这个下落不明的地方恐怕只有魔鬼才搞得清！）相遇了，于是他们突然变成了同龄人，全然失去了年龄的差异感。

“我想出来了，”他悄悄地在她的耳边说了一句，“维塔西克……”

“不好！重想一个！”

影片的内容很奇特。片名叫《感动》，开头是一个叫谢苗的农村拖拉机手去买酒解醉，碰上邮递员，收到一封信。谢苗不记得他的父母了，因为他是在孤儿院长大的，后来是一个在战争中失去了丈夫的女集体农庄庄员收他做了养子。信不同寻常，它装在一个很漂亮的大信封里，信封上的字母很特别，有点像阿拉伯文的花体字和古时候的楔形文字。他读了信后才知道，他的父母原来是受世界主义者医生案件[①]牵连而遭迫害的犹太人。所以，近日里，将拖拉机蓄电池变卖了以买酒喝的谢苗自然也成了犹太人，现在他也就可以出国了，选择以色列作为永久居住地。旅费以及安家费（顺便说一句，这笔费用数目不小）是由某个以米霍埃尔斯的名字命名的援助犹太孤儿的基金会提供的。

“这个米霍埃尔斯是何许人？”他问当地的一个知识分子——电影放映员。

“好像曾经是个演员吧……”那位说。

谢苗所在的那个农村人人酗酒，穷得叮当响，被掠夺得一无所

① 指20世纪50年代被错误地指责为企图暗害党的领导人的克里姆林宫的保健医生案。

有，村子几乎成了废墟。他一边走一边向人们述说，他现在是犹太人，准备离开这儿。他倾诉的对象中有生产队长、邮递员、农村供销合作社的售货员（他寄希望于这位能赊酒给他喝）、酒友、民警、被拴在木桩子上的公牛、偷盗教堂圣像的外来土匪……他们中间有人根本不听他的讲述，说是喝醉了，有人对他的述说深表同情，甚至还会倒点酒给他，还有人只管在那儿笑。比如说，谢苗的情妇就是这样，挤奶女子托尼卡听说她的姘夫成了犹太狗，开怀大笑起来，将一对水桶似的大奶子摇得直晃，在板棚上跺着两条赤裸的肥腿，将不幸的人儿从炉炕上颠到了地上。外来的土匪一开始也奚落取笑，甚至扬言要在村里搞一次大洗劫，直到后来才犹豫起来……

不知所措的谢苗这时正往凄凉的乡村墓地走去。他两手抱着脑袋坐在一个普通俄罗斯农妇的坟头。是这个名叫娜塔莉娅·帕甫洛芙娜的女人将他养大成人的，他终生都把她看作自己的母亲。他来到母亲坟头前，他路过许多别人的坟墓：墓碑上那些依稀可辨的照片上有瞪大双眼的年轻汉子，从日期可以看出，他们都是谢苗已经故去的同龄人。他走得很慢，在每张照片前驻足，将打开的酒瓶中的酒洒在坟头，嘴里喃喃道：

“给你，瓦谢克，喝点醒醒吧！给你，谢廖加，喝点醒醒吧！”

这时他已经坐在了养母的坟头，并向她求助，他是该走还是该留呢……

“走吧，孩子！”母亲这样说。

当然，这只是他的幻觉，因为酒瓶已经空了。那群土匪发现了他。原来他们制订了一个罪恶的计划。他们已经打听清楚，谢苗是个得到过米霍埃尔斯基金会救助的犹太孤儿，海关不会过分刁难去搜查他，所以托他把偷来的圣像画运往国外是最安全的。他们把他带到一间屋子里，不知羞耻地炫耀着，将抢来的东西展示给他看：精美的格奥尔基画像，他正用一根如同织毛衣针那样细细的长矛刺穿蛇的身子；生着鬈曲的火红色头发的救世主的头像，他的一对眼睛正从方方的头巾下忧伤地望着前方；最后还有对耶稣神人的爱心大为感动的圣母，神人像小猫一般向她祈求爱怜，紧紧地将嘴唇贴在了她的脸颊上……

有了几分醉意的谢苗是个充满爱心的人，他爱全世界包括土匪在内的所有人，但他突然说了个“不”字。他们威胁他——他仍然说“不”。他们打他——他嘴里流着鲜血，依然说“不”。土匪们对他又踢又踹，把他折磨得死去活来，还把他拉到野外，从汽车上扔了下去。正下着第一场雪。谢苗浑身是血，躺在野地里，慢慢被冻僵了。从影片中可以看到，他的眼睛慢慢失去了光泽，仿佛从里面冒出了一股水汽。弥留的混沌中，他这个两腿从未迈出过区中心的农人看见自己来到了一个满眼黄色的都市，那都市位于石头高地上，四面有高高的齿状城墙围着。他发现自己的脸颊紧紧贴在一面奇异城墙的巨石上——被刀砍斧凿的石块之间的缝隙中，有着成百上千张写给上帝的字条。那是——耶路撒冷，哭悼之墙。雪还在下着……

灯亮之后，巴士马科夫发现维塔的眼睛哭得红红的。导演曼德拉戈洛夫是一个愉快乐观、秃脑袋的大胖子，他穿一件粗大起皱的灰色西装，下摆往下拉着。简单的冷餐会前，他接受来宾们的祝贺，与大家接吻欢笑。原来维塔的父亲也为影片拍摄提供了资助，并答应一定参加首映式，但他因要参加一个谈判突然飞去了瑞士。维塔前来表示祝贺，并为资助人父亲未能出席表达歉意。奥列格·特鲁多维奇不无妒意地发现，曼德拉戈洛夫拥抱并亲吻她的时间比任何一个人都长。

后来大家开始喝香槟酒。

“你喜欢这部电影吗？”维塔问。

“很沉闷的一部电影……”

“什么叫‘很沉闷的一部电影’？”

“我也不清楚，是我的奶奶杜尼娅这么说的。”

“她认为什么样的电影是‘沉闷的’呢？”

“我不记得了。好像是《战舰波将金号》……当一辆童车从楼梯上滚落下来时，一个黑色百人团分子用马刀把一个婴儿劈成了两半……”

“你知道，这都是爱森斯坦的创意吗？楼梯，枪战，童车——所有这一切……”

“任何时候都不可能想象出比生活中更糟糕的事情来！永远也不可能！只要是能够想象到的事情，在日后的生活中都会出现。先是脑子里有了形形色色的事，然后夜间才会心惊胆战……”

“你怎么看，难道说现在农村真有这样可怕的事情？要不就是曼德拉戈洛夫杜撰的？”

这时，就像众多从事创作的人员一样，导演似乎也具有一种类似于心灵感应的多疑，似乎也感觉到了人们正在议论他，他向维塔挥了挥手，给她送上一个飞吻。她露出幸福的微笑表示感激。

“我不知道现在农村的情况。在我岳母居住的小区里，”好记仇的巴士马科夫说话时故意强调了“岳母”这个词，“好像一切都还正常。造房建楼。商店里也什么都有了。

“我对你岳母小区里的情况不感兴趣。在塞浦路斯，家家都有游泳池和能升降的床。我说的——也是农村！”

“我不知道，也许，情况很糟。如果一个地方有很多游泳池和升降床，那么根据逻辑来推理，在另一个地方必然会是空空如也……”

这时在两个“门神似的保镖”的陪同下，公主神气十足地从旁边走过。奥列格·特鲁多维奇深信，她绝不会发现个子小小、其貌不扬的自己，所以压根就没打算转过身背对着她。然而，他错了。列雅先是用审视的目光扫了一眼维塔，随后又朝巴士马科夫点了点头，似乎有点鼓励的意思，但隐藏着一种难以察觉的幸灾乐祸的意味。

“你认识她？”警觉的维塔很是惊讶。

“对，我们曾经一起在‘金牛星座’共过事。”

“在哪儿？”

“喏……就是，我们曾在一起开发过‘暴风雪’游戏装置。”

“就是文化公园里的那个东西吗？可你从来没对我说过……”

“我有好多东西没对你说过呢。”

“那就说说吧！”

“你不会有兴趣听的。”

“关于你的一切我都想听。关于你从前的生活，你永远也不能瞒着我！我想知道关于你的一切。我还想到你家去。我一定要去！”

新年快到了。巴士马科夫提前告诉盖纳，让他一定要在31日早晨帮他打个电话，就说让奥列格·特鲁多维奇去检修自动提款机。伊格纳舍契金摇了摇头，但还是答应了他的请求。卡嘉熟悉盖纳的声音，所以对他把丈夫叫出去有些生气，但没有产生怀疑。巴士马科夫飞一般地去了普留希哈。维塔高兴坏了，连连吻着他那被冻得红扑扑的脸，不断重复道：“奥列舍克，奥列舍克……”他们喝了香槟酒，一起在被窝里送别了旧年。当他准备走的时候，维塔哭了。

2月23日，她送给巴士马科夫一台非常贵重的笔记本电脑。他一开始不想要，甚至还生气了，但后来明白了，拒绝是没有任何意义的，何况他自己也希望有一台自己的笔记本电脑。他跟卡嘉撒谎说是银行发的，好让他能在家中工作。当天晚上，奥列格·特鲁多维奇把电脑放在了桌子上，接通了电源并开始操作，但卡嘉把他叫到厨房去开一听很大的鲜鱼罐头。巴士马科夫开完后回到房间，一下子傻了眼——显示器上忧郁的维塔正冲着他微笑，下面还有一行字：奥列舍克，我爱你！

幸好，卡嘉在厨房里又待了会儿。

计算机就是这样设置的，在开机后等待的过程中，屏幕上会出现维塔的形象并向他表达爱情。巴士马科夫还不会删除这一画面，便把机子拿到了银行，让塔玛拉·萨依多芙娜锁在保险柜里，到适当的时候再拿出来用。格拉纳图琳娜在伊凡·帕甫洛维奇被辞退后似乎一下子就打不起精神来了，以过来人的目光望了望巴士马科夫。

三八节那天，他没把发奖金的事告诉卡嘉，而是给维塔买了一套非常昂贵的化妆品，但她似乎并不领情，尽管也表示了狂热的欣喜。谁也说不清楚她们心里是怎么想的，这些年轻的资产阶级小姐！

她一定要到他家去的愿望成了他俩经常谈论的话题。一开始这还只是小女孩半开玩笑式的嗔怨，后来则成了女人抑郁的执拗。有一天，维塔在下班的时候给巴士马科夫打了个电话……人们可以察觉到，他们两人在银行的时候会尽可能少见面，除了有时与大家坐在一块吃午饭。当着众人的面，维塔尽可能多与费佳说话，嘲笑他捉弄人的玩笑，并有意与他调情。如果这时奥列格·特鲁多维奇也在场，她会抓住机会疾速地伸一下舌头——意思是说，你瞧我，够可以的吧！要是两人约好在普留希哈幽会，巴士马科夫从银行出来后，会在林荫道上沿着去地铁的相反方向慢慢溜达，然后走到近处的一个胡同，维塔粉红色的吉普车便会等在那儿。这种保密措施他们俩几乎从交往的一开始就约定好了，因为银行里有达士卡要好的女朋友，弄不好，这不便被人知晓的信息会立即传向符拉迪沃斯托克并返回莫斯科，传到叶卡捷琳娜·彼得罗夫娜的耳中。到那时……

“你不怕会大闹一场吗？”巴士马科夫问。

“不，我当然不愿意这样，”维塔回答说，“我只想要你！”所以，这天下班的时候，她打来了电话，不容反驳地说，“今天我们不去普留希哈了！”

“好吧。”

“为什么你不问问——为什么呀？”

“为什么？”

“因为只要我一天不去你们家，咱们也就一天别去普留希哈见面了！”

“那好吧。”巴士马科夫倒吸了一口凉气，随后把话筒放下了。

当他快走到地铁站的时候，那辆粉红色的吉普车吱的一声在他身旁停下。

“原谅我，”当他——当然不是立刻——坐进吉普车里时，维塔哀求他说，“我真是个大傻瓜……”

已经是3月末了。莫斯科的空气中充满积雪融化时金属锈蚀的闷人气息，以及树木绽芽时散发出的生机勃勃的苦涩。巴士马科夫被情欲折磨得心情郁闷，总觉着没着没落的。那天晚上，也许是维塔的坡式顶楼上的瓦片错了位，翘了起来。

“累了吗？”她问道，随即从他身子上倒了下来，宛若一个被子弹射中的女骑手从一匹快马背上落下一样。

“累了吗？”晚上，当他回到自己家中的时候，卡嘉也这么关切地问。

“该死的英语。”奥列格·特鲁多维奇只说了这么一句。

“怎么，难道说在停车场还轻松些？”

“我倒不这么认为……”

巴士马科夫最终下了决心。卡嘉与高年级学生到卡拉比哈春游去了。他得出一个结论，最好还是邀请维塔到家里来看看，否则每次两人拥抱道别后，他总会听到她这样说：

“现在你该回家了，可我……”

奥列格·特鲁多维奇事先提醒维塔，必须遵守众多注意事项，因为他在这栋楼已经住了二十年，大伙对他非常了解。汽车得停在家具店旁边——这样目标要小些，他们还得像游击队员那样分开走：巴士马科夫在前，维塔随后。按照两人的约定，他应该先进屋，让房门微微开着，五分钟后年轻的情妇再进来。如果在楼梯的过道处她遇见生人，愿上帝保佑不要碰到谁，卡莉娅或是别的什么邻居，她要装出在找别人的样子。已经过去二十分钟了，可维塔还没有出现，奥列格·特鲁多维奇不安起来。

“我好像把楼层搞错了！”她终于露面后这样说，“你好，奥列舍克，我可想死你了！”说完她亲了他一下。

巴士马科夫听完身上一激灵，仿佛觉得“奥列舍克”这个被窝里的称呼刹那间已经死死地印在了屋子的墙壁中——他恨不得立刻把房子拆掉重新装一遍！

“咳！”维塔两手一摊说，“怎么这么巧！在爸爸做生意前，我们家住的房子和这儿一模一样。连成套的家具也是一样的！罗马尼亚的依萨贝尔的，是吧？妈妈结婚的时候，爸爸给她买了一套新房子，于是妈妈就把它们送给了别人。为什么你家只有沙发床呢？我们家一面墙的房门上还有金色扣环，一张看报的小桌子和两把软椅！有一个小扣环被我拧落了，我拿到幼儿园去，不记得与别人换了什么东西。爸爸当时还把我臭骂了一通。这种扣环是没法再配的。他甚至还给那个与我换东西的小男孩的父母打了电话，想要回来，但小男孩已经把扣环弄丢了。所以我们家的门上就少了一个扣环……”

维塔兴致勃勃地在房间四处走了走，在金鱼缸旁边站住了。

“金鱼！天哪，我小的时候就梦想有个金鱼缸！但妈妈反对养金鱼，她说，养了金鱼家里就会有一股子沼泽的气味。那条发蓝的叫什么鱼？”

“白线鳍。”

“那这条黑尾巴的呢？”

“黑剑。”

“这条长小胡须的呢？”

“绿松鲇。”

“这小鲇鱼好可爱喔！它的眼睛长得和你的一模一样……”

“我从来没想到过，我会长一对鱼的眼睛。”

“不是鱼的眼睛。你的眼睛又机灵又忧郁，就像那条绿松鲇……我想要那条绿松鲇！”

“我再给你买一条。”

“我就要你这一条！”

维塔还在继续看房子。那张沙发床是展开的，床单上铺了一条豹纹毯子。

“你在这儿睡吗？”

“是的，就在这儿，没办法……”

“我还以为你们是分着睡的呢。”

“通常……卡嘉是……”

“她！”

“她现在基本上睡在达士卡的房间里。”

“是完全还是基本上……我想喝咖啡！”

“好吧，首长，我这就帮你去拿。”[①] 巴士马科夫趿拉着鞋到厨房去了。

当他手里拿着放着咖啡杯的托盘回来的时候，维塔已经不在屋子里了。他发现她站在阳台上。

“你怎么出来了？邻居会看见你的！”

“那座教堂好漂亮！像个玩具……我一定要到教堂去举行婚礼。你们是不是也是在教堂办的？”

“不是。”

“那就好。”

他们俩坐在达士卡房间里不久前才买的绒面革软椅中，望着电壁炉里单调乏味的炉火，欣赏着鱼缸里的金鱼，喝着咖啡。

“你知道吗，不知为什么，我总以为你家的房子应该很大，有红木家具、真正的壁炉，还有古董花瓶、青铜裸体女人塑像——一切的一切都……”

“这回你看见了吧，我家原来简单又寒酸。”

---

① 原文为德文的俄语音译。

“你家里——还是很不错的。只不过女人们总爱把自己的男人想象得和别人家的不一样。是最优秀的。早先你走了以后，我一个人就会胡思乱想，我想你回到了你的壁炉和青铜女人塑像跟前。我心里忌妒得要死。不仅忌妒你的妻子，还忌妒你家的房子和古董。现在我的感觉好了。原来，你是回到了这儿……这么说，你是睡在那儿，沙发床上？”

她站起来，往大屋走去。巴士马科夫跟着走了过去。

“我以为你睡在一张老大的床上，上面有一顶圆形幔帐。原来你睡的是和我父母一样的沙发床。真不可思议！是啊，就是在这儿……”

她沿着沙发床又走了一回。突然，她的裙子从腿上滑落了下来——维塔只穿着一条带花边的红色内裤站在他面前。她在掉落在地板上的裙子里站了片刻，随后一下子从里面走了出来，仿佛逃离了一个魔障圈。

“维塔，咱们最好还是上你那儿去！”

“为什么？这儿也不错啊。你知道吗，我每次一个人回家，望着床铺就觉着你躺在里面。我躺进空空荡荡的被窝里对你说：‘掐我一下！’你把我抱在怀里——我就慢慢地入睡了。现在，你躺下去以后也会看见我并抱着我。只是千万别把我和你妻子搞混了。”

她解开衣服，把上衣扔到一边。她没戴乳罩。

对半切开的柠檬，巴士马科夫的脑海中出现了这样的一闪念。可不能这样啊！这全然不是在吃柠檬嘛！

突然，维塔傻乎乎地哈哈大笑起来，仰面倒在了沙发床上，这一来，他那些激荡过的神经又战栗了，嗡嗡作响起来。

“好，就在这儿吧……过来到我这儿来！”

她的两只眼睛呆滞了，嘴唇颤抖起来。

“快把衣服穿好！我们走。”

“为什么？”

“不为什么。”

“我知道！因为这是你们结婚那天睡的床！对不？你不愿意把它弄脏了？是不是？不想让我给弄脏了？对不?！不想被我弄脏了！被我！”

“你别说了！维塔！你这是怎么啦？”

“让我?！”她用死人一般的眼睛盯着他，猛地把透花的内裤给扯烂了，“让我?！”

“你这是怎么啦，维塔？”他跳到她跟前，使劲摇晃着她的肩膀。

“被我……”她抓住了他的胳膊，“我……我……把我的书包拿来……快点！”

他朝过厅奔去，把她的书包拿来了。维塔把里面的东西——化妆品、出入证、颜色不一的塑料板——全都抖落在了沙发床上，她扒拉了一下，找到了其中一张银色的塑料板，挤出两粒药片放进嘴里嚼着。巴士马科夫从达士卡的屋里拿来了咖啡——让她把药喝了下去。

“很快就会好的！”她抓住他的手，把它放在自己胸口，胸脯上被她失去理智的手挤压过的红色凹痕还没恢复，“很快就会没事的。陪我躺一会儿，”她请求道，“就这么躺下……”

巴士马科夫躺下了——在对面椭圆形的镜子里看见沙发床上维塔赤裸的身子，以及她身旁的自己，穿着衣服的身子。

“反正你现在，即使与她躺在一起，也能想起我……反正能想起来的！”她轻声地、不带情感色彩地反复叨叨着。

“我再对你说一遍，我们是睡在不同房间里的。”

“你对我发誓！”

“我发誓……”

“那谁在这张沙发床上睡？”

“那你就到我这儿来！不用怕！我今天绝对安全。我现在来算算日子……”

为了以防万一，巴士马科夫在卡嘉回来之前就把床单和被罩都给换了，理由是在被窝里看电视时把茶洒了（为此，他还专门在被罩上洒了点茶水）。奥列格·特鲁多维奇觉得，床单上仍然有情欲旺盛的维塔留下的难以消除的气味。但他还是没有去洗——否则这实在太可疑了。拆被罩的时候，他突然发现维塔那管滚落到枕头下面金色的昂贵唇膏。

卡嘉回来的时候情绪很好，讲述着卡拉比哈的情况，还说涅克拉索夫①除了会写诗，还是个真正的“俄罗斯新贵”，很会做生意，死的时候成了百万富翁。不管别人怎么样，反正他在俄罗斯过的日子一点也不穷酸。睡觉前，她又坐在镜子前用卷发器卷头发，巴士马科夫的脑海里突然出现了一个怪诞的念头：这面镜子会突然告发他，卡嘉会立刻看到维塔一丝不挂的样子，以及与这个赤裸的身子在一起的丈夫。

但卡嘉什么也没看见。

“你知道，我给你买了什么东西吗？我们在路上停留了一会儿，那儿有一个好大的市场。你猜猜！”

“我猜不出来。”

“塔波奇金，你开动脑筋想想！”

“我真猜不出来。”巴士马科夫回答说，罪责感和怕被戳穿的恐惧使得他变得愚钝不堪。

“咳，你好笨哟，塔波奇金，我给你买了一双真正的松鼠皮居家拖鞋。我爷爷说过，这种鞋可以穿一辈子。”

星期一去上班的时候，奥列格·特鲁多维奇在电梯里遇见住在楼下的一个退了休的老太太。

“前几天有一个姑娘来找过你！找到你了吗？”

“找到了……”

---

① 涅克拉索夫（1821—1878），俄罗斯著名诗人。

这么下去，非捅出娄子不可！去往银行的路上，他这么想着，同时又很清楚，这件事是不可能就这么了结的。

一切还只是刚刚开始。总有一天，他会被这两个女人撕成两半的：而且她们都会厌恶地把得到的那一半扔掉……

“怎么就这么半勺？”已故的杜尼娅奶奶生气了，脸上却还带着笑，“你呀你，怎么成了个一半的小孙子了。”

“不，我不是一半的！”儿时的巴士马科夫也生气了，于是张开大嘴，把整整一大勺米羹吃了下去。

可是到头来，他还是个半拉子人……

不知为什么，他们还是四个人，原办公室的全体人员在一起吃午饭，盖纳一边呼哧呼哧地喘，一边讲述着稀奇古怪的故事。比如，他说在伦敦市中心，有一些很聪明的小青年安了一台加设了机关的自动提款机。它不会出钱，却能把插入机器的提款卡的各种数据，连同轻信的顾客们在键盘上敲击的密码全部记录下来。完成这一番程序后，自动提款机会将卡片退还给毫无戒心的傻瓜蛋，并表示歉意说：“对不起，亲爱的，钱款未到！”它总共只放一天，后来便被人悄悄取走了——所以连警惕性很高的警察也不会注意到。接下来，聪明的小青年们便将所有傻瓜蛋的卡片仿制出来（这并不复杂），最关键的是，他们得知了密码，于是从真的自动提款机里取走了大量现金！

“这些人被抓住了吗？”巴士马科夫问。

“怎么抓得住呢！”

“总有一天会抓住的。”塔玛拉·萨依多芙娜预言说。

“特鲁特奇，我们不妨也来冒个险？”伊格纳舍契金挤了挤眼睛建议说。

维塔听了这个故事后，笑得比谁的声音都大，连睫毛膏都流了下来。巴士马科夫与她对视后才明白：那睫毛膏完全不是被眼泪冲下来的。最近一些日子，维塔变得沉默了，温顺了，也不讲究了。

她会像个小老鼠一样一声不吭地躺着，用纤细的手指头拨弄他的胸毛，让他讲童年时代的故事，讲他的杜尼娅奶奶和丽莎外婆，讲大学里的事，讲当兵时的故事，讲“金牛星座”，甚至讲达士卡孩提时淘气的事……

“咱们今天就这么躺会儿……你给我讲讲叶戈尔斯克的事！”

但是“就这么躺会儿”，他们俩，当然从来也没做到过。有一次，巴士马科夫从普留希哈回家，一路上继续在心里默默跟维塔叙述童年的故事。突然间，他领悟了她让自己讲这些事的缘由，仿佛坐过了站似的，他一下子跳了起来。是啊，这个聪明的女孩是想了解他心里是如何将她与卡嘉进行比较的！是的，与卡嘉比较……

4月末下了一场雪。坡式顶楼里很冷，维塔裹着被子看着巴士马科夫在急急忙忙地穿衣服准备回家。

“你这一走，我就要冻僵了。你再来的时候，我就成了一根冰凌了……”

“那我就把你给化了。”

“不，你化不了……你把背心穿反了！”

“真是见鬼了！谢谢你！”

“奥列舍克！”

“怎么啦？”

“我把什么都讲了……”

“对谁讲了？”

“为什么？”

“我总得找个人说说呀。我没有女朋友。只有你。但与你谈这件事等于白谈……”

“你爸爸怎么说？”

“他说我是个小傻瓜，还说现在……”

三十三

艾斯凯帕尔身子哆嗦了一下——他觉着来人按的门铃声一直戳进了他心里。门铃声越来越急促……他屏住呼吸，悄悄跑到门前从猫眼往外看了一眼。果然没错！就是柴油车司机，这个老兄本来长得就够寒碜的，这会儿经猫眼玻璃一扭曲，只剩下一个标有“蒙塔纳”字样的巨大无比的肚子了。突然，从那个大肚子下面伸出一只大巴掌，那只巴掌一下子变得越来越大，朝巴士马科夫的眼睛凑了过来，随即又消失了。没完没了的铃声又一次响彻整个屋子。接着从那个大肚子下面——不过，这次是从另一侧——伸出了一只拳头。艾斯凯帕尔吓得够呛，好不容易才从震得直摇晃的房门旁躲闪到一边。又响起几声重重的敲击墙壁的声音，随后司机大声骂起娘来。那叫骂声显得十分突然，随即不无俏皮地转换成了“订车的”这个词。巴士马科夫一动不动地站在那儿听着，随后又决定从猫眼看看：司机仿佛被吹走了似的变得越来越小，朝电梯方向走去。

心脏还在咚咚地跳着，似乎那可怕的门铃声还在心中震荡。艾斯凯帕尔一边摸着脉，一边溜到阳台上，往下面看了看。如同一个大盒子的瞪羚柴油车就停在福特轿车后面。司机恶狠狠地从门洞里走了出去，径直朝身子仍钻在汽车发动机箱里的阿纳托利奇走去。当年的上校直起身子，用抹布擦着手，在听司机说话。听不见他们在说些什么，但愤怒的嚷嚷声一直能传到高楼的十一层。阿纳托利奇突然指了指巴士马科夫家的阳台，奥列格·特鲁多维奇赶紧蹲了下来。过了一两分钟，他探头往外一看，发现福特轿车的机箱盖下已经撅着两个屁股蛋子——阿纳托利奇的尖屁股和足有两把椅子宽的瞪羚司机的大屁股。

艾斯凯帕尔又回到屋里，无奈地看了看已经备好要带走的东西，转念又想，最好现在先把东西分开放好，然后等等再说。生活中以等待时机为上，不应自寻烦恼……但在重新整理东西的时候，他又在为已经逝去的一生而痛苦，而重新来过——只能倒回去了——他实在没精力了。何况现在已经没有回头的路了。没有了……

清晨，与维塔通过话后，巴士马科夫来到了银行，心情十分沉重。他有一种一只脚被夹在两条铁轨之间的感觉（不知为什么，导演们在电影里都非常喜欢用这样的拍摄手法），一趟可怕的变革的列车披着万道霞光，呼啸着向他疾驰而来，而他却动弹不得——一绺绺头发已经预感到火车携来的热风并开始飘动起来。

“你今天怎么啦？”伊格纳舍契金深表关切地问。

“我怎么啦？”

“活像个伤心的皮耶罗①，还是个被阉割的！”

格拉纳图琳娜笑了起来，又埋头看她的假钞票去了。巴士马科夫在办公桌旁坐下，在文件堆里翻腾了一阵，找到了外面寄来的一张修理自动提款机的结账单。机器虽然还在保修期，但公司已经拒绝免费维修，原因是因取款卡被机器吞噬而怒不可遏的客户用重物把机器外壳砸烂了。“我说过，要买那些钢壳的！”奥列格·特鲁多维奇吸了一口气说，说完朝门外走去。

“如果有人找我，就说我在总会计师那儿。”

“你找她干什么？”

① 意大利民间故事中忧伤、不幸却忠诚的情人形象。

“让她在结账单上签字。”

消息灵通的盖纳看了看日历，又算了算日子，掰了掰手指头，建议说：

“别去了！她正是来月经的日子……反正你去了她也不会给你签字的。弄不好还会抄起一个活页文件夹砸你。”

“你怎么知道？”

“这全银行的人都知道。拿破仑因为伤风在滑铁卢惨败，而我们银行会因为尼娜·伊凡诺芙娜停业一星期……”

过了一会儿，巴士马科夫被科尔萨科夫叫走了。

“他怎么样？”奥列格·特鲁多维奇问细高个瓦丽娅，现在她的头发染成了火红的颜色。

“不好。还是长不出来……”

外汇出纳部经理坐在桌旁，两手抱着秃脑袋。但这只是乍看上去如此。实际上，他的两只手离他的天灵盖还有一厘米的距离。听说，科尔萨科夫近来正在拜访一位具有特异功能的大师，费用相当高。大师的绝活是通过重新调节人的机体能量的分布来达到生发的效果。

见到部下来了，科尔萨科夫摸了摸自己的秃顶，从桌旁站起身来迎他，其实他早已没在这张办公桌旁做事了。

“近况如何啊？”他问话的口气出乎寻常地亲热。

“我们的工作还行吧。当然，奥立维梯公司还是有问题。他们不愿意按照保修规定维修。找各种借口。说我们违反使用规则，反正是找理由推托……”

“那我们是不是违反了使用规则？”

“当然有这种情况。我这儿就有这么一张记账单，想让尼娜·伊凡诺芙娜签个字。”

“把账单拿给我看看！”科尔萨科夫把单据看了好几分钟，“我们会签的。只是要过个四五天再签。奥立维梯公司的事你们就别管了……日子过得怎么样，还好吧？”

“还好。”

“奥列格·特鲁多维奇，我看您在这个负责技术的岗位上干的时间也不短了，该担负点领导性的工作了。更体面些的，工资更高些的。”

“谢谢。”

“不必客气。女儿怎么样？”

“快生了。”

“您的女儿可是个敢闯的姑娘！不错。我瞧我的那个——简直像团面条，提不起来呀……”

“您女儿多大了？”

“十六了。”科尔萨科夫眼眶都湿润了，“都十六了。可一点生活的精气神都没有。别看头发长得挺像她母亲——又密又硬。您女儿的头发怎么样？”

“普普通通的。”巴士马科夫回答说。不知为什么，他想起维塔那马鬃一般又黑又硬的头发。

“普普通通的——什么意思？很密吗？”

“不很密。”

“很软吗？”

“好像有点软。”

“您的头发好像也不很硬。是啊，其实他说的也并不完全吻合。”

“什么不吻合？”

“什么都不吻合。头发就是不长……虽然理论是绝对精彩的——生物场是通过人的头发与宇宙场相连的。犹若参孙与大利拉①。他这个人还是很有本事的，当然，他的收费实在太高……”

“谁？”

① 《圣经·旧约》中的人物，见《士师记》第15章。

“一个有特异功能的人。叫契尔涅茨基。您听说过吗？”

“听说过。”巴士马科夫的身子不由得战栗了一下。

“是啊，他这个人很有名气。但我的头发就是不长……”回到办公室，巴士马科夫对大伙说他要被提升了，而且还大致讲了讲与科尔萨科夫谈话的奇特内容。盖纳不知为什么狡黠地笑了起来，还与塔玛拉·萨依多芙娜交换了一下眼色。

“照这么下去，一年后你肯定能当上副总裁！”

午饭前，盖尔克飞快地跑进办公室，说：“奥列格，我得找你说点事。这事还非常重要！”

盖尔克穿了一件笔挺的黑色西装，翻领上还缀着一枚很小的银色贵族徽章。他把巴士马科夫带到一个咖啡厅——这个钟点还没有人来喝咖啡——找了远处最边上的一个小桌坐下。他朝四周看了看，小声地说：“阿瓦尔采夫对你很感兴趣！”

“什么意思？”

“什么意思都有！看了你的档案。还详细地向我询问了你的情况。”

“你对这个人很了解吗？”

“我怎么能很了解这个人呢？你自己想想。有一次开完董事会，我去找过他。我请他参加一个贵族会议的开幕式。但他说他爷爷是布琼尼手下的红军战士，曾经绞死过贵族，他还为此感到自豪！这就是我了解他的一切。让我非常惊讶的是，他怎么会打电话来了解你的个人情况。顺便告诉你，他不只是向我打听了你的情况。”

“还问了科尔萨科夫？”

“对。不过，你也知道，我可是净说你的好话了。无论是在工作上，还是在私生活方面……”

“私生活方面？”

这时，站在柜台后面的小卖部女售货员朝他们俩看了看，盖尔克立刻把声音压低了：

“我对这件事也感到很惊讶。如今这个年代，你也知道——绿的也好，蓝的也好，黑的也好——只要不是红的就行。有时想想还真不是滋味！就拿这位来说，他还在电视里对歌剧与芭蕾发表什么评论，真是不知怎么显摆好了……真该用长柄勺敲敲他的脑门才是！据说，他是总统助理的同性恋情人。简直不可思议！可尾巴还翘得老高，拿谁也不当回事！阿瓦尔采夫突然问我：你对女人怎么看？他还打听，你在‘金牛星座’有没有什么风流韵事？”

“你怎么说的？”

“我怎么说的？我说，你是个非常顾家的模范丈夫，很喜欢孩子……我真不明白，为什么他突然对你这么感兴趣？”

“你以为对我这个人，谁也不会感兴趣吗？”

“看来，你还真会让人家感兴趣的。什么事不会发生啊。你可别忘了，我净讲你的好话了。照理说，我们这代人应该联合起来，否则我们非被这批懂计算机的乳臭小儿吃了不可！好了，我该走了，你再坐会儿。最好别让别人看见我们俩在一块儿……”

巴士马科夫当然明白，维塔对父亲的坦白不会没有下文，但他万万没有想到，第一，事情会发展得如此迅速；第二，胆小怕事的盖尔克这一番激动的表白确实弄得他有些不知所措。午饭后维塔打来电话并告诉他，她现在在家，有点不舒服，今天想好好睡个觉。

“那你就睡吧，疲倦了的小东西！”巴士马科夫的这个玩笑开得并不成功。

“我可生气了。”她说，但说话的语气却十分平静。

“非常生气吗？”

“非常非常。你呢？”

“我也非常非常！”

塔玛拉·萨依多芙娜喊巴士马科夫接电话的时候，他正在摆弄点钞机，因为放进一百卢布的钱后机器就不转了。

“是奥列格·特鲁多维奇吗？”问话的是一个男人的声音，但温柔可人，活像个女秘书在说话。

“是我。”巴士马科夫回答，不知为什么，他的声音格外沉着。

“我受鲍里斯·安德列耶维奇·阿瓦尔采夫的委托，给您打电话。他想在今天与您见个面。您有没有时间？”

“今天？”

“是的。明天一早他要坐飞机外出。”

“有时间。”

“太好了。那么在接到我的电话之前，请您不要离开办公室！到时我告诉您在哪儿见面。那就说好了？”

“好吧。”

塔玛拉·萨依多芙娜从一大早起就异乎寻常地活跃，下班前半个小时就开始收拾东西了，这种情况以前从来没有过。出门前化妆的时候，她竟然低声哼唱起来。盖纳悄悄对巴士马科夫说，被解聘的伊凡·帕甫洛维奇又回来了，今天他们俩有约会。格拉纳图琳娜走到门口的时候回转身来，用洋溢着幸福的目光严肃地看了看盖纳，得到了他绝不在办公室抽烟的承诺。

“我绝不违规，否则让我同银行一起破产垮台！”

但是，塔玛拉·萨依多芙娜奔向白发苍苍的昔日肃反工作人员伊凡·帕甫洛维奇的脚步一迈出，伊格纳舍契金就又有滋有味地抽起了烟。

“其实我们要不了多久就都会破产的！”盖纳是这样对巴士马科夫解释他违背誓言的做法的，“血就要接济不上了。就要流光了……我与一个明白人交换过意见。他说，8 月份会有一场大灾难。各家银行都会破产，就像 1918 年处女们遭受的蹂躏一样。我现在正在给自己寻找工作。也许会冒一下险——自己开个公司。我名字都想好了——基别尔马格。广告词是：你想得到可靠的软件保证吗？只有‘基别尔马格’才能如愿。怎么样？”

“相当不错。要是银行真倒闭了，那是很可惜的……还得重新找工作。你的基别尔马格会要我吗？”

“咳，快别提了，哪儿轮得上基别尔马格哟！班可索斯可是谁也不会放的……我倒想问问，要是倒闭了，他们会把那只驼鹿放到什么地方去？”

“哪只驼鹿？”

“就是那只青铜驼鹿。放在大厅里的，有四米多高的那个。鹿角是这样的！”盖纳叉开两只手比画着，“是尤纳可夫在加拿大向一个著名的动物雕塑家定做的，准备放在银行正门前的。光订金——就十五万。你设想一下，一片深绿色的杉树林，从杉林里跑出了一只青铜驼鹿！”

“是——啊，只是这只驼鹿怪可惜的……”

“特鲁特奇，你最好还是可惜可惜别的吧！”

“什么？”

“还用我说吗？当然是维塔了，这个姑娘确实很可爱，可是……”

“难道说——大家都知道了吗？”

“特鲁特奇，在这种事情上，我实在是个木头人——等我发现的时候，事情已经发生一星期了，但托姆卡第二天就什么都明白了。你们俩吃午饭的时候相互递盐瓶时的那个样子就像在做那档子好事一般……这还不是主要的。你知道你陷进一个泥坑了吗？”

“什么泥坑？”

“你还装什么糊涂？”

“我还真是不太知情。”

“你知道阿瓦尔采夫是个什么人物吗？”

“监察委员会的成员。”

“不，看来你还真是被蒙在鼓里。怎么跟你解释呢？”

“你怎么解释都行！”

“只要你能听明白就行。打个比方，尤纳可夫——是头象。科尔萨科夫——是头公牛。我呢，你听了不要动气——就是只山羊。而你，原谅我打个不恰当的比喻，是只小哈巴狗。那么你说说看，阿瓦尔采夫在这种情况下是个什么角色？”

“是头象？”

“笨蛋！阿瓦尔采夫——是条恐龙，一条能一口吞食三头大象的恐龙。还真吃了几头。当初维塔输掉五百万，谁也没敢说个不字。尤纳可夫一句话也没说。现在你再来掂量掂量，你在他眼里有多少分量！微不足道！他知道你们那些‘好事’吗？”

“知道。”

“早就知道了吗？”

“就昨天。”

“嚯，这回有好戏看了。他们的行动还够敏捷的！祝贺你呀，技术专家同志！现在他要召见你。维特卡深深地爱上了你，爱得发了神经病……当然我不是那个意思……”

“我什么都明白。她的确有那么点不正常。”

“问题就在这儿！特鲁特奇，你可得小心点。阿瓦尔采夫——是个心狠手辣的家伙。他们这些人都不是善茬儿。他们那么快就暴富起来，他们就忘乎所以了。对他们来说，我们都是无足轻重的……是些毛毛虫而已。兴许女儿身边倒可以养出个5月的金龟子来？”

“盖恩[1]，你言重了。”

“也许是我言重了，但对于他向你提出的那个建议，你是无法拒绝的。达士卡生了吗？”

“这和达士卡有什么关系？”

“现在我就来把一切解释给你听。也许，一切都会顺利应付过去。他也完全有可能是个优秀的男子汉。乐观。听说，他的女秘书

---

① 盖纳的简称。

上班都是不穿内裤的。他会喜欢上你的。给你一个很好的位子。你得自己好好掂量掂量，你到底图什么？从他那儿。从维塔那儿……你会娶她，离婚……”

“5 月的金龟子是不结婚的。”

“怎么不结婚！我们银行有一半都是结了婚的甲虫和嫁出去的甲虫老婆。”

“我什么也不图。”

“这一点你可无论如何都不能对他说，否则他会以为你不过是玩玩维塔而已……你什么时候与他见面？”

“今天。”

“但愿你能活着回来！”

巴士马科夫忠实地履行着那位助手的嘱托，等到七点半，后者打来了电话。他慢悠悠地沿着林荫道旁的铁饰花纹围栏走着。亚乌扎河的水是褐色的，泛出油汪汪的珠母般的亮光，水面上东一处西一处地漂浮着污染造成的泡沫。奥列格·特鲁多维奇从车场下班回家，用肥皂粉在脸盆里洗完手后的水就是这样。为了不把盥洗盆弄脏，卡嘉总是让他在一个搪瓷已经剥落的专门的脸盆里洗手，随后把脏水倒进马桶。水从马桶流到铁管，又经铁管泄到这里——亚乌扎河，在用花岗岩和铸铁砌成的两岸间流淌，泛着泡沫并融汇成了原油的珠母色。

巴士马科夫从一个钓鱼的男子身旁走过。有人说，亚乌扎河里的鱼都有汽油味，重金属含量很高，钓的鱼都是拿去卖的……钓鱼人将它们熏烤之后在商店旁边卖给那些爱喝啤酒的人。这位男子用的钓钩细得几乎只能用显微镜才能看清楚——一个十足的杀鱼元凶。奥列格·特鲁多维奇回过头来一看——垂钓者正从鱼钩上摘一条可怜巴巴的小鱼，那鱼只有诱鱼的小金属鱼形片那么大。他眼前仿佛出现了这样一个情景：一位女子为自己的心上人买了喝啤酒时吃的烤鱼，他吃完后全身抽搐着死去了。女子找到那个卖给她烤鱼的人，并进行了报复——勾引他上床，然后趁他乐不可支又疲惫乏力的时候，用那种鱼喂他……这是一幅多么可怕的画面啊！

带着活像鱼眼的圆形前灯的黑色奔驰突然出现了。紧跟在后面吱的一声停下的是一辆巨大的蓝色吉普。巴士马科夫立刻发现机箱盖上名车的圆形标已经被掰断了。

“您好！”

阿瓦尔采夫站在巴士马科夫面前，身旁围着三个门神似的保镖。

他握手的动作很轻，似乎显得比上次更加彬彬有礼。他十分得体地微微笑了笑，说：

“奥列格·特鲁多维奇，我们是不是沿着河边走走？”

“我愿意奉陪，鲍里斯·安德列耶维奇。”巴士马科夫回答说，眼睛继续看着那个被掰断了的车标。

阿瓦尔采夫皱着眉头看了一眼残破的车标，随后又望了司机一眼，说：“唉，在我们这个国家，什么好东西都逃脱不了这种下场……”

他们缓缓地沿着林荫道走去。一个保镖在前面开路，另外两个跟着断后。几个小伙子膀大腰圆，迎面走来的行人胆战心惊地避让着，赶紧跑到了马路的另一侧。阿瓦尔采夫踱着步，许久没有吭声，只是低头望着细巧锃亮的皮鞋。巴士马科夫发现，百万富翁两只鞋上的皮褶皱是一模一样的，几乎完全是对称的。随后他又把目光转移到自己的鞋上，这两只已经穿旧了的鞋的磨损状况不一样，褶皱也迥然相异。

“叶丽扎维塔什么都对我说了。”阿瓦尔采夫终于冒出了一句。

“谁？”

“叶丽扎维塔。我要告诉你，我的女儿叫叶丽扎维塔。她母亲总是叫她丽莎。‘维塔’是我这么叫的，但也很少这么叫她。更多的是叫她‘拉依莎’。”

“为什么叫‘拉依莎’呢？”

“我也不知道。也许是因为有这么一个叫拉依莎·米奈莉的。”

“我的外婆叫叶丽扎维塔·帕甫洛芙娜。”

“这就是她名字的由来。我真搞不懂，为什么她在银行要让大家管她叫维塔。我不知道……”

“她也从来没对我说过，她叫叶丽扎维塔。”

“奇怪。我的这个女孩可不同于一般的女孩。是性格很怪的一个女孩。好了，不谈这些。实话说，我在银行的庆典上看见你们俩在一起的时候，根本就没往心里去……”

“我也是。”

“哦，是啊。过去的事就让它过去吧。您爱我的女儿吗？”

“对，我爱她。”巴士马科夫毫不迟疑地回答说。

“这很好啊。爱情——是很美好的。”

奥列格·特鲁多维奇突然产生了一个奇怪的念头：他觉得，在说“我爱”的时候，只要稍一迟疑，那个紧随在后的门神一得到一个让人难以察觉的指令便会对准他的后脑勺开枪。

“她也爱您，”阿瓦尔采夫又非常得体地笑了笑，“总该有个妥善的解决办法。孩子很痛苦。但她是不能过分激动的。您知道这个情况吗？”

“我知道。”

“那就更应该解决好才是。您是个有家室的人吧？您还有个女儿……”

“是的。”

“结婚很久了吧？”

“是的。”

“我理解您。我自己同妻子也共同生活过十六年。离异——是一件非常艰难的事情……就像是要强行将自己的一部分割去并扔进垃圾桶里。但不管怎么说——事情总归是要解决的。您的妻子知道拉依莎吗？”

“眼下我与妻子的关系十分微妙。我担心……”

“您的担心应该是在将我的女儿拖进被窝之前。”

“不是我把她拖进被窝的。”

“您不用对我说是我女儿把您拖进去的。我有足够的证据说明：您在搞办公室浪漫故事方面着实是个行家里手。不过话说回来，做了——也就做了。最重要的是，不要闹出什么乱子来。她已经经受过一次这样的打击了——绝不能再有第二次。所以我得给您出个主意。我在塞浦路斯有一栋房子。很不错的一栋房子。您可曾见过床可以从卧室中自动升降的吗？”

“我听说过。”

“那就好。这是非常浪漫的。请您务必相信这一点！此外，我在塞浦路斯设有一个叫‘超级墨耳库里俄斯[①]’的电信公司代表处。那儿有一个海岛科技开发园，这您是会明白的！我要给您出的主意是这样的：您必须从这儿销声匿迹——坐上飞机，飞往塞浦路斯，住进我那栋楼里。不必与您的妻子做任何解释，也不会出任何乱子。拉依莎经不起任何折腾了。您知道医生对她做的诊断吗？”

“我不知道。”

“那就好。您最好别知道。要是她因为您住进医院……算了，我不想细说。近来关于我已经有不少可怕的传闻了。您没听到过？”

“我只听到好的了。”

“那就太好了。您知道她想到教堂举行婚礼吗？”

“不知道。”

“现在我已经告诉你了。离我在塞浦路斯那栋楼不远的地方，有一座东正教教堂。如果她不改变主意的话，你们就到那儿举行婚礼。离婚的事以及有关的手续，您就不用操心了，一切由我来安排。我把所有证件给你们寄过去。您不会怀疑我的能力吧？”

---

① 罗马神话中的贸易神与众神的使者，也译作墨丘利。

“不会。”巴士马科夫回答说，同时想起了捷达可悲的结局。

“你们俩可以游泳，休憩，玩耍。躺在床上享受升降的乐趣，直到腻了为止。要是想做点事——那就来超级墨耳库里俄斯。我查阅了有关档案——您还是个不错的技术专家，但是现在不能要孩子。您听明白我的意思了吗？我知道，她想同您生个孩子。但您是个成年人，我们是同龄人……我寄希望于您的理智，奥列格·特鲁多维奇！”

“我当然会尽力去做的，可……”

“那就尽力为之吧！是的，总不能让我为您做绝育手术吧！”阿瓦尔采夫开心地笑了起来，用凶狠的目光瞟了巴士马科夫一眼，“我不需要她和您生的外孙。我认为，她很快就会对您失望的。我对这一点甚至坚信不疑。”

“为什么？”

“奥列格·特鲁多维奇，我想您是个明白人，姑娘们爱上自己父亲的同龄人不是偶然的！当然，我对她是有愧的……可又有什么法子呢，我如今有了新的生活。在当今的时代，任何一个生理健全、脑子不笨的男人都会为自己的新生活赚到足够的钱。这个道理再简单不过了，因为当权者是帮浑蛋，而金钱就在脚底下堆着。需要的只是比别人早点弯腰或者哪怕是与别人同时俯身。然而，您却连腰都不肯弯！您不外乎两种人当中的一种：不是傻瓜，就是懒蛋。您都干了些什么？在为祖国的强大忧患焦虑，参加游行示威，还是在婆娘的屁股底下过安生日子？”

“我完全可以对您的一派胡言嗤之以鼻，一走了之。”巴士马科夫低声提醒他说，心头涌起一股对阿瓦尔采夫的憎恶，觉着鼻尖冰凉。

“您当然可以嗤之以鼻。如果您能做到，那就好了。但一走了之——休想。我的女儿需要您，也一定能得到您。即使您不喜欢她——您也得给我忍着，只要她还想要您。您毋庸担心，事过之后我会弥补您的一切损失。足够您养老的。天哪，时间过得可是真快啊！十五年前，我用季度奖金在宠物市场给她买过一只小田鼠。但如今……"

"不是说好要到教堂举行婚礼吗?"巴士马科夫低声问道。

"您别再做梦了，奥列格·特鲁多维奇！您以为您是在哪儿？只要有钱，被暗杀的土匪都可以被埋在修道院，与圣尸葬在一起。可您……您是如何在教堂里举行的婚礼，我就可以叫您如何在教堂里解除婚约。"

"要是她不愿意呢?"

"到那时我再考虑。我会非常认真地考虑的。我给您两个月的时间做准备。至于您的妻子，也许我刚才的话说得急了点。我那时是一走了之，什么也没说。说也没有用。如果你与一个女人已经共同生活了多年，那么还是应该对她做一个交代——给她一个离退的通知。这得由您自己来决定：悄然逃离，还是旗帜鲜明地离婚……但绝对不能闹事。拉依莎经不起折腾了。"

他打了个十分隐蔽的手势，一个保镖对报话机喊了句什么——奔驰与吉普车刹那间从胡同疾驰着离去了。在谈话的过程中，巴士马科夫的内心蓄积着怒不可遏、近乎歇斯底里地要发泄的话，他已经准备脱口喊出声来，到那时一切就会完蛋，他的生命也会就此结束。但为什么只是说说而已呢？要行动才是！应该二话不说，朝那个自以为是的狗脸打过去，回敬那个可掬的笑容！给他一记响亮的耳光……让那个浑蛋低下身子！但他不但不会低，反而会让大家低头的……畜生！

"您怎么啦?"阿瓦尔采夫吃了一惊。

巴士马科夫已经在口袋里攥紧了拳头，突然看见了机箱盖上的车标。司机仅用了十分钟时间就换上了闪闪发光的新车标。这一美化车标的小小举动不知怎的刺痛了奥列格·特鲁多维奇，摧毁了他的意志，他踉跄了一下，几乎要落下泪来。

“您是不是身体不舒服？”阿瓦尔采夫表示关切地问道。

“没什么。只是有时……”

“请多保重！拉依莎不能受一丁点的刺激。就这样吧，两星期后……”

永远不会得逞的！巴士马科夫望着即将消失的轿车思忖道。永远！

……几天后，奥列格·特鲁多维奇两手托着脑袋，身子靠着枕头躺在床上，维塔关心地俯下身子，用她活像葡萄干一样的褐色乳头磨蹭着他多毛的胸膛。

“你和我在一起好吗？”

“非常好。”

“非常好还是非常非常好？”她望了一下他的眼睛。

“非常非常好！”

“我要告诉你，爸爸很喜欢你！”

“喜欢什么？”

“什么都喜欢。他希望我们一定到教堂去举办婚礼！”

“要是你爸爸喜欢，我们就去教堂举办婚礼……”

“你打算怎么跟她解释？”她这样问，一面从巴士马科夫怀里挣脱出来，在他身边躺下了。

“也许，不说了。把东西收拾好就走人……”

“要是她问呢？”

“我就说我爱上了别的女人……”

“要是她追问你是谁呢？”

“她不会问的。”

“换了我，我也不会问的。人总有自尊心嘛。”

“她不问是因为累了。”

“天哪！怎么会累呢……对你吗！对这个身子……”

维塔用手指爱抚着这个身子，一只手托着腮，凝神望着巴士马科夫，目光中充满崇拜，这令他对腮帮子上一个凸起的小粉刺有些不好意思起来。

“奥列舍克，你听着，我觉得最好还是跟她讲清楚，不然总有点不仗义。如果你把一切都告诉她，她会让你走的。你自己不也说过，你们之间已经没有任何感情了嘛。”

“要是她硬不让我走，那怎么办呢？”

“到那时我们再逃走也不晚。完了你从塞浦路斯给她写一封信不就得了。”

“‘出逃’这个词英文怎么说？”

“你们难道没学过这个词吗？‘escape’。‘出逃’英文是‘escape’。”

“那么，‘出逃者’就是‘伊斯凯帕尔’了？不，最好还是叫‘艾斯凯帕尔’。这个词有点像‘艾斯克瓦依尔’……”

“‘伊斯凯帕尔’？好像英文没这么个词……”她皱起了眉头，竭力回忆着，“真没有。‘出逃者’英文叫‘runaway’。”

“真遗憾。”

“遗憾什么？”

“没‘艾斯凯帕尔’这么个词。别人问你：‘您是出逃者吗？’可你回答说：‘不，我是艾斯凯帕尔！’”

“记住了，是‘艾斯凯帕尔’，”她在他的腮帮上又亲了一口，说，“下星期一晚上我们就飞走。”

“To fly away 这个词我们学过……”

“你是故意在装傻吧？”

“我没有装傻。下星期一我一定都准备停当。”

“你的声音里我怎么听不出高兴劲。”

“我一定准备好！”巴士马科夫用少先队员宣誓的郑重口气重复了一句。

“奥列舍克，你听我说，”维塔笑起来，“我这会儿又给你想了个绰号。

“哦，是吗？”

“是啊！‘艾斯凯帕尔契克’。”

“这个‘帕尔契克’是什么意思？”

“我自己也不知道……”

“我这就让你知道知道！”

“别，你还是饶了我吧！”

“我不！”

“男公民，您想干什么？”

“女公民，你马上就会明白的。”

“等等！不是这样。吻我呀……要把全身上下都吻个遍。”

“整个身子，还是整个一整个身子？”他问道，努力摆出斯芬克斯应有的姿势。

“整个一整个一整个身子……”

……整个一整个一整个身子被吻遍了的维塔躺在那儿，几乎失去了知觉。这会儿是巴士马科夫俯身看着她，对她说：

“我给你想好了一个名字！”

“叫什么？”她的声音几乎听不见。

“丽思卡。”

“什么丽兹卡？”维塔气愤地睁开了烟色的眼睛。

“不是丽兹卡，而是丽思卡——一种小小的狐狸，而且是非常年轻的狐狸。”

“为什么要叫我——小狐狸？我既不是火红色的，也不狡猾！你以为是我特意让爸爸找你的吗？”

“我什么也没以为。艾斯凯帕尔是无权自己拿主意的。”

“我已经跟你讲过了，没有艾斯凯帕尔这个词。”

“没有！”

“算了，如果你自以为英语那么好，那你告诉我，‘我怀孕了’，英文怎么说？”

“英文没这个词！”他一下子凉了半截。

“有这个词。”

“你跟你爸爸说了吗？”

“还没有。”

“你可别说。也许，月经延后了，这是常有的事。”

“未必。我去找一下大夫……你知道吗，我肚子里好像已经有东西在咚咚地跳……”

……临上飞机前，那是个星期天，巴士马科夫决定无论如何也得跟卡嘉说清楚。早晨最后一次跑步的时候，他甚至还在心里默默将要说的话演练了一番。他害怕还按原来的路线跑，怕撞见也在跑步的熟人。他时而快奔，时而慢跑，身上已经出汗了，可这时他的心灵不光出了汗——简直像是浸在了肥皂水中，不安地骚动着。那些稀奇古怪的话语不时出现在他的脑海中：“这种感情太强烈了！”“我实在无法控制自己！”“你应该理解我！”“生活中常常有这样的一些瞬间！”

“真是些浑蛋！”伊格纳舍契金如是说。

最后一次路过教堂的时候，巴士马科夫突然决定进去定定神，点上蜡烛，但马上又意识到，穿着运动服和旅游鞋进教堂总不太好。再说了，为了逃离家庭向圣母安娜敬上蜡烛也于心不忍。淋浴的时候，他终于找到了合适的词，完全想好了分手时该说的话，但卡嘉尖着嗓门在嚷，说他把卫生间的地面弄得到处是水，说莲蓬头该重新弄弄了，金鱼缸里的水也该换了，他已经好久没管了。

说实在的，巴士马科夫近些日子老惦记着维塔，几乎没管金鱼。鱼缸里都长起了青苔，疯长的水草纠缠在一起，一直伸到了覆盖着厚厚淤泥的卵石上，只要稍稍有一点动静，淤泥便会被翻搅起来。鱼缸壁被蒙上了一层毛茸茸的奶油色附着物，有的地方甚至出现了深绿色的团状物，有点像泡了水的毛毡。玻璃缸水底的丛林中几乎看不见鱼儿了……

他用一个搪瓷桶烧了些水，没等烧开便放到一边凉着。随后他用一根橡皮管将已经放了好长时间、散发着湖泥气味的陈水放掉一些，小心翼翼地将泥中的水草取了出来，生怕伤着它们的根，然后放在了一个专门的盘子里。接着，巴士马科夫将小蜗牛都单独捞在了一个小瓶子里。这样在不多的水中，他轻而易举就把鱼都捞了起来，放进几个备好的玻璃瓶中。他一开始甚至想把小鲇鱼单独放在一个地方，但怕引起卡嘉的怀疑，便放弃了这个念头。

真奇怪！他怎么会既想当一个诚实的艾斯凯帕尔，把一切原原本本地都告诉夫人，同时又遮遮掩掩，生怕引起卡嘉的怀疑呢？

一切都乱了套！

巴士马科夫继续在清洗金鱼缸，先把鹅卵石拣到一个小盆子里，然后放到浴缸里让水冲着，直到将积存在上面的淤泥冲刷干净。他随后又用沙子将鱼缸壁和贝壳盖上的绿色青苔擦去。现在，他该把一切放回原处了：将卵石填上，贝壳放好，把水草重新栽上，小心翼翼地用橡皮管注入新水。接下来只剩下将金鱼放在弱盐水中清洗消毒了。在将活鱼放进焕然一新的鱼缸前，他坐了很久。与原先的陈水相比，新鲜的水显得清澈发蓝。还那么宁静：没有了穿梭如织的鱼儿，也没有了缓缓移动的蜗牛，没有了长了毛的淤泥，也没有了腐烂发黄的草茎，没有了腹中空空的贝壳，也没有了上下翻滚着的一条条活像获得了生命的血红小香肠……空空荡荡的什么也没有！也许，换了一个女人后开始的新生活乍看上去就是这样的。

他决定晚饭后找卡嘉谈，但晚饭后电视里演起了电影《莫斯科不相信眼泪》。这部影片他们俩一起看了也许已经不下十次，每一次都会为那位年轻的外地女工——与卡嘉同名的女人——终于征服了严酷的莫斯科而唏嘘不已。巴士马科夫想，他明天哪儿也不去了，留下来与卡嘉做伴，相反，让维塔永远消失。她会去哪儿呢？这并不重要——她只要消失就行了。再过二十年，不，十五年。他——即将六十岁。卡嘉也到了这个年龄。房门被打开时——进来的是维塔，也已不年轻了，还带了一个小女孩……不，已经是大姑娘了……不，最好还是小女孩。“这是你的女儿！”维塔小声说道……

“塔波奇金，该睡了！”妻子一边关电视，一边叮嘱说。

奥列格·特鲁多维奇躺在被窝里，突然意识到，如果现在把一切都坦白了，那么卡嘉，作为一个女人，说得简单点，对他来说将是永远不可企及的了，而这时，仿佛是老天故意跟他作对似的，他突然产生了一种从未有过的、简直让他神魂颠倒的对她肉体的欲求。

以后再说吧。他这样暗暗地决定。

卡嘉也对他渴望万分。这种情况已经很久没有出现过了。他俩相偕相悦地搂抱，说得直白些，很像一对已经在一起配合演练了天晓得有多少年的男女花样滑冰运动员。

思绪又回到了现实，奥列格·特鲁多维奇明白了：现在坦白是可怕而卑劣的。

“塔波奇金，”卡嘉感激地趴在丈夫的身子上抬起头，还特地把灯打开了，为了能更清楚地看看他，“现在我可知道你的能耐了……我可饶不了你！”

“我也不想让你饶我。”

“等会儿！你脸上有颗小小的粉刺。是新长出来的。来，我来帮你挤了它！”

三十四

艾斯凯帕尔想再拨一次维塔的电话。他拿下话筒，但这次却没听见长长的嘟音，而是突然冒出了她的声音。

“喂，是我呀……”

“总算等到你的电话了！哪能这么办事啊！”

“对不起，我也是没办法……”

“你在哪儿？在医生那儿？他是怎么说的？”

“我没在医生那儿，就在下面。”

“什么意思？”

“我在下面，就在你家这栋楼附近。”

“你来干什么？我已经跟你说过了的呀！”

“我也是没办法呀。”

巴士马科夫拿着话筒跑到阳台，看见楼下与福特和瞪羚柴油车并排停着一辆粉红色吉普车。维塔——穿着一条很短的白色连衣裙——站在那儿，仰着头，手机贴在耳朵旁。从老远看不见手机，倒像是她用手托着腮帮子。阿纳托利奇和那个开车的已经从机箱里钻了出来，好奇地望着姑娘。

“你好，艾斯凯帕尔契克！”巴士马科夫听到了话筒里维塔说话的声音，看见她朝自己挥了挥手。

他也举起了手，傻乎乎地做了个类似印第安人问候的姿势作为回应。令他感到十分惊奇的是，从这儿十一层楼看下去，维塔的身子显得好小好小，但声音却响亮而清晰。小小的维塔和大大的嗓门……

小小的维塔又一次向奥列格·特鲁多维奇挥了挥手，那个大嗓门说：

“我不是一个人来的。”

“什么意思？”

阿纳托利奇和那个司机都对这种站在阳台上的通话方式感到新奇，也仰起头望着艾斯凯帕尔。随后瞪羚司机把脸转向当年的上校，似乎在问，上面那位是不是就是失踪了的订车主。阿纳托利奇点了点仰着的头。

“你的话什么意思？”艾斯凯帕尔重复了一遍。

“你知道吗……”

这时吉普车的门开了，卡嘉从里面走了出来，一点没错，就是她。她也冲丈夫挥了挥手。奥列格·特鲁多维奇从高处就发现，妻子去过美容院，还烫了头。

她怎么会这么快！

阿纳托利奇和那位司机这时把目光对准了卡嘉。艾斯凯帕尔两眼一黑，他把了把脉，认为自己很快就会失去知觉，但过了一会儿才意识到：是片乌黑的云把太阳挡住了，圣母安娜受孕教堂的金色圆顶不见了。

“如果你心中的光明就是黑暗……”他想起了这句话。

“你怎么不说话呀？”维塔不安地问。

“你为什么要这么做？”

“不是我……是叶卡捷琳娜·彼得罗夫娜自己来找我的。原来，你们根本没有睡在不同的房间里！”

“我们睡在什么房间里重要吗?！维塔……”

“这太重要了！”

小小的卡嘉突然从小小的维塔手里拿过手机，话筒里响起卡嘉的很大的声音：

“喂，亲爱的，你已经准备好要上路了吧？”

“你是怎么知道的？”

“你太小看我了。其实我早就知道了……”

“早就？那你为什么……”

“不为什么！”

“你想怎么办？”

“我？我不想怎么办。这是你老想搞点什么名堂。我只想看着你的眼睛。送你上路。想听到你告别的话：‘再见啦，卡嘉！谢谢你给予我的美好的一切！’别的我就不想听了。我已经同你生活了二十年。我有权……”

“卡嘉，科斯佳打电话来了……”

“还是别在电话里说吧。这好搞笑哟。我们这就上楼来，心平气和地把一切谈清楚。不用担心。维塔是个非常优秀的姑娘。你和她在一起会很幸福的。在塞浦路斯。如果你要去，我不会拦你。如果你想……那就把水烧上。你买什么好吃的东西了吗？”

“蛋糕。”

“哪家的？”

“凯旋的。”

“新鲜吗？”

“非常新鲜……”

话筒里出现了短促的嘟嘟声。小小的卡嘉搂住了小小的维塔的肩膀，两人一起朝单元门走去。瞪羚司机也慢悠悠地跟在她俩后面。三人都在单元门洞的屋檐下消失了。但司机很快就退了出来，悻悻地对着瞪羚柴油车的轮子踹了一脚，钻进驾驶室，发动车开走了。阿纳托利奇还在望着邻居。艾斯凯帕尔两手一摊，是在向朋友解释他眼下的尴尬处境，随后回到了屋里。

一阵穿堂风将窄窄的纱帘吹了起来，那样子很像一根奇特的带花边的白色梯子，踏上它可以爬上远远的高处。艾斯凯帕尔往四处看了看，目光停留在一个玻璃瓶上，那里面索麦茨像疯了一样乱窜，时而一头撞在透明的瓶底，时而几乎要跃出水面。它那周围有一圈珠母色的黑色眼睛里充满了绝望与忧虑。

“又精神了！”巴士马科夫用手指甲弹了弹玻璃瓶，微笑着说，“又精神了！”他又重复了一句，但话语中却充满了怨恨。

突然，他两手抱起了玻璃瓶，对着墙壁摔了过去。

水与玻璃碎片溅了一地。溅上水而颜色变深的墙纸上出现了不知是哪个大陆的轮廓。气愤与羞耻融汇成了一个令他生厌的词语“又精神了”，在啃噬着他的心。艾斯凯帕尔看见软椅旁边有条小鱼儿正在挣扎，他一脚踩上去，在地板上一搓，吱的一声，顿时一股浓浓的鱼腥味散了开来。

这时震耳欲聋的嘀铃铃的门铃声响了。

巴士马科夫愣住了，脑子里一片空白，不知该如何与妻子和维塔说话。堆着笑脸，开个玩笑……

响起钥匙插进锁孔后窸窣的金属声。

先是对卡嘉微笑，亲吻她，然后再是维塔。按照年龄的长幼……

艾斯凯帕尔从窗帘下钻了过去，跑到阳台上，翻过栏杆想跳进邻居的家中，但踩完金鱼的鞋底沾满了鱼的黏液，他趔趄了一下，被绳子绊倒了，但在掉下去的最后一刻抓住了装着土的木箱子的边缘，悬空吊在了上面。铁钉子发出了叽叽嘎嘎的声响，固定木板的卡钉也弯了，但没有脱落。他往下看了看：远远的沥青地面上不知情的阿纳托利奇还在鸵鸟般撅着屁股埋头修理福特轿车的马达。

“救命呀！”巴士马科夫想喊。

但被直挺挺的胸脯抻得紧紧的喉咙只会发出含糊不清的哧哧声。他使劲往上拽着，想提起身子，但没成功——承重的手指又酸又痛，抓拉的能力一下子减弱了。

“塔波奇金，我们来了！”从里屋传来了卡嘉的声音。

他们俩一块准能把我拉上来。巴士马科夫想到这里号啕起来。

但他没能哭出声，甚至连脸都不敢动弹一下，因为只要稍一动弹，钉子就会从钉子眼中滑落，木板会碎裂，而手指头已经一点气力都没有了。他在哭，但眼睛是干干的——眼泪只往心窝里流淌，嘴巴里又咸又苦。

这时奥列格·特鲁多维奇听到有人在喊：

“不能哭，男子汉！”

说话的是个男人的声音，深沉而雄浑，犹如教堂的钟声。艾斯凯帕尔闻到了一股浓烈的烟草与花露水的气味，他艰难地回过头，惊呆了：他面前的残疾人维坚卡的身影正在向上升腾，越变越大，大得不可思议。他的轮椅竟然有运输挖掘机的巨型板车那么大，把整个街道都占得满满的，都顶住了两边的人行道。他的胸前佩戴着一枚有塔楼钟表刻度盘那么大的勋章。满是皱纹的棕褐色的脸一直凑到了阳台上，它像一块布满裂纹的土地，上面长满了沙漠的禾草，头发上全是白色的头屑，犹若被丢弃在密林中的碎报纸。维坚卡的眼睛虽然和先前一样是蓝色的，但他看到的却是火山熄灭后黑黢黢的深渊。

“别哭！你瞧，我没有腿都不哭！”

“我怕！”

“别怕。我来保护你！”

“但我不想藏起来。我是艾斯凯帕尔……”

“你他妈的算什么艾斯凯帕尔！为什么把我的轮椅弄坏？好，算了吧，我原谅你了。跳下来吧！”维坚卡将长满老茧的棕褐色手掌放在了他身下，宛若长在土地里的玛瑙般的巨大砾石。

“你会把我藏到哪儿？”

“藏到那儿……”

维坚卡迅速把手指头攥紧了，仿佛抓住了一个正从身边飞过的无形天使。他将拳头凑到了耳朵边。巴士马科夫看见了刺在他手背上巨大而发蓝的“劳动”两字。

“跳下来吧，别怕！反正你也逃不走，哪儿也去不了，我会把你藏起来。你在我这儿，会像在你妈妈那儿一样安全。谁也找不到你……”

“你这是真话，千真万确？”

“真话，千真万确！”

从开着的阳台门里传来了女人激动的说话声：

“塔波奇金，别在那儿装傻了，出来吧！”

“为什么——叫塔波奇金？”

“跑了……没错——真的跑了！”

“怎么会跑了呢？他要离开谁呢？……”

“离开我们呀。他在阳台上。在隔壁屋。我这就去看看……”

她们俩一块准能把我拉上来！巴士马科夫又这样想道，想叫人来帮忙。

但他没有叫。一直到现在，已经筋疲力尽的时候，他还是不知该喊谁的名字。他只有喊一次的力气了。手指头好像也不见了，难以忍受的疼痛向他袭来，这疼痛已经死死地渗入救命木箱的边缘。

“塔波奇金，你在这儿吗？”妻子的声音就在他的头顶响着。

维坚卡的脸上露出微笑，露出一口洁白的牙齿，它们用钢片箍着，他又将一只巨大的手掌放在了他的身下，说：

“跳下来吧，空铅！”

Замыслил я побег (Zamyslil ja pobeg) by Yuri Polyakov
Copyright © 1999 by Yuri Polyakov

著作权合同登记图字：09-2023-070 号

图书在版编目（CIP）数据

无望的逃离 /（俄罗斯）尤里·波利亚科夫著；张建华译，-- 上海：上海三联书店，2023.10
ISBN 978-7-5426-8214-7

Ⅰ.①无… Ⅱ.①尤… ②张… Ⅲ.①长篇小说—俄罗斯—现代 Ⅳ.① I512.45

中国国家版本馆 CIP 数据核字 (2023) 第 161789 号

无望的逃离

[俄] 尤里 · 波利亚科夫 著　张建华 译

责任编辑 / 宋寅悦
策划编辑 / 邹景岚　刘　君
特约编辑 / 刘　君
装帧设计 / 杨和唐
内文制作 / 李会影
责任校对 / 张大伟
责任印制 / 姚　军
出版发行 / 上海三联书店
（200041）中国上海市静安区威海路 755 号 30 楼
邮　　箱 / sdxsanlian@sina.com
联系电话 / 编辑部：021-22895517
发行部：021-22895559
印　　刷 / 北京盛通印刷股份有限公司
版　　次 / 2023 年 10 月第 1 版
印　　次 / 2024 年 4 月第 1 次印刷
开　　本 / 880mm × 1194mm　1/32
字　　数 / 520 千字
印　　张 / 20
书　　号 / ISBN 978-7-5426-8214-7/I · 1829
定　　价 / 98.00 元

如发现印装质量问题，影响阅读，请与印刷厂联系：0534-2671216